8
9
10
11
12
16
17
18
19
20
21
22
23
24
25
26
27

Perry Rhodan

Eiswind der Zeit

Perry Rhodan

Eiswind der Zeit

www. perry-rhodan.net
Bearbeitung: Hubert Haensel
Redaktion: Sabine Kropp
Titelillustration: Johnny Bruck
Vertrieb: edel entertainment GmbH, Hamburg
Druck und Bindung: GGP Media GmbH, Pößneck
Printed in Germany 2008
ISBN: 978-3-8118-4087-4

»Wer glaubt, dass der Begriff ›Mensch‹ die Bezeichnung für das Endprodukt einer Evolution ist, der irrt. Wir sollten vielmehr unter der Bezeichnung ›Mensch‹ ein Ziel verstehen, ein Programm der Evolution. Nichtsdestoweniger haben wir zweifellos ›Menschliches‹ in uns, aber die Tatsache, dass wir zugleich tierischer als jedes Tier sein können, weist darauf hin, dass wir nichts anderes als ein Übergangsstadium verkörpern.

Diese Erkenntnis stammt nicht erst aus dem 36. Jahrhundert, sondern wurde schon im 20. Jahrhundert von dem Zoologen und Verhaltensforscher Konrad Lorenz ausgesprochen, der auf die Frage, wie das bislang unentdeckte Zwischenglied zwischen Tier und Mensch beschaffen gewesen sein könnte, einmal antwortete: ›Das missing link? Das sind wir!‹

Wir sollten uns davor hüten, angesichts der uns gestellten gewaltigen Aufgabe die Begriffe ›Mensch‹ und ›Terraner‹ zu verwechseln. Unter die Bezeichnung ›Mensch‹ fallen alle intelligenten Lebewesen, die wie wir ein Übergangsstadium der Evolution verkörpern. Erst wenn alle diese Lebewesen und wir uns untereinander als solidarische Schicksalsgemeinschaft verstehen und danach handeln, wird das schwelende Feuer des Geistes zum Licht werden können, das die große Finsternis erhellt und in der ›Menschwerdung des Menschen‹ das Begreifen des allumfassenden Sinnes des Universums ermöglicht.«

Julian Tifflor anlässlich seines Amtsantritts als Erster Terraner und der Ausrufung der Liga Freier Terraner in einer Ansprache vor den Terranischen Räten am 2. Januar 3586 in Terrania.

1.

Der Ort: Eine Space-Jet nahe des Planeten Olymp. Die Zeit: 20. Dezember 3585, 10:35 Uhr.

Rund zwei Tage waren vergangen, seit Kershyll Vanne die Botschaft von ES empfangen hatte, er sollte Olymp verlassen und sich bereithalten, einen Auftrag von kosmischer Bedeutung für die Menschheit einzuleiten.

Endlich vernahm er wieder die lautlose Stimme, die zu ihm und seinen übrigen sechs Bewusstseinen sprach: *Fliege nach Porpoulo-Danger! Dort wirst du erkennen, warum ich dich gerufen habe.*

Kershyll Vanne holte sich die nötigen Informationen von der Bordpositronik. Porpoulo-Danger, eine rote Riesensonne, war im Jahr 2471 entdeckt und von dem Forschungsschiff EX-7117 vermessen und katalogisiert worden. Ein außergewöhnlich dichter Mantel aus interstellarer Materie umgab den Stern, doch Planeten hatten sich nicht gebildet.

Porpoulo-Danger lag 12.640 Lichtjahre entfernt und damit innerhalb der Reichweite der Space-Jet.

Kershyll Vanne fragte sich, ob ES diese Sonne lediglich als Zwischenstation vorgesehen hatte. Für ein Treffen mit Unbekannten?

Er beschleunigte die Space-Jet und ging kurz darauf in den Überlichtflug ...

Der Mann trug eine hellblaue Raumkombination und eine zerknautschte weiße Schirmmütze mit blauem Rand. An der Vorderseite der Mütze prangte ein Metallschild, das einen saturnähnlichen Planeten mit zwei kleinen goldfarbenen Flügeln und davor ein raketenförmiges Raumschiff zeigte.

Sein gebräuntes Gesicht war schmutzverkrustet, Bartstoppeln stachen durch den Dreck. Aber die scharf geschnittenen Gesichtszüge und die unter buschigen Brauen leuchtenden wasserblauen Augen verrieten Energie und Abenteuerlust.

Er musterte seine Umgebung. Ein grünliches Halbdunkel herrschte, denn das Laubdach des Dschungels hielt einen großen Teil des Sonnenlichts fern. Trotzdem hatte er die seltsame Säule sofort entdeckt. Sie ragte vor einem halb vermoderten Baumriesen in die Höhe, durchmaß etwa einen halben Meter und ließ weder Erosion noch Rost erkennen. Keine der Schlingpflanzen, die sich um den Baum wanden, kam auch nur in die Nähe der Säule – und nicht ein einziger Moosfleck hatte sich auf dem glatten Material angesiedelt.

Der Mann löste eine Hand von seinem Nadelgewehr und wischte sich über das Gesicht. »Ein Königreich für einen Bourbon!«, sagte er rau, dann packte er die Waffe wieder mit beiden Händen und ging weiter auf die Säule zu. Auf seiner Stirn bildete sich eine Unmutsfalte.

»Sie will mich tatsächlich von sich fernhalten«, sagte er entrüstet. »Mich, einen Nachfahren des Admirals Viscount Horatio ...«

Dicht vor der Säule blieb er stehen. In der nächsten Sekunde ließ er die Waffe fallen, presste beide Hände an seine Schläfen und wich stolpernd zurück.

Sein Gesichtsausdruck zeigte erst Verwunderung, dann Verstehen – und plötzlich überzog ein breites Grinsen sein Gesicht. »Tlagalagh!«, stieß er triumphierend hervor. »Ich habe Tlagalagh gefunden, die ›Ewige Stadt‹ der frühen kosmischen Zivilisation!«

Fast verzückt starrte er auf die makellos schimmernde Säule, schließlich kniff er die Augen zusammen.

»Aber der Wächter lässt mich nicht an sich herankommen«, stellte er verärgert fest und löste ein ovales Gerät von seinem Gürtel. »Ob ich ihn mit dem Gedankentransmitter rufe? Aber nein, ein Nelson braucht keine Hilfe.«

Flüchtig dachte er daran, dass er ohne die Verkettung von Zufällen niemals Tlagalagh erreicht hätte. Der erste Zufall war das Stasisfeld gewesen, das ihn und seine Schwester für längere Zeit festgehalten hatte, der zweite die Begegnung mit dem Hathor und dessen rätselhafte Bitte, ihn in eine entlegene Region des Universums zu begleiten. Diese Begegnung lag rund hundertsiebenundzwanzig Jahre zurück – und seitdem waren Guy Nelson und Mabel nicht mehr gealtert.

Er begriff immer noch nicht, warum der Hüter des Lichts ausgerechnet ihn als Begleitung ausersehen hatte. Der Tatsache, dass seine Schwester Mabel ebenfalls eingeladen war, maß er keine besondere Bedeutung zu, denn Mabel gehörte zu ihm wie früher das Inventar der guten alten HER BRITANNIC MAJESTY.

Guy Nelson massierte seinen Nasenrücken. Ob die alte H.B.M. noch auf Last Port stand? Hoffentlich hatte George sie laufend gewartet, damit sie nicht auseinander fiel. Hundertsiebenundzwanzig Jahre waren eine lange Zeit, auch wenn der Zahn der Zeit dem Roboter, den Guy aus hochwertigem Schrott selbst zusammengebaut hatte, eigentlich nichts anhaben konnte.

Aus dem schmutzigen Beutel, der an seinem Gürtel hing, kramte Guy seinen Kautabak hervor und biss mürrisch einen pflaumengroßen Priem ab. Den Rest schob er in den Beutel zurück.

Nachdem er eine Weile mühsam auf dem ausgedörrten Stück gekaut hatte, spuckte er etwas davon auf die Säule. Er grinste.

»Damit weißt du nichts anzufangen, wie! Aber mir nützt das auch nicht viel. Wenn ich mich nur noch an das Lied des Glasharfenpfeifers erinnern würde, das Tengri gesungen hat ... Ihm soll sich angeblich die ›Ewige Stadt‹ öffnen. Aber ich habe es vergessen, hatte wohl damals einen zu viel getrunken.«

Guy pfiff einige Töne. Im nächsten Moment riss er verblüfft die Augen auf, denn die Pfeiftöne waren als leises Echo zu vernehmen.

Argwöhnisch blickte er auf die Säule. Der Tabaksaft war verschwunden, außerdem erschien es ihm, als hätten sich auf der Oberfläche der Säule hauchdünne Linien gebildet.

Abermals pfiff der Raumkapitän einige Töne – und jäh entsann er sich der Melodie des Glasharfenpfeifers! Als er geendet hatte, hörte er die Wiederholung der Weise, zugleich entstanden weitere dünne Linien auf der Säule.

Wieder näherte er sich dem Gebilde, und diesmal verspürte er nichts von dem brennenden Schmerz, der zuvor seinen Kopf durchtobt hatte. Er hob sein Nadelgewehr auf, ging weiter und stand schließlich dicht vor der Säule.

Langsam streckte er eine Hand aus, und dann war es ihm, als berührte er den warmen Körper eines Menschen. Ein angenehmes Pulsieren übertrug sich von der Säule auf ihn selbst.

Hinter dem Baumriesen musste die Ewige Stadt liegen. »Tlagalagh, ich komme!«, rief Guy Nelson enthusiastisch und schritt an der Säule vorbei.

Vor ihm fiel der Boden zu einem kleinen flachen Talkessel ab. Dort unten gab es keine Vegetation, nur eine Fläche, die aus Marmor zu bestehen schien, und Treppen, die ringsum hinabführten.

Im Zentrum der Kreisfläche stand ein gut fünf Meter hoher Würfel. Er wirkte wie aus milchigem Glas und war undurchsichtig – bis auf einen mannshohen roten Fleck. Durch diesen Fleck hindurch konnte Nelson in das Innere des Würfels schauen, und was er sah, stürzte ihn in tiefste Enttäuschung.

Er sah eine unvergleichlich schöne Stadt, aber eine Miniaturstadt aus Millionen winziger Bauwerke, die eine Fläche von fünfundzwanzig Quadratmetern bedeckten und teilweise drei Meter hoch aufragten.

Tlagalagh? Verbittert setzte Guy Nelson sich auf die oberste Stufe der Marmortreppe und verwünschte den unbekannten Raumfahrer, der irgendwann tief in der Vergangenheit das Gerücht über die unvorstellbaren Schätze der Ewigen Stadt in Umlauf gesetzt hatte. Seitdem waren Hunderttausende auf der Suche nach Tlagalagh durch den Kosmos gestreift. Viele von ihnen waren verschollen und das nur wegen eines Phantoms. Was sonst war eine Miniaturstadt, die von keinem normal großen Lebewesen betreten werden konnte? Ihre Schätze waren ebenso mikroskopisch klein.

Guy Nelson spie seinen Priem aus, zog seine kurzstielige Pfeife hervor und stopfte sie mit den Tabakkrümeln, die er in sämtlichen Außentaschen seiner Raumkombination zusammensuchte. Schließlich zündete er sie an, paffte blaugraue Rauchwolken und überlegte.

Vor rund einem Jahr war er während der Mission des Hathors zufällig auf das Archiv eines ausgestorbenen Volkes gestoßen. Das Semorgehirn des Ewigkeitsschiffs hatte ihm geholfen, die Aufzeichnungen mit dem entscheidenden Hinweis auf die Position von Tlagalagh zu übersetzen. Er hatte von dem Wächter der Ewigen Stadt erfahren, und Tengri Lethos hatte das Kodesignal herausgefunden, das er pfeifen musste, um dem Wächter zu beweisen, dass er Tlagalagh aufsuchen durfte.

Da der Hüter des Lichts wegen der Dringlichkeit seiner Mission unabkömmlich war, hatten sie sich vorübergehend getrennt. Guy und Mabel waren mit einem Beiboot in Richtung Tlagalagh geflogen, während Lethos mit dem Ewigkeitsschiff seinen Weg fortgesetzt hatte. In drei Monaten wollten sie sich dort wieder treffen, wo sie sich getrennt hatten.

Abermals geriet Guy in Versuchung, den Gedankentransmitter zu benutzen, um Tengri Lethos zu kontaktieren. Doch er war zu stolz, seine Ratlosigkeit einzugestehen. Ebenso verzichtete er darauf, Mabel anzurufen, die in dem Beiboot zurückgeblieben war.

Guy Nelson stieg die Stufen hinab. Unten angekommen, klopfte er den Pfeifenkopf aus und verstaute die Pfeife wieder. Er ging auf den transparenten Fleck zu, um das Innere des Würfels eingehender zu betrachten.

Vielleicht konnte er das Gebilde aufbrechen und sich wenigstens eines der Miniaturbauwerke holen. Wenn er schon keine Schätze fand, würde er nach der Rückkehr in die Milchstraße wenigstens ein Fragment von Tlagalagh zeigen und damit beweisen können, dass er die Ewige Stadt der kosmischen Frühzivilisation gefunden hatte.

Was für Wesen konnten hier gelebt haben? Geschöpfe so winzig wie Ameisen?

Guy Nelson beugte sich nach vorn und stützte sich dabei mit den Händen an der durchsichtigen Wandung ab. Im nächsten Moment verlor er den Halt und fiel nach vorn.

Der Fleck ist kein Fleck, sondern eine Öffnung!, erkannte er, während er stürzte. Zugleich bedauerte er, dass er beim Aufprall zahllose der winzigen kunstvollen Bauwerke zerstören würde.

Guy Nelson blieb reglos liegen. Keineswegs, weil der Aufprall ihn betäubt hätte, sondern weil er Mühe hatte, zu verstehen, dass er nicht auf Tausende von Miniaturbauten, sondern auf eine glatte Fläche gefallen war.

Als er den Kopf hob, schloss er verwirrt die Augen. Er glaubte, an riesigen Bauwerken hinaufgeblickt zu haben.

Im nächsten Moment sprang er auf und starrte wild um sich. Guy Nelson wollte es nicht wahrhaben, aber er stand tatsächlich auf einem großen Platz, der von monumentalen Bauwerken eingerahmt wurde. Er befand sich in einer Stadt – und über der Stadt wölbte sich ein violetter Himmel.

Guy drehte sich langsam um. Er ahnte, was geschehen war – und als er das gigantische Tor entdeckte, das an einer Seite des Platzes aufragte, wurde seine Ahnung zur Gewissheit. *Ich bin miniaturisiert worden!* Er stand geraume Zeit wie versteinert da und starrte durch das Tor, hinter dem er ebenso gigantische braune Säulen sah.

Diese Säulen waren nichts anderes als die Stämme von Urwaldbäumen. Guy Nelson stöhnte erst, dann fluchte er – und endlich vermochte er wieder klar zu denken. Was seine Verkleinerung ausgelöst hatte und wie dieser Vorgang abgelaufen war, interessierte ihn gar nicht. Er wollte nur noch aus dem riesigen Würfel heraus, der Tlagalagh und ihn einschloss, und wieder zu seiner normalen Größe anwachsen. Seine Neugier auf die Schätze der Ewigen Stadt war ihm gründlich verleidet worden.

Er hob sein Gewehr auf, das ebenfalls verkleinert worden war, und lief los.

Erst eine halbe Stunde später erreichte Guy Nelson das Ende des Platzes. Aufatmend eilte er durch das Tor. Er war sicher, dass seine Verkleinerung aufgehoben werden würde, sobald er die geheimnisvolle Grenze in umgekehrter Richtung passierte.

Draußen reckte er sich, stolperte und stürzte einen Steilhang hinab. Unten raffte er sich wieder auf und schaute sich prüfend um. Er hatte den Steilhang nicht gesehen, als er angekommen war, nur eine glatte Fläche aus marmorähnlichem Gestein. Jetzt aber ragten vor und hinter ihm poröse Steilhänge auf, während sich links und rechts eine Art Graben erstreckte, dessen Sohle mit lockerer Erde bedeckt war.

Es dauerte eine Weile, bis Guy Nelson einsah, dass dieser Graben nichts anderes sein konnte als eine Fuge, die zwei Platten trennte – und dass er folglich klein geblieben war.

Panik riss ihn weiter. Er rannte auf den Steilhang zu und arbeitete sich an der porösen Wand hinauf, hastete über eine holperige, von Rissen durchzogene und mit Löchern bedeckte Marmorfläche und hielt erst vor dem nächsten Graben an.

Keuchend kam Guy Nelson wieder zur Besinnung. Inzwischen war er nicht mehr zu stolz, um Hilfe zu bitten. Er schaltete den Gedankentransmitter ein.

Bitte, melde dich, Tengri!, dachte er konzentriert. *Ich habe Tlagalagh gefunden und bin auf Ameisengröße verkleinert worden. Ich brauche deine Hilfe!*

Aber Tengri Lethos antwortete nicht. Auch nicht, nachdem Nelson seinen Hilferuf eine halbe Stunde lang wiederholt hatte.

Guy wollte sich einreden, dass der Hüter des Lichts sich vorübergehend außerhalb der Reichweite des Gedankentransmitters befand. Doch er wusste, dass das nur eine fromme Lüge sein konnte. Sein technisches Wissen war groß genug, ihn erkennen zu lassen, dass gewisse hochenergetische Prozesse offenbar nicht mehr abliefen, wenn das betreffende Gerät extrem verkleinert wurde. Auch sein Armbandfunk versagte.

Der Raumkapitän überlegte, dass er bestenfalls noch einen halben Zentimeter groß sein konnte. Er würde es nie schaffen, die rund fünfunddreißig Kilometer bis zum Landeplatz des Beiboots zu überwinden.

Unter diesen Umständen blieb ihm nichts anderes übrig, als sich in den Würfel zurückzuziehen. Wenn er seine Verpflegung rationierte, reichte sie für mindestens eine Woche. Das Problem war nur, in Tlagalagh Wasser zu finden. Gelang ihm das, hatte er zunächst eine brauchbare Frist.

Mabel würde unruhig werden, wenn er sich innerhalb der nächsten vierundzwanzig Stunden nicht meldete, und nach ihm suchen. Letztlich würde sie sich an Tengri Lethos wenden. Guy Nelson war zuversichtlich, dass der Hathor ihn befreien konnte. Er musste nur verhindern, dass der Hüter des Lichts ebenfalls in die Falle tappte.

Kershyll Vanne blickte auf die Wand aus rötlich leuchtendem Staub vor der Space-Jet. Das kleine Diskusschiff war nur wenige Tausend Kilometer vor diesem Wall in den Normalraum zurückgefallen.

Im nächsten Augenblick tauchte die Jet in die Staubmassen ein. Mit flammendem Schutzschirm jagte sie dahin, während Vanne auf Gegenschub schaltete.

Dass die Space-Jet zum Stillstand kam, registrierte der Sieben-D-Mann schon nicht mehr, er war über dem Steuerpult zusammengebrochen. Etwas Ungeheuerliches schien sein Gehirn verbrennen zu wollen.

Auf dem Höhepunkt der Qual brach der Schmerz abrupt ab.

Vannes Mitbewusstseine hatten sich zurückgezogen. Er begriff, dass sie den Schmerz auslösenden, unheilvollen Einfluss in sich aufgesogen hatten.

In den Aufzeichnungen der EX-7117 war von solchen Problemen keine Rede. Folglich hatte sich seit der Entdeckung dieser Sonne einiges verändert. Kershyll Vanne erkannte auf einem der Orterschirme das Reflexbild eines großen Himmelskörpers neben der Sonne.

Ein Planet!

Sekundenlang war das Konzept verblüfft. Porpoulo-Danger hatte vor rund tausend Jahren keinen Planeten besessen – und tausend Jahre waren eine viel zu geringe Zeitspanne für das natürliche Entstehen eines Himmelskörpers. Diese Welt konnte demnach nur durch einen »übernatürlichen« Eingriff geschaffen oder in diese Umlaufbahn versetzt worden sein.

Vanne fragte sich, ob das Kollektivwesen diesen Planeten womöglich eigens für ihn geschaffen hatte.

ES dachte in anderen Bahnen als ein Mensch – und Kershyll Vanne war trotz allem Mensch geblieben. Er stellte fest, dass die Space-Jet erst bis zu einem Drittel in den Staubmantel eingedrungen war. Deshalb entschied er sich, umzukehren und den Wall mit einem Linearmanöver zu überwinden. Entscheidend für diesen Entschluss waren allerdings seine Mitbewusstseine, die sich mit einem drängenden Impuls meldeten. Sie litten unter dem unheilvollen Einfluss, der von der Staubwolke ausging – und sie würden diesen nicht für unbegrenzte Zeit von Vanne fernhalten können.

Während des Flugmanövers versuchte Kershyll Vanne mehrmals, ES zur Kontaktaufnahme zu bewegen. Die Superintelligenz hüllte sich jedoch in Schweigen. Hätte das Konzept aus seiner privaten Auseinandersetzung mit ES nicht gewusst, dass das Kollektivwesen weder unmenschlich noch heimtückisch handelte, Vanne hätte eine Falle befürchtet. So aber vertraute er der Superintelligenz. Über seine Motivation war er sich jedoch selbst nicht klar. Er spürte einen gewissen Argwohn, der sich aber eher auf den Planeten bezog als auf ES.

Endlich lag der Staubmantel hinter ihm.

Vanne stellte fest, dass der Planet etwas größer als die Erde war und eine Schwerkraft von 1,34 Gravos aufwies. Viel wichtiger erschien ihm jedoch die Tatsache, dass die Energieortung unerhört starke Kraftfelder zeigte, die ihre Quelle auf dem Planeten hatten und teilweise weit in den Raum hinauswirkten.

Hätte ES nicht von einer Mission von kosmischer Bedeutung für die Menschheit gesprochen, er wäre vielleicht wieder umgekehrt.

Kershyll Vanne schlich um den Planeten herum wie die Katze um den heißen Brei.

Er wusste inzwischen, dass die Kraftfelder zwar fünfdimensionaler Natur, aber keineswegs von paramechanischer Wirkung waren. Sie konnten nicht direkt mit der Aufladung der Materiewolke zu tun haben, die ihm ohne seine Mitbewusstseine zum Verhängnis geworden wäre. Tief in der Kruste des Planeten arbeiteten normale Kraftwerke. Die Oberfläche selbst wirkte verödet, obwohl die Ortung zahllose Ansammlungen von Bauwerken zeigte.

Vanne entschied sich, auf einer weitläufigen Ebene in Äquatornähe zu landen, die offensichtlich künstlich angelegt worden war und von klobig wirkenden Bauwerken umgeben wurde. Diese Ebene konnte nur geschaffen worden sein, um Großraumschiffen Starts und Landungen zu erleichtern und einen großzügigen Güterumschlag zu ermöglichen.

Kershyll Vanne registrierte außerhalb der Anlage zahlreiche kreisrunde und flache Seen. Ob sie ursprünglich als Wasserreservoir gedient hatten, konnte er nicht feststellen. Aktuell waren sie jedenfalls mit Wasser gefüllt, dessen Temperatur nur geringfügig über dem Gefrierpunkt lag.

Die tote Oberfläche dieser Welt stand in einem beunruhigenden Gegensatz zu der energetischen Aktivität. Vanne fühlte sich zudem unangenehm von der Düsternis der Bauwerke berührt. Es erschien ihm, als besäßen diese Zeugnisse einer unbekannten Zivilisation so etwas wie ein Seelenleben, eine finstere Psyche, die von einer absolut nichtmenschlichen Mentalität zeugte.

Vanne merkte, dass er die Space-Jet nur deshalb so langsam absinken ließ. Ärgerlich beschleunigte er den Landevorgang.

Als die Space-Jet ohne Zwischenfall mit ihren Landestützen auf der staubbedeckten Ebene aufsetzte, schalt Vanne sich einen Narren. Nur noch die Aktivität der subplanetaren Kraftwerke zeugte von einer längst vergangenen Zivilisation.

Sekunden später wurde das Konzept eines Besseren belehrt. In den nächststehenden klobigen Bauwerken glitten staubgraue Tore auf. Seltsame Gebilde tappten oder rollten aus den Öffnungen auf die Ebene – und alle bewegten sich auf die Space-Jet zu.

Das Ortungsergebnis verblüffte Vanne nicht besonders. Er hatte schon vermutet, dass es sich bei den Gebilden um mobile Maschinen – kurz gesagt, um Roboter – handelte. Sie waren unterschiedlich geformt, wenngleich alle so plump konstruiert waren wie die Bauwerke rings um die Ebene, und bestanden aus grauem Metallplastik.

Vorsichtshalber ließ Vanne den Schutzschirm der Space-Jet eingeschaltet und aktivierte zudem die leichteren Energiewaffen. Das Transformgeschütz ließ er unangetastet; er wollte nicht mit Kanonen auf Spatzen schießen.

Langsam näherten sich die Roboter. Sie erweckten nicht den Anschein, als könnten sie der Space-Jet gefährlich werden. Andererseits bildeten sie einen mehrfach gestaffelten Ring um das Diskusschiff.

Warnanzeigen leuchteten auf.

Der Schutzschirm schwächte sich ab! Erste Instabilitätszonen wurden erkennbar und weiteten sich aus.

Etliche Roboter hatten sich in ein fahles Leuchten gehüllt. Es waren ausnahmslos sehr große Maschinen mit Aufbauten, die – Vanne erkannte das erst jetzt – Hochenergiekondensatoren ähnelten. Offenkundig entzogen sie dem Schutzschirm Energie.

In Vannes Erstaunen über die Leistungsfähigkeit dieser Maschinen mischte sich ernste Sorge. Der Schutzschirm wurde automatisch mit zusätzlicher Energie versorgt, sobald seine Stabilität bedroht war – und die Reaktoren der Space-Jet verfügten über eine Kapazität, die deutlich über der Leistungsgrenze von Robotern liegen musste. Wenn der Schirm jedoch Instabilitätserscheinungen zeigte, bedeutete dies, dass die Kraftwerke ihre Reserven schon eingesetzt hatten – und dass diese nicht ausreichten.

Der Alarm wurde schriller, weil in dem Moment auch die Energiereserven für die Notstartautomatik angegriffen wurden.

Das machte eine Flucht unmöglich.

Kershyll Vanne nahm die Kampfansage an. Mit einer blitzschnellen Schaltung gab er die Kontrollen der Transformkanone frei.

Doch die Feldleiter brachen zusammen, kaum dass sie sich aufgebaut hatten. Sämtliche erzeugte Energie wurde abgezapft. Nicht einmal das Leistungsmaximum versorgte noch die Transformkanone.

Unterdessen war der Schutzschirm erloschen. Die ersten Roboter machten sich an der Bodenschleuse zu schaffen. Sie »knackten« die Impulsschlösser.

Kershyll Vanne schloss seine Raumkombination und aktivierte den Individualschutzschirm. Die Energiesphäre gab ihm noch ein Gefühl der Sicherheit. Aber nur für wenige Sekunden, dann erlosch der Schirm fast ebenso schnell, wie er sich aufgebaut hatte. Vanne hätte das Kanzeldach der Jet absprengen und fliehen können, doch er wusste bereits vorher, dass sein Flugaggregat keine Energie haben würde.

Sekunden später drangen die ersten Roboter in die Steuerzentrale ein. Sie packten Vanne an Armen und Beinen – es gab nichts, was er dagegen tun konnte. Immerhin trafen sie keine Anstalten, ihn zu verletzen oder gar zu töten.

Eigentlich, dachte Guy Nelson zuversichtlich, wäre ohne diese entsetzlichen Erschütterungen alles in Ordnung. Mabel hatte Tengri Lethos alarmiert, und der Hüter des Lichts hatte sie, ebenso wie den Würfel mit der Ewigen Stadt, in den Heliopark des Ewigkeitsschiffs geholt.

Dann war Mabel ebenfalls nach Tlagalagh gekommen. Nicht gerade freudestrahlend, aber voll unverhohlener Neugierde.

Mittlerweile spürte Guy die Vibrationen nicht mehr, die Tlagalagh bis in die Grundfesten gebeutelt hatten. Bis auf unbedeutende Risse waren die Bauten der Miniaturstadt intakt geblieben.

Mit seinen derben Händen strich er erstaunlich sanft über Mabels Haar. »Wahrscheinlich befinden wir uns schon in Andromeda«, sagte er rau, und dann zog er zum wiederholten Mal die Folie hervor, die Tengri Lethos durch das Tor geschoben hatte, und las die gedruckte Nachricht.

»Liebe Freunde, ein alter Bekannter meiner Eltern hat mich dringend gebeten, ihn bei einem sehr wichtigen Vorhaben zu unterstützen. Deshalb habe ich den Intermitter auf volle Leistung geschaltet und mich auf die Rückreise begeben. Ich werde in einem uralten Stützpunkt meines Volkes Mittel und Wege finden, euch wieder zur normalen Körpergröße zu verhelfen. Bald sehen wir uns in der Zentrale des Ewigkeitsschiffs wieder.«

Guy Nelson räusperte sich. »Du hast es gehört. Tengri wird uns helfen.«

Mabel zog die Nase kraus. »Deine Vorwitzigkeit hat uns zu Gefangenen dieser Geisterstadt gemacht.«

»Wir können Tlagalagh jederzeit verlassen.«

»Aber wir finden uns draußen nicht zurecht. Und überhaupt: Glaubst du wirklich, diese Vibrationen wären normale Begleiterscheinungen des Intermissionsflugs gewesen? Wir haben diesen Antrieb zur Genüge kennengelernt, um zu wissen, dass er keine Erschütterungen verursacht. Ich fürchte, das Ewigkeitsschiff hat Probleme.«

Guy Nelson griff in eine Beintasche seiner Kombination, holte eine Flasche hervor und trank den Rest aus. Die leere Flasche ließ er achtlos fallen.

»Du irrst dich, Schwesterlein. Die hathorische Technik ist unerreicht – und der Hüter des Lichts ist unüberwindlich. Hicks!«

»Auch das Ewigkeitsschiff arbeitet nur mit normalen technischen Mitteln – und die sind, wie alle Technik, unvollkommen«, beharrte Mabel. »Schließlich befördert der Intermitter das Schiff nur in einer unwahrscheinlich schnellen Folge von Transmissionen durch den Raum – zwischen einem Sprung und einer Milliarde Sprüngen pro Sekunde – sodass es für Außenstehende wirkt, als bewegte sich das Schiff mit hoher Überlichtgeschwindigkeit. Das ist keine Beherrschung von Raum und Zeit durch geistige Kräfte, sondern ein trivialer Vorgang.«

Guy wandte sich um. Mabel sollte seine Sorge nicht bemerken. Er war keineswegs so optimistisch, wie er sich gab. Auch seiner Ansicht nach konnten die heftigen Erschütterungen bedeuten, dass das Ewigkeitsschiff Schwierigkeiten hatte.

»Du bist mit deinem Latein am Ende, was?«, schimpfte Mabel. »Ich kenne dich lange genug, um zu wissen, dass du dir ebenfalls Sorgen machst.«

»Du kennst mich viel zu gut«, gab Guy Nelson zu. »Schön, ich mache mir Sorgen, aber ich weiß auch, dass Tengri mit allen Schwierigkeiten fertig werden kann. Ich schlage vor, wir gehen zum Tor. Bestimmt hat er inzwischen eine weitere Nachricht für uns hinterlassen.«

Die Geschwister verließen den Raum in der Spitze eines Turmes, der für sie eine Höhe von schätzungsweise fünfhundert Metern hatte. Die Einrichtungen dieses Gebäudes waren ebenso wenig vom Zahn der Zeit angenagt wie alles andere in der Ewigen Stadt. Es gab tadellos funktionierende Antigravschächte, Klimaanlagen und Versorgungssysteme, die alles lieferten, was Menschen zum Leben benötigten.

Nur die geheimen Schätze von Tlagalagh waren bisher jedem Zugriff entzogen. Es gab große Hallen, deren Tore sich nicht öffneten, und weder Mabel noch Guy zweifelten daran, dass sich dort Wertvolles verbarg.

Ein Antigravschacht brachte sie in die Tiefe. Sie wurden von klarer Luft und einem hellen Kunsthimmel empfangen, als sie den Turm verließen. Vor ihnen erstreckte sich der Platz, an dessen jenseitigem Ende das Tor zur Außenwelt aufragte.

Mabel wollte weitergehen, aber Guy hielt sie am Ärmel fest. »Wir können uns die Mühe sparen«, sagte er schwer. »Das Tor besteht nicht mehr.«

Mabel starrte ihren Bruder ungläubig an, dann blickte sie über den Platz hinweg. Das Tor war tatsächlich verschwunden. »Oh, Gott!«, entfuhr es ihr. »Jetzt sind wir wirklich Gefangene dieser verdammten Stadt!«

»Du solltest nicht Gott anrufen und fluchen in einem Atemzug«, sagte Guy. »Wahrscheinlich hat Tlagalagh das Tor nur verschlossen, weil es außerhalb Gefahren gibt, die die Stadt nicht haben will. Sie wird sich wieder öffnen, sobald die Gefahr vorbei ist.«

»Du sprichst von Tlagalagh wie von einem lebenden Wesen.« Mabel seufzte.

»In gewissem Sinne ist die Stadt das auch: ein hochkomplizierter technischer Organismus, der für seine Bewohner sorgt und sie behütet.«

»Dieser Organismus hat uns zu Ameisen gemacht!«, sagte Mabel vorwurfsvoll.

»Tlagalagh hat uns verkleinert, damit wir eintreten konnten. Du wusstest, was geschieht, wenn du durch das Tor gehst. Dennoch hast du es nicht erwarten können. Warum bist du nicht einfach draußen geblieben, Mabel?«

Sie stemmte entrüstet die Fäuste in die Hüften und funkelte ihren Bruder an. »Auch wenn du das schwarze Schaf der Familie bist, Guy, ich konnte dich nicht allein in dieser lasterhaften Stadt lassen.«

»Lasterhafte Stadt?«, entgegnete er verblüfft. »Nenne mir ein einziges Laster, dem man hier frönen kann – und ich werde es tun!«

»Du säufst!«

»Nur meinen eigenen Bourbon-Vorrat – und auch den nur in Tausendsteln eines Tropfens.«

Guy Nelson blickte aus zusammengekniffenen Augen zu dem violetten Himmel hinauf, der sich über der Stadt wölbte. »Ich schlage vor, du gehst in unsere Wohnung zurück«, sagte er bedächtig. »Ich werde noch eine Weile hier warten und später nachkommen.«

»Worauf willst du warten?«

»Auf ein Zeichen von Tengri Lethos – oder auf etwas anderes, das mir verrät, was geschehen ist.«

Mabel zögerte eine Weile. »Wenn du hier bleibst, kannst du wenigstens keinen Whisky trinken«, meinte sie schließlich.

Nachdem seine Schwester wieder in dem Turm verschwunden war, wartete Guy Nelson noch einige Minuten, dann schlenderte er zum Nachbargebäude. Er betrat eine große Halle, in deren Wände zahlreiche Vertiefungen eingelassen waren. In den Nischen standen die Statuen unterschiedlicher Lebewesen. Keines glich einem Menschen oder dem Vertreter einer anderen bekannten Spezies.

»Bitte entschuldige die Störung, Bruder!«, sagte Guy zu einer der Statuen. Er griff um sie herum und holte eine mit Bourbon gefüllte Flasche dahinter hervor.

Anschließend verließ er das Gebäude wieder. Draußen setzte er sich, lehnte sich mit dem Rücken an die Wand, öffnete die Flasche und nahm einen großen Schluck. Blinzelnd schaute er über den weiten Platz.

»Ich trinke auf dich, Tengri Lethos!« Nach einem zweiten kräftigen Schluck fügte er hinzu: »Und ich trinke darauf, dass Mabel nichts davon merkt, dass die Zeit in Tlagalagh schneller abläuft als draußen. Dank der semiorganischen Fäden in den Anzügen, die der Hüter des Lichts uns gab, altern wir nicht, noch erkranken wir. Wir werden also auch nach tausend Jahren so jung wie heute sein.«

Er stieß auf, dann trank er weiter – und während sein Geist sich angenehm vernebelte, überlegte er, ob Tengri Lethos ebenfalls den Zeitunterschied bemerkt hatte, der zwischen Tlagalagh und draußen herrschte. Der Hüter des Lichts wusste vielleicht nichts davon, er mochte die minimalen Anzeichen, aus denen Guy Nelson auf den Zeitunterschied geschlossen hatte, übersehen haben. Schließlich war er längere Zeit nur damit beschäftigt gewesen, Tlagalagh aus der unsichtbaren Verankerung auf dem Planeten zu lösen und in dem Heliopark seines Ewigkeitsschiffs abzusetzen.

Danach hatte der Hathor die Botschaft bekommen, die ihn veranlasste, den Rückweg nach Andromeda anzutreten. Guy fragte sich, wer der alte Bekannte von Tengris Eltern sein mochte. Es musste sich ebenfalls um einen Unsterblichen handeln, denn soweit Guy wusste, waren Tengri Lethos' Eltern seit Jahrhunderttausenden tot, ums Leben gekommen bei der

Verteidigung von Andromeda gegen Invasoren, von denen es keine Spuren mehr gab.

»Nichts besteht ewig«, sagte Guy angestrengt und trank einen weiteren Schluck.

Wie ein Blitzschlag durchfuhr den Hathor die Erkenntnis, dass sein Ewigkeitsschiff unbekannten Gewalten zum Opfer gefallen war. Die Bildflächen an den Wänden der Steuerzentrale schimmerten in bläulichem Licht, in dem immer wieder ultrahelle Funken aufleuchteten. Sie zeigten nicht die Umgebung des Schiffes, wie sie es hätten tun sollen.

»Ich brauche eine Lageanalyse!«

»Die Außensensoren liefern keine Informationen«, teilte das semiorganische Gehirn des Ewigkeitsschiffs mit. »Die Reparatursysteme arbeiten mit höchster Intensität, um alle Schäden nach der Strukturerschütterung zu beheben. Fast alle inneren Systeme haben den Schock unbeschädigt überstanden. Durch Experimente konnte ich feststellen, dass von außen eine Schwerkraft von 1,34 Gravos auf das Schiff einwirkt. Es scheint sich auf einem festen Himmelskörper von der Größe eines mittleren Planeten zu befinden. Unmittelbare schädliche Einwirkungen sind nicht festzustellen.«

Der Hüter des Lichts spürte die Nachwirkungen der schweren Vibrationen, die ihn trotz des Konturschutzschirms seiner Kombination bis ins Mark getroffen hatten. »Du sprachst von einer Strukturerschütterung«, stellte er fest. »Welcher Art war sie – und wie konnte sie auf das Schiff einwirken?«

»Es handelte sich um eine Erschütterung fünfdimensionaler Art. Sie wurde von Energien ausgelöst, die prinzipiell den Trägerenergien unseres Intertransmitters glichen. Danach versagten die Außensensoren. Seitdem fehlen mir weitere Informationen.«

»Wir müssen also während einer unserer Transmissionen in das Transportfeld eines anderen – und wahrscheinlich stärkeren – Transmitters geraten sein«, sagte Lethos zu sich selbst. »Eine Kollision, die eigentlich unmöglich sein sollte, denn die Zeittaster zeigen jedes Hindernis entlang der temporalen Route.«

»Wenn ein Phänomen nicht zur Zukunft unseres Universums gehört, lässt es sich mit den Tastern nicht vorhersehen«, kommentierte das Semorgehirn. »Die Wahrscheinlichkeit, dass wir mit einem Transportfeld kollidierten, das aus einem anderen Raum-Zeit-System, also aus einem anderen Universum kam, ist hoch.«

»Ist unser Spontantransmitter funktionsfähig?«

»Soll ich einen Transport einleiten?«

»Vorläufig nicht«, erwiderte der Hüter des Lichts. »Ich wollte nur wissen, ob uns jederzeit ein Rückzug möglich ist. Weil ich annehme, dass wir auf einem Planeten stehen, der aus einem anderen Universum kam. Möglicherweise leben auf dieser Welt Intelligenzen, mit denen sich ein Kontakt herstellen lässt.« Er überlegte eine Weile, dann sagte er: »Übermittle mir ein Bild des Helioparks, in dem Tlagalagh steht!«

Das holografische Abbild eines sonnenüberfluteten Parks entstand. Inmitten einer kreisrunden Rasenfläche ragte der Würfel auf. Tengri Lethos wusste nicht, ob Tlagalagh schon immer eine Miniaturstadt gewesen war oder ob sie einst aus unbekannten Gründen verkleinert worden war.

Der Hüter des Lichts erschrak, weil der zwei Meter hohe torähnliche Fleck, der Tlagalagh zugänglich gemacht hatte, verschwunden war.

Er versetzte sich mit Hilfe seines Spontantransmitters in den Heliopark. Vorsichtig ging er um den Würfel herum und betastete schließlich die Stelle, an der sich der Durchlass befunden hatte. Sie widerstand seinen Bemühungen ebenso wie die anderen Würfelflächen. Mabel und Guy Nelson schienen Gefangene der Ewigen Stadt geworden zu sein.

Sicher hatte der Effekt mit der Kollision im Hyperraum zu tun, aber Tengri Lethos tröstete dieser Gedanke wenig. Er wusste nicht einmal, ob die beiden Menschen noch lebten, und wenn ja, wie sie ihre Abgeschiedenheit verkraften würden.

Das alles wäre wahrscheinlich nicht so schlimm gewesen, wenn die Zeit innerhalb des Würfels nicht schneller abliefe als außerhalb. Die Geschwister würden also Monate oder Jahre subjektiven Erlebens als Gefangene verbringen müssen – ohne zu ahnen, dass in ihrer gewohnten Welt die Zeit siebzigmal langsamer verging.

Tengri Lethos konnte sich dieses Problems nicht annehmen, solange er nicht wusste, wie es außerhalb des Ewigkeitsschiffs aussah. Aus diesem Dilemma heraus verstieß er gegen seine Grundsätze und entschied, sein Schiff zu verlassen und sich ins Ungewisse zu begeben ...

2.

Kershyll Vanne redete auf die Roboter ein, die ihn aus seinem Schiff trugen. Er war nicht etwa wütend, sondern versuchte lediglich, die Maschinen darauf aufmerksam zu machen, dass er nach einer Möglichkeit suchte, sich mit ihnen zu verständigen.

Die Roboter reagierten nicht.

Nach einiger Zeit gab Vanne seine Bemühungen auf. Beinahe gleichgültig nahm er es hin, dass die Roboter ihn einer größeren Maschine übergaben. Dieses Monstrum fuhr elastische Stahlplastikbänder aus und fesselte ihn.

Kershyll Vanne konnte noch einen letzten Blick auf die Space-Jet erhaschen und sah erstaunt, dass die Roboter sich nicht länger um das Diskusschiff kümmerten. *Sie haben es demnach nicht auf das Schiff, sondern nur auf mich abgesehen!,* überlegte er. Ob diese Erkenntnis Gutes verhieß, hielt er indes für fraglich.

Das Verhalten der Roboter war für ihn undurchsichtig. Er versuchte, sich einzureden, dass ES schon wissen würde, wozu es ihn auf diese Welt geführt hatte. Aber ES kümmerte sich selten um Details und steckte nur den Rahmen ab, innerhalb dessen seine Beauftragten – oder auch Sklaven, dachte Vanne grimmig – agieren konnten.

Nach seiner Schätzung waren rund drei Stunden vergangen, als sein Träger abrupt anhielt. Die Stahlplastikbänder öffneten sich. Sekunden später stand Vanne wieder auf den eigenen Füßen und kämpfte gegen ein irritierendes Schwindelgefühl an.

Er erholte sich relativ schnell, denn die Schwerkraft von 1,34 Gravos warf ihn nicht um. Eine höhere Schwerkraft als die der Erde wirkte sich längst nicht so schlimm aus, wie manche Menschen glaubten, die ihre Heimatwelt niemals verlassen hatten. Bei seinem normalen Körpergewicht von 81,5 Kilogramm bedeutete eine Schwerkraft von 1,34 Gravos eine zusätzliche Gewichtsbelastung von 27,71 Kilo. Das war ein Wert, den mancher Übergewichtige zeitlebens mit sich herumschleppte.

Kershyll Vanne schaute sich aufmerksam um.

Die Roboter umstanden ihn in einem weiten Halbkreis, dessen Öffnung den Blick auf einen der kreisrunden Seen freigab. Die unbewegte und kristallklare Wasserfläche durchmaß etwa zweihundert Meter. Der Rand des Gewässers bestand aus glattgeschliffenem natürlichen Felsgestein.

Vanne klappte den Druckhelm zurück, atmete die Luft, die irgendwie abgestanden schmeckte, und aktivierte seinen Translator. Die Roboter verhielten sich abwartend.

Kershyll Vanne wünschte sich, die Führung des Körpers und die Initiative an Albun Kmunah abgeben zu können. Das Bewusstsein des Alpha-Mathematikers war als einziges in der Lage, über den Rahmen der normalen n-dimensionalen Mathematik hinaus verfremdete Begriffe zu verarbeiten, die Verhaltensweisen fremdartiger Intelligenzen und ihrer Roboter rechnerisch zu erfassen und auf ihre Logik einzugehen.

Aber Kmunah meldete sich ebenso wenig wie die übrigen Bewusstseine. Vanne musste allein mit der Situation fertig werden – und wieder einmal begriff er, wie sehr er bereits daran gewöhnt war, sich als Teil einer Gesamtheit zu verstehen, und wie leer und schal er sich fühlte, sobald er auf sich allein gestellt war.

»Ich heiße Kershyll Vanne und strebe eine Kommunikation mit euch an«, sagte er. Der Translator sprach nicht an, denn noch hatte er keine Gelegenheit erhalten, die fremde Sprache zu analysieren – falls die Roboter überhaupt eine eigene Sprache hatten.

Vanne fühlte sich erleichtert, als er die Roboter Laute ausstoßen hörte, die für ihn zwar unverständlich waren, aber immerhin bewiesen, dass die Maschinen ihn gehört hatten und prinzipiell fähig waren, sich mit ihm akustisch zu verständigen. Er wollte warten, bis sein Translator die fremde Sprache analysiert hatte, doch die plumpen Maschinen gaben ihm mit Gesten zu verstehen, dass sie kein Gespräch, sondern Aktionen von ihm erwarteten. Sie deuteten mit ihren Greifwerkzeugen in Richtung des Sees.

Vanne entschied, ihnen den Gefallen zu tun. Während er sich dem künstlichen Ufer näherte, redete er allerdings ununterbrochen auf die Roboter ein, um sie zu weiteren Lautäußerungen zu verleiten. Nach einer Weile gewann er den Eindruck, dass ihre Sprache äußerst einfach beschaffen sein musste. Fast alles, was sie akustisch von sich gaben, klang auf eigentümliche Weise lallend.

Schließlich erreichte er den See und konnte einen Blick in das unglaublich klare Wasser werfen.

Was er sah, erschreckte ihn. Auf dem ebenen Grund lagen unterschiedliche Lebewesen. Sie bewegten sich nicht, sondern wirkten, als befänden sie sich in tiefem Schlaf.

Das Wesentliche war sofort erkennbar: Diese Wesen stammten von unterschiedlichen Welten – was zu dem Schluss verführte, dass sie, wie Vanne ebenfalls, aus dem Weltraum gekommen, von den Robotern überwältigt und in den See gelegt worden waren, um dort im Tiefschlaf oder einer anderen Art der Konservierung auf etwas zu warten.

Vanne blickte sich gehetzt um und versuchte, eine Lücke in der Phalanx der Roboter zu entdecken, durch die er fliehen konnte ...

Die Roboter schienen zu wissen, dass ihr Gefangener sich nicht widerstandslos in sein Schicksal fügen würde. Sie rückten dichter zusammen.

Kershyll Vanne riss seinen Impulsstrahler aus dem Gürtelhalfter und feuerte. Der Energiestrahl ließ die Hülle eines der Roboter aufglühen, dann erstarb er. Rasch verblasste die Lademarke der Waffe, ihre Energie wurde von Robotern abgesaugt.

Vanne resignierte, als ihn die drei kleineren Roboter wieder ergriffen. Doch sie warfen ihn nicht etwa in den See, sondern legten ihn auf dem Rückenteil des Transportroboters ab. *Wollten sie ihn nicht ...?* Nachdem die Stahlplastikbänder Vanne wieder fixierten, setzte sich der Roboter in Bewegung und ließ den See hinter sich.

Was immer die Maschinen mit ihm vorhatten, alles erschien dem Sieben-D-Mann weniger bedrohlich als das Versetzen in einen tiefschlafartigen Zustand.

Nach einiger Zeit wurde er in ein Gebäude gebracht. Tiefblau leuchtende Halbkugeln verbreiteten künstliche Helligkeit. Vanne wunderte sich darüber, dass das Kunstlicht blau und nicht rot war wie die Sonne. Dann entsann er sich seiner Überlegungen hinsichtlich der Entstehung des Planeten. Lavallal war nicht das Kind von Porpoulo-Danger, sondern das einer tiefblau leuchtenden Sonne.

Lavallal ...? Erheitert stellte Kershyll Vanne fest, dass er diese Welt soeben auf die denkbar simpelste Weise nach den eintönigen Lautäußerungen der Roboter benannt hatte.

Gleich darauf fielen seine Fesseln zum zweiten Mal und er wurde vom Rücken des Trageroboters herabgehoben.

Vanne sah sich um und erkannte, dass er in eine Schaltzentrale gebracht worden war. Unterschiedlichste Bildflächen bedeckten die Wände, außerdem gab es plump wirkende Schaltkonsolen.

Die Roboter, die sich hinter Vanne in den Schaltraum drängten, stießen wieder ihre einfachen Laute aus. Zweifellos wollten sie etwas von ihrem Gefangenen, doch Vanne erriet nicht, was sie erwarteten. Sicher sollte er irgendwelche Schaltungen vornehmen, aber dazu hätte er wissen müssen, zu welchem Zweck, um sich nach und nach an die richtigen Möglichkeiten heranzutasten.

Seine erneuten Versuche, mit Hilfe des Translators eine akustische Verständigung aufzubauen, scheiterten.

Völlig klar, Kershyll!, vernahm er plötzlich die Gedanken von Albun Kmunah. *Wozu, glaubst du, hat man dir die Schläfer im See und anschließend diese Schaltungen vorgeführt? Zwischen beiden Demonstrationen kann es nur eine Verbindung geben: Die Roboter wollen, dass du die Schläfer aufweckst!*

Einigermaßen frustriert erkannte Kershyll Vanne die Logik dieses Gedankengangs. Natürlich war der Alpha-Mathematiker prädestiniert, Sinnzusammenhänge aus fremdartigen Verhaltensweisen herauszulesen, aber im Nachhinein erschien seine Schlussfolgerung so zwingend logisch, dass Vanne sich ärgerte, weil er nicht von selbst darauf gekommen war.

Du scheinst dich gar nicht zu freuen, dass ich wieder präsent bin, stellte das Kmunah-Bewusstsein fest. *Seit wann beschäftigt sich ein Psychomathelogist wie du mit selbstquälerischen und frustrierenden Rückblicken?*

Das schreckte Vanne vollends auf. *Ich war lange allein!,* gab er zurück.

Nun kannte er das Ziel. Natürlich würde es Probleme geben, aber alle Schwierigkeiten ließen sich überwinden, wenn genügend Zeit zur Verfügung stand.

Kershyll Vanne war sicher, dass auf Lavallal eine Notlage herrschte. Keinesfalls durfte er annehmen, die Hilfe Außenstehender wäre für die Erweckung der Schläfer eingeplant gewesen. Zweifellos hätte eine Automatik das zu einem bestimmten Zeitpunkt vornehmen sollen. Doch etwas war schiefgegangen. Die Automatik erfüllte ihre Aufgabe nicht – und die Roboter konnten mit den Schaltungen nicht umgehen.

Albun Kmunah verhielt sich wieder schweigsam. Vanne wusste, dass der Alpha-Mathematiker erst wieder eingreifen würde, wenn seine Fachkenntnisse gebraucht wurden. Mit Schaltungen aller Art konnte Vanne selbst folgerichtiger umgehen. Der Einzige, der auf diesem Gebiet – vor allem, was die Funktionsprinzipien artfremder Geräte anging – besser war als Vanne, war der Totalenergie-Ingenieur Hito Guduka. Aber da er sich nicht meldete, litt er offenbar noch unter den Auswirkungen des mentalen Schocks.

Entschlossen konzentrierte Kershyll Vanne sich auf die größte Schaltkonsole.

Zwei Roboter traten unbeholfen neben ihn. Mit tentakelförmigen Greiforganen kopierten sie seine Bewegungen.

»Ihr hindert mich daran, mich auf meine Aufgabe zu konzentrieren!«, fuhr Vanne sie ärgerlich an. »Kontrolleure, die weniger verstehen als der, den sie kontrollieren, sind Störfaktoren!«

Die Roboter reagierten nicht darauf. Es war, als hätte das Konzept gegen die Wand gesprochen.

Was wird hier eigentlich gespielt?, meldete sich Indira Vecculi mürrisch.

Lies die Antwort in meinem Gedächtnis! Vanne war entschlossen, alle weiteren Äußerungen der Positronikerin zu ignorieren. Indira konnte penetrant zänkisch und rechthaberisch sein, aber wenn sie einsah, dass sie sich im Gesamtinteresse des Konzepts zurückhalten musste, gelang es ihr meist, sich zu beherrschen.

Bildflächen zeigten Korridore und Räume, von denen Vanne nicht wusste, wo sie sich befanden. Nach einigen weiteren Schaltungen ließ eine der großen Wiedergaben einen Ausschnitt der Oberfläche erkennen. Es handelte sich um die nähere Umgebung des Raumhafens. Vanne sah in einem Felsbuckel der Oberfläche ein riesiges stählernes Tor, das offenbar einen Zugang in die Tiefe versperrte.

Prompt baute sich in seinem Bewusstsein eine Assoziation zur Unterwelt des Planeten Olymp auf. Vanne schob diesen Gedanken jedoch als störend beiseite. Schließlich interessierte ihn nicht die Unterwelt von Lavallal, sondern eine Möglichkeit, die Schläfer in dem See – oder in den Seen – zu wecken.

Und wenn es mir gelingt? Wie werden sie auf meine Anwesenheit reagieren?

Kershyll Vanne hatte gezögert. Die Roboter reagierten prompt darauf. Sie stießen ihn unsanft an und machten ihm damit klar, dass sie keine weiteren Verzögerungen dulden würden. Für sie war er nur ein Werkzeug, das zu funktionieren hatte.

Bist du in Gefahr?, meldete sich Ankameras Bewusstsein zaghaft.

Vorläufig nicht!, gab Vanne zurück. *Es tut gut, dich wieder zu spüren, Ankamera!*

Es war grauenhaft, aber allmählich erhole ich mich!, teilte Ankamera ihm mit. *Allerdings will ich dich nicht länger ablenken, Kershyll.*

Vanne war ihr dankbar dafür. Da er die Ungeduld der Roboter spürte, erfolgten seine Schaltungen nun noch wahlloser als zuvor. Immer neue Bilder leuchteten auf – nichts, was Vanne sonderlich interessant erschienen wäre – mit einer Ausnahme. Jene Wiedergabe zeigte das Innere einer halbkugelförmigen Halle, deren gewölbte Wandung mit Tausenden Gebilden gespickt war, die an ein Zwischending von Hochspannungsisolator und Phasenkompensator denken ließen.

Doch das erregte Vanne nicht so sehr wie der Anblick des goldfarbenen kugelförmigen Raumschiffs, das dicht über dem Hallenboden schwebte. Es war weder ein terranisches Schiff noch gehörte es einer anderen bekannten Zivilisation. Die Außenhaut war glatt, ohne Ringwulst und Düsenöffnungen. Es gab keine Geschütz- und keine Aussichtskuppeln, offenbar auch keine ausfahrbaren Landestützen.

Der Anblick erinnerte Kershyll Vanne an Aufnahmen, die er zur Zeit der Aphilie in einem Geheimdienstarchiv gesehen hatte. Aber für jenes archivierte Objekt war ein Durchmesser von dreißig Kilometern vermerkt gewesen – und das Schiff, das er jetzt sah, konnte nicht viel größer als eine Korvette sein.

Ihm wurde sofort klar, dass die Größeneinschätzung des goldenen Raumschiffs auf seinem rein subjektiven Eindruck beruhte. Tatsächlich konnte er die Größe überhaupt nicht kalkulieren, da es in der Halle nichts Vertrautes gab, das ihm als Anhaltspunkt hätte dienen können.

Oder doch? Er gewann den vagen Eindruck von Bewegung außerhalb des Raumschiffs. Aber dieser Eindruck verschwand sofort wieder. Falls sich dort wirklich etwas bewegt hatte, war es zu winzig, um von menschlichen Augen wahrgenommen zu werden.

Fieberhaft suchte Vanne nach Schaltungen, die Ausschnittvergrößerungen vom Innern der Halle ermöglichten. Er probierte erfolglos herum – bis mehrere Wiedergaben tatsächlich stark vergrößerte Ausschnitte des goldenen Raumschiffs, der Hallenwandung und des Bodens zeigten.

In einer der Ausschnittvergrößerungen war ein Mensch zu sehen!

Ein Mensch?

Kershyll Vanne war erregt. Er sah eine humanoid gebaute hochgewachsene Gestalt in bernsteingelber Kombination. Die offenbar dünne Schutzkleidung wurde von einem dichten Netz silbriger Fäden durchzogen.

Die Gesichtszüge des Unbekannten glichen denen eines Menschen. Nur die Hautfarbe machte sofort deutlich, dass es sich nicht um einen Menschen handelte: Sie war smaragdgrün, mit goldfarbenen Mustern.

Der von keinem Druckhelm geschützte Schädel war von oval länglicher Form mit weit ausladendem Hinterkopf. Unter der Stirn prangte eine lange, leicht gekrümmte Nase, von deren Wurzel zwei ausgeprägte Falten bis zur Stirnmitte liefen. Die Wangenknochen standen leicht vor, die flachen Ohren lagen eng am Schädel an, das Kinn war breit und wuchtig und verriet große Willenskraft. Der gesamte Schädel wurde von einer Mähne silberfarbenen Haares umrahmt, auch die Brauen schimmerten silbrig.

Fasziniert musterte Kershyll Vanne die Augen, deren Iris bernsteingelb mit smaragdgrünen Punkten und Streifen war. Das war für ihn der letzte Beweis, dass er es mit dem Hathor Tengri Lethos zu tun hatte, der sich selbst als Hüter des Lichts bezeichnete!

Von dieser Gestalt, von dem Gesicht und von den Augen hatte er im Archiv ebenfalls ausgezeichnete dreidimensionale Aufnahmen gesehen, zusammen mit einem umfangreichen Dossier. Während der Aphilie hatte es sogar exakte Anweisungen gegeben, wie sich Agenten des Geheimdiensts verhalten sollten, falls sie – aus welchen Gründen auch immer – dem Hüter des Lichts begegneten. Die aphilische Regierung hatte darauf spekuliert, dass Tengri Lethos infolge seiner gefühlsbetonten Einstellung allen intelligenten Lebewesen gegenüber sich zu spät entschließen würde, zu seiner Verteidigung Gewalt anzuwenden. Das Licht der Vernunft war deshalb zu dem Entschluss gekommen, ihn im Fall einer Begegnung zu täuschen, zu überwältigen und sich seiner Supertechnik zu bemächtigen.

Vanne errötete nachträglich, als er daran dachte, dass er als Aphiliker skrupellos diese Anweisung befolgt hätte. Da er die Aphilie gleich einem Albtraum weit hinter sich gelassen hatte, wusste er, dass das, was die Aphiliker als »gefühlsbetonte Einstellung« bezeichnet hatten, nichts anderes als die hochstehende Ethik dieses Lebewesens war, eine Ethik, die Vanne grundsätzlich bejahte, auch wenn er wusste, dass er sie in den wenigsten Fällen konsequent würde anwenden können.

Ihm war klar, dass er den Hüter des Lichts treffen musste!

Tengri Lethos verfügte nicht über eine tragbare Ausrüstung, mit der sich superfeine Messungen durchführen ließen, die nötig waren, um zu berechnen, aus welchem Universum der seltsame Planet gekommen war. Aber diese Messungen würde ohnehin das Semorgehirn veranlassen, sobald die Außensensoren wieder arbeiteten. Vorläufig genügte es, festzustellen, ob die Welt, mit der das Ewigkeitsschiff im Hyperraum kollidiert war, tatsächlich aus einem fremden Universum kam.

Der Hathor löste den Multitektor von seinem Gürtel und übermittelte dem Gerät seinen Gedankenbefehl, die Strangeness des Planeten zu messen.

Die Differenz erwies sich als außerordentlich minimal, dennoch war das die Bestätigung, dass der Planet einem anderen Universum angehörte. Dem Hüter des Lichts genügte diese Feststellung. Er selbst hatte in früherer Zeit ebenfalls fremde Universen besucht. Allerdings war nicht anzunehmen, dass die Unbekannten, die den Planeten auf die Reise geschickt hatten, sich der gleichen Methode bedienten.

Die Unbekannten? Befanden sie sich auf dem Planeten oder hatten sie lediglich den toten Himmelskörper geschickt – und in beiden Fällen, aus welchem Grund? Zumindest mussten sie über ein gesteigertes Wissen verfügen, denn bis zu einem bestimmten Entwicklungsstadium pflegten intelligente Wesen sich nur ein einziges Universum vorzustellen.

Die komplizierten Zusammenhänge zwischen den individuellen Universen, die quasi Zellen eines Organismus' waren und demzufolge in einem gewissen Rhythmus entstanden und vergingen, und dem Überuniversum als eben dem ultraenergetischen Organismus konnte auch das alte Wissen der Hathorer nicht erklären. Doch zweifellos war da viel mehr – und vielleicht waren die nicht mehr körpergebunden Superintelligenzen schon zur höheren Erkenntnis fähig. Die umfassende Schöpfung zu durchschauen, vermochten sie sicherlich auch noch nicht. Das war vielleicht in Äonen zu erreichen, wenn eine unvorstellbare Zahl vergeistigter Intelligenzen sich in der Durchdringung des Alls vereinigte und das Überuniversum zu einer einzigen Ultraintelligenz werden ließ, die sich selbst erkannte.

Diesen Weg freizuhalten, indem Gemeinsamkeiten gefördert wurden, war die erste Aufgabe, die den Hütern des Lichts von ihren Vorfahren gestellt worden war. Das war eine Bürde, die den Hathor mitunter schwer belastete. Denn seine Möglichkeiten waren begrenzt, und alle negativen Tendenzen entwickelten sich oft erschreckend stark. Häufig fühlte sich Tengri Lethos einsam, obwohl er Freunde hatte. Sie waren nur leider nicht in der Lage, sein Denken zu übernehmen.

Gewiss, hin und wieder gab es Kontakte zu Superintelligenzen wie beispielsweise ES. Aber sie waren die Produkte anderer Entwicklungen als die Hüter des Lichts. Deshalb gab es nur wenige Gemeinsamkeiten.

Dennoch hatte ES kürzlich Kontakt mit ihm aufgenommen und ihn gebeten, in Zusammenarbeit mit einem anderen Wesen etwas zu korrigieren, das weite Bereiche des Universums bedrohte. ES konnte oder durfte offenbar nicht in alle Entwicklungen selbst eingreifen.

»Ich bin ein Hüter des Lichts, also muss ich tun, was in meinen Kräften steht, um das Licht vor der Finsternis zu bewahren!«, sagte Tengri Lethos entschlossen.

Er aktivierte seinen Spontantransmitter und stand gleich darauf im gegenüberliegenden Abschnitt der riesigen Halle. Dort befand sich ein Tor – und dahinter lag wahrscheinlich ein Weg, der zur Oberfläche führte und zu neuen Erkenntnissen.

Kershyll Vanne überlegte noch, wie er die Roboter dazu bewegen konnte, dass sie ihn in die gigantische subplanetare Halle zu Tengri Lethos brachten, als sich das Bewusstsein von Hito Guduka meldete.

Ich bin schon eine ganze Weile da, habe aber erst einmal nur gelauscht, um mich zu orientieren, teilte ihm Guduka mit. Ich habe einen Verdacht.

Vanne spürte, dass Hito Guduka den gemeinsamen Körper übernehmen wollte. So etwas brauchte zwischen den Bewusstseinen des Konzepts nicht ausgesprochen werden. Bereitwillig gab Vanne die führende Position frei. Er hoffte, dass der Totalenergie-Ingenieur mehr Erfolg haben würde als er selbst.

Sofort trat Guduka an die Stelle des Primärbewusstseins.

»Ich muss einen Test durchführen, bevor ich gezielt darauf hinarbeiten kann, die Schläfer zu wecken!«, sagte er zu den Robotern.

Als sie nicht darauf reagierten, sondern ihn ungeduldig anstießen, wollte er wütend aufbrausen. Doch er beherrschte sich, weil er einsah, dass er damit nur Verwirrung schaffen und alles komplizieren würde.

Da die Roboter wohl ohnehin nicht erkennen konnten, welchem Zweck seine Schaltungen dienten, leitete er einfach den Test ein. Im Unterschied zu Kershyll Vanne hatte er die Schaltsystematik in ihren wichtigsten Funktionen intuitiv durchschaut – und als Folge davon ging ihm einiges durch den Sinn, über das er nur noch nicht sprechen wollte.

Die ersten Versuche bestätigten einen Teil seiner Vermutungen. Hito Guduka stellte fest, dass die Weckautomatik sich sofort nach der Materialisation des Planeten eingeschaltet hatte. Ihr Programm war wie vorgegeben abgelaufen. Dennoch waren die Schläfer nicht erwacht. Das konnte mehrere Ursachen haben, aber mit seinem Gespür für technische Zusammenhänge ahnte Guduka, dass nur ein Grund in Frage kommen konnte.

Er hoffte, dass kein Kode notwendig war, um gewisse Aufzeichnungen abzurufen, die sich nach seinem Dafürhalten in einem Speichersektor außerhalb der Schaltzentrale befanden. Er stellte entsprechende Schaltungen her und erkannte, dass er damit in ein verwirrendes Konglomerat von Positroniken, Inpotroniken und synthobiotischen Elementen geriet. Offensichtlich hatten die Vertreter unterschiedlicher Zivilisationen ihre Errungenschaften auf dem Gebiet der Robotgehirne auf Lavallal zusammengetragen und zu einer Funktionseinheit zusammengefügt. Das musste eine ungeheuer zeitraubende Arbeit gewesen sein – und das Ergebnis durfte zweifellos als Kunstwerk bezeichnet werden, denn es funktionierte und zeigte eine Leistungsstärke, die nur mit der Potenzierung der eingebrachten Kapazitäten erklärt werden konnte.

Hier haben Intelligenzen etwas geschaffen, das als rein technisches Gebilde dem Zusammenschluss von mehreren Bewusstseinen in einem Konzept äquivalent ist!, überlegte Hito Guduka.

In seine Bewunderung für diese großartige Leistung mischte sich ahnungsvoll bereits Trauer. Guduka forderte die Speicherdaten an, die ihm, wie er hoffte, Aufklärung geben würden. Die Multitronik, wie er das Gebilde in seiner Gesamtheit nannte, forderte keinen Zugangskode oder eine andere Autorisierung an. Offenbar war das eine Folge der Beteiligung unterschiedlicher Völker am Bau der Multitronik.

Als Guduka die Speicherdaten in Form mathematischer Symbole erhielt, wie sie ähnlich von den Posbis benutzt wurden, fühlte er sich ausgelaugt und deprimiert. *Die Schläfer sind tot!,* teilte er den anderen Bewusstseinen mit. *Sie wurden Opfer eines ungeheuren Überlagerungsschocks, als der Planet im Hyperraum mit einem anderen entstofflichten Objekt kollidierte.*

Aber der Hüter des Lichts hat den Schock überlebt!, meldete sich Kershyll Vanne.

Vielleicht, weil er sich nicht im Tiefschlaf befand wie die Intelligenzen von Lavallal!, erwiderte Guduka. *Oder sein Ewigkeitsschiff besitzt einen besseren Schutz gegen die Folgen solcher Kollisionen. Wie werden die*

Roboter reagieren, wenn ich ihnen klarmache, dass ich nichts für ihre Herren tun kann?

Es wäre ein Fehler, ihnen die Wahrheit zu sagen, denn wir sind ihnen fast hilflos ausgeliefert!, dachte Vanne.

Hito Guduka spürte, dass Kershyll Vanne wieder die Stelle des führenden Bewusstseins einnehmen wollte. Er gab dem Drängen sofort nach, weil das Problem von dem Psychomathelogisten besser gelöst werden konnte als von ihm.

Mithilfe von Skizzen, die auf den Bildflächen wiedergegeben wurden, gelang es Vanne, den Robotern klarzumachen, dass ihm die Schaltsysteme Schwierigkeiten bereiteten und dass er, um diese Schwierigkeiten zu überwinden, Kontakt mit dem Fremden aufnehmen müsse, dessen Raumschiff in der Transmitterhalle unter der Planetenoberfläche materialisiert war. Nur dieses Wesen könne ihm helfen, die Probleme zu überwinden und die Schläfer zu wecken.

Die Reaktion der Roboter verriet nicht, ob sie seine Argumente akzeptierten. Wieder wurde der Sieben-D-Mann auf den Rücken eines Roboters geschnallt und an der Spitze einer Prozession aller Roboter weitergetragen.

Unterdessen wurde es Nacht auf dieser Seite des Planeten. Der Staubmantel verdeckte den Blick auf die Sterne völlig, aber er strahlte in einem imposanten rötlichen Glühen, wie es Vanne noch nie gesehen hatte.

Als er endlich vom Rücken des Roboters gehoben wurde, befand er sich vor dem Felsbuckel mit dem stählernen Tor, das den Zugang zur Unterwelt versperrte – versperrt hatte, denn jetzt stand es weit offen. Vanne sah einen blau erleuchteten weiten Korridor, der mit sanfter Neigung abwärts führte.

Sein Herz schlug schneller. Er würde mit dem Hüter des Lichts zusammentreffen, und der Hathor mit seinen überlegenen technischen Mitteln ...

Tengri Lethos befindet sich in der Lage eines Schiffbrüchigen, gab Hito Guduka zu bedenken. *Es ist zweifelhaft, ob er über die Technik seines Ewigkeitsschiffs verfügen kann.*

Für Kershyll Vanne war der Einwand wie ein Guss Eiswasser. Dennoch vertraute er auf das größere Wissen des Hüters des Lichts.

Zwei Roboter schoben ihn unsanft vorwärts. Er ging mit weit ausgreifenden Schritten weiter.

Als Vanne hinter sich das monotone Stampfen der Roboterbeine vermisste und sich umwandte, sah er gerade noch, wie das Tor sich wieder schloss. Kein Roboter war ihm gefolgt.

Ihre Programmierung verbietet ihnen, die subplanetaren Anlagen zu betreten!, meldete sich das Bewusstsein Indira Vecculis, der Positronikerin des Konzepts.

Danke!, dachte Vanne. Er blieb stehen und brach völlig unmotiviert in schallendes Gelächter aus, in dem sich die Anspannung der letzten Stunden entlud.

Als er Indiras indignierte mentale Impulse spürte, hörte er auf und sagte: »Ich bin frei – und ich werde Tengri Lethos treffen!«

Eine Kuppelhalle lag vor Kershyll Vanne. Sie war angefüllt mit in allen Farben schillernden Energieblasen.

Er musterte diese Erscheinungen argwöhnisch. Sie bewegten sich nicht, sie pulsierten nicht, aber sie waren etwas, über das Vanne nichts wusste. Folglich konnten sie ihm gefährlich werden, falls er etwas Falsches tat. Aber was war hier das Falsche – und was war richtig?

Dein Geist hat anscheinend unter den nervlichen Belastungen der letzten Zeit gelitten, Kershyll!, meldete sich Indira Vecculi sarkastisch. *Wenn die Roboter uns auf diesen Weg geschickt haben, dann nur, weil sie sich weiterhin Hilfe von uns erhoffen. Wir können ihnen ihrer Meinung nach nur helfen, wenn wir Kontakt mit Tengri Lethos aufnehmen. Folglich werden sie uns nicht absichtlich einer Gefahr aussetzen.*

Kennen die Roboter denn die Verhältnisse in der Unterwelt von Lavallal?, warf Pale Donkvent spöttisch ein. *Nein,* behaupte ich. *Warum sollten sie davon wissen, wenn in ihrer Programmierung niemals vorgesehen war, dass sie diese Anlagen betreten?*

Eben!, bestätigte Vanne. Er hakte den kleinen Detektor von seinem Gürtel und richtete die Impulsstrahlmündung auf die ihm am nächsten schwebende Energieblase. Mit wenigen Fingerdrücken schaltete er das Gerät auf die Erfassung und Analyse energetischer Strukturen.

Das erste Ergebnis verriet ihm nur, dass die Energie überwiegend elektromagnetischer Natur war, wenngleich mit einem eingelagerten fünfdimensionalen Potenzial. Letzteres war verantwortlich dafür, dass die Blasen schwebten.

Erst differenziertere Messungen zeigten auch die in dem fünfdimensionalen Energieanteil integrierten Wandelfelder. Obwohl Vanne das Prinzip der Wandelfeldtechnik in den theoretischen Grundzügen kannte und es praktisch anzuwenden vermochte, war er nicht in der Lage, die potenziellen Funktionen dieser speziellen Wandelfelder zu durchschauen.

Sie heben einen Teil der Normalenergie auf fünfdimensionales Niveau an, sobald sie aktiviert werden!, ließ Albun Kmunah sich vernehmen.

Es folgten theoretische Erklärungen, die Vanne nur halb verstand. Immerhin erfasste er die Quintessenz von Kmunahs Ausführungen, dass die Energieblasen sphärische, steuerbare, automatische Transportsysteme darstellten, mit deren Hilfe die einstigen Herren von Lavallal die großen Entfernungen innerhalb der subplanetaren Anlagen überbrückt hatten.

Wie die Sphären gesteuert wurden, konnte Kmunah nicht sagen. Aber das störte Vanne kaum, denn das war ein Problem, das er als Praktiker lösen musste.

Da er von einem Transportsystem dieser Entwicklungsstufe keine bedrohlichen Reaktionen erwartete, trat er an die nächste Sphäre heran und berührte sie. Beinahe augenblicklich erschienen im Anzeigeholo seines Detektors komprimierte Formeln, die verrieten, dass etwas in der Sphäre aktiviert worden war.

Im nächsten Moment befand sich Kershyll Vanne innerhalb der Energieblase – und schräg über sich sah er verschiedenfarbige Leuchtpunkte, deren Zweck er intuitiv durchschaute.

Wie er es erwartet hatte, reagierte die Sphäre auf jede Berührung mit einer Eigenbewegung. Vanne konnte seine Umgebung klar erkennen, und nach mehreren Versuchen war er in der Lage, die Sphäre zu lenken wie einen terranischen Fluggleiter. Er fand sehr schnell heraus, dass die anderen Sphären automatisch auswichen, wenn er sich ihnen bis auf eine bestimmte Distanz näherte.

Langsam steuerte er auf einen Korridor zu, den er gleich darauf mit wachsender Geschwindigkeit entlangjagte.

Die Sphäre stoppte selbsttätig vor dem Ende des Korridors. Kurz darauf schwebte sie über der kreisrunden Mündung eines Schachtes, der senkrecht in die Tiefe führte. Kershyll Vanne ließ sein seltsames Fahrzeug absinken ...

3.

Das Konzept zweifelte jäh an der Zuverlässigkeit des Transportsystems, als die Sphäre grell aufflammte und schlingernd gegen die Schachtwände stieß. Zugleich wurde sie undurchsichtig.

Als Stille eintrat, lag Vanne auf dem Rücken. Aufatmend stellte er fest, dass er unverletzt geblieben war, und richtete sich auf.

»Wastor!«, rief er im nächsten Moment überrascht.

Unter der Sphäre, in dem Schacht, dessen Ende noch immer nicht abzusehen war, schwebte ein hochgewachsenes humanoides Wesen. Die Gestalt trug eine silbrig schimmernde Kombination mit breitem Kombigürtel und einen Aggregattornister, der wesentlich anders aussah als Rückentornister terranischer Fabrikation.

Vannes Schluss, dass dieses Wesen identisch mit dem Androiden Wastor sein müsse, dem er auf Nachtfalter begegnet war, war rein intuitiv gewesen.

Er sah seine Eingebung erst bestätigt, als er das haarlose und absolut symmetrisch geschnittene Gesicht musterte, von dem Indira Vecculi auf Nachtfalter behauptet hatte, es sähe aus wie gemalt.

Wastor hatte damals gemeinsam mit dem Androiden Klamous im Auftrag von ES den ersten Test überwacht, dem das Konzept auf dem unheimlichen Planetoiden unterzogen worden war. Und nur, weil Klamous umgekommen war, wusste Vanne, dass er Wastor vor sich hatte, denn beide Androiden waren äußerlich absolut identisch gewesen.

Es könnte auch ein völlig anderer Androide von ES sein!, ließ Indira Vecculi sich vernehmen.

Vielleicht! Vanne begriff, dass Wastor in der Flugbahn seiner Sphäre materialisiert war und dass die Energieblase zu einer Gewaltbremsung gezwungen worden war, um ihn nicht zu töten.

»Wie verlasse ich die Sphäre?«, überlegte er laut.

Während er den Androiden anstarrte, der seinen Blick unbewegt erwiderte, fuhr er mit den Fingern über verschiedene Stellen der Innenfläche. Als keine Reaktion erfolgte, entsann er sich des einzigen Sensors, der ein wenig abseits von den anderen leuchtete.

Er berührte den hellen Fleck – und gleichzeitig befand er sich außerhalb der Sphäre und stürzte haltlos in die Tiefe.

Bevor er seine Todesangst hinausschreien konnte, hatte der Androide den rechten Arm ausgestreckt und die Schulterkreuzgurte des Konzepts gepackt. Es gab einen harten Ruck, doch Wastor hielt eisern fest.

»Danke!«, sagte Vanne, dem nachträglich der Angstschweiß ausbrach. »Aber du hast eben meine Sphäre ziemlich in Verlegenheit gebracht, Wastor. ES schickte dich offenbar hierher, damit du mir etwas ausrichten kannst. Ich frage mich nur, warum unser Treffen derart umständlich und gefährlich arrangiert wurde. ES hätte dich ebenso nach Olymp schicken können.«

»Wenn es nur darum gegangen wäre, ein Treffen zwischen uns zu arrangieren, gewiss«, gab der Androide zurück. »Doch das ist es nicht. Die nächste große Mission der Menschheit erfordert einen sehr hohen qualitativen Aufwand. ES darf keinen Fehlschlag riskieren, weil sonst für die Menschheit und für diesen Bereich des Universums schwerer Schaden entstehen könnte. Deshalb hat ES Tengri Lethos gerufen und ihn gebeten, der Menschheit bei dieser Mission beizustehen.«

Vanne lachte bitter. »Ich weiß bereits, dass der Hüter des Lichts hier ist. Allerdings befindet er sich in der Lage eines Schiffbrüchigen. ES hat sich offenbar verkalkuliert.«

»ES konnte das Erscheinen dieses Planeten nicht vorhersehen und deshalb keine Vorsorgemaßnahmen treffen«, erklärte Wastor. »Die Kollision war ein Zufall, wie er sich höchstens alle drei Millionen Jahre einmal ereignet. Es war geplant, dass Sie sich hinter dem Staubmantel von Porpoulo-Danger mit dem Ewigkeitsschiff treffen.«

»War es auch beabsichtigt, dass meine Mitbewusstseine wegen der paramentalen Aufladung des Staubmantels beinahe qualvoll zugrunde gingen?«, fragte Vanne zornig.

»Selbstverständlich nicht. Die Aufladung des Staubmantels erfolgte erst nach der Materialisation des Planeten. Dabei kamen die Schläfer ums Leben. Ihre paramentalen Energien, die durch den Überlagerungsschock aus den Körpern geschleudert wurden, klammerten sich an der nächsten erreichbaren Materie fest, und das war der Staubmantel.«

»Du hättest wenigstens früher kommen sollen, um Tengri Lethos und mir beizustehen!«, sagte Vanne.

»Um den Planeten lag bis vor Kurzem ein Schockfeld, das meine Ankunft verhinderte.«

»Das allwissende ES!«, spottete Vanne verärgert. »Menschen hätten kaum größeres Unheil anrichten können. Ich suche jedenfalls weiter nach Tengri Lethos, denn er braucht meine Unterstützung genauso wie ich die seine. Wenn du mich begleiten willst, musst du in der Sphäre mitfliegen.«

»Genau das habe ich vor«, sagte Wastor.

Sie flogen bis zum Grund des Schachtes und durch mehrere Korridore bis zu einer mit unbekannten Maschinen vollgestopften Halle. Hier sank die Sphäre zu Boden und löste sich langsam auf.

»Endstation!«, vermutete Kershyll Vanne.

Die Energie war erschöpft!, stellte Guduka fest.

Vanne schaute sich um. Er hatte das Gefühl, von allen Seiten heimlich beobachtet zu werden und sich in einer Falle zu befinden, aus der es kein Entrinnen gab.

»Wir müssen zu Fuß weitergehen«, stellte der Androide fest.

»Nein!«, erwiderte Vanne erregt. »Wir müssen schnell fort von hier!«

Wastor blickte ihn verwundert an. »Was haben Sie? Warum sollen wir fliehen?«

»Spürst du es nicht? Wir stecken in einer Falle! Hinter den Maschinen lauern Feinde!« Panikimpulse der anderen Bewusstseine hämmerten auf ihn ein und steigerten seine Ängste ins Uferlose.

»Hier gibt es keine Feinde«, erwiderte Wastor verblüfft. »Bitte verlieren Sie nicht die Nerven! Die psychischen Belastungen der letzten Zeit waren offenbar etwas zu viel für Sie.«

Kershyll Vanne schüttelte störrisch den Kopf. Kalter Schweiß brach ihm aus. Mit weit aufgerissenen Augen starrte er um sich, während er langsam zurückwich.

Als Wastor ihn am Arm festhielt, schüttelte er die Hand des Androiden ab. Danach zog er seinen Impulsstrahler, der zwar keine Energie mehr hatte, sich aber wenigstens noch als Schlagwaffe gebrauchen ließ. Vanne führte einen wuchtigen Hieb gegen den Schädel des Androiden, dem Wastor nur mühsam ausweichen konnte.

»Kommen Sie zu sich!«, rief das Geschöpf von ES. »Andernfalls muss ich Sie paralysieren. Durch Ihr irrationales Verhalten bringen Sie auch sich selbst in Gefahr.«

Vanne hörte nicht auf den Androiden. Er war nicht mehr in der Lage, Argumente zu verstehen. Gerade, als er sich herumwerfen und fliehen wollte, materialisierte eine bekannte Gestalt wenige Meter vor ihm. Ihr Anblick ließ die Vernunft zurückkehren.

»Tengri Lethos!«, stieß Vanne tonlos hervor.

Der Hüter des Lichts hob grüßend die Hand, dann sagte er: »Ich kenne Sie nicht, aber Sie scheinen sich in einem Zustand geistiger Verwirrung zu befinden, was auf Ihren Begleiter nicht zutrifft.« Er wandte sich Wastor zu. »Dem Aussehen nach bist du ein Androide. Hat ES dich geschickt?«

»Ich bin Wastor«, erwiderte der Androide. »Ich soll Ihnen und Kershyll Vanne erklären, was ES von der Menschheit erwartet und wie Sie helfen können, die nächste große Mission der Menschheit zu einem Erfolg zu bringen.«

Vannes Blick trübte sich erneut. Abermals schüttelte ihn die Angst. »Wir müssen fort von hier!«, drängte er.

Der Hüter des Lichts schaute sich aufmerksam um. Er nahm ein scheibenförmiges Gerät von seinem Gürtel, betrachtete es konzentriert, drehte sich einmal um sich selbst und steckte das Gerät wieder weg.

»Die Materie in dieser Halle ist paramental aufgeladen und ruft offenbar bei Ihnen schwere Angstzustände hervor«, erklärte er, während er sich wieder dem Konzept zuwandte. »Es existiert jedoch keine reale Bedrohung. Wenn Sie sich klarmachen, worauf Ihre Ängste zurückzuführen sind, können Sie sich von ihnen befreien.«

Von Wort zu Wort schwand Vannes Erregung. Schließlich verstand er, dass sein grenzenloses Vertrauen zu dem Hüter des Lichts ihm die Kraft gab, die Strahlung in der Halle zu ignorieren. Er atmete tief durch.

»Danke, Lethos! Ich bin Kershyll Vanne – und ES hat den Plan ausgebrütet, dass wir uns hier begegnen sollen.«

»Kein Wesen ist frei von Fehlern, Kershyll.« Der Hüter des Lichts lächelte. »Sie sind kein normaler Mensch. Mein Multitektor spürte mehrere einander überlappende Bewusstseine auf, als ich ihn vorhin auf Sie richtete.«

»Ich bin ein Konzept. Der Körper ist mein eigener, aber außer meinem Bewusstsein wohnen noch sechs Mitbewusstseine darin. Wir ergänzen uns gegenseitig, was eine Potenzierung unserer individuellen Fähigkeiten bewirkt.« Vanne lächelte verlegen. »Aber gegen eine Strahlung, die Urängste entfesselt, waren wir trotzdem hilflos.«

»Ich nehme an, Ihre individuellen Urängste haben sich – wie sonst Ihre Fähigkeiten – ebenfalls potenziert.« Tengri Lethos wurde sehr ernst. »Ich habe festgestellt, dass sich um diesen Planeten ein Spannungsfeld aufbaut, das offenbar auf unkontrollierte Energieabgabe des planetaren Transmitters zurückzuführen ist. Falls seine Stärke eine bestimmte Grenze überschreitet, wird es als Transmitterfeld wirken.«

»Wie haben Sie das herausgefunden?«, erkundigte sich Wastor.

»Gelegentlich schlägt das Spannungsfeld in Richtung des Transmitters zurück. Dadurch kommt es zu messbaren Effekten.«

Hito Guduka übernahm den Konzeptkörper. »Diese Effekte führen zur partiellen Entstofflichung fester Materie?«, fragte er.

»Das ist richtig«, antwortete der Hüter des Lichts.

»Dann haben sich im Spannungsfeld siebendimensionale Kerne gebildet!«, stieß Guduka aufgeregt hervor.

»Siebendimensionale Penetrationskerne! Aber das würde bedeuten, dass das Transportfeld nach der Entmaterialisierung des Planeten die Hülle dieses Universums durchdringt. Der Planet wird mit großer Wahrscheinlichkeit dort wieder materialisieren, woher er gekommen ist.«

»In einem anderen Universum«, stellte Wastor sachlich fest.

»Ich muss mich mit meinem Schiff in Verbindung setzen«, sagte Tengri Lethos. Er berührte flüchtig ein eiförmiges Gerät an seinem Gürtel. Mit Hilfe des Gedankentransmitters stellte er den Kontakt zum Semorgehirn her.

Arbeiten die Außensensoren wieder?

Sie arbeiten einwandfrei und haben mir wertvolle Aufschlüsse über die Verhältnisse auf und in dem Planeten gegeben, in dem das Schiff materialisierte. Diese Welt stammt aus einem Universum, das auf der Skala der Zustandsvariablen nach Ausschaltung des Comptoneffekts und damit nach weitgehender Unterdrückung der Unschärferelation den Wert 0,000.000.000.000.037 einnimmt.

Es handelt sich also um ein Universum, das unserem sehr nahe steht!, dachte der Hathor.

Ja, wir könnten es nach den notwendigen Vorbereitungen relativ leicht erreichen.

Wir werden es gegen unseren Willen erreichen, wenn wir den Planeten nicht sehr bald verlassen. Ein Spannungsfeld mit siebendimensionalen Penetrationskernen baut sich auf. Ich komme sofort zurück.

Das wäre zur Zeit nicht ratsam!, erwiderte das Semorgehirn. *Die Außensensoren messen rings um die Halle Aktivitätszonen an, in denen es zur partiellen Entstofflichung fester Materie kommt. In der Nähe einer solchen Aktivitätszone würden Sie unweigerlich in diesen Prozess hineingezogen werden.*

Der Hüter des Lichts erschrak. Er unterbrach die Verbindung und berichtete, was er erfahren hatte. »Das Semorgehirn meinte natürlich, dass ich meinen Spontantransmitter zurzeit nicht benutzen darf«, erklärte er. »Zu Fuß kann ich jedoch zu meinem Schiff zurückgehen. Ich bitte Sie, mich zu begleiten.«

»Ich wusste nicht, dass ein Hüter des Lichts derart irrational denken kann«, sagte Hito Guduka ohne Ironie. »Uns ist bekannt, dass sich das Spannungsfeld laufend verstärkt – und Sie erkennen so gut wie ich, dass demzufolge auch die Halbentstofflichung fester Materie quantitativ und qualitativ zunimmt. Wir gerieten also mit Sicherheit in einen solchen Prozess hinein und wären verloren.«

»Ich muss mich entschuldigen.« Der Hathor senkte den Kopf. »Mein irrationales Denken lässt sich nur so erklären, dass ich eine außerordentlich starke Verbundenheit mit meinem Schiff empfinde und mein Denkprozess von Emotionen beeinflusst wird. Aber es ist leider so, dass ich der Menschheit ohne das Ewigkeitsschiff nur halb so viel helfen kann.«

Kershyll Vanne übernahm wieder die Führung des Konzepts. »Aus Ihrem Bericht hörte ich heraus, dass die Entfernung zu jenem Universum, aus dem Lavallal kam, nur gering ist.«

»Zwischen den Universen gelten keinesfalls unsere Entfernungsmaßstäbe«, sagte Tengri Lethos. »Man könnte Trillionen Lichtjahre fliegen, ohne jemals ein anderes Universum zu erreichen. Was uns Universen trennt, sind n-dimensionale Barrieren, die in unserer Vorstellungswelt keine Entsprechungen haben, also unanschaulich sind.«

»Aber Sie können diese Barrieren überwinden?«

»Mit meinem Ewigkeitsschiff schon ...«

»Dann sagen Sie dem Semorgehirn, es soll von sich aus in unser Universum zurückkehren, falls es von Lavallal mitgerissen wird!«, schlug Vanne vor.

Abermals aktivierte Lethos seinen Gedankentransmitter. Doch diesmal kam kein Kontakt zustande. »Ich kann den Befehl nicht geben«, sagte er zerknirscht. »Wahrscheinlich bilden die Zonen halbentstofflichter Materie schon eine geschlossene Kugelschale um den Zentraltransmitter.«

»Dann müssen Sie mit uns an die Oberfläche gehen«, sagte Vanne. »Wir können mit meiner Space-Jet fliehen, falls die Roboter uns genug Energie gelassen haben.«

»Ich soll mein Schiff im Stich lassen?«, flüsterte Tengri Lethos entsetzt.

Sie befanden sich auf einer Kreuzung zweier breiter Korridore, als Tengri Lethos einen leisen Warnruf ausstieß und nach vorn deutete. Kershyll Vanne vermochte dennoch nichts zu erkennen. Wastor hingegen sagte nach einer Weile: »Mehrere Roboter marschieren in unsere Richtung. Ich habe keine Ahnung, was das bedeutet. Sagten Sie nicht, Vanne, dass die Programmierung den Robotern das Eindringen in die subplanetaren Systeme verbietet?«

»Das stimmt«, antwortete Albun Kmunah, der wieder die Führung des Konzepts übernommen hatte. »Aber es gibt eine Erklärung dafür, dass die Roboter das Verbot missachten. Wenn sie das n-dimensionale Feld um Lavallal angemessen haben und in ihrer Programmierung vorgesehen ist, dass sie in einem solchen Fall alles hinter die Wiedererweckung der Schläfer zurückstellen müssen, überlagert dieser Befehl das Verbot, in die Tiefe des Planeten einzudringen.«

»Sie kommen, um mich wieder in ihre Schaltzentrale zu schleppen«, vermutete der Sieben-D-Mann.

»Es dürfte nicht allzu schwer sein, ihnen auszuweichen«, stellte Tengri Lethos fest.

»Wir könnten sie zerstören.« Wastor klopfte auf das dünne Rohr, das an seinem Gürtel befestigt war. »Mikrofusionsraketen lassen sich nicht anzapfen.«

Der Hathor schüttelte den Kopf. »Ich bin nicht mit Gewaltanwendung einverstanden«, erklärte er kategorisch.

»Roboter sind keine Lebewesen«, entgegnete Wastor.

»Aber sie sind die Hüter dieses Planeten. Ich habe es stets vermieden, Gewalt auch gegen Sachen einzusetzen, wenn es ein einschneidender Eingriff gewesen wäre. Außerdem gebe ich zu bedenken, dass sich dort, wo der Planet ankommen wird, zweifellos Intelligenzen befinden, die die Verhältnisse in unserem Universum beurteilen werden. Ich denke, dass Lavallal zu uns geschickt wurde, um zu sondieren.«

Der Gedanke an Mabel und Guy Nelson drängte sich dem Hüter des Lichts auf, die ebenfalls in das andere Universum verschlagen werden würden. Doch er erwähnte die beiden Menschen nicht.

»Die Vorhut einer Invasion?«, argwöhnte Vanne. »Das hätte uns noch gefehlt.«

»Ich glaube nicht an eine Invasion«, widersprach Tengri Lethos. »In dem Fall wäre Lavallal eine waffenstarrende Festung. Ich halte es aber für möglich, dass die Fremden unser Universum erforschen wollen – oder dass sie aus irgendwelchen Gründen ihr Universum verlassen müssen.«

»In den Schlafbecken liegen Vertreter von mindestens fünfzehn verschiedenen Völkern«, erinnerte Vanne. »Und die Multitronik in der Nähe der Schaltzentrale setzt sich aus Robotgehirnen unterschiedlichster Konstruktionen zusammen – die hervorragend gut integriert sind. Ich denke, hier wurde von einem Zusammenschluss zahlreicher Völker eine enorme wissenschaftlich-technische Anstrengung unternommen.«

»Zudem scheint es, als ob die Initiatoren dieser Aktion über starke paramentale Kräfte verfügen«, ergänzte Tengri Lethos nachdenklich. »Ein Grund mehr für uns, keine Spuren von Gewaltmentalität zu hinterlassen.«

Er wandte sich nach rechts – und Vanne und der Androide folgten ihm. Inzwischen war das Stampfen der Roboter deutlich zu hören. Es wurde jedoch wieder leiser und verstummte schließlich, als sie ungefähr einen Kilometer hinter sich gebracht hatten.

Dafür hörten sie ein Dröhnen, das aus der Tiefe zu kommen schien, ab und zu anschwoll und danach wieder für einige Zeit fast unhörbar wurde.

»Das Spannungsfeld regt den Zentraltransmitter zur Erhöhung seiner Energieabgabe an«, behauptete Lethos. »Ich schätze, dass wir höchstens noch zwei Stunden Zeit haben, den Planeten zu verlassen.«

»Das schaffen wir nie!« Vanne atmete schwer. »Ohne Transportmittel brauchen wir mindestens zehn Stunden bis nach oben.«

Wastor blickte den Hathor an. »Wenn wir es nicht gemeinsam schaffen können, dann fliehen wenigstens Sie mit Hilfe Ihres Spontantransmitters, Lethos!«

»Natürlich könnte ich dich und Vanne mitnehmen ... Aber eine Benutzung des Spontantransmitters verbietet sich von selbst. Wir würden mit großer Wahrscheinlichkeit in einen hyperdimensionalen Energierückschlag geraten.« Die Falten über Tengri Lethos' Nasenwurzel vertieften sich. »Ich sehe nur noch eine Möglichkeit, die Oberfläche rechtzeitig zu erreichen.« Er deutete auf seinen Kombigürtel. »Das ist unter anderem ein Gerät, das auf Gedankenbefehl einen Zeitschirm aufbaut. Leider wirkt der Zeitschirm nur auf den Träger des Gürtels. Aber wenn ich mich um einige Stunden in die Vergangenheit versetze, kann ich ein Transportmittel beschaffen und so rechtzeitig damit hier sein, dass wir vor Ablauf der Frist an die Oberfläche kommen.«

»Warten Sie noch!«, sagte Wastor.

Aber da war Tengri Lethos schon verschwunden ...

Für den Hüter des Lichts war es nichts Ungewöhnliches, unter den komplexen Einflüssen eines Zeitschirms in die Zukunft oder in die Vergangenheit versetzt zu werden.

Er sah sich aufmerksam um, dann eilte er in die Richtung, aus der er gemeinsam mit Kershyll Vanne und Wastor nach rund drei Stunden gekommen sein würde. Die Roboter konnten momentan noch nicht in die Unterwelt von Lavallal eingedrungen sein, er brauchte also keine Sorge zu haben, dass er ihnen begegnete.

Tengri Lethos wusste, dass er mit dem Zeitschirm bis zu seiner Ankunft im Innern von Lavallal zurückgehen konnte – mit dem Wissen, das er, von jenem Zeitpunkt an gerechnet, erst Stunden später erworben haben würde. Wenn er das tat, würde er das Ewigkeitsschiff vor dem Sturz in ein anderes Universum bewahren können – und nicht nur das Schiff, sondern mit ihm auch die Nelsons.

Doch er kannte wie kaum ein anderes Wesen auch die Gefahren, die sich durch einschneidende Zeitmanipulationen ergaben. Im schlimmsten Fall kam es zu Paradoxa, die eine anhaltende Instabilität des Raum-Zeit-Bezugs zur Folge hatten. Solche Instabilitäten konnten sich bis zur Umkehrung des Kausalitätsprinzips aufschaukeln.

Im Fall des Ewigkeitsschiffs bestand für Tengri Lethos Anlass für die Befürchtung, dass es – wenn auch aus seiner aktuellen Sicht erst in der nahen Zukunft – bereits zu einem Faktor im Bezugssystem von Ursache und Wirkung des Planeten geworden war. Riss er das Schiff aus diesem Bezugssystem heraus, musste eine einschneidende Veränderung der Zukunft Lavallals eintreten – und die weiteren Auswirkungen ließen sich nicht vorherberechnen. Deshalb verzichtete der Hathor auf den Eingriff.

Er eilte weiter und fand bald darauf die Halle, in der Kershyll Vanne die Energiesphären entdeckt hatte. Mit dem Multitektor suchte er die Sphäre mit der größten Energiereserve heraus, dann betrat er sie und steuerte sie die Strecke, die er gekommen war, zurück.

Als er sich vor dem Verlassen der Halle noch einmal umwandte, sah er, dass Kershyll Vanne soeben am jenseitigen Eingang auftauchte. Das Konzept sah ihn jedoch nicht, da es seine Aufmerksamkeit völlig auf die Sphären richtete.

Tengri Lethos lächelte. Er fragte sich, was geschehen wäre, wenn Vanne ihn bereits jetzt – von dessen Zeitstandpunkt betrachtet allerdings *damals* – gesehen hätte. Es hätte die Zukunft unnötig kompliziert.

Eine halbe Stunde später erreichte er die Stelle, an der er Vanne und Wastor zurückgelassen hatte. Zurückgelassen haben würde, denn sie waren noch nicht da, weil er zu früh zurückgekommen war.

Gedanklich aktivierte er eine Schaltung. Sekundenlang legte sich ein wirbelnder Schleier zwischen ihn und seine Umgebung, dann schwebte er wenige Meter vor seinen Gefährten. Kershyll Vanne lachte erleichtert; Wastor zeigte keine Gemütsbewegung.

Nachdem Vanne und der Androide sich ebenfalls in die Sphäre hatten befördern lassen, beschleunigte der Hathor und steuerte der Oberfläche entgegen.

»Ich muss Ihnen beiden noch etwas mitteilen«, erklärte Wastor, während er eine Druckfolie aus einer Tasche seiner Kombination hervorzog. »Die Koordinaten auf dieser Folie müssen unter allen Umständen von einer Expeditionsflotte angeflogen werden. Es geht darum, ein bestimmtes Objekt zu finden und situationsgerecht zu handeln. Gelingt es nicht, dieses Objekt seiner ursprünglichen Bestimmung zuzuführen, wird das Universum oder doch ein großer Teil des Universums in Agonie versinken. In dem ausbrechenden Chaos werden zahllose Zivilisationen untergehen.«

»Ich kann mir nicht vorstellen, dass Julian Tifflor und die anderen Verantwortlichen der Menschheit in der ohnehin angespannten Lage eine Expedition auf die Beine stellen, wenn sie deren Sinn nur andeutungsweise kennen«, sagte Kershyll Vanne ärgerlich. »Also drücke dich bitte genauer aus, Wastor!«

»Ich weiß selbst nicht mehr«, erwiderte der Androide. »Lediglich den Namen des Objekts kann ich nennen. Es heißt PAN-THAU-RA.«

»In Versalien gesprochen?«, erkundigte sich Vanne. Als Wastor ihn indigniert anschaute, grinste er. »Das sollte nur ein Scherz sein, alter Junge. Natürlich kann man Versalien nicht anders aussprechen als Kleinbuchstaben, aber man hört es heraus, denn es klingt doch irgendwie besonders.«

Wastor drückte ihm die Folie in die Hand. »PAN-THAU-RA bedeutet sicher auch etwas Besonderes. Aber nun muss ich zurückkehren, bevor Lavallals Spannungsfeld so stark ist, dass ich darin hängen bleibe.«

Er verschwand von einer Sekunde zur anderen.

Kershyll Vanne blickte den Hathor fragend an. »Wissen Sie, was PAN-THAU-RA ist, Tengri?«

»Ich weiß nicht mehr darüber, als eigentlich in terranischen Geschichtsbüchern stehen müsste«, erklärte der Hüter des Lichts abweisend. »Deshalb werde ich nicht vorgreifen und die Trägheit des Geistes unterstützen, die sich allzu oft in mangelndem Interesse an der Vergangenheit äußert. Auf fast alle Fragen, die sich der Menschheit stellen und noch stellen werden, findet man die Antwort auf der Erde und in der Vorgeschichte der heutigen Menschen – wenn man danach sucht.«

Gekränkt starrte Vanne geradeaus. Er vergaß seinen Ärger über Lethos' Verschlossenheit jedoch schnell, als die Sphäre durch ein offenes Tor schwebte und er am Horizont die Konturen seiner Space-Jet sah. »Wir haben es geschafft!«, jubelte er.

»Der problematische Teil unserer Flucht fängt erst an, sobald wir gestartet sind«, erwiderte der Hüter des Lichts.

Die Schwierigkeiten kamen viel früher.

Höherdimensionale Energien aus dem Spannungsfeld schlugen in den Planeten ein. Am stärksten wirkten sie auf den planetarischen Transmitter, dessen Aggregate anliefen. Der Planet wurde von einem schwachen, aber konstanten Beben erschüttert.

Zurückschlagende Energien ergriffen die fünfdimensionale Prägung der Sphäre und rissen sie mit. Ihr Schwebeflug wurde jäh beendet, in einer ballistischen Kurve fiel sie zur Oberfläche zurück.

Glücklicherweise war Tengri Lethos nur in wenigen Metern Höhe geflogen, dennoch wurde der Aufprall äußerst unangenehm. Von Entladungsblitzen durchzuckt, rollte die Sphäre auf dem Raumhafen aus und wäre zum Gefängnis für ihre Insassen geworden, hätte der Hüter des Lichts ihre Wandung nicht mit einem Reflexionsfeld aufgebrochen.

Tengri Lethos warf sich Vanne über die Schulter und eilte auf die Space-Jet zu.

Überall erschienen plumpe Roboter, und diesmal bewegten sie sich nicht mehr so träge wie gewohnt. Vielmehr eilten sie mit grotesk wirkenden Sprüngen zu den flachen Wasserbecken und holten die Toten heraus, die sie nach wie vor für Schläfer hielten.

Einige der Maschinengestalten wurden auf die beiden Raumfahrer aufmerksam und versuchten, ihnen den Weg abzuschneiden. Dennoch erreichte Tengri Lethos unbehindert die Space-Jet, drang durch die offene Bodenschleuse ein und setzte Kershyll Vanne in der Steuerkanzel ab.

Wenige Augenblicke später sackte der Hüter des Lichts in sich zusammen. Vanne berührte ihn vorsichtig und stellte fest, dass der Konturschirm erloschen war. Tengri Lethos atmete flach, aber gleichmäßig. Das engmaschige Netz der silbrigen Gewebefäden seines Anzugs war dunkel angelaufen.

»Ein Energierückschlag muss das semiorganische Gewebe geschädigt haben«, flüsterte Vanne im Selbstgespräch. »Und ihn selbst wohl auch.«

Er wuchtete den Hüter des Lichts in einen Kontursessel und schnallte ihn an. Die Furcht, dass er den Mann, der der Menschheit helfen sollte, tot zurückbringen könnte, griff wie mit eisigen Fingern nach ihm.

Wie selbstverständlich übernahm Albun Kmunah die Führung des Konzepts. Kmunah drängte alle Emotionen zurück – nicht nur seine eigenen, sondern auch die der anderen Bewusstseine –, setzte sich vor die Hauptkontrollen und schaltete die Impulstriebwerke hoch. Ihn beherrschte nur noch die Frage, ob das Spannungsfeld des Planeten bereits so stark angereichert war, dass die Space-Jet während ihres Fluchtversuchs unkontrolliert in ein anderes Universum stürzen würde.

Während die Bordpositronik die präzisen Fragen des Alpha-Mathematikers beantwortete und komplizierte Berechnungen durchführte, startete er die Space-Jet. Gudukas Bewusstsein meldete sich. Das Wissen des Totalenergie-Ingenieurs half Kmunah, die anstehenden Probleme besser zu durchschauen.

Rein rechnerisch ermittelten die beiden miteinander korrespondierenden Bewusstseine, dass weder der Linearantrieb noch der Paratronschutzschirm der Jet aktiviert werden durften, da ihre Energien die erwarteten Wandelimpulse der Penetrationskerne förmlich auf sich ziehen würden.

Vorsichtshalber schaltete Kmunah, nachdem das Diskusschiff eine Geschwindigkeit von achthundert Kilometern pro Sekunde erreicht hatte, auch die Impulstriebwerke aus. Er schloss seinen Druckhelm und drosselte sogar die Lebenserhaltungssysteme, nachdem er den Schutzschirm um den Kontursessel aktiviert hatte, in dem Tengri Lethos lag.

Danach starrte er nach draußen. Nichts war zu sehen, aber dennoch tobten Kräfte, die sich dem menschlichen Vorstellungsvermögen entzogen.

Flüchtig glaubte der Sieben-D-Mann, etwas zu spüren, das in ihm den Eindruck eisigen Atems weckte. Dann sah Albun Kmunah den Planeten verschwinden. Lavallal kehrte in sein eigenes Universum zurück – und mit ihm das Ewigkeitsschiff ...

Kershyll Vanne hatte wieder die Führung des Konzepts übernommen und kümmerte sich um Tengri Lethos. Der Hüter des Lichts war weiterhin ohne Bewusstsein, aber er atmete. Einem Menschen hätte Vanne ein kreislaufstabilisierendes Medikament injiziert; bei Lethos wagte er das nicht. Die Gefahr eines allergischen Schocks erschien ihm zu groß.

Vanne fühlte sich ausgelaugt und spürte, dass es seinen Mitbewusstseinen genauso erging. Müde blickte er auf die Kontrollen.

Er blinzelte verwirrt, weil er für das Linearmanöver Werte eingegeben hatte, die das Schiff keineswegs in Sicherheit bringen, sondern es rund eine Million Kilometer vor dem Ende des Staubmantels in den Normalraum zurückfallen lassen würden.

Hatte er das absichtlich getan – oder hatte ihn etwas dabei beeinflusst?

Vanne streckte die Hand nach den Kontrollen aus, um das Übertrittsmanöver zu unterbrechen. Doch er zog sie ebenso schnell wieder zurück. Plötzlich war er sich nicht mehr sicher, ob es richtig wäre, die Programmierung rückgängig zu machen.

»Wird mir auch dieser Zweifel suggeriert?«, flüsterte er verwirrt und erbittert.

Die Space-Jet erreichte neunzig Prozent der Lichtgeschwindigkeit, als sie nur noch eine halbe Million Kilometer von dem Staubwall trennte. Der Waring-Konverter setzte ein und stieß das Schiff in den unendlichen Raum, der zwischen zwei Dimensionen lag.

Nach kurzem Flug durch den Linearraum stürzte die Space-Jet zurück. Vor ihr lagen noch eine Million Kilometer kosmischer Staub, zu wenig, um das Licht der zahllosen Sterne zu verschlucken.

Beinahe verkrampft wartete Vanne auf die grauenhaften paramentalen Impulse, die beim Tod der Schläfer die Staubmaterie aufgeladen hatten. Doch die Impulse blieben aus. Vielmehr fühlte er sich zunehmend besser. Seine Müdigkeit verflog.

»Es wird Zeit, dass ich zur Erde zurückkomme!«, sagte er leise.

Wir alle brauchen neue Aufgaben!, kam ein Gedanke von Ankamera.

Diese körperliche und geistige Frische und dieser Tatendurst sind niemals die Auswirkung normaler Regeneration!, ließ sich Indira Vecculi vernehmen.

Wir spüren die paramentalen Kräfte!, dachte Albun Kmunah. *Sie wirken offenbar negativ, wenn man die Staubmaterie von außen nach innen durchfliegt – und von innen nach außen erzeugen sie eine äußerst positive Wirkung.*

»So muss es sein«, erwiderte Vanne. »Und ich wette, dass ES diese Tatsache kannte und wollte, dass ich die Space-Jet ein Stück weit durch den Staubmantel fliege. Dadurch hat ES seine Fehler, die ihm unterlaufen sind, wettgemacht.«

In seinem Bewusstsein ertönte das ironische Gelächter, mit dem der Unsterbliche von Wanderer sehr oft die Gedanken und Handlungen derjenigen kommentierte, derer er sich als Handlanger bediente, um die Entwicklung mit unendlicher Geduld in eine bestimmte Richtung zu lenken.

Das Gelächter verstummte wieder, ohne dass ES sich zu einer Erklärung herabgelassen hätte.

Zornig dachte Vanne daran, dass ES anscheinend keine Notiz von Lethos' besorgniserregendem Zustand genommen hatte. Er schaute zu dem Sessel, in dem der Hüter des Lichts lag – und sprang auf, als er sah, dass der Hathor die Augen geöffnet hatte. »Geht es Ihnen wieder besser?«, fragte er.

Der Hüter des Lichts bewegte die Lippen. Vanne musste sich tief über ihn beugen, um zu verstehen, was er mit kraftloser Stimme flüsterte.

»Das Netz!«, hörte der Sieben-D-Mann und begriff, dass Lethos das semiorganische Gewebe seines Lichtanzugs meinte. »Es fing n-dimensionale Energien auf, die mich in ein anderes Universum geschleudert hätten, wäre die organische Komponente nicht größtenteils abgestorben. Das aber führte zu einem Schock.«

In Gedanken nahm Kershyll Vanne seine unausgesprochenen Vorwürfe gegen ES zurück. Er hielt es für sicher, dass die Besserung von Lethos' Zustand auf die positive Einwirkung der paramentalen Strahlung zurückzuführen war – und dass ES diese Wirkung eingeplant hatte.

»Wie kann ich Ihnen helfen?«, fragte er.

»Bringen Sie mich nach Olymp – zu Anson Argyris!«, bat der Hüter des Lichts schwach. Ein vages Lächeln zeigte sich auf seinem Gesicht. »In Argyris' Reich gibt es etwas, das mir helfen wird, meinen Schock zu überwinden und das Netz zu regenerieren.«

»Die Uralt-Anlagen in der Unterwelt von Olymp!«, entfuhr es Vanne. »Wurden sie von Hathorern errichtet?«

Tengri Lethos ging nicht darauf ein. »Ich melde mich, wenn ich bereit für die Mission bin, Kershyll«, sagte er. »Danach werde ich mein Ewigkeitsschiff zurückholen!« Er schloss wieder die Augen.

»Ich werde Ihnen dabei helfen, wenn ich kann«, versprach Vanne.

»Vielleicht brauche ich Sie tatsächlich.« Abermals spielte ein schwaches Lächeln um Lethos' Mundwinkel. »Vor allem: Lesen Sie Ihren Hesiod, Kershyll!«

Sein gleichmäßiger Atem verriet, dass der Hüter des Lichts eingeschlafen war.

Kershyll Vanne kehrte zu seinem Platz zurück und programmierte die nächste Flugetappe. Olymp war sein erstes Ziel, danach kam Terra.

Das energetische Landegerüst zog die Space-Jet auf einen Nebensektor des Raumhafens von Terrania hinab.

Aufmerksam beobachtete Kershyll Vanne ein Großraumschiff, das gleichzeitig mit ihm im Zivilbereich des Raumhafens landete. Offensichtlich handelte es sich um ein Sammlerschiff, das Menschen von einem fernen Kolonialplaneten zur Erde zurückbrachte.

Zirka dreihundert Raumschiffe unterschiedlicher Größe waren auf dem Areal verteilt. Die Personen- und Materialschächte, die in die Tiefanlagen unter dem Raumfeld führten, standen offen. Aus den Schiffen fluteten Menschenmassen in die Tiefenanlagen, um sich registrieren und Wohnungen und Arbeitsplätze zuweisen zu lassen.

Kershyll Vanne blickte auf die Datumsanzeige. Es war der 11. Januar des Jahres 3586 Standardzeit. Die Wahlen zur Regierung mussten also vor zehn Tagen erfolgt sein. Er war gespannt auf ihren Ausgang, obwohl er annahm, dass Julian Tifflor mit übergroßer Mehrheit zum Regierungschef gewählt worden war.

Vanne bemerkte, dass seit seinem Abflug beachtliche Aufbauleistungen vollbracht worden waren. Terrania City gewann mit jedem Tag mehr vom früheren Glanz zurück. Baufällige Stadtviertel wichen einer neuen Pracht. Die Erde würde aufblühen und sich imposanter darbieten als jemals zuvor – und sie würde nie wieder die Verwaltungswelt eines Sternenimperiums sein, sondern kultureller Mittelpunkt und Heimatwelt aller Menschen.

Die riesige Stadt mit ihren gewaltigen Bauplätzen verschwand aus Vannes Blickfeld, als die Space-Jet unter das Niveau des Sichelwalls sank. Gleich darauf setzte das Schiff auf.

Als Kershyll Vanne die Bodenschleuse verließ, landete soeben ein Fluggleiter in unmittelbarer Nähe. Ein junger Mann in schlichter lindgrüner Kombination stieg aus, ging auf Vanne zu und hob grüßend die Hand.

»Protor Vaux!«, stellte er sich vor. »Mister Vanne, ich bin im Auftrag des Ersten Terraners gekommen, um Sie nach Imperium-Alpha zu bringen.«

Vanne neigte grüßend den Kopf. »Der Erste Terraner heißt Julian Tifflor?«, erkundigte er sich. »Ich habe die Wahlen nicht mitverfolgen können, Mister Vaux.«

»Er heißt Julian Tifflor, richtig.« Vaux deutete auf zwei näherkommende Bodengleiter. »Die Techniker werden sich Ihres Schiffes annehmen und es gründlich untersuchen.«

»Gut!«, erwiderte Vanne. »Fliegen wir!«

Er fieberte der Begegnung mit Tifflor entgegen und freute sich darauf – vor allem wollte er mehr über die Situation auf der Erde erfahren. Aber vorher würde er wohl seinen Bericht abgeben müssen.

Protor Vaux geleitete ihn zu dem Raum, in dem jener Block aus silbern schimmerndem Metall untergebracht war, der die Bewusstseine der Altmutanten beherbergte, wenn sie sich nicht gerade mit Trägerkörpern in einem Einsatz befanden.

Vor dem Panzerschott ließ Vaux das Konzept allein. Als Vanne den Raum betrat, lehnte Tifflor mit dem Rücken an dem Block aus PEW-Metall und blickte ihm lächelnd und erwartungsvoll entgegen.

»Willkommen auf der Erde, Kershyll!«, sagte Tifflor. »Ich freue mich, Sie gesund wiederzusehen. Inzwischen hat sich hier einiges getan. Wir haben die Liga Freier Terraner, ich bin Erster Terraner – und Roi Danton wurde zum Obersten Terranischen Rat gewählt. Aber später mehr darüber. Sie bringen Neuigkeiten?«

»Mehr als genug«, antwortete Vanne. Er berichtete über die Geschehnisse um und auf Lavallal, von seiner Begegnung mit dem Hüter des Lichts und der Botschaft von ES. Er überreichte Tifflor die Folie, die Wastor ihm gegeben hatte.

Der Erste Terraner runzelte unwillig die Stirn.

»Eine wichtige Mission, die viele Raumschiffe und noch mehr hochqualifizierte Menschen beanspruchen würde – das ist undenkbar, Kershyll. Bei den Problemen, vor denen wir stehen, kann ich kein einziges Schiff entbehren.«

»Wastor nannte das, was wir aufspüren sollen, PAN-THAU-RA – und Tengri Lethos gab mir den Hinweis, ich solle ›meinen Hesiod‹ lesen. Sagt Ihnen das etwas?«

»Allerdings.« Tifflor wurde blass. »Erst gestern berichtete mir der Rat für Wissenschaften, Payne Hamiller, von einem Fund auf Kreta. Die Schriften, die dort entdeckt wurden, sind erst teilweise übersetzt, aber schon heute steht fest, dass darin von einem Wesen oder Ding namens PAN-THAU-RA berichtet wird, das einen Behälter voller Krankheitserreger und anderer Unheilsbringer über der prä-minoischen Zivilisation ausschüttete.«

»Die Büchse der Pandora!«, entfuhr es Kershyll Vanne.

Tifflor nickte. Er wollte etwas sagen, doch in dem Moment erklang über Rundruf eine erregte Männerstimme: »Soeben wurde vom Überwachungsstab Luna-NATHAN Alarm gegeben!«

Julian Tifflor stieß sich von dem PEW-Block ab und eilte zur Tür.

»Kommen Sie mit, Kershyll! Ich fürchte, da bricht neues Unheil über uns herein!«

4.

»Special Projects Office, Kalaainen«, meldete sich der junge Mann. Er warf einen Blick auf den Schirm und sah, dass ihm der Anrufer unbekannt war. Es handelte sich um einen Mann in mittleren Jahren. Hageres Gesicht, kurzes eisgraues Haar und ein spöttisches Glitzern in den Augen.

»Redfern hier. Ich will den Ersten Terraner für Wissenschaft sprechen.«

»Den Terranischen Rat für Wissenschaften etwa?«, Kalaainen sah verwundert auf.

»Hamiller heißt er.«

Pemmo Kalaainen war zwar nur einer der untergeordneten Mitarbeiter des Special Projects Office, doch er war sich der Würde bewusst, dass das SPO dem Terranischen Rat für Wissenschaften direkt unterstand. »Sie nehmen hoffentlich nicht an, der Rat sei für jeden und zu jeder Zeit zu sprechen?«, fragte er schnippisch.

»Dieser Ansicht bin ich nicht«, bekannte der Anrufer. »Ich sehe auch gar nicht ein, was das mit meinem Anruf zu tun haben soll.«

»Haben Sie in letzter Zeit auf die Uhr geschaut?«

»Habe ich. Bei euch in Terrania City ist es jetzt halb zwei.«

»Morgens!«, betonte Kalaainen.

»Natürlich«, bestätigte Redfern. »Ich ersuche darum, den Rat nötigenfalls aus dem Bett zu holen – obwohl ich bezweifle, dass er sich dort befindet.«

Kalaainen wich auf eine Kontrollschaltung aus. In einem Seitenholo erschien die Meldung, dass der Rat für Wissenschaften sich derzeit in einer Besprechung mit dem Ersten Terraner befand. »Sie haben recht«, antwortete er von oben herab. »Trotzdem werde ich Hamiller nicht stören.«

Der Mann mit dem eisgrauen Haar lächelte, aber es war ein gefährliches Lächeln. »Sie sollten wissen, dass ich eine akute Abneigung gegen Leute habe, die sich aufgrund ihres Amtes etwas einbilden. Es macht mir geradezu Spaß, einen aufgeblasenen Schnösel wie Sie auflaufen zu lassen. Ich sage Ihnen ...«

»Ich muss mir Ihr Geschwätz nicht weiter anhören!« Pemmo Kalaainen schaltete die Verbindung ab.

Die Atmosphäre in dem Raum wirkte angespannt. Kaum jemand redete. Von den vier Männern schritten zwei mit gesenktem Kopf und auf dem Rücken verschränkten Händen auf und ab. Die beiden anderen saßen an dem runden Tisch und schienen ebenfalls eigenen Gedanken nachzuhängen.

Der Raum war ein Konferenzzimmer im obersten Stockwerk des Verwaltungsgebäudes, das die Erdregierung zu ihrem Hauptquartier gemacht hatte. Die vier Männer hießen Julian Tifflor, Roi Danton, Kershyll Vanne und Payne Hamiller. Hamiller war einer der beiden am Tisch.

Tifflor unterbrach seinen Spaziergang. »Das kann unmöglich so lange dauern!«, sagte er. »Sind Sie sicher, Hamiller, dass Ihre Leute auf Draht sind?«

Der junge Wissenschaftler schrak auf, als sei er in Gedanken weit weg gewesen. Das kurz geschnittene braune Haar und der kurzsichtige Blick verliehen ihm einen Ausdruck von Weltfremdheit.

»Natürlich sind sie auf Draht«, antwortete er ein wenig ungehalten, als störe er sich daran, derart unsanft aus seinen Überlegungen gerissen zu werden.

»Bitte überzeugen Sie sich!«, bat Julian Tifflor, der die Eigenheiten des Wissenschaftlers gut kannte. »Es erscheint mir unvorstellbar, dass Lunar Emergency Operations sich noch nicht gemeldet haben sollte.«

Bezeichnenderweise musste Hamiller zuerst den Informationsdienst bemühen, um herauszufinden, welchen Rufkode das Special Projects Office hatte. So komfortabel, dass wenigstens den höchsten Regierungsinstanzen ein Ordonnanzroboter zur Verfügung stand, war Terrania City noch nicht wieder eingerichtet.

Payne Hamiller blickte den jungen Mann recht ungnädig an, der in der holografischen Darstellung erschien. »Wer sind Sie?«, fragte er knapp.

»Pemmo Kalaainen, Sir!«

»Gehören Sie zum Special Projects Office?«

»Selbstverständlich, Sir.«

»Ich erwarte ein dringendes Gespräch. Ist eines für mich angekommen?«

»Von wem, Sir?«

»Lunar Emergency Operations – ein Mann namens Redfern. Er ist ... was haben Sie?«

Kalaainens Gesicht war blutrot angelaufen. »Sofort, Sir!«, würgte er hervor. »Ich beschaffe Ihnen das Gespräch in höchster Eile. Ich ... es scheint ...« Der Rest war unverständliches Gemurmel. Das Holo verwischte, baute sich aber wenige Sekunden später wieder auf. Redferns hageres Gesicht erschien.

»Sie sollten den Notdienst zuverlässigeren Leuten überlassen, Hamiller.« Redfern grinste diabolisch. »Der falsche Mann am falschen Platz – und schon haben Sie eine erstklassige Panne.«

»Ich verstehe nicht«, sagte Hamiller verwirrt.

In dem Moment trat Julian Tifflor hinzu. »Geben Sie Ihren Bericht ab, Redfern!«, verlangte der Erste Terraner.

»Die Angelegenheit ist ziemlich undurchsichtig, Sir. Ich schicke vorweg, dass wir Zeit haben, uns in Ruhe darüber zu unterhalten. Es besteht keine Gefahr, andererseits gibt es auch nichts, was wir momentan tun könnten.«

Der Erste Terraner nickte knapp. Er wusste es zu schätzen, wenn ein Gesprächspartner sofort mit wenigen Worten zusammenfasste, worauf es ankam.

»Die Summe der nachweisbaren Aktivitäten NATHANS stimmt nicht mit dem von den Kraftwerken angezeigten Gesamtleistungsverbrauch überein«, sagte Redfern.

»Wurde mehr Leistung abgerufen?«

»So ist es, Sir. Die Monitoren schlossen daraus, dass NATHAN eine geheime Tätigkeit aufgenommen hat. Wir haben uns natürlich umgehend erkundigt. Die erste Anfrage an die NATHAN-Exekutive blieb unbeantwortet. Auf die zweite erhielten wir die Auskunft, es gebe zur vorliegenden Frage keine Information. Da waren wir ziemlich sicher, dass wir von NATHAN selbst so bald nichts erfahren würden, und machten uns an die Arbeit. Die Ausbeute ist mager. Wir wissen, dass NATHAN in einem sublunaren Sektor namens Germyr eine unbekannte Tätigkeit aufgenommen hat. Das ist alles.«

»Germyr?«, wiederholte Tifflor. »Das ist der Sektor, der angelegt werden sollte, als Terra bereits im Mahlstrom stand.«

»Eben dieser.«

»Wie bedeutend ist NATHANS Aktivität dort?«

»Die Summe aller beobachtbaren Tätigkeiten der Hyperinpotronik entspricht einer Leistung von achtzehn Terawatt. Der tatsächliche Verbrauch liegt bei sechsundzwanzig.«

Julian Tifflor hatte Mühe, das Gehörte zu verarbeiten. NATHANS Aufgabenumfang war gigantisch. Seitdem Terra und Luna in die heimatliche Milchstraße zurückgekehrt waren, versah er alle Funktionen lückenlos – und dazu eine Menge anderer, die früher nicht zu seinem Aufgabenbereich gehört hatten, wie zum Beispiel die robotgesteuerten Aufräumarbeiten in den Städten der Erde.

Die Energie, die NATHAN verschlang, war seinem Aufgabenumfang angemessen. Achtzehn Terawatt oder achtzehn Billionen Watt entsprachen in etwa dem Gesamtverbrauch der terranischen Industrie, bevor Terra sich dem Zugriff der Laren über den Kobold-Transmitter entzogen hatte.

Damit nicht genug. Die Hyperinpotronik hatte offenbar eine neue Aufgabe übernommen, die nahezu ein Drittel ihres Gesamtleistungsverbrauchs beanspruchte.

»Ich nehme an, Sie verfolgen die Sache weiter«, sagte Tifflor. »Welche Schritte werden Sie unternehmen?«

»Ich habe einen Stoßtrupp aufgestellt, der in den Germyr-Sektor eindringen wird«, antwortete Redfern. »Es schien das Nächstliegende zu sein.«

»Sie versprechen sich offensichtlich keinen Erfolg davon?«

»So ist es, Sir. Wir hatten ähnliche Situationen in der Vergangenheit. Wenn NATHAN sich etwas in den Kopf gesetzt hat, dann führt er das aus. Und wenn er Details vor uns geheim halten will, bringt er auch das zuwege.«

»Angenommen, der Stoßtrupp muss erfolglos umkehren. Was dann?«

Redfern machte eine Geste, die seine Ratlosigkeit zum Ausdruck brachte. »In dem Fall weiß ich nicht weiter, Sir.«

Tifflor wandte sich um und musterte Hamiller, der aufmerksam zugehört hatte.

»Ich werde Ihnen jemanden schicken«, versprach er.

In dieser Nacht kam Payne Hamiller nicht zur Ruhe. Mit dem Begriff Germyr verband sich etwas Bedrohliches, das spürte er. Nur hatte er keine vollständigen Informationen.

Er betrat den kleinen Raum, der an seine Unterkunft im Ministerium angrenzte und den er eigens für sich hatte einrichten lassen. Von hier aus hatte er Zugriff auf alle Informationsquellen. Sorgfältig nannte er seine Kennungen, aber erst nach der Prüfung seiner Individualdaten wurde er nach seinen Wünschen gefragt.

»Ich benötige alle Informationen über Germyr!«

»Subjekt in der höchsten Suchqualifikation unbekannt. Nennen Sie einen übergeordneten Begriff!«

»Luna. Sublunare Anlagen.«

Augenblicke später erschienen umfangreiche Textpassagen und Grafiken, und eine halbe Stunde später war Hamillers Wissbegierde befriedigt, aber seine Sorge gewachsen.

Der Sektor Germyr war der umfangreichste sublunare Komplex. Als Perry Rhodan noch das Amt des Ersten Hetrans der Milchstraße innehatte, war Germyr als abseits gelegene Kraftwerksanlage geplant worden, auszustatten mit Nugas-Schwarzschild-Reaktoren, sobald diese Technik Serienreife erreichte.

Später, im Mahlstrom der Sterne, waren die Pläne modifiziert worden. Germyr sollte zu einer Werft umgerüstet werden, die kleine und leistungsfähige Raumschiffe mit neuartigen Antriebssystemen produzierte. Damals, zur Zeit der Ploohn-Kriege, war ein solcher Bedarf angenommen worden.

Dann war die Aphilie über Terra hereingebrochen, und Perry Rhodan, der ursprüngliche Germyr-Planer, hatte die Erde verlassen müssen. Von da an wurden die Aufzeichnungen spärlich. Im Jahr 3574 wurde Germyr zum letzten Mal erwähnt. *Die Arbeiten schreiten planmäßig fort,* hieß es, doch existierte kein Hinweis darauf, was zu jener Zeit planmäßig gewesen sein mochte.

Der aktuelle Status des Sektors Germyr war wohl in dem weiten Bereich zwischen »kaum angefangen« und »fertig« anzusiedeln.

Payne Hamiller nahm hinzu, dass NATHAN im Germyr-Sektor aktiv geworden war. Da NATHAN offensichtlich nicht damit beschäftigt war, den Sektor als solchen herzustellen – das hätten die Seismografen wegen der unvermeidlichen Erschütterungen im Handumdrehen festgestellt –, schien er Germyr als Produktionsstätte in Betrieb genommen haben. Das bedeutete, dass der Sektor bereits ausgebaut und eingerichtet sein musste. Die Aphiliker hatten demnach keineswegs das Interesse an dem Projekt verloren, sondern vielmehr mit höchstem Eifer weitergebaut.

Niemand hatte eine Ahnung, was der sublunare Sektor Germyr jetzt darstellte.

Bedenklich war, dass NATHAN den Aphilikern fast bis zum Ende ihrer Epoche in vollem Umfang zur Verfügung gestanden hatte. Das Licht der Vernunft hatte NATHAN Befehle erteilen, neue Programme eingeben und sogar sein Basisprogramm ändern können.

Vor Hamillers innerem Auge entstand die erschreckende Vision eines aphilischen Langzeitprogramms. Womöglich hatten die Menschen jener Epoche in ihrem Wahn, jeden zur Lehre der Reinen Vernunft zu bekehren, eine Kriegsflotte aufbauen wollen. Falls NATHAN an einem solchen Programm arbeitete, war dies in doppelter Hinsicht gefährlich. Erstens waren die lunaren Energiereserven nicht unbegrenzt, und zumindest ein Teil der Leistung, die NATHAN in Germyr verbrauchte, würde von anderen Projekten abgezogen werden. Zweitens bestand die Gefahr, dass NATHAN etwas produzierte, was die Glaubwürdigkeit der neuen Regierung bis in ihre Grundfesten erschüttern würde.

Julian Tifflor hatte den Vertretern der GAVÖK zu verstehen gegeben, dass die terranische Menschheit kein neues Solares Imperium anstrebe. Was würde geschehen, wenn Luna plötzlich Unmengen neuer Kriegsschiffe ausspie?

Hamiller rief Tifflor an. »Es besteht die Möglichkeit, dass wir ein erstrangiges Problem am Hals haben«, eröffnete er.

Payne Hamiller und Roi Danton hatten sich nach Hamillers Gespräch mit Redfern verabschiedet. Zurückgeblieben waren Julian Tifflor und das Konzept Kershyll Vanne.

»Verstehen Sie meine Frage nicht als Ausdruck der Unhöflichkeit«, sagte der Erste Terraner. »Aber warum sind Sie noch hier? Es ist schon halb drei Uhr morgens.«

»Ich glaube, Sie sind ebenso wenig müde wie ich.« Vannes Blick war durchdringend. »NATHAN beunruhigt Sie?«

»So ist es.«

»Mich beunruhigt ES. Unsere Sorgen beziehen sich also auf zwei Einheiten, die in der Vergangenheit eng zusammengearbeitet haben.«

»Falls Sie von Neuem versuchen wollen, mich für den Vorschlag unseres Freundes ES zu begeistern, vergessen Sie's!« Tifflor winkte ab.

»Sie sollten wenigstens darüber nachdenken«, schlug Vanne vor. »Man kann alles Mögliche sagen – aber nicht, dass ES jemals versucht hätte, der Menschheit zu schaden.«

»Darum geht es nicht«, erklärte Tifflor. »ES fordert uns einfach auf, nach einem geheimnisvollen Ding namens PAN-THAU-RA zu suchen ...«

»Es gab noch ein paar Untertöne: Dass PAN-THAU-RA eine große Gefahr für mehrere Galaxien darstelle. Dass die Menschheit es bedauern werde, wenn sie dieser Aufforderung nicht folgt.«

Tifflor schwieg eine Weile.

»Was soll ich mit Untertönen anfangen? Die Milchstraße befindet sich noch in Aufruhr. Terra hat das Gelöbnis abgelegt, niemals mehr nach galaktischer Macht zu streben. Ohne ein Imperium aber ist die Erde schwach. Also muss ein Warn- und Verteidigungssystem geschaffen werden, das uns gegen Übergriffe jeder Art sichert. Außerdem gilt es, die Erde aufzuräumen. Alte Industrieanlagen müssen wieder in Gang gesetzt, neue errichtet werden. Wir haben Aufgaben genug für die nächsten fünfzig Jahre – und da kommt ES und erwartet, dass wir riesige Mittel für eine Expedition ins Ungewisse bereitstellen?«

»Ich verstehe Sie«, sagte Vanne. »Das ist das Schlimme. Offenbar fehlt mir ebenfalls das notwendige Verständnis für ES. Das Geistwesen kennt unsere Situation. Trotzdem glaubt ES, uns mit vagen Andeutungen zu einer abenteuerlichen Expedition animieren zu können. Wenn es wirklich wichtig ist, warum erhalten wir dann nicht eindeutige Hinweise?«

»Meine Rede«, bestätigte Tifflor.

Jedes Mal, wenn Payne Hamiller sich auf eine Reise begab, hatte er das Gefühl, er sei im Begriff, etwas Wichtiges zu vergessen. Der Transmittersprung nach Luna war zwar nur mit Mühe als Reise zu bezeichnen, aber der Reflex war unabhängig von Entfernung oder Aufenthaltsdauer. Hamiller glaubte fest daran, dass seine Mutter dafür verantwortlich war. An Bord der SOL, als Kind, hatte er die Kabine nie verlassen können, ohne dass seine Mutter ihn hartnäckig gefragt hatte: »Hast du nichts vergessen? Bist du sicher, dass du alles bei dir hast?« Das hing ihm bis heute nach.

Hamiller hatte seine Begleiter in den Transmitterraum bestellt. Er sah auf die Uhr. Es waren noch zehn Minuten bis zur verabredeten Zeit.

Der Gedankenablauf, den dieser Blick auf die Uhr in Bewegung setzte, war schwer nachzuvollziehen: *Du hast noch Zeit. Nein, du hast nichts mitzunehmen vergessen. Aber war da nicht noch etwas, was du hättest tun sollen? Erinnerst du dich?*

Payne Hamiller wählte einen Rufkode. Über seinem Kombiarmband entstand ein winziges dreidimensionales Logo. »Sie haben etwas für mich?«, fragte eine wohlklingende Stimme.

Wie unter einem inneren Zwang redete der Wissenschaftler. »Es tut sich etwas auf Luna. NATHAN handelt eigenmächtig. Ohne ausdrücklichen Befehl hat er angefangen, im Sektor Germyr etwas zusammenzubauen, von dem wir nicht wissen, was es ist.«

»Germyr?«, wiederholte die Stimme.

Payne Hamiller berichtete, was er in Erfahrung gebracht hatte.

»Gut«, sagte die Stimme. »Und was geschieht jetzt?«

»Ich bin auf dem Weg nach Luna. Wir müssen an Ort und Stelle herausfinden, was NATHAN plant.«

»Sie werden mich auf dem Laufenden halten?«

»Selbstverständlich«, versicherte Hamiller.

Das Logo erlosch.

Payne Hamiller entsann sich Augenblicke später nur noch, dass er ein kurzes Gespräch geführt hatte. Er wusste auch, dass sein Gesprächspartner Boyt Margor gewesen war, der Mann, der ihn vor einigen Wochen dazu bewogen hatte, für das Amt des Terranischen Rates für Wissenschaften zu kandidieren. Aber je länger er darüber nachdachte, desto verwaschener wurde seine Erinnerung.

Ein neuerlicher Blick auf die Uhr belehrte ihn, dass seine Begleiter, sofern sie pünktlich waren, bereits auf ihn warteten. Er verließ die Unterkunft und nahm den nächsten abwärts gepolten Antigravschacht.

Eine hüfthohe Barriere teilte den Transmitterraum in zwei Hälften. Jenseits befanden sich die technischen Anlagen, diesseits standen zwei Frauen und drei Männer. Hamiller musterte sie knapp. Er kannte keinen von ihnen. Dabei hatte er selbst bestimmt, wer ihn begleiten sollte. Anhand von Personaldaten und Qualifikation. Nur in einem Fall hatte er dem Drängen des Mitarbeiters selbst nachgegeben. Aber den Mann, mit dem er von Angesicht zu Angesicht gesprochen hatte, erkannte Hamiller nicht wieder.

Manchmal empfand er Zweifel, ob er für das Amt eines Terranischen Rates wirklich geeignet sei. Er war Wissenschaftler, und mit Menschen kam er vorzüglich zurecht, solange es nur darum ging, ihr Freund oder Bekannter zu sein. Die Verantwortung für Untergebene war ihm fremd. Er war kein Manager. Doch gerade das war die Funktion, aus der das Amt eines Terranischen Rates in erster Linie bestand.

Payne Hamiller lächelte einen nach dem andern an, und sein Lächeln wurde erwidert. Ihm fiel allerdings auf, dass einer der Männer damit Schwierigkeiten hatte. Hamiller trat auf denjenigen zu. »Sie sind ...?«

»Pemmo Kalaainen, Sir.«

Hamiller entsann sich. Das war der Mann, der ihn bedrängt hatte, zum Mond mitgenommen zu werden.

Aus einem Lautsprecherfeld dröhnte eine Stimme: »Wir haben nur noch auf Ihre Ankunft gewartet, Sir. Das Transportfeld entsteht jetzt!«

Die Projektoren erwachten mit leisem Summen. Knisternd baute sich ein leuchtender Bogen auf. Ein Stück der Barriere verschwand im Boden.

Payne Hamiller war der Erste, der durch den Transmitter ging. Weil seine Begleiter ihm den Vortritt ließen. Und weil seine Würde als Terranischer Rat verlangte, dass er davon Gebrauch machte. Nur deshalb.

Wer den Mann zum ersten Mal sah, der wusste nicht, ob er Mitleid mit ihm haben oder ihn bewundern sollte.

Die langen, dürren Beine und der ungewöhnlich kurze, ebenfalls dürre Oberkörper ließen ihn verwachsen wirken und erzeugten, sobald er sich bewegte, den Eindruck der Unbeholfenheit. Wer aber das Gesicht betrachtete, der wurde von der prägnanten Physiognomie sofort in ihren Bann gezogen. Ein Mund, der zum Lächeln geschaffen schien, und große tiefblaue Augen verliehen diesem Gesicht den Ausdruck von Freundlichkeit und Intelligenz.

Der Betrachter, durch das Missverhältnis zwischen Körper und Gesicht bereits verwirrt, nahm nur noch am Rand zur Kenntnis, dass das Haar des Mannes von türkisfarbener Tönung war. Er trug es kurz geschnitten und über der Stirn nach oben gekämmt.

Das war Boyt Margor, den manche, die mit ihm zu tun gehabt hatten, den Unheimlichen nannten. Von seiner Macht bekam der unvoreingenommene Beobachter nichts zu spüren. Wer Margor im Vorbeigehen sah, der wandte sich wohl ein- oder zweimal nach ihm um und wunderte sich darüber, warum der Mann Kleidung trug, die seinen Misswuchs eher betonte als verhüllte. Aber dieser Eindruck war nicht bleibend. Im Zeitalter der galaxienweiten Raumfahrt gab es Gestalten, die weitaus ungewöhnlicher wirkten als Boyt Margor.

Um den Hals trug er an einem metallenen Ring ein Amulett aus einem klobigen unbehauenen Mineral. Ring und Mineral waren türkisfarben wie Margors Haar. Erst wer das Amulett konzentriert betrachtete, erfuhr, dass es ein Geheimnis enthielt.

Der Mutant Boyt Margor saß an der Stirnseite eines länglichen Tisches. Zu beiden Seiten warteten etwa ein Dutzend Männer und Frauen, deren Blicke unverwandt auf ihn gerichtet waren.

»Ich habe vor Kurzem erfahren, dass NATHAN sich abermals selbstständig gemacht hat und außerhalb menschlicher Kontrolle an einem Programm arbeitet, das anscheinend spätaphilischen Ursprungs ist.« Boyt Margor sah seine Zuhörer der Reihe nach an. »Man mag über die Aphiliker denken, wie man will, aber wenn es darum ging, die militärische Macht der Erde zu stärken, dann dachten die Kinder der Reinen Vernunft wie wir heute. Deswegen, meine ich, kann das Programm, das soeben auf Luna angelaufen ist, nur in unserem Sinn sein.«

Er unterbrach sich und spielte gedankenverloren mit seinem Amulett.

»Wichtig ist natürlich, dass wir das Programm unter unsere Kontrolle bekommen. Da wir nicht wissen, worum es geht, können wir nicht sagen, was von uns verlangt werden wird. Ich stehe jedoch in zuverlässiger Verbindung mit einem der Unseren, der mir alle erforderlichen Informationen zukommen lassen wird.«

Payne Hamillers Name fiel nicht. Doch es gab mehrere unter Margors Zuhörern, die wussten, dass nur Hamiller gemeint sein konnte.

Ohne ein Wort miteinander zu sprechen, verließen sie den spärlich eingerichteten Raum wieder. Der Mutant blieb allein zurück. Der Raum war einer von mehreren Dutzend, die er an allen wichtigen Orten der Erde als Versammlungszentren eingerichtet hatte. In den wenigen Wochen seit seiner Landung auf Terra hatte Boyt Margor ein Agentennetz mit erstaunlichem Umfang geschaffen. Das alles, ohne dass die terranischen Behörden auch nur von einer Verschwörung ahnten. Die Leute, mit denen er arbeitete, standen unter seinem Bann. Ihre Psi-Affinität machte sie zu seinen willigen Opfern.

Boyt Margor war ein erbitterter Gegner der Pläne, auf ein neues terranisches Imperium für immer zu verzichten. Ein Postulat der Philosophie, die der Mutant für sich selbst entwickelt hatte, lautete, es solle ein jedes Volk nach so viel Macht streben, wie es erlangen und verteidigen konnte. Da ihm nicht entging, dass die öffentliche Meinung jedoch auf der Seite der Regierung stand, wusste er, dass er seine Ziele nur mit einem gewaltsamen Umsturz erreichen konnte.

Der Zeitpunkt dafür war nicht ungünstig. Die Administration hatte sich erst in ihren höchsten Rängen organisiert. Regionale und örtliche Behörden waren im Entstehen begriffen und würden frühestens in einigen Monaten voll funktionsfähig sein. Außerdem glaubte Margor, dass jener Teil der öffentlichen Meinung, der die Regierung nicht unterstützte, weitaus größer sein musste, als es den Anschein hatte. Unter den Unzufriedenen suchte er seine Anhänger.

Die Entwicklung auf Luna hatte er nicht vorhersehen können. Die ganze Zeit über war seine Aufmerksamkeit auf ein anderes Vorhaben gerichtet gewesen. Payne Hamiller hatte ihm von den nahezu sensationellen archäologischen Funden auf der Mittelmeerinsel Kreta berichtet. Der Wissenschaftler Czerk Matzlew und seine Mannschaft waren auf die Überreste einer prä-minoischen Kultur gestoßen, die in einer nicht enden wollenden Folge von Schichten bis in die Zeit unmittelbar nach dem Untergang des lemurischen Tamaniums hinabreichte. In den ältesten schriftlichen Aufzeichnungen war die Rede von einem Wesen oder Ding namens PAN-THAU-RA, das wiederholt Unglück über die Bewohner der Erde gebracht hatte.

PAN-THAU-RA wurde als schrecklich und riesig beschrieben, aber ob die Prä-Minoer sich darunter ein Ding oder eine Gottheit vorgestellt hatten, konnte er nicht erkennen. In Boyt Margors Bewusstsein stand jedenfalls das Bild eines Etwas, das ihm bei seinem Streben nach der Macht behilflich sein konnte.

Andere hätten solche Gedanken als haltlose Fantasie betrachtet. Boyt Margor hütete sich, derart voreilige Schlüsse zu ziehen.

Der kleine Raum, in dem die Transmitterstrecke endete, sah nicht wesentlich anders aus als sein Gegenstück in Terrania City. Payne Hamiller entdeckte nicht weit vor sich einen hochgewachsenen, hageren Mann mit eisgrauem Haar.

»Resu, altes Haus!«, rief Hamiller. »Wie geht es dir auf Luna?«

Sie schüttelten einander die Hände. Inzwischen folgten Hamillers Begleiter durch den Transmitterbogen. Pemmo Kalaainen machte den Abschluss. Es war Zufall, dass Resu Redfern gerade in diese Richtung sah, als Kalaainen den Transmitter verließ.

Redfern zog die Stirn in Falten. »Den kenne ich doch?«, murmelte er.

Payne Hamiller wandte sich um. »Das ist Pemmo Kalaainen«, erklärte er. »Wollte unbedingt mitkommen und scheint ein fähiger Junge zu sein. Wenn er nur nicht so blass wäre.«

»Kalaainen, ja!« Redfern grinste. »Tüchtig, sagst du? Hat er sich so schnell gebessert?«

Pemmo Kalaainen war aufmerksam geworden, offenbar hatte er gehört, dass sein Name genannt worden war. Für einen Moment sah es so aus, als wäre er am liebsten sofort umgekehrt. Dann kam er jedoch zögernd näher.

»Sie haben mich gerufen, Sir?«

Redfern stutzte. »Sie sehen krank aus! Fehlt Ihnen was?«

Kalaainen schüttelte den Kopf.

»Erinnern Sie sich an mich?«

»Wie könnte ich das vergessen. Ich habe mich angestellt wie der letzte Narr. Deswegen bin ich hier!«

»Deswegen?«, platzte Redfern heraus. »Wollen Sie auf Luna auch Ihr Durcheinander anrichten?«

»Ich will beweisen, dass ich mehr kann!«

»Nehmen Sie's nicht so tragisch«, sagte Redfern. »Fehler machen wir alle mal.« Im selben Atemzug wandte er sich wieder an Hamiller: »Eure Quartiere sind vorbereitet. Sag mir, was du als Nächstes vorhast!«

»Ich möchte mir deinen Betrieb ansehen. Alles, was ihr über Germyr gespeichert habt.«

Resu Redfern zuckte mit den Schultern. »Von mir aus. Wir haben jede Menge Daten – nur leider nichts, was einen Hinweis auf die Vorgänge im Germyr-Sektor geben könnte.«

Lunar Emergency Operations war in der Hauptsache eine Ansammlung NATHAN-unabhängiger Rechner. Angekoppelt waren Messgeräte, die an tausend verschiedenen Orten im Mondinnern installiert waren und eine Fülle von Messdaten lieferten, die normalerweise unverarbeitet in den Speichern landeten. Nur wenn – wie jetzt – außerordentliche Ereignisse eintraten, wurden die Daten für die Suche nach Hintergrundinformationen analysiert.

Resu Redferns Stab bestand aus acht Wissenschaftlern – sieben Männern und einer Frau. Lunar Emergency Operations war seinerzeit, als NATHAN ausschließlich nach Grukel Athosiens Pfeife tanzte, von Roi Danton eingerichtet worden.

Das eigentliche Zentrum von LEO war ein kleiner Saal. Redferns Mitarbeiter sahen nicht einmal auf, als er mit den Besuchern eintrat. Payne Hamiller ging zu einem der Arbeitstische und schaute einem Mann über die Schulter. »Was machen Sie da?«, erkundigte er sich.

Der Mann schien den Besucher zwar zu erkennen, dennoch war er einigermaßen ungehalten über die Störung. »Korrelationen«, brummte er.

»Was korrelieren Sie?«

»Alles Mögliche!«

Hamiller lächelte. »Haben Sie's schon mit den Bier- und Kartoffelpreisen versucht?«

Der Mann wirbelte herum. »Was?«

»Sie sagten, Sie korrelieren alles. Korrelationen dienen dazu, statistische Verwandtschaften zu ermitteln. Korreliert man zum Beispiel die scheinbare Bahn der Sonne über irgendeinem Ort an der Erdoberfläche mit den Tages- und Nachttemperaturen, so wird man eine sehr nahe Verwandtschaft feststellen, weil die Sonneneinstrahlung unmittelbar die Temperatur beeinflusst. Deswegen dachte ich, Bier und Kartoffeln seien ein weitaus interessanteres Studienobjekt. Es wird nämlich weder Bier aus Kartoffeln, noch werden Kartoffeln aus Bier gewonnen. Es gibt also keinen Grund, warum die Preise beider Nahrungsmittel in irgendeinem Zusammenhang stehen ...«

»Hören Sie!«, knurrte der Mann. »Sie mögen auf der Erde ein hohes Tier sein – aber kommen Sie nicht hierher und sagen Sie mir, wie ich meine Aufgaben lösen soll.«

»Das muss ich wohl«, antwortete Payne Hamiller gelassen. »Denn Sie haben offenbar nicht die geringste Ahnung. Jedem, der mir sagt, er korreliere alles Mögliche, werde ich gern bescheinigen, dass er von Statistik im Allgemeinen und von Korrelationen im Besonderen nichts versteht!«

Redfern grinste. »Das hast du dir selbst zuzuschreiben, Corbell.«

»Das ... war keine Absicht«, stotterte der Mann. »Ich war nur gerade so vertieft, und da ...«

»Geht mir manchmal auch so.« Hamiller nickte freundlich. »Ich nehme an, Sie haben als Basisbeobachtung irgendeine Zeitmessserie genommen, die mit den Ereignissen in Germyr im Zusammenhang steht?«

»Den Gesamtleistungsausstoß aller sublunaren Kraftwerke.«

»Damit haben Sie andere Zeitmessserien korreliert?«

»Genau. Zum Beispiel die Anzeigen verschiedener Seismografen – sowohl in unmittelbarer Nähe von Germyr als auch weit davon entfernt.«

»Hatten Sie Erfolg?«

Corbell schüttelte missmutig den Kopf.

»Das war zu erwarten«, sagte Hamiller. »Sie werden auch weiterhin erfolglos bleiben, denn Sie haben es mit NATHAN zu tun. NATHAN kennt alle Tricks, mit denen wir arbeiten. Wir selbst haben sie ihm beigebracht.«

»Aber er kann doch nicht seismische Erschütterungen unterdrücken!«, protestierte Corbell.

»Wahrscheinlich nicht. Allerdings kann er zusätzliche Erschütterungen erzeugen, die mit seiner Arbeit nichts zu tun haben und nur dazu da sind, uns irrezuführen!«

Darauf wusste Corbell keine Antwort.

Payne Hamiller wandte sich Redfern zu. »Ich an deiner Stelle würde die Leute für einen Tag auf Urlaub schicken. Mit konventionellen Methoden wird hier nichts erreicht. In der Zwischenzeit kann ich mir mit meinen Mitarbeitern die Daten ansehen. Ich habe einige Ideen.«

»Du bist hier der Chef«, antwortete Redfern grinsend.

Payne Hamiller gönnte seinem Team zwei Stunden Ruhe, nachdem jeder sein Quartier bezogen hatte, dann rief er alle im Arbeitssaal der Lunar Emergency Operations zusammen.

»Sie haben gehört, dass Redferns Leute sich an dem Problem vergebens die Zähne ausgebissen haben«, eröffnete er. »Sie kennen die Umstände. Hatten Sie ausreichend Zeit, sich Gedanken über einen möglichen Lösungsweg zu machen?«

Niemand antwortete.

»Ich nehme an, zwei Stunden sind nicht genug«, fuhr Hamiller fort. »Immerhin, wir sind alle ein wenig übernächtigt, und ...«

»Verzeihung, Sir«, fiel ihm Pemmo Kalaainen ins Wort. »Ich habe zwar keine fundierte Hypothese entwickeln können, aber es lässt sich zumindest etwas über die Arbeitsmethode der LEO-Leute sagen.«

»Die Art und Weise gefällt Ihnen wohl nicht?«

»Sie ist unzureichend«, bekräftigte Kalaainen. »Man versucht, zwei Dinge miteinander in Bezug zu bringen, die nicht wirklich miteinander zu tun haben: die seismischen Erschütterungen, die NATHAN im Bereich Germyr verursacht, und die Verbrauchskurve der sublunaren Kraftwerke. Die Erschütterungen rühren allein von NATHANS Aktivität im Germyr-Sektor her, der Leistungsverbrauch hingegen reflektiert die Gesamtheit von NATHANS Tätigkeiten – in und außerhalb Germyr.«

»Richtig beobachtet!«, bestätigte Hamiller. »Was schlagen Sie vor?«

»Man muss von der Verbrauchskurve den Anteil abziehen, der von bekannten Aktivitäten NATHANS herrührt. Was dann übrigbleibt, ist allein der Tätigkeit im Bereich Germyr zuzuschreiben.«

»Logisch gedacht.« Payne Hamiller nickte. »Nur übersehen Sie eines: NATHAN überlagert die seismischen Erschütterungen, die seine Aktivität verursacht, durch künstlich erzeugte Bebenwellen. Wie wollen Sie echten Leistungsverbrauch und eine verfälschte seismische Impulsserie miteinander in Bezug bringen?«

Er sah Pemmo Kalaainen aufmerksam an. Anscheinend hatte er erwartet, dass der junge Mann bei dieser Frage kapitulieren werde. Aber Kalaainen sprudelte nur so hervor:

»Die Sache ist nicht ganz hoffnungslos, Sir. Es besteht die Möglichkeit, dass man echte und künstliche Impulse anhand der Impulsform voneinander unterscheiden kann. Ist das der Fall, muss mit der Impulsserie ebenso verfahren werden wie mit der Verbrauchskurve. Was nicht hineingehört, wird subtrahiert. Als Ergebnis bleibt die echte Impulsserie, die sich mit der echten Leistungskurve in Bezug setzen lässt.«

»Sie rechnen nicht damit, dass NATHAN Pseudoimpulse mit echter Impulsform erzeugt?«

»Nicht im Ernst. Seismische Impulsformen sind sehr schwer zu beeinflussen. Ich will nicht behaupten, dass NATHAN die Fähigkeit abgeht, eine solche Manipulation vorzunehmen. Aber ich denke, er hat nicht genug Zeit.«

Hamiller reagierte überrascht. »Sie meinen, NATHAN hat es eilig?«

»Genau das, Sir. Der Leistungsverbrauch im Sektor Germyr ist derart gewaltig, dass man daraus zwei Schlüsse ziehen muss. Es handelt sich um ein großes Projekt. Und es wird in aller Eile abgewickelt.«

Payne Hamiller blickte eine Zeit lang nachdenklich vor sich hin. Schließlich sagte er: »Junger Mann, Sie haben sich soeben selbst Ihre Aufgabe gestellt. Wählen Sie sich einen Mitarbeiter und gehen Sie an die Arbeit!«

Kurze Zeit später unterhielt sich Hamiller mit Resu Redfern. »Ich brauche Verstärkung von der Erde«, sagte er.

»Noch mehr Leute?«, fragte Redfern verwundert.

»Zwei Spezialisten. Einen davon kannst du nicht einmal zu den Leuten zählen!«

»Wer ist das?«

»Augustus, der ehemalige Ka-zwo.«

Redfern musterte ihn misstrauisch. »Der Roboter soll ein Spezialist sein? Nach allem, was ich von ihm gehört habe, hat er ein paar Schrauben locker.«

Seine Ausdrucksweise amüsierte Hamiller.

»Man erzählt sich eine Reihe Anekdoten über Augustus, die wenig schmeichelhaft sind. Aber ich habe mehrmals mit ihm zusammengearbeitet und muss sagen, dass er einen ausgezeichneten Partner abgibt.«

»Du hast mit ihm zusammengearbeitet?«

»In den ersten Wochen des Wiederaufbaus. Es gab Probleme mit Räum- und Reparaturrobotern. Ohne Augustus hätte ich ihrer nicht Herr werden können. Er ist eine Maschine, hat sich durch Umgang mit Menschen aber soviel Kenntnisse menschlicher Belange angeeignet, dass er über ein einzigartiges Potenzial verfügt. Wir haben es auf Luna mit einem störrischen Roboter zu tun. Welchen geeigneteren Mitarbeiter könnte ich mir also wünschen als Augustus?«

»Na schön«, lenkte Redfern ein. »Und wer ist der andere?«

»Jentho Kanthall.«

Redfern rümpfte die Nase. »Ich weiß, der Mann ist tüchtig. Aber wenn ich an die Rolle denke, die er auf der aphilischen Erde gespielt hat, läuft es mir kalt über den Rücken und in den Fäusten bekomme ich ein seltsames Kribbeln.«

Hamiller lachte laut. »Wenn es zwischen euch zu einer Prügelei käme, würde ich keinen Soli auf dich setzen!«

»Danke«, knurrte Redfern.

»Ich kann deine Gefühle verstehen. Aber du kommst letzten Endes nicht um die Erkenntnis herum, dass die Aphilie eine Art Krankheit war und dass Menschen dafür nicht verantwortlich gemacht werden können.«

»Wozu brauchst du Kanthall überhaupt?«

»NATHAN kennt ihn. Ich will, dass Kanthall mit NATHAN spricht. Vielleicht richtet er etwas aus. Ich kann es mir jedenfalls nicht leisten, die geringste Chance außer Acht zu lassen.«

5.

Der Mann war mittelgroß und muskulös. Er trug das schwarze Haar im Bürstenschnitt. Sein kantiges Gesicht vermittelte den Eindruck von Entschlossenheit.

Jentho Kanthall, einst Anführer der Überlebenden der Großen Katastrophe, Kommandant der TERRA-PATROUILLE und zuletzt Verlierer in der Wahl um das Amt des Obersten Terranischen Rates, trat aus dem Transmitter, sah sich um und erblickte Hamiller. Ein knappes Lächeln huschte über sein Gesicht, als er auf den Wissenschaftler zuschritt und ihm die Hand reichte. In diesem Augenblick trat Kanthalls Begleiter aus dem Transmitter, eine Gestalt in gelbbrauner Uniform, mit kahlem Schädel und starrem Blick: Augustus, der ehemalige Ka-zwo.

Hamiller erläuterte Kanthall sein Vorhaben.

»Sie versprechen sich tatsächlich etwas davon?«, fragte der Mann.

»Ich weiß es nicht«, antwortete Hamiller vorsichtig. »Ich dachte, Sie wenden sich womöglich nicht unmittelbar an NATHAN. Versuchen Sie es mit Raphael! Tun Sie, als wüssten Sie nicht, dass Raphael längst wieder in NATHAN aufgegangen ist. Vielleicht gelingt es Ihnen, die Hyperinpotronik in ein Gespräch zu verwickeln.«

»Das wird erfolglos sein«, wandte Augustus ungefragt ein.

»Was verstehst du davon?«, fragte Kanthall abfällig.

Payne Hamiller machte eine beschwichtigende Geste. »Lassen Sie!«, bat er. »Er weiß manchmal besser Bescheid, als wir uns träumen lassen. – Warum meinst du, dass es nicht gelingen wird, Augustus?«

»Weil NATHAN mit einem Vorhaben beschäftigt ist, das er als äußerst wichtig einstuft. Er will sich dabei nicht stören lassen. Infolgedessen hat er durch rechnerische Simulation alle Möglichkeiten analysiert, die zu einer Störung führen könnten, um sich gegen sie zu wappnen. Der Raphael-Trick gehört sicher zu den Varianten, die er untersucht hat.«

»Ich versuche es trotzdem«, erklärte Kanthall.

Die Orte, von denen aus privilegierte Personen Gespräche mit NATHAN führen konnten, wurden als Verbindungsstellen bezeichnet. Der Unterschied zwischen diesen Gesprächen und anderen, die praktisch jedem in den sublunaren Anlagen Tätigen offen standen, war, dass NATHAN während des privilegierten Gesprächs Aufträge erteilt werden konnten.

Erst kurz vor der larischen Invasion waren Vorbereitungen getroffen worden, NATHANS bionische Bestandteile in den Prozess der Befehlsübermittlung einzubeziehen. Das lebende Plasma von der Hundertsonnenwelt war bis dahin als reine Speichermasse betrachtet worden. Nun begann man, Teile davon zu Rechnern umzufunktionieren, die zwar wesentlich langsamer arbeiteten als NATHANS positronische Bestandteile, dafür aber die Fähigkeit besaßen, menschliche Gedanken nachzuvollziehen und sie in Hyperinpotronik-Befehle umzuwandeln.

Erst vor Kurzem war zwischen der neuen irdischen Administration und NATHAN der aktuelle Kreis von Privilegierten bestimmt worden, die berechtigt waren, über die Verbindungsstellen Kontakt aufzunehmen.

Vom Hauptquartier der Lunar Emergency Operations aus führte ein langer Gang in Richtung der Verbindungsstelle, von der aus Jentho Kanthall den Versuch unternehmen wollte, NATHAN zur Vernunft zu bringen. Ein schweres Schott teilte den Korridor in zwei Hälften. Es war mit Anweisungen in Leuchtschrift versehen, die besagten, dass im weiteren Verlauf Überwachungsmechanismen tätig waren mit der Aufgabe, Unbefugte am Betreten der Verbindungsstelle zu hindern.

Hamiller und Kanthall durchquerten die zweite Hälfte des Ganges ohne Zwischenfall. Die Kontrollmechanismen hatten ihre Berechtigung anerkannt. Vor dem Schott, das die eigentliche Verbindungsstelle verschloss, blieben beide stehen.

»Ich warte hier auf Sie«, sagte Hamiller.

»Lassen Sie sich die Zeit nicht lang werden«, antwortete Jentho Kanthall mit leisem Spott. »Wer weiß, vielleicht geraten NATHAN und ich einander dort drin in die Haare!«

Hamiller ging fünfzig Schritte den Gang zurück, kehrte um und schritt wieder auf das Schott zu. Kehrte wieder um, machte abermals fünfzig Schritte – und blieb stehen. Woran erinnerte ihn das? Der kahle Gang, das grelle Licht, dieses unruhige Auf-und-ab-Gehen?

Er sah sich um. Wände, Decke und Boden des Korridors mochten aus nacktem Mondgestein bestehen. Aber der Fels war geglättet und mit einer dicken Schicht Gussplastik überzogen worden, wie sie auch für die Innenausstattung von Raumschiffen verwendet wurde.

Das war es! Der Korridor glich dem Decksgang eines Raumschiffs! Payne Hamiller war noch nicht an Bord vieler Raumfahrzeuge gewesen, und nur in einem davon hatte er sich so lange aufgehalten, dass diese halb verdrängte Erinnerung hatte entstehen können, der er jetzt auf der Spur war. Er schloss die Augen und bildete sich ein, er höre das stete Summen, das von den Wänden an Bord eines Raumschiffs ausging und von der Tätigkeit unzähliger Maschinen kündete. Er musste seine Fantasie nicht übermäßig strapazieren. Hinter der Verkleidung der Wände, eingebettet in den Felsen, verliefen die Stränge des Klimasystems, die ähnliche Vibrationen erzeugten wie die Maschinen eines Raumschiffs.

Fünfzig Schritte, dachte Hamiller. *Immer auf und ab!*

»Geh nach draußen und warte auf mich!«, sagte leise eine Stimme aus ferner Vergangenheit. »Wenn es soweit ist, werde ich dich rufen.«

»Aber draußen ist es langweilig«, antwortete die Stimme eines Kindes.

»Kannst du zählen?«

»Natürlich.«

»Bis zweitausend?«

»Ja, aber es macht keinen Spaß. Die langen Zahlen bringen mich durcheinander.«

»Ich weiß, wie du ganz leicht bis zweitausend zählen kannst!«

»Wie?«, fragte die Kinderstimme.

»Geh nach draußen ...«

Die Laute aus der Vergangenheit wurden schwächer. Payne Hamiller wusste mit einem Mal, woran der Gang ihn erinnerte – der Gang und die fünfzig Schritte, die er auf und ab gegangen war. Es war eine Episode aus seiner Kindheit, die wieder vor seinem geistigen Auge auftauchte. Sie war so deutlich in sein Bewusstsein eingeprägt, dass er nicht verstehen konnte, warum er sich in der Zwischenzeit nicht an sie erinnert hatte.

Payne Hamiller war damals acht Jahre alt gewesen. Er war an Bord der SOL geboren und entstammte einer traditionellen Ehe. Seine Eltern hatten keinen befristeten Ehevertrag miteinander geschlossen wie viele andere, sondern sich für alle Zeit miteinander verbunden. Payne war ihr einziges Kind.

Morgens war Payne jeden Tag zum Unterricht gegangen, am frühen Nachmittag hatte er das Gelernte jeweils vertieft. Danach war für ihn Freizeit angesagt gewesen, und an einem dieser späten Nachmittage begann das Geschehen, das ihm soeben wieder in den Sinn gekommen war.

Ein Junge namens Skarza, der den Beinamen »der Krieger« für sich beanspruchte, war der Wortführer der Horde, zu der auch Payne gehörte. Skarza war mehr oder weniger für die Spiele verantwortlich, mit denen die neun Jungen und das Mädchen Meela sich die Zeit vertrieben.

An diesem Nachmittag führte Skarza alle hinaus auf eine der Grünflächen in der Nähe vieler Wohnquartiere. Payne und seine Altersgenossen waren es nicht anders gewöhnt, als dass sich am Ende irgendeines sterilen

Decksgangs plötzlich ein Schott öffnete, das auf eine grüne Landschaft unter blauem Himmel hinausführte. Allerdings hatte Payne seinen Vater schon von dem »blödsinnigen synthetischen Grünzeug« reden hören und schloss daraus, dass die ältere Generation dem Park nicht annähernd so viel Begeisterung entgegenbrachte wie die jüngere. Payne verstand das nicht. Er selbst hätte sich ein Leben ohne den Park nur schwer vorstellen können. Er glaubte auch nicht, dass das Grünzeug dort synthetisch sei. Denn synthetische Pflanzen wuchsen nicht. Er aber hatte Blumen wachsen, blühen und sterben sehen.

An diesem Nachmittag war ein Geländespiel angesagt. Skarza zeigte eine sogenannte Papyrusrolle herum, die nach seinen Worten ein uraltes Geheimnis enthielt. Die Rolle sollte von Grabräubern gestohlen werden. Auf der anderen Seite standen Polizisten, die verhindern mussten, dass die Papyrusrolle aus dem Land geschmuggelt wurde.

Das Land war der Park. Und der einzige Weg, auf dem die Räuber das Land verlassen durften, waren zwei Schotte – das eine, durch das alle vor wenigen Minuten den Park betreten hatten, und ein anderes, etwa zweihundert Meter entfernt.

Die Horde begab sich zu ihrem üblichen Ausgangspunkt, einem Gebüsch, das alles Gerede von synthetischem Grünzeug widerlegte, weil es sich am Rand eines kleinen, trüben Teichs immer weiter ausbreitete.

Payne wurde als Polizist ausgelost. Dasselbe widerfuhr Meela. Sie drängte sich an ihn heran, während die Auslosung noch im Gange war. »Ich weiß eine sichere Stelle!«, raunte sie geheimnisvoll.

Payne schwieg dazu. Ihm wurde die Aufgabe zuteil, die Papyrusrolle zu tragen. Am Fuß eines Jacaranda-Baums ließ er die Rolle fallen, wie Skarza dies verlangt hatte. Plötzlich war Meela wieder an seiner Seite. Sie packte ihn am Ärmel und zog ihn mit sich.

Schnell erkannte er, dass Meela auf einen knorrigen alten Baum zustrebte, der am Rand des Parks stand – etwa in der Mitte zwischen den beiden Ausgängen. Der Stamm durchmaß wenigstens zwei Meter und die unteren Äste hingen so tief, dass Payne und das Mädchen sie mühelos erreichen und sich an ihnen emporschwingen konnten. Meela kletterte mit atemberaubender Geschicklichkeit.

Schließlich machte sie halt. »Von hier aus haben wir einen guten Überblick«, sagte sie. »Aber niemand kann uns sehen.«

Sie kauerten nebeneinander auf einem kräftigen Ast. Aus dem Laub vor ihnen hatte jemand ein unregelmäßiges Viereck herausgeschnitten, das einen bequemen Ausblick gestattete.

»Wie kommt es, dass in diesem Park so alte Bäume stehen?«, fragte Payne nach einer Weile. »Wir sind in einem Raumschiff, und das Schiff ist noch nicht halb so viele Jahre unterwegs, wie dieser Baum schon existiert.«

»Vielleicht ist es ein schnell wachsender Baum. Vielleicht ist das Schiff auch schon sehr viel länger unterwegs, als unsere Eltern zugeben wollen.« Meela kroch den Ast entlang, um den Stamm herum auf einen anderen Ast, der bis zur Wand des Parks reichte. Payne fand einen ebenso starken Ast und tastete sich an ihm entlang.

Als er die Wand erreichte, sah er vor sich Furchen, die ein Rechteck umrissen. Er wurde neugierig und lehnte sich dagegen. Die Wand weigerte sich zunächst, seinem Druck nachzugeben, aber dann wich sie plötzlich vor ihm zurück.

Payne stürzte kopfüber in einen dunklen Raum hinein, prallte gegen etwas Hartes und verlor das Bewusstsein.

»Wie geht es dir? Bist du verletzt?«, fragte eine matte Stimme.

Er schlug die Augen auf. Er lag auf glattem Boden, und hoch über ihm glomm düster ein rötliches Licht.

Der Mann, der ihn angesprochen hatte, kauerte vor ihm auf dem Boden. Seine Augen waren weit geöffnet und starrten unverwandt über Payne hinweg. Der Junge erkannte, dass der Mann blind war.

»Wer bist du, und wo bin ich?«, fragte Payne. Der Mann, der nach seiner kindlichen Ansicht älter war als irgendein anderer Mensch, lächelte. Erst nach einer Weile antwortete er: »Ich bin der Letzte Antiquar. Mein wirklicher Name würde dir nichts sagen. Und da ich der Letzte Antiquar bin, ist es logisch, dass du dich im letzten Antiquariat befindest.«

»Wo ist Meela? Außerdem weiß ich nicht, was ein Antiquariat ist.«

Der Blinde legte ihm behutsam einen Arm um die Schulter. »Ich weiß nicht, wo Meela ist«, sagte er. »Aber du befindest dich in Sicherheit, und wenn du willst, bringe ich dich zu deinen Eltern zurück.«

»Ja, das will ich!« Payne gab sich einen Ruck, aber im selben Augenblick schrie er vor Schmerz auf.

Der Alte lächelte. »Du hast dir den Leib geprellt. Das gibt sich wieder. Bleib ruhig liegen! In der Zwischenzeit erzähle ich dir, was ein Antiquariat ist.«

Payne empfand keine Furcht vor dem alten Mann, dessen Stimme einen gütigen Klang hatte und der es verstand, spannend zu erzählen. Tatsächlich war ein Antiquariat nur eine Sammlung alter Bücher. Aber woher diese Bücher kamen und wie sie an Bord der SOL gelangt waren, daraus fabulierte der Alte atemberaubende Geschichten. Payne merkte kaum, wie die Zeit verflog.

»Jetzt habe ich genug geredet«, sagte der Alte schließlich. »Du solltest versuchen, ob du jetzt aufstehen kannst.«

Mehr als zwei Stunden waren vergangen. Payne hatte immer noch Schmerzen.

»Ich weiß, wie ich dir helfen kann.«

Der Letzte Antiquar verschwand durch eine Öffnung zwischen zwei Schränken. Payne hörte ihn in dem angrenzenden Raum rumoren. Fast eine Viertelstunde verging, bis der Alte zurückkam.

Er brachte ein merkwürdiges Gebilde, ein Mineral, ein Stück Metall – jedenfalls war es unregelmäßig geformt und gerade so groß, dass ein Erwachsener es sich als Medaillon hätte um den Hals hängen können. Das Gebilde hatte einen intensiven türkisfarbenen Schimmer. Es sah fast so aus, als leuchte es von innen heraus.

»Was ist das?«, wollte Payne wissen.

»Es ist das Wunder von Zwottertracht!«, sagte der Alte mit geheimnisvoller Miene und dunkler Stimme. »Ein Wunderwerk der Künstler, die auf Zwottertracht leben und Dinge vollbringen, die ihnen kein anderes Wesen nachmachen kann!«

Schauder der Ehrfurcht und des Gruselns ließen Payne frösteln. Wie gebannt musterte er das türkisfarbene Amulett.

»Was ist Zwottertracht?«, fragte er endlich.

»Eine Welt der Geheimnisse, unendlich weit von hier, in der Milchstraße, aus der die Menschheit stammt!«

»Und wie hilft mir das Wunder, wieder gesund zu werden?«

»Indem du es in die Hand nimmst, mein Junge!«

Der Alte kniete neben Payne nieder. Langsam, als hielte er in seinen Händen eine unersetzliche Kostbarkeit, gab er das Medaillon weiter. Payne nahm es vorsichtig entgegen.

In dem Augenblick, in dem er es berührte, geschah etwas Seltsames. Ein Gefühl wohliger Wärme entstand dort, wo die Finger das Mineral berührten, und breitete sich durch den Körper aus. Mit einem Mal fühlte Payne sich glücklich und unbeschwert wie nie zuvor. Die Welt hatte ein neues Aussehen angenommen, der Letzte Antiquar schien um ein Dutzend Jahre jünger geworden zu sein.

Payne fühlte eine ungeahnte Kraft in sich überströmen. Er richtete sich von neuem auf, und diesmal empfand er nicht den geringsten Schmerz.

Dafür spürte er etwas anderes. Er glaubte plötzlich zu wissen, dass jemand ihn rufen werde. Es würde ein Ruf sein, der ihn noch glücklicher machte, als er ohnehin schon war.

So blieb er stehen, minutenlang, bis der Alte ihm das geheimnisvolle Mineral wieder abnahm. Es war aber nicht so, dass sein Glücksgefühl in dem Augenblick verschwunden wäre. Es blieb bestehen, ebenso wie die Gewissheit, dass jemand nach ihm rufen werde.

»Das gefällt dir, nicht wahr?«, fragte der Alte.

»Sehr sogar!«

»Dann will ich dir etwas sagen. Ich bin ein alter Mann, und ich werde nicht mehr lange bleiben. Nach meinem Weggehen sollst du das Wunder von Zwottertracht haben. Einverstanden?«

Augenblicklich war Paynes Glück getrübt. Es bedrückte ihn, den Alten von seinem Tod sprechen zu hören. »Lass es mich nur ab und zu anfassen!«, antwortete er entschlossen. »Ich will, dass du noch lange lebst!«

So begann die Freundschaft zwischen Payne Hamiller und dem Letzten Antiquar, die über ein Standardjahr andauerte. In dieser Zeit sonderte sich Payne immer mehr von seinen Altersgenossen ab. Er belegte in der Schule Extrakurse und wurde in kurzer Zeit zu einem Schüler, von dem die Lehrer behaupteten, er habe die Anlagen zu einem Genie.

Niemandem erzählte er von dem Letzten Antiquar, doch er nutzte jede Gelegenheit, um seinen Freund zu besuchen. Sie lasen Bücher, und später, als Erwachsener, erkannte Payne Hamiller, dass es in der Hauptsache diese Bücher gewesen waren, die in ihm den Entschluss geweckt hatten, die SOL zu verlassen und auf Terra zu bleiben.

Er lernte viel in dieser Zeit und bekam ein anderes Bild von der Geschichte der Menschheit als jenes, das die Lehrer zu vermitteln suchten. Von ihnen hatten sich viele damit abgefunden, ihr Leben an Bord der SOL zu beschließen, deshalb ließen sie das ruhelose Dasein der Solaner in günstigem Licht erscheinen.

Bei vielen Besuchen holte der Letzte Antiquar das Wunder von Zwottertracht hervor. Paynes Gefühl, sobald er das Amulett berührte, war jedes Mal dasselbe: Ruhe, Frieden, Kraft – und zugleich die Gewissheit, dass jemand ihn rufen werde.

Der Ruf kam dennoch nicht.

Eines Tages geschah das, woran Payne Hamiller sich im Innern des Mondes wieder erinnert hatte:

Der Antiquar schien nicht da zu sein. Doch auf Paynes Ruf antwortete ein Stöhnen aus dem angrenzenden Raum. Payne fand seinen Freund auf dem Boden kauernd, mit eingefallenem Gesicht und einem irrlichternden Funkeln in den blinden Augen.

»Es geht mir nicht gut«, ächzte der Alte. »Aber das wird bald vorüber sein.«

»Wie kann ich dir helfen?«, fragte Payne. »Sag mir, wo das Wunder von Zwottertracht ist! Ich gebe es dir, und bald geht es dir wieder gut.«

»Nein, das ist es nicht.« Der Alte lächelte matt und schüttelte den Kopf. »Ich ... es wird nur noch wenige Minuten dauern. Willst du mir einen Gefallen tun?«

»Jeden!«

»Dann warte draußen auf mich! Wenn es soweit ist, werde ich dich rufen.«

»Aber draußen ist es so langweilig.«

»Kannst du zählen?«, fragte der Alte.

»Ja, natürlich.«

»Bis zweitausend?«

»Aber das macht keinen Spaß. Die langen Zahlen bringen mich durcheinander.«

»Ich weiß, wie du ganz leicht bis zweitausend zählen kannst! Geh nach draußen, in den Gang. Geh fünfzig Schritte nach rechts. Dann dreh dich um und komm zurück, wieder fünfzig Schritte. Wenn du anfängst, zählst du eins, und jedes Mal, wenn du dich umdrehst, zählst du eins weiter. Wie oft wirst du dich umdrehen müssen, bis du auf zweitausend kommst?«

»Vierzig Mal«, antwortete Payne.

»Falsch!«

»Wieso falsch, ich ...«

»Weil du dich beim ersten Mal nicht umdrehst. Du zählst neununddreißig Mal. Und wenn du nach dem neununddreißigsten Mal fünfzig Schritte getan hast, dann bist du genau auf zweitausend.«

Nun, da Payne Hamiller darüber nachdachte, kam ihm zu Bewusstsein, dass es wohl niemanden gab, der es einem Jungen so schmackhaft machen konnte, bis zweitausend zu zählen, wie dies der Letzte Antiquar getan hatte. Das Resultat war jedenfalls gewesen, dass Payne hinaus auf den Gang trat und vierzigmal fünfzig Schritte abmaß. Dann wartete er. Aber der Alte kam nicht, um ihn zu rufen. Payne ging ein weiteres Tausend. Schließlich packte ihn die Ungeduld und er stürmte in das Antiquariat zurück. »Wo bist du?«, schrie er. »Warum rufst du mich nicht?«

Er bekam keine Antwort. Er lief in den angrenzenden Raum, wo er den Alten zuletzt gesehen hatte. Aber auch da war er nicht. Payne suchte und fand einen dritten Raum, der mit altem Gerümpel vollgepfropft war. Auch dort fand er nicht, wonach er suchte.

Der Letzte Antiquar war von jenem Tag an verschwunden. Allmählich festigte sich in Payne Hamiller die Überzeugung, dass der Mann gestorben sei. Er konnte sich zwar nicht vorstellen, wohin die Leiche geraten sein mochte, aber das riesige Schiff steckte voll Geheimnisse. Es war selbst für einen achtjährigen Jungen durchaus denkbar, dass der Letzte Antiquar sich in irgendeinen unauffindbaren Winkel zurückgezogen hatte, um dort allein und unbeobachtet zu sterben.

Schließlich entsann Payne sich, dass der Alte ihm das Türkismineral als Erbe versprochen hatte. Er begann, nach dem seltsamen Amulett zu suchen, doch leider erfolglos.

Danach vergingen Jahre. Erst als Payne Hamiller fünfzehn Jahre alt war, sprach er zu einem Dritten von seiner Bekanntschaft mit dem Alten. Es stellte sich heraus, dass niemand je von einem Letzten Antiquar gehört hatte. Das machte Payne stutzig. Er ging dorthin, wo man die Personaldaten aller Personen an Bord der SOL speicherte, und er bekam eine Sondererlaubnis, sich die Dateien anzusehen. Schließlich war er klug genug gewesen, seine Neugierde mit einer Semesterarbeit zu tarnen.

Dabei fand er heraus, dass es seit dem Start der SOL von der Erde keinen einzigen Vermissten gab.

Payne durchsuchte auch die optischen Unterlagen. Er fand kein Bild, anhand dessen er den Letzten Antiquar hätte identifizieren können. Daraufhin gewann Payne Hamiller den Eindruck, dass sein Freund ein blinder Passagier gewesen sein musste, und er war so spurlos gegangen, wie er gekommen war.

Es gab natürlich noch die Möglichkeit, dass Payne sich alles nur eingebildet hatte. Aber daran glaubte der Heranwachsende nicht. Seine Erinnerung an den Letzten Antiquar war selbst nach sieben Jahren dafür noch viel zu deutlich.

Dann allerdings verflüchtigte sich die Erinnerung. So sehr, dass Payne Hamiller, als er rastlos in dem sublunaren Korridor auf und ab ging – immer fünfzig Schritte, dann kehrt und wieder fünfzig Schritte – Mühe hatte zu definieren, woran ihn das erinnerte.

Er schrak aus seinen Gedanken auf, als das Schott am Ende des Ganges sich öffnete. Jentho Kanthall kam zurück.

»Erfolg gehabt?«, fragte Hamiller.

Kanthall schüttelte den Kopf.

Binnen zweier Tage erwies sich, dass Pemmo Kalaainens Idee funktionierte. Von dem Gesamtverbrauch jenen Teil abzuziehen, mit dem bekannte Aktivitäten NATHANS versorgt wurden, war natürlich eine mehr oder weniger triviale Sache. Die Restkurve zeigte jedoch eine Anomalie, die sofort ins Auge stach. Alle paar Stunden erreichte der Leistungsverbrauch im Germyr-Sektor einen Höchstwert, der etwa um einen Faktor drei über dem Durchschnittsverbrauch lag. Niemand konnte sich einen Reim darauf machen, auch Augustus nicht, den Pemmo inzwischen als Mitarbeiter schätzte.

Sie untersuchten die Impulsformen der seismischen Anzeige und fanden zwei verschiedene: eine, die von echten Erschütterungen herrührte, und eine andere, die von NATHAN simuliert wurde.

»Eine mögliche Erklärung liegt sozusagen auf der Hand«, sagte Pemmo Kalaainen, als er die Ergebnisse der Untersuchung in einem abseits des großen Arbeitssaales gelegenen Konferenzraum besprach: »NATHAN tarnt nicht nur die seismische Serie, er hat auch der Verbrauchskurve irreführende Zacken aufgesetzt.«

»Abgelehnt!«, erklärte Augustus mit knarrender Stimme.

»Warum?«, fragte Kalaainen.

»Bei der Beurteilung des Verhaltens von Robotern muss von gewissen Grundvoraussetzungen ausgegangen werden«, antwortete Augustus in dozierendem Tonfall. »Dazu gehört, dass ein Roboter niemals Energie verschwenden wird. Genau das aber wäre der Fall, wenn die Zacken in der Verbrauchskurve wirklich nur Tarnung darstellten.«

»Und wenn schon. Die künstlichen Seismik-Impulse verbrauchen ebenfalls Energie.«

»Das ist etwas anderes. Es ist einem Roboter möglich, Energie zu verschwenden, indem er sie sekundären Verwendungen zuführt, die an sich unnötig sind. Aber kein Roboter wird Energie als solche verpulvern.«

Kalaainen seufzte. »Ich nehme an, wir müssen deine Aussage einfach akzeptieren. Wie anders erklärst du dir die Zacken?«

»Es wurde Leistung für eine Tätigkeit verbraucht, die nicht zu Erschütterungen des lunaren Untergrundes führt.«

»Was heißt: wurde? Die Sache spielt sich immer noch ab! In spätestens einer Stunde haben wir die nächste Zacke.«

»Ich sprach über die Verbrauchsspitzen, die in der Vergangenheit anfielen«, entgegnete der ehemalige Ka-zwo würdevoll. »Meine Hypothese wird nicht dadurch beeinträchtigt, dass die Spitzen weiterhin vorkommen. Zudem habe ich einen Lösungsvorschlag.«

»Ich höre!«

»NATHAN verbraucht Energie, die nicht in mechanische Aktivität umgewandelt wird. Sie wird also irgendeinem Vorhaben zugeführt. Die Übermittlung reiner Energie erzeugt Streueffekte, die von außerhalb angemessen werden können. Solche Messungen sollten wir vornehmen.«

Rund fünfzig Messgeräte wurden an der Grenze des Germyr-Sektors installiert. Aus den empfangenen Daten ging eindeutig hervor, dass der günstigste Ort für weitere Messungen an der dem lunaren Zentrum zugewandten Seite des Germyr-Blocks lag. Auf diesen Punkt konzentrierten Pemmo Kalaainen und Augustus ihre Aufmerksamkeit.

Zwischendurch versuchte Kalaainen, Hamiller zu erreichen. Da er den Wissenschaftsrat aber nirgendwo fand, übermittelte er seinen Bericht schriftlich. Danach begab er sich wieder an die Messstelle, die in einem breiten Korridor lag.

Schon aus größerer Entfernung hörte er den von der Messstelle ausgehenden Lärm. Als er gleich darauf die lang gestreckte Kurve einsehen konnte, bemerkte er ein gutes Dutzend Transportroboter. Sie waren damit beschäftigt, ein Arsenal von Messgeräten abzuladen und in Position zu bringen. Inmitten des Durcheinanders, starr wie eine Statue, stand Augustus und dirigierte die Robotstreitmacht.

»Was geht hier vor?«, rief Kalaainen. Der Ka-zwo beachtete ihn überhaupt nicht.

Kalaainen trat einer der Transportmaschinen in den Weg. »Nimm das Aggregat wieder auf und schaff es fort!«

Der Roboter hielt an. »Ihre Anweisung steht im Konflikt mit meinen Befehlen«, schnarrte er. »Bitte nennen Sie Ihren Autorisierungskode!«

»Null-drei!«, knurrte Kalaainen. »Und jetzt schieb ab!«

»Bitte treten Sie zur Seite, Sir. Ich muss meinen Auftrag ausführen.«

»Du sollst verschwinden! Mitsamt dem Kasten!«

»Die erste Anweisung besitzt einen Autorisierungskode null-eins«, entgegnete der Roboter.

Kalaainens Blick richtete sich ungläubig auf Augustus. »Der Blechkerl hat einen Autorisierungskode, der höher ist als meiner?«

»Die Anweisung stammt vom Terranischen Rat für Wissenschaften«, klärte der Transportroboter ihn auf.

Im selben Augenblick meldete sich Augustus blechern zu Wort. »Jetzt lassen Sie sich vielleicht dazu überreden, persönliche Eifersüchteleien zurückzustellen und unsere Arbeit nicht weiter zu behindern!«

Kalaainen trat wortlos zur Seite. Er fragte sich, ob er für den Umgang mit Robotern tatsächlich die nötige Qualifikation hatte.

Payne Hamiller war immer ein Einzelgänger gewesen. Die Praxis der einsamen Entscheidungen hatte er in sein neues Amt als Terranischer Rat mit hinübergenommen. Niemand außer Redfern wusste davon, dass Hamiller eine mehrstündige Stilllegung aller sublunaren Anlagen angeordnet hatte, damit die Vorgänge im Sektor Germyr besser angemessen werden konnten.

Hamiller hatte wenig Bedenken, dass die Hyperinpotronik dem Abschaltbefehl gehorchen würde. In ihren normalen Funktionen benahm sie sich wie früher – als willfähriger Diener der Menschheit. Nur Germyr blieb wahrscheinlich aktiv. Die dortige Tätigkeit unterstand nicht menschlicher Kontrolle. NATHAN litt an einer Art inpotronischer Schizophrenie.

Nicht Schizophrenie, schoss es Hamiller durch den Sinn, während er nachdachte. Schizophrenie war eine Krankheit, aber NATHAN war nicht krank. Er wusste genau, was er tat. Er war doppelgesichtig! Das war der richtige Ausdruck.

NATHAN mit dem Januskopf. Die Vorstellung amüsierte Hamiller, aber schon Sekunden später wandte er sich wieder seinen Vorbereitungen zu. Durch Zufall erfuhr er von den Messungen, die unter Kalaainens Leitung an der Germyr-Peripherie durchgeführt wurden. Er versuchte, mit Kalaainen Verbindung aufzunehmen, erreichte jedoch nur den Ka-zwo.

Ihm erteilte er die Anweisung, den Messplatz mit zusätzlichen, bislang nicht vorgesehenen Geräten auszustatten.

Die mehrstündige Abschaltung betraf nur NATHANS Tätigkeit im Bereich der sublunaren Anlagen. Nicht davon betroffen waren alle Dienste der Hyperinpotronik für Terra.

Zwanzig Minuten vor dem entscheidenden Zeitpunkt hatte Hamiller eine kurze Besprechung mit einer Gruppe von vierundzwanzig Kontrolleuren, denen er seine Absicht erläuterte. Er wies die Kontrolleure an, jeder in seinem Bereich zum vereinbarten Zeitpunkt die Abschaltung vorzunehmen. Es gab keinen Ort, von dem aus NATHAN zentral hätte stillgelegt werden können. Das war eine der Sicherheitsvorkehrungen, die noch die Regierung des Solaren Imperiums zum Schutz der Hyperinpotronik getroffen hatte.

Es war 20 Uhr 14 am 18. Januar 3586, als die lunaren Aktivitäten NATHANS abgeschaltet wurden. Minutenlang ging das Rumoren der Roboter in den Werften und Kraftwerken weiter; denn eine globale Sicherheitsschaltung sorgte dafür, dass die Maschinen eine begonnene Tätigkeit zu Ende oder doch wenigstens bis zu einem Punkt führten, an dem eine Unterbrechung ohne schwerwiegende Folgen möglich war.

Es wurde still im Mondinnern. Lediglich im Sektor Germyr hielt das Rumoren an.

Um 20 Uhr 15 war der Störgeräuschpegel in allen Anzeigen drastisch abgefallen. Kalaainen hatte keine Erklärung dafür. Er gab Augustus den Auftrag, die Sensitivitätsschwelle aller Messgeräte um eine Größenordnung niedriger anzusetzen. Der Ka-zwo führte den Befehl umgehend aus.

Acht Minuten später begann der erwartete steile Anstieg des Leistungsverbrauchs im Sektor Germyr. Einer der Indikatoren zeigte eindeutig, dass sich eine neue Leistungszacke ausbildete. Wenn alles verlief wie gewohnt, würde der überdurchschnittliche Verbrauch etwa fünf Minuten lang anhalten.

Die entscheidende Entdeckung machten eine der Frauen aus dem Team und Kalaainen gleichzeitig, wenn auch an zwei verschiedenen Messgeräten.

»Da strahlt etwas im fünfdimensionalen Bereich!«, rief die Frau aufgeregt, als sich die Anzeige eines Hyperenergietasters veränderte.

Kalaainen, der vor einem Strukturanalysator stand, nickte. »Und zwar nicht zu schwach!«, bestätigte er. »Der hyperenergetische Impuls ist ähnlich beschaffen wie die Leistungszacke. Anstieg von null auf neunzig Prozent in etwa dreißig Sekunden. Restliche zehn Prozent in weiteren zwanzig Sekunden. Von da an flach, konstante Intensität.«

Fünf Minuten vergingen. Plärrend meldete Augustus, dass der Verbrauch im Sektor Germyr sich wieder dem Normalwert näherte.

Die Hyperstrahlung verharrte noch drei Minuten auf dem Höchstwert, den sie fünfzig Sekunden nach der ersten Anzeige erreicht hatte. Danach verlor sie an Intensität und war zehn Minuten später bis auf einen kaum mehr nachweisbaren Rest verschwunden.

Gegen Mitternacht Standardzeit hatte auch Payne Hamiller seine Messserie abgeschlossen.

Um 0 Uhr am 19. Januar 3586 wurden NATHANS sublunare Aktivitäten wieder in Gang gesetzt. Payne Hamiller suchte Redfern auf, um ihm die Ergebnisse mitzuteilen. »Unsere ursprünglichen Befürchtungen werden bestätigt«, eröffnete er.

»Was heißt das?«, wollte Redfern wissen.

»Das Programm, das im Germyr-Sektor abläuft, beschäftigt nur NATHANS positronische Hälfte.«

»Steht das unumstößlich fest?«

»So eindeutig, wie die Aussagen von rund zehn Milliarden einzelnen Messdaten sein können. Positronik und Organik kommunizieren miteinander durch den zentralen Prozessor. Der Prozessor funktioniert auf positronischer Basis. Die Daten, die aus der organischen Hälfte kommen, durchlaufen einen Wandler und werden in einen positronischen Kode umgesetzt. Der Wandler erzeugt bei seiner Tätigkeit ein charakteristisches Streuimpulsmuster. Dieses Muster habe ich selbst mit den empfindlichsten Geräten nicht ermitteln können. Also muss ich daraus schließen, dass der Wandler nicht in Tätigkeit war. Was bedeutet, dass NATHAN seine organische Hälfte für die Arbeiten in Germyr nicht in Anspruch nimmt.«

»Das würde man von einem aphilischen Programm erwarten, nicht wahr?«, erkundigte sich Redfern.

»In der Tat«, bestätigte Hamiller. »Aber aufgrund seiner Basisprogrammierung ist NATHAN gezwungen, bei jeder Tätigkeit entsprechende Daten zwischen positronischem Sektor und Bioplasma auszutauschen. Das findet hier offenbar nicht statt. Ich frage dich, warum nicht?«

Redfern zuckte mit den Schultern. »Bin ich ein NATHAN-Experte? Sag' du mir, warum er sich so absonderlich verhält!«

»Es besteht die Möglichkeit, dass die Aphiliker seine Basisprogrammierung geändert haben.«

»Das ist unmöglich!«

»Warum? Trevor Casalle besaß dieselben Vollmachten wie Perry Rhodan. Außerdem war ihm das Vertrauensmänner-Gremium blind ergeben. Er konnte mühelos jede Programmänderung in NATHAN durchsetzen.«

»Das ist es nicht«, widersprach Redfern. »Sind wir nicht zu der Überzeugung gelangt, dass NATHAN ein Gegner der Aphilie war? Hätte er eine Manipulation seiner Basisprogrammierung zugelassen, selbst wenn sie ordnungsgemäß von dem zuständigen Komitee angeordnet worden wäre?«

Payne Hamiller hob die Schultern. »Es scheint so – oder nicht? Was immer NATHAN im Germyr-Sektor tut, seine organische Hälfte ist nicht daran beteiligt!«

Redfern stand auf und ging voll Unruhe einige Schritte. »Es muss eine andere Erklärung geben!«, stieß er hervor. »Wenn nicht, würde das bedeuten, dass wir diesem Rechnermonstrum hilflos ausgeliefert sind.«

»Ich fürchte, das trifft den Nagel auf den Kopf!«

Ein Summton erklang. Unmittelbar danach ertönte eine aufgeregte Stimme: »Eine dringende Meldung für den Terranischen Rat der Wissenschaften!«

»Hamiller hier! Was gibt es?«

»Der Leistungsverbrauch im Sektor Germyr ist vor wenigen Minuten auf null abgesunken, Sir. Es scheint, als habe NATHAN alle Tätigkeiten in Germyr eingestellt.«

Hamiller starrte sekundenlang vor sich hin. »Ist Kanthall noch da?«, fragte er dann.

»Er hält sich im Kontrollraum auf, Sir.«

»Sagen Sie ihm, er soll sich bereithalten!«, forderte Hamiller. »Es ist Zeit für ein weiteres Gespräch mit NATHAN.«

6.

»Warum immer ich?«, erkundigte sich Jentho Kanthall mürrisch. »Kommen Sie mit NATHAN nicht alleine zurecht?«

Hamillers Miene blieb undurchdringlich. »Sie spielen eine der wichtigsten Rollen auf Terra, Kanthall«, antwortete er ernst. »Sie repräsentieren die Übergangsperiode von der Aphilie zu einer Menschheit, die wieder im Vollbesitz ihrer Sinne ist. NATHANS Alleingang im Germyr-Sektor gibt Anlass zu glauben, dass er einem spätaphilischen Programm folgt. Deshalb ist es nur logisch, dass Sie an den Verhandlungen teilnehmen müssen.«

Kanthalls Miene verriet Bitterkeit. »Also gut, gehen wir!«, knurrte er.

Sie gingen durch den Korridor, in dem Hamiller sich vor wenigen Tagen an den Letzten Antiquar erinnert hatte. Als das Schott der Verbindungsstelle sich öffnete, trat Hamiller als Erster in den runden Raum und ließ sich in einem der bequemen Sessel nieder. Kanthall folgte ihm zögernd. Hamiller fiel auf, dass der ehemalige Aphiliker sich nicht neben ihn setzte, sondern einige Sessel entfernt.

»NATHAN, wir sind hier, weil es im Sektor Germyr Schwierigkeiten gegeben hat«, eröffnete Hamiller. »Du brauchst Unterstützung. Was können wir für dich tun?«

Kanthall fiel fast aus allen Wolken. Payne Hamiller legte eine Selbstsicherheit an den Tag, die angesichts NATHANS Eigenwilligkeit nur falsch sein konnte. Aber schon in der nächsten Sekunde wandelte sich Kanthalls Überraschung in echtes Staunen, als die große Bildfläche an der Wand aufleuchtete, NATHANS Symbol erschien, und eine fein modulierte Stimme antwortete: »Ihre Diagnose ist richtig. Bei der Fertigung der BASIS sind unvorhergesehene Schwierigkeiten aufgetreten. Ich benötige Hilfe. Ab sofort ist dem Terranischen Rat für Wissenschaften das Betreten des Sektors Germyr gestattet.«

Hamiller lächelte. »Der Terranische Rat für Wissenschaften will aber nicht, NATHAN. Er hat von deiner Eigenbrötelei die Nase voll! Der Terranische Rat ist ein Mensch, und als solcher betrachtet er Rechenanlagen jeder Art als Diener des Menschen. Wenn du glaubst, dieser Rolle entwachsen zu sein, kann niemand dir helfen.«

Jentho Kanthall fragte sich, ob Hamiller verrückt geworden war.

»Ihnen fehlt das nötige Verständnis für meine Aufgabe«, erklärte die Hyperinpotronik würdevoll.

»Wessen Schuld ist das, NATHAN?«, wies Hamiller den Vorwurf zurück. »Wer hält so hartnäckig mit seinen Plänen hinter dem Berg?«

»Ich bin der Sklave«, antwortete NATHAN. »Ich handle im Sinn der Aufträge, die ich erhalte.«

»Wessen Sklave bist du?«, fragte Hamiller mit einer Härte, die Kanthall an ihm nicht kannte. »Und wer ist es, der dir Aufträge erteilt, über die du uns keine Mitteilung machen kannst?«

»Ich bin der Sklave der terranischen Menschheit. Alles, was ich tue, dient dem Wohl der Menschheit.«

»Das war die Antwort auf die erste Hälfte meiner Frage. Wie steht es mit der zweiten? Wer erteilt dir die Aufträge, über die du nicht reden darfst?«

»Jemand, dessen Streben ebenfalls auf das Wohlergehen der terranischen Menschheit ausgerichtet ist.«

»Wer ist das? ES?«

»Die Frage ist ungerechtfertigt.«

»Dann geh zum Teufel!«, schrie Hamiller. »Lass dir von dem helfen, der dir die Aufträge erteilt, über die du nicht sprechen darfst!«

Sekundenlang war es still. Dann meldete sich eine andere Stimme. Sie gehörte ebenfalls NATHAN, aber sie hatte einen abweichenden Klang. Sie sprach eindringlich, fast beschwörend.

»Sie sehen die Dinge aus einer falschen Perspektive, Payne Hamiller!«

»So ... Inwiefern tue ich das?«

»Ich bin eine Hyperinpotronik und habe kein eigenes Interesse. Wenn mir keine Hilfe zuteilwird, muss nicht ich darunter leiden, sondern die Menschheit. Ich bitte um Hilfe nicht um meiner selbst willen, sondern zum Besten der Menschen.«

Hamiller, der eben noch echten Zorn gezeigt hatte, lächelte plötzlich. »So klingst du weitaus verständlicher, NATHAN. Unter diesen Umständen bin ich bereit, dir zu helfen. Aber allein schaffe ich das nicht. Du musst wenigstens noch einem weiteren den Zutritt gestatten. Ich brauche Augustus zur Unterstützung.«

»Er ist mir bekannt. Die Genehmigung ist erteilt.«

Payne Hamiller seufzte erleichtert und stand auf. Die Unterredung war beendet.

Auf dem Rückweg zum Kontrollraum schritten Hamiller und Kanthall schweigend nebeneinander her. Unvermittelt blieb Hamiller stehen.

»Ich kenne Sie erst seit kurzer Zeit und bin wesentlich jünger als Sie.

Eigentlich habe ich kein Recht, diese Frage zu stellen, aber ich tue es trotzdem: Warum sind Sie so verdrossen?«

Jentho Kanthall war sichtlich überrascht. »Ich halte es für besser, wenn wir darüber nicht sprechen«, stellte er fest.

Payne Hamiller nickte, aber er war nicht beeindruckt. »Mir hat eben ein Roboter die Lehre erteilt, dass es in Notfällen nicht um das Interesse Einzelner geht, sondern um die Gesamtheit«, sagte er. »Und deswegen meine ich ...«

»Was meinen Sie?«, unterbrach ihn Kanthall schroff.

».... dass ich den Grund Ihrer Bitterkeit verstehe und dass Sie noch einmal darüber nachdenken sollten, bevor Sie die Menschheit als Ganzes zu Ihrem Gegner erklären!«

»Wovon sprechen Sie eigentlich?«

»Ich spreche von einer verlorenen Wahl, Kanthall. Davon, dass der Kandidat, den viele für den aussichtsreichsten hielten, das Rennen um das Amt des Obersten Terranischen Rates verloren hat. Und das trotz seiner Verdienste um Terra im Laufe der vergangenen Jahre.«

Jentho Kanthall schaute zu Boden. »Und wenn es so wäre?«, brummte er. »Warum sollten Sie sich darum kümmern?«

»Sie wissen, warum Sie die Wahl verloren haben?«, antwortete Hamiller mit einer Gegenfrage.

»Ich weiß es«, sagte Kanthall finster.

»Sie halten den Grund für ungerechtfertigt?«

»Das ist richtig.«

»Die Wähler haben sich im letzten Augenblick daran erinnert, dass Jentho Kanthall in der aphilischen Hierarchie eine wichtige Rolle spielte. Von denen, die zur Wahl gingen, hat kaum einer die Aphilie erlebt. Alle kennen sie nur vom Hörensagen. Aber die Berichte sind derart eindringlich, dass jeder die vierzig Jahre der Aphilie für die entsetzlichste Epoche der Menschheitsgeschichte hält. Diesem Eindruck schreiben Sie zu, dass Sie geschlagen wurden. Sie halten die Entscheidung für ungerecht und fühlen sich für etwas bestraft, für das Sie keine Verantwortung tragen.«

»Wenn die Wähler Menschen gewesen wären, die unter der aphilischen Herrschaft lebten, hätte ich ihre Entscheidung verstehen können«, stieß Kanthall hervor. »Aber so? Jene, die über mich entschieden, haben den Terror der Reinen Vernunft nie kennengelernt. Sie haben nur davon gehört. Trotzdem glauben sie, mich verurteilen zu müssen.«

»Verurteilen?«, widersprach Hamiller. »Gehen Sie nicht etwas zu scharf mit sich selbst ins Gericht? Wer hat Sie verurteilt? Die Wahl ist ziemlich knapp ausgegangen.«

»Ich habe trotzdem verloren!«

»Deswegen wollen Sie für den Rest Ihres Lebens grollen?«

Jentho Kanthall machte eine verächtliche Geste. »Und wenn schon? Wen stört mein Groll?«

»Mich zum Beispiel«, antwortete Hamiller. »Ich habe Ihnen klarzumachen versucht, dass Sie ein wichtiger Mann sind. Sie haben den Widerstand gegen BARDIOC und die Hulkoos organisiert. Hätte die Erde Sie nicht gehabt, wäre sie mittlerweile womöglich für immer BARDIOCS Machtbereich einverleibt und zum ständigen Bestandteil der Galaxie Ganuhr geworden. Sie sind ein Mann, der über bedeutende organisatorische Fähigkeiten verfügt. Und diese Fähigkeiten wollen Sie der Menschheit vorenthalten, nur weil Sie sich durch den Wahlausgang betroffen fühlen?«

Kanthall sah den jungen Wissenschaftler verwundert an. »Wie kommt es, dass ausgerechnet Sie sich über solche Dinge den Kopf zerbrechen?«

Hamiller zögerte nur wenige Sekunden. »Ich will Ihnen mit Sätzen antworten, die ich selbst erst gehört habe: Wenn Sie der Menschheit Ihre Hilfe verweigern, dann habe nicht ich darunter zu leiden, sondern die Menschheit. Ich bitte um Ihr Verständnis, nicht um meiner selbst willen, sondern zum Besten der Menschen.«

»Das sind NATHANS Worte.«

»Es widerstrebt dem Menschen, von Maschinen zu lernen«, sagte Hamiller. »Aber in dieser Stunde stellt NATHANS Äußerung die weiseste dar, die man sich denken kann.«

Geraume Zeit später kamen Payne Hamiller und Augustus auf ihrem Weg zum Sektor Germyr an der Stelle vorbei, an der sich die Batterie von Messgeräten befunden hatte. Die Instrumente waren schon wieder entfernt worden.

Vor dem portalähnlichen Schott blieben der Mann und der Roboter stehen.

»Wir sind hier, NATHAN!«, sagte Hamiller knapp.

Er hatte kaum ausgesprochen, da fuhren die Schotthälften auseinander. Eine Fortsetzung des Korridors wurde sichtbar. Beidseits wuchteten kahle Wände aus lunarem Urgestein in die Höhe. Lediglich der Boden war geglättet.

Schon nach hundert Metern weitete sich der Korridor und mündete in eine von Solarlampen taghell erleuchtete Halle von atemberaubendem Ausmaß. Sie war oval. Ihre Länge betrug sicherlich mehr als einen Kilometer, die Breite etwa die Hälfte davon. Die Decke hatte Kuppelform, ihr Scheitelpunkt lag nach Hamillers Schätzung wenigstens zweihundert Meter über dem Hallenboden.

Maschinen aller Formen, Größen und Funktionen – darunter einige, von denen Hamiller nicht einmal erkennen konnte, welchem Zweck sie dienten – waren in wahlloser Anordnung aufgebaut worden. Dazwischen standen oder lagen Roboter, die mit der Abschaltung des Germyr-Sektors zu funktionieren aufgehört hatten.

Payne Hamillers Blick war immer noch auf das erstarrte Chaos gerichtet, als neben ihm jemand sagte: »Lassen Sie den Eindruck auf sich wirken! Hier entsteht Großartiges!«

Der Wissenschaftler wandte sich zur Seite und erblickte einen hochgewachsenen, jungen Mann, dessen Miene von ungewöhnlichem Ernst geprägt war. Er schien aus dem Nichts entstanden zu sein.

»Sie sind Raphael, nicht wahr?«, erkundigte sich Payne Hamiller.

»Das ist richtig, ich bin Raphael«, antwortete der junge Mann. »Was wir miteinander zu besprechen haben, lässt sich in dieser Form am besten erledigen.«

Hamiller nahm sich Zeit, NATHANS Gesandten zu mustern. Raphael, der so real zu sein schien wie jeder junge Mann aus Fleisch und Blut, war in Wahrheit ein Gebilde aus Formenergie, ein menschlich gestaltetes Abbild der Hyperinpotronik und von ihr mit der Gabe logischen Denkens versehen. Raphael hatte mehrmals eine wichtige Rolle gespielt: als NATHANS Abgesandter in den Tagen vor dem Sturz der Erde in den Schlund, als geheimnisvoller Wächter der Energiestation Palatka und als Mittelsmann bei den Auseinandersetzungen zwischen der TERRA-PATROUILLE und den Konzepten unter Grukel Athosien, die NATHANS Dienste für den Bau des Kunstplaneten EDEN II beanspruchten. Danach hatte Raphael sich zurückgezogen. Er war mit seinem Erzeuger eins geworden, um, wie einmal gesagt wurde, nie wieder aufzutauchen.

Es zeigte sich an diesem Beispiel, dass auch die mächtige Hyperinpotronik keinen Einfluss auf die Launen des Schicksals hatte. Raphael war wiederauferstanden, weil es eine Situation gab, mit der NATHAN aus eigener Kraft nicht fertigwurde.

»Wir sind uns bisher nie begegnet«, sagte das Energiewesen.

Mit leisem Spott erwiderte Hamiller: »Ich hätte auch nie erwartet, dass es jemals zu einer Begegnung kommen würde.«

In ganz und gar menschlicher Manier zuckte Raphael mit den Schultern. »Man weiß eben nie, wie es kommt. Gehen wir? Ich will Ihnen zeigen, gegen was für ein Problem wir ankämpfen.«

»Einverstanden«, antwortete Hamiller.

Raphael schritt an der Wand der Halle entlang. Hamiller hielt sich an seiner Seite, Augustus folgte mit wenigen Metern Abstand.

»Was wird hier gebaut?«, wollte Hamiller wissen.

»Die BASIS!«, antwortete Raphael.

»Was ist die BASIS?«

»Das ist mir unbekannt.«

Hamiller unterdrückte seinen Ärger. »Wir haben hinlänglich Anlass zu glauben, dass die Bautätigkeiten auf einem aphilischen Programm beruhen. Ist das der Fall?«

»Die Grundzüge des Programms sind in der Tat aphilischen Ursprungs«, antwortete Raphael. »Das Programm selbst ist jedoch vielfach modifiziert worden, um es den Anforderungen der Stunde gerecht zu machen.«

»Das Programm läuft ohne Kommunikation mit dem bionischen Teil der Hyperinpotronik ab«, sagte Hamiller. »Bedeutet dies, dass die Basisprogrammierung geändert wurde? Dass NATHAN im Zusammenhang mit den Bautätigkeiten in Germyr als reine Positronik funktioniert?«

»Das bedeutet es auf gar keinen Fall!«, antwortete Raphael ungewöhnlich heftig. »Die Aphiliker hatten tatsächlich die Absicht, das Vorhaben auf rein positronischer Basis durchzuführen. Aber NATHAN hätte sich auf eine solche Sache niemals eingelassen. Er hätte nicht einmal eine Änderung der Basis-Programmierung geduldet. Bezüglich des Programms gibt es zwischen der Positronik und der Bionik ein Übereinkommen, wonach die Positronik das Bauprogramm ungestört verfolgen kann, die Bionik sich jedoch ein Einspruchsrecht vorbehält. Von diesem Recht hat die Bionik bislang keinen Gebrauch gemacht.«

Payne Hamiller atmete auf. Zwar hatte er keine Garantie dafür, dass Raphael sich ihm gegenüber aufrichtig verhielt. Aber er sah auch keinen Grund, warum NATHANS Abgesandter ihn hätte belügen sollen.

»Noch eine Frage«, sagte Hamiller. »Sie wissen nicht, was die BASIS ist. Ich akzeptiere das, so schwer es mir fällt. Wissen Sie wenigstens, welches Ziel das ursprüngliche Programm der Aphiliker hatte?«

»Das ist bekannt. Unmittelbar vor der Großen Katastrophe packte die Kinder der Reinen Vernunft die Furcht. Sie wollten die Erde verlassen. Nicht alle, natürlich. Von Trevor Casalle weiß man, dass er an die Möglichkeit der Flucht keinen einzigen Gedanken verschwendete. Er hätte dieses Programm sofort unterdrückt, wenn es ihm je zu Ohren gekommen wäre. Das Ziel des Programms war es, in aller Eile eine Flotte von Evakuierungsfahrzeugen zu bauen.«

»Das Programm wurde nie aktiviert?«

»Sie wissen es. Auf der Erde versuchte Reginald Bull zu jener Zeit dasselbe. Auch er hatte keinen Erfolg. Es lag nicht im Interesse der Menschheit, dass die Erde zu diesem Zeitpunkt entvölkert wurde. Der Plan der Vollendung war bereits im Gang.«

Payne Hamiller hatte die nächste Frage schon auf der Zunge, aber Raphael hob abwehrend die Hand. »Bitte vorläufig keine weiteren Fragen«, sagte der Mann aus Formenergie ernst. »Wir sind fast am Ziel.«

Hamiller entdeckte in unmittelbarer Nähe der Hallenwand ein flimmerndes, energetisches Gebilde, das die Form eines Torbogens annahm.

»Ein Transmitter?«, fragte er überrascht.

»Ein Transmitter«, bestätigte Raphael. »Es geht darum, Zeit zu sparen.«

In Nullzeit gelangten Raphael, Payne Hamiller und Augustus in einen Raum mit rechteckigem Querschnitt. Er war nicht annähernd so hell beleuchtet wie die große Halle. An den Wänden befanden sich lumineszente, großmaßstäbliche Darstellungen komplizierter Schaltsysteme. Unter den Projektionen standen Tische, auf denen Einzelteile lagen – anscheinend die Elemente, die für den Zusammenbau der jeweils darüber abgebildeten Schaltung gebraucht wurden. In der Mitte des Raumes, einige Schritte in Richtung der rückwärtigen Längswand versetzt, stand auf einem niedrigen Podest ein metallener Behälter. Eine seiner Wände, die den Projektionen zugewandte, bestand aus Glassit. Vorerst konnte Payne Hamiller den Inhalt des Behälters aber noch nicht identifizieren.

»Dieser Arbeitsraum ist stillgelegt«, erklärte Raphael. »Ich werde ihn nur vorübergehend aktivieren, um Ihnen zu zeigen, womit wir es zu tun haben.«

Er machte nicht eine einzige Handbewegung, dennoch wurde die Energieversorgung aktiviert. Sekunden später zuckte aus dem Behälter ein rötlich leuchtender Strahl und konzentrierte sich auf eine der Wandprojektionen. Payne Hamiller sah, dass die Teile auf dem Tisch darunter in die Höhe stiegen und sich im Bann des roten Leuchtstrahls zu der in der Abbildung dargestellten Schaltung vereinigten. Gleichzeitig wurden sie kleiner. Sie schrumpften verblüffend schnell, und Hamiller hatte kurz den verwirrenden Eindruck, er betrachte die Szene durch einen rückwärts drehenden Zoom. Als er die Schaltung entstehen sah, hatte sie die Größe einer menschlichen Faust, obwohl die Abbildung den Umfang einer Wandtafel besaß. Kaum jedoch war das Schaltelement entstanden, da verwandelte es sich in ein Gebilde von der Größe einer Beere, eines Stecknadelkopfes – und schließlich war es gänzlich verschwunden.

»Sehen Sie jetzt genau hin!«, mahnte Raphael.

Ein Blitz zuckte auf, ein scharfer Knall erfüllte den Raum. Das Schaltelement war plötzlich wieder da, und es hatte den halben Umfang einer Wandtafel. Der rötliche Strahl zitterte und erlosch. Das Element fiel mit lautem Krach zu Boden.

»Was war das?«, fragte Hamiller, als er den Zustand benommenen Staunens endlich überwunden hatte.

»Eine der wichtigen Voraussetzungen für das Funktionieren der BASIS ist, dass sämtliche Schaltungen der Bordpositronik miniaturisiert werden können«, antwortete Raphael. »Das ursprüngliche Programm der Aphiliker stellte für die Einheiten der Evakuierungsflotte dieselbe Anforderung. Den Aphilikern fehlte die siganesische Technologie, mit deren Hilfe die Miniaturisierung wahrscheinlich hätte durchgeführt werden können. Aber sie schufen Ersatz. Auf einer Welt des Mahlstroms fanden sie Wesen, die mit der einzigartigen Fähigkeit ausgestattet waren, komplizierte Zusammenhänge anhand einer grafischen Darstellung zu erfassen, vorbereitetes Material in natürlicher Größe zur Nachbildung des Zusammenhangs zu gestalten und diese Nachbildung zu mikroskopischer Größe schrumpfen zu lassen.«

»Fantastisch!«, stieß Hamiller hervor. »Was für Wesen sind das?«

»Wir nennen sie Paraverknoter. Sie sind anscheinend ohne eigene Intelligenz und reagieren nur auf eine bestimmte Art von Stimuli – zum Beispiel die Projektionen an der Wand. Kommen Sie und sehen Sie sich den Behälter an!«

Payne Hamiller folgte bereitwillig. Der Behälter hatte eine Länge von zwei Metern. Er war einen halben Meter hoch und ebenso breit. Durch die Glassitscheibe sah Hamiller das Wasser im Innern und ein Geschöpf, das oberflächlich einer terranischen Qualle ähnelte. Es war in ständiger Bewegung begriffen und veränderte stetig seine Körperform.

Wahrnehmungsorgane schien das fremdartige Wesen nicht zu besitzen. Seine Körperoberfläche war transparent und ließ im Körperinnern hellere und dunklere Stellen erkennen, deren Gestalt jedoch ebenso im Fluss war wie das Wesen selbst. Die Farbe dieses Geschöpfes zu beschreiben, erwies sich als Unmöglichkeit. Es schillerte in allen Schattierungen des Spektrums, abhängig vom Blickwinkel des Betrachters und seinem eigenen Verformungszustand.

Nachdem Payne Hamiller den Inhalt des Tanks minutenlang beobachtet hatte, wandte er sich an Raphael. »Wie viele dieser Geschöpfe sind im Sektor Germyr tätig?«, fragte er.

»Nicht ganz eintausend.«

»Ihr Problem ist, dass die Mikroschaltungen, die sie zustande bringen, nicht von Dauer sind, sondern explosiv zu ihrer ursprünglichen Größe zurückwachsen?«

»Das ist richtig. Alle Paraverknoter haben dasselbe Problem.«

»Woran liegt es? Ich meine – welche Hilfe erwarten Sie denn von mir?«

»Das ist ganz einfach«, sagte in diesem Augenblick Augustus, der noch keinen Laut von sich gegeben hatte, seitdem sie in der großen Werkhalle Raphael begegnet waren. »Er braucht Howalgonium.«

Hamiller musterte den Roboter verblüfft. »Howalgonium? Wozu? Woher weißt du das?«

»Mir ist eben die Bedeutung unserer Messergebnisse aufgegangen«, antwortete der Ka-zwo. »Die Flüssigkeit im Tank ist mit Howalgonium angereichert, nicht wahr?«

»Das ist der Fall«, bestätigte Raphael. »Die Strahlung der Howalgonium-Kristalle erhöht die Perzeption der Paraverknoter.«

»Aber die Kristalle strahlen nicht mehr so, wie sie sollen. Ist das richtig?«

»Es hat eine Verschiebung des Strahlungsspektrums stattgefunden«, antwortete NATHANS Abgesandter. »Und zwar in dem Moment, in dem Terra und Luna das Schwarze Loch Medaillon passierten. Die Verschiebung wurde sofort bemerkt. Es war jedoch nicht klar, ob sie einen Einfluss auf die Tätigkeit der Paraverknoter haben würde. – Dass es einen solchen Einfluss gibt, hat sich erst allmählich herausgestellt.«

»Es wurde versucht, das Strahlungsspektrum der Howalgonium-Kristalle mittels Energieschocks in die ursprüngliche Form zurückzuschieben?«

»NATHAN versuchte, das verschobene Howalgonium-Spektrum zu energetisieren und dadurch die oberen Frequenzbereiche zu reaktivieren. Der Versuch wurde achtzehn Mal vorgenommen. Es gelang tatsächlich, die Kristalle für eine Zeit lang zur Aussendung der ursprünglichen Strahlung anzuregen. Dann zerfiel die Wirkung. Die Kristalle kehrten zum Zustand degenerierter Aktivität zurück.«

»Jetzt ist mir alles klar!«, verkündete Augustus.

»Was, zum Donnerwetter?«, schimpfte Hamiller. »Ich verstehe kein Wort!«

Augustus sprach von den Messungen mit Pemmo Kalaainen. Sie hatten offensichtlich die von den Energieschocks angeregte Howalgonium-Strahlung registriert, aber nicht einmal der auswertende Rechner hatte die Ergebnisse zuordnen können. »Mir war klar, dass ich die Charakteristik des Spektrums von irgendwoher kannte«, fuhr Augustus fort. »Woher, das kam mir erst in den Sinn, als ich Raphael über die Paraverknoter reden hörte.«

»Der Durchgang durch den Black-Hole-Transmitter hat die Strahlungscharakteristik der Howalgonium-Kristalle verändert«, resümierte Hamiller. »Ich weiß zwar nicht, warum das geschieht, aber mit einer solchen Entwicklung muss immer gerechnet werden. Mit anderen Worten: Das Howalgonium in den Tanks der Paraverknoter ist wertlos. Das Wasser in den Behältern muss mit neuem, unverfälschtem Howalgonium angereichert werden, wenn die Verknoter jemals wieder in konstruktiver Art tätig werden sollen. Es gibt auf Luna und auf der Erde genug Hyperkristall-Vorräte, um die Anreicherung durchzuführen. Aber keines der Howalgonium-Lager steht unter NATHANS Kontrolle.«

Er schaute Raphael durchdringend an. »Sie haben mich hierher geschleppt, um mich zu bitten, dass ich eine angemessene Menge Howalgonium zur Verfügung stelle. Ist das richtig?«

»Das ist richtig.«

»Wissen Sie eigentlich, was Sie mir damit zumuten?«, brauste Hamiller auf.

»Ich glaube, ich kann es mir ausmalen.«

»Sie bieten mir ein Ding, das Sie BASIS nennen und dessen Funktion Sie mir nicht beschreiben können«, ereiferte sich der Wissenschaftsrat. »Im Gegenzug dafür erwarten Sie, dass ich Ihnen ein sicherlich nicht geringfügiges Quantum des kostbarsten Materials zur Verfügung stelle, das wir kennen!«

»Ich bitte nur um achthundertzweiundfünfzig Gramm Howalgonium!«

»Wozu? Um ein Ding fertigzustellen, das die Menschheit wahrscheinlich überhaupt nicht haben will? Wissen Sie, dass ich Ihnen einfach den Rücken kehren und auf der Erde wie ein Held dafür gefeiert werden könnte?«

»Ich kann es mir vorstellen«, sagte Raphael.

»Trotzdem sprechen Sie die Bitte aus?«

»Mir bleibt nichts anderes übrig.«

»Sagt wer?«

»Sagt NATHAN und verlangt das Interesse der Menschheit!«

»Das ist eben der verdammte Mist«, knurrte Hamiller.

»Was meinen Sie?«

»Dass ich Vertrauen zu NATHAN habe. Dass ich glaube, dass er tatsächlich an einer Sache arbeitet, die für uns alle wichtig ist. Trotz seiner Heimlichtuerei, die ich nicht verstehe. Dass ich willens bin, ihm das Howalgonium zur Verfügung zu stellen, und dass ich, wenn ich zur Erde zurückkehre, für diese Entscheidung werde Spießruten laufen müssen!«

Da geschah etwas Seltsames: Raphael lächelte. Hamiller blickte ihn verwundert an. »Was gibt es zu grinsen?«, fragte er barsch.

»Der Augenblick verlangt nach großen Worten«, antwortete das Energiewesen. »Was soll ich sagen? Treffen Sie Ihre Entscheidung – der Dank des Vaterlandes ist Ihnen gewiss!«

»Scheren Sie sich zum Teufel!«, fauchte Hamiller.

»Sobald ich Ihre Zusage habe.«

Hamillers Zorn war nur Maske gewesen. »Also gut. In einer Stunde haben Sie sogar ein Kilogramm Howalgonium. Und der Teufel soll Sie samt der Hyperinpotronik holen, sofern Sie in diesem Sektor etwas produzieren, das nicht unmittelbar den Interessen der Menschheit dient!«

Raphaels Lächeln verschwand. »Ich danke Ihnen«, antwortete er. »Ich weiß, dass Ihnen die Entscheidung schwergefallen ist. Aber die Menschheit wird zu schätzen wissen, was NATHAN für sie tut!«

Die Autorität des Terranischen Rates für Wissenschaften genügte, um das versiegelte Schott des sublunaren Howalgonium-Lagers zu öffnen. Genau ein Kilogramm der Hyperkristalle wurde aus dem Lager entnommen und von einem Spezialroboter zu dem Schott transportiert, durch das Payne Hamiller und Augustus den Sektor Germyr betreten hatten.

Seitdem war im Germyr-Sektor die Bautätigkeit wieder anzumessen.

Die Alarmbereitschaft wurde aufgehoben. Germyr stellte nach Payne Hamillers Ansicht keine Gefahr dar. Und wer hätte an dieser Ansicht zweifeln wollen?

Von seinem Quartier aus schaltete Payne Hamiller eine Hyperkomverbindung nach Terrania City. Er benutzte den einzigen Rufkode, den er außer dem des Ersten Terraners auswendig wusste. In der Bildwiedergabe erschien das Sperrsignal. Eine wohltönende Stimme sagte: »Sie haben etwas für mich, Hamiller?«

Der Wissenschaftler berichtete. Er ließ kein Detail aus. »Ich werde Sie auf dem Laufenden halten, Margor«, schloss er.

Die Stimmung war ernst, aber es fehlte ihr die Gereiztheit, die Payne Hamiller erwartet hatte.

»Sie haben diese Entscheidung alleine getroffen«, stellte Julian Tifflor fest. »Sind Sie der Ansicht, dass Sie das verantworten können?«

»Sonst hätte ich nicht so gehandelt«, antwortete Hamiller. »Es ging darum, ob das Projekt BASIS weitergeführt oder eingestellt würde. Ich erhielt keine Auskunft, worum es sich bei diesem Vorhaben handelt, aber mir wurde bestätigt, dass NATHAN grundsätzlich nur zum Wohl der Menschheit tätig ist. Aus diesem Grund habe ich ein Kilogramm Howalgonium an NATHAN übergeben lassen.«

Vorübergehend herrschte in dem spärlich erleuchteten Raum hoch über den Straßen von Terrania City betretenes Schweigen. Dann fragte Roi Danton: »Es gibt nicht einmal eine Andeutung, was die BASIS sein könnte?«

»Sie ist groß«, sagte Hamiller. »Das ursprüngliche Programm war darauf abgestellt, eine Flotte von Evakuierungsfahrzeugen zu erstellen. Die BASIS wird also das Äquivalent von wenigstens einhundert Großraumschiffen darstellen.«

»Kann es sein, dass es sich um Kriegsschiffe handelt?«, erkundigte sich Julian Tifflor. »Sieht NATHAN womöglich das Interesse der Menschheit darin, dass sie die Machtfülle des Solaren Imperiums wiederherstellt?«

»Diese Frage kann ich nicht beantworten. Ich verlasse mich darauf, dass NATHAN weiß, was der Menschheit zum Wohl gereicht, und dass der Aufbau einer Kriegsflotte nicht zu seinen Plänen gehört.«

7.

Die Explosion des Mondes fand am 21. Januar 3586 statt, in den frühen Morgenstunden nach Terrania-City-Zeit.

Als »Explosion des Mondes« ging das Ereignis in die Annalen der Menschheit ein, weil Julian Tifflor gegen 5 Uhr von einem dringenden Hyperkomgespräch aus dem Schlaf gerissen wurde. Er hörte einen völlig aus dem Häuschen geratenen Payne Hamiller entsetzt rufen: »Wir haben ein lunares Beben ersten Ranges! Ich glaube, der Mond ist am Explodieren!«

Julian Tifflor war sofort hellwach. »Hören Sie auf mit dem Quatsch!«, fuhr er den verdatterten Wissenschaftler an. »Der Mond explodiert nicht. Wo sind Sie jetzt?«

»Lunar Emergency Operations«, antwortete Hamiller hastig.

»Was, glauben Sie, geht wirklich vor?«

Payne Hamiller wurde allmählich ruhiger. »Mir war es mit meiner Prognose bitterernst«, sagte er. »Aber Sie haben wahrscheinlich recht, Luna explodiert nicht.« Er zuckte mit den Schultern. »Ich weiß nicht, was los ist. In diesem Augenblick zittert der Boden unter meinen Füßen, als trampelten zehntausend wild gewordene Saurier darauf herum.«

In Tifflors halbdunklem Schlafzimmer schrillte ein Warnsignal. »Warten Sie!«, bat er den Wissenschaftler. »Da ist noch einer mit einer Hiobsbotschaft.«

Er nahm das zweite Gespräch entgegen. Es kam von einer Beobachtungsstation auf der Mondoberfläche. Ein junger Offizier erschien auf dem Schirm. Sein Gesicht war unnatürlich blass.

»Leutnant Dunne, Sir! Ich habe eine Meldung von kritischer Dringlichkeit!«

»Erstatten Sie Bericht, Leutnant!«

»Ei-ein Sektor der Mondoberfläche ist vor wenigen Minuten plö-plötzlich spurlos verschwunden, Sir. Seit 4 Uhr 58 Standardzeit werden durch das Loch Gegenstände aller Art in den Raum katapultiert.«

»Was für Gegenstände?«

»Zumeist Metallteile, Sir. Das kleinste unter ihnen hat die Größe eines zwanzigstöckigen Gebäudes.«

»Sie behaupten, die Dinger fliegen einfach so davon?«

»Nicht einfach so, Sir. Erste Berechnungen weisen darauf hin, dass die

Objekte in einen Orbit von etwa zweitausend Kilometern Höhe geschossen werden.«

»Aha«, machte Tifflor. »Das gibt der Sache ein anderes Gesicht! Setzen Sie die Beobachtungen fort und halten Sie mich auf dem Laufenden!«

»Selbstverständlich, Sir.«

Julian Tifflor beendete das Gespräch und wandte sich wieder Hamiller zu. »Mitgehört?«, fragte er knapp.

»Zum größten Teil«, antwortete der Wissenschaftler. »Inzwischen haben wir eine Handvoll eigener Messergebnisse vorliegen. Es scheint, dass NATHAN den gesamten Sektor Germyr ausräumt. Alles, was er dort hergestellt hat, wird durch einen riesigen Schacht nach oben befördert.«

Tifflor grinste. »Hamiller, das bleibt auf Ihnen sitzen!«

»Was?«

»Die Explosion des Mondes ...«

Payne Hamillers Miene war halb unglücklich, halb belustigt. »Das wird an meinem Stolz nagen«, gestand er ein. »Aber ich bin gerne bereit, den Spott zu ertragen, solange der Mond wirklich nicht explodiert.«

»Suchen Sie ein Gespräch mit NATHAN!«

»Wird sofort unternommen«, erklärte Payne Hamiller und schaltete ab.

Der seltsame Vorgang konnte am Nachthimmel der Erde mit bloßem Auge beobachtet werden. Die Gesamtmenge der von NATHAN ausgestoßenen Teile hatte inzwischen einen lunaren Orbit erreicht, dessen Höhe über der Mondoberfläche jedoch nicht zweitausend, sondern zweitausendachthundert Kilometer betrug. Die Einzelteile bewegten sich in einem dichten Pulk. Auswertungen ergaben, dass der Pulk aus 100.000 bis 110.000 Teilen bestand.

Der Nachschub war inzwischen versiegt. Niemand wusste, was NATHAN mit dem Sammelsurium von Metallteilen anzufangen gedachte.

Gegen Mittag Standardzeit erhielt Julian Tifflor die erste Meldung, die wirklich etwas aussagte. Hamiller, der ihn anrief, hatte inzwischen die sublunaren Gefilde verlassen und befand sich in einer Beobachtungsstation westlich des Wallgebirges Plato.

»Wissen Sie, was für eine Masse das Zeug hat?«, fragte der Rat für Wissenschaften. »Rund eine Gigatonne!«

Die Zahl verschlug selbst dem Ersten Terraner den Atem. »Eine Gigatonne!«, brachte er schließlich hervor. »Eine Milliarde Tonnen!«

Julian Tifflor ging von der Annahme aus, dass aus den Teilen ein Raumfahrzeug entstehen sollte. Das bedeutete jedoch, dass die Fragmente lediglich Außenhülle und stützende Struktur darstellten. Die von Hamiller genannte Masse enthielt keinerlei Einrichtung und vor allem keinen Treibstoff, der bei modernen Hochleistungsschiffen, da er in ionisierter, dicht gepackter Form transportiert wurde, ein Vielfaches der Leermasse des Fahrzeugs ausmachte.

Eine Gigatonne nackte Leermasse – das entsprach einer mittleren Flotte von Giganten der 2500-Meter-Klasse!

»Mensch, Hamiller – wissen Sie, was Sie da sagen?«, brach es aus Tifflor hervor.

»Was ich sage, weiß ich schon«, antwortete der Wissenschaftler in der gleichgültigen Manier eines Mannes, den nichts mehr erschüttern konnte.

Um 14 Uhr hatte Julian Tifflor eine Besprechung mit dem Konzept Kershyll Vanne. Er war sich darüber im Klaren, dass Vannes Fähigkeit der Paradiagnose ein ungeheuer wertvolles Potenzial darstellte.

»Sie haben die neuesten Berichte und Zahlen gehört, Kershyll?«, erkundigte sich der Erste Terraner.

Vanne nickte. »Sie wollen von mir wissen, was ich davon halte?«

»Das auch. In der Hauptsache möchte ich Ihnen aber einen Posten antragen.«

»Einen Posten?«, wiederholte das Konzept überrascht.

»Die Liga Freier Terraner braucht einen Sonderbotschafter.«

»Wohin soll ich reisen?«

»Wenn Sie annehmen, werden Sie Ihre Aufgabe hier auf der Erde wahrnehmen können.«

Kershyll Vanne lachte. »Das ist ein seltsamer Botschafter, der nicht zu reisen braucht.« Übergangslos wurde er ernst. »Spaß beiseite! Ich nehme den Antrag an.«

»Sie wissen also, worum es geht?«

»Ich habe mit meinen Mitbewusstseinen Zwiesprache gehalten. Wir wissen ungefähr, was als Nächstes auf die Liga Freier Terraner zukommt.«

Tifflor lächelte. »Die GAVÖK wird Fragen haben.«

»Nicht nur das. Die Radikalen in der GAVÖK werden zu dem Schluss gelangen, dass die terranische Menschheit trotz aller Versprechungen schon wieder im Begriff ist, aufzurüsten.«

»Genau. Aber wir halten unser Wort: Wir agieren nicht, wir reagieren. Abgesehen von den Radikalen gibt es in der GAVÖK zum Glück auch eine erfreuliche Mehrheit vernünftiger Leute. Sie werden wissen wollen, was es mit dem Geschehen auf Luna auf sich hat. Ihnen muss aus verständiger Warte geantwortet werden. Ich wüsste dafür keinen Besseren als Sie.«

Kershyll Vanne neigte leicht den Kopf. »Danke. Wie schon gesagt: Ich nehme an.«

»Dafür danke ich Ihnen«, erwiderte Tifflor. »Und jetzt zu der Frage, die Sie erwartet hatten: Wofür halten Sie das dort draußen?«

An der Wand erschien ein Ausschnitt der Mondoberfläche mit der monströsen Ansammlung von Einzelteilen im Fokus. Kershyll Vanne betrachtete die Wiedergabe eine Zeit lang, dann sagte er: »Das Ding, das wir vorerst nur in seinen Einzelteilen sehen, nennt sich nach NATHANS Worten die BASIS. Eine BASIS an sich ist unfertig und braucht einen Überbau, eine Vervollständigung – sagen Sie dazu, wie Sie wollen.«

»Sie sind meiner Frage geschickt ausgewichen«, stellte Tifflor fest. »Sind Sie sicher, dass Sie keine Ahnung haben, was NATHAN mit der BASIS bezweckt?«

»Eine Ahnung habe ich schon.«

»Ich auch!«, sagte Tifflor scharf. »Sie kamen von Lavallal mit einem Auftrag für die Menschheit zurück. ES will uns auf eine groß angelegte Expedition schicken. Ich antwortete ihnen, dass die Menschheit im Augenblick weder die Mittel noch das Interesse habe, eine solche Expedition in die Wege zu leiten.« Er wandte sich um und wies auf das großflächige Holo. »Die Sache mit den Mitteln hat sich scheinbar soeben erledigt. Was uns noch fehlt, ist das Interesse.«

Nachdem Payne Hamiller sich in der Plato-Beobachtungsstation vergewissert hatte, dass seine Berechnungen der Masse im Orbit richtig waren, kehrte er in sein Quartier zurück. Auf dem Weg dorthin traf er mit Resu Redfern zusammen.

»Ich habe ein paar Leute droben, die mit Raumgleitern den Müllhaufen näher in Augenschein nehmen«, sagte Redfern. »Sie haben etwas gefunden, was ich für interessant halte.«

»Müllhaufen ...?«, murmelte Hamiller ratlos.

Redfern lächelte verständnisvoll. »Das ist meine Bezeichnung für das Zeug, das über unseren Köpfen herumfliegt.«

»Was haben deine Leute gefunden?«

»Einen tankförmigen Behälter mit angeschlossenem Lebenserhaltungssystem, in dem sich ungefähr zwölf der seltsamen Quallen befinden, von denen du uns erzählt hast.«

Hamiller stutzte. »Paraverknoter? Draußen im Weltraum?«

»So ist es!«, bestätigte Redfern.

»Das wird wohl seine Richtigkeit haben«, sagte Hamiller nur und verschwand in Richtung seines Quartiers.

Redfern schüttelte den Kopf und murmelte: »Hängt wahrscheinlich damit zusammen, dass er ein Genie ist.«

Die Tür quietschte beim Öffnen. Dies war eines von den Gebäuden, das für die Räumroboter geringe Priorität hatte, weil es nach außen hin im Wesentlichen unversehrt wirkte.

In der Türöffnung erschien Eawy ter Gedan, schlank, von mittlerer Größe und in diesem Augenblick bar jenes Fluidums, das Männer dazu veranlasste, sich nach ihr umzudrehen. Ihr Gesicht wirkte eingefallen. Sie war übermüdet.

»Die erste Spur«, sagte Eawy.

Bran Howatzer hatte in einem Sessel gedöst. Nun sprang er abrupt auf. Wer Bran Howatzer zum ersten Mal sah, der war überrascht. Mit seinen breiten Schultern machte er einen imposanten Eindruck. Wenn er sich jedoch aufrichtete, wurde offenbar, dass er nur wenig größer als einen Meter sechzig war.

»Eine Spur von Margor?«, fragte Howatzer.

»Er führte ein Gespräch mit Luna.«

»Mit wem?«

»Leider wurde kein Name genannt.«

»Konnten Sie ...« Bran Howatzer verschluckte sich beinahe und lächelte Eawy verlegen zu. »Konntest du Margors Position herausfinden?« So richtig gewöhnt hatte er sich noch nicht an das »Du«, auf das sie sich vor Kurzem geeinigt hatten.

»Er befindet sich in der Stadt. Vor allen Dingen habe ich seinen Rufkode. Damit können wir ihn finden!«

»Fantastisch!«, rief Howatzer. »Ich wecke Dun, dann machen wir uns sofort auf die Beine!«

Er wollte davoneilen. Eawy hielt ihn jedoch zurück. »Ohne mich, Bran, bitte ... »Ich habe seit gut vierzig Stunden kein Auge mehr zugemacht.«

Der bullige Mann schlug sich mit der flachen Hand gegen die Stirn. »Natürlich!«, sagte er um Verzeihung bittend. »Dun und ich, wir schaffen das schon alleine!«

Er verließ den Raum, und gleich darauf hörte Eawy ihn schimpfen. Schließlich, nach wenigen Minuten, kam er zurück, hinter sich eine große und hagere Gestalt. Das war Dun Vapido, 37 Jahre alt, leicht vornüber geneigte Haltung, ständig am Grübeln.

»Er bekam die Augen nicht auf!«, schimpfte Howatzer.

»Das hat damit überhaupt nichts zu tun«, antwortete Vapido mürrisch. »Ich hab' dir gesagt, dass deine Idee keinen Soli wert ist.«

»Was für eine Idee?«, wollte Eawy wissen.

»Er will Margors Versteck ausheben.«

»Endlich wissen wir wieder, wo er sich aufhält«, platzte Bran Howatzer heraus. »Also machen wir dem Margor-Spuk ein für alle Mal ein Ende!«

Eawy ter Gedan wusste, dass Howatzer seiner Sache nicht annähernd so sicher war, wie er tat. Und weil er seinerseits wusste, dass Dun Vapido seinen Vorschlägen oft genug skeptisch gegenüberstand, tat er so, als sei Boyt Margors Untergang bereits beschlossene Sache.

»Hat er dir gesagt, was ich gehört habe?«, fragte Eawy den Hageren.

»Du hast eines von Margors Gesprächen mitgehört und weißt, dass er mit jemandem auf Luna sprach. Mit Margors Rufkode wird es eine Kleinigkeit sein, ihn aufzuspüren. Soweit ist Brans Überlegung richtig. Aber von da an geht sie in die Irre.«

»Wieso?«, begehrte Howatzer auf.

»Margor ist nicht so dumm und wird warten, bis wir kommen. Vermutlich hat er den Raum mit dem Funkgerät noch kein einziges Mal betreten.«

»Er arbeitet mit Zweiganschlüssen?«, fragte Eawy.

»Garantiert. Margor hat sich zweifellos nach allen Richtungen abgesichert.«

Eawy schaute nachdenklich vor sich hin. Was Dun Vapido sagte, war mehr als eine Vermutung. Dun war, ebenso wie sie selbst und Bran Howatzer, ein Mutant. Er beherrschte die Psi-Analyse, die ihn in die Lage versetzte, komplizierte Zusammenhänge zu durchschauen.

»Was meinst du, Bran?«, fragte die junge Frau.

»Wahrscheinlich hat er recht«, knurrte der Breitschultrige. »Aber die Chance besteht dennoch, dass er sich irrt.«

Eawy ter Gedan blieb allein zurück und starrte die Decke an. Das neue Quartier gefiel ihr nicht; es war muffig und besaß die Eleganz eines ausgedienten Wartesaals. Die drei Mutanten wechselten alle paar Tage die Unterkunft – aus Furcht, dass Boyt Margor ihnen auf die Spur kommen könnte.

Das allein ist es nicht, dachte Eawy müde. *Wir fürchten uns nicht nur vor Margor, sondern ebenso vor den Menschen um uns, vor der Einsamkeit, vor unseren Fähigkeiten und manchmal sogar vor uns selbst. Aber warum fürchten wir uns?*

Eawy ter Gedan vergaß, dass sie eigentlich schlafen wollte. Sie dimmte die Deckenbeleuchtung auf halbe Leistung und ließ ihren Gedanken freien Lauf.

Gäa hatte nicht viele Mutanten hervorgebracht – insgesamt vier, soweit sie wusste. Aber nur noch sie selbst und ihre beiden Freunde lebten.

In der Dunkelwolke Provcon-Faust war allerdings ein fünfter Mutant zur Welt gekommen: Boyt Margor. Er verfügte über ein großes Spektrum parapsychischer Fähigkeiten und war stärker als Eawy ter Gedan, Bran Howatzer und Dun Vapido.

Eawy selbst war das »Relais«. Sie verstand es, elektromagnetische und hyperenergetische Impulse nur mit ihrer Psi-Begabung zu empfangen und, falls sie Information enthielten, auch zu verstehen. Eawy konnte jegliche Art von Funksprüchen abhören. Mittlerweile hatte sie zudem die Fähigkeit entwickelt, leichtere Kodes zu knacken. An der Vervollkommnung dieser Fähigkeit arbeitete sie.

Dun Vapido war der Psi-Analytiker. Darüber hinaus besaß er die merkwürdige Gabe, in seiner unmittelbaren Umgebung das Wetter beeinflussen zu können.

Bran Howatzer nannte sich einen Pastsensor. Er konnte nachempfinden, was ein Mensch während der vergangenen zwölf Stunden erlebt, gesehen und gehört hatte. Sein Spürsinn reichte auch über die Zwölfstundengrenze hinaus, war dann aber nicht mehr unfehlbar.

Zusammen waren sie mit einem der ersten Umsiedlerschiffe nach Terra gekommen. Sie hatten sich in Terrania City niedergelassen, aber schon damals befürchtet, dass Boyt Margor sie mit seinem Zorn verfolgte. Weil sie ihn zurückgewiesen hatten.

Dann war der Tag gekommen, an dem Markus Verlenbach starb, einer der Bewerber um das Amt des Terranischen Rates für Wissenschaften. Eawy, Dun und Bran hatten Verlenbach kurz zuvor bei einem seiner Fernsehauftritte gesehen und waren beim Anblick seiner merkwürdig trockenen, pergamenten wirkenden Gesichtshaut erschrocken. Denn sie hatten auf Gäa Leute mit denselben Symptomen gesehen. Diese Krankheit war geheimnisvoll und unheilbar, und wo sie auftrat, war Boyt Margor nicht fern.

Die drei waren zutiefst beunruhigt wegen der Gefahr, die Boyt Margor für Terra bedeutete. Trotzdem hatten sie sich dagegen entschieden, die Behörden zu informieren.

So müde und erschöpft Eawy ter Gedan auch war, sie brauchte lange, bis sie einschlief.

Nach dem Hyperkomgespräch mit Margor brütete Payne Hamiller vor sich hin. Er verstand nicht, was ihn dazu veranlasste, Margor Informationen zukommen zu lassen, als wäre dieser ein Regierungsmitglied. Er spürte, dass von Margor etwas Übles ausstrahlte, aber dennoch konnte er sich nicht von ihm lösen.

Er wählte Redferns Anschluss. Redfern meldete sich sofort.

»Ich möchte mit dir reden. Aber nicht hier. An irgendeinem Platz, an dem wir uns ungestört unterhalten können.«

Redfern überlegte nur kurz. »Was hältst du von der kleinen Frühstücksküche an der Kreuzung A-Gang und Sektorgrenze Murchison? Dürfte um die Zeit ziemlich leer sein. Ich habe ohnehin noch keinen Bissen gegessen.«

»Einverstanden«, sagte Hamiller. »Ich bin in wenigen Minuten dort.«

Es musste kurz vor Mitternacht gewesen sein, als Redfern ihm von dem Behälter mit den Paraverknotern im Orbit berichtet hatte. Danach war er zu seinem Quartier gegangen und hatte das Gespräch mit Margor geführt. Das alles schien erst kurze Zeit her zu sein.

Hatte er demzufolge die ganze Nacht über auf der Bettkante gekauert und über Margor nachgedacht? Payne Hamiller versuchte, sein Befinden zu analysieren. Fühlte er sich müde? War er hungrig? Durstig? Er empfand überhaupt nichts.

Er machte sich auf den Weg zur Frühstücksküche.

Resu Redfern grinste, als Payne Hamiller sich zu ihm setzte. »Lange nicht mehr so etwas Feines gegessen!«, sagte er mit vollem Mund.

»Was ist das?«, wollte Hamiller wissen.

»Ein Frühstücksgulasch.«

»Was kostet so etwas?« Hamiller fühlte sich plötzlich hungrig.

»Fünfundzwanzig Solar.«

»Fünf...«

Redfern nickte. »Echtes Fleisch! Nichts Synthetisches. – Aber darüber wolltest du bestimmt nicht mit mir reden, oder?«

Hamiller schüttelte den Kopf. Gedankenverloren schaute er zwei Männern und einer Frau nach, die sich soeben erhoben. Dann gab er sich einen merklichen Ruck. »Mir geht da etwas durch den Kopf«, fing er stockend an. »Es ist von großer Bedeutung ... Ich muss mit jemandem darüber reden, damit ...«

Damit was?, fragte er sich selbst. *Worüber muss ich mit ihm reden?* Hamiller reagierte verwirrt. Er entsann sich, dass er Resu eigens angerufen hatte, aber auf einmal gab es nichts mehr zu sagen.

»Sprich ruhig weiter!«, forderte Redfern ihn auf.

Ich mache mich lächerlich, fuhr es Hamiller durch den Sinn. *Was wird er von mir denken? Ich muss irgendetwas erfinden, das halbwegs bedeutungsvoll ist.*

»Du sagst, du hast ein paar von deinen Leuten im Orbit?«

»Hatte«, antwortete Redfern. »Sie sind vor wenigen Stunden zurückgekommen. Es tut sich nichts mehr bei dem großen Müllhaufen.«

»Ich möchte mir das Zeug aus der Nähe ansehen!«

Redferns Augen verengten sich. »War das die Sache von großer Bedeutung?«

»Ich erwarte, dass du mir ein Fahrzeug zur Verfügung stellst!«

Resu Redfern lachte hell. »Vergisst du eigentlich, dass Lunar Emergency Operations deinem Ministerium angegliedert ist? Du brauchst das Fahrzeug nur zu bestellen, und schon hast du es samt Pilot.«

Redfern steuerte das Boot selbst und nahm Kurs auf die von NATHAN ausgestoßene Materialsammlung.

Aus der Distanz wirkte der Pulk wie ein kompaktes Gebilde, dessen Hülle von unzähligen Rissen durchzogen war. Erst bei wenigen hundert Kilometern Distanz wurde erkennbar, dass es sich tatsächlich um eine Ansammlung frei schwebender Einzelteile handelte.

»Komisch«, brummte Redfern. »Vor Kurzem hat das Zeug noch anders ausgesehen. Die Teile standen nicht so dicht beieinander.«

Hamiller wandte sich über Kurzstreckenfunk an die Wallstation Plato. »Lässt sich Corbell irgendwo auftreiben?«, fragte er. Corbell war einer von Redferns Leuten, der Order hatte, die von NATHAN ausgestoßenen Fragmente zu beobachten.

»Corbell ist unterwegs, Sir«, antwortete eine männliche Stimme.

Der Gesuchte meldete sich kurz darauf.

»Ich möchte von Ihnen wissen, ob sich an der äußeren Erscheinung der Materiewolke während der letzten Stunden etwas geändert hat.«

»Und ob!«, rief Corbell. »Es scheint einen schwachen Gravitationskern zu geben. Die Teile sind näher zusammengerückt.«

»Danke, das war alles, was ich wissen wollte«, sagte Hamiller und wandte sich wieder an Redfern: »Du hast recht gehabt.«

»Manchmal ergibt sich das so.«

Redfern leitete den Bremsvorgang ein.

»Mit bloßem Auge können wir schwerlich erkennen, was da vorgeht.« Hamiller wirkte mit einem Mal sehr aufgeregt. »Aber ich bin fast sicher, dass wir Augenzeugen des fortgeschrittensten Fertigungsprozesses sind, den man sich denken kann.«

»Du meinst ...«

»Ich meine, dass NATHAN die Fragmente nicht wahllos in den Orbit befördert hat. Sie sind von Anfang an so angeordnet, dass es nur eine Bewegung der Teile zueinander erfordert, sie zu einem Ganzen zu vereinen.«

»Weißt du, welche Präzision dafür nötig wäre?«, stieß Redfern hervor.

»Wie viel Präzision traust du NATHAN zu?« Payne Hamiller war jetzt in seinem Element.

»Eine ganze Menge, nehme ich an«, antwortete Redfern. »Aber selbst wenn NATHAN die Teile zueinanderbringt, wie sollen sie sich miteinander verbinden?«

»Das ist für ihn kein Problem. Er hat die Kontaktflächen präpariert. Sobald sie einander berühren, setzt eine chemische Reaktion ein und verschweißt die betreffenden Teile miteinander.«

Redferns Aufmerksamkeit war auf das eigentümliche Gebilde gerichtet. Der Kontraktionsvorgang war mittlerweile mit dem bloßen Auge auch ohne Zuhilfenahme von Fixpunkten wahrnehmbar.

Die Masse der Teile formte sich zu einem flachen Etwas mit mehr als zehn Kilometern Durchmesser. Dieses Gebilde war kreisförmig, und entlang der Peripherie bildete sich eine Art Wulst.

»Mein Gott, was für ein Monstrum!« Redfern seufzte. »Wie würdest du das beschreiben, wenn dich einer danach fragte?«

»Es gleicht einer Schildkröte, die in einem Rettungsring stecken geblieben ist«, antwortete Hamiller belustigt. »Hochgewölbter Rückenpanzer, nicht ganz so stark gewölbter Bauchschild. Das verängstigte Tier hat natürlich den Kopf eingezogen. Dann kam jemand und hat den Rettungsring darüber gestülpt.«

Aufgeregt stach Redfern mit dem Zeigefinger durch die Luft. »Aber dahinten! Da ist etwas, das mit deiner Schildkröte nicht so ganz zusammenpasst!«

Hamiller blickte in die Richtung, in die Redfern zeigte. Auf der dem Boot abgewandten Seite des Objekts entstand etwas, das den Ringwulst, den Hamiller als Rettungsring bezeichnet hatte, durchbrach und überragte.

Zwischen 10 Uhr 30 und Mittag an diesem schicksalsträchtigen 22. Januar 3586 wurden Resu Redfern und Payne Hamiller die Ersten, die das Gebilde, das NATHAN als BASIS bezeichnete, aus nächster Nähe sahen.

Das Kernstück der mächtigen Konstruktion bildeten zwei Schalen unterschiedlicher Wölbung, die wie zwei Teller mit den Rändern aufeinandergesetzt worden waren. Um den Rand dieses Gebildes zog sich ein Wulst mit kreisförmigem Querschnitt. Die Schalen hatten bereits einen Durchmesser von neun Kilometern. Der Wulst, dessen Dicke fünfzehnhundert Meter betrug, erweiterte die Gesamtkonstruktion auf einen Durchmesser von zwölf Kilometern.

An zwei einander gegenüberliegenden Positionen war die Symmetrie unterbrochen. An einer Stelle ließ der Wulst eine mehrere Kilometer breite Lücke für einen Einsatz, der zunächst die Form eines Quaders hatte, sich nach außen hin jedoch zu einem riesigen Trichter weitete, der deutlich über die Rundung des Gebildes hinausstach.

Auf der gegenüberliegenden Seite ragte eine Art Schürze aus der BASIS hervor. Sie bildete eine ebene Plattform konischer Natur. Ihr vorderer Rand, der rund einen Kilometer jenseits der Rundung des Ringwulstes lag, war wie ein Kreisbogen gekrümmt.

Redfern und Hamiller flogen mit ihrem Boot über die steiler gewölbte Mittelfläche, die der Wissenschaftler willkürlich als »oben« bezeichnete. Sie stellten fest, dass es in der Schale fünf kreisförmige Plattformen gab, die aus der Wölbung ausgespart waren. Die größte lag in der Mitte des

Gebildes und durchmaß drei Kilometer. Die anderen vier waren näher am Rand symmetrisch angeordnet und hatten jede einen Durchmesser von tausendzweihundert Metern.

»Wenn das keine Landeplattformen sind, gebe ich mein Diplom zurück«, sagte Hamiller.

Das Boot umkreiste die gigantische Konstruktion. Auf der »Unterseite« entdeckten die Männer zwei röhrenförmige Ausbuchtungen, von denen jede eine Länge von zehn Kilometern hatte. Die Höhe der Röhren betrug achthundert Meter, ihre Funktion war nicht ohne Weiteres ersichtlich.

NATHANS fortgeschrittene Fertigungstechnik hatte die Bauteile zu einem Ganzen zusammengefügt. Der Schweißvorgang, nach welchem chemischen Prinzip er auch verlaufen sein mochte, war nach außen hin nicht in Erscheinung getreten.

Stundenlang beäugten Hamiller und Redfern den Koloss von allen Seiten.

»NATHAN ist ein Produkt terranischer Technologie.« Redfern erwachte wie aus einer Trance. »Wer hat der Hyperinpotronik beigebracht, wie sie ein derart gewaltiges Ding so genial aus Einzelteilen zusammenbauen kann?«

»Irgendwann werden wir erfahren, wozu die BASIS gut ist«, vermutete Hamiller. »Vielleicht ist das der Augenblick, in dem wir lernen, woher NATHAN sein zusätzliches Wissen bezieht.«

Payne Hamiller hatte überschlägige Berechnungen angestellt. Er ging davon aus, dass NATHAN nicht wesentlich vor dem Zeitpunkt aktiv geworden war, als man zum ersten Mal die Vorgänge in Germyr angemessen hatte. Demzufolge errechneten sich als Gesamtzeit, die NATHAN für die Entwicklung der BASIS gebraucht haben durfte, weniger als vier Wochen. Das aber war nicht einmal der lunaren Hyperinpotronik möglich. Folglich musste ein großer Teil der Fertigung schon früher stattgefunden haben – als sich die Erde noch im Mahlstrom befunden hatte.

Diese Erkenntnis besagte letztlich doch, dass es sich bei der BASIS um das Produkt eines spätaphilischen Programms handelte. Das aber verwirrte jeden, der mehr über die Zeit der Aphilie wusste.

Was auch immer die BASIS darstellen mochte – sie war zweifellos ein Raumfahrzeug für die Überwindung großer, womöglich intergalaktischer Entfernungen. Gerade solche Fahrzeuge hatten den aphilischen Machthabern jedoch ein Grausen eingejagt, weil sie aus gutem Grund befürchteten, dass ihre Reine Vernunft fernab der Sonne Medaillon keinen Einfluss mehr hatte. Nicht zuletzt deswegen hatten sich die Mächtigen jener Zeit so bereitwillig von der SOL getrennt, dem mächtigsten Fernraumschiff, das terranische und lunare Werften jemals hergestellt hatten.

Raphael hatte in einem seiner seltenen Anfälle von Mitteilsamkeit zu verstehen gegeben, dass der ursprüngliche aphilische Plan auf den Bau einer Evakuierungsflotte abzielte. Das Programm, hatte er gesagt, sei von NATHAN modifiziert worden. Doch wie tiefgreifend konnte die Modifikation sein, wenn die Hyperinpotronik ohne Weiteres in der Lage gewesen war, alle schon vorhandenen Einzelteile für den Bau der BASIS zu verwenden?

Je länger Payne Hamiller darüber nachdachte, desto verwirrter wurde er.

8.

Die Liga Freier Terraner betrachtete sich als Republik. Einer ihrer wichtigsten in der Verfassung festgehaltenen Grundsätze war, dass die Regierung und ihre ausführenden Organe sich so wenig wie möglich in das Privatleben der Bürger einmischen würden.

Es lag in der Natur der Sache und wurde dennoch als Ironie des Schicksals betrachtet, dass in keiner Epoche der Geschichte so oft gegen das Nichteinmischungsprinzip verstoßen wurde wie ausgerechnet während der ersten Jahre der LFT.

Die Menschen hatten auf Gäa alles zurückgelassen, was nicht transportabel war: Grundstücke, Häuser, Fabriken, Weidegründe und dergleichen mehr. Immerhin hatte Terra, nachdem die Aufräumarbeiten beendet waren, ein Vielfaches dessen zu bieten, was auf Gäa aufgegeben worden war.

Der Teufel steckte letztlich im Detail. Welche Maßnahmen waren zu treffen, damit einerseits die ersten Rücksiedler schon bekamen, was sie benötigten, und andererseits später Eintreffende nicht aus Mangel an Masse leer ausgingen? Die Aufgabe der Verteilung fiel logischerweise der neuen Administration zu, und wie hätte sich eine Regierung dieses Auftrags entledigen können, ohne in das Privatleben ihrer Bürger einzugreifen?

Die Verteilung funktionierte im Großen und Ganzen nach dem Prinzip, dass jeder auf der Erde das bekam, was er auf Gäa besessen hatte. Das hörte sich einfach an, doch was sich dahinter verbarg, war eine Mammutaufgabe. Besitzurkunden mussten erbracht werden. Der Wertnachweis der auf Gäa verbliebenen Güter oblag dem Anspruchsberechtigten. Mittlerweile waren Armeen von Schätzern unterwegs. Aber die Leute hatten überzogene Wünsche. Einer, der ein Haus in Sol-Town besessen hatte, war vielleicht nicht zufrieden, dass ihm ein gleichwertiges Gebäude in Terrania City angeboten wurde, weil er lieber in Rio de Janeiro wohnen wollte. Ein anderer, der auf Gäa weit außerhalb der Hauptstadt Viehzucht betrieben hatte, verlangte entsprechendes Weideland in unmittelbarer Nähe von Terrania und brachte kein Verständnis für das Argument der Administration auf, dass vieles in Reserve gehalten werden müsse, weil vermieden werden sollte, dass jene, die zuletzt kamen, mit dem vorlieb nehmen mussten, was kein anderer hatte übernehmen wollen.

Die Verwaltung unternahm angemessene Anstrengungen, die vielfältigen Wünsche zu befriedigen. Im Übrigen wies sie die Bürger an, sich um die Erfüllung ihrer Sehnsüchte selbst zu kümmern.

Also entwickelte sich ein reger Tauschmarkt. Wie immer gab es Leute, die dabei Profit zu machen suchten. Manchen gelang es, anderen nicht. Einige wurden reich, weil sie sich nicht am Tausch beteiligten, sondern Informationsbüros einrichteten, in denen die Tauschwilligen geeignete Partner finden konnten.

Ein einziger nutzte die Lage, um mittels seiner parapsychischen Begabung Millionen aus dem Besitzverteilungsgeschäft zu schöpfen. Es war Boyt Margor. Er gründete eine Firma, die sich nach außen den Anschein interstellaren Handels gab. Der Mutant überzeugte seine Anhänger davon, ihren Besitz in die Firma einzubringen. Da er als Alleininhaber fungierte, wuchs sein Vermögen binnen weniger Wochen auf mehr als zehn Millionen Solar.

Dabei hatte Margor seine Ziele erst in vagen Umrissen offengelegt. Er strebe nach einer mächtigen, ihren Gegnern deutlich überlegenen Erde, sagte er. Außerdem halte er nichts davon, auf eine Nachfolge des Solaren Imperiums für immer zu verzichten. Er wolle ein neues Imperium, das die gesamte Milchstraße umspannte. Die Menschheit sei dazu berufen.

Der Herr dieses Imperiums würde kein anderer als Boyt Margor sein. Das durfte er seinen Anhängern aber noch nicht sagen. Sie hätten womöglich die psionische Beeinflussung erkannt.

Margor ließ jedoch keine Gelegenheit verstreichen, seine Macht zu demonstrieren. Gleichzeitig war und blieb er der stets freundliche Mann, zu dem jeder Zutritt hatte und der jedem seine Aufmerksamkeit schenkte.

Er hatte an diesem Nachmittag von einer der zahlreichen Unterkünfte aus, die er allein in Terrania City unterhielt, zwei weitere Umschreibungen getätigt und war eben im Begriff, sein Quartier zu verlassen, als er einen Anruf erhielt. Payne Hamiller meldete sich.

»NATHAN hat die Einzelteile zu einem Raumfahrzeug extremen Ausmaßes zusammengefügt.«

»Das ist mir bekannt«, antwortete Margor. »Was gibt es wirklich Neues?«

»NATHAN hat begonnen, die BASIS zu bestücken. Raumfahrzeuge aller Art steigen aus dem Germyr-Sektor auf und landen entweder auf der Oberfläche der BASIS oder steuern Hangars an, die sich in dem Ringwulst der Konstruktion befinden.«

Boyt Margor zeigte selten Erregung, doch in diesem Augenblick verließ ihn die Ruhe. »Wissen Sie, was Sie da sagen?«, schrie er voll Begeisterung. »Wie viele Fahrzeuge sind es? Was für Typen? Wie sind sie bewaffnet?«

»Es handelt sich um Hunderte von Schiffen. Eine Einheit der GALAXIS-Klasse, Durchmesser zweieinhalb Kilometer, ist auf der Plattform im Scheitelpunkt der BASIS gelandet.«

»Was wird weiter?«, fragte Boyt Margor nach einer Weile.

»Wir erwarten NATHANS Erklärung. Er wird sich zur BASIS und zum Plan der Vollendung äußern.«

»Ich brauche den Wortlaut, sobald NATHAN alles gesagt hat!«, drängte Margor. »Wann wird das sein?«

»Das weiß niemand. Mit Sicherheit aber noch im Lauf des Tages.«

Boyt Margor überlegte kurz. »Ihr Amt ermöglicht es Ihnen, hartnäckig zu sein. Tifflor wird verlangen, dass die BASIS inspiziert wird, sobald NATHAN sie freigegeben hat. Ich will, dass Sie der Inspekteur sind! Sie erstatten mir als Erstem Bericht – noch vor dem Ersten Terraner!«

Eawy ter Gedan wachte auf, als sie Bran Howatzer und Dun Vapido zurückkehren hörte. Sie hatte nur knapp zwei Stunden geschlafen – trotzdem fühlte sie sich einigermaßen erfrischt und ging den beiden entgegen.

Howatzer blickte sie grimmig an. »Absolut nichts!«, knurrte er. »Der Ort ist hermetisch abgesichert.«

»Ich hab's ja gesagt«, murmelte Dun Vapido.

Howatzer machte eine wegwerfende Geste. »Er wäre um ein Haar in eine Hypnofalle gelaufen – also hör nicht auf ihn, Eawy. Wenn ich nicht aufgepasst hätte, könnten wir jetzt unser Zeug packen ...«

»Hypnofalle?«, fragte Eawy ter Gedan.

»Ich merkte es im letzten Augenblick«, sagte Howatzer. »Plötzlich waren da Schwingungen, als ob sich ein Mensch in unmittelbarer Nähe befindet. Sie wirkten ungeheuer beruhigend und gingen von einem Verstand aus, der sich völlig mit sich selbst im Gleichgewicht befand und nur Heiterkeit ausstrahlte. Erst als Dun anfing zu lachen, wusste ich, was die Uhr geschlagen hatte.«

»Dun hat gelacht?« Eawy sah den Hageren überrascht an.

»Er war dem Bann schon fast erlegen. Sekunden später hätte er haltlos alles ausgeplaudert, was uns betrifft. Und wahrscheinlich hätte irgendein gerichtetes Akustikfeld alles aufgezeichnet.«

»Das ist nicht erwiesen!«, protestierte Dun Vapido.

»Natürlich nicht«, schnappte Howatzer. »Aber das ändert nichts an den Tatsachen.«

»Was war das für ein Platz?«, wollte Eawy wissen.

»Ein leeres Bürogebäude am nordwestlichen Stadtrand. Gehört einer Firma namens ITCS. Ich habe keine Ahnung, was die Buchstaben bedeuten.«

»So kommen wir jedenfalls nicht weiter«, sagte Dun Vapido grimmig. »Wir müssen uns einiges einfallen lassen.«

Am Nachmittag des 22. Januar 3586 ging die Nachricht um die Welt, dass NATHAN die BASIS mit Raumfahrzeugen bestückte.

Rätselraten verursachte zunächst eine Gruppe von sechzehn Großraumschiffen, die jeweils tausendzweihundert Meter durchmaßen und außer dem üblichen Äquatorringwulst eine Art Trichter am Südpol aufwiesen. Die Archive verzeichneten, dass es sich um die Variante eines lemurischen Kampfschifftyps handelte, der als PHARAO-Klasse bekannt geworden war. Die sechzehn Einheiten, gegenüber der vor mehr als fünfzigtausend Jahren in den Einsatz gebrachten Vorversion erheblich verbessert, wurden als Fahrzeuge des Typs THEBEN identifiziert.

Hervorstechendste Einheit der Beibootflotte für die BASIS war ein Raumschiff der 2500 Meter messenden GALAXIS-Klasse. Auch hier glaubten die kundigen Beobachter, umfangreiche bauliche Veränderungen gegenüber dem im Einsatz befindlichen Schiffstyp feststellen zu können.

Außer den PHARAO-Raumriesen und dem GALAXIS-Giganten hatte NATHAN vier Achthundert-Meter-Raumer des STARDUST-Typs produziert. Diese belegten die Landeplattformen, die das Zentrum der BASIS umgaben. Die Schiffe der PHARAO-Klasse waren in Hangars des BASIS-Wulstes verschwunden.

War es bei diesen Einheiten die Größe, die fast jeden Beobachter beeindruckte, so ging es bei anderen um die Stückzahl. Nach überschlägiger Schätzung hatte NATHAN jeweils fünfzig Leichte Kreuzer und Korvetten hergestellt. Zudem einhundert Zwei-Mann-Zerstörer. Alle diese kleineren Fahrzeuge wurden in den beiden röhrenförmigen Gebilden unterhalb der BASIS untergebracht.

NATHAN erklärte, dass er in Kürze eine Botschaft an die Menschheit richten werde.

Gegen 18 Uhr Standardzeit am 22. Januar 3586 war es soweit.

Dun Vapido hatte sich zum Schlafen hingelegt. Bran Howatzer, der von sich behauptete, er brauche nur ein Minimum an Ruhe, war in einem Sessel bereits eingeschlafen.

Eawy ter Gedan injizierte sich ein Medikament, damit sie wach bleiben konnte. Sie war überzeugt davon, dass bald ein weiterer Anruf unter Boyt Margors Kode kommen würde.

Schier endlos stürzten elektromagnetische und hyperenergetische Impulse auf sie ein. Eawy lauschte jeweils für einige Augenblicke den Informationen – manche wichtig, andere banal –, und konzentrierte sich sofort auf die nächste Impulsserie, sobald sie erkannte, dass sie wieder vergeblich gesucht hatte.

So ging es bis kurz nach 14 Uhr. Die Mutantin kämpfte gegen die Müdigkeit an, die sie trotz des Medikaments zu überwältigen drohte. Ihre Gedanken waren nur noch halb bei der Sache – aber plötzlich kam der Rufkode, den sie sich eingeprägt hatte.

Eawy hörte schon die ersten Worte, die der Anrufer auf Luna sprach: »NATHAN hat die Einzelteile zu einem Raumfahrzeug extremen Ausmaßes zusammengefügt.«

»Das ist mir bekannt. Was gibt es wirklich Neues?«

Eawy ter Gedan verfolgte das Gespräch mit derart angespannter Aufmerksamkeit, dass ihr die Bedeutung des Gesagten selbst völlig entging.

Sie horchte erst auf, als der Gesprächsteilnehmer auf der Erde sagte: »Ihr Amt ermöglicht es Ihnen, hartnäckig zu sein. Tifflor wird verlangen, dass die BASIS inspiziert wird, sobald NATHAN sie freigegeben hat. Ich will, dass Sie der Inspekteur sind!«

Augenblicke später war das Gespräch beendet. Eawy öffnete die Augen, die sie gewöhnlich geschlossen hielt, weil es ihr dann leichter fiel, sich zu konzentrieren. Abschätzend musterte sie den schnarchenden Mann, der ihr gegenüber in dem altmodischen Sessel kauerte.

»Aufwachen, Bran!«, rief sie.

Schwer zu wecken war Bran Howatzer nicht, und er war auch sofort da. »Schrei nicht so!«, erwiderte er barsch. »Ich habe nicht geschlafen, nur ausgeruht. Was gibt es Wichtiges?«

Eawy ter Gedan berichtete ihm von dem abgehörten Gespräch, dessen Bedeutung sie erst jetzt erfasste. Die BASIS, das einzige Gesprächsthema auf Terra seit dem gestrigen Tag, wurde mit einer Armada von Beibooten bestückt. Und Boyt Margor streckte die Hand danach aus!

»Wir müssen handeln, Bran! Sonst ist die letzte Chance vertan.«

Howatzer stand auf, ging ein paar ziellose Schritte, kehrte um. »Ich nehme an, es ist so«, erwiderte er endlich. »Wer mag der Mann sein, mit dem Margor gesprochen hat?«

»Von einem Amt war die Rede. Margor rechnet nicht mit Schwierigkeiten, wenn sein Informant die BASIS inspiziert. Er muss also Rang und Namen haben.«

Bran Howatzers Augen leuchteten. »Ich denke an Markus Verlenbach! Wenn Margor bei Verlenbachs Tod die Hand im Spiel hatte, dann ist anzunehmen, dass er gleichzeitig den jetzigen Terranischen Rat für Wissenschaften unterstützte. Verlenbach musste sterben, damit der Weg für Margors Schützling frei wurde!«

Eawy ter Gedan nickte. »Payne Hamiller ist unser Mann!«, sagte sie grimmig.

In der Bildübertragung erschien NATHANS Symbol. Es hatte zwei Minuten lang Bestand, bevor die lunare Hyperinpotronik die Mitteilung begann.

Die Stimme war die eines älteren Mannes. NATHAN hatte etliche Stimmmuster zur Verfügung, und in diesem Fall war er anscheinend zu dem Schluss gekommen, dass das Timbre des reifen und weisen Mannes der Bedeutung des Augenblicks angemessen sei.

»Hier spricht NATHAN, der Sklave der terranischen Menschheit. Der Plan der Vollendung, ins Werk gesetzt von überlegenen Mächten, ist abgeschlossen. Seine letzte Phase befasste sich mit der Entwicklung eines Raumfahrzeugs, das die terranische Menschheit in die Lage versetzen soll, einen überaus wichtigen Auftrag zu erfüllen. Ich besitze nicht die Autorität, über diesen Auftrag zu sprechen; die Menschheit hat auf anderem Weg davon Kunde bekommen.

Das Raumfahrzeug, genannt die BASIS, steht vollständig ausgerüstet zur Verfügung. Es bleibt den Terranern überlassen, ob sie den Auftrag annehmen und die BASIS dafür einsetzen oder ablehnen und das Fahrzeug anderweitig verwenden wollen.

Ein Zusammenspiel glücklicher Umstände hat dazu geführt, dass die BASIS jetzt schon fertiggestellt werden konnte. Ein Bauprogramm, das von der letzten Administration der Erde vor Beginn des Planes der Vollendung konzipiert worden war, bedurfte nur geringfügiger Modifikation, um den Erfordernissen zu genügen. Das Programm war bereits zu sechzig Prozent durchgeführt, als der Plan der Vollendung in Kraft trat.

Die BASIS steht ab sofort zur Verfügung.«

NATHANS Symbol leuchtete noch sekundenlang, dann verkündete ein News-Sprecher, dass der Mond und seine nächste Umgebung vorübergehend zum Sperrgebiet erklärt worden seien. Bis auf Widerruf waren Raumhäfen und Transmitterstationen angewiesen, private Abstecher nach Luna zu unterbinden.

Die Menschen hörten das alles und verstanden nichts. Denn von dem wichtigen Auftrag, über den NATHAN gesprochen hatte, wussten sie noch herzlich wenig.

»Ich habe Sie erwartet!«, stellte Julian Tifflor unumwunden fest, als das Konzept zu ihm kam.

Kershyll Vanne setzte sich nicht, obwohl der Erste Terraner ihn dazu aufforderte. »Ich fühle mich ziemlich beunruhigt. Sie wissen, was das heißt?«

»Es bedeutet, dass unsere Ahnung nicht getrogen hat. Die BASIS soll uns zu der Expedition animieren, für die im Grunde gar keine Zeit ist.«

»Haben Sie vor, sich gegen die Expedition zu entscheiden?«

»Lieber Freund, Sie haben eine leicht verzerrte Vorstellung von der Machtfülle des Ersten Terraners«, antwortete Julian Tifflor mit leiser Ironie. »Selbst wenn ich mich gegen die Expedition entscheide, würde es dem Kabinett des Obersten Terranischen Rates nicht schwerfallen, mich zu überstimmen. Nein, Kershyll – mein Problem ist ein anderes. Mehrere Milliarden Menschen – niemand weiß genau, wie viel zu diesem Zeitpunkt – zerbrechen sich den Kopf darüber, von welchem Auftrag die Rede war. Können Sie sich den Unmut dieser Leute vorstellen? Stundenlang haben alle auf NATHANS Ankündigung gewartet, aber nun verstehen sie herzlich wenig davon.«

Kershyll Vanne nickte. »Das war eines meiner Anliegen.«

»Sie wollen die Menschheit aufklären?«

»Ich bitte um dieses Vorrecht.«

»Was macht Ihre Tätigkeit als außerordentlicher Botschafter?«

»Sie bietet nicht allzu viel Beschäftigung. Die GAVÖK hält Ruhe. Ich habe mit Mutoghmann Scerp gesprochen und versucht, ihm die Entwicklung zu erklären. Er hat zugesagt, im Lauf der nächsten zehn Tage Terra zu besuchen und sich aus erster Hand einen Überblick zu verschaffen. Ich nehme an, er vertraut uns.«

»Unter diesen Umständen – klären Sie die Menschen auf. Was haben Sie außerdem auf dem Herzen?«

»Ich bitte um Ihre Erlaubnis, die Trommel rühren zu dürfen.«

»Die Propagandatrommel? Für die Expedition?«

»Ja.«

»Glauben Sie, dass Sie Resonanz finden werden?«

»Ich habe mir darüber noch keine Gedanken gemacht.«

Julian Tifflor lehnte sich zurück und starrte zur Decke hinauf. In seinen Augen erschien ein träumerischer Glanz. »Und ob Sie Resonanz haben werden!«, sagte er mit Überzeugung. »Denken Sie an Alexander, den Mazedonier. Oder an Kolumbus. Meinetwegen auch an Perry Rhodan. Die Menschheit hat es noch niemals versäumt, auf den Ruf des Abenteuers zu antworten.«

Kershyll Vanne verlor keine Zeit. Noch vor Mitternacht in Terrania City gab er eine eilig anberaumte Medienkonferenz. Er schilderte seinen Aufenthalt auf Olymp, den Ruf, den er von ES empfangen hatte, seinen Flug nach Lavallal. Er berichtete von der Zusammenkunft mit Wastor und zeigte seinen Zuhörern die Folie, die ihm der Abgesandte der Superintelligenz übergeben hatte.

»Wir wissen nicht, was PAN-THAU-RA ist«, fuhr er fort. »Es scheint reiner Zufall zu sein, dass in jüngster Zeit eine archäologische Expedition Spuren einer uralten Kultur entdeckt hat, die bis kurz nach dem Zerfall des lemurischen Reichs zurückreicht und in deren schriftlichen Aufzeichnungen der Name PAN-THAU-RA ebenfalls erwähnt wird. Sofort wurde die Assoziation Pandora wach. Pandora verbreitete in der griechischen Sage alle Übel, Krankheiten und Pestilenzen unter der bis dahin gesunden Menschheit.

Das ist eine furchterregende Assoziation. Wir wissen natürlich nicht, ob sie richtig ist. Aber wir haben den Auftrag von ES, eine Expedition auszustatten und nach PAN-THAU-RA zu suchen.

Die Koordinaten, die wir erhalten haben, verweisen auf eine Galaxie namens Tschuschik. Sie hat diesen Namen, weil sie von der Erde aus gesehen in Richtung einer Sonne erscheint, die wir Tschuschiks Stern nennen.

Wir haben guten Grund für die Annahme, dass Tschuschik zum Machtbereich der Superintelligenz BARDIOC gehört. Dieser Umstand gibt unserem Vorhaben eine besondere Bedeutung. Wir wissen, dass BARDIOC und ES einander befehden. Und wir glauben zu wissen, dass ES die Menschheit im Augenblick der Großen Katastrophe deswegen von der Oberfläche der Erde entfernte, weil sie sonst BARDIOC in die Hände gefallen wäre.

Tschuschik ist mehr als zweihundert Millionen Lichtjahre von der Erde entfernt. Die Suche nach PAN-THAU-RA wird kein Spaziergang sein. Es warten womöglich Gefahren auf uns, von deren Ausmaß sich niemand eine Vorstellung machen kann.

Trotzdem bitte ich um Ihre Hilfe. Wir haben ein Raumschiff zu besetzen – das größte, das je auf einer terranischen oder lunaren Werft entstanden ist. Wir brauchen Männer und Frauen, die entsprechende Erfahrung haben und willens sind, sich auf ein gefährliches Abenteuer einzulassen – zum Wohl der Menschheit.

Ich bin sicher, dass ich von Ihnen hören werde. Melden Sie sich vorläufig bitte noch nicht. Diese Sendung diente nur dazu, Sie zu informieren. Im Lauf der nächsten Tage werden die Erfassungsstellen bekannt gegeben.«

Julian Tifflor rief Payne Hamiller auf Luna an. Der Wissenschaftsrat nahm den Anruf zwar schnell entgegen, er wirkte aber ein wenig verschlafen.

»Haben Sie die Sendung gehört?«, fragte Tifflor.

»Selbstverständlich«, antwortete Hamiller. »Aber gleich darauf fiel ich um. Ich kann mich kaum noch erinnern, wann ich zum letzten Mal ein Bett gesehen habe.«

»Ich verspreche Ihnen, Ihre Ruhe wird nur für ein paar Minuten gestört.« Der Erste Terraner lächelte. »Nur so lange, wie ich für die Bitte brauche, dass Sie die BASIS inspizieren.«

Tifflor glaubte zu sehen, wie Hamillers Gesicht zu einer Maske erstarrte.

»Ich? Die BASIS inspizieren?«, fragte der junge Wissenschaftler gepresst.

»Sie sind der geeignete Mann. Nehmen Sie als Mitarbeiter mit, wen immer Sie wollen.«

Hamiller entspannte sich. Seine Miene verriet nun, dass er sich über den Auftrag freute. »Selbstverständlich«, antwortete er. »Ich werde mich sofort an die Arbeit machen.«

»Nicht sofort«, warnte Tifflor. »Zuerst brauchen Sie ein paar Stunden Ruhe.«

»Das wird sich schon irgendwie machen lassen.« Hamiller winkte müde, doch in seinen Augen brannte das Feuer der Begeisterung.

Payne Hamiller wählte kurz darauf Boyt Margors Anschluss auf der Erde. »Es hat mich nicht viel Mühe gekostet, in Ihrem Sinn tätig zu werden«, sagte er. »Julian Tifflor hat mich damit beauftragt, die BASIS zu inspizieren und ihm Bericht zu erstatten.«

»Vorzüglich!«, rief der Mutant. »Besser hätten wir es uns nicht wünschen können! Führen Sie die Inspektion alleine durch?«

»Ich brauche Leute, die mir behilflich sind.«

»Woher nehmen Sie die?«

»Wahrscheinlich von Lunar Emergency Operations. Vielleicht rufe ich auch einige Spezialisten aus meinem Stab.«

»Tifflor macht Ihnen keine Vorschriften?«

»Er lässt mir freie Hand.«

»Das ist besser, als ich dachte«, bemerkte Boyt Margor. »Wie viele Leute werden Sie brauchen?«

»Ich habe mir noch keine Gedanken darüber gemacht. Fünfzehn bis zwanzig etwa.«

»Ich werde Ihnen die richtigen Leute nennen. Rufen Sie mich in einer Stunde wieder an.«

Payne Hamiller stand im Bann des Mutanten. Sein logisches Denken war in diesen Minuten auf den Bereich beschränkt, in dem er für Boyt Margor tätig war. »Wenn Sie mir wildfremde Leute zum Mond schicken, wird das Misstrauen wecken«, gab er zu bedenken.

»Einige von ihnen sind anerkannte Wissenschaftler. Außerdem liegt es an Ihnen, dafür zu sorgen, dass der Vorgang nicht ruchbar wird. Nehmen Sie die Leute an einer abgelegenen Stelle in Empfang und bringen Sie alle zur BASIS, bevor sie von jemand anderem gesehen werden. – Ich erwarte Ihren nächsten Anruf in einer Stunde!«

Die Verbindung erlosch. Wie in Trance griff Payne Hamiller nach einer

Schreibfolie und einem Stift. Dann setzte er sich zögernd und versuchte, sich zu erinnern, welchen Entschluss er gefasst hatte, als er mit Tifflor sprach. Er hatte etwas aufschreiben wollen und sich gedacht: *Wenn ich es nicht sagen kann, dann kann ich es womöglich schreiben.* Ein Geständnis, das war es!

Er wollte bekennen, dass er heimlich mit Boyt Margor redete. Der Stift berührte die Folie. Payne Hamiller zuckte zusammen und malte einen merkwürdigen Kringel.

Dann war alles wieder weg. Hamiller wusste nicht einmal, warum er an seinem Schreibtisch saß. Er legte den Stift beiseite und schob die Folie von sich. Schließlich stand er auf und fuhr sich mit der Hand über die Stirn, als wolle er die Verwirrung fortwischen, die seinen Verstand gefangen hielt.

Er sah auf die Uhr. Kurz vor Mitternacht. Er war müde, aber zum Schlafen blieb keine Zeit. Payne Hamiller ging zu dem kleinen Arzneischrank und entnahm ihm ein Medikament, das ihn auf den Beinen halten würde.

»Wer anders als Payne Hamiller könnte es sein?«, fragte Eawy ter Gedan ärgerlich.

»Wahrscheinlich ist er es«, versuchte Bran Howatzer sie zu beruhigen. »Aber wir müssen unserer Sache absolut sicher sein! Wir treten zum ersten Mal an die Öffentlichkeit – sozusagen. Ob wir unsere Aufgabe erfüllen können, hängt von unserer Glaubwürdigkeit ab. Was, meinst du, wird aus unserer Glaubwürdigkeit, wenn wir dem Ersten Terraner empfehlen, Payne Hamiller nicht an Bord der BASIS zu lassen, und es ist in Wirklichkeit Joe Blow, den er geschickt hat?«

»Wer ist Joe Blow?«, fragte Eawy irritiert.

»Niemand. Ein alter Ausdruck für ›irgendjemand‹. Wir müssen uns Gewissheit verschaffen. Die Radiokomkanäle müssen voll von Gesprächen sein, die die Abteilungen der Administration miteinander führen. Wenn du sie abhörst, wirst du bestimmt einen Hinweis finden, ob wirklich Hamiller mit der Inspektion beauftragt wurde.«

Eawy seufzte. »Ich kümmere mich darum.«

»Es werden Sicherheitsvorkehrungen getroffen werden müssen, dass niemand außer Payne Hamiller und seinen Mitarbeitern an die BASIS heran kann«, erläuterte Dun Vapido. »Solche Dinge obliegen gewöhnlich dem Amt für Verteidigung. Das ist ein guter Ansatzpunkt. Natürlich auch das Amt für Wissenschaften, denn dort fließen alle Informationen zusammen.«

»Verstanden«, sagte Eawy. »Ich mach' das schon richtig.«

Beide Männer verließen den Raum, weil sie Eawy nicht stören wollten.

Eine halbe Stunde verging, dann kam die junge Mutantin hinter ihnen her. Sie wirkte erschöpft. Eine Strähne des langen, tiefbraunen Haars fiel ihr ins Gesicht.

»Die Abteilung Lunar Control im Amt für Verteidigung hat alle Dienststellen auf dem Mond angewiesen, dem Terranischen Rat für Wissenschaften ungehinderten Zugang zur BASIS zu gestatten.

Bran Howatzer klatschte in die Hände. »Das ist es! Jetzt wissen wir, woran wir sind! Es ist Zeit zu handeln!«

Genau nach einer Stunde meldete sich Payne Hamiller erneut bei Boyt Margor.

»Ich habe sechzehn Leute für Sie«, erklärte der Mutant. »Es handelt sich ausnahmslos um Experten. Einer von ihnen ist Naren Palov, ein Fachmann auf dem Gebiet der Degeneration positronischer Maschinen. Man mag sich darüber wundern, dass Sie zu dieser Aufgabe Fremde bestellt haben, aber man wird an ihrer Qualifikation nicht zweifeln können.«

Payne Hamiller war Palov ein- oder zweimal begegnet und hatte viele seiner Arbeiten gelesen. Der Mann war eine Kapazität. »Das ist gut«, bestätigte er. »Ich habe alles für den Empfang der Ausgewählten vorbereitet. Sie brauchen eine besondere Reiseerlaubnis, weil Luna zum Sperrgebiet erklärt worden ist. Die Erlaubnis ist beantragt und wird ohne Zweifel genehmigt werden. Palov und seine Leute werden die Transmitterstation in Molokai benützen.«

»Molokai? Warum so weit?«, wollte Margor wissen.

»Molokai kann von hier aus aktiviert und gepolt werden. Ich habe auch dafür das Notwendige schon veranlasst. Die Leute landen in einer selten benutzten Empfangsstation unter dem Regenmeer. Ich treffe sie dort. Ein Boot steht bereit, das uns zur BASIS bringen wird.«

»Ausgezeichnet!«, lobte der Mutant. »Ich erwarte Ihren ersten Bericht mit Spannung. In ein paar Minuten sind Palov und die anderen auf dem Weg. Rechnen Sie mit ihrer Ankunft gegen drei Uhr dreißig Terrania-Zeit.«

Diesmal unternahm Hamiller keinen Versuch, sich des Schuldgefühls zu entledigen, das ihn bedrückte. Er ging zum Arbeitssaal der Lunar Emergency Operations und suchte nach Resu Redfern. Redfern hatte sich jedoch zurückgezogen. Hamiller war es recht. Die Anweisung, die er erteilen wollte, hätte womöglich sogar Redferns Misstrauen geweckt. Dem alten Freund gegenüber fiel es Hamiller schwer, Ausflüchte zu erfinden.

Er setzte sich an Redferns Arbeitsplatz und hinterließ eine einfache Textnachricht: »Bin mit sechzehn ausgewählten Fachleuten unterwegs zur BASIS. Bitte achte darauf, dass ich nicht gestört werde. Niemand hat Zutritt zur BASIS, während wir dort tätig sind.«

Er beendete die Nachricht mit seiner Kennung. Redfern würde den Text sofort sehen, wenn er zu seinem Arbeitsplatz zurückkehrte.

Allmählich ergriff die Erregung von Payne Hamiller Besitz. Er hatte seinen Schuldkomplex, ohne dass er sich dessen bewusst geworden wäre, weitgehend verdrängt. Der Gedanke an Boyt Margor und daran, dass er auf dem besten Weg war, zum Verräter zu werden, beschäftigte ihn nicht mehr. In wenigen Stunden würde er als erster Mensch die BASIS betreten. Alle Zeichen wiesen darauf hin, dass sie das Produkt einer Technologie war, die menschliche Wissensgrenzen hinter sich gelassen hatte.

Brennend interessierte sich Payne Hamiller für die Grundzüge dieser neuen Technologie und vor allem, von wem NATHAN die Kenntnisse erworben hatte. Die Intelligenz der Hyperinpotronik schloss die Fähigkeit, gespeichertes Wissen weiterzuentwickeln und neue Erkenntnisse zu gewinnen, nicht ein.

Kurz nach 3 Uhr vergewisserte sich Hamiller ein letztes Mal, dass die von ihm angeordneten Vorbereitungen planmäßig getroffen worden waren. Er erfuhr, dass der Transmitter in Molokai bereits tätig war.

Hamiller begab sich zur Transmitterstation der Lunar Emergency Operations und justierte ein kleineres Gerät auf die Station unter dem Regenmeer. Nach seinem Durchgang schaltete sich das Gerät selbsttätig ab.

Die Station war nur eine kahle Halle. Bis auf drei Transmitter war sie leer. Es roch nach Staub und Moder und Verlassenheit. Payne Hamiller ging ungeduldig auf und ab. Es war kurz vor halb vier. Nach einer Weile trat er auf eines der beiden weiterführenden Schotte zu und warf einen Blick in den angrenzenden Hangar. Im Widerschein der Deckenbeleuchtung stand da eines der kastenförmigen Mondboote. Hamiller empfand die Szenerie als merkwürdig bedrückend. Er wandte sich ab – gerade als hinter ihm einer der Transmitter aktiv wurde.

Naren Palov kam als Erster. Ihm folgten Männer und Frauen, die Hamiller nie zuvor gesehen hatte.

Palov schaute sich um und nickte. »Gut gemacht«, murmelte er. »Niemand in der Nähe?«

»Niemand in der Nähe«, bestätigte Hamiller. »Sind das alle Ihre Leute?«

Naren Palov zählte. »Ja, das sind alle.«

»Dann machen wir uns auf den Weg«, schlug Hamiller vor.

9.

Gegen Mittag erhielt Julian Tifflor, der sich zu dieser Zeit in einer Besprechung befand, einen Anruf von der diensthabenden Ordonnanz. Der Mann erklärte mit der Stimme eines Verschwörers: »Ich habe eine dringende Nachricht für Sie, Sir! Es geht um ein Mitglied des Kabinetts. – Vielleicht wollen Sie anderswo, ich meine ...«

Tifflor nickte knapp, dann unterdrückte er das Gespräch und verließ die Konferenz. Beim Weggehen sah er, dass Roi Danton ihn aufmerksam fixierte. Im Nebenraum wartete die Ordonnanz bereits als lebensgroßes Hologramm.

»Schießen Sie los!«, verlangte Tifflor.

»An den Ersten Terraner. Achten Sie auf die BASIS! Lassen Sie auf keinen Fall Payne Hamiller an Bord! Payne Hamiller auf keinen Fall an Bord lassen!«

»Soll das ein Scherz sein?«, fragte Julian Tifflor.

»Ganz sicher nicht von mir, Sir. Und über den Absender kann ich keine Aussage machen. Die Sendung ging anonym ein.«

»Hinweise auf die Herkunft?«

»Mit einiger Wahrscheinlichkeit werden wir nicht mehr herausfinden, als wir schon wissen. Die Nachricht wurde von einer öffentlichen Schreibstelle im nördlichen Stadtbezirk von Terrania City aufgegeben. Um elf Uhr vierunddreißig, Sir.«

Julian Tifflor sah nachdenklich vor sich hin. Hamiller war über jeden Verdacht erhaben. Wenn an dieser Nachricht überhaupt etwas interessant war, dann höchstens die Frage, wer interessiert sein konnte, den Wissenschaftler in Misskredit zu bringen.

Die Ordonnanz wartete geduldig.

»Schicken Sie mir eine Kopie der Aufzeichnung!«, sagte Tifflor endlich. »Die Sache ist keinen Soli wert, aber ich möchte wenigstens einen entsprechenden Vermerk in meinen Unterlagen haben.«

»Wünschen Sie, dass die Angelegenheit geheim gehalten wird?«

»Wieso? Wer außer Ihnen weiß Bescheid darüber?«

»Niemand.«

Tifflor grinste. »Keine Geheimhaltung erforderlich. Gehen Sie ruhig hin und erzählen Sie jedem, dass irgendein Narr versucht, den Terranischen Rat für Wissenschaften bei mir in Verruf zu bringen.«

Die Besprechung dauerte noch mehrere Stunden. Sie befasste sich mit den Vorbereitungen, die im Zusammenhang mit der Bemannung der BASIS zu treffen waren. Es war annähernd 15 Uhr, als die Mitglieder des Kabinetts sich von Tifflor verabschiedeten.

Roi Danton blieb zurück. »Verzeih meine Neugierde«, bat er. »Aber da war vorhin etwas ...«

»Ich bin froh, dass du geblieben bist«, fiel ihm Tifflor ins Wort. »Komm mit!«

Sie gingen ins Nebenzimmer. Ein Speicherwürfel lag auf dem Arbeitstisch. Er enthielt den exakten Text. Danton las, dann zuckte er geringschätzig mit den Schultern.

»Nicht wert, dass man einen einzigen Gedanken dranhängt. Ich halte das für den Versuch, Hamiller in ein schlechtes Licht zu rücken.«

»Genau mein Gedanke«, sagte Tifflor. »Das setzt voraus, dass Hamiller Feinde hat. Zumindest einen. Kannst du dir vorstellen, wie ein Mensch sein müsste, der Payne Hamillers Feind ist?«

Danton sah überrascht auf. »Das fällt ziemlich schwer, nicht wahr? Trotzdem muss es jemanden geben, der mit ihm ein Hühnchen zu rupfen hat. Auf dem üblichen Weg ist er anscheinend nicht zum Ziel gekommen; nun versucht er es auf die unsaubere Tour.«

»Wahrscheinlich hast du recht«, sagte Tifflor.

»Mein Gott – du verdächtigst Hamiller doch nicht wirklich?«

»Wessen soll ich ihn verdächtigen? Nein, die Sache beunruhigt mich einfach. Ich werde die Altmutanten informieren.«

Langsam bewegte sich das kastenförmige Boot auf das riesige Gebilde zu. Die BASIS stand von der Seite her im Sonnenlicht. Das Widerspiel mit den tiefschwarzen Schlagschatten erzeugte ein wunderliches Bild, das die wahre Form des großen Raumfahrzeugs nur schwer erkennen ließ.

»Wo wollen Sie landen?«, fragte Naren Palov. »Hat NATHAN Anweisungen erteilt?«

»Anweisungen?«, wiederholte Hamiller überrascht. »Nein. Auch sonst hat er nichts verlauten lassen.«

Palov spürte den Ärger in der Antwort des Wissenschaftlers. Er lächelte spöttisch.

Ohne darauf zu achten, deutete Payne Hamiller auf die höchste Stelle der oberen Schale der BASIS. Dort war die Wölbung unterbrochen, eine kreisförmige Plattform von dreitausend Metern Durchmesser war ausgespart worden. Auf dieser Plattform stand das Schiff der GALAXIS-Klasse.

»Um Ihre erste Frage zu beantworten, wir landen unterhalb des Kugelriesen«, sagte Hamiller.

»Warum ausgerechnet dort?«

»Mein Gott, wo denn sonst? Glauben Sie, dass wir irgendeinen obskuren Winkel suchen müssen, wo NATHAN einen Einstieg für uns bereithält? NATHAN hat die BASIS für die Expedition gebaut. Alle Anzeichen weisen darauf hin, dass dieses Vorhaben unter Zeitdruck steht. NATHAN – weshalb auch immer – ist ebenso daran interessiert wie wir, dass die Menschheit rasch von der BASIS Besitz ergreift.«

Das Boot landete auf der Plattform. Hier herrschte nur geringe Schwerkraft, gerade genug, um den menschlichen Gleichgewichtssinn wissen zu lassen, wo oben und unten war.

Hamiller stieg aus und wandte sich dem Mittelpunkt der Plattform zu. Die anderen folgten ihm schweigend.

Der GALAXIS-Riese war auf seinen Teleskop-Landestützen niedergegangen. Sein unterer Pol lag noch mehr als hundert Meter über dem Boden.

Schon aus der Distanz war zu erkennen, dass unter dem Schiff ein Loch in der Plattform gähnte. Als Hamiller mit seinen Begleitern näherkam, flammte ein Licht in der Öffnung auf. Gleichzeitig erklang im Helmfunk eine angenehme Stimme.

»Bitte betreten Sie die oberste Plattformschleuse. Ein Antigravfeld trägt Sie in die Schleusenkammer. Benutzen Sie danach das angebotene Transportmittel, es wird Sie zur Steuerzentrale bringen. Dort ist ein Programm vorbereitet, das Sie über die technischen und sonstigen Einzelheiten dieses Verbundfahrzeugs informieren wird.«

Die Stimme schwieg sekundenlang, dann fuhr sie fort: »Sie sind keineswegs gehalten, meine Vorschläge zu befolgen. Es steht in Ihrem Ermessen, sich ein eigenes Besichtigungsprogramm zurechtzustellen. Allerdings wären Sie gut beraten, wenn Sie zunächst die Steuerzentrale aufsuchten und sich dort von mir informieren ließen. Wenn Sie den Wunsch haben, mit mir in Kontakt zu treten, rufen Sie mich einfach auf akustischem Weg. Das Innere der BASIS weist normale Schwerkraft und eine angenehme Atmosphäre auf. Sie müssen Ihre Monturen nicht geschlossen tragen. Rufen Sie mich, sobald Sie es für sinnvoll erachten – ich höre auf den Namen NATHAN!«

Die Stimme schwieg. Payne Hamiller trat als Erster an den Rand des Schachtes, der hinab in die Schleuse führte. Er stieß sich ab. Im selben Augenblick fing ihn der sanfte Sog eines künstlichen Schwerkraftfeldes auf und trug ihn abwärts.

Hamiller sah, dass die anderen ihm folgten. Es dauerte kaum eine Minute, bis sie alle auf dem Boden der Schleuse standen. Der Schacht wurde geschlossen. Sekundenlang war ein leises Zischen zu vernehmen. Dann meldete sich die Stimme wieder.

»Willkommen an Bord der BASIS. Der Druckausgleich ist hergestellt,

Sie können die Helme öffnen. Bevor Sie mit der Besichtigung beginnen, lassen Sie mich noch über eine Sache sprechen, die Sie sonst womöglich verwirren würde. Die BASIS wurde nach modernsten Konstruktionsprinzipien erbaut. Sie enthält dreimal mehr Nutzfläche als jedes andere Raumfahrzeug dieses Umfangs – falls es eines gäbe. Die BASIS enthält nicht eine Vielzahl durchgehender Decks, sondern statt dessen annähernd zehntausend Kleindecks, die so angeordnet sind, dass sie mit einem Minimum an verbrauchtem Volumen ein Maximum an Nutzfläche bieten.

Würde jemand die BASIS entlang der Scheitellinie ihrer beiden Schalen aufschneiden, so bekäme er im Querschnitt eine verwirrende Fülle kleiner Flächen zu sehen, von denen jede in einem anderen Winkel zur Zentralachse der BASIS geneigt ist.

Das Phänomen, auf das ich Sie hinweisen will, ist die Gravitationsschleuse. Sie werden an Orte gelangen, an denen der Boden unter Ihren Füßen abknickt und in einen gefährlichen Abgrund zu führen scheint. An der Stelle des Knicks befindet sich jedoch eine Gravitationsschleuse, und sie hat weder Innen- noch Außenschott. Sobald Sie die Schleuse durchschreiten, werden Sie einen leichten Ruck verspüren. Danach erscheint Ihnen der abschüssige Boden, vor dem Sie vielleicht zurückschreckten, völlig eben. Wenn Sie sich aber umdrehen, um zu erfahren, woher Sie hergekommen sind, werden Sie feststellen, dass Sie – scheinbar, versteht sich! – eine schwere Kletterpartie hinter sich haben müssen. Denn der Weg, den Sie kamen, weist ebenso steil in die Tiefe wie vor dem Passieren der Schleuse jener, auf dem Sie sich zwischenzeitlich befinden.

Lassen Sie sich also keinesfalls verwirren. Für jemanden, der sich länger an Bord der BASIS aufhält, werden die Gravitationsschleusen zur Selbstverständlichkeit und er hört auf, sie zu bemerken.

Jetzt treten Sie bitte ein!«

Eine Seitenwand der Schleuse verschwand. Es war kein Gleiten stählerner Schotthälften zu sehen gewesen, die Wand hörte einfach auf zu existieren. Dahinter erschien ein mittelgroßer Raum. In dessen Zentrum flammte das torbogenförmige Energiefeld eines Transmitters auf.

Wieder wagte Payne Hamiller den ersten Schritt. Ohne Zeitverlust gelangte er in einen großen kreisförmigen Raum. An der Rundwand standen Arbeitsstationen. Hamiller vermisste jedoch die umlaufende Panoramagalerie, die zum Standard jedes Kommandostands gehörte.

Nahe der Raummitte sah er vier Plätze auf einem mehrstufigen Podest.

Er war verwirrt. Alles in allem machte dieser Raum, dessen Decke nur mäßig gewölbt war und ziemlich tief hing, den Eindruck eines spärlich ausgestatteten Theaters. Er vermisste die Fülle der Konsolen und Geräte, die sonst der Kommandozentrale eines Raumschiffs den Ausdruck disziplinierter und humorloser Wichtigkeit verliehen.

Nur am Rande nahm Hamiller wahr, dass sich seine Begleiter ebenso irritiert wie er umschauten. Endlich meldete sich die mittlerweile vertraute Stimme wieder.

»Ich danke Ihnen, dass Sie alle meinem Vorschlag gefolgt sind. Sie befinden sich in der Steuerzentrale der BASIS. Diese Zentrale unterscheidet sich wesentlich von den Kommandoständen herkömmlicher Raumschiffe. Ich halte es nicht für angemessen, Sie sofort mit einer Schilderung aller Neuerungen zu überschütten. Stattdessen will ich Ihnen einen Überblick bieten.

Ich bitte, den Terranischen Rat für Wissenschaften, gemeinsam mit drei Begleitern die erhöhten Arbeitsplätze einzunehmen. Allen anderen stehen die übrigen Stationen zur Verfügung.«

Julian Tifflor hatte das Rufsignal der Altmutanten erwartet. Mehrere Stunden waren inzwischen vergangen, seitdem er den Mutanten den Text vorgelegt hatte.

Der mit PEW angereicherte Metallblock, in dem sich die acht Bewusstseine aufhielten, solange sie sich nicht in einem Gastkörper befanden, war im Innenbereich von Imperium-Alpha an ein Interface angeschlossen, das es den Mutanten ermöglichte, mit ihrer Umwelt in Kontakt zu treten. Den Text hatte Julian Tifflor in dieses Interface-System überspielt.

»Die Analyse ist abgeschlossen. An der Sache ist wahrscheinlich nichts dran. Allerdings bleibt ein kleiner Rest Unerklärtes zurück.« Das war die Stimme, mit der Tako Kakuta sprach.

Jedem Mutanten war eine eigene Modulationsgruppe zugewiesen. Die Stimmen ließen durch nichts erkennen, dass sie aus einer Maschine kamen.

»Du meinst, es gibt keinen Verdacht gegen Hamiller?«, fasste Tifflor nach.

»Keinen«, antwortete der Teleporter Kakuta. »Das Unerklärte bezieht sich nicht auf ihn, sondern auf die Nachricht als solche.«

»Was meinst du damit?«

»Ich hatte gehofft, du würdest mir das ersparen«, antwortete Tako Kakuta belustigt. »Es ist nicht leicht zu erklären. Man könnte vereinfachend sagen: Jeder mit einer Psi-Begabung hat gleichzeitig auch einen Sparren im Gehirn. Dieser Sparren macht sich bemerkbar, wenn der Betreffende spricht oder schreibt, manchmal auch an seinen Gesten oder an irgendetwas anderem. Jeder, der scharf genug aufpasst, kann heimliche Psi-Begabungen an dem ungewöhnlichen Gehabe ihrer Träger erkennen.«

»Mir ist nie aufgefallen, dass du dich außergewöhnlich benimmst«, sagte Tifflor verwundert.

»Danke für das Kompliment. Ich habe immerhin tausendsechshundert Jahre Zeit gehabt, an mir zu arbeiten.«

»Also ist an dem Text etwas Merkwürdiges?« Tifflor brachte das Gespräch auf das Thema zurück.

»Ja. Mich wundert, dass es dir nicht aufgefallen ist. Es geht um die merkwürdige Wiederholung: *Lassen Sie auf keinen Fall Payne Hamiller an Bord! Payne Hamiller auf keinen Fall an Bord lassen!* Im ersten Satz steht das ›auf keinen Fall‹ an ungewöhnlicher Stelle. Der Sprachrhythmus wird durchbrochen. Lassen Sie Payne Hamiller auf keinen Fall an Bord, hätte wesentlich glatter geklungen.«

»Hm«, machte Tifflor. »Ich erinnere mich, dass mir das aufgefallen ist. Ich habe es auf die Primitivität des Schreibers geschoben. Es gibt Leute, die glauben, sie hätten eine Sache nicht klar genug zum Ausdruck gebracht, wenn sie nicht alles mindestens zweimal gesagt haben. Allerdings habe ich an die Wortstellung keinen Gedanken verschwendet.«

»Gerade die Wortstellung ist wichtig. Die Wiederholung ist erst in zweiter Linie von Bedeutung.«

»Es handelt sich also um einen Mutanten – meinst du?«

»Meinen wir«, verbesserte Kakuta. »Es besteht ein guter Grund zu dieser Annahme, besonders wegen einer Beobachtung, die wir vor nicht allzu langer Zeit gemacht haben.«

»Ich weiß. Ihr habt schwache psionische Impulse empfangen, die nach eurer Ansicht von einer Gruppe mutierter Bewusstseine herrührten.«

Der Mutant schwieg eine Weile. Dann bemerkte er plötzlich: »Du bist dir darüber im Klaren, dass der Erde womöglich eine Bedrohung erwächst?«

Tifflor nickte. Die Kommunikation war mit dem Bildkanal verbunden. Tako Kakuta konnte ihn also nicken sehen. »Die Mutantensuche ist ein Geschäft, das in der Hauptsache von euch betrieben werden muss. Solange ihr mir keine Hinweise gebt, sind die Unbekannten relativ sicher.«

Der Erste Terraner wirkte in dem Moment sehr nachdenklich.

»Was hältst du davon, mit mir einen kleinen Ausflug zum Mond zu unternehmen?«, fragte er dann.

»Es wird Zeit, dass sich endlich etwas tut!«, rief die Stimme begeistert. »Was suchen wir auf dem Mond?«

»Ich will mir die BASIS ansehen«, antwortete Julian Tifflor. »Ich hege nicht den geringsten Verdacht gegen Payne Hamiller. Trotzdem habe ich das Gefühl, dass es besser ist, wenn ich nicht erst auf seinen Bericht warte, sondern die Lage an Ort und Stelle sondiere.«

Die Besucher hatten sich auf die Arbeitsstationen verteilt. Zwei waren übriggeblieben, denn es gab trotz der Größe des Raumes nur fünfzehn

Plätze. NATHAN erklärte, es sei dafür gesorgt, dass die beiden Letzten sich nicht unbehaglich fühlen müssten. Prompt entstanden aus dem Nichts heraus zwei weitere bequeme Sessel.

»Sie werden an Bord dieses Raumfahrzeugs unterschiedliche Verwendungsarten für Formenergie finden«, sagte NATHAN sachlich. »Das Prinzip der Formenergie wurde der Menschheit – allerdings dem Zweig, der jetzt nicht mehr auf der Erde weilt – in Gestalt meines Abgesandten Raphael zum ersten Mal demonstriert. Formenergie ist ein Kraftfeld, das sich bei der Berührung durch den Menschen anfühlt, als bestehe es aus solider Materie, und das keinerlei Nebenwirkungen auslöst. Die Sessel, auf denen die beiden Mitglieder Ihrer Gruppe soeben Platz genommen haben, bestehen aus Formenergie. Die entsprechenden Projektoren sind unter dem Flur der Steuerzentrale angebracht. Formenergie hat den einen Nachteil, dass sie nur unter Verwendung geeigneter Projektoren zum Einsatz gebracht werden kann. Ich sagte zu Beginn, dass es an Bord dieses Fahrzeugs unterschiedliche Verwendungsarten für Formenergie gibt. Sie sind auf wichtige Funktionen beschränkt. Es ist keineswegs so, dass in jedem beliebigen Raum jeder gewünschte Gegenstand aus Formenergie erstellt werden kann.«

NATHAN ließ den Zuhörern Zeit, das Gehörte zu verarbeiten. Der Mann und die Frau, die auf den Formenergiesesseln Platz genommen hatten, erhoben sich wiederholt und inspizierten die Sessel misstrauisch.

Schließlich fuhr NATHAN fort: »Neu an Bord ist ebenso die Vielzahl von Servomechanismen, die auf akustische Signale reagieren. An der Verwirklichung des idealen Servos haben Generationen gearbeitet. Ich will Sie mit der Schilderung der Schwierigkeiten, die diesem Vorhaben im Weg standen, nicht langweilen. Die BASIS und die zu ihr gehörenden Fahrzeuge sind jedenfalls mit akustischen Servos eines gänzlich neuartigen Konstruktions- und Implementierungsprinzips bestückt. Einzelheiten werden Ihnen später zur Verfügung gestellt werden. Für den Augenblick genügt es, zu sagen, dass die neuen Servos mit psionischer und positronischer Unterstützung funktionieren. Dies führt dazu, dass mit knappsten Befehlen gearbeitet werden kann. Die Unterstützung ›ahnt‹ sozusagen, was der Mensch will, weil sie über die jeweils aktuelle Lage informiert ist und menschliche Verhaltensmuster beherrscht.«

In dem weiten Rund des exotisch anmutenden Kommandoraums lauschten die siebzehn Menschen mit atemloser Spannung den Erklärungen der Hyperinpotronik und verstanden, dass ihre Erwartungen, die sie an die neue Raumfahrttechnologie gestellt hatten, bei Weitem übertroffen wurden.

»Ebenso wie die Formenergie sind auch die akustischen Servos nicht überall verfügbar. In diesem Raum zum Beispiel ist ihre Anwendung auf die Arbeitsplätze des Kommandanten und seines Stellvertreters begrenzt. Ich lade den Terranischen Rat für Wissenschaften zu einer kurzen Vorführung ein. Sind Sie einverstanden, Payne Hamiller?«

»Einverstanden!«, antwortete Hamiller laut und deutlich.

»Es ist Ihnen aufgefallen, dass es hier keine Möglichkeit der optischen Außenbeobachtung zu geben scheint?«

»Nicht nur das. Ich sehe auch keine Ortungsgeräte.«

»Das ist richtig. Versetzen Sie sich in eine Situation, in der die BASIS in Gefahr gerät! Die Bordpositronik hat Sie darauf aufmerksam gemacht und mit einigen Übersichtsdaten versorgt. Sie benötigen jedoch ein genaueres Bild, vor allem optische Eindrücke. Wie würden Sie ein solches Verlangen formulieren?«

Hamiller zuckte mit den Schultern. »Wie wäre es mit: Bildübertragung einschalten?«

»Viel zu kompliziert. Ich sagte, dass die psionische und positronische Unterstützung die Lage kennen und Ihre Wünsche vorausahnen. Der einfache Befehl: ›Bild!‹ wäre völlig ausreichend. Die Befehle sind jedoch nicht normiert. Sie könnten auch ›Schirm‹ oder ›Ausblick‹ sagen oder sonst etwas, was Ihren Wunsch annähernd identifiziert.

Gut. Stellen wir uns vor, die BASIS wird von fremden, anscheinend feindlichen Raumschiffen gestellt und an der Flucht gehindert. Vorläufig behält der Gegner eine feste Position und trifft keine Anstalten, den Abstand zur BASIS zu verändern. Sie, Payne Hamiller, sind der Kommandant, der eine Entscheidung zu treffen hat. Sind Sie bereit?«

»Bereit!«, rief Hamiller.

Der Datenschirm vor ihm zeigte Zeichen, Ziffern und Diagramme und verschaffte ihm einen vorläufigen Überblick. Je länger Payne Hamiller an dieser Simulation teilnahm, desto wirklicher erschien ihm die vorgegaukelte Situation.

»Bild!«, verlangte er.

Gleichzeitig geschah Unglaubliches: Die Zentrale verschwand. Hamiller fühlte sich mitten ins All versetzt. Die schützenden Wände der BASIS waren nicht mehr da. Er schwebte im Nichts. Um ihn herum Schwärze und das starre Leuchten unzähliger Gestirne.

»Wo sind die gegnerischen Einheiten?«, fragte er laut.

Zwischen den Sternen erschienen zusätzliche Lichter. Sie schimmerten in grellem Türkis – eine Farbe, die es in der Umgebung nicht gab. Dadurch hoben sie sich deutlich von dem Hintergrund ab. Die gegnerischen Schiffe waren nicht wirklich türkisfarben – die Bordpositronik machte sie auf diese Weise nur besser sichtbar.

Payne Hamiller erkannte, dass er es mit zwei- bis dreihundert gegnerischen Einheiten zu tun hatte. Er kannte die Bewaffnung der BASIS nicht, aber er nahm an, dass eine Flotte dieser Größe den Raumriesen durchaus in Bedrängnis bringen konnte.

»Um was für Einheiten handelt es sich?«

Er wurde ein zweites Mal überrascht. Eines der türkisfarbenen Objekte wuchs an, bis es unmittelbar vor Hamiller im Raum zu schweben schien. Der Wissenschaftler sah ein zylinderförmiges Gebilde, das an einem Ende mit einer birnenförmigen Verdickung versehen war. Er hatte ein solches Schiff nie zuvor real gesehen, doch es gab in den Archiven der SOL Speicherdaten von Einheiten dieser Art.

»Ploohns!«, entfuhr es ihm unwillkürlich.

»Ganz richtig«, sagte eine Stimme.

Das Bild hatte verwaschene Umrisse. Hamiller wusste warum. Teleskope konnten ein unbeleuchtetes Objekt im All nicht erfassen. Das Bild war synthetisch erzeugt aus den Anzeigen der Ortungen. Wo diese nicht eindeutig waren, halfen sie sich mit Extrapolation.

Die Stimme – es war übrigens nicht NATHANS Stimme, sondern eine andere – meldete sich von Neuem. »Wenn Sie als Raumschiffskommandant so lange brauchen, werden Sie Mannschaft und Material unnötiger Gefahr aussetzen.«

Payne Hamiller besann sich seiner Rolle. »Gesamtzahl gegnerische Einheiten!«, verlangte er.

»Zweihundertundsiebzig.«

»Die Ploohns müssen aufgefordert werden, den Weg freizugeben!«

»Das ist bereits geschehen. Sie reagieren nicht darauf.«

»Dann müssen wir Ihnen eine Lektion erteilen. Schutzschirme aufbauen!«

Das Bild veränderte sich nicht. Aber die Stimme sagte: »Schutzschirme sind aktiviert!« Auf dem Datenschirm erschien eine entsprechende Information.

»Wohin zeigt unser Fahrtvektor?«

Ein greller roter Strahl leuchtete in der Wiedergabe auf. Gleichzeitig verschwand die Vergrößerung des Ploohn-Raumers. Der Strahl tangierte beinahe acht gegnerische Einheiten.

»Volle Beschleunigung!«, befahl Hamiller. »In zwanzig Sekunden eine Transformsalve gegen alle acht Einheiten!«

In der Tiefe der BASIS erklang ein Rumoren, auch das nur Simulation. Das Bild rings um Hamiller veränderte sich nicht, denn die Entfernungen waren zu groß. Dennoch empfand er das Gefühl, dass sich etwas mit hoher Beschleunigung bewegte.

Hamiller fixierte die acht Türkispunkte der Ploohn-Raumschiffe. Fast im selben Augenblick erschienen dort weißblaue Glutbälle. Sie wuchsen an und vereinigten sich, während die BASIS auf diese glutende Wand zuraste.

»Werden wir durchkommen?«, rief Hamiller.

»Keine Sorge – wir schaffen es!«

In der nächsten Sekunde erlosch das Bild. Der Wissenschaftsrat befand sich wieder inmitten der Fachleute, die Margor geschickt hatte. Er wusste nicht, was sie gesehen hatten, während er mit der gegnerischen Flotte befasst gewesen war. Besonders Naren Palov, der nur wenige Meter neben ihm saß, bedachte ihn mit einem merkwürdigen Blick.

»Ihnen läuft der Schweiß von der Stirn«, bemerkte Palov. »War es so anstrengend?«

Hamiller schüttelte den Kopf. »Das nicht – aber verdammt echt war es!«

»Damit ist die Demonstration der akustischen Servos beendet.« NATHAN meldete sich wieder. »Als Nächstes steht eine Vorführung der Gravoschleusen auf dem Programm. Bitte folgen Sie den Leuchtzeichen.«

Während die Männer und Frauen sich erhoben und dem Ausgang zustrebten, nahm die Stimme einen amüsierten Klang an. »Es bleibt zu hoffen, dass Kommandant Hamiller nicht auf jeden Gefahrenfall mit derartiger Härte reagieren wird.«

Julian Tifflor materialisierte mit dem Bewusstsein des Teleporters Tako Kakuta in einem Transmitter der Lunar Emergency Operations. Er verlangte, Resu Redfern zu sprechen.

Redfern hatte mit diesem Besuch nicht gerechnet. Er trug eine Montur, die den Eindruck erweckte, als hätte er sie seit wenigstens hundert Stunden nicht mehr abgelegt. »Ich ... ich hatte Sie nicht erwartet, Sir«, stotterte er. »Ich hätte sonst ...«

»Was hätten Sie sonst?« Tifflor grinste. »Womöglich den Sonntagsanzug hervorgeholt?«

Redfern sah an sich hinab. »Nein, das hätte ich bestimmt nicht«, murmelte er. »Aber eine weniger verrumpelte Montur hätte sich womöglich auftreiben lassen.«

Julian Tifflor winkte ab. »Ich bin auf dem Weg zur BASIS. Ist Hamiller schon unterwegs?«

»Schon seit einiger Zeit. Ich bin aber nicht sicher, ob Ihr Besuch sich so einfach arrangieren lassen wird.«

»Warum nicht?« Tifflor war erstaunt.

»Hamiller hat mir eine Anweisung hinterlassen. Sie klang so eigenartig, dass ich sie mittlerweile auswendig kann. ›Bin mit sechzehn ausgewählten Fachleuten unterwegs zur BASIS. Bitte achte darauf, dass ich nicht gestört werde. Niemand hat Zutritt zur BASIS, während wir dort tätig sind.‹«

»Das klingt wirklich ernst!«, bemerkte Tifflor amüsiert. »Aber ich bin sicher, dass er für den Ersten Terraner eine Ausnahme machen wird.«

Resu Redfern blickte betreten vor sich hin. »Haben Sie Ihr eigenes Fahrzeug mitgebracht, Sir?«, wollte er wissen.

»Brauche ich eines?«

»Wenn Sie an Bord der BASIS wollen, ja. Wegen Hamillers Anweisung habe ich die Autopiloten unserer Raumboote angewiesen, bis auf Widerruf keinen Flug zur BASIS mehr zuzulassen.«

Tifflor lachte hell. »Da Sie die Anweisung erteilt haben, können Sie diese auch wieder annullieren, oder?«

Redfern nickte. »Ja, natürlich, das ist möglich. Bestehen Sie darauf?«

»Nein«, antwortete der Erste Terraner. »Strengen Sie sich nicht unnötig an. Ich warte, bis Hamiller sich von selbst meldet. Gibt es einen Raum, in dem ich inzwischen die Beine ausstrecken kann?«

Redfern wusste, was er seiner Rolle als Gastgeber schuldig war. »Selbstverständlich, Sir«, sagte er. »Bitte folgen Sie mir!«

10.

Die Steuerzentrale war von einer Art Platz umgeben, von dem strahlenförmig Korridore in die Tiefe des gewaltigen Raumfahrzeugs führten. Payne Hamiller und seine Begleiter folgten den Leuchtzeichen an den Wänden. Der Gang, den sie betraten, war licht und weit. Seine Wandverkleidung war nicht jenes mitunter bedrückende Grau oder Olivgrün wie an Bord herkömmlicher terranischer Raumschiffe, sondern ein erfrischendes Hellblau mit eingesprenkelten Farbmustern.

Die Stimme begann von Neuem: »Unter normalen Gegebenheiten wird sich kaum jemand so mühsam wie Sie jetzt durch die BASIS bewegen. Für den Schnellverkehr stehen mehrere Hundert Kleintransmitterstationen bereit. Für den normalen, vor allen Dingen aber den Lastverkehr, sind sämtliche größeren Verbindungswege mit Laufbändern ausgestattet. Beide Transportsysteme wurden mehrfach gegen Ausfälle gesichert. Das ist wichtig, weil es Menschen im Allgemeinen schwerfallen wird, sich an Bord der BASIS zu orientieren. Das Fahrzeug ist zweckmäßig, aber nicht symmetrisch gebaut. Sollte die BASIS jemals in Gefahr geraten, so seien Sie versichert: Transmitter und Bandstraßen werden das Letzte sein, das ausfällt.«

Es war nicht zu erkennen, ob sich jenseits der Gangwände nutzbare Räume befanden. Es gab weder Türen noch Schotte, und der Korridor schien sich bis in die Ewigkeit zu erstrecken.

»Welche Besatzungsstärke benötigt die BASIS?«, fragte Hamiller.

»Erlauben Sie, dass ich die Antwort ein wenig zurückstelle. Ich möchte Ihnen etwas zeigen, bevor ich auf Ihre Frage eingehe.«

Hamiller war einverstanden.

Sie hatten sich rund hundert Meter von der Steuerzentrale entfernt. Der Wissenschaftler gewahrte nicht allzu weit voraus flackernde Lichter. Sie leuchteten in allen Farben und stellten offenbar ein Warnsignal dar.

»Sie sehen das Signal«, sagte die Stimme, die von überallher zu erklingen schien. »Es zeigt eine Gravitationsschleuse an. Die Signalanlage ist experimenteller Natur. Sie kann entfernt werden, falls sich nach längerer Benutzung der BASIS herausstellt, dass Menschen vor dem Passieren einer Gravitationsschleuse nicht gewarnt werden müssen. Bitte treten Sie bis unmittelbar an die Warnanlage heran und werfen Sie dann einen Blick nach vorne!«

Payne Hamiller ging bis zu den flackernden Lichtern. Ein wahrhaft atemberaubender Anblick bot sich ihm. Er ächzte entsetzt.

Unmittelbar hinter den Lichtern senkte sich der Korridor ab, Boden und Decke beschrieben eine enge Krümmung. Dahinter führte der Gang steil in den Abgrund. Es nahm dem Bild nichts von seiner Unheimlichkeit, dass der Abgrund aus einem weiten, hell erleuchteten Raum bestand, dessen Boden zum bisherigen Verlauf des Korridors um wenigstens sechzig Grad geneigt war. Wenn Hamiller sich vornüberbeugte, hatte er das Gefühl, vom Gipfel eines Berges aus eine steile Felswand hinabzublicken, nur dass in diesem Fall die Felswand eine ebene, künstlich angelegte Oberfläche und zudem über der Oberfläche eine Decke hatte, und dass auf der Oberfläche Geräte und Maschinen standen, die aus irgendeinem aberwitzigen Grund ihre Positionen beibehielten, anstatt dem Zug der Schwerkraft zu folgen und haltlos in den Abgrund zu stürzen.

Payne Hamiller erinnerte sich, was NATHAN gesagt hatte, als er zum ersten Mal zu ihnen sprach – in der Schleuse an der Oberfläche der BASIS. Er hatte eine Gravitationsschleuse geschildert. Der Anblick wühlte auf, aber im Grunde genommen war die Sache äußerst harmlos.

»Bitte gehen Sie nun weiter, Payne Hamiller!«

Alles in ihm sträubte sich dagegen – aber er betrat die scharfe Krümmung. Schwindel überkam ihn. Hamiller machte rasch den nächsten Schritt – und schon befand er sich auf der steil abwärts geneigten Fläche. Nur erschien sie ihm jetzt nicht mehr abwärts geneigt. Sie verlief vielmehr eben.

Hamiller wandte sich um und musterte seine Begleiter. Sie standen ihrerseits auf einer steil abwärts geneigten Fläche, und es schien ein Wunder, dass sie sich überhaupt aufrecht halten konnten. Außerdem waren ihre Mienen voll Entsetzen, weil sie Hamiller abwärts gehen sahen.

»Kommen Sie!«, rief der Wissenschaftsrat lachend. »Passieren Sie die Schleuse schnell, sonst wird Ihnen übel!«

Naren Palov war der Erste, der ihm folgte. Die anderen schlossen sich zögernd an. Ihnen allen erging es wie dem Wissenschaftler. Der Raum, den sie betreten hatten, erschien ihnen völlig eben. Sie sahen sich um und erblickten außer technischem Gerät an den Wänden mehrere quaderförmige Behälter, die auf niedrigen Podesten standen. Die Behälter waren schätzungsweise zwei Meter lang, einen halben Meter hoch und ebenfalls einen halben Meter breit.

Payne Hamiller fühlte sich an etwas erinnert – eine Begegnung im Sektor Germyr, als NATHAN dort noch mit geheimnisvollen Aktivitäten beschäftigt war. Er trat näher an eines der Behältnisse heran und sah, dass es an einer Seite transparent war. Hinter der Wand, in etwa vierzig Zentimeter tiefem Wasser, schwamm ein molluskenähnliches Gebilde, in ständiger Bewegung begriffen, von Sekunde zu Sekunde seine Körperform ändernd.

Die Paraverknoter!, fuhr es Hamiller durch den Sinn.

Unvermittelt war NATHANS Stimme wieder zu hören. »Ich sprach zuvor von der psionischen Unterstützung, mit der das akustische Servosystem arbeitet. Hier sehen Sie diese vor sich. Die Paraverknoter sind Ihnen bekannt. Hätte der Terranische Rat für Wissenschaften nicht Howalgonium für die Anreicherung der Tankflüssigkeit bereitgestellt, gäbe es schon keine Paraverknoter mehr.

Die Fähigkeiten dieser Geschöpfe sind vielfältig. Ihr Geschick in der Herstellung mikroskopischer Schaltungen nach großmaßstäblichen Vorbildern ist ebenfalls kein Geheimnis. Noch nicht gesprochen wurde über ihre Begabung, Signale in positronische Impulse umzuwandeln. Diese Fähigkeit wird an Bord der BASIS ausgenützt. Die Audioservo-Mechanismen erzeugen Signale, die sowohl der Bordpositronik als auch den Paraverknotern zugeleitet werden. Beide, Paraverknoter und Positronik, setzen diese Signale um, die Paraverknoter jedoch in anderer Weise als der Bordrechner. Sie leiten dann die umgesetzten Signale ebenfalls der Bordpositronik zu. Aus dem Vergleich beider Signalfolgen und anhand der gespeicherten Verhaltensmuster bestimmt der Bordrechner seine Reaktion auf das akustische Kommando.

Die Verknoter beherrschen Fähigkeiten, die bislang nicht völlig ausgelotet sind. Im Übrigen scheinen sie trotz ihrer primitiven Erscheinungsform ein gewisses Maß an Intelligenz zu besitzen. Inwieweit diese Intelligenz sie befähigt, eigenwillig zu sein, muss ebenfalls erst noch ermittelt werden. Bei der Zusammenarbeit mit NATHAN haben sich diese Geschöpfe immer kooperativ gezeigt.«

Payne Hamiller schaute sich um. Er zählte etwa fünfzig Behälter. Es gab weitaus mehr Paraverknoter, insgesamt rund 850.

»Wo sind die übrigen dieser Wesen stationiert?«, fragte er.

»In unmittelbarer Nähe der jeweiligen Audioservo-Mechanismen. Ich kann nun auch die Frage beantworten, die vorhin gestellt wurde. Die Paraverknoter übernehmen Kontrollfunktionen etwa in derselben Art und Weise, jedoch in weitaus größerem Umfang als die SERT-Hauben, die an Bord anderer Raumschiffe verwendet werden. Zudem bedarf es zum Ansprechen der Verknoter keinerlei emotionautischer Fähigkeiten. Dies führt dazu, dass die BASIS im Notfall – ich wiederhole: im Notfall – von einer Minimalbesatzung von zehn Mann gesteuert werden kann.«

Payne Hamiller hielt die Luft an. Dann wandte er sich seitwärts und begegnete Naren Palovs Blick. Die Augen des Hageren leuchteten in unnatürlichem Feuer. Soeben, das wusste Hamiller, hatte NATHAN das

Stichwort gegeben, das Boyt Margor dazu veranlassen würde, die BASIS zu fordern.

»Wir kehren nun zur Steuerzentrale zurück«, erklärte die Stimme. »Es wird Sie interessieren, mehr über technische Einzelheiten zu erfahren.«

Während des Rückwegs hielt sich Naren Palov an Hamillers Seite. »Ich bin mit sehr genauen Anweisungen hier hergekommen«, sagte er. »Es freut mich, dass Sie selbst die entscheidende Frage gestellt haben. Sonst hätte ich sie stellen müssen, und das wäre womöglich aufgefallen.«

»Welche Frage?«, wunderte sich Hamiller.

»Nach der Minimalbesatzung.«

»Hat sie etwas mit Ihren Anweisungen zu tun?«

»Ja. Für den Fall, dass die BASIS von einer Besatzung von weniger als zweihundert Personen navigiert werden kann, trägt Boyt Margor Ihnen auf, das Raumfahrzeug in Ihren Besitz zu bringen und zu verhindern, dass es jemals in die Hände der terranischen Regierung gelangt.«

Payne Hamiller blieb stehen, als sei er gegen ein unsichtbares Hindernis gerannt. Ungläubig starrte er Naren Palov an.

»Ich ... soll die BASIS entführen?«, stieß er hervor.

Palov nickte. »So lautet Ihr Befehl!«

Hamiller wollte protestieren. Er wollte aufschreien und Palov einen Narren schimpfen. Er wollte aller Welt zu verstehen geben, dass Boyt Margor ein Verbrecher war, der nur seinen eigenen Interessen folgte. Aber er brachte die nötige Kraft nicht auf. Die Worte kamen nicht über seine Lippen. Naren Palovs glühender Blick bannte ihn an Ort und Stelle. Und plötzlich begriff Payne Hamiller. Palov war der Abgesandte Boyt Margors. Für die Dauer dieses Auftrags hatte der Mutant Palov einen Teil seiner Macht übertragen. Das Leuchten in Palovs Blick – das war ein Reflex des psionischen Kraftstroms, der tatsächlich von Margor ausging.

Hamiller fühlte seinen Widerstand erlahmen. Er senkte den Kopf. »In Ordnung«, murmelte er. »Ich tue mein Bestes!«

In der Steuerzentrale nahmen sie ihre Plätze wieder ein.

»Nachdem Sie einige der Neuheiten gesehen haben, ist es an der Zeit, Ihnen einen allgemeinen Überblick über die BASIS und ihre Bestückung zu geben«, sagte NATHAN. »Ein wichtiges Thema ist die Energieversorgung. Sie beruht bis auf wenige und nicht sonderlich bedeutungsvolle Ausnahmen auf dem Nugas-Schwarzschild-Prinzip. Es gibt an Bord ...«

Payne Hamiller erfuhr nicht, wie die Energieversorgung der BASIS funktionierte – wenigstens nicht an diesem Tag. Ein Bild entstand in seinem Bewusstsein – ein Bild des länglichen Raumes im Germyr-Sektor, in den Raphael ihn geführt hatte.

Hamiller reagierte verwundert. Er hatte nicht an Germyr gedacht, sondern NATHANS Ausführungen zugehört. Woher kam der Eindruck?

Ein Gefühl der Wärme, des Wohlbefindens, der Behaglichkeit hüllte Payne Hamiller ein. Er sah das Bild jetzt ein wenig verändert: Er blickte durch die Glaswand eines der Behälter und sah einen Paraverknoter schlaff am Boden liegen. Die Haut des fremden Wesens wirkte leblos grau. Dann wurde die Flüssigkeit in dem Behälter aufgewühlt. Hamiller gewann den Eindruck, das mit Howalgonium angereicherte Wasser werde ausgetauscht.

Er verstand plötzlich. Das Bild in seinem Bewusstsein zeigte ihm, was sich vor fünf oder sechs Tagen abgespielt hatte, als die Flüssigkeit in den Tanks durch frische Howalgonium-Lösung ersetzt worden war.

Bald bewegte sich das Lebewesen, das reglos auf dem Boden des Behälters gelegen hatte. Der strukturlose Körper pulsierte. Gleichzeitig erreichte das Wohlbefinden, von dem Hamiller nicht erkennen konnte, woher es kam, einen Höhepunkt. Hamiller fühlte sich glücklich und stolz, dass er die Freigabe des Howalgoniums veranlasst hatte.

Wie Schuppen fiel es ihm von den Augen. Er empfing telepathische Signale der Paraverknoter. Sie bedankten sich!

Wieder veränderte sich das Bild – so plötzlich, dass Hamiller erschrak. Er sah einen langen und hell erleuchteten Korridor. Im Hintergrund bewegte sich eine menschliche Gestalt. Sie kam näher. Hamiller hielt unwillkürlich den Atem an. Die Gestalt kam ihm bekannt vor – ebenso der Korridor.

Der Korridor befand sich an Bord der BASIS – und die Gestalt war Julian Tifflor!

Der Gedankenstrom riss ab. Payne Hamiller stand der Schweiß auf der Stirn. Er hatte soeben die Warnung erhalten, dass Julian Tifflor sich an Bord befand und auf dem Weg zur Steuerzentrale war. Kam Tifflor, weil er von Margors Absicht erfahren hatte, die BASIS zu entführen?

Die Haltung der Paraverknoter stürzte Payne Hamiller in Verwirrung. Woher wussten sie, dass er vor Tifflor gewarnt werden musste?

In diesem Augenblick sagte NATHAN: »Sie sehen also, dass sowohl die Energieversorgung als auch die Bewaffnung die BASIS in die Lage versetzen, sogar schwere Notlagen zu überstehen.«

Hamillers Blick ging zu Palov hinüber. Naren Palov drehte sich zu ihm um. Payne Hamiller fuhr sich mit dem Daumen der rechten Hand quer über den Kehlkopf. Das sollte bedeuten: *Wir sind ausgeschaltet! Aus dem Plan wird nichts.*

NATHAN sagte: »Mein Bericht muss vorläufig unterbrochen werden. Ich sehe, dass wir hohen Besuch erhalten haben!«

Alle Anwesenden erhoben sich, als der Erste Terraner die Steuerzentrale betrat. Palov wirkte einigermaßen bestürzt, wie Payne Hamiller mit einem Seitenblick feststellte.

Julian Tifflor lächelte. »Es tut mir leid, dass ich unangemeldet Ihre Tätigkeit unterbreche. Ich muss gestehen, dass mich die Neugierde hierher trieb.« Sein Blick richtete sich auf Hamiller. »Dabei hat es mir der Rat für Wissenschaften nicht eben leicht gemacht. Aufgrund seiner Anweisung ist die BASIS schwer erreichbar.«

Payne Hamiller hatte sich längst wieder in der Gewalt. »Verzeihung, Sir«, sagte er. »Ich konnte nicht ahnen, dass Sie kommen wollten. Meine Anweisung war als reine Vorsichtsmaßnahme gedacht. Noch wissen wir nicht, was es mit der BASIS auf sich hat ...«

Julian Tifflor winkte ab. »Schon gut, ich verstehe das. Ich sehe, Sie haben sich eine illustre Gruppe von Mitarbeitern ausgesucht. Einige der Herrschaften kenne ich. Ich zweifle nicht, dass die Qualifikationen der Übrigen ebenso hervorragend sind.«

»Ich habe mich bemüht, diejenigen Fachleute zusammenzubringen, die mir hier am besten helfen können.«

Tifflor nickte. »Sie haben eine vorzügliche Auswahl getroffen.«

Das klang harmlos genug, empfand Hamiller. Warum aber befand sich der Erste Terraner wirklich an Bord der BASIS? War er misstrauisch geworden? Weshalb?

»Außer meiner Neugierde gibt es einen zweiten Grund für meine Anwesenheit«, sagte Tifflor. »Ich fürchte, ich muss den Rat für ein paar Stunden von hier entführen. Es hat in seinem Zuständigkeitsbereich einige Ereignisse gegeben, die an sich nicht besonders wichtig sind, aber trotzdem seiner Einflussnahme bedürfen.«

»Ich stehe zu Ihrer Verfügung, Sir«, erklärte Hamiller.

»Bitten Sie einen ihrer Mitarbeiter, mit uns zu kommen. Falls sich die Angelegenheit in die Länge ziehen sollte, kann er mit dem Boot zur BASIS zurückkehren. Sie folgen dann später in einem anderen Fahrzeug.«

Hamillers Wahl fiel auf Palov.

Sie kehrten an die Oberfläche der BASIS zurück. Payne Hamiller fragte sich, wie Tifflor an Bord gekommen sein mochte, aber er sprach die Frage nicht aus.

Kurz darauf, in dem kastenförmigen Boot, mit dem Hamiller und seine Leute gekommen waren, ging die Unterhaltung um Nichtssagendes. Tifflor gab sich freundlich und ließ kein Misstrauen erkennen.

Das Boot landete in einem Hangar der Lunar Emergency Operations. Naren Palov wurde höflich gebeten, sich das Warten nicht zu lang werden zu lassen. Inzwischen führte Julian Tifflor den Wissenschaftsrat in einen

Konferenzraum, den Redfern sonst für seine Stabsbesprechungen nützte.

Als sich die Tür geschlossen hatte, lachte Tifflor hell auf. »Mein Gott, Hamiller, kommen Sie bitte nie auf den Verdacht, dass ich an solchem Theaterspiel Spaß haben könnte! Aber die Sache betrifft Sie persönlich, also musste ich Sie an einen Ort bringen, wo uns garantiert niemand zuhören kann.«

Payne Hamiller erschrak.

»Worum geht es, Sir?«

Julian Tifflor reichte ihm einen Ausdruck der Warnung, die er am Tag zuvor erhalten hatte. Hamiller las. Tifflor sah, wie die Hand des Wissenschaftlers zitterte und sein Gesicht eine unnatürlich graue Färbung annahm.

»Um Himmels willen!«, stieß der Rat entsetzt hervor. »Sie werden so etwas ... doch nicht ernst nehmen?«

Julian Tifflor schüttelte den Kopf. »Selbstverständlich nicht. Ich selbst, der Oberste Terranische Rat und sein Kabinett haben nicht den geringsten Zweifel an Ihrer Integrität. Uns verwundert in erster Linie, dass es jemanden zu geben scheint, der Sie in Schwierigkeiten bringen möchte. Sie waren uns immer als der Mann erschienen, der keinen Feind hat.«

Hamiller ließ sich ächzend in einem Sessel nieder. In diesem Augenblick machte er den Eindruck eines gebrochenen Mannes. Julian Tifflor fragte sich, ob es besser gewesen wäre, behutsamer vorzugehen. Er hatte Hamillers Empfindsamkeit unterschätzt.

»Ich bin ... einigermaßen erschlagen«, brachte der Wissenschaftler stockend hervor. »Ich kann mir nicht vorstellen ... Ich meine, wenn Sie nur den geringsten Zweifel an meiner ...«

»Kein Zweifel, Hamiller!«, fiel ihm Tifflor ins Wort. »Es handelt sich hier um einen primitiven Versuch der Schwarzmacherei. Ich wollte, ich könnte Ihnen sagen, dass wir dem Absender auf der Spur sind. Leider ist es nicht so.«

Eine Weile saß Payne Hamiller kopfschüttelnd da, den Blick zu Boden gerichtet. Dann stand er auf. »Ich hoffe, Sie empfinden meine Reaktion nicht als kindisch, aber ich brauche einige Tage Urlaub. Ich bin allergisch gegen Verleumdung.«

»Ich sehe das!«, bemerkte Tifflor mit freundlichem Spott. »Machen Sie Urlaub, Payne! Ihre Leute an Bord der BASIS kommen zur Not auch ohne Sie zurecht. Allerdings möchte ich außer einer Schar von Privatpersonen wenigstens einen offiziell Beauftragten dabeihaben. Wen schlagen Sie vor?«

»Nehmen Sie Resu Redfern! Er ist dafür am geeignetsten.«

»Ich habe Ihnen ausdrücklich untersagt, mich in einem meiner Quartiere aufzusuchen! Sie kompromittieren damit mich und sich selbst!« Obwohl Boyt Margor zornig war, sprach er mit zurückhaltender, fast freundlicher Stimme.

Aber der Payne Hamiller, der ihm jetzt gegenüberstand, war ein anderer als der, den er in Erinnerung hatte. »Da man mich wegen Ihrer Voreiligkeit in Verdacht hat und ich Sie nicht mehr anrufen kann, bleibt mir nur noch der Weg zu Ihnen selbst!«, erklärte der Wissenschaftler.

»Meine Voreiligkeit?«, wiederholte Margor. »Sie – in Verdacht? Was ist geschehen?«

»Wir waren in letzter Zeit zu aktiv, nur so kann ich es mir erklären«, antwortete Hamiller. »Es gab zu viele Gespräche zwischen uns. Jemand muss misstrauisch geworden sein. Er hat die Regierung davor gewarnt, mich an Bord der BASIS gehen zu lassen!«

Er berichtete dem Mutanten über die Nachricht, die Julian Tifflor ihm gezeigt hatte. Mit Boyt Margor ging eine Unheil verkündende Veränderung vor sich. Das männlich schöne Gesicht verzog sich zu einer Grimasse, die Augen verengten sich und glommen in gefährlichem Feuer. Margor packte das Amulett, das an einem Metallring um seinen Hals hing, als wolle er es abreißen, und stieß hervor: »Das sind sie! O ja – das sind sie! Dun Vapido, Eawy ter Gedan und Bran Howatzer! Die Nichtskönner, die Zwerge, die sich auf ihre Rechtschaffenheit etwas einbilden. Ich habe sie bisher geschont. Aber das ist nun vorbei! Solange sie sich ruhig verhielten, waren sie vor mir sicher. Wenn sie die Auseinandersetzung wollen, dann sollen sie sich vorsehen!«

Payne Hamiller verstand kein Wort.

Margor hatte sich mit dem hasserfüllten Ausbruch anscheinend abreagiert. Als er Hamiller wieder anblickte, wirkte er entspannt. »Sie haben reagiert, wie die Lage es erforderte«, sagte er in versöhnlichem Tonfall. »Die Entführung der BASIS muss vorerst zurückgestellt werden. Glauben Sie, dass man Sie ernsthaft im Verdacht hat?«

»Nicht wirklich«, antwortete der Wissenschaftler. »Es scheint, dass ich weiterhin einen unantastbaren Ruf genieße.«

»Das ist vorzüglich! Mittlerweile sind Palov und seine Leute an Bord der BASIS, sodass ich keinen Informationsverlust befürchten muss. Für Sie wird es gut sein, wenn Sie einige Tage lang den Niedergeschlagenen spielen und sich möglichst wenig in der Öffentlichkeit sehen lassen. Aber sobald sich die Frage erhebt, wer der Kommandant der BASIS sein soll, müssen Sie wieder an Ort und Stelle sein. Nämlich dort, wo die Entscheidung getroffen wird.«

»Sie wollen, dass ich den Befehl über die BASIS übernehme?«

»Genau das will ich. Die BASIS bietet die Möglichkeit, unsere Ziele rasch umzusetzen. Es ist unerlässlich, dass wir sie so bald wie möglich in Besitz bekommen!«

Das war der Augenblick der Entscheidung, auf den Payne Hamiller gewartet hatte. Er war gekommen, um sich ein für alle Mal von Boyt Margor loszusagen. Die Unterredung hatte einen vielversprechenden Anfang genommen.

Aber nun, da es an der Zeit war, dass er Margor die Meinung sagte, hatte er keine Kraft mehr dazu. Er unterlag dem unheimlichen Einfluss des Mutanten. Wie gebannt starrte er Margor an, und je länger er starrte, desto geringer wurde seine Widerstandskraft.

Schließlich senkte der Wissenschaftler den Kopf. »Alles wird so geschehen, wie Sie es wünschen, Margor«, sagte er devot. Dann wandte er sich um und ging.

»Es gibt keinen ›Fall Hamiller‹!«, erklärte Julian Tifflor. »Der Mann ist für mich über jeden Zweifel erhaben. Allerdings gibt es zwei seltsame Umstände, die im Zusammenhang mit dem sogenannten Fall Hamiller aufgetreten sind. Diesen gilt unsere Aufmerksamkeit!«

Seine Zuhörer waren Roi Danton und Kershyll Vanne. Die Unterredung fand im Arbeitszimmer des Ersten Terraners statt. Der 28. Januar 3586 ging zu Ende.

»Welche zwei Umstände?«, erkundigte sich Danton. »Ich kenne, glaube ich, bis jetzt nur einen, nämlich dass die Warnung von einem psionisch begabten Absender stammt.«

»Was ich Hamiller noch nicht gesagt habe«, bemerkte Tifflor. »Die andere Sache hat mit der BASIS zu tun. Tako Kakuta, der mit mir vom Mond aus teleportierte, behauptet, die BASIS sei der Ausgangspunkt einer starken und ungewöhnlichen psionischen Strahlung. Als Teleporter konnte er das Phänomen nur feststellen. Er hat mir vorgeschlagen, dass alle Altmutanten auf die BASIS gebracht werden sollen, und jeder von ihnen unterstützt diese Idee. Ich habe bereits veranlasst, dass der PEW-Block an Bord der BASIS gebracht wird.«

»Wollen alle acht die Expedition mitmachen?«, fragte Danton überrascht.

»Wenn die Expedition stattfindet, ja!«

»Wovon hängt ihre Entscheidung ab?«

»Von Redferns Bericht. Der Mann befindet sich inzwischen seit mehreren Tagen mit einem Team von sechzehn Wissenschaftlern auf der BASIS. Seine Zwischenberichte klingen ermutigend. Es scheint in der Tat, als hätte NATHAN etwas erschaffen, was unsere Vorstellungen übersteigt. Wenn sein Abschlussbericht ebenso optimistisch lautet, wird uns die Entscheidung für die Expedition leichtfallen.«

»Das ist gut«, bemerkte Kershyll Vanne. »Es geht ohnehin schon ein Strom von Freiwilligenmeldungen ein.«

»Was sind das für Leute, mit denen Redfern zusammenarbeitet?«, wollte Roi Danton wissen.

»Payne Hamiller hat sie bestellt. Ich habe eine Namensliste, alles ausgesuchte Fachkräfte. Ich wusste nicht, dass Hamiller so weitreichende Beziehungen hat. Auf jeden Fall hat er sie genutzt, um ein Team von nicht zu überbietender Kapazität zusammenzustellen.«

Eine Weile herrschte nachdenkliches Schweigen. Plötzlich fragte Roi Danton: »Wer erhält das Kommando über die BASIS?«

»Das ist nicht allein meine Entscheidung«, sagte der Erste Terraner. »Ich habe allerdings einen Vorschlag, den ich zu gegebener Zeit vertreten werde.«

»Wer?«

»Der einzige Mann, der nach der Lage der Dinge in Betracht kommt: Payne Hamiller!«

11.

Hytawath Borl duckte sich und sprang zur Seite, als die schwarze Echse im Sturzflug angriff. Das Tier wich seinem blitzschnellen Machetenhieb aus, dann stieg es flatternd hoch und verschwand.

Dies war die Zeit der halben Dunkelheit zwischen Nacht und Morgengrauen. Noch etwa fünfhundert Meter des Ringes der Gewalt lagen vor Hytawath Borl. Er durchquerte jetzt das niedrige Buschwerk zwischen den Dschungelrändern.

Ich werde Rrussu treffen, dachte er entschlossen. Schon unzählige Male hatte er den tödlichen Gürtel um Koyle durchquert, und er war sicher, auch diesmal mit dem Leben davonzukommen. *Rrussu jagt heute mit mir. Die Stadt braucht frisches Fleisch.*

Vor ihm fingen die Vorcherrosen sich knisternd zu bewegen an und nahmen Angriffshaltung ein. Meterlange Ranken, mit fingerartigen Dornen ausgestattet, zogen sich zu Spiralen zusammen. Der Wald schimmerte phosphoreszierend im ersten Licht des Morgens.

Die letzten tausend Schritte ...

»Verdammter Ring!«, knurrte Hytawath. Noch schreckte die Natur davor zurück, ihn umzubringen. Aber das konnte sich bald ändern – er spürte, dass sich im Dschungel etwas anzubahnen schien. Vorcher Pool hatte fast hundert Jahre Zeit gehabt, den Ring der Gewalt entstehen zu lassen. Nun konnte die Dschungelwelt nicht dulden, dass ein einzelnes Wesen immun gegen den Angriff blieb.

Hytawath Borl erreichte die Steinfläche. Er blieb stehen und atmete die kühle Luft ein. Die Siedlung, von ihm und einigen anderen halb scherzhaft, halb grimmig »City« genannt, brauchte Fleisch und Früchte für ihr Überleben. Der Ring der Gewalt schnürte sie ein und schnitt sie von fast allen Quellen der Natur ab, weil Vorcher Pool die Handvoll Menschen vernichten wollte. Hytawath roch den sauren Saft der Vorcherrosen.

Am Himmel zeichnete sich ein fahlgrauer Streifen Helligkeit ab. Es wurde höchste Zeit, den letzten Abschnitt des Weges anzugreifen. Er, Hytawath, war der Jäger. Fast alle nannten ihn so.

Nichts schien sich zu bewegen. Doch beim ersten Lichtstrahl der Sonne Poolbor würden sich jedes Tier und jede Pflanze in einen Teil der Raserei verwandeln, mit der Vorcher Pool den Vernichtungskrieg führte.

Hytawath Borl spurtete los. Er hielt die rasiermesserscharfe Vibromachete quer vor seinen Oberkörper und schlug instinktiv einen Weg ein, der ihn nicht in die Nähe von Zweigen brachte. Sobald er diesen primitiven Pflanzen bis auf geringe Distanz nahe kam, streckten sich ihre Äste und scharfen Blätter nach ihm aus. Aber immer in letzter Sekunde rissen die Pflanzen ihre Arme zurück und krümmten sich vor dem Jäger zur Seite.

Der Durchgang zwischen zwei Büschen verbreiterte sich, als Hytawath hindurchrannte.

Aus dem steinigen Boden hoben sich armdicke Wurzeln, bewegten sich schlangengleich und bildeten Schleifen, in denen sich seine Füße zu verfangen drohten. Doch jeweils einen Schrittabstand vor den Stiefelspitzen streckten sich die knorrigen Strünke wieder und verschwanden blitzschnell zwischen Steinen und faulendem Holzmehl.

Borl wusste, dass die Flora seine Immunität respektierte. Noch! Aber wie lange? Sieben planetare Jahre verschaffte ihm die ererbte Immunität Schutz und Überleben. Und in einer einzigen Sekunde, während der er sich innerhalb des Ringes Unachtsamkeit gestattete, würde ihn die erste planetare Mutation vernichten.

Der Jäger rannte auf den Waldrand zu. Er atmete nur ein wenig schneller und schwitzte fast gar nicht. Seit Jahren trainierte er seinen Körper in der doppelten Schwerkraft. Er ertrug die Strapazen der wilden Jagden mit Rrussu ebenso gut wie der Hetman der Eingeborenen selbst.

Brachte der Wald ihn heute um? Oder gab es eine letzte Frist? Schon viermal hatten eindeutige Angriffe auf ihn stattgefunden. Und viermal hatte er überlebt, weil er schneller reagiert hatte als sonst.

Du bist anders als wir, aber du bist dennoch einer von uns, hatte Rrussu gesagt. *Du bist der Jäger deiner Leute.* Der Eingeborene sprach einen schauderhaften Dialekt. Trotzdem verstanden sie einander, weil sie dasselbe Handwerk ausübten.

Vor der Brust des Jägers kreuzten sich die beiden Gurte mit den Energiemagazinen. In den wasserdichten Taschen steckten die alten Strahler. Mit einer schnellen Bewegung öffnete Borl eine Tasche, entsicherte die Waffe und schob sie wieder zurück, nachdem er die Einstellung geprüft hatte. Dann drang er in den Wald ein.

Wie zustoßende Riesenschlangen schnellten Vorcherrosen ihm entgegen, als er sich zwischen den knochentrockenen Ästen und Stämmen einen Weg bahnte. Die Machete zerschnitt die Holzteile, die wie Zunder auseinanderfielen. An den Spitzen der gelbweißen Dornen funkelten giftige Säuretropfen. Der Boden zischte Blasen werfend auf, als sie herunterfielen.

Goldfarbene Nektargefäße blähten sich in den Blüten auf, um ihr Gift dem Eindringling entgegenzuschleudern. Aber es war, als ob Hytawath einen unsichtbaren Schutzschild trüge. Bevor die auseinanderschnellenden Spiralen den rennenden Mann erreichten, hielten sie zitternd inne.

Hytawath lief zwanzig Schritte entlang eines schmalen Wasserrinnsals. Von einem halb abgestorbenen Ast hingen mehrere Meter einer riesigen Schlange. Der dreieckige Kopf pendelte langsam, aus dem halb geschlossenen Rachen ertönte ein leises Zischen.

Der Körper der Schlange beugte sich langsam rückwärts, die Muskeln spannten sich wie stählernes Tauwerk unter der schillernden Haut. Dann schleuderte die Vorcherschlange ihren Kopf wie ein Geschoss auf den Jäger zu. Aber noch ehe Hytawath reagieren konnte, riss sie den Schädel zur Seite. Der Jäger sprang vorwärts, fing sich mit Armen und Schultern ab und überschlug sich. Als er, den Strahler in der rechten Hand, wieder auf die Füße kam, sah er, wie der Schlangenleib entlang des Stammes im Buschwerk verschwand.

Hytawath wischte sich Schlamm und zerfetzte Blätter aus dem Gesicht. Von den tausend Schritten hatte er rund siebenhundert bewältigt. Der Dschungel vor ihm wurde dichter und gefährlicher, weil der Jäger nicht mehr weiter als fünf Meter überblicken konnte. Die Helligkeit nahm schnell zu. Innerhalb des Ringes der Gewalt lärmten wieder Millionen Vögel und Kleintiere.

Der Ring war an der schmälsten Stelle dreitausend Meter, an der breitesten aber mehr als sechs Kilometer breit. Gegen die Siedlung Koyle und das Wrack der KARMA hin war die Zone scharf abgegrenzt, aber zur anderen Seite verschmolz der Ring mit der Umgebung. Die Evolution hatte nahezu ein Jahrhundert lang Zeit gehabt, dieses Gebilde zu schaffen und immer mehr Möglichkeiten zu ersinnen, um die Menschen zu vernichten.

Für Hytawath Borl kam es jetzt nicht mehr auf Schnelligkeit, sondern auf Wachsamkeit und blitzartiges Reagieren an. Der Weg bis zum Hang, zum Felsen und zum Seeufer führte durch die grüne Wildnis.

Ein Raubtier, ähnlich einer großen Katze, kauerte schräg über ihm auf einem Ast und spannte seine Muskeln zum Sprung. Der Jäger hielt die Machete in der linken und die Strahlwaffe schussbereit in der rechten Hand. Langsam drehte sich der kantige Raubtierschädel, aus der Kehle kam ein grollendes Knurren. Erst nach endlos langen Sekunden wandte sich das Tier ab und entspannte sich.

Die Sträucher wichen noch immer vor ihm zurück – das sichere Zeichen, dass der Jäger sich weiterhin innerhalb des Ringes befand. Ein Schwarm riesiger Hakenflügler bildete jedoch einen Angriffskegel, dessen Spitze auf Hytawath zielte. Der Jäger lief schneller, vor ihm peitschten die Pflanzen auseinander.

Endlich erreichte er eine winzige Lichtung, nicht mehr als eine mit niedrigem Gesträuch bewachsene Fläche zwischen feuchtigkeitstriefenden Baumriesen. Die Ranken wanden sich von seinen Beinen weg, kleine Tiere flüchtete nach allen Seiten, aber die Spitze des Schwarmes hatte ihn eingeholt, das erste der Raubinsekten schwirrte zielsicher auf sein Gesicht zu. Hytawath Borl hob den Strahler.

Sie griffen tatsächlich an!

Als er feuern wollte, summte das erste Insekt im rechten Winkel davon. Die anderen folgten augenblicklich, der gesamte Schwarm umkreiste surrend Hytawaths Kopf und verschwand zwischen den Pflanzen. Der Jäger fluchte lautlos. Er ging ein tödliches Risiko ein, wenn er noch länger an die sichere Wirkung der geerbten Immunität glaubte.

Erste Sonnenstrahlen schossen fast waagrecht zwischen den Baumkronen hindurch.

Fast jedes Mal änderte Hytawath Borl den Weg ein wenig ab, auf dem er den Ring der Gewalt durchbrach. Heute lief er auf einem der undeutlichen Pfade, die er vor Jahren ausgetreten hatte. Er wusste, dass ihn nicht nur Tausende Augen hassvoll musterten, sondern dass buchstäblich jeder Grashalm ein Teil dieser unbegreiflich veränderten Natur war. Kein anderer Mensch aus Koyle konnte diesen Gewaltmarsch überleben.

Dabei hätte ein einziger Gleiter alle Anstrengungen erspart. Doch es gab in der Siedlung kein Fahrzeug, es gab überhaupt sehr wenig dort.

Wieder drang der Jäger in den Dschungel ein. Er schwang die Machete. Ein Rudel vierbeiniger Fleischtiere flüchtete mit eleganten Sprüngen. Schlangen raschelten vor ihm durch das faulende Laub davon.

Dann lichtete sich das Unterholz, die Stämme mit den knorrigen Wurzeln hatten plötzlich mehr freien Raum, das faulende Zeug wurde zu hohem saftigem Gras. Sonnenstrahlen spiegelten sich auf dem fast bewegungslosen Wasser des Sees. Der Jäger wandte sich nach rechts und rannte auf den Sandstrand hinaus.

Nach hundert Schritten sah er den Hang und den scharf vorspringenden Felsen. Hytawath Borl blinzelte gegen die Sonne und erkannte die wuchtige Silhouette des Hetmans. Rrussu wartete, auf ein Bündel Wurfspeere gestützt.

»Jäger er kommen hurtig. Gesicht, es sagen kleine Angst. Kah!«, brummte Rrussu. Seine Stimme klang wie brechendes Schilf. Aufmerksam beobachtete er den Jäger, der den Hang hinaufkletterte.

Er kannte Hytawath schon lange. Sie gingen fast jeden zweiten Tag zur Jagd. Der Jäger war gut und schnell, kräftiger und ausdauernder als er, der Hetman. Aber er war ein Fremder auf Vorcher Pool.

Der Jäger sah ganz anders aus als Rrussu und alle Eingeborenen dieser Welt. Er war auf seine Weise unbegreifbar. Sechs der Ellen groß, die Rrussu als Maß gebrauchte. Der Jäger hatte ihm erklärt, dies seien ein Meter und vierundneunzig Zentimeter. Breite Schultern, harte Muskeln, lange

Laufbeine und kräftige Schenkel. Die meisten bei der Kugel aus Metall waren schmächtiger und weniger stark.

»Rrussu, mich sein hier!« Der Hetman schüttelte klappernd sein Speerbündel. »Hier, Hidahwah!«

Hytawath hob die Hand mit der Machete. Der Stahl blitzte im Sonnenlicht auf. »Ich sehe dich, Rrussu!«, rief er.

Rrussu betrachtete ihn nachdenklicher als sonst. Der Jäger trug wie immer seine hohen Stiefel, in deren Schäften lange Messer steckten. Darüber die lose fallende Hose mit den vielen Taschen, in denen sich nützliche, aber geheimnisvolle Dinge befanden. Ein breiter Gürtel, ebenfalls voller Taschen, über dem sich zwei Waffengurte kreuzten, presste die hüftlange Jacke an die breiten Schultern.

Mit einem letzten Ruck schwang sich Hytawath Borl auf den Felsen.

»Jäger er hat es schwer gehabt. Ring er war gefährlich?«, krächzte der Hetman.

»Es wird schwieriger, Rrussu. Einige Feinde lassen sich von meiner Immunisierung nicht mehr lange abschrecken. Es wird der Tag kommen, an dem wir unsere letzte Jagd unternehmen.« Hytawath zog aus einer seiner Taschen eine Handvoll maschinell gearbeiteter Pfeilspitzen und gab sie dem Eingeborenen. Rrussu stieß einen gellenden Pfiff aus.

»Hetman, er dir danken. Kah!«

»Schon gut.« Die Stimme des Jägers blieb gelassen und ruhig. Trotzdem beherrschten Aufregung und Nachdenklichkeit das hart geschnittene Gesicht mit den hellen, sandfarbenen Augen. Das schulterlange Haar hatte die Farbe dunklen Kupfers. Über der Stirn hielt das schillernde Band aus Vipernhaut das Haar zurück.

»Wir jagen – welches Fleisch, Jäger?«, fragte Rrussu und wölbte seine behaarten Schultern nach vorn.

»Viel Fleisch, große Tiere also. Und wir brauchen Früchte und Gemüse. Hast du etwas außerhalb des Ringes der Gewalt bemerkt?«

»Du fragen warum?«

Rrussu sah auf seltsame Weise wie die Kreuzung zwischen einem hominiden Frosch und einem Menschenaffen aus. Er reichte knapp bis ans Kinn des Jägers. Sein Körper war mit Ausnahme des Gesichts, der Hände und der langen Lauffüße von weichem Fell in verschiedenen Farben bedeckt. An Knien und Ellbogen und, in geringerem Maß auch an den Handgelenken und allen anderen vorspringenden Stellen, befanden sich runde, schwarze Hornschuppen. Eine flache Nase, ein wuchtiges und kantig vorspringendes Kinn, riesige schwarze Augen und Luchsohren mit Tasthaaren auf den lang auslaufenden Spitzen. Sein Körper war gedrungen, wuchtig und kantig. Er war fast so ausdauernd und stark wie Hytawath.

»Du weißt, dass ich der einzige meines Stammes bin, der den Ring der Gewalt durchqueren kann. Pflanzen und Tiere weichen mir aus. Aber ich merke, dass die Abstände kleiner werden. Bald wird mich eine Pflanze oder ein Tier umbringen.«

Nur ein alter Arzt, der inzwischen gestorben war, hatte es gewusst – und natürlich wusste es Hytawath Borl selbst, dass lange vor seiner Geburt seine Mutter von einer winzigen Springschlange gebissen worden war. Eine minimale Dosis des Gifts war in ihren Kreislauf geraten, und der Körper hatte Antikörper bilden können.

»Jäger, er sprechen im Ernst?«

»Ja. Ich spreche im Ernst. Das bedeutet, dass du mit deinen Leuten vielleicht Koyle das Fleisch bringen musst.«

»Ring auch uns umbringen, kah?«

»Wahrscheinlich nicht. Ihr geht doch immer wieder hinein und hinaus. Also – fangen wir an?«

Obwohl Hytawath für die wenigsten seiner Mitmenschen in Koyle wahre Sympathie empfand, hatte er die Verantwortung auf sich genommen. Hinter dem grünen Dickicht des Dschungels, dem bleichen Gitter der abgestorbenen Bäume und der Fläche aus Kies und Gestrüpp erhob sich die Rundung des Schiffes. Seit dem Jahr 3490 existierte diese Siedlung der Schiffbrüchigen. Die KARMA war vor den Konzilsmächten hierher geflohen.

Rrussu packte sein Bündel aus rund einem Dutzend einfacher, aber hervorragend gearbeiteter Speere und nickte dem Jäger zu.

Eine kleine rote Sonne, fast dreißigtausend Lichtjahre vom Solsystem entfernt, am Rand der galaktischen Zentrumszone, war das Ziel der schwerbeschädigten KARMA gewesen. Die Dschungelwelt Vorcher Pool hatte die einzige Landemöglichkeit geboten.

Das Schiff, ein alter Flottenraumer von eintausend Metern Durchmesser, hatte gerade noch einige Tausend Kilometer nördlich des Äquators niedergehen können. In der Zone, die beide Hemisphären trennte, wäre ein Überleben von Anfang an unmöglich gewesen.

Beiboote gab es nicht. Die beiden einzigen Gleiter waren auf den ersten Kontrollflügen verunglückt, ihre Piloten waren niemals zurückgekommen. Sehr schnell hatten sich die Überlebenden danach auf einen gnadenlosen Überlebenskampf eingestellt.

Er dauerte inzwischen fast ein Jahrhundert lang.

Meralda Koyle war eine ungewöhnlich hübsche Frau, weißblond und schlank, und zudem wusste jeder in der Siedlung, dass sie noch gerissener und härter war als ihr Bruder. Sie war für die Siedlung mindestens ebenso wichtig wie Hytawath Borl, abgesehen davon, dass ihr Vater das Halbwrack in einer meisterlichen Notlandung hier aufgesetzt hatte. Der Held der KARMA, nach dem die Siedlung genannt worden war, lebte nicht mehr.

Seine Tochter und sein Sohn »regierten« die Siedlung.

Meralda saß vor dem Terminal der Bordpositronik. Sie wünschte, dass sich die Daten ausnahmsweise nicht mit Borl beschäftigen würden, aber das war wohl zuviel verlangt.

»Etwas Neues?«, fragte Trubohn Cherkel.

Verbissen schüttelte Meralda den Kopf. »Bisher identische Ergebnisse. Wir haben jetzt Analysen von insgesamt 11.734 Giftproben. Kleine Tiere, große Tiere, Moossporen, Insekten, Gräser und Gasfrüchte. Die Auswertung von zehntausend Proben hat ergeben, dass das Gift einheitlich ist. Natürlich sind pflanzliche und tierische Komponenten verschieden, aber sie bewegen sich im submolekularen Bereich innerhalb der gleichen Spezifikation.«

Cherkel lachte, und sein Lachen klang verzweifelt. »Das bedeutet, dass dieser Planet fast zwölftausend verschiedene Angriffswaffen mit demselben Gift ausgestattet hat.«

»Mit einem Gift, das einzig und allein dazu geschaffen wurde, uns zu töten. Identische Pflanzen, von Hytawath an einem Platz weit außerhalb des Ringes eingesammelt, haben dieses Gift nachweislich nicht.«

»Dasselbe Gift, das seine Mutter umbrachte?«

»Dasselbe, Trubohn!«

Das Labor sah verwahrlost aus. Dies galt für die meisten Bereiche des Schiffes. Es gab nur wenige Reparaturroboter. Noch funktionierte die Energieerzeugung mit fünfundachtzig Prozent ihrer Kapazität – glücklicherweise. Aber die KARMA würde niemals mehr starten können.

»Wir müssen herausfinden, wie wir diesen tachytropen Ring neutralisieren können.«

»In zwei bis drei Jahrhunderten werden wir das sicher geschafft haben, wenn es im bisherigen Tempo weitergeht!«, rief Cherkel sarkastisch. »Ja, ich weiß, niemand ist schuld daran.«

»Am allerwenigsten ich!«, gab Meralda Koyle gereizt zurück. »Wenn du deine Absicht, auszubrechen und irgendwo eine neue Heimat zu suchen, nach wie vor vorantreiben willst, besorge ich dir gern die Archivdaten über den verlustreichen ersten Versuch. Ich werde auch weiterhin einem solchen Vorhaben jeden greifbaren Knüppel in den Weg werfen.«

Es war wieder Nacht geworden. Im Schiff lebten nicht allzu viele Menschen. Die meisten wohnten draußen in den flachen Bauwerken aus jener verrückten Materialmischung, die teilweise aus dem Boden des Planeten, teilweise vom Schiff stammte.

»Wir wissen, dass die Natur mit rasender Geschwindigkeit experimentiert. Hytawath berichtet, dass sich Pflanzen und Tiere schnell verändern. Sie werden stetig gefährlicher.«

»Etwas an oder in uns macht die Natur rasend.«

»Das sagte schon mein Vater «, erklärte Meralda resignierend. »Vielleicht ist es unser Charakter.«

Cherkel lachte wieder. »Was deinen Charakter betrifft, bin ich sicher. Aber es gibt auch reizende Siedler hier.«

»Vielleicht sogar zwei davon«, schnappte sie. »Hytawath Borl hat dieses Etwas nicht!«

»Oder er hat etwas, das die Angriffe neutralisiert.«

Sie verfügten über eine Unmenge von Daten, doch es gab keine einleuchtende Theorie. Was sie wirklich besaßen, waren der Graben, der Zaun und die Projektoren. Dennoch schien es, als würde die Siedlung Koyle das zweite Jahrhundert ihrer Existenz nicht mehr erleben.

Eine lange und erschöpfende, aber auch erfolgreiche Jagd lag hinter Hytawath Borl und Rrussu. Viele Träger hatten sie zuletzt begleitet.

Der Wohnstein von Rrussus Horde war ein gigantischer, zerklüfteter Bimssteinfelsen. Von Süden und Norden war der Sumpf bis an dieses Überbleibsel vulkanischer Tätigkeit herangewachsen, im Osten breitete sich Grasland aus, und im Westen ragten Riesenbäume auf. Der Hetman war der mächtigste Mann von dreihundert Eingeborenen.

Über mehreren Feuern drehten sich mittlerweile hölzerne Bratspieße. Die Beutetiere waren aus der Decke geschlagen und zerteilt worden. Es roch nach Asche, Rauch und geheimnisvollen Gewürzen.

Zwei lebenswichtige Einzelheiten zeichneten den Wohnstein aus, von allen anderen Annehmlichkeiten abgesehen: eine heiße Mineralquelle tief aus den Eingeweiden des jungen Planeten sowie eine natürliche Kaltwasserquelle mit geringerer Ausschüttung. Der Jäger von Koyle hatte in einem Steintrog ausgiebig gebadet und das kreischende Interesse von Kindern und Halbwüchsigen hervorgerufen. Jetzt saß Hytawath neben Rrussu und sah den arbeitenden Eingeborenen zu.

»Dieses Bild der Ruhe ist für mich gefährlich, denn ich verliere zu schnell meine Wachsamkeit«, sagte Hytawath leise.

»Jäger er ruhig bleiben. Bis Sonne aufgehen, alles sicher. Träumen, schlafen – wie Rrussu-Leute«, krächzte der Hetman.

Morgen, kurz nach Sonnenaufgang, würden sie Borl wieder helfen. Rund drei Tonnen frisches Fleisch, das bedeutete für jeden Siedler gut tausend Gramm. Dazu die Körbe voller Früchte.

»Es könnte so schön sein«, erwiderte Hytawath Borl nachdenklich. »Aber der Kampf fängt wieder an, sobald die Nacht vorbei ist.« Einen Augenblick lang dachte er an Meralda.

»Jäger er sein jung. Er nicht sein weise.« Rrussu schnalzte mit seinen langen Fingern.

»Ich bin am 16. Juni 3560 geboren, aber unsere Zeitrechnung sagt dir nichts. Ich bin sechsundzwanzig Jahre alt und meine Mutter starb bei meiner Geburt«, erklärte Borl. »Es ist unmöglich für mich, weise zu sein.«

»Viele Tage warten. Viele Dinge erleben. Oft nicht siegen. Dann auch Jäger er weise sein«, erklärte Rrussu ungerührt. »Jetzt wir viel essen und tief schlafen.«

»Glücklicherweise bleibt mir nichts anderes übrig«, erwiderte Hytawath Borl lächelnd.

Quellwasser, mit Mineralwasser gemischt, wurde in ausgehöhlten großen Nussschalen aufgetragen. Gewaschene Blätter enthielten heißen, fettigen Braten. Ein Mädchen brachte eine Schale mit grobkörnigem Salz.

Kurze Zeit später schlief der Jäger in der geräumigen Höhle des Hetmans.

Weit im Norden schleuderte ein Vulkan seine Eruptionen in die Atmosphäre. Schon mehrmals hatte der Boden leicht gebebt, aber keiner der Träger nahm Notiz davon.

Hytawath Borl winkelte den Arm an und schaltete den Minikom ein. Sekunden später nahm ein junger Mann aus der Funkstation seinen Anruf entgegen.

»Hier Borl. Ich komme mit einigen Hundert Eingeborenen und mehreren Tonnen Nahrungsmitteln. Richtet alles wie gewöhnlich ein und holt uns ab. Ich denke, wir kommen an das östliche Tor.«

Aufgeregt fragte der Funker zurück: »Sind die Eingeborenen auch angegriffen worden? Und wie ist es mit dir, Jäger? Wie reagiert der Dschungel?«

»Es sieht alles sehr niederschmetternd aus.« Hytawath Borl schaltete ab und nickte Rrussu zu. Sie schlossen sich den Trägern an.

Es war eine halbe Stunde nach Sonnenaufgang. Der Dschungel roch betäubend nach unzähligen Blüten.

Der Lärm, den die Träger machten, verscheuchte die meisten Tiere. Andererseits wurden Raubtiere durch den Geruch des frischen Fleisches angelockt. Hin und wieder feuerte Hytawath mit seinem Strahler.

»Jäger er sich fürchten?«, fragte der Hetman.

»Früher oder später wird mich der Ring der Gewalt töten«, behauptete Hytawath Borl düster. Noch befanden sie sich in der unbeeinflussten, aber keineswegs ungefährlichen Zone. Die ersten Träger näherten sich indes schon dem äußeren Ring. Zwei leopardenähnliche Tiere schnürten parallel zu den Eingeborenen, und der Jäger blieb stehen. Er zielte über die

Köpfe der Männer hinweg und feuerte zweimal dicht vor den Bestien ins nasse Gras. Die Tiere flüchteten mit großen Sprüngen in den Schutz des Waldes zurück.

Hytawath beobachtete schweigend die Umgebung. Er tötete einen Sauriervogel, der sich auf eine Frau stürzen wollte. Jetzt lag der schmale Moraststreifen jenseits der kleinen Savannenfläche vor ihm. Einer der Männer sagte laut: »Ich Weg finden. Nicht Schlamm.«

Hytawath Borl nickte. Die Eingeborenen kannten sicherere Wege als er. Er ließ mehrere Männer an sich vorbeigehen und reihte sich wieder in den Zug ein. Auf einem kaum erkennbaren Pfad tasteten sich die Jäger des Hetmans in Schlangenlinien durch das Moor.

Ein Regenguss rauschte herunter. Binnen Sekunden war Hytawath völlig durchnässt. Inzwischen sehnte er sich nach der KARMA und seiner ruhigen Kabine.

Das Rund des Schiffes schob sich hinter dem nächsten Waldstreifen hervor. Eintausend Meter hoch, wie ein stählerner Berg, beherrschte die Terkonitstahlkugel die Umgebung.

Hytawath Borl blieb stehen, als er die Fläche aus Kies, Sand und Büschen erreichte, die sich annähernd sichelförmig im Osten des Ringes entlangzog. Überall zitterten Blätter, Gräser und Äste, nichts deutete jedoch auf Gefahren hin.

Sechs Männer mit großen Stücken Fleisch auf den Schultern, marschierten an Hytawath vorbei. Der Jäger stand bewegungslos da, die Waffe in der rechten Hand. Die Projektormündung zeigte senkrecht nach oben, der Zeigefinger im schwarzen Handschuh tastete nach dem Auslöseknopf. Der Jäger wartete auf etwas; er konnte nur noch nicht sagen, worauf.

Als er den Kopf neigte, zuckte er zusammen. Neben seinen Stiefeln breiteten sich die scharfen Grashalme sternförmig nach allen Seiten aus und zitterten leise. Es war eindeutig – er befand sich, ohne es bemerkt zu haben, bereits wieder innerhalb des Ringes der Gewalt. Die Pflanzen wichen der Aura seiner Immunität aus.

Vor ihm ertönte ein lang gezogener Schrei. Zwischen den zurückschnellenden Büschen galoppierte ein massiges Tier heran. Hytawath Borl sah nur riesige Augen und blitzende Hörner. Einige Träger schrien auf und stoben zur Seite. Der Jäger senkte die Waffe und feuerte zweimal.

Zwischen dem Waldrand und ihm betrug die Distanz nicht mehr als vierzig Meter. Das Tier hatte die Hälfte dieser Strecke schon zurückgelegt, und beide Schüsse erzielten keinerlei sichtbare Wirkung.

»Jäger! Zur Seite!«, kreischte der Hetman und schleuderte einen Speer, der jedoch von den Hörnern des Tieres abprallte.

Hytawath schoss erneut. Die Energie riss beide Vorderläufe des Tieres im Kniegelenk auf, gleichzeitig sprang der Jäger zur Seite, durch hohes Gras, das vor ihm auswich. Er sah nicht, dass eine Handvoll der giftigsten

Vipern vor ihm in alle Richtungen flüchtete. Abermals schoss er, und das Tier antwortete mit lautem Brüllen. Nur noch drei Meter vor Hytawath brach der Koloss zusammen. Blut sprudelte aus dem aufgerissenen Rachen. Ein letztes Mal schlugen die Hinterbeine aus und gruben tiefe Furchen in den Boden. Hytawath Borl atmete hörbar aus.

»Ich hab's erwartet!«, knurrte er. Seine Augen verengten sich.

»Schlechte Jagd. Wir ihm machen tot, kah?«, stieß der Hetman hervor.

»Teuflische Jagd, mein Freund. Hast du einen Koloss wie diesen jemals gesehen?«

»Nie.«

»Der Planet hat nicht nur dieses eine Tier hervorgebracht. Wir sollten uns vor seinesgleichen in Acht nehmen.«

Rrussu brüllte Befehle. Die Träger nahmen ihre Lasten wieder auf und liefen weiter. In ihren Gesichtern stand unverkennbar nackte Angst. Hytawath Borl verwünschte sich selbst, den Planeten und das Raumschiff – er mochte die Eingeborenen. Er starrte, nur langsam begreifend, den furchtbaren Schädel an, der mit Platten aus Fell, Horn und Knochen gepanzert war. Drei wippende, lange Hörner – auf der stumpfen Nase und auf jeder Seite des Schädels. Keines war kürzer als siebzig Zentimeter. Flüssigkeitstropfen bildeten sich an deren Spitzen, und die Tropfen fielen zu Boden. Die betroffenen Grashalme ringelten sich zischend ein und verfärbten sich.

»Horn sich haben Gift. Kopf verdammt, Jäger!«, stellte der Hetman fest.

Die Karawane der Träger lief weiter, als sei nichts geschehen. Hytawath Borl korrigierte diesen Eindruck augenblicklich – die Eingeborenen liefen schneller, und ihre Bewegungen waren von Furcht, nicht mehr von Begeisterung diktiert.

»Dieses Biest war nichts anderes als ein Werkzeug, das mich vernichten sollte. Wir werden noch einige kennenlernen, Rrussu. Es tut mir leid für deine Leute.«

»Nicht so reden. Wir alle Jäger, savvy?«

Hytawath Borl ging mit Freundschaftsbezeigungen sparsam um. Doch jetzt legte er spontan einen Arm um die Schultern seines seltsamen Freundes und zog ihn hart an sich. »Danke, Rrussu. Ich bin ein lausiger Jäger, deine Welt hasst mich mehr als alles andere.«

»Du nicht lausig. Jäger er noch leben. Deshalb guter Jäger.«

Hytawath lachte schallend auf. Er deutete mit der Waffe auf das gigantische Raumschiff. »Wir haben es bald geschafft. Los, bringen wir auch den Rest hinter uns.«

»Jäger er schweigen. Kah! Wald ihm verstecken viele Geheimnisse«, knurrte der Hetman.

Hytawath entgegnete: »Deine Welt, Rrussu, hat beschlossen, uns alle zu töten. Ich bin ziemlich sicher, dass sie es schaffen wird.«

Die ersten Träger durchquerten unbehindert die verschiedenen Geländezonen. Der Hetman und der Jäger liefen nach vorne und setzten sich an die Spitze des langen Zuges.

Das Fauchen schwerer Strahler war zu vernehmen. Hytawath war sich sicher, dass die Siedlung angegriffen wurde. Er rannte nun. Der Lärm vor ihm wurde lauter und wirrer. Schüsse, Schreie und eine donnernde Stimme aus einem Schiffslautsprecher.

Dreiundzwanzigmal hatte Hytawath Borl bisher mit seinen Kameraden gekämpft und Flora und Fauna des Planeten mit Säure, Hitze und Desintegratoren zurückgeschlagen. Dies war der Angriff, der das zweite Dutzend vollmachte. Der Jäger rannte noch schneller.

Hytawath Borl blieb stehen und fing den Hetman auf, der an ihm vorbeirennen wollte.

»Wenn ich in ernste Gefahr komme, bitte ich dich, mich zu retten, Hetman. Versprichst du es mir?«

»Hetman achtgeben. Rrussu Freund ihm helfen, kah!«

So weit Hytawath freie Sicht hatte, musste er erkennen, dass der Ring der Gewalt alles aufgeboten hatte, um die Siedlung Koyle zu vernichten. Kleine Tiere rannten in unabsehbarer Zahl gegen den Hochspannungszaun. Der Wall ihrer zuckenden Körper wuchs schnell an, ihre Schreie vermischten sich zu einem Geräusch, das dem Jäger die Gänsehaut über den Rücken trieb. Er zögerte nur Sekunden, dann rannte er, aus beiden Waffen feuernd, auf das Tor zu.

Vor dem Zaun verlief ein rund zwölf Meter breiter Streifen verbrannter Erde, ein Teil der Verteidigungsanlagen, der an sich genügen sollte, vordrängende Pflanzen abzuhalten. Steine, mit Strahlern ausgeglüht und sterilisiert, umwunden von Kunststoffschläuchen, aus denen hochkonzentrierte Säure troff, die jeden Keimling binnen Sekunden zerstörte. Zudem wurden in unregelmäßigen Abständen elektrische Felder aufgebaut, die sich entlang der ausgestreuten Metallpartikel ihren vernichtenden Weg suchten. Nach allen Erfahrungen der Biologen hatte in diesem Bereich keine Pflanze eine echte Überlebenschance.

Aber das schien sich drastisch geändert zu haben. Entsetzt sah Hytawath, dass sich mächtige Wurzeln durch den Kies schoben.

Er rannte entlang des Zaunes. Die Wurzeln zuckten wie lebende Wesen und erstarrten, sobald seine Schüsse sie trafen. Hytawath Borl schrie, um seine Anspannung loszuwerden.

Aber während er von außen seine Heimat verteidigte, kamen immer mehr Tiere. Es mussten Zehntausende sein, die sich wie blind auf den

Zaun stürzten. Der Gestank verschmorender Körper wurde unerträglich.

Aus einer Schleuse des Kugelraumers schoss Donar Welz mit einem kleineren Geschütz. Der Projektor war am Schleusenrahmen angeflanscht. Sengende Glutstrahlen trafen die Wurzeln, den Kies und die Tiere.

Trubohn Cherkel kauerte hinter einem Waffenprojektor, der auf ein Raupenfahrzeug montiert war. Die Maschine dröhnte innen am Zaun entlang und feuerte.

Die Luft war grau von Insektenschwärmen, die gegen die Schutzschirme anbrandeten.

Zwischen dem Zaun und der verbrannten Erde zog sich rund um Koyle ein vier Meter breiter tiefer Graben entlang. Dreitausend Hektoliter anorganische Säure füllten diesen Graben. Im Raumschiff arbeiteten ununterbrochen große Maschinen, die für eine hohe Konzentration sorgten. Sie filterten alle Fremdkörper und Verdünnungen aus und erzeugten hundertprozentige Säure, die wieder in den Graben zurückfloss. Inzwischen waren Myriaden Insekten und viele kleine Tiere aufgelöst worden.

Trubohn Cherkel hielt seinen Panzerwagen vor der Brücke an und griff nach dem Mikrofon. Seine Stimme hallte dröhnend durch das Chaos. »Ich sehe dich, Borl. In wenigen Minuten lassen wir die Brücke herunter.«

Die Brücke war nichts anderes als das System zweier Türme aus Stahlträgern, von denen Terkonitstahlseile ausgingen. Die Seile hielten eine Metallplatte, rund drei Meter breit und vierzig Meter lang. Sie spannte sich, wenn sie waagrecht lag, über Zaun und Graben.

Hytawath Borl sah plötzlich, dass Cherkel und Welz ihre Projektoren neu ausrichteten. Dann feuerten sie auf den Waldrand und den davor verlaufenden Sumpfstreifen.

Er vergaß sofort die kleinen Tiere und ihre Attacken. Vom Wald her näherte sich eine Herde riesiger Tiere. Vorwärtsdrängende Leiber, mächtige Hörner und Hufe, unter denen Erdbrocken und Schlammfontänen spritzten. Es waren mindestens einhundert Tiere, und ihr Angriff galt unverkennbar dem Tor.

Der Himmel verfinsterte sich mit brutaler Schnelligkeit.

»Rrussu!« Während Hytawath schrie, schoss er wieder. Er zielte auf die Gliedmaßen der Tiere, nicht auf ihre geschützten Schädel, und sah, dass mehrere strauchelten und von den nachfolgenden Riesen niedergetrampelt wurden.

»Ich seien hier. Jäger er mich brauchen?«, brüllte Rrussu hinter ihm.

Hytawath wirbelte herum und deutete auf die Aussparungen im Zaun und die freie Fläche. »Deine Leute sollen flüchten. Wir kümmern uns um die Tiere mit den vielen Hörnern.«

Vorcher Pool opferte Tausende, damit einige wenige Erfolg haben konnten. Wenn es nur einem Viertel dieser Bestien gelang, Graben und Zaun zu überwinden, dann war die entscheidende Bresche geschlagen.

Ein denkender Planet? Welch schauerliche, abstruse Vorstellung. Eine intelligent handelnde Natur.

Die Sonne war hinter den Wolken verschwunden. Ferner Donner mischte sich mit dem ringsum tobenden Lärm. Ein Blitz erhellte für Sekundenbruchteile die Szene, dann fielen Regentropfen. Der erste Wagen rollte hinter dem Zaun auf die Brückenanlage zu.

Die Riesentiere versuchten, den Graben in der Höhe der Gebäudeansammlung zu erreichen. Hytawath feuerte verbissen.

Die Träger drängten sich nahe der Brückenplatte zusammen. Obwohl die Sicht durch den Wolkenbruch stark behindert war, schoss der Mann oben in der Laderaumschleuse weiter.

Dies war der schwerste Angriff, den Hytawath bisher miterlebte, eine blinde und hasserfüllte Stampede. Siedler standen mittlerweile auf den Dächern ihrer Häuser und feuerten durch Strukturlücken in dem Schutzschirm, der die Gebäude umgab.

Rrussu hatte seinen Vorrat an Speeren verbraucht. An Hytawath und dem Hetman donnerten die letzten mächtigen Tiere vorbei. Der Jäger schrie: »Hast du es gelernt? Kannst du mit meiner Waffe umgehen?«

»Rrussu können.«

Hytawath Borl warf dem Eingeborenen die Waffe mit dem volleren Energiemagazin zu und feuerte mit der anderen auf die Tiere des Angriffskeils. Einer der verwundeten Kolosse scherte jäh aus und stürmte auf ihn und Rrussu los.

Der Eingeborene schrie etwas, das der Jäger nicht verstehen konnte. Beide schossen sie nun. Hytawath glaubte, den unbezähmbaren Hass zu spüren, der dieses halb tote Tier immer noch mit aller Kraft vorwärtstrieb. Es wollte töten. Es musste töten.

Während Rrussu und der Jäger diesem Tier den Fangschuss gaben, lösten sich zwei weitere Giganten aus der Herde und griffen von den Seiten an. Den ersten erledigte der Eingeborene mit einem langen Feuerstoß, der den Körper fast zerschnitt. Aber noch in der Agonie versuchte das Tier, mit dem Gehörn nach Hytawath zu stoßen. Der Jäger sprang im letzten Augenblick zur Seite. Er tötete das andere Tier mit einem Schuss ins Auge und einem zweiten, der das Rückgrat durchtrennte.

Die Schiffssirene heulte auf.

»Die Brücke! Zu deinen Leuten, Rrussu!«, rief Hytawath.

Es schien in dem Moment, als habe selbst die Atmosphäre den Kampf wieder aufgegeben. Der Regen wurde schwächer, der Donner verhallte in der Ferne. Die rote Sonne schob sich über die Wipfel des Dschungels.

Der Jäger blieb in der Nähe der Betonrampe stehen, die das Widerlager der Zugbrücke bildete. Deutlich erkannte er Männer und Frauen, die sich unter der Leitung des hünenhaften Cherkel mit den Transportfahrzeugen beschäftigten. Knirschend bewegte sich die Brücke. Hytawath Borl löste aus den wasserdichten Gürteltaschen drei Energiemagazine heraus.

»Rrussu! Hier. Für dich und deine Hilfe«, sagte er. Der Eingeborene starrte ihn eine Sekunde lang verwirrt an, dann begriff er.

»Jäger er sein ein Freund. Dies sein Geheimnis der Feuerschleuder?«

»So ist es. Du wirst der Kaiser des Planeten sein, solange die Waffe arbeitet. Bei der nächsten Jagd zeige ich dir, wie man das Ding benutzt. Behalte die Waffe!«

Rrussu blickte zu Boden, überlegte und sagte dann: »Morgen und Tag nachher, wir bringen viel Fleisch und Früchte, kah?«

»Ausgezeichnet. Danke.«

Die Metallplatte schlug hallend auf das Widerlager. Dreißig Männer mit schweren Zweihandwaffen stürmten vor und bildeten an beiden Seiten der Brücke Schützenlinien. Aber im Augenblick zeigten sich nicht einmal mehr Insektenschwärme.

Cherkel steuerte den ersten Wagen aus der Siedlung hinaus, ratterte mit den Gleisketten über die Brücke und hielt das Gefährt an. Es war eine grobe Konstruktion aus Raumschiffsteilen und Holzgeflecht. Jetzt luden die Eingeborenen ihre Lasten ab.

Hytawath Borl wandte sich Minuten später an seinen eingeborenen Freund. Die Jäger des kleinen Stammes arbeiteten selbstständig. Aber Hytawath entging nicht, dass der Hetman alles genau kontrollierte.

»Ich gehe jetzt hinein. In drei Tagen treffen wir uns wieder am Felsen, mein Freund.«

»Sonne sie gehen dreimal auf. Dann wir machen ihm gut jagen, kah!«

Jeder umfasste das Handgelenk des anderen.

Hytawath Borl sah zu, wie der erste voll beladene Wagen von Cherkels Traktor in die Siedlung gezerrt wurde und die Männer den nächsten heranschoben. Er ging neben dem Wagen über die Brücke, roch den stechenden Dunst des Säuregrabens und sah einige verdächtige Wölbungen des Bodens. Irgendwie hatten es Wurzeln geschafft, sich unterhalb des Grabens hindurchzuwühlen. Sie näherten sich einer der Zaunstützen.

Hytawath feuerte zwischen die Steine, die von Säurekristallen überzogen waren. Unter den Steinen gab es plötzlich schlangenartige Bewegungen. Eine erste Wurzel wurde zwischen dem losen Kiesgeröll hochgerissen. Wieder feuerte der Jäger. Die lange Wurzel hob sich vollends aus dem Untergrund, und nun schossen auch andere Siedler. Sie verbrannten die Wurzeln, die umfassender aus dem Boden hervorkrochen, je weiter sie vernichtet wurden.

Hytawath Borl passierte die Brücke, als der Traktor wieder heranknatterte. Auf dem simplen Trittbrett neben Cherkels Sitz stand Meralda und klammerte sich an einer Verstrebung fest.

Der Mann bremste nur kurz und brüllte mit seiner lauten Bassstimme: »Alles klar, Kleiner?«

»Nichts ist klar. Aber es gibt genügend Steaks die nächsten Tage. Liegt etwas vor?«

Meralda warf ihm einen schwer zu deutenden Blick zu. »Wir haben wieder Funksprüche aufgefangen. Wir sehen uns – übrigens haben die Biologen einiges mit dir vor, Hy!«

»Ich habe zuerst mit mir selbst etwas vor«, erwiderte er und spürte plötzlich seine Erschöpfung. »Bis bald.«

Meralda hob kurz die Hand, der Schlepper röhrte weiter und packte mit der halb automatischen Kupplung den zweiten Wagen, auf dem sich schon die Fleischteile türmten.

Das waren Vorgänge, um die sich Borl nicht zu kümmern brauchte. Er ging schweigend durch die Siedlung, die sich kreisförmig im Schatten des Schiffes ausbreitete, auf die Rampe zu, die fast seit hundert Jahren hier lag und tief eingesunken war. In dem Antigravlift schwebte er hinauf zu dem Deck, auf dem seine Kabine lag. Ruhe und Stille umfingen ihn. Er stieß das Schott des ehemaligen Magazinraums auf und wusste, dass er es wieder einmal geschafft hatte. Er war zu Hause.

12.

Sein Vater war unbekannt. Vielleicht war es jemand, der heute noch lebte. Borl wusste das nicht und eigentlich interessierte es ihn auch nicht. Sein Leben war jedenfalls eine Kette von erstaunlichen und unwahrscheinlichen Vorgängen und er war sicher, dass es so oder ähnlich weitergehen würde.

Er kannte die Geschichte von dem Angriff der Springschlange auf seine Mutter. Dies mochte der erste Grund seiner Immunität im Verhältnis zu Vorcher Pool sein. Er kannte, ebenfalls aus Erzählungen, auch die Wahrheit über den Tod seiner Mutter.

Wenige Stunden vor seiner Geburt wurde sie von einer Giftdorn-Pflanze verletzt. Tassa Borl lebte noch elf Minuten und schleppte sich ins Schiff zu den Ärzten. Die Geburt verlief normal, aber seine Mutter starb dabei. Das Neugeborene war geradezu verblüffend gesund.

Sobald es möglich war, wurde Hytawath Borl in das Training der Siedler mit einbezogen. Es war schon vor sechsundzwanzig Jahren Pflicht gewesen, sich in den Simulatoren ausbilden zu lassen. Dort wirkten Darstellungen und Projektionen aller Pflanzen und Tiere zusammen mit eineinhalbfacher Schwerkraft als Trainingselemente, die keinen anderen Zweck hatten, als die Siedler mit allen Überlebenstechniken vertraut zu machen.

Eines Tages, als sich ein kleiner Trupp von Siedlern aus dem Kreis hinauswagte, erfuhr Borl, dass er immun war.

Sie wurden angegriffen, wild und übergangslos. Aber während sich die Angriffe des Ringes der Gewalt auf die anderen seiner Gruppe konzentrierten und zwei Opfer forderten, wichen Pflanzen und Tiere vor ihm zurück. Seine Immunität wurde bekannt und einige Male getestet, aber nichts änderte sich. Damals war er elf Jahre.

Natürlich untersuchte man ihn immer wieder. Er trug das Geheimnis in sich, das den rund dreitausend Flüchtlingen den freien Aufenthalt in der schwierigen Natur des Planeten ermöglicht hätte.

Man fand – nichts.

Die Antikörper, oder was immer es war, blieben sein alleiniger Besitz. Er wurde zu einer Art Übermensch, einem biologischen Wunder. Hytawath Borl war fremd, anders, rätselhaft und gefährlich.

Natürlich war er keineswegs ein Ausgestoßener. Doch immer irgend-

wie der Mittelpunkt zu sein, veränderte ihn. Er zog sich in sich selbst zurück, ohne jedoch seine Ausbildung zu vernachlässigen. Er war, auf seine Art, einer der klügsten Männer seiner Altersgruppe. Da er im Gegensatz zu seinen Freunden in einer Zweig-Simultanwelt trainierte, war er überdies entschieden schneller und geschickter, kräftiger und leistungsfähiger. Die vielen Aufenthalte in der Natur außerhalb der Schutzkreise schärften seine Auffassungs- und Beobachtungsgabe. Er gewöhnte sich Gelassenheit und Ruhe an. Auch in überaus kritischen Situationen half ihm diese anerzogene Beherrschung. Nur in außergewöhnlichen Situationen war er hart und kalt, unbarmherzig und selbst seinen besten Freunden unverständlich. Dann fürchtete ihn jeder, ausgenommen vielleicht Meralda und Cherkel, eines seiner männlichen Vorbilder.

So wuchs Hytawath Borl heran.

Er hoffte, dass sein Leben mit sechsundzwanzig Jahren keineswegs in einer Sackgasse gelandet war. Er wollte etwas anderes. Er wollte mehr. Vor allem wollte er von diesem Planeten weg.

Er hasste Vorcher Pool und alle Umstände, die ihn zwangen, hierzubleiben.

Der Magazinraum war dreißig Quadratmeter groß. Eine Platte, die Borl entfernt hatte, gab den Eingang zu Bad und Toilette eines benachbarten Apartments frei und in eine winzige Küche. Die Akustikverkleidung einer Messe war als Bodenbelag zweckentfremdet worden. Auf dem dunkelblauen Teppich lagen mehrere dicke, runde Matten, Geschenke der Frauen des Hetmans, geflochten aus weichgekochten Gräsern des Planeten. Darauf standen Sessel, das Bett, eine Schreibplatte aus Terkonitstahl. An den schrägen Wänden hingen farbige Plakate und vergrößerte Fotos, Borl hatte sie mit farblosem Lack fixiert.

Das war seine Welt. Etwas introvertiert, aber farbig und lebendig. Einer der größten Interkomschirme, mehrere Lampen und ein Einbauschrank, ebenfalls ein Triumph der Improvisation über das langsam verfallende Raumschiff, vervollständigten das Mobiliar. Vor der weit offenen Luke befanden sich wie an allen anderen Öffnungen starke Gitter und ein Insektennetz.

Borl wählte ein Musikprogramm und setzte sich in den abgenutzten schweren Sessel, kippte ihn nach hinten und schloss die Augen. »Vielleicht kommt ein Sammlerschiff und holt uns ab«, sagte er leise und nachdenklich zu sich selbst. »Das wäre das schönste Geschenk seit einem Jahrhundert.«

Hy, wie ihn wenige Freunde nennen durften, machte sich keine Illusionen. Zumal die Hyperfunkanlage nur noch empfangen, aber nicht mehr senden konnte. Eine Reparatur war unmöglich.

Irgendwann musste er eingeschlafen sein. Jedenfalls wachte Hytawath Borl auf, als ein Glas klirrte. Langsam öffnete er die Augen und sah vor der feuerrot ausgeleuchteten Luke die Gestalt Meraldas. Poolbor, die düstere Sonne, ging unter und verwandelte den Horizont in ein Meer aus Blut und Flammen.

»Ist in der Siedlung wieder alles ruhig?«, fragte er leise und richtete sich auf. Meralda nickte und stellte die Flasche ab, die sie mitgebracht hatte.

»Kleine Gruppen patrouillieren entlang des Zaunes. Es war ein wilder Albtraum, Hy.«

»In einigen Tagen bringen Rrussus Leute neues Gemüse. Vielleicht auch Fleisch. Ich habe ihm einen Strahler und etliche Energiemagazine geschenkt.«

»Musste das sein? Wir haben nicht zu viel Waffen.«

»Wir haben mehr Waffen als Essen. Zumal er für jeden von uns mindestens ein Kilo Fleisch mitbrachte.«

»Ich werde es Voin erklären.«

»Erklären oder nicht, das ändert nichts an den Tatsachen. Ohne die Eingeborenen könntet ihr eure Herrschaft keine zehn Tage lang halten.«

»Hast du noch immer etwas dagegen ...?«, fragte sie ausdruckslos.

»Es interessiert mich nicht. Ich tue nur meine Pflicht und habe keine Ambitionen, deine Nachfolge anzutreten. Gibt es Neues im Funkverkehr?«

»Wir haben aus den unterschiedlichsten Fragmenten, glaubt Voin, ein zutreffendes Bild zusammenstellen können. Roi Danton und Julian Tifflor setzen überall in der Milchstraße Sammlerschiffe ein.«

Seit der ersten aufgefangenen Meldung, die vom Ende der Larenherrschaft berichtete, bereitete sich Hytawath darauf vor, den höllischen Planeten verlassen zu können. Aber er sprach nicht einmal mit Meralda darüber.

»Die Schiffe sollen verstreute Siedler abholen und zur Erde bringen. Es kann sein, dass ein Schiff oder mehrere hier in der Nähe operieren.«

Meralda war nervös und gereizt, das sah Borl auf den ersten Blick. Mit einiger Sicherheit gab es wieder Probleme, die er noch nicht kannte. Er ging zu ihr hin und legte ihr seine Hände auf die Schultern. »Du scheinst Sorgen zu haben?«

Sie nickte. »Keine Sorgen, die wir Koyle nicht bald hinter uns haben könnten«, erwiderte sie stolz. »Es geht nur um die beiden Sektierer. Ihre Sympathisanten sind doch nichts als eine amorphe Masse ohne eigene Meinung.«

Die Nacht brach herein. Vielleicht stellte sich wieder jene Verzauberung ein, die Hytawath als Erinnerung an die ersten Tage ihrer Verliebtheit empfand. Er war skeptisch.

»Macht euch Donar Welz Schwierigkeiten, Meralda?«

»Welz und seine Anpasser tun ja nichts. Sie predigen Passivität. Aber das weißt du fast so gut wie ich.«

Unter seinen Fingern spürte Hytawath die Muskeln der jungen Frau. Sie waren hart und verkrampft. Ein Zeichen dafür, dass die lautlose Krise auch die selbstherrlichen Zwillinge Voin und Meralda Koyle erfasst hatte. »Ich weiß«, sagte er zögernd.

Die »Anpasser« waren eine Gruppe von nicht mehr als sechshundert Leuten. Welz, der von seiner eigenen Theorie wenigstens heute nicht sonderlich überzeugt gewesen war, predigte seinen Anhängern, dass sich niemand gegen die Angriffe des Ringes der Gewalt wehren sollte, dann würde die Angriffslust nachlassen und schließlich ganz aufhören.

»Wenn dem Herrscherpaar Koyle die Anpasser keine Schwierigkeiten machen, dann kann es nur Trubohn Cherkel mit seiner Vorwärtsstrategie sein«, argwöhnte Borl.

Meralda schüttelte unwillig den Kopf. Eine Haarsträhne löste sich und fiel ihr in die Stirn. Auf einmal sah sie jung und verletzlich aus. Alle Härte und Unnachgiebigkeit war aus ihrem Gesicht gewichen.

»Wir sind kein Herrscherpaar, Voin und ich«, stieß sie flüsternd hervor.

»Ihr würdet das Schiff einschmelzen, um an der Spitze der Siedlung zu bleiben.« Hytawath zog sie leicht an sich.

»Wahrscheinlich hast du recht. Ja, ich denke, Cherkel wird Schwierigkeiten machen.«

»Ich muss ohnehin hinunter ins Labor; ich werde mit ihm reden«, versprach der Jäger. »Und wie sind unsere Probleme zu lösen? Ich meine das Verhältnis zwischen uns?«

»Haben wir Probleme?«

Von draußen erklang ein lauter werdendes Murmeln, Knacken und Prasseln. Noch konnte der Jäger die Geräusche ignorieren. Aber neue Gefahren schienen sich aufzubauen.

»Du bist anders geworden und ich wohl auch. Sind wir immer noch die Kinder des Krieges, die zwischen den Landestützen und in allen dunklen Winkeln der KARMA gespielt haben?«

Eine lange Pause entstand, in der sich die Frau aus Hytawaths Arm wand, die Flasche nahm und zwei Gläser füllte. Der Alkohol war eine Destillation des makrobiologischen Labors, die Gläser gehörten zum letzten noch vorhandenen Dutzend. Aber es gab einige zehntausend Kunststoffbecher mit eingeprägtem Schiffsnamen KARMA in den muffigen Magazinen.

»Wir waren niemals Kinder. Wir waren schon erwachsen, als man uns in die Gravitationssimulatoren brachte.«

»Wir haben von unserer Unbefangenheit nicht viel retten können«, musste Borl ihr beipflichten.

Meralda setzte sich in Hys abgewetzten Sessel. Die Säume ihres hellen Schiffsanzugs waren ausgefranst, einige Nähte klafften auseinander. »Inzwischen betrachten dich sehr viele Überlebende der KARMA mit Misstrauen«, stellte sie fest. »Die Leute sehen, obwohl du sie ernährst, in dir nur den Außenseiter, den wirklich Fremden, den einzigen Freund des Planeten.«

»Das weiß ich und ich warte eigentlich nur noch auf den Zeitpunkt, an dem diese Ablehnung offen ausgesprochen wird. Es wird wohl noch eine Zeit lang dauern, denn vorläufig sind sie auf mich angewiesen.«

»Was sie nicht zu deinen Freunden macht. Erweise jemandem einen lebenswichtigen Dienst, und er wird dich irgendwann hassen. Das ist die bittere Wahrheit.«

Hytawath lachte hart und humorlos. »Ich weiß, dass du recht hast. Aber wenigstens empfindest du noch keinen Hass auf mich. Oder irre ich da?«

»Ich hasse dich nicht. Aber ich bin mir nicht sicher, ob wir uns noch lieben.«

»Der Abend der Wahrheit«, knurrte Hytawath und blieb vor dem Sessel stehen. Ihre Knie berührten sich. »Es gibt nicht allzu viele Möglichkeiten, das herauszufinden. Meine Gefühle sind sicher ein wenig älter geworden, schärfer und genauer, auch leichter auszusprechen, aber grundsätzlich haben sie sich nicht verändert.«

»Ehrlich?«

Er hob die Schultern und trank das Glas leer. »Welchen Vorteil hätte ich, wenn ich lügen würde?«

Meralda streckte die Hand aus. »Komm! Halte mich fest. Ich weiß selbst nicht, wie alles enden soll.«

Mitten in der Nacht hörte Borl wieder die Geräusche. Meralda lag zusammengekrümmt neben ihm, ihr Haar breitete sich wie ein Strahlenkranz auf dem dunklen Kissen aus. Hytawath stand auf und blickte aus der Luke. Aus etwa vierhundert Metern Höhe sah er im grellen Licht der Scheinwerfer, dass die Natur des Planeten im Begriff war, die Hinterlassenschaften ihrer Angriffe zu beseitigen. Eine Myriade von kleinen und großen Aasfressern riss, kaute und nagte an den zahllosen Kadavern.

Hytawath ging zurück in den Schutz der Dunkelheit, setzte sich auf den Rand der Liege und betrachtete die Frau. Jetzt konnte er sicher sein, dass von den großen Gefühlen nur wenig übriggeblieben war. Vorcher Pool zerstörte alles.

Das Raumschiff KARMA spiegelte den Niedergang. Die Energieerzeuger liefen. Niemand konnte sagen, ob sie morgen, in einem Monat oder erst in zehn Jahren aussetzen würden. Buchstäblich alles, was nicht zu den technischen Systemen gehörte, war demontiert und zu anderen Zwecken gebraucht und missbraucht worden.

Noch gab es Vorräte und teilweise gefüllte Magazine: Kunststoffbecher, Energiemagazine, Waffen, Kabel und Leitungen, alle möglichen Ausrüstungsgegenstände.

Es gab jedoch keinen Gleiter, kein Beiboot und keinen Shift. Die meisten Räume waren leer. Demontierte Toiletten standen ebenso in den Hütten der Siedler wie fast alle Möbel oder Einbauten, die sich als Möbel zweckentfremden ließen. Wer noch im Schiff wohnte, wurde schief angesehen.

Ein Rest von Klugheit hatte die Menschen davon überzeugt, dass es sinnvoll war, alle Labors, Werkstätten und Untersuchungseinrichtungen an Bord zu lassen. Auch das Hospital befand sich noch in dem Wrack. Die ausgeglühten Löcher stammten von Geschützen der Überschweren.

Hytawath Borl holte sich aus dem Magazin eine neue Waffe und ging zum biologischen Labor. Trubohn Cherkel, ebenso groß und fast doppelt so breit wie Hytawath, begrüßte den Jäger mit einem kräftigen Schlag auf die Schulter.

»Du bist der einzige erfolgreiche Typ unter uns.« Cherkel lachte dröhnend.

»Zu viel der Ehre. Ich habe gelernt, dir nicht zu glauben«, entgegnete der Jäger. »Was planst du?«

»Nichts anderes als mein Überleben. Du willst ins Labor?«

»Für die rituelle überflüssige Untersuchung.«

»Wie war der Jagdausflug?« Cherkel gab Hytawath Borl einen Becher synthetischen Kaffee.

»Schwierig, erschöpfend und erfolgreich.«

»Höre ich ungern.«

»Warum? Die Jagd ist mein Geschäft.«

»Richtig.« Trubohn Cherkel ließ seinen Blick durch das Labor schweifen. »Du weißt, dass ich sicher bin, eine breite Schneise durch den Ring schlagen zu können. Feuer, Säure und Energie. Dazu der feste Wille, es Vorcher Pool zu zeigen. Wenn deine Immunität tatsächlich nachlassen sollte, dann haben wir bald niemanden, der uns behilflich sein kann.«

Hytawath gönnte ihm ein sarkastisches Grinsen. »Noch genieße ich meine Besonderheit, Trubohn. Versuche nicht, mich zu einem deiner

Anhänger zu machen. Oder hast du die Resultate des Hammes-Experiments schon vergessen? Einundneunzig Tote!«

Vor nicht sehr langer Zeit hatte eine Gruppe versucht, weit entfernt von der KARMA eine neue Siedlung zu gründen. Binnen Tagen hatte Vorcher Pool um ihr neues Lager einen kleineren Ring der Gewalt entstehen lassen.

»Die Zeiten haben sich inzwischen geändert«, behauptete Cherkel.

Hytawath trank den Rest des übersüßten Getränks und warf den Becher in die Waschanlage. »Richtig! Der Ring ist gefährlicher geworden.«

»Wir sprechen noch darüber. Bringe erst einmal deine Untersuchungen hinter dich!« Cherkel ging mit dröhnendem, übertrieben optimistischem Lachen aus dem Raum.

Die Untersuchungen, die mit stets neuen Parametern durchgeführt wurden, würden auch heute kein verwertbares Ergebnis erbringen. Hytawath Borl war sich dessen ziemlich sicher. Er erfuhr zu seinem Ärger, dass einige Tests nur möglich waren, wenn er völlig entspannt schlief. Er sollte ein schwaches Narkotikum erhalten.

»Meinetwegen!«, stimmte er nach einigen Diskussionen zu und legte seine Kleidung ab.

Stunden später erwachte er zum ersten Mal ... und dämmerte wieder weg.

Als er danach wieder die Augen aufschlug, lag er in einem kleinen Raum des Hospitalbezirks. Ein Blick auf die Uhr zeigte ihm, dass es zwei Stunden vor Sonnenaufgang war und dass er einen ganzen Tag verschlafen hatte. Noch während er versuchte, sich zu orientieren, kam Cherkel. Trubohn zielte mit einem schweren Lähmstrahler auf den Kopf des Jägers.

»Du weißt, dass ich entschlossen bin. Also ziehe dich an und schnall deine Artillerie um. Aber langsam ... und keine Tricks.«

Hytawath Borl blickte in die hellblauen Augen des Mannes und wusste, dass Trubohn nicht zögern würde, auf ihn zu schießen. Hytawath zog sich an. »Was hast du vor?«, wollte er wissen.

Trubohn nahm die Waffen des Jägers an sich und schob sie in seinen breiten Ledergürtel. »Du hast eine Aura, die dich schützt, nicht wahr?«, fragte er rau.

»Meine Immunität ist allgemein bekannt.«

»Wir gehen durch den Zaun, dann sehen wir weiter. Ich will keine Scherereien mit dir haben, aber jede Bitte wäre sinnlos gewesen. Oder?«

Schweigend verließ Hytawath Borl den Raum. In einem Kampf ohne Waffen würde er vermutlich unterliegen. Cherkel war stärker als er. Erst außerhalb des Zaunes begann die eigentliche Auseinandersetzung.

Niemand sah sie, als sie das Schiff verließen, die Rampe hinuntergingen und sich der Toranlage näherten. Eine Patrouille stand in einiger Entfernung am Zaun.

Hytawath Borl schaltete einen kleinen Sektor des Zaunes ab, öffnete die Tür und schlüpfte hindurch. Hinter ihm folgte Cherkel, er aktivierte die Stromkreise wieder. Nach etwa fünfzig zögernden Schritten über die »verbrannte Erde« blieb Borl stehen. Sie befanden sich noch im Bereich der Scheinwerfer und warfen lange Schatten in Richtung des Dschungels. Viele kleine Tiere lärmten zwischen den zerrissenen und abgenagten Kadavern. Ekelerregender Gestank hing in der feuchtheißen Luft.

»Meine Waffen, Trubohn!«, verlangte Borl. »Ab jetzt habe ich es nicht nötig, dich niederzuschießen – das wird die Natur besorgen.«

»Ich werde unmittelbar neben dir bleiben. So komme auch ich in den Schutz deiner Aura«, sagte Cherkel. Er zog die Waffen aus dem Gürtel und gab sie dem Jäger. Blitzschnell sah Hytawath die Schaltungen durch und steckte die entsicherten Strahler in die Schutztaschen.

»Wohin willst du?«, fragte Borl mürrisch.

»Triffst du dich nicht immer an einem Felsen mit diesem Speer schleudernden Eingeborenen?«

Der Jäger lachte rau. »Du wirst diesen Felsen niemals sehen. Weil dich Vorcher Pool vorher umgebracht haben wird.«

»Es wird erst in einer Stunde hell.«

»Wir gehen einmal rund um die Siedlung, aber nur im Bereich der Scheinwerfer. Einverstanden?«

»Ich vertraue dir.« Noch immer glaubte Cherkel seiner eigenen Theorie. Gleichzeitig hatte er Angst. Immer wieder schob sich seine Unterarmwaffe nach vorn; er reagierte auf jedes Geräusch.

»Dir bleibt auch nichts anderes übrig«, sagte Borl spöttisch. »Halte dich eng hinter mir. Aber schieße mir nicht in den Rücken, nur weil du dich angegriffen glaubst.«

Der Jäger umrundete einen Kadaver und einen Pulk der kleinen Tiere, die an den letzten Fetzen fraßen. Noch oder schon wieder wirkte seine Immunität. Grasbüschel, Tiere und die Äste naher Büsche wandten sich von ihm ab. Keuchend vor Erstaunen tappte Cherkel hinter ihm her.

Die Landschaft gewann durch das harte Licht und die schweren Schatten eine neue Dimension des Schreckens. Unaufhörlich raschelten die staubigen Gräser und die ledrigen Blätter, als sie dem Jäger den Weg freigaben.

»Angst, Trubohn?«

Der Jäger war gespannt darauf, was geschehen würde. Noch schien seine Immunität für zwei zu reichen, aber das würde sich spätestens bei Sonnenaufgang ändern.

»Nicht nur ich habe verrückte Ideen. Welz hält dich für einen Verräter, der einen Pakt mit den Eingeborenen abgeschlossen hat. Er glaubt, dass deine Immunität von dort stammt.«

»Solch einen verbrecherischen Unsinn habe ich noch nie gehört. Ich war schon immun, als Rrussus Stamm hier auftauchte.«

»Das sagte ich Welz ebenfalls. Er zog es vor, nicht zuzuhören.«

Der Jäger drehte sich nicht um. Sein scharfes Gehör vernahm das Flattern von Echsenschwingen.

Sie kamen aus dem Dschungel.

»Achtung! Angriff von rechts oben. Nachtjagende Echsen, kaum zu sehen.«

Borl zog seine Waffe und justierte, ohne hinzusehen, den Abstrahlfokus. Das Geräusch der dünnen Flughäute wurde lauter. Ein kleiner Schwarm stieß aus der Dunkelheit auf die beiden Männer herab. Erst im letzten Moment wichen die Tiere aus und stürzten sich von drei Seiten auf Cherkel.

Sie feuerten beide gleichzeitig. Zwei Echsen stürzten mit zerfetzten Schwingen ab und hackten nach Cherkels Beinen. Fluchend sprang der Angegriffene zur Seite.

Aber dort krochen schwarze Schlangen näher. Sie waren kaum zu sehen, nur eine winzige Staubspur verriet dem Jäger ihre Bewegungen. Borls Schüsse trafen die Biester dicht vor Cherkels Stiefeln, dann packte er Trubohn am Arm und schob ihn nachdrücklich weiter in den Bereich der Scheinwerfer hinein. Vom Schiff her wischte ein greller Lichtkegel durch die Nacht.

»Ich warte auf den dritten Angriff«, murmelte der Jäger. »Aber glaube mir: Es gibt einfachere Methoden, sich umzubringen.«

»Feuer und Flächenbeschuss. Vernichtung der Fauna und Flora! Nur das wird den Ring der Gewalt besiegen!«, rief Trubohn Cherkel. »Ich sehe keine andere Möglichkeit.«

Hytawath Borl zerrte ihn durch das Licht. Sie sprangen über einen Kadaver hinweg. Vor dem Jäger flohen die kleinen Nagetiere, aber sie sprangen an Cherkels Beinen hoch. Ein schneller Blick zeigte Borl, dass sich der Horizont im Osten schon erhellte. Spätestens in dreißig Minuten würde Cherkel um sein Leben rennen müssen. Wenn er dann noch lebte.

»Du stirbst, wenn du nicht umkehrst!«, warnte Hytawath. »Deine Theorie funktioniert nicht.«

»Ich schwöre dir, dass sie das tut.«

Aber Trubohn Cherkels Überzeugung war dahin. Er schien allmählich zu begreifen, dass sein Vorhaben selbstmörderisch war. Allerdings brauchte es mehr, um ihn restlos zu überzeugen. Also zog ihn der Jäger mit sich entlang des weitgehend leeren Streifens rund um die Siedlung.

Noch waren die Insektenschwärme nicht wieder da, nur Schlangen, jagende Echsen und die winzigen Fleischfresser.

»Ich lasse dich nicht tot zurück, sondern schleppe dich durch den Zaun zurück«, versicherte der Jäger sarkastisch.

Wo die ausgeglühte und giftige Geröllfläche in den kargen Planetenboden überging, bewegten sich plötzlich die kleinen Steine. Krebsartige Tiere, phosphoreszierend bleich im Licht der Tiefstrahler, krochen wieselflink hervor. *Wieder eine neue biologische Waffe,* durchzuckte es den Jäger. Er hatte diese Tierart noch nie gesehen.

»Es geht los – es wird hell!«

Vom Waldrand her ertönten kläffende Laute. Im ersten Grau des Morgens sahen Cherkel und Borl Rudel grauer, gelb gestreifter Tiere heranhetzen.

»Auf alles, was sich bewegt, ununterbrochen gezielt feuern!«, kommandierte Hytawath. »Und zurück zum Tor!«

Die krebsartigen Tiere kamen schnell näher, krabbelten übereinander, behinderten sich gegenseitig, versuchten, die Männer zu umkreisen. Hytawath Borl und Trubohn Cherkel standen Rücken an Rücken und schossen auf die schakalartigen Raubtiere. Der Jäger wusste um die Gefährlichkeit dieser jagenden Bestien, deren Heimtücke sogar Rrussus Leute in Angst versetzte.

Die Tiere starben schnell. Aber andere drängten sich durch die Lücken, und die zuckende, geifernde Lawine drängte unaufhaltsam näher.

In diesen Sekunden bewies Cherkel, dass er tatsächlich ein kaltblütiger Kämpfer war. Er ließ die flinken Räuber nicht näher als bis auf dreißig Meter heran.

Und Borl feuerte wieder auf die Krebstiere rund um Cherkels Füße. Sie lösten sich explodierend auf, ihre großen Scheren krümmten sich und hatten doch keine Kraft mehr. Hytawath Borl zerrte Cherkel weiter auf das Tor zu.

Ein Stoßkeil von mindestens hundert Raubtieren jagte heran. Ununterbrochen schossen die Männer – es war ihre einzige Möglichkeit, den Raubtieren zu entkommen.

Heere von Krebsen brachen mittlerweile aus dem Boden hervor. Cherkel rannte los, als sie sich schon in seinen Stiefeln festbissen, und Hytawath Borl zog sich hinter ihm Schritt um Schritt zurück, bis er bemerkte, dass die Krebse ihn eingekreist hatten. Tausende von ihnen bildeten einen Kreisring, in dessen Zentrum aber noch eine Fläche von rund einem Meter Durchmesser frei blieb: der Platz, auf dem Borl stand.

Inzwischen waren die Wachtposten aufmerksam geworden. Scheinwerferfinger griffen nach Cherkel und mischten sich mit den ersten Sonnenstrahlen. Die Posten feuerten durch den Zaun. Borl ging schneller weiter, die Krebse wichen vor ihm zurück. Unbehelligt schloss er zu

Cherkel auf. Die beiden hasteten über die Planke und durch den Zaun zurück.

Hytawath Borl wischte sich den Schweiß von der Stirn. »Hast du es jetzt begriffen, Trubohn?«, fragte er. Ringsum standen mittlerweile mehrere Dutzend Wachen.

»Ich glaube, ich habe verstanden«, murmelte Cherkel. »Du bist der Einzige, der sich draußen frei bewegen kann.«

»Bald wird sich Borl völlig frei fühlen können«, sagte jemand. Der Jäger fuhr herum und packte den Sprecher am Arm.

»Wie meinst du das?«

»Welz hat dafür gesorgt, dass dich alle für einen Planetenfreund halten. Jeder ist misstrauisch. Und weil keiner sonst kann, was du kannst, hassen sie dich.«

»Welz hat zu einer Kundgebung aufgerufen«, betonte ein anderer. »Schon in den nächsten Stunden.«

Gefährlich leise erkundigte sich Hytawath Borl: »Welz will also euch allen beibringen, dass ich Koyle-City verraten habe, weil ich meine Immunität dazu benutze, euch alle zu ernähren? Ich glaube, ich gehe hinauf und schlage ihm die Zähne ein.«

»Das wird keine Lösung sein. Die Entwicklung ist schon zu weit fortgeschritten.«

Als Außenseiter vermochte sich Hytawath gerade noch zu sehen, aber dass er ein Verräter sein sollte ... Bitterkeit und Wut drohten ihn zu ersticken. Er wandte sich wortlos ab und ging auf die Rampe zu.

Trubohn Cherkel blickte ihm schweigend nach. Er biss auf seine Unterlippe und wusste, dass er mit Sicherheit nicht mehr auf Borls Entgegenkommen rechnen konnte. Er war der Verlierer dieses Tages.

Er war es gewohnt, allein zu sein. Die Tage draußen im Dschungel hatten ihn gelehrt, die Stunden sinnvoll zu verbringen. Er langweilte sich nie. Jetzt aber, in der Stille seines improvisierten Wohnraums, empfand er zum ersten Mal das Alleinsein als Last, als Einsamkeit. Er kauerte in seinem Sessel, hielt ein Glas mit Alkohol in den Fingern und stierte blicklos vor sich hin.

Vielleicht hätte ihm sein Vater helfen können – er kannte nicht einmal dessen Namen. Seine Mutter hätte sicher die richtigen Worte und Erklärungen gehabt, aber sie war tot. Voin Koyle hasste ihn, weil er glaubte, dass Borl auf seine Schwester Meralda Einfluss hatte.

Meralda?

Seit der schweigenden Erkenntnis der letzten Nacht gab es auch zwischen ihnen kaum mehr eine Gemeinsamkeit. Ihre Wege, die jahrelang nebeneinander verlaufen waren, führten mit einem Mal in verschiedene

Richtungen. Es gab in der Siedlung keine andere junge Frau, die ihn interessierte, den meisten war er ohnehin suspekt, vielleicht sogar unbegreiflich.

Irgendwann, in der Zeit zwischen Mittag und Abend – er sah nicht auf die Uhr –, hörte Hytawath Borl undeutlich die Ansprache, die Donar Welz außerhalb des Schiffes hielt. Er kümmerte sich nicht darum, merkte nur, dass sich eine ziemlich große Menschenmenge nach der erregten Auseinandersetzung wieder verlief.

Irgendwann schlief er ein und hatte schweißtreibende Albträume.

Etwas weckte ihn. Er öffnete die Augen und blinzelte. Schwach hoben sich die Umrisse einer schlanken Gestalt vor ihm gegen die hellen Wände ab.

Eine Hand presste sich auf seinen Mund, als er auffahren wollte. »Ich bin es, Meralda. Zieh dich sofort an. Sie wollen dich umbringen«, sagte sie leise, aber in unmissverständlicher Schärfe.

Eine aberwitzige Vision packte ihn: Fackeln, schimmernde Strahler, eine skandierende Meute, angeführt von dem schmächtigen Donar Welz.

»Schnell!«, flüsterte Meralda. »Voin und ich haben versucht, sie zurückzuhalten, aber sie rotten sich zusammen. Geh zu Rrussu, bis sich alles abgekühlt hat. Ein Freund hat Ausrüstung am Zaun deponiert.«

»Das meinst du nicht im Ernst«, raunte er zurück. Es war aus. Hysterie und Wahnsinn, entstanden in der Zwangslage der kleinen Siedlung, hatten über den letzten Rest Vernunft gesiegt. Auf ihn konzentrierten sich die Ängste der rund dreitausend Menschen.

»Doch. Voin steht nahe der Rampe und hält sie mit der Waffe auf. Cherkel hilft ihm. Aber beide werden zurückweichen müssen.«

Borls Kaltblütigkeit behielt die Oberhand. Er rechnete damit, zumindest sehr lange Zeit bei dem einzigen Freund verbringen zu müssen, den es noch gab, bei Rrussu. Hy zog sich an und steckte alle greifbaren Ausrüstungsgegenstände ein.

»Voin und Cherkel?«

»Ja. Beeil dich! Verstehst du nicht? Sie wollen deine Kabine stürmen und dich lynchen. Du musst verschwinden!«

»Jetzt durch den Ring der Gewalt? Das wird selbst mich umbringen.«

»Dass dich der hysterische Mob umbringt, ist sicher. Dass dich der Ring der Gewalt umbringt, ist nicht sicher. Erkennst du, wo die echten Chancen liegen?«

»Welch eine Welt ...«

»Es ist auch deine Welt. Das Leben ist hart, mein Freund.«

»Und die Wahrheit ist böse.« Borl fand noch eine Sonnenbrille mit zerkratzten Gläsern und schob sie in die Brusttasche. »In Zukunft werdet ihr auf Frischfleisch und Obst verzichten müssen, Meralda. Tut mir leid.«

Ihre Stimme klirrte plötzlich wie Eis: »Ich kenne nur dreitausend Menschen. Aber von allen bist du wohl der Merkwürdigste.«

»Dabei wollen wir es bewenden lassen«, sagte er tonlos und stand bereits neben dem Schott. »Bringst du mich zum Ausgang?«

Hytawath Borl schaltete sämtliche Einheiten der Raumbeleuchtung ein und blickte Meralda an, als sähe er sie zum ersten Mal. Mit Schwung öffnete er die Tür und huschte in den Schiffskorridor hinaus. Undeutlich hörte er Schüsse und Schreie und blieb stehen. In einem Winkel seiner Überlegungen keimte der Gedanke, dass er hier und heute erwachsen wurde.

»Ich sage nicht Auf Wiedersehen. Aber ich wünsche dir alles Gute, Meralda.«

»Danke. Hörst du, wie sie schreien?«

»Es bedeutet nichts.« Borl rannte den Korridor entlang, ohne sich darum zu kümmern, ob Meralda ihm folgte. Er warf sich in den Abwärtsschacht und landete im Polschleusenraum. Der Lärm wurde lauter und drängender, aber noch war niemand in der Nähe.

Hytawath Borl handelte schnell und emotionslos wie immer. Ein Spurt trug ihn die Rampe hinunter, in den Schatten zwischen Flachbauten und schütteren Gewächsen und in die Nähe des Zaunes, dorthin, wo die kalkweißen Kegel der Scheinwerfer nicht hinreichten.

»Verfluchter Planet«, flüsterte er, während er im Zickzack weiterlief und darauf achtete, nicht den Kies zu betreten und verräterische Geräusche zu verursachen.

Er drückte sich tief in den Schatten. Die Verrückten waren irgendwo hinter ihm. Hytawath hörte wirre Stimmen und das Trappeln von schweren Stiefeln. Dann schälte sich aus dem akustischen Wirrwarr die helle, scharfe Stimme Voin Koyles heraus.

»Ich sage euch, Borl wird es nicht riskieren, den Ring der Gewalt in der Mitte der Nacht zu durchqueren. Er liegt oben in seiner Bude, ist betrunken und hält vermutlich meine Schwester im Arm. Holt ihn euch! Schnell, zur Rampe!«

Sollte ich in dieser Meute einen wirklichen Freund übersehen haben?, überlegte der Jäger.

Kaum möglich. Das war nicht viel mehr als ein taktisches Manöver. Voin Koyle brauchte nichts mehr zu befürchten, wenn Borl sich außerhalb der Siedlung befand. Hytawath blickte um sich und sah Schatten, undeutliche Gestalten. Die Menge rannte tatsächlich zur Rampe und von dort in die Polschleuse.

Hytawath Borl kannte den Weg genau. Langsam glitt er bis an den äußersten Punkt der Schatten und der Dunkelheit. Als er merkte, dass niemand diesen Abschnitt des grell erleuchteten Kreisrings kontrollierte, rannte er los. Die einzelnen Handgriffe waren blitzschnell durchgeführt, die schmale Tür sprang auf, Hytawath Borl sprang über die Planke hinaus in den Ring der Gewalt. Es war kurz vor Mitternacht. Mehr als vier Stunden Dunkelheit, Gefahren und der Tod bis zu der kurzen Phase der Dämmerung lagen vor ihm. Doch irgendwie musste er den Wohnstein der Eingeborenen erreichen. Wenn er das schaffte, würde er vielleicht überleben.

13.

Das Sammlerschiff GRYZ hatte rund fünfhundert Menschen an Bord genommen, die letzten einer versprengten Flüchtlingsgruppe. Dann war der Hilferuf von Tharok III empfangen worden, einem Fluchtplaneten der Ertruser. Die GRYZ hatte dort dreihundertzwanzig Ertruser aufgelesen.

Alles war planmäßig verlaufen. Nun saß ein riesenwüchsiger Mann mit rotbrauner Haut und der charakteristischen Sichellocke im Pilotensessel.

Trompar Neesan, der Anführer der Ertruser, hatte mehrere Sternkarten abgerufen. Mit zwei Fingern stieß er mitten in das Holo hinein. »Es war nicht sehr viel zu finden, aber dort sollten wir landen«, stellte er fest. »Sie werden dort überleben.«

»Eine feuchtheiße Dschungelwelt«, pflichtete der Pilot bei. »Bestens geeignet, alle auszusetzen ...«

Die Ertruser waren sehr geschickt vorgegangen. Die Nachkommen umweltangepasster Menschen, durchschnittlich zweieinhalb Meter groß und sechzehn Zentner schwer, hatten die Besatzung schnell überwältigt. Nun waren sie die Herren des Sammlerschiffs.

»Lassen wir sie ihre Ausrüstung mitnehmen?«, wollte der Pilot wissen.

»Es schadet unserem Plan nicht, wenn sie überleben. Außerdem brauchen wir ihr Zeug nicht.«

Die Ertruser planten keinen einfachen Schlag gegen die GAVÖK oder Terra, sie hatten einen raffinierteren Plan. Nicht einmal die in den Laderäumen eingesperrten regulären Besatzungsmitglieder ahnten etwas davon. Der Raumer sollte weiterhin als »Sammler« fungieren, wenngleich auf Art der Ertruser. Mit gezielten Störaktionen, provozierten Pannen und Anschlägen wollten sie den Ruf dieser Schiffe und der gesamten Organisation schädigen. Der Plan würde Terra maßlos schaden und die GAVÖK belasten.

»Wie viel Zeit brauchen wir noch?«, fragte Neesan.

»Vier bis fünf Stunden.«

»Bis zur Landung kontrolliere ich noch einmal die Bordspeicher. Vielleicht finden wir Hinweise für einige besonders Erfolg versprechende Vorgänge. Werde satt, Thallangh.«

»Werde dick, Trompar.«

Die GRYZ näherte sich dem zweiten Planeten eines rot leuchtenden Sterns.

Hytawath Borl stand zwischen doppelt mannsgroßen Büschen. Ihre Zweige wichen ihm aus. Fünf Meter hinter ihm endeten die Lichtkegel der Tiefstrahler. Aus Richtung der KARMA, die halb beleuchtet in die Dunkelheit aufragte, war undeutlich die Stimme des Eiferers zu hören, durch Lautsprecher verstärkt.

Die Nacht hatte ihren Höhepunkt überschritten. Keine wilden Schreie, keine brechenden Äste, nicht einmal Bewegung zwischen den Zweigen. Der Jäger trug alle Ausrüstungsgegenstände, die Meralda neben dem Tor abgelegt hatte, in einem elastischen Netz auf dem Rücken. Sein Handscheinwerfer leuchtete hohes, zitterndes Gras an und den geheimnisvoll schwarzen Rand einer Reihe von Bäumen und Schlingpflanzen.

»Auf zu Rrussu, Jäger!«, murmelte Hytawath. Er fühlte sich schrecklich allein.

Oft war er in der Dämmerung hier hindurchgerannt, niemals jedoch in tiefer Nacht. Er konnte die zusätzlichen Gefahren nicht einmal abschätzen.

Hytawath Borl ging weiter. Er registrierte, dass die Gräser sich zur Seite bogen und zwischen ihren zitternden Schäften der nackte Boden erschien. Er machte große Schritte und sicherte nach allen Seiten. Schon einige Zeit innerhalb des Ringes der Gewalt und noch immer kein Angriff? Er versuchte, keine Panik oder Furcht aufkommen zu lassen.

Als er sich den Schweiß von der Stirn wischte, fiel ihm auf, dass er noch den Minikom am Handgelenk trug. Er überlegte, das Armband einfach wegzuwerfen. Das wäre seine endgültige Loslösung von der Siedlung gewesen. Aber dann entschied er doch, das Gerät zu behalten.

Vor dem Jäger leuchteten große Augen auf. Sie versteckten sich zwischen harten Röhrengewächsen, hinter denen ein schmaler Wasserlauf zu erkennen war. Immer wieder schaltete Hytawath den Scheinwerfer für wenige Momente ein und suchte sich seinen Weg in kurzen Etappen.

Kleine Wasserechsen schoben sich aus dem Sumpf. Er wich ihnen aus. Als die erste der Echsen nach seinem Bein schnappte, schoss er.

Schlamm und Fetzen von nassen Pflanzen wurden emporgewirbelt. Mehrere Echsen griffen an. Wild um sich feuernd, floh der Jäger mit weiten Sätzen. Der Lichtkegel seines Scheinwerfers wischte durch das Dunkel und lockte einen Schwarm fledermausähnlicher Nachtjäger an.

Hytawath Borl rannte um sein Leben. In der Nacht verwandelten sich selbst die harmloseren Stellen des Weges in gefährliche Fallen. Die Pflanzen wichen nach wie vor aus. Nicht alle – zwei Mal musste der Jäger schlangenartige Dornenranken durchtrennen. Kleinere Tiere griffen stetig an, wichen aber immer noch kurz vor ihm wieder zurück.

Endlich erreichte Hy die Sandfläche zwischen den beiden Waldarmen. Hier war er, wenigstens für kurze Zeit, einigermaßen sicher.

Die Wolken rissen auf. Zwischen ihnen breitete sich ein riesiger Fleck des sternenübersäten Nachthimmels aus. Die fahle Helligkeit schien Dschungel und Sümpfe zu durchdringen wie einen mythischen Wald. Hytawath Borl spürte völlig neue Empfindungen, als habe das Universum beschlossen, ihm eine tödliche Lehre zu erteilen. Alles veränderte sich in diesen Stunden. Die Sterne funkelten unbarmherzig. Aus Hytawaths Kehle drang ein lang gezogenes Stöhnen. Für einige Sekunden verließ ihn jede Kraft. Er spürte undeutlich, dass in ihm etwas zerriss.

Eine Sternschnuppe zog eine leuchtende Bahn. Nein. Ihre Bewegung war zu langsam, und Meteoriten erzeugten kürzere Lichterscheinungen. Abermals fühlte der Jäger einen eisigen Schauder. Im Dschungel brüllte ein aufgeschreckter Tierriese seinen Zorn hinaus.

Die Lichtspur beschrieb eine leichte Kurve und erzeugte dabei stechende Helligkeit. Ihre Geschwindigkeit verringerte sich weiter. Die Spur kam auf ihn zu.

Ein Raumschiff! Ein stürzendes Schiff!, erkannte Hytawath Borl. Die Erregung durchflutete ihn wie ein Fieberstoß. Seine Knie zitterten. Trotzdem widerstand er der Versuchung, mit dem Handscheinwerfer Lichtsignale zu geben. Das wäre ohnehin sinnlos gewesen.

Einige Zeit später hörte er einen dröhnenden Knall, lauter als jeder Donnerschlag. Das gewaltige Echo rollte über den Wald hinweg und verlor sich.

Hytawath hatte sich diesen Vorgang in Hunderten wilder Träume bis ins letzte Detail ausgemalt. Nun, da die Realität seine Träume überholte, konnte er nicht glauben, was er sah und hörte. Er stand wie erstarrt.

Eine zweite laute Schallwelle vermischte sich mit dem Aufschrei von Millionen Tieren. Unter Borls rechtem Fuß bohrte sich ein Stachelwurm aus dem Sand und kroch davon. Es hätte eine der tödlich giftigen Perversionen des Ringes gewesen sein können, Hytawath merkte es nicht. In wachsender Erregung sah er, wie ein Kreis von grellen Tiefstrahlern aufflammte. Triebwerke donnerten auf Höchstlast. Ein Teil des Rumpfes wurde schwach sichtbar. Das Schiff stürzte nicht ab, es landete! Es schien etwas kleiner als das KARMA-Wrack zu sein. Dann, nach einer kleinen Ewigkeit, verwehrten die Dschungelbäume jede weitere Beobachtung.

Der Jäger wusste ziemlich genau, wo das Schiff niedergegangen sein musste. Als Pilot hätte er kaum anders gehandelt. Vor geologisch langer Zeit hatte ein Vulkan im Nordosten eine riesige Lavafläche geschaffen. Sie war nur von moosartigem Zeug bewachsen, und nur Käfer und Insekten lebten dort. Aber die mächtigen Auflageteller der Landestützen würden ausreichend Halt finden.

Hatten die Fremden das Wrack nicht geortet?

Zu welchem Volk gehörte das Schiff überhaupt?

Der Jäger änderte seine Marschrichtung. Noch vor dem Morgengrauen erreichte er eine Stelle, die von der offenen Polschleuse des sicher gelandeten Raumschiffs keine fünfhundert Meter entfernt war.

Hytawath Borl war mit Schlamm bedeckt. Einige Ausrüstungsgegenstände hatte er verloren. Sein Atem ging hastig, und er schwitzte. Aber er las die riesigen Lettern auf der Kugelwandung. GRYZ. Währenddessen öffnete sich das untere Schleusenschott. Eine schmale Rampe schob sich zu Boden. Drei unglaublich groß wirkende Männer erschienen. Sie trugen Raumanzüge, hatten die Helme aber nicht geschlossen. Borl vermutete, dass es sich um Ertruser handelte. Er hatte von Ertrus gelesen.

Die Geduld des Jägers zahlte sich aus. Zehn Minuten später war er klüger. Nur der Umstand, dass die Landschaft weitestgehend unbelebt war, dass er außerordentlich scharfe Ohren hatte und dass die Ertruser zudem seinem Versteck sehr nahe kamen, ermöglichte es ihm, ihre Unterhaltung mehr zu verstehen als zu erraten.

»Wir treiben die terranische Crew von Bord.«

»Sie werden sich zu dem Wrack durchschlagen.«

»Bis sie dort sind, vergehen Tage.«

»Vermutlich. Inzwischen landen wir bei dem Schiff, sehen uns um und spielen die Retter.«

»Sollte es dort noch einen funktionierenden Hypersender geben, werden wir ihn zerstören müssen.«

»Das ist die einzig richtige Folgerung. Sobald die Menschen die Siedlung erreichen, werden sie den Vorcher-Pool-Flüchtlingen sagen, was wir vorhaben.«

»Dreihundertzwanzig Ertruser ... wir nehmen die KARMA mit bloßen Händen auseinander, wenn es sein muss.«

»Alles klar. Fangen wir an?«

»Meinetwegen. Aber merkt es euch: Wir müssen den Schein perfekt aufrechterhalten. Unsere Rollen müssen souverän gespielt werden.«

»Verlasse dich darauf, Trompar.«

Die Ertruser gingen zum Schiff zurück. Der Jäger ließ alle hinderlichen Ausrüstungsgegenstände zurück und machte sich, so schnell er konnte, auf den Rückweg nach Koyle-City.

Stunden später erreichte er das Tor.

Der Erste, den Hytawath Borl traf, war Donar Welz. Der Jäger warf die Sicherheitstür des Zaunes hinter sich zu, wirbelte herum und packte den rechten Arm des kleineren Mannes. Dessen Unterarmwaffe wurde nach vorn geschleudert, aber Hytawath riss sie an sich und schleuderte sie achtlos in den Säuregraben.

»Du hirnloser Winzling!«, keuchte er bebend vor Zorn. »Ich sollte dich umbringen, aber es gibt Wichtigeres. Sage deinen schwachsinnigen Anhängern, dass sie sich versammeln sollen. Und zweifle besser nicht daran, dass dich mein erster Schuss trifft, falls du Schwierigkeiten machst. Beeil dich! Ein Raumschiff ist gelandet.«

Er sah furchterregend aus. Seine Kleidung war zerrissen, er blutete und war von oben bis unten schlammverkrustet. Welz blickte ihn schweigend an, bis ihm der Jäger einen wütenden Tritt versetzte.

»Und wenn du die Königskinder siehst ... ich habe ihnen etwas zu erklären!«

Welz rannte davon.

Inzwischen würden die Ertruser ihre Gefangenen schon von Bord getrieben haben. Entweder bildete sich um sie sehr schnell ein kleiner, aber ebenso tödlicher Ring der Gewalt, oder sie starben auf dem Marsch durch den Dschungel. Die Ertruser würden ihnen sicherlich keinen einzigen Strahler übergeben.

Hytawath lief auf das Haus der Koyle-Zwillinge zu. Frauen und Männer starrten ihn verwundert an, aber sie wussten nicht, wie sie sich verhalten sollten. Der Jäger hastete die Holztreppe zu Meraldas »Büro« hinauf. In dem Moment riss Voin die Tür auf.

»Du, Hy? Bist du lebensmüde?«

Hytawath Borl drängte ihn zur Seite und sagte scharf: »Ihr habt in der Nacht nicht zufällig ein landendes Raumschiff gehört oder angemessen?«

»Wir waren nicht sicher. Einige hielten es für Donner, und die Echos auf den Schirmen waren undeutlich. Vermutlich hat die Bedienungsmannschaft wieder einmal geschlafen.«

Hytawath lachte humorlos. »Es ist ein Sammlerschiff Terras. Ertruser haben das Schiff gekapert und die Besatzung in den Dschungel getrieben. Sie werden in kurzer Zeit hier landen.«

Sofort verlor Voin den verwirrten Ausdruck. »Wo steht das Schiff?«, wollte er wissen.

»Hinter dem Wall, auf dem Lavafeld. Wir müssen rasend schnell handeln. Weißt du, welche Kräfte mehr als dreihundert dieser Sechzehn-Zentner-Riesen entwickeln?«

»Ich glaube ...«

Natürlich gab es fast dreitausend trainierte Kämpfer mit genügend Waffen in Koyle. Aber die Siedlung musste eine perfekte Falle werden, denn die Ertruser durften keinesfalls die Möglichkeit erhalten, mit dem Schiff wieder zu starten.

Während sich Borl flüchtig säuberte, erklärte Koyle über Rundruf, was er von dem Jäger erfahren hatte. Die Falle wurde aufgebaut.

»Und sage deinem Freund Welz, dass er vorübergehend aufhören soll, mich als Verräter zu bezeichnen«, knurrte Hytawath. »Die Ertruser werden ins Schiff kommen und zuerst nach Hyperfunkanlagen suchen. Wir müssen sie blitzschnell überrumpeln. Ich denke, wir haben genügend Lähmstrahler?«

»Müsste funktionieren. Wann, denkst du, kommen sie?«

»Noch vor dem Mittag, schätze ich. Ein entschlossener Stoßtrupp muss die GRYZ entern. Falls das Schiff startet ... es wäre nicht auszudenken.«

Jedermann wurde im Lauf der nächsten zwanzig Minuten umfassend informiert. Die Vorbereitungen überschlugen sich bereits.

Die GRYZ landete auf eine Weise, die alle Siedler begeisterte: Zwischen dem Säuregraben und dem Waldrand entstand eine Zone, in der das giftige Leben des Ringes vorübergehend ausgelöscht schien. Fast dreitausend Menschen versuchten, ihrer Rolle gerecht zu bleiben. Als die Triebwerke des Kugelraumers schwiegen, die untere Polschleuse geöffnet und die Rampe ausgefahren war, rannten die »Farmer« und »Jäger« begeistert auf das Schiff zu.

Eine große Gruppe Ertruser ging hinüber zur Siedlung. Sie ließen sich täuschen. Verborgen gezündete Rauchbomben erweckten den Eindruck steter Brandrodung.

Zweihundert Siedler unter der Leitung von Cherkel und Hytawath stürmten im Taumel der bevorstehenden Rettung in das Schiff, verteilten Schnaps an die Ertruser und luden sie zur Jagd ein. Schreie, Flüche, Gelächter und die vergeblichen Versuche einiger »besonnener« Jäger, ihre Leute zurückzuhalten, erzeugten Chaos. Eine zweite Gruppe von Ertrusern wurde halbwegs aus dem Schiff hinaus genötigt. Jeder wollte ihnen zeigen, wie die Menschen auf Vorcher Pool überlebt hatten.

Schließlich befahl Cherkel den Angriff. Seine Leute besetzten im Handstreich die Hauptzentrale. Es waren Männer, die mit einem Raumschiff umgehen konnten. Sie sicherten die GRYZ für einen Notstart.

Die Ertruser im Wrack der KARMA und in den Gebäuden der Siedlung wurden völlig überrascht. Binnen fünfzehn Minuten waren alle paralysiert.

Auf einigen Decks der GRYZ kam es allerdings zu heftigen Gefechten – bis in die Luftumwälzung geworfene Narkosegasbomben für Ruhe sorgten. Einzelne Kommandos der Siedler von Koyle-City streiften mit Sauerstoffmasken durch die noch nicht gesicherten Bereiche des Schiffes, um handlungsfähig gebliebene Ertruser aufzuspüren.

Nach zwei Stunden war der Sieg eindeutig.

Die Siedler befanden sich in einem rauschhaften Zustand und arbeiteten wie die Rasenden. Voin, Meralda, Cherkel und Hytawath Borl hatten Mühe, die Übersicht zu behalten. Die bewusstlosen Ertruser wurden aus dem Schiff in die Siedlung geschleppt.

Andere Gruppen besorgten den Transport aus der Siedlung zum Schiff.

Ständig dröhnten die Außenlautsprecher der GRYZ und mahnten zur Eile. Dreitausend Menschen brachten ihre wenige persönliche Habe an Bord, Nahrungsmittel und zum Teil auch vollkommen sinnlose Dinge. Die Einrichtung des Schiffes überraschte diejenigen, die sich noch an die neue KARMA erinnerten, und blendete jene, die niemals ein intaktes modernes Schiff gesehen hatten.

Schließlich, kurz vor der Dunkelheit, streiften die letzten Kommandos durch die Siedlung und suchten Zurückgebliebene.

Hytawath sah ein wenig abseits eine vertraute Gestalt stehen. »Rrussu!« Er rannte auf den Eingeborenen zu und schüttelte dem Hetman den Arm. Mit knappen Worten erklärte er, was geschehen war. Dann bat er seinen Freund, den ausgesetzten Ertrusern aus dem Weg zu gehen und ihnen nur zu helfen, wenn sie direkt vom Tod bedroht waren. Rrussu hörte aufmerksam zu.

»Jäger ihm seine Träume Wahrheit, kah?«, sagte er schließlich. »Ihm fliegen mit Kugel weg, savvy?«

»Aber eines Tages wird mich mein Weg wieder hierher führen. Dann besuche ich dich – dein Stamm, übrigens, soll in die Siedlung gehen und holen, was er braucht. Kah?«

Traurig nickte der Eingeborene. »Wir nicht mehr jagen. Ich alt, du jung. Du am Anfang von langem Pfad!«

»Ich werde meinen Lehrmeister Rrussu niemals vergessen«, versprach der Jäger.

Sie sahen einander schweigend an. Rrussu deutete auf die verlassene Siedlung und den offensichtlich ungefährlichen Bezirk zwischen Landestützen und Zaun. »Ihr fliegen. Ihr andere Menschen holen. Dicke Männer hier bleiben. Ihr in Hast. Lebe wohl, Jäger!« Er drehte sich um und ging.

Noch eine Durchsage hallte über die verlassene Ebene. Drei Männer des letzten Kommandos kamen auf den Jäger zu und versicherten, dass die Siedlung und das Wrack menschenleer wären.

Zwanzig Minuten später startete die GRYZ für eine sehr kurze Etappe. Hytawath Borl stand neben dem Piloten und wies ihn ein. Das Schiff ging nahe des ersten Landeplatzes nieder und nahm im strömenden Gewitterregen alle ausgesetzten Menschen wieder an Bord. Drei Tote waren bereits zu beklagen.

Dann verließ das Schiff Vorcher Pool.

Am 20. Februar des Jahres 3586 landete die GRYZ auf dem großen Flottenraumhafen von Terrania City.

Funksprüche waren ihr vorausgeeilt. Julian Tifflor und Ronald Tekener kannten, als sie die Zentrale des Schiffes betraten, sehr detailliert die Geschichte dieses aufregenden Fluges. Vor kurzer Zeit war Hytawath Borl für die Funkwache eingeteilt worden und hatte mit Tekener direkt geredet.

Jetzt begegneten sie sich im Hauptkorridor vor der Zentrale. Der große, schlanke Mann mit den Narben der Lashat-Pocken im Gesicht sah den Jäger schweigend an. Schließlich streckte er ihm die Hand entgegen. »Hytawath Borl, nicht wahr? Ich habe vorhin ziemlich lange mit Meralda Koyle über Sie gesprochen.«

»Die von ihr erteilten Auskünfte, Sir, sind vermutlich tendenziös. Aber ich glaube nicht, dass Meralda Fakten verändert hat.«

Tekener grinste kalt. »Genau diese Reaktion habe ich erwartet. Wir brauchen Frauen und Männer wie euch in meiner Organisation AID. Sie ist auf Menschen mit Initiative und Entschlusskraft angewiesen.«

Borl riskierte eine kühne Antwort. »Ich hörte schon gerüchtweise, dass AID aus jungen, dynamischen und intelligenten Leuten besteht.«

Jetzt war Tekeners Lachen lauter und ehrlicher.

»Die Ordonnanz wird Sie alle einweisen, verteilen und neu ausrüsten«, sagte der Mann mit dem Narbengesicht. »Sie, Hytawath Borl, melden sich bitte in naher Zukunft bei mir direkt. Ich denke, ich habe eine passable Aufgabe für Sie.«

»Sie wollen mich vermutlich in eines der jungen ...«

»... und dynamischen Teams eingliedern. So oder so ähnlich. Sie scheinen ein Mann mit mehreren Talenten zu sein, und solche haben es immer schwer im Leben. Wir sehen uns bald?«

Hytawath Borl schüttelte die ihm angebotene Hand. »Ich verspreche es Ihnen, Sir.«

Tekener nickte ihm zu und betrat die Zentrale. Hytawath wusste, dass er auf dem gefährlichen Pfad seines Lebens soeben einen großen und entschlossenen Schritt gemacht hatte. Das Bild des Hetmans erschien vor seinem inneren Auge, und er erkannte, dass sein Leben im Dschungel von Vorcher Pool die beste Lehrzeit gewesen war, die er sich hatte wünschen können. Er war bester Laune, als er seine Kabine aufsuchte und dort den Rest seiner Ausrüstung und Erinnerungen einpackte.

14.

»Eine Nachricht von Gäa für den Ersten Terraner!«

Im Bruchteil einer Sekunde wurden in Julian Tifflors Erinnerung die Jahrzehnte des Versteckspiels vor den Häschern des Konzils wieder lebendig. »Von wem stammt die Nachricht?«, fragte er.

»Von Roctin-Par, und sie betrifft Harno.«

Harno, das Energiewesen, die Kugel aus Raum und Zeit ... Auf eigenen Wunsch war Harno in der Dunkelwolke Provcon-Faust zurückgeblieben. Angeblich, um neue Energie zu sammeln, tatsächlich wohl eine Ausflucht. Harno hatte einmal durchblicken lassen, dass er »auf etwas warte« und Tifflor rechtzeitig benachrichtigen würde, wenn es soweit sei.

»Der Wortlaut«, fragte Julian Tifflor.

»Harno bittet nur darum, abgeholt zu werden. – Was soll ich antworten?«

Der Erste Terraner überlegte nur eine Sekunde. »Nichts!«, sagte er. »Bestätigen Sie nur den Erhalt der Meldung.«

Die Verbindung erlosch. Tifflor lehnte sich in seinem Sessel zurück und dachte nach. War wirklich das Ereignis eingetreten, von dem Harno andeutungsweise gesprochen hatte? Und wenn ja, war es Zufall, dass gerade jetzt der Start der BASIS aktuell wurde?

Julian Tifflor seufzte. Er konnte nicht selbst nach Gäa fliegen, weil er auf der Erde gebraucht wurde. Also musste er einen Vertrauten schicken, und er dachte spontan an Homer G. Adams. Adams war ebenfalls Zellaktivatorträger und besaß darüber hinaus ein fotografisches Gedächtnis. Auf der Erde war er derzeit abkömmlich. Außerdem bestand die Möglichkeit, dass er das Bewusstsein und damit die telepathischen Fähigkeiten der Mutantin Betty Toufry mitnahm.

Da der Start der BASIS erst in einigen Wochen erfolgen würde, konnte Betty Toufrys Bewusstsein bis dahin wieder zurück sein. Tifflor veranschlagte für Adams' Mission höchstens ein paar Tage.

Homer G. Adams traf dann sehr schnell im Büro des Ersten Terraners ein. Sein schütteres Blondhaar wirkte ungepflegt, und fast erschien es Tifflor, als sei Adams untersetzter geworden.

»Ich habe einen wichtigen Auftrag für dich – einen sehr wichtigen sogar«, eröffnete Julian Tifflor. »Ich würde ihn selbst erledigen, wenn ich die Zeit dazu hätte.«

Adams versuchte zu grinsen. »Ach so, ich habe also Zeit und bin entbehrlich. Da kann ich mich an andere Gelegenheiten erinnern ...«

»Nur kein Selbstmitleid, Homer! Dieser Auftrag ist so wichtig, dass ich ihn keinem anderen anvertrauen möchte und ...«

»Schmeichelei!«

»Es geht um Harno!«

»Warum sagst du das nicht gleich, Julian? Steckt der nicht in der Provcon-Faust?«

»Inzwischen möchte er abgeholt werden. Ich denke, dass du zusammen mit Betty Toufrys Bewusstsein fliegst.«

»Ich wollte schon immer die Gedanken meiner Gesprächspartner lesen können«, gab Adams zu. »Wann soll es losgehen?«

»Der 500-Meter-Raumer HANZARO steht bereit, ein gutes Schiff mit einer ausgezeichneten Besatzung. Kommandant ist Benjam, ein schon etwas angegrauter Veteran, der viele Einsätze gegen das Konzil geflogen hat. Auf ihn ist unbedingt Verlass.«

»Über die technischen Einzelheiten wirst du Benjam informieren, nehme ich an.«

»Selbstverständlich. Ein vincranischer Lotse wird die HANZARO erwarten und das Schiff sicher nach Gäa bringen.«

»Ob ich noch private Dinge zu erledigen habe, fragst du nicht?«

Tifflor schüttelte den Kopf. »Warum sollte ich? Hättest du Probleme damit, würdest du nicht hinter dem Berg halten. Richtig?«

Adams erhob sich mit einem Seufzer. »Richtig«, gab er zu. »Außerdem wollte ich Harno schon lange wiedersehen.«

Kommandant Benjam hatte nie einen Ehevertrag abgeschlossen und galt als unverbesserlicher Junggeselle. Praktisch war er mit seinem Schiff verheiratet.

Das Gegenteil von ihm war Doc Hamilton. Als Chefmediziner der HANZARO genoss er gewisse Privilegien, die er weidlich auszunutzen verstand. Wenn der Raumer auf dem Raumhafen von Terrania stand, konnte man sich glücklich schätzen, ihn im Schiff aufzutreiben.

Zu erwähnen war in diesem Zusammenhang der Chefastronom Kon Takim. Er war es, der meist die Aufgabe des Piloten übernahm, wenn die HANZARO im Raum war. Zwischen den Sternen kannte er sich so gut aus wie Doc in den Kneipen von Terrania.

Der Einsatzbefehl erreichte Benjam in seiner Kabine. Ein Flug zur Provcon-Faust behagte ihm nicht sonderlich, denn er hatte dort die meiste Zeit seines Lebens zugebracht. Erst als er erfuhr, worum es wirklich ging und dass Homer G. Adams an Bord sein würde, wurde der Kommandant munter und informierte die Besatzung.

Kon Takim war als einer der wenigen im Schiff geblieben. »Zur Provcon-Faust also«, sagte der braunhäutige, schlanke Chefastronom. »Hoffentlich erwartet uns ein Lotse.«

»Dafür ist gesorgt. Schließlich handelt es sich um einen Spezialeinsatz, von Tifflor selbst angeordnet. Wir sollen Harno abholen.«

Kon Takims Miene verriet erwachendes Interesse.

»Harno, diese geheimnisvolle Kugel? Auf ihrer Oberfläche soll man selbst die entferntesten Dinge sehen können ...«

»Entfernungen spielen für Harno keine Rolle«, behauptete Benjam. »Umso verwunderlicher ist es, dass wir den Abholdienst spielen müssen. Warum kommt er nicht selbst?« Er schüttelte den Kopf. »Dumme Frage, die ich da stelle. Wie sollen Sie das wissen ...«

»Zumindest weiß ich, dass dieser Harno Energie tanken musste, um aktiv werden zu können«, sagte Kon Takim. »Weiter kombiniere ich, dass etwas Wichtiges geschehen sein muss, dass er sich abholen lässt. Hätte die Angelegenheit Zeit, wäre er selbst gekommen.«

»Richtig!«, stimmte Benjam zu. »So wird es sein. Vielleicht kann unser Ehrenpassagier Adams mehr darüber verraten, wenn er an Bord kommt.«

Konnte Harno über Tausende von Lichtjahren hinweg wissen, dass es die BASIS gab und dass dieser Koloss dabei war, eine Reise ins Ungewisse anzutreten? Diese Frage beschäftigte Julian Tifflor.

Bei Harno war nichts unmöglich, das wusste er aus Erfahrung. Das geheimnisvolle Wesen, mehr als nur einmal uneigennütziger Helfer der Menschheit in schwierigen Situationen, besaß ungeahnte Eigenschaften und Fähigkeiten.

Vielleicht wollte Harno die BASIS begleiten.

Der Gedanke war elektrisierend. Harno würde eine unschätzbare Hilfe bedeuten.

Homer G. Adams war unterwegs zur BASIS. Wenn er zurückkehrte, würde er Adams-Toufry sein. Die beiden Bewusstseine im Körper des Finanzgenies würden gut miteinander kooperieren, daran konnte kein Zweifel bestehen.

Tifflor durfte sich wieder anderen Problemen zuwenden. Eines davon lag auf Kreta.

Auch Roctin-Par hatte Sorgen. Natürlich waren sie kaum mit jenen Schwierigkeiten zu vergleichen, die hinter ihm lagen.

Das »Unternehmen Pilgervater« hatte den Großteil der Menschheit zur Erde zurückgeführt. Nur wenige waren auf Gäa in der Provcon-Faust geblieben.

Während der Besatzung durch das Konzil hatte es kein besseres Versteck geben können als diese Hölle aus tobenden 5-D-Energien, in der sich nur die Vincraner auskannten, die Vakulotsen. Gäa verödete nach dem Abzug der Terraner. Roctin-Par wohnte im Zentrum der Hauptstadt Sol-Town, aber zweimal in der Woche flog er mit seinem Privatgleiter hinaus in die Vorberge zu seinem Landhaus. Es lag inmitten bewaldeter Hügel auf der Sonnenseite und wurde von einem Spezialreaktor mit Energie versorgt. Letzteres war unerlässlich, denn in dem Gebäude war Harno untergebracht worden.

An diesem Tag des üblichen Besuchs geschahen jedoch Dinge, die Roctin-Par äußerst beunruhigten. Gewöhnlich lag Harno als faustgroße Kugel matt schimmernd auf dem schwarzen Samtkissen unter der künstlichen Sonne, die Wärme und Energie spendete. Der Provcon-Lare setzte sich dann meist in den einzigen Sessel, betrachtete die Kugel und versuchte, Kontakt aufzunehmen, was manchmal auch glückte.

In den Stunden der lautlosen Zwiesprache begriff Roctin-Par die Zusammenhänge von Raum und Zeit, die enge Verwandtschaft von Energie und Materie und vor allen Dingen die Beziehungen dieser Komponenten untereinander. Doch er war kein Wissenschaftler, deshalb konnte er mit den Erkenntnissen, die Harno ihm vermitteln wollte, nicht viel anfangen.

Schon bevor Roctin-Par diesmal das Haus betrat, spürte er eine nie gekannte Unruhe in sich. Er blieb stehen und sah sich nach allen Seiten um, konnte aber nichts Verdächtiges entdecken. Dann verschwammen die Marmorsäulen, auf denen die Gartenterrasse ruhte, als wollten sie sich in Luft auflösen. Auch die Terrasse selbst schien für wenige Momente halb transparent zu werden. Als sie sich wieder stabilisierte, wurde die Hauswand durchsichtig.

Vibrationsartige Wallungen trafen Roctin-Par. Sie verursachten keinen Schmerz, lähmten jedoch für Sekunden sein Nervensystem. Durch die Mauer hindurch sah er Harno auf dem Kissen liegen, größer als sonst und in allen Farben schillernd. Schwach leuchtende Ringwellen gingen von der Kugel aus.

Roctin-Par hätte sich wahrscheinlich nicht von der Stelle gerührt, wenn nicht ein leichtes Beben eingesetzt hätte. Der Boden schien sich aufzuwölben.

»Harno!«, rief der Lare entsetzt und taumelte auf sein Haus zu. »Was geschieht ...?«

Harno gab keine Antwort.

Die Vibrationen und das Beben ließen nach. Roctin-Par betrat die Treppe, die hinauf zur Terrasse führte – und sie trug ihn. Er wusste nicht, ob Harno an diesen merkwürdigen Ereignissen schuld war, aber die äußerliche Veränderung der Kugel ließ darauf schließen.

Hastig überquerte er die Terrasse, und sein Herz klopfte heftiger, als er endlich vor der letzten Tür stand, die sich – wie alle anderen – selbsttätig vor ihm öffnete.

Eine Welle undefinierbarer Emotionen traf den Provconer wie ein Schock. Harno durchmaß mittlerweile etwa einen halben Meter. Die sonst matt schimmernde Oberfläche zeigte verlaufende Farbmuster.

»Harno, was geschieht hier?«

Roctin-Par fühlte sich eingeengt wie in einem Gefängnis. Am liebsten wäre er sofort wieder hinausgerannt, aber er war für Harno verantwortlich.

Die Antwort auf seine Frage war ein erneuter Schwall unverständlicher Emotionswellen, die ihn regelrecht überfluteten. Roctin-Par konzentrierte sich auf die Oberfläche der Kugel. Vorübergehend glaubte er, die Landschaft eines öden Planeten erkennen zu können, war sich aber nicht sicher. Das Bild wechselte zu schnell und machte wirbelnden Galaxien Platz.

Geduldig wartete er. Aber Harno schwieg.

»Ich gehe jetzt, und von nun an werde ich jeden Tag nach dir sehen. Soll ich Terra benachrichtigen?«

Die Bilder schienen schneller zu wechseln, doch das konnte ebenso Einbildung sein. Roctin-Par ging zurück zur Tür und verließ nach einem letzten Blick auf Harno den Raum. Erleichtert atmete er auf, als er wieder auf der Terrasse stand und die wärmenden Sonnenstrahlen spürte. Jetzt erst wurde ihm bewusst, wie kalt es in dem Ruheraum gewesen war.

Wie Kälte aus dem Weltraum ... oder aus der Ewigkeit.

Roctin-Par schauderte und beeilte sich, zu seinem Gleiter zu gelangen.

Hotrenor-Taak führte ein ruhiges Leben auf Gäa. Wenn er auch Roctin-Par in vielen Dingen hilfreich zur Seite stand, mit der Verwaltung hatte er nur passiv zu tun. Umso erstaunter musste er sein, als Roctin-Par an diesem Abend um seinen Besuch bat. »Heute noch?«, fragte der Lare.

»Es ist wichtig. Soll ich dir ein Fahrzeug schicken?«

»Danke, der Spaziergang tut mir gut. Es sind ohnehin kaum zehn Minuten.«

Roctin-Par schaltete ab. Es war eine schwierige Entscheidung, die er zu treffen hatte, denn Harno hatte auf seine Fragen nicht geantwortet. Also musste er selbstständig handeln. Er wusste von Julian Tifflor, dass Harno eines Tages abgeholt werden wollte, wenn er sich genügend erholt hatte. Vielleicht war es soweit.

Als Hotrenor-Taak nach einer halben Stunde noch nicht eingetroffen war, wurde Roctin-Par unruhig. Der ehemalige Verkünder war gewöhnlich die Pünktlichkeit selbst.

Dann – endlich – summte der Melder. Auf dem Monitor erschien Hotrenor-Taaks Gesicht, ein wenig undeutlich im Dunkel der Nacht und, wie es schien, verzerrt, als habe der alte Lare heftige Schmerzen.

Roctin-Par stellte keine Fragen. Hastig betätigte er den Öffnungsmechanismus und eilte seinem Besucher entgegen, der durch die Tür taumelte und sich schwankend an der Wand abstützte. Er führte seinen Gast in das geräumige Wohnzimmer, ließ ihn in einen Sessel sinken und brachte ihm eine Erfrischung sowie einen Sprühverband für die blutende Kopfwunde.

»Was ist geschehen?«

»Ein Überfall. Kaum der Rede wert.«

»Überfall? Wer sollte dich hier auf Gäa überfallen?«

»Sie waren jung und fast ein Dutzend.«

»Provconer?«

»Junge Laren, die noch Kinder waren, als damals ... nun ja. Vielleicht kannten sie mich nicht und wollten sich nur austoben.«

Roctin-Par beugte sich vor und sah sein Gegenüber streng an. »Du musst mir die Wahrheit sagen! Ich dulde derartige Zwischenfälle nicht in unserer friedlichen Kolonie. Man hatte es auf dich abgesehen, es war also kein Zufall.«

»Du kannst das nicht beweisen.«

»Deine Vergangenheit – sie können dir nicht verzeihen, dass du einst der Verkünder der Hetosonen warst. Ich werde alles unternehmen, um die Schuldigen zu bestrafen.«

»Nein!« Der ganze Stolz des ehemaligen Beherrschers der Milchstraße lag in diesem einen Wort, das wie ein Befehl klang. »Tu das nicht! Es würde meine Schande nur vergrößern. Man wird mich und meine Vergangenheit bald vergessen haben.«

Roctin-Par stellte keine Fragen mehr, er wusste auch so, was geschehen war, und er kannte die Gründe nur zu gut. Wenn er diesem Fall offiziell nachging, würde er sich unbeliebt machen.

»Fühlst du dich in der Lage, eine wichtige Angelegenheit mit mir zu besprechen, Hotrenor-Taak? Es handelt sich um Harno.«

Der einstige Verkünder der Hetosonen blickte seinen Freund ratlos an. »Was ist mit Harno?«

»Wenn ich das wüsste ...« Roctin-Par berichtete, was geschehen war, und schloss: »Wir haben keine andere Wahl, als Terra zu benachrichtigen. Ich bin überzeugt, dass Harno abgeholt werden möchte. Anders ist seine Aktivität nicht zu deuten.«

Hotrenor-Taak dachte lange nach, dann stimmte er zögernd zu.

Als sie am nächsten Tag das Landhaus erreichten, war alles ruhig.

Harno lag auf seinem Kissen, er durchmaß immer noch gut einen halben Meter. Seine Oberfläche war matt schwarz und pulsierte leicht.

»Ich sprach einmal mit Tifflor darüber«, sagte Hotrenor-Taak bedächtig, als müsse er angestrengt nachdenken. »Harnos Oberfläche kann Dinge zeigen, die in diesem Augenblick Tausende von Lichtjahren entfernt geschehen.«

»Gestern waren es nur verwirrende Farben. Heute sieht die Oberfläche aus, als würde ein Bild entstehen wollen. Es beginnt schon ...«

Die Kugel wurde hell, wie von innen heraus beleuchtet. Hotrenor-Taak wich einen Schritt zurück und zog den Provconer mit sich. Um Harno herum entstand eine helle Aura. Weißgelbe Gebilde auf seiner Oberfläche erinnerten an gewaltige Ungeheuer, die sich träge durch urweltliche Sumpfwälder bewegten, dann wieder sahen sie aus wie in sich zusammenstürzende riesige Gebäude.

Hotrenor-Taak schien seine Verletzung vergessen zu haben. Er zog Roctin-Par aus dem Raum, obwohl sich der Provconer dagegen zu wehren versuchte.

»Was soll das?«, fragte Roctin-Par ungehalten. »Vielleicht wollte Harno gerade Kontakt mit uns aufnehmen.«

»Das kann er auch, wenn wir hier draußen sind. Hast du nicht bemerkt, dass sich die helle Aura ständig vergrößerte? Sie hätte uns fast den Rückweg abgeschnitten, und dann wären wir verloren gewesen.«

»Das glaube ich nicht. Harno würde uns nicht in Gefahr bringen.«

Hotrenor-Taak setzte sich auf eine der Terrassenstufen. »Du ahnst nicht, was du eben gesehen hast, Roctin-Par. Wahrscheinlich nimmst du an, es hätte sich um eine energetische Aura gehandelt ... habe ich recht?«

»Was soll es sonst gewesen sein?«

»Ich will versuchen, es dir zu erklären. Es ist alles schon sehr lange her, du warst damals sicherlich noch nicht geboren. Unsere Wissenschaftler fingen an, die Geheimnisse der Zeit zu enträtseln. Sie waren davon überzeugt, nicht nur die unendlichen Räume, sondern auch die Zeit beherrschen zu können.«

»Harno soll diese Fähigkeit besitzen.«

»Eben! Obwohl damals noch jung, hatte ich schon genügend Einfluss und durfte einigen Experimenten beiwohnen. Sie wurden von den fähigsten Forschern und Wissenschaftlern aller Konzilsvölker durchgeführt, und die Ergebnisse drangen niemals in die Öffentlichkeit. Heute erst weiß ich, warum das so war. Die Experimente misslangen. Sie deuteten Gefahren an, deren niemand mehr Herr geworden wäre.«

Roctin-Par verbarg nur mühsam seine Ungeduld. »Ich weiß noch nicht, was das mit Harno zu tun haben soll.«

»Die vermeintliche energetische Aura war eine Art Zeitfeld, eine Zeitblase ... vielleicht sogar ein Zeitvakuum.«

Roctin-Par ließ sich nun ebenfalls auf der Stufe nieder. Sein Gesicht blieb ausdruckslos. »Ein Zeitvakuum? Was ist das?«

Hotrenor-Taak seufzte. »Ich sagte schon, dass es schwer sein würde, das zu verstehen. Aber ich habe ein Zeitvakuum schon selbst gesehen. Nur im ersten Augenblick kann man es für eine Energieaura halten. Als unsere Wissenschaftler das Experiment durchführten, erzeugten sie ebenfalls eine Zeitblase, in deren Innern keine Zeit mehr existiert – daher die Bezeichnung Zeitvakuum.«

»Warum soll sie gefährlich sein?«

»Einer der Forscher war mit dem bloßen Anblick des Phänomens nicht zufrieden, er wollte es genau wissen. Er ging auf die leuchtende Blase zu – und verschwand in ihr.«

»Und ...?«

»Niemand sah ihn jemals wieder. Wir vermuten, dass er durch das Vakuum hindurch in einen anderen Zeitstrom gerissen wurde und nicht mehr zurückfand. Vielleicht lebt er noch, und vielleicht wird er in tausend Jahren noch leben – oder er hat vor einer Million Jahren gelebt. Wir werden die Antwort niemals erfahren.«

Scheu und voll Zweifel schaute Roctin-Par zurück zum Haus. »Was sollen wir tun? Die Terraner können nicht vor drei oder vier Tagen hier eintreffen. Wenn sich die Blase weiter vergrößert ...?«

»Wir kommen morgen wieder hierher, denn wir dürfen die Kontrolle nicht verlieren.«

»Du hast einen Plan?«

»Ich glaube – ja. Jedenfalls solltest du dich um die baldige Bereitstellung eines Raumschiffs kümmern.«

Tags darauf war am Landhaus und in seiner Umgebung nichts Ungewöhnliches zu bemerken. Hotrenor-Taaks Befürchtung, die Zeitblase könnte sich weiter ausgedehnt und womöglich das Haus in sich eingeschlossen haben, bestätigte sich nicht.

Wenig später konnten sie mit Erleichterung feststellen, dass die leuchtende Aura sogar völlig verschwunden war. Harnos Oberfläche war schwarz und lichtlos.

Die beiden Laren hielten sich nicht lange in dem Ruheraum auf. Sie waren froh, als sie wieder draußen auf der Terrasse waren und sich setzen konnten. In der Sonne froren sie nicht mehr.

»Merkwürdig ...«, murmelte Roctin-Par. »Heute wirkt Harno, abgesehen von seiner Größe, völlig normal. Es ist mir nur unverständlich, dass er jeden Kontakt ablehnt.«

»Harno wird beeinflusst«, argwöhnte Hotrenor-Taak. »Aus einer anderen Zeit. Hinzu kommen die extremen energetischen Gegebenheiten unserer Dunkelwolke. Harno wird meiner Meinung nach zu schnell aufgeladen. Er ist nicht mehr in der Lage, die auf ihn überfließenden Energien zu kontrollieren. Nicht nur dein Landhaus, der ganze Planet könnte in Gefahr geraten, vernichtet zu werden.«

»Übertreibst du nicht ein wenig?«, fragte Roctin-Par ungläubig.

»Es ist eher erstaunlich, dass die Phänomene, die wir gestern beobachten konnten, nicht schon früher auftraten. Je schneller die Terraner kommen, um Harno abzuholen, desto besser für uns alle.«

Roctin-Par wollte gerade antworten, als der linke Bereich der Gartenterrasse mit unheimlichem Getöse zusammenbrach.

Beide Laren sprangen auf und liefen die letzten Stufen hinab in den Garten. Keine Sekunde zu früh, denn die Treppe schimmerte plötzlich in seltsamer Transparenz, dann stürzte der Rest der Terrasse ein. Als die Stufen wieder sichtbar wurden, stand die Treppe praktisch frei in der Luft und führte hinauf zum Hauseingang, an dem sich nichts verändert hatte.

»Ein Zeichen Harnos«, flüsterte Hotrenor-Taak. »Er will hier fort, und zwar so schnell wie möglich!«

»Die Terraner ...«

»Wir können nicht mehr warten. So viel Zeit haben wir nicht. Ist unser Raumer startbereit?«

»In wenigen Stunden. Ich habe ihn zu dem geheimen Ort geschickt, wo die letzte Mastibekk-Pyramide ihn auflädt. Ein Glück, dass wir sie noch haben.«

»Wenn ich mir vorstelle, dass wir damals verzweifelt nach einer Energiequelle für unsere SVE-Raumer suchten, während ihr ›Rebellen‹ über eine Pyramide verfügen konntet – fast möchte ich darüber lachen.«

»Mir ist nicht nach Lachen zumute«, gab Roctin-Par zu. »Sobald die GORSELL zurück ist, werden wir Harno verladen. Hoffentlich bereitet uns das keine neuen Schwierigkeiten.« Er schaute Hotrenor-Taak fragend an. »Du willst Harno wirklich begleiten?«

»Ich muss!«

»Warum?«

»Dafür gibt es viele Gründe. Der wichtigste ist: Ich bin den Terranern zu Dank verpflichtet. Vergiss nie, dass ich einen langen Krieg gegen sie führte, den ich letztlich verlor. Ich wurde von ihnen nie verurteilt. Wenn ich Harno von hier fortbringe, so birgt das Gefahren für mich – Gefahren, denen ich die Terraner nicht aussetzen möchte. Ein anderer Grund ist meine Befürchtung, dass Harno jeden Augenblick die Kontrolle verlieren und Gäa in eine Katastrophe stürzen kann. Die Frage bleibt nur, wohin soll ich ihn bringen?«

Roctin-Par schaute zurück zum Haus, während sie auf den Gleiter zugingen. Über dem Dach stand eine flimmernde Wolke.

»Ich muss das Ziel kennen, um dir nach einer vereinbarten Frist ein zweites Schiff zu schicken. Wir wissen nicht, was geschehen wird.«

Sie stiegen in den Gleiter. Kurz darauf setzte ein Erdbeben ein, das die Hügel der Landschaft wie riesige Wellenberge erscheinen ließ, das Haus jedoch verschonte. Noch schien Harno sich selbst schützen zu können.

»Schneller!«, drängte Hotrenor-Taak. »Es ist höchste Zeit!«

Sie saßen über die Sternkarten gebeugt und wägten Chance gegen Chance ab. Schließlich tippte Hotrenor-Taak auf einen Punkt. »Das ist es, Roctin-Par! Das Mugnam-System!«

»Warum?«

Hotrenor-Taak zögerte für einen Moment. »Einen triftigen Grund gibt es eigentlich nicht. Aber mein Gefühl sagt mir, dass kein System besser geeignet wäre, Harno aufzunehmen. Die Entfernung von Gäa beträgt 2318 Lichtjahre, ist also leicht mit der GORSELL zu überbrücken.«

»Hier in den Anmerkungen lese ich einiges, das mir nicht gefallen will. Die grüne Sonne soll einst der Begleiter eines größeren Sterns gewesen sein, der spurlos verschwand. Niemand weiß, was mit ihm geschehen ist.«

»Jedenfalls rief sein Verschwinden keine Katastrophe hervor, und gerade das finde ich bemerkenswert. Ich will aber nicht behaupten, dass ein Zeitfeld oder eine Dimensionsverschiebung damit zu tun haben könnten.«

»Mugnam hat drei Planeten, der zweite heißt Mugnammor, eine unbewohnte Sauerstoffwelt.«

»Genau das, was wir brauchen. Abgesehen von der in der Karte erwähnten 5-D-Strahlung, die das System einhüllt wie eine Aura. Sie ist instabil, aber nicht so hart wie in der Provcon-Faust. Harno dürfte mit ihr fertig werden.«

»Selbst die Terraner haben dieses System in ihrer Blütezeit nicht beachtet«, warf Roctin-Par nachdenklich ein.

»Planeten, die ungewöhnlichen Energieeinflüssen ausgesetzt waren, interessieren sie nicht. Ich finde, wir sollten uns für Mugnam entscheiden.«

»Das ist bereits entschieden!«, sagte Roctin-Par.

Im grellen Licht der Scheinwerfer wirkte das Landhaus mit der zusammengestürzten Terrasse noch gespenstischer als am Tage.

Im freien Gelände vor dem Garten wartete die GORSELL. Das vollautomatische Schiff benötigte, wenn die Lage es erforderte, keine Bedienungsmannschaft.

Eine Spezialkabine für Harno war vorbereitet worden. Eine Art flache Wanne würde das Ruhekissen aufnehmen, darüber spendete ein Strahler Energie und Wärme.

Hotrenor-Taak war sich darüber im Klaren, dass er und das Schiff verloren waren, falls abermals die Aura des Zeitvakuums entstand und sich dann Harnos Kontrolle entzog. Keiner würde jemals wieder von ihm hören ...

Zusammen mit Roctin-Par und noch einigen Laren betrat der ehemalige Verkünder der Hetosonen die Villa über die freischwebende Treppe. Zu seiner Überraschung sah es so aus, als habe Harno sie erwartet. Die Kugel war kleiner geworden, ihre Größe entsprach nun etwa der eines Fußballs. Die Oberfläche schimmerte matt schwarz.

Die Laren nahmen das leichte Gestell vom Tisch, das Harno und sein Kissen einrahmte. Mühelos trugen sie es bis in die GORSELL, wo sie es behutsam in der flachen Wanne absetzten. Eilig verließen sie dann wieder das Schiff.

»Ich kann nur hoffen, dass wir richtig handeln.« Roctin-Par seufzte tief. »Was soll ich den Terranern sagen, wenn sie eintreffen, um Harno zu holen?«

»Die Wahrheit«, erwiderte Hotrenor-Taak ohne zu zögern. »Du wirst ihnen auch die Koordinaten von Mugnam geben. Dann liegt es bei ihnen, ob sie mir folgen.«

»Ich wünsche dir viel Glück, Hotrenor-Taak – und kehre zurück, sobald du Harno abgesetzt hast. Wenn dieses Etwas aus Zeit und Raum wieder aktiv wird, kann es nur ein unbewohntes System vernichten.«

Hotrenor-Taak lächelte schwach. »Es wird sich nicht vermeiden lassen, dass ich einige Zeit bei Harno bleibe, um seine weitere Entwicklung zu beobachten. Vergiss nicht, dass ich neugierig bin.«

Roctin-Par verließ das Schiff. Stumm und mit einer nicht zu unterdrückenden Beklemmung wartete er, bis die GORSELL im Nachthimmel verschwand.

Hotrenor-Taak hatte die erste Flugetappe so programmiert, dass er den angeforderten Vakulotsen nicht verfehlen konnte. Nur einmal suchte er kurz die Spezialkabine auf und sah nach Harno. Ohne eine Antwort abzuwarten, informierte er das Energiewesen noch einmal über seine Absichten und sprach die Hoffnung aus, richtig zu handeln.

Der Lotse kam an Bord, nachdem er sein kleines Fährschiff im Hangar der GORSELL untergebracht hatte. Der Vincraner kannte die sich ständig verändernden Energiekorridore durch die Dunkelwolke. Er stellte keine Fragen nach Sinn und Zweck der Reise.

In kurzen Linearetappen wurden knapp drei Lichtjahre überwunden, dann befand sich die GORSELL außerhalb des Dunkelnebels. Der Lotse kehrte mit seinem Fährschiff in die Provcon-Faust zurück.

Hotrenor-Taak überließ das Schiff dem Autopiloten, der es sicher ans Ziel bringen würde. Vier Etappen waren vorgesehen. Nach einem erfrischenden Schlaf suchte er Harnos Kabine auf. Die Kugel schien kleiner geworden zu sein.

»Du solltest mir ein Zeichen geben, Harno. Ich muss wissen, ob ich richtig gehandelt habe. Wir haben die Provcon-Faust verlassen, und ich bin sicher, dass du genügend Energie gespeichert hast, um dich mit mir in Verbindung setzen zu können.«

Er war überrascht, als Harnos Gedanken in sein Bewusstsein drangen. Aber sie wirkten nicht wie Gedanken, sondern wie gesprochene Worte. Sie waren klar und deutlich.

Ich weiß nicht, ob du richtig gehandelt hast, aber ich hoffe es. Jedenfalls ist eine Last von mir gewichen, gegen die ich mich nicht zur Wehr setzen konnte. Ich habe dafür keine Erklärung.

»Eine Last? Wie meinst du das?«

Vielleicht keine Last, aber mir war, als griffe etwas nach mir, über unendliche Räume hinweg, aus der Zeit heraus. Aus der Vergangenheit, oder aus der Zukunft – es war nicht zu definieren.

»Haben die merkwürdigen Energieverhältnisse der Provcon-Faust damit zu tun?«

Das ist möglich, gab Harno unsicher zu. *Jedenfalls verlor ich die Kontrolle über mich und brachte euch in Gefahr. Ich würde Kontakt mit den Terranern aufnehmen, aber ich bin noch zu schwach dazu. Später schaffe ich es vielleicht.*

»Sie wurden informiert, und wenn sie nicht nach Mugnammor kommen, um dich zu holen, werden wir einen Weg finden, dich nach Terra zu bringen. Mein Schiff kann die Entfernung nicht überbrücken. Du weißt, dass uns nur wenig Energiereserven zur Verfügung stehen.«

Ich kenne die Position der letzten Mastibekk-Pyramide, gab Harno zu. *Und ich weiß, dass sie nur euren eigenen Bedarf deckt.*

»Du wirst dieses Geheimnis für dich behalten?«

Ich tat es schon bisher.

Nach einer Weile fragte der Lare: »Wer schuf das Zeitvakuum, das dich auf Gäa einhüllte?«

Es dauerte lange, bis Harno antwortete. *Etwas griff nach mir. Etwas Unbekanntes aus einem anderen Universum. Eine Reise von einem Universum in das andere ist zugleich eine Reise durch die Zeit, ob in die Zukunft oder in die Vergangenheit.*

Ich wollte mich gegen diesen Zugriff schützen und versuchte, das Zeitvakuum zu bilden.

Es ist mir nur zum Teil gelungen. Ich hoffe, der Planet Mugnammor kann mir eine Antwort geben.

»Warum ausgerechnet Mugnammor?«

Vergiss nicht die dort verschwundene Sonne. Sie existiert noch, wenngleich unsichtbar und nicht zu registrieren.

Hotrenor-Taak blieb noch einige Minuten in dem Raum, aber Harno schwieg. Schließlich ging er zurück in die Kommandozentrale.

Die GORSELL würde in zwanzig Minuten die dritte Linearetappe einleiten.

15.

Die Entfernung zwischen Sol und der Provcon-Faust betrug etwa vierzigtausend Lichtjahre. Von Terra war ein Hyperfunkspruch nach Gäa abgegangen, der die Ankunft eines direkten Stellvertreters des Ersten Terraners ankündigte. Eine Bestätigung war seltsamerweise nicht erfolgt.

Homer G. Adams gewöhnte sich allmählich an Betty Toufrys Anwesenheit. Es war schon seltsam, das Bewusstsein eines anderen Menschen im eigenen Körper zu beherbergen, aber noch seltsamer empfand Adams die Tatsache, dass er das Bewusstsein einer Frau übernommen hatte.

Immerhin war Adams-Toufry nun Telepath. In Kombination mit dem fotografischen Gedächtnis ergaben sich daraus fantastische Möglichkeiten.

Als Adams in seiner Kabine auf dem Bett lag, stellte er erste Versuche an und konnte noch nicht ahnen, wie sehr sich diese später als nützlich erweisen sollten. Er esperte hinter dem Chefphysiker der HANZARO her, las dessen Gedanken während eines Inspektionsgangs und »sah« so mit den Augen von All Pallas die Triebwerksanlagen. Und alles das konnte er nach beliebiger Zeit aus seinem Gedächtnis wieder abrufen.

Kommandant Benjam hatte Sorgen. Ihn beunruhigte zutiefst, dass er keinen Kontakt mit Gäa erhielt. Die Relaisstationen bestätigten seine Anfragen über Hyperfunk, doch Gäa blieb stumm.

Dann leitete der Kommandant die vorletzte Linearetappe ein.

Als das Schiff vor der Dunkelwolke in den Normalraum zurückkehrte, wartete der Lotse schon und kam schnell an Bord. Benjam erklärte ihm die Situation.

»Keine Ahnung«, gab der Vincraner zu. »Ich erhielt den Auftrag von Gäa direkt. Und zwar von Roctin-Par selbst. Muss also alles in Ordnung sein. Aber in kürzester Zeit können Sie mit ihm sprechen. Die Energiekorridore sind zurzeit stabil, zwei Etappen werden genügen.«

In der Tat kam Gäa bald in Sicht, und endlich gab es Funkkontakt. Benjam entließ den Lotsen und verlangte, Roctin-Par zu sprechen. Die Verbindung stand rasch. Auf seine Frage, warum Gäa geschwiegen hatte, erhielt Benjam die Antwort, die Dinge hätten sich dramatisch zugespitzt und seien so kompliziert, dass eine Erklärung über Funk unmöglich sei.

»... verstehen Sie, Kommandant, eine mündliche Aussprache ist unerlässlich. Wenn ich Sie schon früher informiert hätte, wären Sie höchstwahrscheinlich direkt dorthin geflogen, wo sich Harno jetzt befindet ...«

»Harno ist nicht mehr auf Gäa?«

»Nach Ihrer Landung werden Sie alles erfahren.«

»Ich finde, das ist eine ...«

»Nein, es ist keine Unverschämtheit, sondern eine dringende Notwendigkeit in unser aller Interesse. Ohne die notwendige Aufklärung würden Sie sich in größte Gefahr begeben. Es genügt, dass Hotrenor-Taak das bereits getan hat.«

Adams-Toufry überwachte Roctin-Pars Gedanken während der Unterhaltung und erkannte eindeutig, dass der Lare die Wahrheit sagte. Vergeblich suchte auch er nach einer Erklärung für die seltsamen Ereignisse um Harno.

All Pallas, der Chefphysiker, äußerte zwar Vermutungen, konnte aber für keine einen schlüssigen Beweis erbringen. Unter einem Zeitvakuum konnte sich ohnehin niemand etwas vorstellen.

Adams-Toufry speicherte alle Informationen, die er von Roctin-Par erhielt. Er machte dem Laren keinen Vorwurf. Nur zu gut wusste er, dass er wirklich sofort nach Mugnam geflogen wäre, und das ohne ausreichende Kenntnis der Lage.

Schon nach wenigen Stunden startete die HANZARO wieder.

Der innere Planet der grünen Sonne Mugnam war eine halbflüssige Gluthölle, der äußere ein lebensfeindlicher Eisklumpen. Die Welt zwischen ihnen, Mugnammor, bot einigermaßen erträgliche Lebensbedingungen.

Hotrenor-Taak hatte die Automatik der GORSELL abgeschaltet, als das Schiff das System erreichte, und selbst die Steuerung übernommen. Die energetischen Verhältnisse wirkten ungewöhnlich, aber sie waren nicht mit jenen in der Provcon-Faust zu vergleichen.

Durchmesser des zweiten Planeten: 10.000 Kilometer. Gravitation: 0,73 Gravos. Rotation: 17,7 Stunden. Die Daten ließen auf einen absolut normalen Kleinplaneten schließen, der groß genug war, eine Atmosphäre zu halten. Die Oberfläche wirkte öde und mit Geröll bedeckt, obwohl es keine ausgeprägten Gebirge gab. Die höchsten Hügel waren nur wenige Hundert Meter hoch.

Wasser gab es kaum, Pflanzenwuchs ebenso wenig. Hotrenor-Taak zerbrach sich vergeblich den Kopf darüber, woher die gesättigte Sauerstoffatmosphäre stammte.

Aber das alles war nebensächlich. Die Messinstrumente stellten ein äußerst starkes Magnetfeld fest, dem gegenüber eine hypergravitatorische Feldschale stand. Dieses fünfdimensionale Phänomen wirkte sich allerdings nicht auf die planetare Schwerkraft aus.

Hotrenor-Taak ließ das Schiff in einen Orbit einschwenken und wandte sich an Harno. Er erhielt sofort eine Antwort.

Ich warne davor, meine Fähigkeiten zu überschätzen. Soweit ich feststellen kann, brauchst du dir wegen der Feldschale keine Sorgen zu machen. Die seltsam anmutenden astrophysikalischen Gegebenheiten gehen auf die verschwundene Sonne zurück.

»Du siehst also keine Gefahren?«

Vorerst nicht, Hotrenor-Taak. Du kannst landen.

»Ich halte das Schiff startbereit.«

Falls etwas geschieht, wirst du dennoch nicht schnell genug starten können.

»Das klingt nicht beruhigend.«

Es besteht keine Gefahr für dein Leben – und das ist wichtig!

Hotrenor-Taak ließ die Interkomverbindung mit dem Ruheraum bestehen, sodass er Harno im Auge behalten konnte. Dunkel lag die Kugel auf ihrem Kissen.

Langsam drehte sich der Planet unter dem Schiff. Mugnammor war ein einziger Kontinent, Wasser zeigte sich nur in Form kleiner Flüsse und einiger Seen. Allein in den Bereichen gab es auch Vegetation. Der Rest war Wüste.

Der Lare ließ das Schiff allmählich absinken. Eine weite Ebene, von flachen Hügeln eingerahmt, erschien ihm als Landeplatz günstig. Fast unmerklich setzte die GORSELL auf.

Hotrenor-Taak überprüfte einige Messdaten. Er fand keine Abweichungen. Die Atmosphäre war rein und atembar. Angesichts der Umweltbedingungen enthielt sie zu viel Sauerstoff. Woher der kam, blieb jedoch ein Rätsel.

Erst dann ging der Lare zu Harno. Dessen matt schimmernde Oberfläche zeigte jetzt vage Konturen.

Hotrenor-Taak blieb unter dem Türschott stehen. »Was willst du mir mitteilen, Harno?«, fragte er.

Da ist etwas, das ich ungewollt empfange. Es kommt von irgendwoher, ich kann es nicht definieren. Jemand versucht, Kontakt aufzunehmen. Keine Sorge, ich glaube nicht, dass eine Gefahr für dich besteht.

Davon war Hotrenor-Taak nicht so überzeugt. Er zog den Sessel bis vor die offene Tür, dann erst setzte er sich. Bis zur Zentrale würde er im Notfall nicht mehr als fünfzehn Sekunden benötigen.

Faszinierte beobachtete, was sich auf Harnos Oberfläche fast plastisch abzeichnete. Eine Landschaft entstand und verschwand wieder. Es musste die Oberfläche eines bewohnten Planeten gewesen sein, denn flüchtig waren Gebäude zu erkennen gewesen, tempelähnliche Gebilde mit Säulen und Torbögen. Dahinter erhoben sich Felsen und grüne Hügel, und im Hintergrund schimmerte blau ein Ozean.

Das Bild kehrte zurück, diesmal deutlicher und aus einer anderen Perspektive. Es erlosch, ehe der Lare es richtig in sich aufnehmen konnte. Hotrenor-Taak wusste jedoch, dass er diese Landschaft schon einmal gesehen hatte.

»Was war das, Harno? Welcher Planet?«

Terra – vor sehr langer Zeit.

Hotrenor-Taak ärgerte sich, dass er nicht von selbst darauf gekommen war. Seine Erinnerung an die Erde war nicht mehr frisch, aber doch vorhanden. *Terra vor sehr langer Zeit.* Also ein Bild aus der Vergangenheit?

Fasziniert sah Hotrenor-Taak eine neue Szene entstehen. Da war eine Frau, eine nach menschlichem Maßstab wohl sehr schöne und junge Frau. Sie trug ein weißes, fast durchsichtiges und bodenlanges Gewand. Bronzefarben schimmerte ihre Haut durch den feinen Stoff hindurch, und der Lare glaubte, sogar das feine Spiel ihrer Muskeln erkennen zu können.

Von einer Sekunde zur nächsten erlosch auch dieses Bild.

Hotrenor-Taak stellte viele Fragen, aber Harno antwortete ihm nicht.

Sicherlich, der Tempel konnte ein Abbild der Vergangenheit sein, aber noch heute gab es auf der Erde mehr oder weniger gut restaurierte Tempel. Warum also sollte die Projektion aus einer unbekannten Vergangenheit stammen?

Der Lare wollte aufstehen, doch eine unsichtbare Kraft schien ihn in den Sessel zurückzudrücken. Gleichzeitig ging mit Harno wieder eine Veränderung vor sich. *Es entzieht sich meiner Kontrolle* ..., vernahm Hotrenor-Taak die gedankliche Mitteilung. Augenblicke später bemerkte er die entstehende Aura. Sie erinnerte ihn an das Zeitfeld auf Gäa.

Die Aura wurde heller und größer. Das Kissen und die Wanne schienen sich in Nichts aufzulösen. Wenig später berührte die Erscheinung, die nun einen Durchmesser von annähernd fünf Metern hatte, den Laren.

Hotrenor-Taak registrierte eine grauenhafte Kälte, die ihn zu lähmen drohte. Das war nicht die Kälte von Eis oder gar die Temperaturlosigkeit des Weltraums – es war eine völlig andere Kälte, die das Zeitvakuum vermittelte.

Hotrenor-Taak spürte seinen Herzschlag stocken, als er sich entsann, was einer der Konzils-Wissenschaftler einst vermutet hatte. »... der Eiswind der Zeit ...«

Die Kabine verschwamm vor seinen Augen. Er sah Harno immer weiter aufgebläht – dann erlosch alles ...

Auf Anraten von Adams näherte sich Kommandant Benjam dem Mugnam-System mit äußerster Vorsicht. Von Anfang an spielten die meisten Instrumente verrückt. Die astrophysikalischen Daten wechselten ständig.

Auf den Schirmen war der zweite Planet schon deutlich zu sehen. Die regelmäßig wiederholten Funkanrufe beantwortete die GORSELL aber nicht.

Chefphysiker Pallas machte ein sorgenvolles Gesicht, als er das Schweigen in der Kommandozentrale unterbrach. »Um ehrlich zu sein – ich finde keine Erklärung für das Versagen der Instrumente. In diesem System müssen sämtliche Naturgesetze durcheinandergeraten sein.«

Benjam warf ihm einen undefinierbaren Blick zu. »Ich habe alle gespeicherten Informationen abgerufen. Es hat schon früher Expeditionen hierher geben, und die Teilnehmer sprachen von einigen Phänomenen, aber es handelte sich um statistisch regelmäßig auftretende Dinge. Aktuell scheint das alles ganz anders zu sein ...«

»Eben das beunruhigt mich«, sagte All Pallas ein wenig ratlos. »Es muss sich also in diesen tausend oder mehr Jahren seit den Expeditionen einiges verändert haben. Wenn sich wenigstens Hotrenor-Taak melden würde. Oder Harno.«

»Wir wissen, dass Harno sich in einem Ausnahmezustand befindet.« Adams griff in die Debatte ein. »Folglich müssen Dinge geschehen sein oder gerade geschehen, von denen wir uns noch keine Vorstellung machen können.«

»Davon verstehe ich nichts«, gab Benjam zu. »Meine Aufgabe ist es, Harno zu finden und ihn zur Erde zu transportieren.«

»Die wichtigste Aufgabe ist im Augenblick, das Schiff unbeschädigt auf diesem verteufelten Planeten zu landen«, knurrte Takim. »Aber der sieht nicht sehr verlockend aus.«

Die Rotation von Mugnammor war ziemlich schnell. Schon während die HANZARO die Bahn des äußeren Planeten überquerte, suchte Kon Takim die Oberfläche des Planeten mit der Ortung ab. Er fand keine Spur von Hotrenor-Taaks Schiff, entdeckte aber etwas anderes.

»Da muss kürzlich ein Meteor eingeschlagen sein. Ein ziemlicher Krater, finden Sie nicht, Kommandant?«

Benjam studierte das Ortungsbild. Die HANZARO war noch zu weit von Mugnammor entfernt, optische Einzelheiten schälten sich erst allmählich heraus. Andererseits hatte Benjam schon eine Menge Krater gesehen und konnte sich ein Urteil über ihre Entstehung erlauben. Wenn der Krater auf Mugnammor frisch war, so fehlte der für einen Meteoreinschlag typische Ringwall. Vulkanischen Ursprungs konnte er ebenso wenig sein, denn dafür gab es überhaupt keine Anzeichen.

Der Kommandant äußerte keine Vermutungen. Adams-Toufry las jedoch seine Gedanken. »Ziehen Sie wirklich eine Explosion in Erwägung?«, fragte er gelassen.

Benjam schrak sichtlich zusammen. Er schien vorübergehend vergessen zu haben, über welche Fähigkeiten sein Passagier verfügte.

»Allerdings, daran dachte ich«, antwortete er. »Der Krater wäre typisch für einen Einschlag, soweit ich das aus dieser Entfernung beurteilen kann. Jedenfalls werden wir genau dort landen.«

»Ein wenig daneben«, schlug Kon Takim ruhig vor.

»Wie lange noch?«, wollte Adams wissen.

»Drei Stunden und vierzig Minuten bei unveränderter Geschwindigkeit.«

Adams ging zur Tür. »Ich bin in meiner Kabine und lege mich hin. Geben Sie mir Bescheid, Kommandant, kurz bevor wir landen.«

»Wir wecken Sie rechtzeitig«, versprach Benjam.

Adams ging und nahm unterwegs in der Messe eine Erfrischung zu sich. Hunger hatte er nicht. Als er endlich auf seinem Bett lag, meldete sich Betty Toufry.

Ich bin deiner Meinung, Homer. Mit diesem Planeten stimmt sehr vieles nicht. Ich würde sogar behaupten, mit dem ganzen System. Möchte wissen, warum Hotrenor-Taak sich ausgerechnet die grüne Sonne Mugnam ausgesucht hat.

Roctin-Par hatte dafür keinen plausiblen Grund angeben können. War es möglich, dass nicht nur Harno, sondern auch der alte Lare »von außen« beeinflusst worden war?

»Es kann sich durchaus um natürliche Phänomene handeln, Betty. Wir wissen, dass Harno sehr enge Beziehungen zu Dimensionen hat, die für uns unerreichbar sind. Er sprach einmal vom Ende der Zeit und davon, dass sich an diesem für uns unbegreiflichen Punkt in fernster Zukunft die Begriffe umkehren und sich das eine in das andere verwandeln würde. Ich sehe jedoch in diesen Andeutungen keinen Zusammenhang mit Mugnam.«

Adams war müde und entmutigt. Er wäre froh gewesen, in Terrania City zu sein und hinter seinem Schreibtisch zu sitzen, dessen Technik ihn mit der ganzen Welt verband. Dorthin gehörte er, nicht in dieses Schiff und in dieses Sonnensystem, das Rätsel aufgab.

Er schlief ein, und als man ihn weckte, setzte die HANZARO soeben zur Landung an.

Der Krater befand sich ziemlich genau in der Mitte einer riesigen Ebene, die von niedrigen Bergen eingerahmt wurde. Es blieb genügend Platz für eine ungefährdete Landung.

Zuvor hatte das Schiff den Planeten mehrmals umkreist. Wie fast erwartet und befürchtet, gab es keine Spur der gesuchten GORSELL.

Vergeblich esperte Adams-Toufry. Harno konnte sich abschirmen, das war bekannt, aber der Lare konnte das nicht. Doch außer der Gedankenvielfalt an Bord der HANZARO empfing Adams-Toufry nichts.

Schließlich verließ der Kommandant mit einigen Experten das Schiff, um eine erste Untersuchung vorzunehmen. Der Kraterrand war gut einen Kilometer entfernt.

Der klare Himmel von Mugnam hatte eine grünliche Färbung. Die Temperatur war angenehm. Verdächtiges konnte niemand entdecken. Benjam vermisste allerdings Felsbrocken oder Wrackteile. Falls es hier wirklich eine Explosion gegeben hatte, mussten irgendwelche Überreste vorhanden sein. Es gab aber keine. Das erschien dem Kommandanten beruhigend und rätselhaft zugleich. Wenn an dieser Stelle nicht die GORSELL explodiert war, was dann?

Die Gruppe wagte sich bis zum Kraterrand vor. Er begann übergangslos, als hätten Giganten ihn mit einem riesigen Spatenstich ausgehoben. Das Randgefälle betrug etwa dreißig Grad. Der Aushub jedoch fehlte.

»Nun, Pallas?«, fragte Benjam ungeduldig.

Der Physiker ließ sich in seiner Arbeit nicht stören. Erst nach einigen Minuten hob er den Blick. »Die Instrumente registrieren einen fremden Einfluss. Strahlung möchte ich es nicht nennen, vielmehr handelt es sich um ... nun, wie soll ich es ausdrücken ...? Es scheint, als gäbe es über dem Krater eine Lücke. Genau das. Eine Zone, in der *nichts* ist!«

»Das verstehe ich nicht.«

»Ehrlich gesagt, ich auch nicht«, gab Pallas zu.

Benjam und die anderen starrten in den Krater hinunter, in dem die HANZARO bequem Platz gefunden hätte. Nichts deutete auf eine Gefahr hin, dennoch wirkte alles unheimlich und bedrückend.

»Wir schicken die Gleiter los«, entschied der Kommandant. »Außerdem soll ein Spezialtrupp Proben vom Kraterrand einsammeln. Im Labor wird alles eingehend untersucht.«

Kosmobiologe Harson übernahm die Kontrollen des Gleiters und nickte seinem einzigen Passagier zu. Sein erstes Ziel waren die flachen Hügel, die den Talkessel einrahmten.

»Was halten Sie von der ganzen Sache?«, fragte Doc Hamilton. »Ich habe ich nicht sehr viel verstanden. Pallas wirft mit Fachausdrücken um sich, mit denen ein normaler Mensch nichts anfangen kann.«

»Dann macht er es genauso wie die Mediziner«, gab Harson anzüglich zurück.

Hamilton schnaufte ärgerlich. »Wenn jemand Bauchschmerzen hat, dann sage ich ihm, dass er sich überfressen hat. Meine Sprache ist klar und deutlich ...«

»Schon gut, war nicht so gemeint.« Der Kosmobiologe betrachtete eine niedrige Buschgruppe, die Bodenfeuchtigkeit verriet. »Ein unterirdischer Flusslauf kommt aus den Hügeln.«

Hamilton musterte den grünen Streifen ebenfalls, der sich in Windungen durch die ansonsten kahle und steinige Landschaft zog. »Da finden wir Harno bestimmt nicht«, knurrte er verdrießlich.

Harson folgte dem Grünstreifen bis zu den von spärlicher Vegetation bedeckten Hügeln. Es gab sogar einen winzigen See, aber keine Spur einer Fauna.

Die anderen Gleiterbesatzungen meldeten keine besonderen Vorkommnisse, lediglich starke Schwankungen der Gravitationswerte und eine nicht zu identifizierende Strahlung aus Richtung des Kraters.

Doc Hamilton mochte in mancher Beziehung ein liebenswerter Taugenichts sein, aber er war ein guter Arzt und besaß Augen wie ein Adler. Selbst aus einer Höhe von zwanzig Metern konnte er noch jede Kleinigkeit erkennen. »Harson, können Sie da unten landen?«, fragte er jäh.

Der Kosmobiologe sah in einiger Entfernung vor sich den Kraterrand und auf der anderen Seite die HANZARO.

»Warum?«

»Sie sind blind wie ein Huhn, Herr Wissenschaftler. Sehen Sie die winzigen schimmernden Perlen nicht? Liegen ziemlich verstreut, sind aber keine Steine.«

Harson ließ den Gleiter auf halbe Höhe absinken.

»Sie haben recht, Doc, sehen recht seltsam aus. Steine jedenfalls sind es nicht. Und das Schimmern ... wie buntes Glas.«

»Landen Sie endlich!«

»Geduld, Doc. Vergessen Sie nicht die hiesigen Verhältnisse. Außerdem muss ich den Kommandanten informieren.«

»Wir haben die Perlen entdeckt!«

Harson grinste und rief die HANZARO. Die Verbindung zu Benjam kam sofort zustande.

Nachdem der Kommandant die Neuigkeit erfahren hatte, erteilte er die Landeerlaubnis. »Aber seien Sie vorsichtig«, sagte er warnend. »Stellen Sie Strahlungswerte der Perlen – oder was es auch sein mag – fest. Sammeln Sie ein paar von den Dingern ein und bringen Sie das Zeug her.«

»Wird erledigt, Kommandant.«

Der Gleiter landete fast fünfzig Meter vom Kraterrand entfernt. Die beiden Männer stiegen aus. Die Messungen hatten außer den üblichen Werten nichts ergeben; jedenfalls strahlten die »Perlen« nicht. Sie waren eher glasierte Kügelchen. Ihre Größe schwankte nur unerheblich.

Harson hatte einen Spezialbehälter aus dem Gleiter mitgenommen. Mit einer Greifzange sammelte er mehrere Dutzend der Kügelchen ein, während Hamilton die Gelegenheit nutzte und sich bis an den Rand des Kraters vorwagte.

Auf dem sanft abfallenden Hang entdeckte der Doc noch mehr von den Kügelchen, bemerkte aber nichts Verdächtiges. Er kehrte zu dem Kosmobiologen zurück.

»Nun, was halten Sie davon?«, wollte er wissen.

»Um was es sich handelt, wird die Laboruntersuchung ergeben. Wenn nicht alle gleich groß wären, könnte man einige Vermutungen anstellen.«

»Zum Beispiel?«

»Atomisierte Überreste der GORSELL ...«

Doc Hamilton gab keine Antwort. Schweigend stieg er wieder in den Gleiter. Harson folgte ihm, gleich darauf starteten sie.

Der Kosmobiologe schlug den kürzesten Rückweg zum Schiff ein, aber in einer Höhe von zehn Metern über dem Kraterrand gehorchte ihm die Steuerung nicht mehr. Der Gleiter schien gegen ein »weiches« Hindernis zu stoßen, das ihn ablenkte. Dieses unsichtbare Hindernis folgte exakt dem Rand des Kraters.

Harson landete erst Minuten später neben der HANZARO. Die meisten anderen Trupps waren noch unterwegs.

Der Behälter mit den seltsamen Kügelchen wurde ins Labor gegeben. Erst danach informierte der Biologe den Kommandanten über das unsichtbare Hindernis. Pallas, der bei ihnen war, zeigte sich immer aufgeregter. Benjam nickte dem Physiker zu.

»Sie werden sich erinnern, dass ich über dem Krater ein unbekanntes Energiefeld registrierte«, sagte Pallas.

»Ein großes Nichts!«, erinnerte ihn Benjam trocken.

»Richtig. Aber nun wissen wir, dass es keineswegs ein ›Nichts‹ ist. Jedenfalls kann es Materie Widerstand entgegensetzen. Es werden noch einige Experimente notwendig sein, das Rätsel zu lösen, aber ich bin überzeugt, dass es mit dem verschwundenen Schiff des Laren zu tun hat.«

»Und mit den Kügelchen!«, warf Doc Hamilton ein.

»Vielleicht. Warten wir den Laborbericht ab.«

Adams-Toufry trat ein. Er hatte das Gespräch von seiner Kabine aus telepathisch verfolgt. »Ich kann mich täuschen«, sagte er, »aber ich glaube, Gedanken empfangen zu haben, die nicht von der Schiffsbesatzung stammen. Die Muster waren anders, eher Emotionen. Als riefe jemand verzweifelt um Hilfe.«

»Können Sie antworten?«, wollte Pallas wissen. »Ich meine, die Richtung musste sich doch feststellen lassen.«

Adams-Toufry nickte. »Ich habe geantwortet, erhielt aber keine Reaktion. Ich nehme an, die Richtung brauche ich nicht erst zu erwähnen ...«

»Der Krater?«, rief Benjam erregt.

»Richtig, der Krater – oder über dem Krater!«

Alle schwiegen bedrückt. Aber schon wenige Augenblicke später meldete sich das Labor.

»Die Analysen erbringen kein Resultat!«

»Was soll das heißen, kein Resultat?«, polterte Benjam.

»Es handelt sich nicht, wie vermutet, um in großer Hitze verglaste Materie. Auch die chemische Zusammensetzung lässt sich nicht feststellen. Es scheint normales Glas zu sein, ist es aber dennoch nicht. Wir werden weitere Untersuchungen vornehmen.«

Benjam sah nicht gerade glücklich aus, als er sich an Adams wandte. »Was nun? Des Rätsels Lösung liegt zweifellos in dem Feld über dem Krater. Aber unsere Messungen haben nichts Greifbares ergeben. Was sollen wir tun?«

»Abwarten.« Adams-Toufry machte eine vage Handbewegung, die alles und nichts bedeuten konnte. »Ich habe Gedanken empfangen, das ist wichtig. Ich will versuchen, deren Quelle aufzuspüren. Danach sehen wir weiter.«

Allmählich kehrten auch die anderen Gleiter zurück. Keine der Besatzungen brachte Neuigkeiten. Von dem verschwundenen Schiff gab es nicht die geringste Spur.

»Dann muss ich Ihnen die Initiative überlassen, Adams«, stellte der Kommandant fest. »Sie sind einverstanden?«

»Es ist die einzige Möglichkeit«, sagte Adams-Toufry. »Im Übrigen nehme ich nicht an, dass es sich bei dem ... Feld, das über dem Krater liegt, um ein energetisches handelt.«

»Sondern ...?«, fragte Pallas interessiert.

»Um ein temporales Feld – um eine Zeitblase.«

16.

Der Eiswind der Zeit ..., das war Hotrenor-Taaks letzter Gedanke, bevor die Umgebung vor seinen Augen verschwand und es dunkel wurde.

Nur Harno blieb sichtbar, jetzt wieder kleiner und ohne die Aura des Zeitvakuums, bis der Lare begriff, dass sie sich beide *innerhalb* dieses Vakuums befanden.

Er fror plötzlich.

Hotrenor-Taak sah den Boden nicht, auf dem er stand, er sah nur Harno, der weißlich in der Finsternis schimmerte und keine Gedanken vernehmen ließ. Die Zeitlosigkeit verschluckte jeden Laut, jedes Lichtquant und jedes Gefühl – außer der Empfindung absoluter Wärmelosigkeit.

Nur langsam löste sich der Bann auf, konnte der Lare wieder Harnos Gedankenimpulse empfangen.

Die Zeit lässt sich nicht mehr kontrollieren, wir stürzen in Vergangenheit oder Zukunft ... ich weiß es nicht. Wir werden manipuliert.

»Von wem, Harno?«

Von jemandem oder etwas, das mächtiger ist als wir.

Allmählich drang blasser Schimmer in das Dunkel, das sie einhüllte. Hotrenor-Taak glaubte, einen warmen Luftzug zu spüren, und die Luft roch nach Pflanzen und Blüten.

Ein heller Fleck schälte sich aus dem nun dämmerigen Nichts, rund und fast senkrecht über ihnen. Dieser Fleck strahlte Wärme aus, die die furchtbare Kälte des Eiswinds der Zeit verdrängte, und es wurde lichter um sie.

Hotrenor-Taak bemerkte, dass er wieder auf festem, grasbewachsenem Boden stand. Er blickte nach oben. Rund um den hellen Fleck wich die Schwärze einem satten Blau. Weiße Tupfen unterbrachen das Blau.

Eine Sonne, ein Himmel ... und Wolken. Hotrenor-Taak stand auf der Oberfläche eines Planeten.

»Harno! Wo sind wir? Ist das hier ...?«

Es ist Terra!

Die Landschaft wurde deutlicher. Aufragende Felsen, einige niedrige Büsche, die halb vertrocknet waren. Wasser schien es hier nicht im Überfluss zu geben. Rechts und links eines schmalen Pfades gediehen sogar Kakteen.

Hotrenor-Taak glaubte, hinter sich ein Geräusch zu hören. Er drehte sich um und folgte dem Verlauf des Pfades mit den Augen. Der Weg endete vor einem tempelartigen Palast, zu dem breite Stufen hinaufführten.

Dieses Bauwerk ... woher kannte er den Stil?

Es ist die Insel Kreta, Hotrenor-Taak. In ferner Vergangenheit.

Eine der vielen Inseln Terras, entsann sich der Lare. Für ihn ohne jede Bedeutung, als er noch die Milchstraße beherrscht hatte. Umso unverständlicher, dass die unbekannte Macht Harno und ihn durch Raum und Zeit ausgerechnet hierher gebracht hatte.

Das Geräusch, ein monotoner Gesang, erklang aus dem Marmorpalast. Das Portal stand weit offen, aber alles dahinter lag im Dämmerschein und war kaum zu erkennen. Schatten bewegten sich, auf einem Podest stand eine etwas heller schimmernde Gestalt – eine Frau in einem weißen, fließenden Gewand.

Hatte Roctin-Par auf Harnos Oberfläche nicht eine ähnliche Gestalt gesehen?

Hotrenor-Taak kam nicht mehr dazu, Harno diese Frage zu stellen, denn von der anderen Seite her näherten sich Männer und Frauen in unterschiedlicher Kleidung. Die Männer trugen teilweise einfache Lendenschurze, die seitlich durch Bänder zusammengehalten wurden. In ihren Gürteln steckten breite, kurze Messer. Die Frauen hingegen waren durchwegs in Kleider oder kurze Röcke gehüllt. Sandalen schützten ihre Füße.

Hotrenor-Taak konnte sich nicht verbergen. Die nächsten schützenden Büsche waren zu weit entfernt und die Näherkommenden bereits in Sichtweite. Er wich lediglich ein Stück weit zur Seite. Doch die Männer, die vorangingen, achteten nicht auf ihn oder Harno, der in zwei Metern Höhe in der hitzeflirrenden Luft schwebte.

Der Lare hob seine Hände zum Zeichen des Friedens und trat auf die Männer zu. Doch ehe er ein Wort der Begrüßung sagen konnte, geschah etwas Unbegreifliches. Die Männer gingen weiter – sie gingen durch ihn hindurch.

Hotrenor-Taak wich fassungslos zur Seite. Fast wäre er über einen Stein gestolpert, aber er fing sich im letzten Augenblick und setzte sich. »Sie sind ... nicht wirklich«, ächzte er. »Geister, Dämonen! Gespenster ohne Fleisch und Blut! Harno, was ist los?«

Er sprach laut, aber keiner drehte sich nach ihm um. Diese Frauen und Männer mussten Terraner sein, wenn sie auch ein wenig anders aussahen als jene Terraner, die Hotrenor-Taak kannte. Sie waren etwas kleiner, ihre Haut schimmerte wie Bronze, und sie hatten lange, blonde Haare. Die Gesichter waren scharfkantig und von außergewöhnlicher Ebenmäßigkeit. Sie waren – schön.

Oh doch, Hotrenor-Taak, sie sind Wirklichkeit und in dieser Zeit vorhanden. Aber wir sind es nicht! Die Gespenster sind wir! Sie sehen und hören uns nicht, wir sind wie Luft für sie. Wir sind aus einer anderen Zeit, die für sie noch fernste Zukunft ist, und wenn wir auch hierher versetzt wurden, so materialisierten wir nicht. Wir sind nichts als unbeteiligte Zuschauer.

»Sie nehmen uns nicht wahr? Sie könnten uns nichts anhaben?«

So ist es! Umgekehrt haben auch wir keinen Einfluss auf sie und auf das, was sie tun. Wir können nicht in die Geschehnisse eingreifen. Das ist eine natürliche Sperre, die ein Paradoxon verhindert.

»Die ideale Zeitreise also«, stellte der Lare fest. »Allerdings eine unkontrollierte und gegen unseren Willen. Wer ist der Große Unbekannte, der das veranlasst?«

Ich weiß nicht, wiederholte Harno. *Aber ich weiß, dass es nicht ohne Grund geschieht. Wir sollen beobachten, was geschieht. Jemand benötigt diese Information. Wir müssen tun, was er – oder es – von uns verlangt.*

»Gehen wir in den Tempel«, schlug Hotrenor-Taak vor.

Geh allein, ich bleibe zurück. Dir kann nichts geschehen.

»Du wirst hier warten?«

Ich werde immer bei dir sein, gab Harno geheimnisvoll zurück.

Der Lare zögerte nur eine Sekunde, dann schritt er langsam den Pfad zu dem Tempelpalast hinauf, wo der Gesang lauter geworden war.

Die Frau in dem langen, fließenden Kleid war eine Schönheit. Sie stand auf dem Podium wie eine Göttin, und ihre bronzefarbene Haut schimmerte durch den Stoff ihres Gewandes. Das lange Haar fiel weit über ihre Schultern hinab, und ihr klassisches Profil verriet Stolz. Hotrenor-Taak bedauerte für einen Moment, keiner ihrer Priester zu sein, die ehrerbietig vor ihr knieten und ihr Opfergaben darboten.

Ohne aufgehalten zu werden, war er an den Wachen vorbeigegangen, die zwischen den Säulen standen. Sie waren die einzigen Männer, die andere Waffen als nur Messer trugen. Die Spitzen ihrer Wurfspeere schienen vergoldet zu sein, sie schimmerten im Licht der hochstehenden Sonne.

Nun stand der Lare inmitten der Menge, die der Schönheit huldigte. War sie ihre Göttin oder nur ihre Oberpriesterin?

Im Hintergrund der weiten Halle hatten sich im Halbkreis die schönsten Mädchen gruppiert, die Hotrenor-Taak je zu Gesicht bekommen hatte. Ihr eintöniger Gesang wirkte einschläfernd und zugleich hypnotisierend. Die Menge wiegte sich im Takt.

Unwillkürlich wiegte der Lare sich mit, wobei er hin und wieder in den Körper einer der neben ihm stehenden Personen eindrang, ohne dass diese auch nur das Geringste davon bemerkt hätten. Es war eine gespenstische Situation.

»Was singen sie, Harno?«

Sie beten ihre Göttin an. Eine Kulthandlung, geschehen vor vielen Tausend Jahren. Sie bringen ihr Opfer dar und erbitten ihre Gnade für die nächste Ernte, von der ihr Leben abhängt. Sie selbst hat keine Gedanken oder versteht es, diese abzuschirmen.

Hotrenor-Taak wurde abgelenkt, als jemand eine junge Ziege hereinführte und das Tier auf einem flachen Stein opferte. Das Blut wurde in einer Schale aufgefangen und der bronzenen Schönheit zu Füßen gestellt. Dabei veränderte sich der Gesang, er wurde rhythmischer und leidenschaftlicher. Die Menge geriet in eine Art von Ekstase. Hotrenor-Taak gab sich Mühe, kühl und beobachtend zu bleiben.

»Was geschieht jetzt, Harno?«

Die Göttin muss das Opfer annehmen. Als Zeichen, dass sie für das Gedeihen der Ernte sorgen wird. Sie kann keine Terranerin sein. Vielleicht die Überlebende einer gestrandeten Raumexpedition. Bemerkst du die Unterschiede zu den Eingeborenen?

Sie war fast einen Kopf größer als alle anderen und musste ihnen wie eine Riesin erscheinen. Dieser Eindruck wurde durch das lange Gewand noch verstärkt, das sie trug. Sie war sehr schlank und gut gewachsen.

Wie eine Göttin, in der Tat!, durchfuhr es Hotrenor-Taak.

Sie wird eines Tages eine Göttin werden, teilte Harno mit.

Der Gesang wurde lebhafter. Die Schönheit auf dem Podest ließ sich die Opferschale reichen, streckte die Arme nach oben und hielt das Opfergefäß über den Kopf. Ein Jubelschrei brauste durch den Tempelraum. Die Göttin nahm das Opfer an.

Wieder geschah etwas Seltsames, das Hotrenor-Taak sich nicht erklären konnte. Die Schale in den Händen der Göttin wurde langsam unsichtbar, bis sie endgültig verschwunden war. Ihre Hände waren leer, als sie wieder herabsanken.

Nun schleppten die Eingeborenen Körbe mit Früchten herein und bauten sie vor dem Podium auf. *Beim Heiligen Konzilsrat*, dachte Hotrenor-Taak, *was soll sie mit dem ganzen Zeug anfangen? Ob sie das auch verschwinden lässt, um ihre Anbeter zu befriedigen ...?*

Er hatte es kaum gedacht, als genau das geschah. Früchte und Gefäße flimmerten – und dann war der Platz vor dem Podium leer.

Beruhige dich, kam Harnos Gedankenbotschaft. *Das ist nichts anderes als Materie-Transmission, ein technischer Trick, der die Eingeborenen verwirren muss. Ich empfange nach wie vor keine Gedanken von ihr, aber ich bin sicher, dass sie auf dieser Welt gestrandet ist. Sie lässt sich als Göttin verehren und besorgt damit Nahrungsmittel für sich und die Überlebenden des havarierten Raumschiffs. Aber das ist nur eine Vermutung.*

Der Lare fragte sich, was das alles mit Harno und ihm zu tun hatte. Der Schlüssel zu manchen Geheimnissen der Gegenwart und Zukunft lag in der Vergangenheit verborgen, das war eine alte Weisheit. Hotrenor-Taak wusste das, konnte sich aber trotzdem keinen Reim auf das Geschehen machen. Er kannte die Sagen, Mythen und Religionen der Terraner zu wenig, um etwas damit anfangen zu können. Außerdem sah er keinen Zusammenhang zwischen seiner Gegenwart und dem, was damals hier auf der Erde geschehen war.

Er gab es auf, darüber nachzudenken. Auch Harno enthielt sich jeder Mitteilung. Außerdem lenkte ihn der Gesang wieder ab. Nachdem die »Göttin« alle Opfer angenommen hatte, würde es eine gute Ernte geben. Die Eingeborenen drückten ihre Freude durch einen erregenden Tanz aus.

Für die hehre Gestalt auf dem Podium schien das ein Zeichen zu sein, sich auf ihre Weise zu entfernen. Unter dem durchsichtigen Gewand verflüchtigte sich ihr Körper allmählich, bis Hotrenor-Taak nur noch das fließende Kleid sah. Von einer Sekunde zur anderen verschwand auch dieses. Das Podium war plötzlich leer.

Die Eingeborenen schienen den Vorgang zu kennen. Sie nahmen keine Notiz davon und tanzten immer wilder. Die Männer mischten sich unter die Priesterinnen, die allmählich in Ekstase gerieten. Eine von ihnen löste sich von ihrem Partner, der sie zwischen die Säulen zu zerren versuchte, lief zu dem leeren Podium und warf sich davor nieder. Sie lag dort, wo vorher die Körbe mit den Opfergaben gestanden hatten.

Hotrenor-Taak, der schon zu Harno zurückkehren wollte, verharrte, denn die junge Frau vor dem Podium redete plötzlich mit heller, durchdringender Stimme. Sie tat es in einer dem Laren unbekannten Sprache.

Ein Wort kehrte immer wieder, mit dem der Lare nichts anzufangen wusste. Vielleicht war es ein Name oder ein Begriff, dem eine besondere Bedeutung zukam. Es klang wie »Demeter«.

Nur noch die Mädchen waren zu hören, denn der Gesang der anderen war verstummt. Der Saal leerte sich. Zwischen den Säulen hindurch konnte Hotrenor-Taak sehen, wie sich die spontan zusammengefundenen Paare der Liebe hingaben. Er wandte sich um, verließ den Tempelpalast und ging zu Harno zurück.

Wenn die GORSELL rematerialisiert, wird es hier geschehen, teilte ihm die Kugel mit. *Ob wir dann auch in unsere Gegenwart zurückkehren, ist eine andere Frage.*

»Wir können nicht für immer hier bleiben! In einer Zeit, die wir nicht kennen und zu der wir keine Beziehung haben. Wer uns hierher versetzte, muss uns wieder zurückholen.« Hotrenor-Taak sprach wieder laut, ihn konnte ohnehin niemand hören.

Der Unbekannte – oder das Unbekannte – ist stärker als wir.

Hotrenor-Taak schaute zurück zum Tempel. Die junge Frau kniete immer noch einsam vor dem Podest und betete zu der verschwundenen Göttin.

»Was sagt sie?«

Nach einer Weile antwortete Harno: *Sie bittet um Fruchtbarkeit, nicht nur für ihre Felder, sondern auch für ihren Leib. Sie will ein Kind.*

Hotrenor-Taak dachte für einen Augenblick an die Paare, die sich in das Innere des Tempels zurückgezogen hatten. Eine bissige Bemerkung lag ihm auf der Zunge, aber er sprach sie nicht aus.

»Sonst sagt sie nichts?«

Nur das. Dabei nennt sie den Namen der Göttin – oder der Person, die sie für eine Göttin hält.

Der Lare entsann sich des Wortes, das immer wiederholt wurde: »Demeter ...«

Wir müssen in das Zeitfeld eindringen, teilte Betty Toufry mit, als Adams sich nach einer kurzen Ruhepause erhob. *Ich weiß, es ist problematisch und gefährlich, aber siehst du eine andere Möglichkeit, Klarheit in die Sache zu bringen?*

Adams ging nicht sofort darauf ein. Er duschte und kleidete sich an, wobei er immer daran denken musste, dass Betty Toufry ihn ständig »sehen« konnte. Dieses ihm unangenehme Gefühl wurde jedoch mit jedem Tag schwächer. Er gewöhnte sich daran, nicht mehr allein zu sein.

»Das wissenschaftliche Problem ist zweitrangiger Natur, Betty. In erster Linie geht es darum, Harno zu finden und eventuell zur Erde zu bringen. Du hast recht: Wir müssen in dieses Feld eindringen.«

Allein?

»Ganz allein!«, bestätigte Adams.

Kommandant Benjam verbarg sein Unbehagen über diesen Vorschlag nicht, als er davon erfuhr. »Wir wissen noch zu wenig über die Natur dieses Phänomens, warum warten Sie nicht? Harsons Flug mit Doc Hamilton hat bewiesen, dass dieses Feld Materie abstößt. Wie wollen Sie eindringen?«

»Das weiß ich noch nicht. Jedenfalls kann ich schwache Gedankenimpulse empfangen. Ich werde mich an den Rand des Kraters begeben. Es ist möglich, dass die Impulse dann stärker zu vernehmen sind und ihr Sinn damit klarer wird.«

Kommandant Benjam trommelte mit den Fingern auf die Tischplatte. »Ich kann Sie nicht aufhalten, Adams. Die Entscheidung liegt allein bei Ihnen.«

»Dann werde ich das Schiff in zehn Minuten verlassen. Sorgen Sie dafür, dass ich ständig beobachtet werde, falls ich mich entschließen sollte, den Krater zu betreten.«

»Wir lassen Sie nicht aus den Augen!«, versicherte Benjam.

Adams legte seinen Schutzanzug an, verzichtete aber auf die Mitnahme einer Waffe. Dann verließ er die HANZARO und ging bis an den Rand des seltsamen Kraters. Eine Weile schaute er nachdenklich hinab.

Gib alle Gedanken an mich weiter, Betty, die du empfangen kannst!

Adams hatte einige Schwierigkeiten, die Gedankenimpulse der Schiffsbesatzung nach und nach zu ignorieren, aber schließlich gelang es ihm. Wieder registrierte er undeutliche Emotionsmuster.

Harno!, dachte Adams-Toufry mit größter Konzentration. *Gib mir ein Zeichen, wenn du mich wahrnimmst!*

Die eintreffenden Impulse veränderten sich nicht.

Unsere Gedanken durchdringen das Zeitvakuum nicht, versuchte Betty Toufry eine Erklärung. *Geh weiter, Homer! Versuche weiterzugehen!* Adams reagierte nicht darauf.

Zeitblase oder Zeitvakuum – was auch immer! Das Phänomen blieb unerklärlich. Ein Gleiter war bei der versuchten Überquerung des Kraters abgelenkt worden. Adams hob einen faustgroßen Stein auf und warf ihn steil hinauf in die Richtung, in der er das Feld vermutete. Der Stein flog die ersten Meter völlig normal, dann verlangsamte er ohne ersichtlichen Grund seine Geschwindigkeit, verlor aber keineswegs an Höhe. Er bewegte sich in Zeitlupe weiter, wurde transparent und, noch ehe er fallen konnte, unsichtbar.

Er ist eingedrungen!, jubelte Betty Toufry lautlos. *Was er kann, das können wir auch!*

Er kann nicht zurückkehren, erinnerte sie Adams.

Weil der Stein keinen eigenen Willen besitzt und von der Schwerkraft abhängig ist. Homer Adams, willst du die einzige Chance verpassen, Harno zu holen, ihn vielleicht aus einer gefährlichen Situation zu befreien?

Langsam erhob sich Adams und schaltete sein Funkarmband ein. »Kommandant Benjam? Hören Sie mich?«

»Klar und deutlich. Was war das eben mit dem Stein, den Sie geworfen haben? Wohin ist er verschwunden?«

»Sie haben es also gesehen? Dann kann ich mir lange Erklärungen sparen. Ich werde jetzt versuchen, dem Stein zu folgen.«

»Viel Glück! Wenn Sie nicht bald wieder auftauchen, unternehmen wir etwas.«

»Was?«

»Keine Ahnung«, gab der Kommandant wütend zu. »Irgendetwas!«

Adams ließ das Armband eingeschaltet, obwohl er das für überflüssig hielt. Er ging vor bis zum Kraterrand und streckte die Hände aus. Er stieß auf keinen Widerstand, aber ein feines Prickeln war zu spüren. Es erfasste den ganzen Körper.

Adam setzte nach kurzem Zögern seinen Weg fort, und da es bergab ging, verlor er schon nach wenigen Metern die HANZARO aus den Augen.

Dann blieb er abrupt stehen.

Er sah den SVE-Raumer – die GORSELL. Wenigstens nahm Adams an, dass es die GORSELL war, denn das Schiff lag wie hinter wogenden Nebeln verborgen. Die eintönige Kraterlandschaft hatte sich verändert, der vorher grünblaue Himmel erschien grau und verhangen.

»Wo sind wir, Betty?«

Vielleicht solltest du besser fragen, wann sind wir ...

Die Gedanken von der HANZARO waren verstummt. Adams rief Kommandant Benjam über sein Armband, erhielt aber keine Antwort.

Er wandte sich wieder dem SVE-Raumer zu. Nichts bewegte sich in dessen näherer Umgebung.

Harno! Gib mir ein Lebenszeichen!

Keine Reaktion erfolgte.

Jetzt erst spürte Adams die eisige Kälte. Er schaltete die Temperaturregelung seines Anzugs hoch. Unsicherheit überkam ihn.

»Betty, ich weiß nicht mehr weiter. Übernimm du und versuche, Harno telepathisch zu erreichen. Ich kann vielleicht mit deiner Hilfe empfangen, aber senden kannst du besser und intensiver.«

Es gab keinen Krater mehr, nur noch eine weite Ebene. Adams' Blick schweifte über die spärliche Vegetation hinweg.

Von einem vertrockneten Busch brach Adams einen Ast ab und zeichnete einen Pfeil, der in die Richtung wies, aus der er gekommen war. Ohne ihn würde er niemals den Rückweg finden können, falls es überhaupt einen gab.

Bettys Gedankenbotschaft traf ihn so heftig, dass er zusammenschreckte. *Harno! Hier ist Betty Toufry! Melde dich!*

Geraume Zeit verging. Dann trafen kaum wahrnehmbare Impulse ein. Adams hatte den Eindruck, dass sie aus unendlich weiter Ferne kamen. Nur allmählich gewannen sie an Intensität und wurden deutlicher.

... auf Terra ... nicht zurück ... achttausend oder mehr ... Kreta ...

Adams wagte nicht, von sich aus Fragen zu stellen. Er überließ die Initiative dem Bewusstsein der Mutantin. Immerhin: Der Kontakt war hergestellt!

Aber was bedeutete *auf Terra?* Wollte das Energiewesen andeuten, dass es sich auf der Erde befand? Auf der Insel Kreta?

Und achttausend oder mehr ...? Entfernungs- oder Zeitangabe?

Denke später darüber nach, du störst mich!, teilte Betty mit.

Sekunden später traf die zweite Botschaft ein: *... Zeitversetzung, spon-*

tan und ohne eigene Einwirkung. Gib Antwort, Betty Toufry, ich empfange dich, wenn auch undeutlich.

Das Bewusstsein der Mutantin antwortete sofort. *Ich bin mit Homer G. Adams auf Mugnammor. Wir drangen in die Zeitblase ein und sehen die GORSELL. Was sollen wir tun?*

Das Schiff, das ihr seht, ist nur ein Zeitschatten. Es ist nicht real, obwohl es tausendfach existieren mag, in tausend verschiedenen Zeiten. Richtet die Feldlinien von starken Gravitationsprojektoren darauf, konzentriert und lange. Das hebt gewisse Einflüsse auf.

»Was hat Gravitation mit Zeit zu tun?« Adams konnte die Frage nicht unterdrücken. Betty leitete sie verstärkt weiter.

Gravitation ist eine der Ursachen für das Vergehen der Zeit, kam es zurück.

Gut. Unser Schiff verfügt über Gravoprojektoren. Und dann?

Es ist nur ein Versuch, mehr nicht.

Du erwähntest Terra – was ist mit der Erde?

Diesmal blieb die Antwort aus.

Adams sah hinüber zu dem Schiff im Nebel. Er überlegte, ob er hingehen und es untersuchen sollte, aber dann drehte er sich um und folgte der Richtung des Pfeils. Urplötzlich war die Steigung der Kraterwand wieder da. Das fast angenehm gewordene Prickeln im Körper hörte auf, und nachdem Adams noch einige Schritte weitergegangen war, erblickte er die HANZARO.

»Kommandant Benjam, hören Sie mich?«

»Der Kommandant schläft, hier spricht Kon Takim. Er hat stundenlang auf eine Nachricht von Ihnen gewartet. Was haben Sie in dem öden Krater gemacht? Eine Suchmannschaft konnte Sie nirgendwo entdecken.«

Adams versuchte, seine Überraschung zu meistern. »Ich war nicht mehr als zwanzig Minuten dort.«

»Dann geht Ihre Uhr falsch, mein Lieber. Sie sind ziemlich genau vor sieben Stunden verschwunden.«

»Unmöglich!«, rief Homer G. Adams, ehe ihm bewusst wurde, wie unsinnig dieses Wort inzwischen geworden war.

Adams hatte ausführlich berichtet und dennoch den Eindruck, dass er nur auf Unglauben stieß.

»Hören Sie, Kommandant, ich bin ebenso wenig verrückt, wie Ihre Leute blind sind. Ich hatte telepathischen Kontakt mit Harno. Er befindet sich in dem Krater – oder auf Terra. In einer anderen Zeit. Er sprach von einem Zeitschatten innerhalb des Zeitvakuums – zum Teufel, ich weiß auch nicht, wie ich Ihnen das erklären soll!«

»Und was ist mit den Gravitationsprojektoren?«

Adams seufzte. »Das habe ich Ihnen schon erklärt. Ich werde es noch einmal tun, aber ich rate, Ihren Chefphysiker zu holen. Er versteht davon mehr als wir beide zusammen.«

Noch einmal berichtete Adams, was geschehen war. Diesmal in aller Ausführlichkeit. Zum Schluss fragte er: »Was stellen Sie sich unter einem Zeitschatten vor?«

All Pallas hatte sich Notizen gemacht. Er sah auf. »Zeitschatten ...? Ich stelle mir darunter eine Art Projektion vor. Der SVE-Raumer steht nicht in dem Krater, der in Wirklichkeit keiner ist, sondern auf Terra. Wahrscheinlich nicht in der Gegenwart, sondern in Vergangenheit oder Zukunft. Aber das Schiff wirft einen Schatten durch Raum und Zeit. Dafür kann es zwei Gründe geben.«

»Und die wären?«

»Einmal die Tatsache, dass die Zeitversetzung hier auf Mugnammor erfolgte. Außerdem könnten die seltsamen astrophysikalischen Gegebenheiten dieses Systems daran schuld sein. Das Schiff entmaterialisierte nur teilweise.«

»Es stand wie hinter Nebelschleiern«, bestätigte Adams.

»Ich schlage vor, wir unternehmen den Versuch mit den Projektoren, obwohl ich mir nicht vorstellen kann, wieso das nützen soll. Sie können keine Materie herbeiholen, die Zehntausende von Lichtjahren entfernt ist.«

»Nur teilweise entfernt ...«, erinnerte Adams.

»Für den Versuch müssen wir die HANZARO näher an den Rand des Kraters bringen«, warf der Kommandant ein.

Kon Takim hatte die HANZARO nur wenige Meter vom Kraterrand entfernt aufgesetzt. Alle dem Wall abgewandten Projektoren mussten ausgebaut und aus dem Schiff transportiert werden.

Pallas überwachte die Arbeiten und kontrollierte die Energiezuleitungen. Schließlich meldete er die Einsatzbereitschaft sämtlicher Gravitationsprojektoren. Adams, der sich vorübergehend in seine Kabine zurückgezogen hatte, erschien wenig später wieder in der Zentrale. »Ich sehe mir das von außen an«, entschied er.

Adams verließ das Schiff und gesellte sich zu Pallas, der auf einem Hügel kaum fünfzig Meter entfernt Stellung bezogen hatte.

»Wann wird eingeschaltet?«

»Gleich ...«

Von dem Hügel aus bot sich ein guter Blick bis in den Krater hinab. Vergeblich versuchte Adams sich vorzustellen, dass dort unsichtbar die GORSELL stand – oder vielmehr das, was Harno als ihren Zeitschatten bezeichnet hatte.

Aus der Kommandozentrale meldete sich Benjam: »Ich schalte ein; Energiemaximum auf die Projektoren!«

Die ausgebauten Aggregate waren tief angeordnet und konnten nicht von den im Schiff verbliebenen Projektoren beeinflusst werden. Sie strahlten etwas flacher, sodass sich alle Feldlinien etwa in der Mitte des Kraters trafen – dort, wo Adams den Zeitschatten der GORSELL vermutete.

Einmal glaubte Adams, für Sekundenbruchteile die verschwommenen Umrisse eines Schiffes zu sehen.

Das war keine Täuschung, Homer. Wir schaffen es, wir holen Harno zurück!

Obwohl die Luft völlig klar war, schien sich der Krater mit feinem Nebel zu füllen. Dieser Dunst floss aus dem Nichts heran, stieg aber nicht über den oberen Rand empor.

Adams glaubte wieder, etwas Vages erkennen zu können.

»Da, in der Mitte ...! Das muss ein Schiff sein!«, bestätigte Pallas. Tatsächlich schälten sich jetzt Umrisse aus dem Nebel heraus, als materialisiere die GORSELL.

Einer jähen Eingebung folgend, wollte Adams den Hügel verlassen, aber Betty Toufry warnte ihn: *Stehenbleiben, Homer! Zuerst müssen die Projektoren abgeschaltet werden, und wenn dann das Schiff stabil bleibt, können wir überlegen, was wir unternehmen.*

»Das ist der Raumer!« All Pallas schüttelte verwirrt den Kopf. »Aber wo kommt er her ...?«

»Aus dem Zeitstrom. Spüren Sie nicht die plötzliche Kälte, die aus dem Krater zu uns heraufdringt?«

Pallas fröstelte. »Vielleicht geht das von dem Nebel aus«, argwöhnte er.

»Das Schiff hat diesen Nebel und die Kälte mitgebracht, als es dem Schatten Materie verlieh. Wir müssen herausfinden, ob die Materie auch Bestand hat, sobald die Projektoren abgeschaltet werden.«

Der Physiker rief den Kommandanten. »Schalten Sie die Projektoren aus!«, verlangte er. »Und beobachten Sie, was dann geschieht.«

»Alle gleichzeitig?«

»Ja.«

Adams stand unbeweglich auf dem Hügel und sah die GORSELL, die nun den Nebel aufzusaugen schien. Trotzdem wirkte die Hülle des Schiffes nicht stabil. Immer wieder schien der SVE-Raumer sich auflösen zu wollen, verschwammen die Konturen und kehrten doch zu ihrer ursprünglichen Form zurück.

Hörst du Harno wieder?, fragte Adams lautlos.

Noch nicht, gab Betty Toufry zurück. *Auch Hotrenor-Taak bleibt stumm. Hoffentlich haben wir nicht nur das Schiff aus Raum und Zeit zurückgeholt.*

Die Feldlinien der Projektoren könnten ihre Gedanken abschirmen. Wir werden das gleich wissen.

In der Zentrale schaltete Kommandant Benjam Sekunden später die Energiezufuhr ab. Die Kraftfelder erloschen ...

... und die GORSELL blieb materiell.

Noch immer waren keine Gedankenimpulse aus dem Schiff zu vernehmen.

»Ich gehe jetzt!«, sagte Homer G. Adams laut, damit auch Pallas ihn hören konnte. Von Betty Toufry kam kein Protest.

»Ich begleite Sie«, bot der Chefphysiker an.

»Danke, aber ich gehe allein. Es ist zu gefährlich.«

»Und ob er allein geht!«, erklang Benjams energische Stimme aus dem aktivierten Funkarmband. »Wer soll ihm sonst helfen, falls es Probleme gibt?«

Der Krater hatte sich in eine flache Mulde verwandelt. So musste die Landschaft ursprünglich ausgesehen haben. Niemand hätte zu sagen vermocht, warum überhaupt ein Krater entstanden war, der eigentlich gar nicht existierte.

Adams setzte sich in Bewegung. Er wurde die Beklemmung nicht mehr los, die von ihm Besitz ergriffen hatte. Langsam schritt er den Hügel hinab bis an den Rand der Senke. Sekundenlang zögerte er noch, dann ging er weiter.

Als er sich umdrehte, stand er in einer ihm völlig fremden Landschaft, die ihm trotzdem vertraut vorkam.

17.

Das Meer im Hintergrund war tiefblau und verschmolz mit dem klaren Himmel. Davor erstreckte sich eine Hügellandschaft, spärlich mit Gras bewachsen und mit dornigen Büschen, die kleine, rote Früchte trugen. Es war warm. Von der eisigen Kälte war nichts mehr zu spüren.

Die Sonne war nicht der grüne Stern Mugnam, sondern eine weißgelbe, grelle Lichtscheibe. Adams musste die Augen fast schließen, als er zu ihr aufschaute. Dabei stand sie nur noch zwei Handbreit über dem Horizont.

Es war die Sonne, die er kannte: Sol.

Wir sind auf der Erde, teilte Betty Toufry mit, aber ihren Gedanken war keine Erregung anzumerken. *Also hat das Zeitvakuum trotz unserer Maßnahmen noch existiert. Wir sind darin eingedrungen, ohne es zu bemerken.*

Wo sind Harno und Hotrenor-Taak? Wann sind sie?

Die Gegenfrage war genauso berechtigt: *Wo ist die GORSELL geblieben?*

Erst jetzt wurde Adams bewusst, dass er allein in der fremden Landschaft stand. Es gab keine HANZARO mehr, aber auch keine GORSELL. Der Eiswind der Zeit – oder was immer – hatte ihn über mehr als vierzigtausend Lichtjahre hinweg zur Erde gebracht – während eines einzigen Lidschlags.

Aber das war nicht die Erde, wie er sie in Erinnerung hatte.

Kreta!, teilte Betty Toufry mit. *Es muss Kreta sein, und der Ozean ist das Mittelmeer. Ja, ich bin ziemlich sicher.*

Und die Zeit?, fragte Adams besorgt. *In welche Zeit sind wir geraten?*

Das wusste die Mutantin ebenso wenig. Vergeblich bemühte sie sich, Harno zu erreichen.

Beim ersten Eindringen in die Zeitblase war alles ganz anders gewesen, auch die Landschaft. Diesmal gab es kein Schiff, keinen Harno, kein Lebewesen.

Etwas ist nicht programmgemäß verlaufen, teilte Betty mit.

Wie so oft, wenn sie allein waren, sprach Adams laut: »Wir haben genau das getan, was Harno uns empfahl. Die Gravitationsprojektoren arbeiteten einwandfrei, die GORSELL ist materialisiert. Aber wo ist sie geblieben, Betty?«

In einer anderen Zeit. Der Ort ist der gleiche geblieben. Wir sind auf Kreta. Die Frage ist, wann. Ich weiß es nicht.

»Vorchristlich?« Adams sah sich nach allen Seiten um. Das Land war unberührt, nicht einmal einen Pfad gab es. Lediglich der nackte Fels zwischen den dornigen Büschen ermöglichte ein Weiterkommen.

»Wir müssen wieder ›zurückgehen‹«, schlug Adams vor, weil ihm nichts Besseres einfiel. »Wir kennen die Richtung. Wir brauchen uns nur umzudrehen ...«

Versuche es!, kam Betty Toufrys Rat. *Sonst sind wir gestrandet.*

»Gestrandet?«

In Raum und Zeit!

Wie richtig Betty Toufrys Vermutung war, sollte sich schnell erweisen. Adams ging den Weg zurück, den er gekommen war, aber die unberührte Landschaft nahm kein Ende.

Immer schneller schritt er aus und stieg auf einen Hügel, auf dessen Kuppe sich ihm eine großartige Aussicht bot. Aber Adams hatte jetzt wenig Sinn für die Schönheit der Landschaft. Er suchte nach einem Anhaltspunkt, der ihm Ort und Zeit verriet.

Kreta – das konnte stimmen. Harno hatte den Namen der Insel erwähnt. Was aber sollten ausgerechnet Kreta und die Vergangenheit der Insel mit der Realität des Jahres 3586 zu tun haben?

Der Schlüssel zu den Geheimnissen der Gegenwart liegt immer in der Vergangenheit, so wie auch die Gegenwart die Zukunft mitformt, teilte das Bewusstsein der Mutantin mit.

»Trotzdem begreife ich nichts mehr«, gab Adams zu. Er schwieg, als er eine Bewegung zwischen den Büschen wahrzunehmen glaubte.

Nur ein Tier, beruhigte ihn Betty Toufry.

Als sich die Büsche teilten, konnte Adams eine Echse erkennen. Gezackter Rückenkamm, langer und schlagkräftiger Schwanz. Vorsichtig schob sich das an die zwei Meter lange Geschöpf über die Felsen auf Adams zu.

Bleib stehen!, befahl die Mutantin, als er sich umdrehen und davonlaufen wollte. *Das Tier hat vielleicht noch nie einen Menschen gesehen.*

»Umso mehr Grund, sich einen anzusehen ...«

Da er laut gesprochen hatte, was ihm plötzlich siedend heiß zu Bewusstsein kam, hätte das nur noch zehn Meter entfernte Tier ihn hören müssen. Aber es reagierte nicht. Ruhig und gelassen kroch es weiter, obwohl sich leicht vermuten ließ, dass es auch wesentlich schneller sein konnte.

Trotz Bettys Warnung wich Adams ein paar Schritte zur Seite, als die Echse ihn fast erreicht hatte. Trockene Zweige knackten, als sie unter seinem Gewicht zerbrachen, aber die Echse kroch weiter, als sei sie taub. Adams starrte ihr wie gebannt nach, schließlich atmete er erleichtert auf. »Sie hat mich ignoriert, als wäre ich überhaupt nicht vorhanden, Betty! Kannst du das verstehen?«

Ich versuche es, Homer. Wir sind hier, in einer uns unbekannten Zeitepoche, aber wir sind nicht wirklich hier. Für den Boden, die Felsen und für die Büsche sind wir real vorhanden, aber nicht für Lebewesen.

Adams gab sich damit nicht zufrieden. Auch wenn die Vermutung der Mutantin stimmte, so war die Unterscheidung paradox.

Die Sonne sank dem Horizont entgegen und färbte sich rot. Es war Adams klar, dass er sich nicht zu weit vom Ort seiner Materialisation entfernen durfte. Sollte es den Versuch geben, ihn »abzuholen«, dann nur dort.

Als er sich umwandte und noch einmal in Richtung des Meeres sah, bemerkte er flackernden Feuerschein. Davor bewegten sich menschliche Schatten.

Geh hin!, rief Betty Toufry. *Es besteht keine Gefahr, denn sie sehen uns nicht. Aber ich kann ihre Gedanken empfangen.*

Sie waren braunhäutig, kaum eineinhalb Meter groß, und ihr negroider Einschlag war unverkennbar. Ihre Waffen – Speere und Holzkeulen – lagen abseits des Feuers, um das herum sie tanzten. Nur einige ältere Männer und Frauen saßen auf den Felsen und beteiligten sich nicht an dem Ritual.

Adams war zwischen den letzten Büschen vor der Lichtung stehen geblieben. Er versuchte, sich an den Gedanken zu gewöhnen, dass ihn niemand sehen konnte, weil er real nicht vorhanden war. Aber noch gab es für Bettys Behauptung keinen Beweis.

Setz dich zu ihnen an das Feuer, riet die Mutantin. *Dann bekommst du deinen Beweis.*

Bist du verrückt?

Betty Toufry antwortete nicht.

Was denken sie?, fragte Adams nach einer Weile.

Betty wartete einige Minuten, bevor sie erklärte, dass sich die Gedanken der Tanzenden um sehr alltägliche Dinge drehten, um das wärmende Feuer, das erhalten bleiben musste, um ihre Götter, die sie durch den Tanz ehrten, und um die Ernte.

Eine halbe Stunde verging, dann trat Adams vor in den Feuerschein. Er hob beide Hände zum Zeichen seiner Friedfertigkeit. Die Alten blieben ruhig sitzen, die Jüngeren tanzten weiter, immer wilder und hektischer. Adams griff nach dem Arm eines jungen Mannes, doch seine Hand ging durch den Arm hindurch, als sei er nicht vorhanden.

Alles ist relativ, erinnerte ihn die Mutantin. *Du glaubst, der Eingeborene sei nicht real. In Wirklichkeit bist du der Geist. Aber sei vorsichtig! Das Feuer ist für sie und für dich vorhanden. Du würdest dich verbrennen.*

Adams spürte die von den Flammen ausgehende Hitze. Der junge Mann tanzte mitten durch Adams hindurch.

Bist du noch nicht überzeugt?

Adams zog sich zurück. Erst als er wieder im überflüssigen Schutz des Gebüschs stand, erwiderte er: »Ich bin überzeugt, Betty. Aber wir wissen bislang nicht, in welcher Zeitepoche wir gelandet sind. Die Eingeborenen kamen von Afrika, das sieht ein Blinder. Ihr Aussehen beweist, dass sie nicht einmal entfernt verwandt mit den späteren Bewohnern der Insel sind. Beide Kulturen haben nichts gemeinsam.«

Vielleicht kehrten sie in ihre Heimat zurück.

Adams tappte durch die Dunkelheit. Er hatte sich verirrt. Erst morgen früh würde er den Platz wiederfinden, an dem er materialisiert war. Jetzt galt es, einen sicheren Ort für die Nacht aufzusuchen. Eigentlich wäre es gefahrlos gewesen, sich am Feuer der Eingeborenen niederzulassen, sie hätten ihn nicht bemerkt. Aber wenn jemand zufällig einen brennenden Ast auf ihn geworfen hätte ... Es war ein Paradoxon und nicht zu erklären.

Unter einem leicht überhängenden Felsen häufte Homer G. Adams trockene Äste zusammen und bereitete sich ein primitives Lager. Müde und erschöpft schlief er bald ein.

Betty weckte ihn, als die Sonne schon aufgegangen war. *Mir war, als hätte ich Gedankenimpulse von Harno empfangen. Weit, sehr weit weg ...*

»Von Harno?« Adams war sofort hellwach. »Wir müssen zu der Stelle, an der die GORSELL sich befinden muss!«

Ja, in ferner Zukunft.

»Trotzdem – oder gerade deshalb! Noch sind uns die Zusammenhänge zwischen Raum und Zeit nicht klar. Auch wenn wir von Mugnammor auf die Erde versetzt wurden, so war doch stets Kreta das Ziel. Das beweist einen Zusammenhang, oder bist du anderer Meinung?«

Keineswegs! Finden wir die Stelle!

Adams konnte den Hügel, auf dem er gestern gestanden hatte, leicht identifizieren. Er stieg hinauf und sah sich um. Zu seiner Überraschung war die Echse wieder da, sie schien hier ihren Unterschlupf zu haben. »He, Dino!«, rief er dem Tier zu. »Schade, dass wir uns nicht unterhalten können. Habe nie gewusst, dass es auf Kreta auch Saurier gab.«

Das ist kein Saurier, eher ein Leguan.

»Sei nicht so kleinlich, Betty. Dort ist übrigens der Pfad von gestern.«

Pfad ist übertrieben, wies sie ihn zurecht. *Und nun rede nicht soviel, ich versuche, Kontakt mit Harno aufzunehmen.*

»Mit dir möchte ich nicht verheiratet sein«, knurrte er unwillig und stieg in den weiten Talkessel hinab.

Wir sind mehr als das, gab Betty zurück.

Adams erkannte das Gelände wieder. Von dem Feuer der Eingeborenen war nichts mehr zu bemerken. Wahrscheinlich waren sie nach dem Fest weitergezogen.

Als er stehen blieb, war er sicher, ihre Ausgangsposition gefunden zu haben. »Nun?«, erkundigte er sich.

Betty reagierte nicht.

Die Impulse waren ungemein schwach und kaum verständlich, aber für die Altmutantin gab es keinen Zweifel, dass sie von Harno stammten.

Allmählich kamen wenigstens Emotionen durch. Sie waren nicht beruhigend, ganz im Gegenteil. Harno schien sich in Bedrängnis zu befinden und mit ihm wohl auch Hotrenor-Taak. Betty Toufry rief ununterbrochen aber sie wusste nicht, ob die zurückkommenden Impulse eine direkte Antwort darstellten oder nicht.

Die fernen Gedankenmuster wurden allmählich deutlicher, als würde Harno sich langsam nähern. Endlich verstand sie ihn klar und deutlich.

Unternehmt nichts! Wir werden euch holen!

Wir? Wer ist wir?, fragte Betty. *Kann denn Hotrenor-Taak helfen?*

Nicht er. Wir – das bin ich und das Unbekannte, das mich in den Zeitstrom zog, gegen meinen Willen. Ich weiß es nicht. Wartet!

Von dieser Sekunde an schwieg Harno.

Adams ließ den Platz, an dem er die GORSELL gesehen hatte, keine Sekunde aus den Augen. »Verstehst du das alles?«, fragte er ratlos. »Es geschehen Dinge, für die es keine vernünftige Erklärung gibt. Aus den Gedanken geht doch klar hervor, dass Harno keinen Einfluss auf das Geschehen hat. Er ist hilflos wie wir. Etwas Unbekanntes steckt dahinter, das Raum und Zeit beherrscht und Harno für seine Zwecke gebraucht – oder missbraucht.«

Harno ist hier, wo auch wir jetzt sind. Nur in einer anderen Zeit. Er hat nichts anderes zu tun, als in die Vergangenheit zu reisen – oder uns in seine relative Gegenwart zu holen. Ob ihm das Unbekannte dabei hilft, bleibt vorerst eine offene Frage.

»Du hast eine verdammt nüchterne Art und Weise, die Dinge zu sehen«, kritisierte Adams.

Noch einmal rollten die Ereignisse vor seinem geistigen Auge ab. Er sah alles vor sich und wusste, dass er ohne seine Begabung schon diesen Platz, an dem er nun stand, nicht wiedergefunden hätte. Leider reichte das nicht aus, ihm auch den Weg durch den Zeitstrom zu zeigen. Ein Schwimmer, der in einem Fluss trieb, erkannte gewisse Stellen auch nur am Ufer oder an den Klippen wieder, nicht am Wasser selbst.

Adams-Toufry – ich komme euch näher ...

Das war Harno, und er irrte sich. Nicht er kam Adams-Toufry näher, sondern es war umgekehrt.

Adams nahm den Zeitrafferfilm in sich auf, so wie er sich seinen Augen darbot. Es war ein unheimliches und unwirkliches Erlebnis. Die Landschaft um ihn herum veränderte sich rasend schnell, so schnell, dass es der Zeitlupe bedurft hätte, Einzelheiten zu erkennen. Blumen und Sträucher schossen förmlich aus dem Boden, verblühten oder vertrockneten – und wurden durch neue ersetzt. Schatten huschten vorbei und verschwanden wieder. Gebäude entstanden, verwitterten und fielen in sich zusammen. Der Wechsel von Tag und Nacht wurde zu einem Flimmern, an das sich Adams' Wahrnehmung bald gewöhnte. Selbst der Wechsel der Jahreszeiten konnte in Sekunden gezählt werden.

Nicht mehr lange ... Harnos Impulse wurden stärker und deutlicher:

Harno, du musst uns anhalten, sonst stürzen wir immer schneller in die Zukunft, dachte Betty verzweifelt. *Du musst uns anhalten!*

Ihr seid bald da!

Der Tag- und Nachtwechsel verlangsamte sich, der Sturz durch die Zeit wurde abgebremst. Zugleich wurden Harnos Gedanken schwächer, bis sie schließlich erloschen. Betty Toufry erhielt keine Antwort mehr.

Für Sekunden sah Homer G. Adams einen Tempel, davor die GORSELL, er sah auch Hotrenor-Taak – dann verfiel der Tempel, nachdem das Schiff des Laren verschwunden war. Nebel hüllte das Land ein.

Adams spürte die plötzliche Kälte, die aus dem Nebel kam. Der Eiswind der Zeit ...? »Was ist mit Harno?«, rief er aus. »Betty, was ist mit ihm?«

Betrachte den Boden, auf dem du stehst, Homer! Fällt dir nichts auf?

Der Wechsel zwischen Tag und Nacht hatte aufgehört. Es blieb neblig. Adams stand auf dem steinigen Geröll des Kraters von Mugnammor. Vage konnte er die Umrisse des SVE-Raumers erkennen.

»Was ist mit Harno?«, wiederholte Adams seine Frage.

Harno ist verstummt, kam es zurück.

Die Zeitblase – oder das Zeitvakuum – musste noch vorhanden sein, denn der obere Rand des Kraters war nicht zu sehen. Der Armbandkom reagierte nicht, es gab noch keine Funkverbindung zu Benjam und seinen Leuten.

Aber da stand die GORSELL, materiell wie temporal vorhanden.

»Wir müssen versuchen, in das Schiff zu gelangen«, sagte Adams entschlossen. »Wir haben keine andere Wahl.« Er ging weiter.

Harno und Hotrenor-Taak hatten sich wieder in das Schiff zurückgezogen. Unbehelligt stand es nicht weit von dem Tempelpalast entfernt. Harno lag auf seinem Kissen in der Ruhewanne, ein wenig kleiner als sonst und tiefschwarz. Der Lare befand sich in der Kommandozentrale.

Die GORSELL war unvermittelt wieder aufgetaucht, hatte sich langsam stabilisiert und war geblieben. Nach anfänglichem Zögern hatte Hotrenor-Taak das Schiff betreten und festgestellt, dass keine der Kontrollen reagierte.

Viermal war inzwischen die Sonne unter- und wieder aufgegangen, ohne dass sich etwas verändert hätte.

Die Frau Demeter hatte der Lare nicht mehr gesehen, wenn auch immer wieder Gruppen von Männern und Frauen mit Opfergaben den Tempel betraten. Soweit er Harnos Erklärungen verstanden hatte, mussten sie beide an dieser Stelle abwarten, was geschehen würde. Der erste räumliche Wechsel war beabsichtigt gewesen und passte in das unbekannte Programm – so wenigstens vermutete das Energiewesen. Ein zweiter, von ihnen selbst vorgenommen, konnte fatal sein und sie für immer im Zeitvakuum festhalten.

Hotrenor-Taak hatte sich die Sache ganz anders vorgestellt, als er Roctin-Par seine Hilfe anbot. Nun saß er auf Terra fest, in einem unbeweglichen Schiff und in einer falschen Zeit.

Während der Lare sich innerlich darauf vorbereitete, alle seine heimlichen Vorhaben zu begraben, lauschte Harno mit äußerster Konzentration in die Ewigkeit hinaus. Die Verbindung mit Adams-Toufry war nur schwach und kurz gewesen. Seitdem versuchte Harno verzweifelt, den Kontakt wiederzufinden. Adams war ebenfalls auf der Erde eingetroffen und hatte somit die weite Entfernung, die zwischen Mugnam und Sol lag, überwunden. Aber die Zeitebene stimmte nicht.

Harno konnte sich nicht entsinnen, jemals so hilflos gewesen zu sein. Er fühlte sich von Stunde zu Stunde schwächer werden, als würde seine Energie »abgesaugt«, und er konnte nichts dagegen tun. Die künstliche Sonne in der Ruhekabine brannte trotz der übrigen technischen Ausfälle, sie ersetzte zum Glück einen kleinen Teil der lebensnotwendigen Energien.

Dann hatte Harno plötzlich wieder Kontakt, wenn auch nur vorübergehend. Leider konnte er nicht feststellen, ob er mit Hotrenor-Taak und der GORSELL in die Vergangenheit stürzte, oder ob Adams-Toufry in die Zukunft vordrang. Die Landschaft veränderte sich, wurde in Nebel gehüllt und verschwand. Das Schiff schien in einem milchigen Nichts zu schweben, dem jeder Anhaltspunkt fehlte.

Betty Toufry! Wo seid ihr?

Keine Antwort.

Hotrenor-Taak kam in die Kabine gestürzt. »Was ist das, Harno? Ich habe keine Schaltungen eingeleitet, dennoch war mir, als sei das Schiff gestartet.«

Wir kehren zum Ausgangspunkt zurück. Ich glaube, wir haben gesehen, was wir sehen sollten. Der Auftrag ist erfüllt.

»Welcher Auftrag? Von wem? Ich verstehe überhaupt nichts ...«

Warte! Ich bin schwach und erschöpft.

Hotrenor-Taak ließ sich in den Sessel fallen und streckte die Beine aus. Das Schiff brauchte seine Fürsorge nicht, eine unbegreifliche Macht steuerte es durch die Zeit. Zurück nach Mugnammor, wenn Harno recht behielt.

Das Außenschott der GORSELL ließ sich leicht öffnen. Noch einmal zögerte Adams-Toufry, aber dann betrat er entschlossen die Schleuse, durchquerte sie und erreichte den Hauptgang.

Ich kann Harno schwach empfangen, meldete die Mutantin.

Adams blieb stehen, als er die Schwelle zu der Ruhekabine überschritt und Harno erblickte. Das Energiewesen schimmerte milchigweiß im Schein der Deckenlampe. Hotrenor-Taak kauerte schlafend oder bewusstlos in einem Sessel.

Harno gab ebenfalls keine Antwort, als er angesprochen wurde, doch auf seiner Oberfläche wurden Konturen sichtbar. Eine Landschaft entstand, die Adams-Toufry sofort bekannt vorkam. Kreta ...? Menschen bewegten sich, aber sie sahen anders aus als jene negroiden Eingeborenen, die um das Feuer tanzten. Den gewaltigen Tempel glaubte Adams-Toufry für wenige Sekunden gesehen zu haben, als sie in die Zukunft stürzten. Nun blieb er unverändert. Männer und Frauen in weißen Gewändern strömten auf den Tempel zu. Zwischen den Säulen hindurch erkannte Adams ein Podium, auf dem eine wunderschöne Frau stand, in ein bodenlanges Kleid gehüllt. Vor ihr lagen Opfergaben. Monotoner Gesang erklang, dazwischen offenbar Gebete und einzelne Rufe.

Es schien, dass Harno seine ganze Energie für diese Darstellung aufwendete, denn er gab keine mentale Erklärung ab.

Adams-Toufry glaubte, manchmal Worte verstehen zu können, die sich wiederholten. »Demeter!«, hörte er, aber er musste sich irren. Die Frau auf dem Podest konnte unmöglich Demeter sein, die Göttin der Fruchtbarkeit ...

Das Bild erlosch. Dafür kamen Harnos Gedanken klar und deutlich, während er zu schrumpfen anfing, bis er nur noch so groß wie eine Männerfaust war. *Demeter! Sie ist Demeter!*

»Also doch? Harno, was hat das alles zu bedeuten? Die Zeitreise, Kreta ...«

Meine Kräfte schwinden wieder. Demeter und Kreta auf Terra – alles hat einen Zusammenhang. Bald wird etwas geschehen, das Klarheit bringt, und es wird auf der Erde geschehen.

»Wer oder was steckt dahinter? Wer ermöglichte die Zeitreise?«

Ich weiß es nicht ... bringt mich nach Terra ... Schon die letzten Gedankenfetzen waren nahezu unverständlich. Dann erloschen sie endgültig.

Adams versuchte sich zu erinnern. Für die Griechen stellte Demeter die Göttin des Ackerbaus dar. Cronus und Rhea sollten ihre Eltern gewesen sein, und Zeus war angeblich ihr Bruder, mit dem sie ihre Tochter Persephone zeugte.

Gut und schön, aber was sollte das mit der Gegenwart zu tun haben? Wer, bei all diesen Göttern und Halbgöttern, sollte ein Interesse daran haben, eine längst vergessene Vergangenheit heraufzubeschwören? Und wer hatte die Macht dazu?

Harno allein nicht, das schien klar zu sein. Er war selbst zum Spielball dieser unbekannten Macht geworden, zum unfreiwilligen Übermittler einer Nachricht.

Hotrenor-Taak regte sich und schlug die Augen auf.

Adams sagte: »Ich bin Homer Adams, der Beauftragte des Ersten Terraners. Ich soll Harno zur Erde zu bringen.«

»Woher wissen Sie ...?« Der Lare richtete sich steif auf.

»Roctin-Par gab uns einen ausführlichen Bericht. Wie fühlen Sie sich? Können Sie uns informieren, was geschehen ist?«

»Wir befinden uns noch in der Zeitblase?«

»Ich nehme es an.«

Hotrenor-Taak schwang sich aus dem Sessel. »Kommen Sie mit in die Zentrale! Hier sind wir blind.«

Ich empfange die Gedanken der HANZARO-Besatzung, teilte Betty Toufry lautlos mit. *Ich glaube, der Spuk ist vorbei.*

Ob es wirklich nur ein Spuk gewesen war?, fragte sich Adams, als er dem Laren folgte.

Die Außenbeobachtung zeigte die typische Landschaft von Mugnammor und in geringer Entfernung die HANZARO. Der Krater war nicht mehr vorhanden.

Ehe der Lare berichten konnte, nahm Adams über sein Armband Funkkontakt mit Kommandant Benjam auf.

»Hören Sie, Adams, das ist unglaublich! Sie haben uns drei Tage ohne Nachricht warten lassen! Keiner von uns hat es geschafft, Ihnen zu folgen, und nun erscheint plötzlich das Schiff des Laren an der Stelle, an der vorher der Krater war. Wie sollen wir uns das erklären?«

»Überhaupt nicht, Kommandant. Oder fragen Sie Ihren Physiker. Kommen Sie der GORSELL besser noch nicht zu nahe. Ich werde in einer halben Stunde dieses Schiff verlassen und Harno mitbringen.«

»Machen Sie das besser sofort!«

»Das Zeitvakuum existiert nicht mehr. Außerdem scheint der Zweck des ... hm ... Experiments erfüllt zu sein. Wir reden später darüber, in einer halben Stunde.«

Adams wandte sich an Hotrenor-Taak: »Bitte, berichten Sie!«

Der Lare gab sich alle Mühe, die Vorgänge zu rekonstruieren. Betty Toufry überwachte seine Gedanken, fand aber keine Widersprüche. Adams selbst stellte Übereinstimmungen mit dem eigenen Erleben fest, ohne sich jedoch einen Reim auf das Geschehen machen zu können.

Vielleicht, so spekulierte er, *löst dieser Bericht nur bei einer bestimmten Person eine Reaktion aus. Ich jedenfalls scheine diese Person nicht zu sein. Diese Demeter war zwar unglaublich schön, aber sie ist auch seit einigen Jahrtausenden tot.*

Als Hotrenor-Taak schwieg, fragte ihn Adams: »Sie werden nach Gäa zurückfliegen?«

»Sicherlich.«

Er sagt nicht die Wahrheit, teilte Betty Toufry mit. *Er hat seine eigenen Pläne, die aber nicht gegen unsere Interessen gerichtet sind.*

»Dann grüßen Sie Roctin-Par von uns und sagen Sie ihm Dank für seine Unterstützung.«

»Das werde ich gern tun«, versprach Hotrenor-Taak.

»Holen wir Harno!«, schlug Adams vor.

Klein und unscheinbar lag das Energiewesen auf dem Kissen, das Adams behutsam aufnahm und aus dem Schiff trug. Hotrenor-Taak begleitete ihn bis zur Schleuse.

»Ich wünsche Ihnen einen guten Rückflug«, sagte er zum Abschied. »Ganz bestimmt werden Sie demnächst von mir hören.«

»Nochmals Dank für Ihre Hilfe«, erwiderte Adams, als er wieder auf dem steinigen Boden stand.

Während er auf die wartenden Männer der HANZARO zuging, meldete sich Betty Toufry: *Ich glaube, Hotrenor-Taak wird nicht sofort nach Gäa zurückkehren, aber ich konnte nicht herausfinden, was er vorhat. Doch was geht das uns an? Wir haben Harno, und das war unser Auftrag. Wir werden auf dem schnellsten Weg zur Erde zurückfliegen. Es sind fast zwei Wochen vergangen.*

Mehr als achttausend Jahre, erinnerte Adams.

Obwohl der Erste Terraner Julian Tifflor Kenntnis von den neuesten Ausgrabungen auf Kreta erhalten hatte, blieb ihm nur wenig Zeit, sich darum zu kümmern. Eine prä-minoische Zivilisation war entdeckt worden, die einige Rätsel aufgab. Gut und schön, aber das war Sache des neuen Terranischen Rates für Wissenschaften.

Payne Hamiller seinerseits vermutete eine wissenschaftliche Sensation, und so war es kein Wunder, dass er regelmäßig mit Kreta in Verbindung stand. Der Archäologe Czerk Matzlew leitete die Ausgrabungsarbeiten auf Kreta, die schon einige Überraschungen gebracht hatten. Spezialisten waren dabei, alte Schriften zu entziffern und Funde technischer Art zu identifizieren. Hamiller leitete alles, was er erfuhr, an Boyt Margor weiter.

Payne Hamiller bereitete sich gerade auf einen neuerlichen Flug zur BASIS vor, als sich Kreta meldete.

»Wir sind auf eine riesige unterirdische Kammer gestoßen«, eröffnete der Archäologe. »Ich wage es nicht, Ihnen auf diesem Weg zu schildern, was ich entdeckt habe.«

»Reden Sie schon, Matzlew!«, verlangte Hamiller.

»Auf keinen Fall! Sie sind mein Vorgesetzter, aber in meiner Situation würden Sie genauso handeln.«

»Eine Andeutung wenigstens!«

»Eine Sensation ersten Ranges.« Mehr war dem Archäologen nicht zu entlocken.

Ungewöhnlich hastig beendete Hamiller das Gespräch. Es wäre seine Aufgabe gewesen, den Ersten Terraner zu informieren, doch er meldete sich bei Boyt Margor.

»Sie werden weder zur BASIS fliegen, noch Julian Tifflor benachrichtigen!«, wies Margor ihn an. »Die Angelegenheit darf der Wissenschaft nicht entgleiten. Fällt sie erst einmal in die Hände der Politiker, ist sie für uns verloren.«

»Was soll ich tun?«

Boyt Margor sagte es ihm.

Wenig später versuchte Hamiller, seine eigenen Gefühle und die erhaltenen Befehle zu vereinbaren. Nach einer Weile nahm er Verbindung mit Julian Tifflor auf.

»Ich muss einen der üblichen Routinebesuche unternehmen«, sagte er. »Diesmal auf Kreta ...«

»Was ist mit der BASIS?«

»Das hat noch Zeit.«

»Na gut«, stimmte Tifflor zu. »Sehen Sie sich bei den Ausgrabungen um. Aber anschließend wünsche ich einen ausführlichen Bericht.«

»Das ist selbstverständlich.«

Payne Hamiller unterbrach die Verbindung. Er blieb noch einige Minuten sitzen und starrte vor sich hin, ehe er sich endlich erhob.

18.

»Das kann nicht Ihr Ernst sein.« Jandra Kays schüttelte heftig den Kopf.

»Entsprechend Ihren Angaben über Ihren Besitz auf Trao haben Sie Anspruch auf dieses Gebiet«, wiederholte der dunkelhaarige Mann neben ihr.

»Ihnen scheint entgangen zu sein, dass mein Vater der reichste Mann von Trao war. Ihm haben Banken, Versicherungen, Fabriken und Ländereien gehört. Und jetzt wollen Sie uns mit kargem Bergland abspeisen, auf dem nichts anderes wächst als verkrüppelte Bäume und Unkraut? Der einzige Vorteil ist, dass dieses Land an den natürlichen Hafen dort unten grenzt.« Aufgebracht deutete Jandra Kays in das Tal hinab, wo in einem Einschnitt ein Zipfel Meer zu sehen war.

»Stimmt, hier wächst nicht viel.« Host Gordon war von der Regierung abgestellt worden, die Verteilung der Besitztümer auf Terra vorzunehmen. »Andererseits gibt es unter uns in den Felsen Wasserkavernen, die nutzbar gemacht werden können. Sie sind also nicht auf kostspielige Entsalzungsanlagen angewiesen, sondern können das Wasser direkt aus den Kavernen beziehen – falls Sie vorhaben sollten, ein industrielles Projekt in dieser Gegend aufzubauen.«

Jandra Kays strich sich eine blonde Locke aus der Stirn. Sie blickte zu dem Tempel hinüber, der sich etwa fünfhundert Meter entfernt an den Berghang schmiegte. Weiß leuchteten die Säulen im Licht der hochstehenden Sonne.

»Ein industrielles Projekt in dieser Gegend?« Sie lachte hell. »Glauben Sie wirklich daran – vor allem neben einer solchen Tempelanlage? Wie heißt sie doch?«

»Dies ist Delphi. Haben Sie schon einmal vom Orakel von Delphi gehört?«

»Nie. Was soll das sein?«

»Es heißt, dass vor Jahrtausenden hier die Zukunft vorausgesagt wurde. Es soll Fälle gegeben haben, in denen sich das Schicksal ganzer Völker durch das Orakel entschieden hat.«

Jandra Kays war von dieser Eröffnung nicht sonderlich beeindruckt. Ihre Antwort hatte einen ironischen Unterton, der Gordon verunsicherte. »Dann lassen Sie sich bitte orakeln, dass hier nie ein Industriekomplex unter der Führung meines Vaters entstehen wird«, erklärte die Frau. »Und unter meiner schon gar nicht.«

Sie ließ den Beamten einfach stehen und ging über den staubigen Felspfad weiter. Spärliche Reste von Asphalt ließen erkennen, dass hier vor langer Zeit eine schmale Straße verlaufen war. Im Grunde genommen waren Jandra die verfallenen Bauten egal; sie wollte sich lediglich umsehen.

Gordon folgte ihr nicht, und sie war froh darüber. Jandra mochte seine Art nicht, wie er versuchte, sich anzubiedern.

Sie kletterte über Felsbrocken hinweg, die irgendwann aus der Höhe herabgestürzt waren und nun den Weg versperrten, dann betrat sie die teilweise restaurierte Tempelanlage. Ein wenig ratlos fühlte sie sich und konnte sich absolut nicht vorstellen, wie es hier während der Zeit des Orakels ausgesehen haben mochte.

Gordon stand noch dort, wo sie ihn zurückgelassen hatte. Er konnte sie nicht hören.

»Ihr Götter von Delphi!«, rief Jandra übermütig. »Habt ihr einen Rat für mich? Man will uns dieses Land andrehen, mit dem wir nichts anfangen können. Was sagt ihr dazu?« Sie stieß einen Stein mit dem Fuß über eine Felskante und blickte ihm nach, wie er durch den rötlichen Staub rollte. »Warum schweigt ihr, Götter von Delphi? Ich wurde nicht auf der Erde geboren, sondern auf Trao. Das ist ziemlich weit weg von hier. Daher weiß ich nichts von euch.«

Der Boden unter ihren Füßen erzitterte. Jandra Kays glaubte, ein leises Raunen zu hören. Bestürzt blieb sie stehen, und ein kalter Schauer rann ihr über den Rücken. Deutlich spürte sie, dass etwas nach ihr griff. Es war fremd und fern, unwirklich und nicht fassbar, und doch war es da. Aus einem Spalt im felsigen Boden kräuselte feiner Rauch. Jandra erwartete, dass der Wind ihn vertreiben würde, aber das war nicht der Fall. Es schien, als sei der Rauch von eigenständigem Leben erfüllt.

Sie wollte zurücktreten, weil sie sich instinktiv davor fürchtete, mit dem Rauch in Berührung zu kommen. Es gelang ihr nicht. Lähmte etwas ihre Beine?

Panik kam in ihr auf. Jandra blickte sich Hilfe suchend um, doch Gordon war verschwunden. Sie war allein. Steil stiegen die mit grünem Krüppelholz bewachsenen Hänge zu beiden Seiten auf. Hoch über ihr kreiste ein Adler.

Jandra Kays glaubte, eine Stimme zu hören. Der Rauch, der aus dem Felsspalt stieg, kräuselte sich um ihre Stirn.

Die Stimme wurde lauter. Sie schien aus den Felsen zu kommen. Jandra neigte den Kopf, und plötzlich verstand sie die Worte.

»Wenn der Schrein sich öffnet, beginnt der Fall eines Mächtigen«, raunte es.

Dann war sie wieder frei, eilte hinaus und über die Felsen bis hin zu den Säulenresten des Tholos. Hier blieb sie stehen und blickte zu den Ruinen des Haupttempels zurück. Sie war grenzenlos verwirrt und fühlte sich in eine unwirkliche Welt versetzt, die nichts mehr mit der Realität zu tun hatte.

Befand sie sich wirklich in der Region Phokis, die ihrem Vater und ihr als Ausgleich für die auf Trao erlittenen Verluste zugewiesen werden sollte? Wo war Gordon? Er konnte sie doch nicht in dieser Wildnis allein lassen.

Jandra blickte sich verstört um. Die Landschaft sah friedlich aus, trotzdem fühlte sie sich bedroht. Sie kam von einer Welt, auf der es selbstmörderisch gewesen war, sich allein und unbewaffnet in die Wildnis zu wagen.

Jandra Kays schüttelte ihre Furcht ab. Sie schalt sich eine Närrin und kehrte, von Neugier getrieben, zu dem Spalt zurück. Immer noch kräuselte feiner Rauch empor.

Je näher sie kam, desto deutlicher glaubte sie, eine wispernde Stimme zu vernehmen, die sie lockte. Jandra konnte nicht mehr umkehren. Schritt für Schritt ging sie weiter, bis der Rauch ihre Beine umfloss. Sie fühlte die Veränderung.

Als der Rauch versiegte, war etwas Fremdes in ihr, das sich rücksichtslos ausbreitete und ihr eigenes Bewusstsein hinwegfegte.

Host Gordon blickte die Frau überrascht an, als er sie zehn Minuten später wieder sah. Er hatte sich in Stück weit zurückgezogen und saß auf einem verwitterten Marmorblock neben dem Gleiter, mit dem sie beide gekommen waren.

Ihm fiel sofort auf, dass Jandra Kays verändert aussah. Ihr Gesicht erschien ihm härter, ihre Bewegungen wirkten eckiger und weniger weiblich als zuvor, und ihr Auftreten verriet eine Überlegenheit, die sie zuvor nicht gezeigt hatte.

»Nun?«, fragte er unsicher. »Wie gefallen Ihnen die Tempelanlagen?«

»Diese kümmerlichen Ruinen kann man kaum als Anlagen bezeichnen«, wies sie ihn zurecht. »Wer ist dafür verantwortlich, dass Delphi so zerfallen ist?«

»Ich nehme an, die Zeit ...«

»Trottel«, schimpfte sie und stieg in den Gleiter. »Fliegen Sie los!«

Gordon erbleichte. Erbittert presste er die Lippen aufeinander. Er stieg ein und startete. »Nach Athen?«, fragte er.

»Unsinn. Nach Kreta!«

»Das geht nicht«, entgegnete er bedauernd. »Miss Kays, ich bin kein

Transportunternehmer, sondern Regierungsbeamter. Ich kann Sie nach Athen mitnehmen, wenn Sie wollen. Dort können Sie sich einen Taxigleiter nehmen.«

Sie blickte ihn mit blitzenden Augen an. »Ich bin es nicht gewohnt, dass man mir Widerstand leistet«, erklärte sie zornig. »Außerdem bin ich nicht Miss Kays, sondern Perse. Hoffentlich vergessen Sie das nicht.«

Gordon suchte nach Worten. Unsicher blickte er sie an. Zum ersten Mal fiel ihm auf, dass sie ein fast griechisches Profil besaß. Ihre Nase war lang und gerade. Zwischen ihr und der wohlgeformten Stirn gab es fast keinen Absatz.

Sie schien ihn nicht mehr wahrzunehmen. Ihre Lippen bewegten sich wie im Selbstgespräch.

Jandra Kays, so glaubte Host Gordon, hatte den Verstand verloren.

Payne Hamiller befand sich in einem Dienstgleiter auf dem Flug nach Kreta. Unter ihm erstreckte sich das Meer in ungewöhnlich intensivem Blau.

Hamiller wusste, dass es seine Pflicht gewesen wäre, Julian Tifflor ausführlich zu informieren. Er hatte aber vieles für sich behalten, weil Boyt Margor das so wollte. Irgendetwas Unerklärliches hinderte ihn daran, sich gegen Margor zu wenden. Hamiller fühlte sich eingeschlossen. Er kam sich vor wie ein Blinder, der versuchte, aus einem gut gesicherten Gefängnis auszubrechen.

Der Gleiter erreichte die weißen Häuser von Heraklion und näherte sich der Ausgrabungsstätte im Inselinnern. Hamiller landete auf einem markierten Platz am Rand der Ausgrabungsstätte. Matzlew und seine Assistenten kamen aus ihren Zelten hervor.

Czerk Matzlew war ein noch junger Wissenschaftler. Er fühlte sich dem Rat für Wissenschaften verpflichtet, weil Hamiller ihm auf unbürokratische Weise geholfen hatte, seine Arbeiten durchzuführen. Er hatte dunkle Haare und forschende Augen, die erkennen ließen, dass Matzlew von unersättlichem Wissensdurst getrieben wurde.

Lächelnd stieg Payne Hamiller aus.

»Sie haben mich neugierig gemacht«, sagte er und streckte dem Archäologen die Hand entgegen. »Gibt es tatsächlich noch Entdeckungen von so großer Bedeutung, dass ein Mann Ihres Ranges sich nicht mehr als geheimnisvolle Andeutungen entlocken lässt?«

»Warum lassen Sie sich nicht überraschen?« Matzlew lachte.

Payne Hamiller fühlte sich entspannt; Boyt Margor war beinahe vergessen. Er blickte sich um. Die Mitarbeiter des Archäologen bildeten einen Kreis um sie und hörten zu. Im Hintergrund standen mehrere Bewaffnete. Sie waren dunkelhaarig und sonnengebräunt.

»Wer sind die Männer dort drüben?«, fragte der Rat.

Matzlew verzog das Gesicht. »Sie wurden von Staphros Pastulopulos abgestellt. Das ist der örtliche Kulturbeamte von Kreta. Ein Mann, der sich gern aufspielt und alles versucht, unsere Arbeit zu behindern. Er ist der Meinung, wir sollten besser die Relikte der alten Griechen restaurieren, anstatt nach noch älteren Kulturen zu suchen.«

»Ich werde die Männer wegschicken.« Hamiller ging zu den Bewaffneten, die ihn als Mitglied der Regierung erkannten.

»Matzlew und seine Helfer genießen mein volles Vertrauen«, sagte er. »Gehen Sie und melden Sie Pastulopulos, dass er Matzlew in Ruhe lassen soll. Wenn er hier weiterhin stört, werde ich ihn in die Sahara versetzen lassen. Dort gibt es Felszeichnungen aus der Steinzeit, die er bewachen kann. Verstanden?«

Die Wachen salutierten und wandten sich grinsend ab. Sie schienen amüsiert zu sein, dass der Kulturbeamte einen Verweis bekam. Hamiller blickte ihnen nach, bis sie mit ihrem Gleiter starteten. Danach kehrte er zu Matzlew zurück, der ihn an einer Marmortreppe erwartete, die unter einen der freigelegten antiken Tempel führte.

»Ich gehe voraus«, sagte der Archäologe und stieg die Treppe hinunter. Hamiller folgte ihm. Eine quadratische Öffnung wurde von zwei Antigravprojektoren flankiert. Matzlew ließ sich nach unten sinken.

In dem Steingewölbe, das von hell strahlenden Platten beleuchtet wurde, war es angenehm kühl. Hamiller sah sorgfältig behauene Steinquader, wie er sie von anderen Kulturstätten aus dem Mittelmeerraum auch kannte. Ihm entging nicht, dass Matzlews Team diese Anlagen nicht nur freigelegt, sondern auch gesäubert und zugleich konserviert hatte.

»Wer weiß sonst noch von dem Fund?«

Der Archäologe blieb unter einem Steinbogen stehen und blickte den Wissenschaftsrat überrascht an. »Natürlich niemand«, entgegnete er. »Sie haben mir die Anweisung gegeben, nicht darüber zu sprechen, und ich halte mich daran.«

Sie erreichten eine Treppe, die zu Hamillers Überraschung nicht aus Stein bestand, sondern aus einem rötlich schimmernden Metall, wie er es nie zuvor gesehen hatte. Auch die Wände waren aus diesem Material. In der Decke schimmerten bizarre Muster aus mosaikartig zusammengesetzten farbigen Teilen.

Matzlew strich mit den Fingern über das Material. »Ich vermute, dass diese Elemente früher den Treppenabgang beleuchtet haben«, erklärte er.

»Wenn der Staub nicht wäre, könnte man annehmen, die Anlage wäre erst vor einigen Jahren errichtet worden«, sagte Hamiller verblüfft. »Ich sehe keine Schäden. Nicht einmal haarfeine Risse sind vorhanden, wie sie angesichts der vergangenen Zeit selbstverständlich sein müssten.« Er blickte den Archäologen an. »Zeit ...«, wiederholte er nachdenklich. »Die Tempelanlagen der alten Griechen sind wenigstens dreitausendsechshundert Jahre alt, wahrscheinlich sogar viertausend Jahre.«

»Ich möchte nicht voreilig sein«, entgegnete Matzlew zögernd. »Ich will mich auch nicht festlegen, bevor ich eine exakte Altersbestimmung vorgenommen habe. Dennoch behaupte ich, dass Sie gut und gern zweitausend Jahre zugeben können. Wir befinden uns vor einem ausgedehnten Hallenkomplex. Für uns ist klar, dass diese Anlage schon unter der Erde angelegt worden ist.«

»Sie ist nicht verschüttet worden?«

»Genau so sehen wir es. Die Erbauer haben sich in die Tiefe gegraben und dort den Hallenkomplex angelegt.«

»Das muss einen Grund gehabt haben.«

»Vermutlich wollte man sich verstecken.« Matzlew schlug mit der flachen Hand gegen die Stahlwandung. »Dabei war dieses Versteck für die damaligen Zivilisationen überhaupt nicht zu knacken. Dieser Stahl ist hochbeständig und terkonitähnlich. Der Schmelzpunkt liegt allerdings wesentlich niedriger, bei etwa 9200 Grad Celsius. Die Legierung ist weder von den Lemurern noch von ihren Nachfahren erzeugt worden. Sie ist fremd und auf der Erde ungebräuchlich.«

»Moment«, sagte Hamiller überrascht. »Sind Sie sicher, dass dieser Stahl nicht von den Lemurern hergestellt worden ist?«

»Mit den Lemurern und ihrer Technik kennen wir uns bestens aus. Dieser Stahl ist das Erzeugnis einer uns unbekannten Zivilisation.«

Matzlew ging einige Stufen der Treppe hinunter und blieb vor einer Nische stehen, in der verschiedene Gegenstände lagen. Sie sahen aus wie Präzisionsinstrumente. Der Archäologe nahm ein Objekt auf und drehte es zwischen den Fingern.

»Sehen Sie her!«, bat er. »Dies ist ein hyperphysikalisches Rechengerät, das nicht mehr funktioniert, weil die sich zersetzenden Energiekammern das Innere zerstört haben. Dennoch konnten wir eindeutig ermitteln, wozu es diente. Ebenso eindeutig fanden wir heraus, dass es auf keinen Fall auf der Erde hergestellt worden sein kann. Diese Dinge sind außerirdischen Ursprungs.«

»Zweifelsohne eine Sensation«, gestand der Rat für Wissenschaften zu. »Ist das aber schon alles?«

Matzlew lächelte wissend. »Zu der Sensation kommen wir gleich. Ihnen werden die Augen übergehen.«

Payne Hamillers Unbehagen wuchs mit jedem Schritt.

»Zunächst haben wir mit speziellen Ortungsgeräten die Schrifttafeln entdeckt«, berichtete der Archäologe. »Danach wurde der riesige Hallenkomplex aufgespürt.«

Ein Schott glitt vor ihnen zur Seite. Matzlew trat auf einen Vorsprung hinaus, etwa zweihundert Meter über einem Hallenboden, von dem fremdartige Maschinen aufragten. Hamiller erkannte auf den ersten Blick ihren extraterrestrischen Ursprung.

»Jene, die das hier errichtet haben, waren den in die Primitivität zurückgefallenen Nachfahren der Lemurer weit überlegen«, stellte Matzlew fest. Er trat über die Kante des Vorsprungs hinaus, verharrte schwebend in der Luft und lächelte Hamiller zu. »Sie können getrost zu mir kommen. Eine Automatik bringt uns sicher nach unten.«

Hamiller blickte zur Decke auf, die sich blau und glatt über ihnen wölbte. Nirgendwo waren technische Einrichtungen zu sehen, die auf eine Antigravsteuerung schließen ließen. Als er ebenfalls über die Kante hinaustrat, fühlte er sich dennoch von einer unsichtbaren Kraft erfasst. Der Wunsch, nach unten getragen zu werden, kam in ihm auf.

»Unser unsichtbarer Helfer reagiert auf unsere Gedanken«, sagte der Archäologe.

»Ich frage mich, warum die Erbauer dieser Halle sich scheuten, ihre Anlagen auf der Oberfläche zu errichten.«

»Die Antwort liegt auf der Hand. Das lemurische Tamanium war zu dem Zeitpunkt längst Geschichte. Auch das Atlantis des Kristallprinzen Atlan existierte nicht mehr. Die Lösung zeigt sich Ihnen gleich. Sie ist in der Zeit zu suchen, in der ... aber sehen Sie selbst.«

Sie hatten den Boden der Halle erreicht. Jetzt erkannte Hamiller, dass nicht nur Maschinen hier standen, sondern auch nach humanoiden Vorbildern gefertigte Statuen.

Czerk Matzlew führte den Rat zu einer Kuppel in der Hallenmitte. Als sie sich ihr bis auf wenige Schritte genähert hatten, schob sich die silbern schimmernde Metallfolie der Kuppel langsam nach oben hin zusammen. Darunter wurde ein transparenter Schrein sichtbar, in dem eine nur spärlich bekleidete weibliche Gestalt lag.

Payne Hamiller blieb überrascht stehen. Die Frau wurde aus unsichtbarer Quelle beleuchtet.

»Was sagen Sie jetzt?«, fragte Matzlew.

Hamiller war wie betäubt. Er trat näher an den Schrein heran. Die Frau hatte bronzefarbene Haut und ein klassisch schönes Gesicht, das in seiner Gelöstheit fast heiter wirkte. Langes Silberhaar umrahmte ihr Gesicht.

Payne Hamiller hatte den Eindruck, die Frau werde im nächsten Moment die Augen aufschlagen und ihn ansehen.

»Haben Sie eine Vermutung, wer das sein könnte?«, fragte er.

»Allerdings«, antwortete Matzlew. »Wir glauben, dass sie Demeter ist, die Fruchtbarkeitsgöttin der Griechen.«

Bestürzt erkannte Hamiller, dass Boyt Margor richtig vermutet hatte. In der Halle schien wirklich ein Schatz von unermesslichem Wert, zugleich ein Schlüssel zur Macht, zu liegen.

Du darfst Margor nicht informieren!, durchfuhr es ihn.

Hamiller war sich darüber klar, dass er sich an einem entscheidenden Punkt seines Lebens befand. Der Mutant durfte auf keinen Fall erfahren, welchen Fund Matzlew gemacht hatte, denn mit Demeters Hilfe konnte Margor den Durchbruch zur Macht schaffen. Vielleicht konnte ihn dann niemand mehr aufhalten.

Demeter erschien dem Rat als außerordentlich attraktive Frau. Ihrem Äußeren nach konnte sie nicht älter als etwa 27 Jahre sein.

»Wie kommen Sie darauf, dass dies Demeter ist?«, fragte Hamiller. »Gibt es einen klaren Beweis für Ihre Annahme?«

Der Archäologe führte ihn einige Schritte zur Seite, zu einer etwa drei Meter hohen Marmorwand. Bronzene Gestalten waren in den Stein eingelassen. Sie erinnerten deutlich an künstlerische Werke aus dem antiken Griechenland.

Matzlew deutete bei diesen Darstellungen, die Tempelszenen zeigten, auf eine Frau, die jeweils im Mittelpunkt stand. »Und hier die Schrift.« Er strich mit den Fingern über eingemeißelte Buchstaben. »Überall steht Demeter. Sehen Sie die Ähnlichkeit der bildlichen Darstellung mit ihr? Für mich besteht kein Zweifel, dass sie wirklich Demeter ist, die Göttin des Ackerbaus und der Fruchtbarkeit, die Mutter der Erde. Sie repräsentierte den wohl mächtigsten Kult im alten Griechenland.«

»Demeter war also eine Außerirdische«, sagte Hamiller sinnend. »Wer hätte das gedacht!«

»Sie war womöglich die Leiterin einer Expedition. Auf jeden Fall muss sie die arkonidische Großmacht gekannt haben, vielleicht auch die akonische Machtballung im Blauen System.«

Hamiller nickte. »Das wäre ein plausibler Grund dafür, dass sie sich scheute, ihre hochtechnifizierten Bauwerke oberirdisch anzulegen. Sie ging in die Tiefe und wurde zur prä-minoischen Göttin, nachdem ihre Expedition auf der Erde gescheitert war.«

»So könnte es gewesen sein«, bestätigte Matzlew. »Sie hat wahrscheinlich für wenigstens sechstausend Jahre die Geschicke der kretischen Völker bestimmt, muss also biologisch unsterblich gewesen sein.« Er blickte Hamiller fragend an, sah, dass dieser zustimmend nickte, und fuhr fort: »Sie ging sogar noch in die Kulturen der frühen Griechen und in die der kleinasiatischen Völker ein. Nur so ist erklärbar, dass der Begriff Demeter in der griechischen Mythologie aufgetaucht ist.«

»Und was schließen Sie daraus?«, fragte Hamiller, obwohl er ahnte, was der Archäologe antworten würde.

»Daraus lässt sich ableiten, wann diese Halle ungefähr gebaut worden ist«, führte Matzlew aus. »Es war etwa 42.000 Jahre nach Lemuria und knapp 1800 Jahre nach Atlantis. Die Druufwelle war schon über die Erde hinweggefegt. Das bedeutet, dass diese Halle mit all ihren Nebenkomplexen etwa achttausend vor Christi entstanden sein muss.«

Payne Hamiller umrundete den Schrein, um Demeter von allen Seiten zu betrachten. Ihre Schönheit schlug ihn in ihren Bann.

Ihm war klar, dass die Göttin nach einer Lebenszeit von etwa sechstausend Jahren die Hoffnung aufgegeben hatte, in absehbarer Zeit ein Raumschiff zu bekommen. Also hatte sie beschlossen, die Zeit im Tiefschlaf zu verbringen, bis auf der Erde Raumschiffe gebaut wurden.

Der Schrein war als Teil einer kompakten und außerordentlich leistungsfähigen technischen Anlage anzusehen. Er war eine Hochenergie-Konservierungskammer für das eingelagerte Zellgut. Hamiller durchschaute die wissenschaftlichen Aspekte der Einrichtung nahezu vollkommen.

Es genügte nicht, den Körper am Leben zu erhalten und den Grundumsatz auf ein gerade noch vertretbares Minimum zu verringern. Er musste medizinisch ständig versorgt und entgiftet werden. Selbst bei einem kaum noch messbaren Stoffwechsel traten im Lauf der Jahrhunderte Abfallprodukte auf, die es zu entfernen galt.

Auch das Gehirn musste beschäftigt werden. Durch eine Überwachung und permanente Stimulation, die – wie Hamiller vermutete – positronisch vorgenommen wurde, bewahrte das Erhaltungssystem die geistige Leistungsfähigkeit. Diese positronische Aktivität, die zweifellos traumähnliche Erlebnisse hervorrief, sorgte dafür, dass das Hirn ein Pseudoleben führte und damit vor einer Verkümmerung bewahrt wurde.

Damit war jedoch nur ein Teil der erforderlichen Maßnahmen umrissen. Payne Hamiller ging davon aus, dass die gesamte Anlage im Boden verborgen war.

»Sollen wir den Schrein öffnen, oder sollen wir die Halle wieder verschließen und Demeter weiterhin schlafen lassen?«, fragte Matzlew.

Payne Hamiller blickte den Archäologen an, als erwache er soeben aus einem tiefen Schlaf. »Ich kann jetzt verstehen, dass Sie diesen Fund als Sensation ansehen.« Er fuhr sich mit der Hand über die Augen, weil er sich plötzlich müde und zerschlagen fühlte.

»Sollen wir Demeter wecken oder die Halle wieder verschließen?«, wiederholte der Archäologe.

»Ich habe Ihre Frage durchaus verstanden«, entgegnete Hamiller gereizt. »Nur kann ich das nicht sofort entscheiden. Die Halle wieder zu verschließen, ist nicht möglich. Zu viele Zeugen wissen bereits, was sich hier unten befindet. Irgendjemand würde die Medien informieren. Nein, wir können diesen Fund nicht geheim halten. Und die Gefahr, dass sich Unbefugte an dem Schrein zu schaffen machen, ist zu groß.«

»Dann kann ich einen Nachrichtendienst informieren?«

»Vorerst noch nicht«, wehrte der Wissenschaftsrat ab. »Wir müssen diesen Fund noch für einige Tage vor der Öffentlichkeit abschirmen, damit wir ihn in Ruhe untersuchen können. Inzwischen werde ich mit den anderen Regierungsmitgliedern sprechen. Diese Frau ist nicht nur geheimnisvoll, sie könnte auch gefährlich sein.«

»Sie wird glücklich sein, in einer Zivilisation aufzuwachen, die ihr die Möglichkeit bietet, mit einem Raumschiff die Heimreise anzutreten.«

»Es gibt eine Reihe Argumente dafür, sie aufzuwecken, und nicht weniger dagegen«, sagte Hamiller. »In einem oder zwei Tagen sehen wir weiter. Ich fliege nach Terrania City zurück. Sie erhalten dann von mir Bescheid.«

Payne Hamiller war fest entschlossen, Boyt Margor nicht über Demeter zu informieren. Als er im Zentrum von Athen landete und in eine Taverne am Rand der Altstadt ging, überlegte er seine nächsten Schritte. Er konnte nicht umhin, Tifflor zu informieren. Je früher der Erste Terraner Bescheid wusste, desto schwieriger wurde es naturgemäß für Boyt Margor, sich Demeter zu nähern.

Boyt Margor! Der Name verursachte ihm Übelkeit. Hamiller wusste, dass er sich von dem Mutanten aus eigener Kraft nicht mehr lösen konnte. Nur ein einziges Mal musste er ihm widerstehen. Er verkrampfte die Hände ineinander.

Warum rufe ich Tifflor nicht an?

Payne Hamiller hatte das Gefühl, vor einem Abgrund zu stehen und eine Hand im Rücken zu fühlen, die ihn unerbittlich vorantrieb. Hastig trank er seinen Wein aus und verließ die Taverne. Er lief durch die menschenleeren Straßen, bis sich die Dunkelheit herabsenkte.

Unvermittelt stand er vor einer grün gespritzten Tür und legte seine Hand auf einen Kontaktknopf.

Verwirrt blickte er auf die Tür und auf das Haus. Er fragte sich, was er hier wollte. Er kannte die Straße nicht und hatte den Namen nie gehört, der an der Tür stand. An einigen verkrüppelten Kiefern vorbei konnte er die Akropolis sehen. Sie war nicht weit entfernt, also befand er sich noch in der Nähe der Altstadt.

Er erinnerte sich daran, gehört zu haben, dass Boyt Margor einen Stützpunkt am Rand der Plaka gehabt hatte. Hielt Margor sich in diesem Haus auf? Hamiller wollte sich abwenden und fliehen, aber er konnte es nicht. Innen näherten sich Schritte. Er wusste genau, dass Boyt Margor gleich vor ihm stehen würde, und dass er dem Mutanten alles verraten würde, doch er war wie gelähmt.

Die Tür öffnete sich.

Mit einem liebenswürdigen Lächeln trat Boyt Margor auf die Straße hinaus. Seine Haut war weiß und durchscheinend wie bei einem Albino. Das Licht der sinkenden Sonne fiel auf sein Haar und schuf türkisfarbene Reflexe mit eigentümlich metallischem Glanz. In seinen nachtblauen Augen lag eine unausgesprochene Frage.

»Wir haben Demeter gefunden«, sprudelte es aus Payne Hamiller heraus.

»Kommen Sie herein!«, sagte Margor sanft. »Ich möchte alles wissen.«

Host Gordon landete vor einem lang gestreckten Gebäude am Rand von Athen. Die Frau an seiner Seite blickte ihn zornig an.

»Dies ist nicht Kreta«, sagte sie. »Ich hatte Ihnen befohlen, mich nach Kreta zu bringen.«

Es waren die ersten Worte, die seit ihrem Start in Delphi über ihre Lippen kamen. Bis dahin hatte sie beharrlich geschwiegen.

Drei stämmige Männer in grünen Leinenanzügen kamen auf den Gleiter zu. »Bitte, steigen Sie aus«, sagte der Beamte. »Diese Männer werden Sie nach Kreta begleiten.«

Jandra Kays öffnete die Tür und verließ den Gleiter. Lächelnd gingen Gordon und sie den Männern entgegen.

Die Pfleger packten Jandra an den Armen. »Ganz ruhig!«, sagte einer von ihnen. »Bleiben Sie ganz ruhig!«

Jandra begriff. Geschmeidig ließ sie sich fallen und drehte sich gleichzeitig um ihre Längsachse, wobei sie den Mann zu ihrer Rechten mit den Beinen aushebelte und den anderen über ihre Schulter hinwegriss. Beide schlugen mit den Köpfen zusammen, während die Frau sich auf den dritten Mann warf und ihn mit einem Handkantenschlag fällte.

Sie wirbelte herum, aber Gordon startete in dem Moment mit dem Gleiter. Jandra schnellte sich in die Höhe, krallte die Finger in eine kufenartige Ausbuchtung unter der Seitentür und hielt sich fest, als die Maschine weiter an Höhe gewann.

In etwa zweitausend Metern Höhe änderte Gordon den Kurs nach Norden. Heftiges Klopfen irritierte ihn. Zuerst befürchtete er einen Defekt, dann registrierte er, dass die Geräusche aus dem Fußraum kamen. Er blickte nach unten, sah aber nichts Auffälliges.

Das Klopfen blieb. Gordon verzögerte und ließ die Fensterscheibe auffahren. Nun vernahm er deutlich Schreie.

Bestürzt beugte er sich zur Seite und sah Jandra Kays, die am Gleiter hing. Ihr Gesicht war bleich und von der Anstrengung verzerrt. In seinem ersten Schrecken streckte er die Hand nach der Frau aus, wurde sich aber schnell dessen bewusst wurde, dass er sie so nicht bergen konnte. »Ich lande!«, rief er.

»So lange kann ich mich nicht mehr halten. Öffnen Sie die Tür!«

Gordon stieß die Tür auf und beugte sich nach unten. Er streckte Jandra eine Hand entgegen. Sie packte zu und versuchte, sich hochzuziehen, schaffte es jedoch nicht.

»Helfen Sie mir!«, keuchte sie.

Es schien, als würde sie ihm entgleiten. Gordon klammerte sich mit der rechten Hand an den Sitz und zog die Frau mit der Linken höher, bis sie die untere Kante der Türöffnung erreichte. Sie befanden sich über Euböa. Die Gipfel der Berge lagen etwa eineinhalb Kilometer unter ihnen. Gordon hatte das Gefühl, selbst in die Tiefe gerissen zu werden. Ächzend zog er die Frau höher, rutschte schließlich zur Seite und half ihr in die Kabine.

»Miss Kays«, sagte er erschöpft. »Wie konnten Sie nur so etwas tun?«

Sie blickte ihn an, als habe er den Verstand verloren. »Ich habe Ihnen schon einmal gesagt, dass ich nicht Miss Kays bin«, erklärte sie zornig. »Ich bin Perse. Merken Sie sich das!«

»Ist schon gut«, entgegnete er besänftigend. »Entschuldigen Sie.«

»Sie wollten mich töten!«

»Bestimmt nicht, Perse. Ich hatte ja keine Ahnung, dass Sie da unten am Gleiter hängen.«

Ihre Hände zuckten vor und umklammerten seinen Hals. Entsetzt versuchte er, sie abzuwehren, hatte dem energischen Angriff aber nichts entgegenzusetzen.

Host Gordon kam noch einmal kurz zu sich, als er mit rasender Geschwindigkeit auf die Felsen zufiel. Hoch über ihm drehte der Gleiter nach Süden ab – in Richtung Kreta. Aber das begriff er schon nicht mehr.

Czerk Matzlew war überrascht, dass Payne Hamiller so schnell zurückkam. »Ich habe erst in einigen Tagen wieder mit Ihnen gerechnet«, sagte er.

»Wir hatten eine Blitzkonferenz«, antwortete Hamiller. Er war mit Matzlew allein. Die Assistenten arbeiteten in der unterirdischen Anlage oder in ihren Zelten.

Die beiden Männer gingen wie selbstverständlich zu dem Abgang, der in die Halle der Demeter führte.

»Vorläufig muss der Fund geheim bleiben«, fuhr Hamiller fort. »Sie werden also schweigen. Demeter ist unbedingt zu sichern. Deshalb wird sie mit dem Schrein nach Südafrika gebracht. In der Nähe von Durban befindet sich eine große Forschungsstation, die wieder in Betrieb genommen werden soll. Mein Ministerium führt diese Anlage, die ideal geeignet ist, alles im Zusammenhang mit Demeter zu analysieren.«

Das entsprach nicht ganz den Tatsachen. Payne Hamiller hatte die ursprünglich private Forschungsstätte durch ministeriellen Beschluss in Beschlag genommen. Da der Eigentümer der Anlage sich noch nicht gemeldet hatte, hatte niemand Einspruch erhoben.

»Wir sind inzwischen ein gutes Stück weitergekommen«, berichtete Matzlew, der durchaus nicht damit einverstanden war, dass die Forschungsarbeiten verlagert wurden. Er fürchtete, dass man ihm Demeter aus den Händen nehmen würde, ließ sich seinen Unmut jedoch nicht anmerken.

»Berichten Sie!«, bat Hamiller, während sie den Gang zu den unterirdischen Anlagen durchschritten.

»Wir wissen, dass das Lebenserhaltungsfeld der Demeter tatsächlich positronisch gesteuert wird. Wahrscheinlich haben wir keine Möglichkeit, den Schrein zu öffnen. Das müsste durch einen von außen kommenden Impuls geschehen, der Demeters Ego anspricht und bei ihr einen Erweckungsimpuls auslöst.«

»Dann ist sie in dem Schrein vollkommen sicher?«

»Ziemlich sicher«, korrigierte Matzlew. »Mit einem gewaltsamen Öffnungsversuch würden wir übergeordnete Energien freisetzen. Darüber hinaus spielen wohl auch n-dimensionale Zeitfaktoren auf psionischer Ebene eine Rolle. Das alles wirkt sehr kompliziert.«

Hamiller blieb stehen und krauste die Stirn. »Wollen Sie damit andeuten, dass der Schrein nicht nur ein rein technisches Erzeugnis ist?«

»Genau das«, antwortete der Archäologe. »Das ist bislang aber nur eine Theorie.«

»Ich verstehe.« Hamiller nickte nachdenklich. »Das würde bedeuten, dass ein Zeitfeld die Aufgabe übernommen hat, den Zeitfaktor von fast fünftausend Jahren Schlaf bis auf wenige Stunden schrumpfen zu lassen.«

Sie hatten den Vorsprung über der Halle erreicht. Hamiller trat über die Kante hinaus und blickte Matzlew an. »Die Anlage scheint also recht umfangreich zu sein«, stellte er fest, während er zusammen mit dem Archäologen nach unten sank. »Lässt sie sich aus dem Boden herauslösen und abtransportieren?«

»Ich glaube – ja«, antwortete Matzlew zögernd.

»Ihnen ist es natürlich nicht recht, dass Demeter weggebracht wird«, stellte Hamiller fest. »Finden Sie sich trotzdem damit ab. Außerdem haben Sie noch ein ausgedehntes Forschungsfeld in dieser Halle.«

Der Archäologe wurde blass. Nichts interessierte ihn mehr als Demeter. Sie war der sensationellste Fund, den er je gemacht hatte, und es schmerzte ihn, ausgerechnet sie zu verlieren.

»Bitte, Sir«, sagte er mit bebender Stimme. »Ich würde gern an der Erforschung des Schreins weiterarbeiten.«

Hamiller lächelte begütigend. »Das ist Sache der Positronik-Ingenieure und Hyperphysiker. Auch die Mutanten werden sich wegen der psionischen Energien mit dem Schrein befassen. Was jetzt kommt, Matzlew, geht über das Fachwissen Ihrer Disziplin weit hinaus. Das müssen Sie verstehen. Sie können sich darauf verlassen, dass wir Sie laufend informieren werden. Selbstverständlich werden Sie sofort hinzugezogen, wenn es Probleme archäologischer Natur gibt.«

Czerk Matzlew wandte sich verbittert ab. Es gab nichts mehr zu sagen. Hamiller hatte ihn restlos ausgeschaltet.

Eawy ter Gedan, das Relais, hatte mit ihrer besonderen Fähigkeit Payne Hamillers Funkverkehr überwacht und herausgefunden, dass er nach Kreta geflogen war. Dun Vapido, Bran Howatzer und sie waren sich einig, dass ihre Warnung bislang wenig bewirkt hatte. Julian Tifflor schien jedenfalls nicht darauf zu reagieren. Ob der Erste Terraner Hamiller vielleicht beobachten ließ, um Beweise zu sammeln, wusste keiner von ihnen. Aber sie waren sich einig, dass Boyt Margor nicht einmal die PEW-Mutanten fürchten musste. Zweifellos hatte Margor in Hamillers Bewusstsein einen parapsychischen Block errichtet.

Also hatten sie sich entschieden, die Sache weiterhin selbst in die Hand zu nehmen und Hamiller zu folgen. Wo der Terranische Rat war, würde über kurz oder lang wohl auch Boyt Margor erscheinen. Mit einem Mietgleiter hatten sie Terrania City verlassen.

Dun Vapido landete etwa drei Kilometer von den oberirdischen Tempelanlagen entfernt in einem Olivenhain. »Hamiller ist dort drüben.« Er deutete zu dem Tempel hinüber. »Ich kann mir aber nicht vorstellen, was er da will.«

Diese Äußerung war für Vapido erstaunlich. Als Psi-Analytiker konnte er aus wenigen Hinweisen exakte Rückschlüsse auf die Hintergrundereignisse ziehen. Seine Lagebeurteilungen waren fast immer richtig. In diesem Fall besaß er jedoch kaum Informationen.

»Wir müssen einen der Assistenten aushorchen«, sagte er. »Bran, das ist deine Aufgabe. Kläre mal eben ab, was die in den letzten Stunden getrieben haben.«

Bran Howatzer verzog das Gesicht zu einer Grimasse, schwieg aber. Er wusste, dass Vapido das nicht ernst gemeint hatte. So leicht, wie es den Anschein hatte, war seine parapsychische Arbeit als Pastsensor keineswegs.

Howatzer ging durch den Hain bis nahe an die Anlage heran. Er beobachtete, dass in kurzer Folge fünf Gleiter landeten, deren Insassen sehr schnell im Tempel verschwanden. Der Erlebnis-Rekonstrukteur gewann den Eindruck, dass sie etwas aufsuchten, was unter den minoischen Ruinen lag. Er wusste zu wenig von der Geschichte der Erdvölker, um beurteilen zu können, wie überraschend diese Tatsache war. Dass Hamiller sich hier aufhielt, war ihm jedoch Beweis genug dafür, dass sich in der Anlage etwas außerordentlich Wichtiges befand.

Howatzer konzentrierte sich auf die junge Frau, die unter einem Sonnensegel fotografische Arbeiten sortierte. Er setzte sich unter einen Olivenbaum, sodass er die Frau noch sehen konnte, und begann mit seiner parapsychischen Sondierung.

Fünf Minuten später wusste er schon genug und lief zu Vapido und ter Gedan zurück.

»Sie haben eine Göttin gefunden! Demeter heißt sie und muss furchtbar wichtig sein, denn alle sind ziemlich aus dem Häuschen.«

»Dann ist sie wahrscheinlich sehr hübsch«, sagte das Relais.

»Woher weißt du das?«, fragte Howatzer verblüfft.

»Wenn Männer schon mal aus dem Häuschen sind ...«, entgegnete Eawy schnippisch.

»Die Frauen sind nicht weniger aufgeregt.« Bran Howatzer berichtete, was er herausgefunden hatte.

»Damit wird alles klar«, sagte Dun Vapido. »Hamiller wird diese Göttin in ihrem Schrein an einen Ort entführen, an dem Boyt Margor versuchen wird, sie zu wecken. Margor geht es darum, Demeters mögliche Macht für sich selbst auszunutzen.«

»Warum gehen wir nicht endlich offensiv vor?«, fragte Eawy ter Gedan.

19.

Alle Wissenschaftler, die gekommen waren, um Hamiller zu unterstützen, waren Paratender Margors. Der Rat überließ es seinen Helfern, die Bodenplatten rings um den Schrein der schlafenden Göttin herum zu lösen. Er verfolgte die Arbeiten aus einiger Entfernung.

Die Männer arbeiteten schnell, aber dennoch sorgfältig. Schon nach etwa zwölf Stunden hoben sie Demeter mit ihrem Schrein und der dazugehörigen Anlage heraus. Unter dem transparenten »Sarg« war ein Equipment verborgen, das einen Großcontainer von zwanzig Metern Länge, fünf Metern Breite und drei Metern Höhe in Anspruch nahm.

Um Demeter mit dieser Apparatur aus der Halle bringen zu können, musste Matzlew eine hochenergetische Schmelzbohrung mit Aushubverdampfung durchführen. Nur auf diese Weise konnte ein Tunnel von der Oberfläche bis in die Halle geführt werden, der groß genug war. Der Archäologe sträubte sich zunächst, doch Hamiller fuhr ihm so energisch in die Parade, dass er jeglichen Widerstand aufgab.

Vierundzwanzig Stunden nach Beginn der Arbeiten schwebte Demeter mit ihrem Versorgungssystem durch den Tunnel nach oben.

Matzlew kam zu Hamiller, als Demeter in einem riesigen Lastengleiter verschwand. »Fliegen Sie mit nach Südafrika?«, fragte er.

»Allerdings«, antwortete der Rat. »Ich werde nicht von Demeters Seite weichen, bis sie aufgewacht ist. Sie können unbesorgt sein, Ihrer Göttin wird nichts geschehen.«

Hamiller verabschiedete sich und stieg in den Gleiter. Als die Maschine Sekunden später abhob, atmete er auf.

Jandra Kays landete zwischen den Zelten der Archäologen. Zwei Wissenschaftler eilten auf sie zu, als sie ausstieg. »Sie dürfen ihre Maschine hier nicht aufsetzen!«, rief einer von ihnen.

Jandra holte aus und schlug ihm die Faust unter das Kinn. Der Mann taumelte gegen den anderen.

»Aus dem Weg!«, befahl die Frau und lief die Treppe hinab, die unter den Tempel führte. Die Männer folgten ihr. Einer griff nach ihrem Arm.

»Fassen Sie mich nicht an!«, fauchte Jandra Kays. »Ich töte Sie, wenn Sie mich nicht augenblicklich loslassen.«

Der Wissenschaftler glaubte, eine Wahnsinnige vor sich zu haben. »Seien Sie vernünftig«, bat er. »Sie haben hier keinen Zutritt. Wir sind mit wissenschaftlichen Arbeiten beschäftigt.«

»Grabschänder!«, entgegnete sie verächtlich. »Ihr werdet bezahlen für das, was ihr getan habt.« Sie ging weiter und erreichte ungehindert die Kuppel, aus der Demeters Schrein mittlerweile entfernt worden war.

Jandra schrie auf, als sie sah, dass der Schrein nicht mehr da war.

»Was habt ihr mit ihr getan?«, rief sie entsetzt. Sie trat über die Kante hinaus und ließ sich nach unten tragen.

Czerk Matzlew bemerkte die Frau, weil die beiden ihr folgenden Wissenschaftler gestikulierend auf sie aufmerksam machten. Er ging ihr entgegen, entschlossen, die Fremde von der Fundstätte zu entfernen.

»Wo ist sie?«, fragte Jandra erregt, noch bevor Matzlew etwas sagen konnte. »Was habt ihr mit ihr gemacht?«

»Von wem sprechen Sie?« Der Archäologe erkannte, dass die Frau offenbar über Demeter Bescheid wusste. Er hatte Jandra Kays noch nie gesehen und konnte sich ihr Verhalten nicht erklären.

Sie hielt plötzlich eine kleine Strahlwaffe in der Hand. Diese hatte sie im Gleiter des Regierungsbeamten gefunden. »Grabschänder«, sagte sie verächtlich. »Ich will wissen, wo Demeter ist.«

»Wir mussten sie aus dieser Halle entfernen, um ihr Leben zu retten«, erwiderte der Archäologe geistesgegenwärtig. »Wir hatten keine andere Wahl.«

Jandra ließ die Waffe sinken. »Sie ist nicht tot?«, fragte sie leise.

»Natürlich nicht. Sie lebt. Wir konnten sie im letzten Moment retten.«

Jandra blickte sich verstört um. Sie deutete auf das Loch im Boden der Halle. »Warum haben Sie den Schrein mit allen Anlagen herausgenommen? Warum haben Sie sie nicht einfach aufgeweckt? Warum so kompliziert? Und wo ist sie jetzt?«

»Sie ist in einem Gleiter auf dem Weg nach Südafrika.« Diese Frau wurde Matzlew immer rätselhafter. Fragend blickte er die Wissenschaftler an, die hinter ihr standen, doch erhielt er nur ein Kopfschütteln als Antwort.

»Bevor ich Ihnen weitere Fragen beantworte, müssen Sie mir verraten, woher Sie von Demeter wissen«, sagte der Archäologe. »Wir haben bisher geheim gehalten, dass diese Halle entdeckt wurde.«

»Wie können Sie es wagen, mir Fragen zu stellen?«, rief sie zornig und richtete die Waffe wieder auf ihn.

Die Wissenschaftler stürzten sich auf sie und versuchten, ihr den Strahler zu entreißen. Jandra Kays schoss. Ein dünner Energiestrahl stach dicht an Matzlew vorbei, aber gleichzeitig schafften seine Assistenten es, die Frau zu entwaffnen. Sie riss sich jedoch sofort wieder los und rannte quer durch die Halle, bis sie vom Antigravfeld erfasst und nach oben getragen wurde.

»Folgen Sie ihr!«, befahl Matzlew. »Halten Sie dieses Weib fest!«

Keiner war schnell genug. Als Czerk Matzlew als Letzter nach oben kam, war die Fremde schon in der Dunkelheit verschwunden.

»Sollen wir die Polizei benachrichtigen?«

Matzlew schüttelte den Kopf. »Soll sie doch fliegen«, sagte er. »Ich glaube nicht, dass sie Hamiller folgt. Und falls sie es doch tut, ist es sein Problem, wie er mit ihr fertig wird.«

In den folgenden Stunden recherchierte er, wie die Frau erschienen war. Schließlich stand für ihn fest, dass sie von keinem seiner Mitarbeiter etwas über Demeter erfahren hatte. Also blieb nur die Möglichkeit, dass Hamiller sie informiert hatte. Aber gerade der Rat hatte darauf bestanden, dass alles geheim blieb.

»Etwas stimmt nicht«, entschied Matzlew und beschloss, Hamiller zu folgen.

Ungläubig blickte der Pilot des Lastengleiters auf die blinkenden Warnanzeigen.

»Wir haben einen Leistungsabfall im Antigravsystem«, erklärte er. »Zwei Hochleistungsbatterien sind ausgefallen.«

Der Gleiter flog mit hoher Geschwindigkeit nach Süden. Im Osten stand schon ein heller Silberstreif über dem Land. Der Tag brach an.

»In einer halben Stunde können wir in Nairobi sein. Dort gibt es eine Servicestation, bei der wir Austauschbatterien bekommen können.«

»Landen Sie dort!«, bestimmte Hamiller. »Wir gehen kein Risiko ein.«

Es war bereits hell geworden, als die Maschine am Rand von Nairobi auf einem Landefeld aufsetzte. Bei der Versorgungsstation zeigte sich allerdings noch niemand.

Der Pilot versuchte, wie schon während des Anflugs, Funkkontakt mit der Versorgungsmannschaft zu bekommen, aber keiner meldete sich. »Es hilft nichts«, sagte er. »Wir müssen warten, bis die Burschen aus den Betten kommen.«

Sie befanden sich am westlichen Stadtrand. Überall arbeiteten Roboter daran, die Großstadt wieder bewohnbar zu machen. Auf freien Plätzen standen Zelte als provisorische Unterkünfte. Nairobi wurde, wie viele Städte der Erde, neu erschlossen.

»Die Maschine ändert den Kurs«, sagte Bran Howatzer überrascht, kurz nachdem er Dun Vapido hinter den Kontrollen abgelöst hatte.

Sie hatten gesehen, dass Demeter in ihrem Schrein in den Transportgleiter gebracht worden war. Für sie war es selbstverständlich gewesen, die Verfolgung aufzunehmen. Weil sie überzeugt waren, dass Hamiller die schlafende Göttin zu Boyt Margor bringen würde.

»Du hast gesagt, sie wollen nach Südafrika fliegen«, bemerkte Eawy ter Gedan anklagend. »Wieso weichen sie vom Kurs ab?«

»Woher soll ich das wissen?«, fragte Howatzer freundlich. »Ich habe mir Matzlew vorgenommen und erfahren, dass Hamiller von einer Forschungsstätte in Südafrika gesprochen hat.«

Der Lastengleiter, dem sie seit Stunden folgten, war etwa fünf Kilometer von ihnen entfernt. In der diesigen Luft konnten sie nur seine Positionsleuchten erkennen.

Bran Howatzer rief eine Kartenprojektion ab. »Da liegt eine Stadt«, sagte er. »Nairobi. Vielleicht wollen sie dort etwas organisieren.«

»Ein Frühstück vielleicht.« Dun Vapido gähnte. »Mensch, ich brauche ebenfalls eine Tasse Kaffee.«

Howatzer folgte dem Transportgleiter bis Nairobi. Hier beschleunigte er und schloss weiter zu der Maschine auf, um sie nicht aus den Augen zu verlieren. Er sah, wo der Lastengleiter landete, flog über ihn hinweg und überquerte die Stadt. Schließlich kehrte er dicht über den Dächern an den Westrand zurück.

Er landete zwischen einigen leerstehenden, stark beschädigten Häusern. Bis zu dem verfolgten Lastengleiter hatten die Gäa-Mutanten nur knapp zwei Minuten zu gehen. Sie eilten zwischen den Häusern hindurch und sahen gerade noch die Wissenschaftler aussteigen.

»Maschinenschaden«, kommentierte Howatzer.

Sie betraten ein Haus, das kaum mehr als eine abbruchreife Ruine war. Von hier aus konnten sie den Lastengleiter gut sehen. Bran Howatzer zählte zweiundzwanzig Männer, die vor der großen Maschine standen. Vier von ihnen gingen zu der Versorgungshalle hinüber. Ein großes Schild warb für Ersatzteile für alle Gleitertypen. Einer der Männer rüttelte an der Tür, während die anderen die Halle umrundeten.

»Da ist noch keiner«, stellte Vapido grinsend fest.

»Sie suchen die Häuser ab«, sagte Eawy ter Gedan. »Das ist eine Chance für uns.«

»Eine Chance, wie meinst du das?«

»Wenn wir uns den Gleiter schnappen und damit verschwinden, locken wir Boyt Margor an. Hamiller wird sofort Alarm schlagen, und Margor wird uns verfolgen. Ich bin sicher, dass er sehr vorsichtig gegen uns vorgehen wird, um Demeter nicht zu gefährden. Für uns wird sich dabei früher oder später eine Gelegenheit ergeben, ihn zu töten.«

Bran Howatzer blickte aus verengten Augen zu dem Lastengleiter hinüber. »Das wäre nach meinem Geschmack«, sagte er zustimmend. »Ich bin dafür, dass wir es versuchen. Allerdings wird es nicht ganz leicht sein, an die Maschine heranzukommen.«

»Das ist ein Kinderspiel«, bemerkte Dun Vapido. »Es ist diesig. Wenn ihr wollt, lasse ich Nebel aufziehen. Wir können dann ungesehen zur Maschine laufen, während Hamillers Leute noch überall verteilt sind.«

»Warte nicht zu lange damit«, bat Eawy ter Gedan. »Momentan hält sich niemand in der Nähe der Maschine auf, aber das kann sich schnell ändern.«

»Sie haben die Tür aufgebrochen«, stellte Howatzer fest.

Der Wissenschaftsrat und seine Begleiter drängten in die Halle; nur zwei von Hamillers Helfern blieben draußen. Da aber keiner von ihnen auf die Umgebung achtete, bemerkten sie nicht, dass dichter Nebel aufzog.

»Los jetzt!«, kommandierte Howatzer, als der Dunst die Sicht weiter einschränkte. »Zieht die Schuhe aus, damit sie unsere Schritte nicht hören.«

Sie hasteten über das Landefeld. Dun Vapido war schneller als die anderen. Er fand die Türen des Lastengleiters unverschlossen und wartete, bis Howatzer und Eawy bei ihm waren. Sie stiegen ein und verriegelten die Maschine hinter sich. Dann stürmten sie die Stufen zum Cockpit hoch. Wie erhofft, hielt sich auch hier niemand auf.

Howatzer schaltete das Antigravtriebwerk ein. Er sah die Warnlampen, kümmerte sich aber nicht darum, da er den Ausfall wichtiger Geräte einkalkuliert hatte. Leise summend hob der Gleiter ab und beschleunigte.

Eawy ter Gedan blickte durch ein Seitenfenster nach unten. Hamiller und seine Männer stürmten soeben aus der Halle. Nur schemenhaft waren sie im Nebel zu erkennen.

»Zu spät, meine Herren«, sagte Eawy ter Gedan und lehnte sich zufrieden im Sessel zurück.

Czerk Matzlew hatte die nordafrikanische Küstenlinie bereits überflogen und befand sich über dem Kattara-Meer. Auf dem Reliefschirm zeigte ihm eine schraffierte Doppellinie an, wo der Kanaldurchstich zum Mittelmeer gewesen war, durch den die Kattara-Senke geflutet worden war. Der Kanal war versandet und hatte sich aufgrund von Bodenverschiebungen während der Rückkehr der Erde ins Solsystem wieder geschlossen. Matzlew konnte nicht erkennen, ob Roboterkolonnen an der Wiederherstellung des Kanals arbeiteten.

Tief unter ihm blinkte ein Licht in stetem Rhythmus. Irgendetwas trieb im Meer.

Matzlew zog den Gleiter in weitem Bogen herum und ließ ihn gleichzeitig steil absinken. Deutlich konnte er nun sehen, dass jemand auf dem Wasser Zeichen gab.

Die Scheinwerfer erfassten einen Fluggleiter. Die Maschine war schon halb im Wasser versunken, schwamm aber noch. Auf ihrem Dach stand eine schlanke Frau, ihr blondes Haar flatterte im Wind. Geschickt in den Knien federnd, glich sie die Schaukelbewegungen aus.

Die Wellen schlugen gegen die Maschine und Gischt schäumte hoch.

Matzlew erkannte die Frau, die Demeter gesucht hatte.

Er öffnete die Seitentür und ließ sein Fahrzeug tiefer absinken. Die Frau blickte Hilfe suchend zu ihm hoch.

»Hallo«, sagte er spöttisch. »Haben Sie den Gleiter mit einem Tauchboot verwechselt?«

»Helfen Sie mir«, bat sie. »Die Maschine versinkt, und ich kann nicht schwimmen.«

»Unangenehm«, erwiderte er. »Leider muss ich befürchten, dass Sie wieder gewalttätig werden.«

»Ich verspreche Ihnen, dass ich vernünftig sein werde.« Sie ruderte mit den Armen, weil eine besonders große Welle den Gleiter erschütterte. Mit Mühe und Not schaffte sie es, sich noch auf den Beinen zu halten. Allerdings verlor sie ihre Lampe.

»Bevor ich Sie herausfische, will ich wissen, woher Sie von Demeter wissen.«

Die Frau blickte Matzlew verblüfft an. »Was für eine dämliche Frage«, entgegnete sie. »So kann nur ein Mann fragen.«

»Verzeihen Sie mir meine Dummheit«, sagte er mit frostigem Lächeln. »Mir ist überhaupt nicht klar, wieso Sie von Demeter wissen.«

»Das ist doch absolut logisch!«, rief die Frau aufgebracht. »Helfen Sie mir nun endlich heraus?«

Der Gleiter war inzwischen so weit versunken, dass die Wellen schon sein Dach überspülten.

»Wer hat Ihnen von unserem Fund erzählt?«, beharrte der Archäologe.

Die Frau riss die Augen auf. »Sie wissen es wirklich nicht«, stellte sie fest und schien grenzenlos überrascht zu sein.

»Antworten Sie, oder ich lasse Sie allein!«

Sie presste die Lippen zusammen und blickte ihn prüfend an. Das Wasser umfloss bereits ihre Waden.

»Können wir nicht in Ruhe darüber reden, nachdem Sie mich herausgeholt haben?«

»Nein.«

Ihr Gesicht verzerrte sich. Sie streckte die Arme nach Matzlew aus. »Ich weiß es doch selbst nicht«, schrie sie. »Als ich erwachte, wusste ich, dass jemand zu Demeter vorgedrungen ist. Das war gleichbedeutend für mich mit dem Auftrag, ihr zur Hilfe zu kommen.«

»Wäre es möglich, dass die Kuppel eine Nachricht abgestrahlt hat, als wir eingedrungen sind? Könnte es so gewesen sein, dass Sie durch diese Nachricht aufgeweckt worden sind?«

»So muss es gewesen sein!«, rief sie verzweifelt. Der Gleiter sackte unter ihr weg. Plötzlich stand sie bis zu den Hüften im Wasser. Czerk Matzlew ließ seine Maschine weiter absinken.

Er streckte die Hand aus. Die Frau klammerte sich an ihn und kletterte in die Kabine.

»Sie hätten mich ruhig ein wenig früher herausholen können«, sagte sie schnaubend. »Ich bin völlig durchnässt.«

»Ihr Pech«, antwortete er gelassen. »Sie hätten klarer und offener antworten sollen.« Er deutete über die Schulter zurück. »Wenn Sie die Rückenlehne nach vorn klappen, finden Sie ein Fach mit trockener Kleidung. Es sind einfache Kombinationen, wie wir sie bei der Arbeit tragen. Ziehen Sie sich um.«

Sie gehorchte wortlos und kroch über die Lehne nach hinten. Czerk Matzlew zog den Gleiter hoch und nahm wieder Südkurs.

»Es tut mir leid«, sagte sie einlenkend, als sie sich umgezogen hatte. »Ich hätte von Anfang an ehrlich zu Ihnen sein sollen, aber Sie sind immerhin in Demeters Kuppel eingedrungen und haben sie in Gefahr gebracht.«

»Das ist ein Irrtum«, entgegnete er. »Ich habe die Kuppel zwar gefunden, ich habe sie auch geöffnet, aber ich habe Demeter nicht gefährdet. Das hat ein anderer getan. Ich wollte Demeter aufwecken, und das wäre sicherlich auch in ihrem Sinn gewesen.«

»Bestimmt«, antwortete die Frau, nachdem sie einige Zeit nachgedacht hatte. »Dies ist die richtige Zeit.«

Czerk Matzlew stutzte. »Sie wissen alles über Demeter«, stellte er dann fest. »Sie kennen sogar ihr Problem.«

»Natürlich«, antwortete sie und kletterte wieder nach vorn.

»So natürlich finde ich es gar nicht«, erwiderte er. »Ich finde es sogar höchst erstaunlich.«

»Sie wissen nur wenig.«

»Das ist richtig. Wir haben nicht viele Informationen und müssen noch auswerten, was wir in der Halle entdeckt haben. Das haben Sie offenbar nicht nötig.«

»So ist es.«

»Wollen Sie mir nicht endlich sagen, wer Sie sind?«

»Ich bin Perse.«

»Perse? Das sagt mir überhaupt nichts.«

»Demeter ist meine Mutter. Begreifen Sie jetzt?«

»Dann sind Sie Persephone?« Fassungslos blickte Czerk Matzlew die Frau an seiner Seite an.

Payne Hamiller war der Panik nahe, als er den Transportgleiter verschwinden sah. Er schrie die Wissenschaftler an und befahl ihnen, den Gleiter zu verfolgen, obwohl sie das gar nicht konnten. Mit Schrecken dachte er daran, dass er Boyt Margor verständigen musste. Er hatte versagt, das war ihm deutlich bewusst. Er hätte wenigstens eine Wache an Bord zurücklassen müssen.

Die Männer rannten in Richtung Stadtzentrum davon, während Hamiller die Versorgungshalle nach Waffen durchsuchte. In einem Stahlschrank trieb er einen leichten Paralysator auf. Dann rief er über sein Armbandfunkgerät Margor an. Nervös wartete er darauf, dass sich der Albino melden würde.

Hinter ihm öffnete sich eine Tür. Hamiller drehte sich um, aber da standen zwei Polizisten. Sie zielten mit schweren Strahlern auf ihn. Langsam hob er die Arme.

»Kommen Sie heraus!«, befahl einer der Uniformierten, während der andere anfing, die Halle zu untersuchen.

»Ich bin froh, dass Sie gekommen sind«, sagte Hamiller. »Ich benötige dringend Hilfe.«

»Das können Sie dem Richter erzählen.«

»Hören Sie«, sagte Hamiller erregt. »Ich bin Payne Hamiller, Terranischer Rat für Wissenschaften.«

»Ja, ja«, entgegnete der Polizist gelangweilt und winkte ihn mit der Waffe aus dem Büro. »Beeilen Sie sich. Wir haben nicht viel Verständnis für Plünderer.«

Hamiller erkannte, dass es gefährlich war, zu widersprechen. Offenbar hatten die Sicherheitsorgane einige Auseinandersetzungen mit Plünderern gehabt. Mit erhobenen Händen verließ er den Büroraum und die Halle. Als er auf die Piste hinaustrat, landeten mehrere seiner Helfer mit drei Gleitern.

Hamiller blieb stehen. Bestürzt erkannte er, dass sein Bewacher nun gar nicht anders konnte, als Plünderer in ihnen zu sehen, da die Gleiter das Kennzeichen der Verwaltungsbehörde der ostafrikanischen Zone trugen.

Der Polizist drückte ihm die Waffe zwischen die Schulterblätter. »Keine Plünderer, wie? Behaupten Sie bloß noch, die Regierung hätte Ihren Freunden diese Gleiter zur Verfügung gestellt.« Mit dem nächsten Satz forderte er über Funk Verstärkung an.

»Man hat uns unseren Großraum-Lastengleiter gestohlen«, begann Hamiller, doch der Polizist gab ihm unmissverständlich zu verstehen, dass er schweigen sollte.

Ahnungslos kamen die Wissenschaftler heran. Wieder blieb keiner von ihnen bei den Maschinen.

»Bleiben Sie ruhig!«, rief Hamiller seinen Leuten zu. »Dieser Polizist hält uns für Plünderer.«

Einer der Männer versuchte dennoch, etwas zu erklären. Der Polizist schoss über seinen Kopf hinweg.

Kurz darauf näherten sich vier Polizeigleiter. Und nur Minuten später landete ein Transporter, der die Inhaftierten aufnahm.

»Warten Sie«, bat Hamiller, als seine Begleiter aufbegehren wollten. »Es wird sich alles klären.«

Er war jedoch bei Weitem nicht so zuversichtlich. Wie konnte er Tifflor erklären, dass er in Nairobi in einem Gefängnis saß, während der Erste Terraner glaubte, dass er mit wichtigen wissenschaftlichen Arbeiten beschäftigt war?

Der Gleiter landete vor einem großen Gebäude am südlichen Stadtrand. Polizisten und Roboter führten die Wissenschaftler in einen Verhörraum.

Payne Hamiller setzte sich als Erster auf einen der Stühle. »Bitte hören Sie mich an«, sagte er. »Alles ist nur ein Missverständnis. Ich bin der Terranische Rat für Wissenschaften. Ich war mit einem Großtransporter unterwegs nach Durban.«

Der Offizier, der ihm gegenübersaß, grinste breit. »Und was noch?«, fragte er amüsiert.

Hamiller dachte an den Transportgleiter, dessen Vorsprung mittlerweile nahezu uneinholbar wurde, zumal niemand sagen konnte, in welche Richtung er sich entfernt hatte.

Czerk Matzlew glaubte der Frau an seiner Seite nicht. Er war davon überzeugt, es mit einer Geisteskranken zu tun zu haben. Deshalb hielt er es auch nicht für notwendig, sie eingehender zu befragen. Sie konnte nur von Hamiller informiert worden sein.

Der Gleiter jagte nach Süden. Matzlew folgte dem fünfundzwanzigsten Längengrad, weil er davon ausging, dass Hamiller sich ebenfalls auf dieser günstigsten Fluglinie bewegt hatte. Die Frau schwieg. Sie wusste, dass er auf der Spur Demeters war, und das genügte ihr.

Als der neue Tag anbrach, hatte Matzlew den Transporter noch nicht aufgespürt. Seine Hoffnung sank. Er war davon ausgegangen, dass er Hamiller spätestens im Morgengrauen einholen würde.

»Warum sehen wir den Gleiter nicht?«, fragte seine Begleiterin. Matzlew erschrak. Ihre Augen musterten ihn so kalt, dass er erschauerte.

»Vielleicht hat Hamiller es sich anders überlegt. Vielleicht hat er mich belogen und fliegt nicht nach Südafrika.«

»Nehmen Sie Funkverbindung auf! Er muss antworten.«

Czerk Matzlew wusste plötzlich, dass Hamiller nicht reagieren würde. Er sah völlig klar. Der Terranische Rat hatte ihm Demeter aus egoistischen Gründen entzogen und würde ihm jeden weiteren Zugang zu ihr verwehren.

»Angesichts der Tatsache, dass Sie Persephone sind, wissen Sie erstaunlich viel über unsere moderne Technik«, bemerkte er und versuchte, sich durch Ironie ein gewisses Übergewicht zu schaffen.

»Ich habe diesen Körper übernommen, der Jandra Kays gehörte«, erklärte sie ruhig. »Ich weiß, was sie weiß.«

Nun war Matzlew vollends überzeugt, dass sie den Verstand verloren hatte. Woher, so fragte er sich, sollte wohl das Bewusstsein der Persephone kommen? Hatte es sich über Jahrtausende hinweg versteckt, um ausgerechnet jetzt in Erscheinung zu treten?

»Sie glauben mir nicht«, stellte die Frau fest. »Aber das spielt keine Rolle. Sie werden dennoch tun, was ich will.«

»Und wenn ich es nicht tue?«, fragte er.

»Dann werfe ich Sie hinaus«, eröffnete sie ihm so hart und energisch, dass er ihr vorbehaltlos glaubte.

»Also gut«, sagte er. »Ich werde jetzt versuchen, Hamiller zu erreichen.«

In dem Moment entdeckte er den Gleiter. Der Transporter flog tief unter ihnen. Er befand sich über dem Viktoriasee und bewegte sich mit mäßiger Geschwindigkeit nach Südwesten.

»Da ist er!«, rief Matzlew. »Das ist der Gleiter, den wir suchen.«

»Gehen Sie nach unten!«, befahl die Frau. »Sofort.«

Dieser Aufforderung hätte es nicht bedurft. Der Archäologe verringerte die Geschwindigkeit bereits und ließ die Maschine steil absinken. Rasch näherte er sich dem Transporter. »Ich möchte wissen, warum Hamiller sich soviel Zeit lässt«, sagte er nachdenklich. »Das passt doch nicht zusammen.«

»Ich fühle, dass Demeter in der Maschine ist. Nähern Sie sich dem Gleiter von hinten!«

»Was haben Sie vor?«

»Ich werde umsteigen. Auf der Dachseite befinden sich mehrere Fenster. Ich muss eines davon öffnen und hineinklettern. Alles Weitere ergibt sich dann.«

Wie ein riesiges graues Ei wuchs der Transporter vor ihnen auf. Der Archäologe zog seinen Gleiter wieder etwas höher und passte die Geschwindigkeit an. Schließlich schien er mit seinem Fahrzeug etwa einen halben Meter über dem anderen stillzustehen.

Die Frau öffnete die Tür. Der Wind fauchte herein, doch das störte sie nicht. Sie rutschte nach außen und hielt sich fest, bis ihre Füße das Dach des Großgleiters berührten. Sie beugte sich weit nach vorn, um vom Fahrtwind nicht weggerissen zu werden. Dann kämpfte sie sich bis zu einem Fenster vor. An einem Scharnier fand sie Halt.

Matzlew stieg nun ebenfalls aus. Er erschrak, als ihn der Wind heftig packte. Für einen kurzen Moment schien es, als würde er umgeworfen. Doch er klammerte sich an der offenen Tür fest, bis er sich auf die neue Situation eingestellt hatte. Auf allen vieren kroch er zu der Frau hinüber, die inzwischen mit der bloßen Faust das Fenster zerschlagen hatte.

»Verschwinden Sie!«, schrie sie ihm zu.

»Ich bleibe«, erwiderte er ebenso heftig. »Glauben Sie, ich bin Hamiller gefolgt, um dann doch nicht umzusteigen?«

»Hauen Sie ab! Niemand wird mich begleiten.«

Matzlew hatte sie erreicht. Er schüttelte den Kopf und streckte die Hand nach dem offenen Fenster aus. »Machen Sie keinen Unsinn«, bat er. »Allmählich wird es ungemütlich hier draußen.«

»Sie begreifen überhaupt nichts.« Ihre Augen funkelten zornig. »Sie hätten gehorchen sollen!«

Sie stützte sich mit beiden Händen auf, fuhr herum und stieß mit den Füßen gleichzeitig nach dem Archäologen. Ihr Tritt traf Matzlew an der Schulter und schleuderte ihn zur Seite. Er rutschte über das glatte Metall und schlug vergeblich um sich, um Halt zu finden.

Seine Schreie verklangen. Persephone hatte keinerlei Schuldgefühl, da sie meinte, Matzlew ausreichend gewarnt zu haben.

Sie stieg durch das Fenster.

Hamillers hochtrabende Behauptung war keineswegs nur auf taube Ohren gestoßen. Zwei Polizeioffiziere hatten den Verhörraum für mindestens zehn Minuten verlassen. Nun kamen sie zurück. Ihre Mienen wirkten ein wenig freundlicher als zuvor. Payne Hamiller blickte ihnen erwartungsvoll entgegen.

Wortlos reichten sie ihm einen Minikom. Die Holoprojektion baute sich auf, als Hamiller das handliche Gerät entgegennahm. Julian Tifflors Konterfei stabilisierte sich in der Wiedergabe.

»Was in aller Welt machen Sie in Nairobi?«

»Das ist eine lange Geschichte«, antwortete Hamiller, der sich inzwischen einige Ausflüchte zurechtgelegt hatte. »Alles hängt mit den Entdeckungen auf Kreta zusammen. Ich habe Ihnen ja schon einige Informationen gegeben. Einen Teil der Funde lasse ich aus wissenschaftlichen Gründen und, um Sicherheit zu gewährleisten, in ein Forschungsinstitut bringen. Dabei hat es eine Panne gegeben und wir werden hier aufgrund eines Missverständnisses aufgehalten.« Hamiller lächelte entschuldigend. »In Nairobi mussten wir wegen eines technischen Defekts zwischenlanden.«

Julian Tifflor schien nicht argwöhnisch zu sein. Ohnehin herrschten noch chaotische Zustände auf der Erde. Täglich trafen Rückwanderer ein. Dabei kam es natürlich zu Problemen zwischen den Behörden, den bereits angesiedelten Menschen und den Neuankömmlingen. Auseinandersetzungen drohten vor allem dort, wo sich kriminelle Elemente Vorteile zu verschaffen suchten.

»Ich denke, das genügt«, sagte Tifflor. »Sie werden natürlich freigelassen.« Er nickte Hamiller zu und schaltete ab.

Der Wissenschaftler atmete auf. Er blickte die Polizeioffiziere fragend an.

»Sie haben sich nicht gerade geschickt verhalten«, erklärte einer von ihnen.

»Schon gut«, entgegnete Hamiller. »Ersparen wir uns Erläuterungen und Entschuldigungen. Uns kommt es nur darauf an, den entführten Transporter so schnell wie möglich zu finden und sicherzustellen.«

»Wir werden Ihnen dabei helfen«, versprachen die Polizisten.

Eine halbe Stunde später stiegen vierzig Gleiter auf. Payne Hamiller flog als Einziger allein in seiner Maschine. Er rief Boyt Margor an, als er sich einige Dutzend Kilometer von Nairobi entfernt hatte, und berichtete, was vorgefallen war. Der Mutant blieb ruhig.

»Ich bin sicher, dass Demeter bald wieder in Ihrer Hand sein wird. Geben Sie mir danach sofort Bescheid.« In Margors Augen blitzte es drohend auf.

Kaum eine Minute später wurde Hamiller informiert, dass der Großtransporter über dem Viktoriasee aufgespürt worden war. Erleichtert beschleunigte er und sah schon bald den Transporter, der gemächlich nach Süden flog.

»Wir haben den vorderen Teil des Transporters mit Lähmstrahlen bestrichen«, meldete einer der Polizisten.

»Ausgezeichnet«, erwiderte Hamiller. »Das genügt. Alles Weitere übernehmen wir.«

Er setzte seinen Gleiter auf dem Dach des Großraumtransporters neben einem beschädigten Fenster auf und verankerte ihn mit der Magnetschaltung. Neben ihm gingen vier weitere Maschinen nieder. Sie bildeten einen schützenden Halbkreis um das zerbrochene Fenster, sodass er aussteigen konnte, ohne befürchten zu müssen, vom Fahrtwind weggerissen zu werden.

Hamiller schwang sich durch das Fenster nach unten. Einige der anderen Wissenschaftler folgten ihm. Im Laderaum überzeugte er sich davon, dass Demeter nichts geschehen war. Erleichtert stellte er fest, dass sie nach wie vor in ihrem Schrein lag.

In der Pilotenkanzel fand er gleich darauf drei ihm unbekannte Personen, zwei Männer und eine junge Frau. Es gab aber nicht den geringsten Anhaltspunkt, warum sie den Gleiter gestohlen hatten.

»Wir setzen sie am Rand des Sees ab«, entschied er. »Uns interessiert nur Demeter und sonst nichts. Wer immer sie sein mögen, von dem Schrein haben sie bestimmt nichts gewusst.«

Hamiller wies die anderen Paratender Boyt Margors an, die Paralysierten aus der Kanzel zu entfernen und den Großgleiter am südlichen Seeufer zu landen. Er kam jedoch nicht auf den Gedanken, das Fahrzeug komplett durchsuchen zu lassen.

Jandra Kays-Perse blickte zu ihrer Maschine zurück, die noch über dem Lastengleiter schwebte. Mit einem geschickten Flugmanöver schüttelte sie den Gleiter ab, der danach langsam wegdriftete.

Endlich konnte sie den Laderaum aufsuchen. Von einem Stützgerüst umgeben, erhob sich vor ihr das Lebenserhaltungssystem. Perse hastete eine Behelfstreppe hoch, bis sie die schlafende Demeter sehen konnte. Tränen stiegen ihr in die Augen, als sie ihre Hände an dem Schrein abstützte. Für einen Moment glaubte sie, Demeter werde die Augen aufschlagen und sie ansehen. Doch dann merkte sie, dass sie sich getäuscht hatte.

Unendlich erleichtert stellte sie fest, dass die Wissenschaftler keine Fehler gemacht hatten. Sie hatten das Lebenserhaltungssystem unbeschädigt aus dem Boden gelöst.

Plötzlich vernahm sie Schritte. Perse sprang die Treppe hinunter und warf sich hinter einen Transportbehälter, der seitlich neben dem Unterbau des Schreins stand. Aus dieser Deckung heraus beobachtete sie eine schlanke Frau, die aus dem vorderen Teil des Transporters kam. Sie hatte braune Haare, die sie am Hinterkopf mit einem grün schillernden Metallreif zusammenhielt.

Jandra-Perse verfolgte, wie die Frau die Treppe emporstieg und Demeter minutenlang nachdenklich betrachtete. Dann verschwand sie wieder nach vorn.

Ursprünglich hatte Perse vorgehabt, die Besatzung der Maschine auszuschalten, in der Nähe einer Stadt zu landen und Demeter aufzuwecken. Mittlerweile erschien es ihr sinnvoller, abzuwarten. Sie wollte erst wissen, wie groß die Besatzung war und wohin der Lastengleiter flog.

Jandra-Perse durchsuchte die hinteren Räume der Maschine, in denen sich jedoch niemand aufhielt. Als sie wieder in den Laderaum gehen wollte, hörte sie Stimmen. Vorsichtig schob sie die Tür einen Spalt weit auf und spähte hindurch. Mehrere Männer kamen von oben und eilten zur Kanzel.

Persephone begriff. Lautlos zog sie sich zurück und suchte sich ein Versteck.

Eawy ter Gedan überwand als Erste die Paralyse. Sie stand schon wieder auf den Beinen, als Bran Howatzer und Dun Vapido gerade erst die Augen öffneten.

Die drei Mutanten befanden sich auf einer Halbinsel, die weit in den See hineinragte. Kaum zwanzig Meter von ihnen entfernt lagen Krokodile am Ufer. Obwohl die Tiere kein Interesse an ihnen zeigten, schleppte Eawy ihre Gefährten nacheinander von der Halbinsel herunter, weil sie glaubte, dass sie im Busch sicherer wären. Sie änderte ihre Meinung, als sie einen Leoparden entdeckte, der im Geäst eines Baumes schlief.

In aufsteigender Panik massierte sie die beiden Männer abwechselnd, um sie rascher aus der Paralyse zu lösen. Dennoch verstrich mehr als eine Stunde, bis Howatzer und Vapido endlich wieder auf die Beine kamen.

»Wir müssen uns Waffen besorgen«, erklärte Vapido. »Beim nächsten Mal ist Hamiller bestimmt nicht mehr so leichtsinnig, uns freizulassen.«

Sie entdeckten die Ruinen einer Siedlung, die teilweise vom Urwald überwuchert war. Ein riesiger Roboter arbeitete daran, die Straße auszubessern. Er war das einzige Zeichen dafür, dass die Siedlung wieder erschlossen werden sollte.

Die drei Mutanten wichen dem Roboter aus und durchsuchten das Dorf. Dun Vapido entdeckte in einem Schuppen eine rostige Antigravplattform, deren Batterie noch ausreichende Ladung besaß. Damit kamen sie sogar einigermaßen bequem voran.

Kurz vor Einbruch der Dunkelheit erreichten sie die Stadt Tabora, in der sie einen Ferngleiter mieten und sich Verpflegung kaufen konnten. Hier waren die Erschließungsarbeiten weit fortgeschritten. Große Teile der Stadt waren schon bewohnt und es bestanden sogar Verbindungen zu den Informationszentren.

Bran Howatzer hatte die Idee, sich über alle Forschungseinrichtungen in Südafrika zu informieren. In der Wiedergabe erschienen etwa hundert Markierungen, von denen jede ein bestehendes Forschungszentrum anzeigte.

»Wie sollen wir Hamiller unter diesen Umständen finden?«, fragte Vapido stöhnend.

»Abwarten«, sagte Howatzer. Er informierte sich über die Forschungsstätten, die noch nicht wieder in Betrieb genommen worden waren. Es waren nur sieben.

»Das Institut bei Durban liegt am weitesten im Norden«, stellte der Pastsensor fest. »Wir nehmen es uns zuerst vor.«

Die Forschungsanlage gehörte zu einem ausgedehnten Gelände im Westen von Durban. Payne Hamiller brach das Siegel am Haupteingang mit seiner ID-Karte und meldete kurz darauf nach Terrania City, dass er die Anlage übernommen habe.

Während die Wissenschaftler den Schrein der Demeter in eine der Hallen brachten, kam ein Anruf aus Terrania City, wo man augenblicklich auf Hamillers Meldung reagiert hatte.

»Sie werden dringend hier benötigt«, teilte ihm einer seiner Mitarbeiter mit. »Die HANZARO ist eingetroffen, mit Harno an Bord. Julian Tifflor wünscht Ihre Anwesenheit.«

»Ich komme«, erwiderte Hamiller.

Der Gedanke, Demeter allein zu lassen, gefiel ihm überhaupt nicht. Doch wenn der Erste Terraner ihn in die Hauptstadt rief, musste er Durban verlassen.

Er informierte die anderen und verließ dann die Halle, um nach Durban zu fliegen, wo er einen schnellen Stratogleiter nehmen wollte. Als er sich seinem Gleiter näherte, landete Boyt Margor.

Hamiller konnte nicht anders, er musste stehen bleiben.

»Sie haben Glück gehabt, dass alles gut verlaufen ist«, sagte Margor. »Fordern Sie von den Behörden in Durban sofort Hilfskräfte an. Ich will, dass das Gelände von Wachen abgesichert wird.«

Hamiller versuchte einzuwenden, dass Julian Tifflor auf ihn wartete, doch der Mutant ließ ihn einfach stehen und betrat das Forschungsinstitut. Hamiller startete gleich darauf.

In Durban informierte er die Verwaltungsbehörde und forderte eine Wachmannschaft an.

»Und wie beschaffen wir uns Waffen?«, fragte Bran Howatzer etwa zur gleichen Zeit.

»Darüber denke ich schon die ganze Zeit nach«, erwiderte Eawy ter Gedan. »In jedem kleinen Nest in diesem Gebiet gab es früher eine Polizeistation. Dort müssen noch Waffen sein, wenn sich niemand darum kümmert.«

»Ein Versuch schadet nicht«, entschied Dun Vapido. Er saß an den Kontrollen des Mietgleiters und flog mit Kurs auf Durban. Nur noch knapp eine Flugstunde trennte sie von ihrem Ziel.

Howatzer rief eine Landkarte des Bezirks ab, den sie überquerten. Er dirigierte Vapido zu mehreren kleinen Ortschaften. Doch wohin sie auch kamen, überall hatten die Aufbauarbeiten schon begonnen. Erst etwa fünfzig Kilometer vor Durban erreichten sie eine kleine, noch verwildert wirkende Siedlung.

Vapido verringerte die Geschwindigkeit und ließ den Gleiter dicht über die Dächer hinwegtreiben, bis er ein Bauwerk entdeckte, das die verwitterte Aufschrift Polizei trug. Er landete.

»Also dann«, sagte Howatzer. »Wir benehmen uns nicht gerade wie vorbildliche Gäste auf der Erde, aber das wird sich hoffentlich bald ändern.«

»Wir hätten uns nicht überrumpeln lassen dürfen«, bemerkte Eawy. »Ich war fest davon überzeugt, dass Margor sich zuerst melden würde.«

»Für Klagegesänge ist es zu spät«, stellte Vapido fest. »Wir müssen konsequenter handeln. Also – los.«

Er stieg aus. Howatzer und Eawy folgten ihm. Sie brachen die Tür auf. Der verwitterungsanfällige Kunststoff splitterte schon beim ersten Versuch.

Vapido fand in einem Raum Stahlschränke, die sie mit Werkzeug aus dem Gleiter aufbrechen konnten. Tatsächlich fanden sie Paralysestrahler verschiedener Größe. Der Psi-Analytiker wählte einen handlichen Strahler aus, den er leicht unter seiner Jacke verbergen konnte. Eawy reichte er eine noch kleinere Waffe, nachdem er die Energiekammer überprüft hatte.

»Das reicht für wenigstens fünf Schüsse«, erklärte er. »Damit müssen wir zunächst auskommen. Vielleicht können wir später neue Batterien kaufen.«

»Ich will sie sehen!«, rief Boyt Margor. »Sofort!«

Er stand am Eingang einer Halle, in deren Mitte die Wissenschaftler ein Stahlgerüst errichtet hatten. Dieses umspannte die gesamte transportierte Anlage. Der durchsichtige Schrein lag unter einem dunklen Tuch verborgen.

Einer der Paratender zog das Tuch zur Seite. Ein anderer schaltete Scheinwerfer an. Boyt Margor ging langsam auf die Treppe zu und stieg die Stufen hinauf. Mit einer energischen Geste scheuchte er zwei Männer vom Gerüst, weil er allein sein wollte.

Der Atem stockte ihm, als er sich der schlafenden Demeter zuwandte. Die Frau übte sofort eine tiefe Faszination auf ihn aus. Margor konnte sich des Eindrucks nicht erwehren, dass sie gar nicht schlief, sondern nur für kurze Zeit die Augen geschlossen hatte. Unwillkürlich wartete er darauf, dass sie die Lider öffnen und ihn ansehen würde.

Boyt Margor hatte zunächst überhaupt nichts über Demeter und ihren Ursprung, über ihre Bedeutung und ihren über Jahrtausende wirksamen Einfluss gewusst. Erst nachdem Hamiller ihn über den Fund unterrichtet hatte, hatte er alle sich ihm bietenden Informationsquellen zurate gezogen.

Er glaubte, die Frau gefunden zu haben, die ihn auf seinem Weg zur absoluten Macht begleiten sollte. Er war überzeugt davon, dass er eine Frau brauchte, die die Massen faszinieren konnte und zudem von Geheimnissen umwoben war.

Aber nicht nur das fesselte ihn an Demeter.

Er wusste, dass sie ebenfalls ein bestimmtes Verhältnis zur Macht hatte, und er glaubte, mit ihr zusammen seine Ziele schneller erreichen zu können. Er hielt es sogar für möglich, dass sie über Fähigkeiten verfügte, durch die sie sich im Altertum hatte zur Göttin aufschwingen können. Warum sollte er diese Kräfte nicht nutzen? Warum sollte es ihm nicht möglich sein, Demeter zu seiner ihm sklavisch ergebenen Paratenderin zu machen?

»Wir werden den Schrein öffnen!«, rief er den Wissenschaftlern zu. »Demeters Schlaf ist zu Ende!«

20.

Nirgendwo waren die Aufbauarbeiten so weit fortgeschritten wie in Terrania City. Das wurde Payne Hamiller in aller Deutlichkeit bewusst, als er auf dem Parkdach seines Ministeriums landete und in eine Maschine umstieg, die ihn nach Imperium-Alpha brachte.

Lange Zeit hatte der Wissenschaftler immer wieder versucht, Julian Tifflor darüber zu informieren, dass Boyt Margor ihn beherrschte. Er hatte den Ersten Terraner um Hilfe bitten wollen, aber es war ihm nicht gelungen, die entscheidenden Worte über die Lippen zu bringen.

Nun war alles anders. Hamiller fürchtete sich davor, dass Tifflor die Wahrheit von sich aus entdecken würde. Längst hätte er ihn über Demeter informieren müssen, doch er hatte es nicht getan.

Verstohlen blickte Hamiller den Offizier an, der ihn durch die Gänge von Imperium-Alpha führte. Trug dieser Mann einen der PEW-Mutanten in sich? Versuchte jenes Bewusstsein vielleicht gerade in diesen Sekunden, ihn telepathisch zu überwachen?

Payne Hamiller hatte sich längst darüber Gedanken gemacht, wie eine Begegnung zwischen ihm und einem Telepathen enden würde. Er war sich ziemlich sicher, dass Boyt Margor ihn mit einem schützenden Parablock versehen hatte. War es aber wirklich so? Und musste es einem Mutanten nicht auffallen, wenn Hamiller teilweise oder gar völlig immun war gegen ihre Sondierungen?

Der Wissenschaftler wusste es nicht, und diese Ungewissheit machte ihn unsicher. Er bewegte sich nicht so besonnen wie gewöhnlich und sprach schneller als sonst. Sein Puls raste fast. Sicherlich hatte Boyt Margor ihn gegen Telepathen abgeschirmt. Wie aber war es mit André Noir? Konnte der Gefühlsorter seinen Erregungszustand erfassen?

Der Weg schien endlos zu sein. Endlich betrat Hamiller einen abgedunkelten Raum, in dessen Mitte ein Podest mit einem Kissen stand. Auf dem Kissen lag eine kleine graue Kugel – Harno, das Wesen aus Zeit und Raum. Daneben standen Julian Tifflor und Homer G. Adams.

Als Payne Hamiller Adams sah, ahnte er sofort, dass dieser das Bewusstsein der Telepathin Betty Toufry trug. Er hatte keinen Beweis für seine Befürchtung, zweifelte aber nicht im Geringsten daran, dass Adams einen solchen Vorteil nutzte.

Hamiller grüßte, wobei er sich darüber ärgerte, dass die Geste übertrieben freundlich ausfiel. Weil er damit seine Unsicherheit zu kaschieren versuchte.

»Ist Harno tot?«, fragte er.

»Glücklicherweise nicht«, antwortete Tifflor. »Er scheint jedoch grenzenlos erschöpft zu sein.«

Hamiller betrachtete das Kugelwesen. Er konnte kein Lebenszeichen erkennen. »Was ist geschehen?«, fragte er. »Wollte Harno nicht auf Gäa bleiben, um sich dort auf etwas vorzubereiten?«

Homer G. Adams berichtete, wie er Harno gefunden hatte. Payne Hamiller hörte mit wachsendem Unbehagen zu. Er blickte Adams an, weil er das Gefühl hatte, dass dieser ihn nicht aus den Augen ließ. Der Aktivatorträger berichtete mit leiser Stimme von den Ereignissen auf Mugnammor.

Hamillers Unbehagen steigerte sich zum Schrecken.

»Es ist fantastisch«, sagte Tifflor leise. »Aber Harno wollte uns zweifellos warnen.«

Der Wissenschaftler wusste nicht, was er dazu sagen sollte. Tifflor hatte recht, wenn er annahm, dass Harno sie auf seine Weise warnen wollte. Dieses Wesen aus Raum und Zeit hatte nicht nur Bilder von Kreta, sondern auch aus der Vergangenheit beschafft.

Hamiller war sich dessen bewusst, dass er jetzt von den jüngsten Ereignissen im Rahmen der Ausgrabungen hätte berichten müssen, doch er schwieg beharrlich.

»Der Kult um Demeter galt als einer der mächtigsten in der Antike.« Tifflor blickte den Rat für Wissenschaft forschend an. »Könnte Harnos Botschaft mit den Ausgrabungen auf Kreta zu tun haben?«

Hamillers Magen verkrampfte sich. Er schüttelte den Kopf. »Ich glaube nicht. Czerk Matzlew hat zwar etliche Artefakte von außerordentlicher Bedeutung gefunden – von Demeter war jedoch nirgendwo die Rede.«

Die Lüge kam ihm glatt über die Lippen. Er wartete darauf, dass Tifflor fragen würde, welches Objekt er von Kreta aus zur Forschungsanstalt Durban hatte bringen lassen, doch der Erste Terraner überging diesen Transport. Hamiller schloss daraus, dass Tifflor ihm immer noch voll vertraute. Auch Adams ließ nicht erkennen, ob er etwas bemerkt hatte. Bei ihm wagte Hamiller allerdings kein Urteil zu fällen.

»Sehen Sie eine Möglichkeit, Harno zu helfen?«, fragte Tifflor.

Payne Hamiller dachte einige Sekunden lang nach, bevor er antwortete. »Nein«, sagte er dann. »Er muss sich aus sich selbst heraus regenerieren. Wir können nichts für ihn tun.«

Der Erste Terraner nickte. Er schien nichts anderes erwartet zu haben.

Tifflor besprach noch einige andere Dinge, die zwischen ihm und dem Ministerium Hamillers zu regeln waren und die weder mit Harno noch mit

Demeter etwas zu tun hatten. Dabei merkte Hamiller deutlicher als zuvor, dass Adams ihn beobachtete.

Hamiller wartete darauf, dass Adams sich direkt an ihn wenden und ihn befragen würde, doch das geschah nicht. Adams verabschiedete ihn wie einen Freund, als alles besprochen war.

Als sich die Tür hinter Hamiller geschlossen hatte, blickten sich Tifflor und Adams an.

»Irgendetwas stört Betty an ihm«, sagte der Mann mit den schütteren, blonden Haaren. »Sie kann es jedoch nicht genau bestimmen.«

»Ist etwas nicht in Ordnung mit Hamiller?«, fragte der Erste Terraner.

»Vielleicht.« Adams zuckte mit den Schultern. »Betty kann es nicht genau erfassen.«

»In letzter Zeit ist viel vorgefallen«, bemerkte Tifflor. »Das hat ihn sicherlich mitgenommen.«

Jandra Kays-Perse wartete in ihrem Versteck ab, als die Wissenschaftler den Schrein mit dem Versorgungssystem ausluden und in die Halle der Forschungsanstalt brachten.

Erst als sie sicher sein konnte, dass sich niemand mehr in dem Transportgleiter aufhielt, sah sie sich in der Maschine um. Sie hoffte, eine Waffe zu finden, doch sie wurde enttäuscht. Schließlich nahm sie einen als Werkzeug dienenden Stahldorn, um überhaupt etwas zu haben. Sie verließ den Gleiter durch ein Bodenschott.

Wachen waren rund um die Forschungsanstalt postiert worden. Sie saßen in ihren Gleitern. Von dort aus, glaubte Jandra-Perse, drohte ihr keine Gefahr.

Sie lief über einen offenen Platz, bereit, sich als Wissenschaftlerin auszugeben, falls ihr jemand begegnete. Doch sie gelangte ungehindert in das Gebäude, in dem sie Demeter wusste.

Durch Glasscheiben konnte sie in die Halle sehen. Die Wissenschaftler standen auf dem Gerüst. Jandra befürchtete, dass sie versuchen würden, den Schrein zu öffnen, obwohl ihnen der Mechanismus dafür unbekannt war.

Sie öffnete lautlos eine Tür zur Halle, schlüpfte hindurch und ging hinter einer großen Kiste in Deckung. Von hier aus versuchte sie, einen genauen Überblick zu gewinnen.

Boyt Margor fiel ihr sofort auf. Da sie die Zusammenhänge nicht kannte, glaubte sie, dass der seltsam bleiche Mann mit den türkisfarbenen Haaren für die terranische Regierung arbeitete. Aus dem Verhalten der anderen Wissenschaftler ihm gegenüber schloss sie, dass er eine wichtige Position bekleidete.

Es schien nur eine Möglichkeit zu geben, die Arbeiten am Schrein zu stoppen. Sie musste diesen Mann töten. Perse hatte keine moralischen Bedenken, das zu tun. Der Teil ihrer Persönlichkeit, der Jandra Kays war, spielte in dieser Hinsicht keine Rolle. Er diente nur als Informationsspeicher und blieb ohne Einfluss auf ihre Handlungen.

Als sie den Wissenschaftlern eine Weile zugesehen hatte, verstand sie, dass die Männer nach einem Weg suchten, den Schrein zu öffnen. Anscheinend war ihnen nicht klar, dass sie Demeter dabei töten würden. Fast hätte Perse aufgeschrien vor Entsetzen.

Sie wusste genau, wie sie Demeter wecken und den Schrein öffnen musste. Dafür war nicht mehr als ein Handgriff nötig. Sie verfolgte die Arbeiten der Wissenschaftler daher mit einiger Verachtung, ohne zu berücksichtigen, dass die Männer gar nicht wissen konnten, wie sie vorzugehen hatten.

Einer der Wissenschaftler kam in ihre Nähe. Jandra-Perse duckte sich, und als der Mann an ihr vorbeiging, packte sie blitzschnell zu. Er wollte schreien, doch sie hielt ihm den Mund zu und tötete ihn, indem sie ihm das Genick brach.

Jandra-Perse spähte vorsichtig um die Ecke, um sich davon zu überzeugen, dass niemand etwas bemerkt hatte. Es schien auch so, als sei keiner aufmerksam geworden. Dann beugte sie sich über den Wissenschaftler, um sich zu vergewissern, dass er wirklich tot war. Als sie sich wieder umdrehte, standen zwei Männer vor ihr. Sie hatten sich lautlos angeschlichen und griffen sofort an.

Jandra-Perse rollte sich zur Seite und trat nach den Männern. Beide torkelten zurück. Sie schnellte sich hoch und rannte auf den Schrein zu. Die Wissenschaftler auf dem Gerüst standen wie erstarrt vor Schreck.

»Sie hat Bannister getötet!«, schrie einer der Männer hinter ihr.

Jandra-Perse raste die Treppe hoch, stieß die Wissenschaftler zur Seite und sprang auf den Schrein.

»Niemand wird Demeter erwecken!«, rief sie mit funkelnden Augen. »Ich bestimme, wann der Schrein zu öffnen ist.«

Boyt Margor – Perse hatte gehört, dass jemand den Mann mit dem türkisfarbenen Haar so angesprochen hatte – war der Einzige, der ruhig blieb. Er stand am Rand des Gerüsts, etwa zwei Meter von der Frau entfernt.

Er konzentrierte sich auf sie, weil er hoffte, sie zu einer willenlosen Sklavin machen zu können. Während sie noch auf die Wissenschaftler einredete, nutzte Margor seine angesammelte psionische Energie.

Jandra-Perse spürte den Psi-Strom. Ihre Augen verengten sich.

»Was versuchst du da?« Drohend beugte sie sich leicht nach vorn, streckte ihre Arme kampfbereit aus und öffnete die Hände, als wolle sie ihn anspringen.

Boyt Margor setzte ein freundliches Lächeln auf. »Ich fürchte, wir missverstehen uns gründlich«, sagte er und ging einen Schritt auf sie zu, als bestünde nicht die geringste Gefahr für ihn. »Wollen wir nicht in aller Ruhe miteinander reden?«

Sie richtete sich stolz auf und zeigte auf die Kiste, hinter der der Tote lag. »Ich habe einen deiner Männer umgebracht. Das sollte dir zeigen, dass ich es ernst meine. Demeter wird erst dann geweckt, wenn ich es will.«

»Und wann ist das?«, fragte Margor nachsichtig lächelnd.

»Ich will ein Raumschiff mit vollständiger Besatzung. Das Schiff soll vor dem Gebäude landen. Sie werden Demeter ins Schiff bringen, und dort werde ich sie wecken. Wir werden starten und die Erde verlassen. Für alle Zeiten.«

Boyt Margor schüttelte den Kopf. »Das kommt nicht in Frage«, sagte er. »Demeter bleibt hier. Sie ist mein Geschöpf.«

Jandra-Perse lachte schrill. Sie zog den Stahldorn unter ihrer Kleidung hervor und richtete ihn auf Boyt Margor.

»Wer bist du?«, fragte der Mutant.

Sie sagte es ihm. Seine Augen weiteten sich ungläubig. Er schüttelte den Kopf. »Das ist nicht möglich. Persephone ist tot.«

»Ich habe tief unter den Tempeln von Delphi geschlafen«, erklärte sie, ohne ihn aus den Augen zu lassen. »Als die Kuppel Demeters geöffnet wurde, erreichte mich ein Alarmzeichen und weckte mich. Ich übernahm diesen Körper, um handlungsfähig zu sein.«

Boyt Margor glaubte ihr kein Wort. Er war überzeugt davon, einer Geisteskranken gegenüberzustehen und zweifelte nicht an ihrer Gefährlichkeit. Er beschloss, ein Experiment mit ihr machen, denn ganz mochte er die Möglichkeit nicht ausschließen, dass sie doch die Wahrheit gesagt hatte.

»Wenn du Persephone bist und über die Sicherheit deiner Mutter wachen sollst, dann musst du wissen, wie der Schrein geöffnet wird. Ich werde deine Forderungen erfüllen, wenn du Demeter weckst.«

Bran Howatzer änderte den Kurs, als er den Gleiter entdeckt hatte, flog noch etwa drei Kilometer weiter über ödes Land und setzte den Gleiter schließlich in einer Talmulde auf, die von Wald umgeben war.

»Wie kommen wir an den Wachen vorbei?«, fragte er.

»Wenn ein kleiner Orkan über das Forschungsinstitut hinwegfegt, werden die Wachen irgendwo Schutz suchen«, antwortete Dun Vapido, der Wettermacher.

»Und wie halten wir uns in dem Sturm?«, wollte Eawy wissen.

»Ich werde versuchen, eine windstille Zone für uns zu schaffen. Vielleicht haben wir Glück.«

Bran Howatzer stieg aus. Eawy ter Gedan konzentrierte sich inzwischen auf Funksendungen, doch sie wurde enttäuscht. Sie konnte nur ein Gespräch belauschen, das einige der Wachen miteinander führten, und dabei ging es lediglich um private Dinge. Eawy gab schließlich auf und stieg ebenfalls aus.

Mit den beiden Männern eilte sie zu einer Anhöhe, von der aus sie das Forschungsinstitut sehen konnten. Es bestand aus drei ausgedehnten Hauptgebäuden und einer Reihe von bungalowartigen Häusern, die sich hufeisenförmig darum gruppierten. Deutlich hoben sich die roten Gleiter der Wachen von dem blassen Buschwerk und dem vertrockneten Gras ab. Der Sommer hatte die Pflanzen ausgetrocknet.

Howatzer zeigte zu einer Bodenrinne hinüber. »Dort haben wir gute Deckung. Wir kommen bis dicht an die Gleiter heran, ohne gesehen zu werden. Du kannst also noch etwas mit deinem Sturm warten.«

Dun Vapido nickte nur.

Die drei Mutanten drangen in der Bodenrinne vor. Lockerer Sand machte den Weg beschwerlich.

Als ein heftiger Windstoß über sie hinwegfegte und Sand und vertrocknete Pflanzen aufwirbelte, fluchte Howatzer verhalten. »Kannst du uns nicht warnen, bevor es losgeht?« Er rieb sich den Sand aus den Augen.

»Also gut«, erwiderte der Wettermacher. »Ich fange an.«

Der Sturm brach mit elementarer Wucht los. Jäh überzog sich der Himmel mit dunklen Wolken. Orkanartige Böen rissen Staub und Sand mit sich.

Howatzer band sich ein Tuch vors Gesicht. Eawy zog den Kragen ihres Pullis hoch und ließ nur die Augen frei. Dun Vapido brauchte sich nicht zu schützen. Geduckt eilte er voran. Nur noch etwa hundert Meter trennten die drei Mutanten vom ersten Gleiter. Vapido lenkte die Luftwirbel auf eine Düne in ihrer Nähe. Der Orkan riss den Sand hoch und ließ eine undurchdringlich erscheinende Wand zwischen den Mutanten und dem Gleiter aufwachsen.

Bran Howatzer rannte los. Er hatte Mühe, sich auf den Beinen zu halten. Den Gleiter konnte er nicht mehr sehen, doch kannte er dessen Position. Dennoch war er überrascht, als die Maschine urplötzlich vor ihm auftauchte.

Die Frontscheiben waren mit Sand bedeckt, sodass Howatzer die Wachen kaum sehen konnte. Er riss den Paralysator hoch und löste ihn aus. Die schemenhaften Gestalten sackten in sich zusammen.

Bran Howatzer kauerte sich auf den Boden und wartete, bis Vapido und Eawy zu ihm aufschlossen. Ein krachender Donner ließ ihn zusammenzucken. »Musste das sein?«, schrie er, als es wieder etwas ruhiger wurde.

»Gleich regnet es auch noch«, antwortete der Wettermacher grinsend. »Das Land hier braucht dringend Wasser.«

Payne Hamiller weilte mit seinen Gedanken in Durban, während er zu einer Konferenz eilte, die Tifflor einberufen hatte. Fieberhaft suchte er nach einer Möglichkeit, Terrania zu verlassen und nach Südafrika zu fliegen. Er fand keine, ohne sich verdächtig zu machen. Seine Situation wurde dadurch erschwert, dass die Assistenten von Czerk Matzlew Vermisstenanzeige erstattet hatten.

Der Wissenschaftler traf Julian Tifflor auf dem Weg zum Konferenzraum.

»Worum geht es denn?«, fragte Hamiller, nachdem er den Ersten Terraner begrüßt hatte.

»Wir sollen Besuch von der GAVÖK bekommen«, antwortete Tifflor, der Hamiller bewusst nicht vorher informiert hatte. »Ich konnte Ihnen keine Gelegenheit zur Vorbereitung geben, weil ich selbst erst in letzter Minute erfahren habe, um was es geht. Sie brauchen sich auch nicht zu Wort zu melden. Mir kommt es in erster Linie darauf an, der GAVÖK das Gefühl zu geben, dass wir ihrem Besuch großes Gewicht beimessen.«

»Ich verstehe«, sagte Hamiller. Er spürte, dass Tifflor ihn nur über etwas anderes hinwegtäuschen wollte. Das war für ihn wie ein Alarmsignal.

»Die Mitglieder der GAVÖK sind misstrauisch«, fuhr Tifflor fort, während sie in einen Antigravschacht sprangen und sich nach oben tragen ließen. »Die BASIS beunruhigt sie. Sie wollen wissen, warum dieses Riesenschiff gebaut wurde und welche Aufgaben es zu erfüllen hat.«

»Das Misstrauen der GAVÖK wird sich vermutlich in absehbarer Zeit überhaupt nicht legen«, bemerkte Hamiller.

»Ich hoffe, dass sich das eines Tages ändern wird. Mutoghmann Scerp wurde informiert, dass die BASIS einer außergalaktischen Expedition dienen soll.«

Sie verließen den Schacht. Homer G. Adams kam soeben aus einem Büro. Lächelnd näherte er sich ihnen und begrüßte Hamiller. Dieser ließ sich von der aufgesetzten Freundlichkeit aber nicht täuschen. Der Rat spürte die forschenden Blicke des untersetzten Mannes und wusste plötzlich, dass Tifflor ihn nur zu der Konferenz gerufen hatte, damit Adams ihn überprüfen konnte. Für ihn bestand nun nicht mehr der geringste Zweifel, dass Adams das Bewusstsein der Telepathin Betty Toufry trug.

»Für Scerp reichten die Informationen aus«, fuhr Tifflor fort. »Die anderen Mitglieder der GAVÖK werden aber nicht zufrieden sein und darauf bestehen, dass wir ihnen die BASIS zeigen.«

»Geht das nicht ein wenig zu weit?«, fragte Adams.

Sie hatten die Tür zum Konferenzraum erreicht. Julian Tifflor blieb stehen. Er zuckte mit den Schultern. »Warten wir ab«, antwortete er. Danach wandte er sich wieder Hamiller zu. »Mir ist zu Ohren gekommen, dass die Polizei bei Ihnen war«, sagte er übergangslos. »Hat das etwas zu bedeuten?«

»Ein Wissenschaftler ist verschwunden«, antwortete Hamiller. »Der Archäologe Czerk Matzlew, der die Ausgrabungen auf Kreta leitet und der selbst die Schrifttafeln entdeckt hat, auf denen von PAN-THAU-RA die Rede war. Man hat seinen Gleiter gefunden, aber von Matzlew gibt es keine Spur.«

Damit hatte er Tifflor erschöpfend Auskunft gegeben. Der Erste Terraner war zufrieden. »Na, dann wollen wir mal«, sagte er und betrat den Konferenzraum. Homer G. Adams und Payne Hamiller folgten ihm. Der Terranische Rat für Wissenschaften stellte fest, dass nur noch wenige andere Kabinettsmitglieder außer ihm anwesend waren.

Das war eine weitere Bestätigung dafür, dass es Tifflor und Homer G. Adams auf ihn abgesehen hatten. Voll Unbehagen nahm Hamiller neben Adams Platz.

Er verbrachte zwei ungemütliche Stunden, bis die Besprechung zu Ende ging. Danach verabschiedete er sich unter dem Vorwand, dringende Arbeiten erledigen zu müssen. Hamiller glaubte nicht, dass er durchschaut worden war.

Im Forschungsinstitut bei Durban stand Boyt Margor vor der Frau, die behauptete, Persephone zu sein. Er war beunruhigt, weil sie auf seine Beeinflussung nicht reagierte.

»Ich werde den Schrein nicht öffnen«, erklärte Jandra-Perse. »Ich weiß, was zu tun ist, aber ich werde Demeter nicht wecken, bevor sie in einem startbereiten Raumschiff ist.«

Krachender Donner unterbrach sie. Erschrocken fuhr sie herum. Das Blut wich aus ihren Wangen, ihre Augen weiteten sich. Für Sekunden schien sie völlig verwirrt zu sein. Sie sprang von dem Schrein weg, stieß die Männer zur Seite und stürzte die Treppe hinunter. In panikartiger Furcht untersuchte sie die Versorgungsmaschinerie des Konservierungssystems.

»Kein Problem«, sagte Boyt Margor ruhig. »Wir haben nichts beschädigt. Das ist nichts weiter als ein Herbstgewitter. Ich habe mir sagen lassen, dass solche Gewitter hier heftiger sind als anderswo.«

Die Frau beruhigte sich rasch.

Margor ging langsam auf sie zu. Er hatte genau darauf geachtet, welche Bereiche des Versorgungssystems sie überprüft hatte. Er legte seine Hand auf ein U-förmiges Rohr. »Was geschieht, wenn ich dieses Teil entferne?«, fragte er.

»Du würdest Demeter töten«, erwiderte sie. »Mache es nicht.«

»Ich werde es tun, wenn du nicht mit uns zusammenarbeitest. Es kommt mir nicht darauf an, Demeter zu töten, aber wenn ich nicht mit ihr sprechen kann, ist es belanglos für mich, ob sie die Erde lebend oder tot verlässt.«

»Du wagst es nicht, Demeter zu töten«, sagte die Frau, doch ihr war anzuhören, dass sie sich dessen nicht sicher war.

»Gibt es einen triftigen Grund dafür, dass Demeter die Erde verlassen will?«, fragte der Mutant.

»Sie war lange genug hier. Sie will zurück zu ihrer Heimatwelt.«

»Das wollte sie, als sie sich in den Schrein gelegt hat«, erwiderte Margor. »Seitdem ist viel Zeit vergangen. Vielleicht sieht nun alles anders aus. Vielleicht gefällt ihr die Welt, in der wir heute leben, so gut, dass sie bleiben will. Kannst du ihr diese Entscheidung abnehmen?«

»Ich weiß, was ich weiß«, erklärte Persephone trotzig. »Beschafft das Raumschiff!«

»Das ist nicht ohne Weiteres möglich.«

»Ich weiß, dass es machbar ist«, entgegnete sie zornig.

Boyt Margor blickte zu der Kiste hinüber, hinter der der Tote lag. Er fragte sich, ob es Sinn machte, mit der Frau zu verhandeln, wenn sie offenbar doch nicht bereit war, den Schrein zu öffnen.

»Also gut«, sagte der Mutant. »Ich werde für ein Raumschiff sorgen. Unter einer Bedingung: Ich will, dass du Demeter weckst, hier und jetzt!«

Jandra-Perse schüttelte den Kopf.

Boyt Margor wandte sich an seine Mitarbeiter. »Wir brechen den Schrein auf! Wir versuchen erst noch einmal, ihn mit Hilfe der eingebauten Technik zu öffnen. Wenn das nicht innerhalb einer Stunde gelingt, setzen wir eine Sprengladung an.

»Das wollen Sie nicht wirklich!«, rief Persephone stammelnd.

»Bringt sie hinaus!«, befahl Margor. »Wenn sie sich wehrt, denkt daran, dass sie Bannister umgebracht hat.«

Die Tochter Demeters erbleichte. Ihre Haltung ließ erkennen, dass sie kämpfen würde. Sie blickte Margor an, doch er beachtete sie nicht mehr. Zutiefst bestürzt wandte sie sich wieder der Versorgungsmaschinerie zu. Margor beobachtete sie kalt lächelnd. Er hoffte immer noch, dass sie nachgeben würde.

Der Orkan erschütterte die Halle. Die Donnerschläge ließen Persephone immer wieder zusammenzucken und minderten ihre Konzentration. Boyt Margor ging zu ihr. Er war größer als sie, und lächelnd beugte er sich zu ihr herab.

»Verstehst du?«, fragte er flüsternd. »Du hast die Wahl. Wecke Demeter auf – oder ich werde dich töten.«

Sie versuchte, etwas zu sagen, brachte jedoch kein Wort über die Lippen.

»Siehst du denn die Wahrheit nicht?« Boyt Margors Gesicht verzerrte sich zu einer zynischen Grimasse. »Wenn du stirbst, bleibt mir nichts anderes übrig, als den Schrein gewaltsam zu öffnen. Die Wahrscheinlichkeit ist groß, dass Demeter dann ebenfalls stirbt. Willst du dich und deine Mutter opfern?«

»Du bist abgrundtief böse«, sagte Persephone keuchend. »Selbst im Reich des Finsteren bin ich niemandem begegnet, der schlechter wäre als du. Ich darf Demeter nicht wecken. Du würdest dir ihre Macht zunutze machen. Das darf nicht geschehen. Ich werde es nicht zulassen. Lieber sterbe ich, und lieber nehme ich Demeters Tod in Kauf.«

Sie wich vor Margor zurück. Erregt zeigte sie auf seine Mitarbeiter. »Glaubst du, ich sehe nicht, was mit ihnen los ist? Sie sind deine Sklaven, Geschöpfe ohne eigenen Willen. Glaubst du, dass ich zulassen kann, dass Demeter ebenso wird? Ich habe die Aufgabe, über sie zu wachen, und das tue ich.« Stolz warf sie den Kopf in den Nacken zurück. »Ich bin ihre Tochter und ihre Wächterin. Ich trage die Verantwortung, und ich entscheide, dass sie die Demeter bleiben wird, die sie immer war. Sie ist die gottgleiche Demeter – oder tot.«

Persephone stürzte sich auf die Maschinerie und versuchte, ein kastenförmiges Gebilde zu drehen. Margor zerrte sie zurück und schleuderte sie zu Boden. Jandra-Perse schnellte sich wieder hoch und griff ihn an. Ihre Handkanten trommelten mit unglaublicher Wucht gegen seine Brust und die Schultern. Boyt Margor brach schreiend zusammen.

Triumphierend beugte sich die Frau über ihn. Sie beachtete die Wissenschaftler nicht, die um sie herumstanden und das Geschehen nahezu teilnahmslos beobachteten. Ihre Hände verkrallten sich um den Hals des Mutanten. Sie wollte Margor töten.

In diesen Sekunden höchster Gefahr für ihn, schlug der Mutant mit voller parapsychischer Kraft zurück, um sich zu retten. Persephones Gesicht verzerrte sich in namenlosem Entsetzen. Sie versuchte, dem tödlichen Angriff zu entkommen, wandte sich ab und machte zwei Schritte, dann brach sie zusammen und blieb leblos liegen.

Ihre Haut nahm ein pergamentartiges Aussehen an. Innerhalb von Sekunden schien sie um Jahrzehnte zu altern.

Boyt Margor richtete sich schwankend auf. Sein Atem ging schnell und keuchend. Er blickte auf die tote Frau, als könne er nicht fassen, was geschehen war.

»Das wollte ich nicht«, sagte er leise. »Wie konnte das geschehen?«

Margor wurde sich des Abgrunds bewusst, an dem er stand. Er spürte, wie gefährlich der Weg war, den er eingeschlagen hatte. Mit einem Mal wurden seine Pläne fragwürdig. Der Tod dieser Frau erschütterte ihn zutiefst, obwohl er keineswegs den ersten Mord begangen hatte. Ihn verunsicherte allein, dass er die Kontrolle über sich verloren hatte.

Bisher war er davon überzeugt gewesen, kühl und stets überlegt zu handeln. Er hatte in dem Bewusstsein gelebt, dass er distanziert beobachtete und Entscheidungen grundsätzlich frei von Emotionen traf. Nun wurde ihm klar, dass er sich grundlegend getäuscht hatte. Ihm wurde bewusst, dass es auch für ihn Situationen gab, in denen er wie ein Mensch handelte und nicht wie ein übermenschliches Wesen, für das er sich hielt. Boyt Margor nahm das Toben des Orkans und den Donner nicht mehr wahr. Es schien, als lebte er für Sekunden in einer anderen, einer unwirklichen Welt.

Schließlich wandte er sich dem Schrein der Demeter zu. Er schlug die Fäuste gegen die Stahlstreben der Treppe. Der Schmerz ließ ihn aufstöhnen, klärte aber auch seine Sinne.

Er fuhr herum und schrie die Wissenschaftler an: »Weiter! Öffnet den Schrein! Was steht ihr herum? Beeilt euch!«

Er stürzte sich förmlich auf Jandra-Perse, packte sie an den Armen und schleifte sie über den Boden bis zu den Kisten.

Die Wissenschaftler wussten nicht, wie sie vorgehen sollten. Margor beobachtete sie, aber nach einigen Minuten hielt er es nicht mehr aus. Er fuhr herum und stürmte hinaus ins Freie. Der Orkan warf ihn fast um, und der Regen peitschte ihm ins Gesicht. Aber die kalte Luft tat ihm gut.

Margor straffte sich und atmete tief durch. Augenblicke später stürmte er in die Halle zurück. »Geht zur Seite!«, befahl er den Wissenschaftlern und griff nach einer Eisenstange, die zwischen den Kisten auf dem Boden lag. »Ich weiß jetzt, was wir tun werden.«

»Sie dürfen den Schrein nicht zerschlagen«, wandte einer der Männer ein. »Damit könnten Sie eine Explosion auslösen.«

Margor schüttelte trotzig den Kopf. »Wir haben lange genug nach einer eleganten Lösung gesucht. Ich glaube nicht mehr daran, dass wir sie finden.«

Er stieg die Treppe hoch, sein Blick richtete sich auf Demeter. Er überlegte, wo er den Behälter zerschlagen sollte. Er wollte Demeter nicht verletzen, war aber auch davon überzeugt, dass er sie so schnell wie möglich aus dem Schrein herausholen musste, sobald er diesen aufgebrochen hatte.

»Tun Sie es nicht!«, sagte jemand neben ihm.

Boyt Margor stieß den Mann zur Seite, hob die Eisenstange über den Kopf und schlug mit aller Kraft zu.

Dichter Regen prasselte auf sie herab.

»Muss das wirklich sein?«, fragte Eawy ter Gedan keuchend. »Der Orkan hätte vollauf ausgereicht.«

Vapido antwortete nicht. Er rannte zwischen zwei Sanddünen hindurch und war im dichten Regen kaum noch zu sehen.

»Ich glaube, er liebt den Regen«, brüllte Bran Howatzer Eawy zu. Blitze erhellten das Gelände und entrissen die nahen Hallen der Finsternis.

Beide liefen sie hinter Vapido her. Der Wettermacher hatte einen einfachen Drahtzaun erreicht und riss ihn mit bloßen Händen von den Pfählen herunter, bis er hindurchkriechen konnte.

»Da drüben ist Margor!« Eawy ter Gedan zeigte zu einer der Hallen hinüber. Nur für Sekunden konnten Howatzer und sie die hagere Gestalt des Mutanten sehen. Sein türkisfarbenes Haar schimmerte wie Metall.

»Endlich erwischen wir ihn!«, rief Bran Howatzer. »Weiter!«

Sie folgten Vapido durch das Loch im Zaun. Als sie sich der Halle bis auf etwa zwanzig Meter genähert hatten, leuchtete es in dem Gebäudeinnern grün auf. Das seltsame Licht schien durch die Wände nach außen zu dringen und sogar das Unwetter zurückzudrängen. Schlagartig legte sich der Orkan. Es hörte auf zu regnen.

Krachend wurden mehrere Türen aus den Angeln gerissen. Das grüne Leuchten brandete wie eine Flutwelle ins Freie und schien das Wasser zu verändern, in dem die drei Mutanten bis zu den Knöcheln standen.

Eawy schrie gellend auf. Sie taumelte zurück und stürzte. Bran Howatzer brach mit schmerzverzerrtem Gesicht zusammen. Dun Vapido blieb hingegen aufrecht stehen. Nur seine Arme fielen wie leblos herab, und der Paralysator entglitt seinen schlaffen Händen.

Psionische Energie schlug über den drei Mutanten zusammen und belastete sie bis an die Grenze des Erträglichen.

In einer der Türöffnungen erschien Boyt Margor. Er trug eine schlanke Gestalt auf den Armen. Eawy ter Gedan sah das silberne Haar der Demeter, das im grünlichen Licht wie ein Flammenkranz wirkte.

Eawy wollte nach der Waffe greifen, die nur wenige Zentimeter neben ihrer Hand im Schlamm lag. Sie konnte die Finger nicht bewegen.

Boyt Margor ging auf sie zu. Grünes Licht umwaberte ihn. Er hielt die Augen geschlossen, ging vorbei, verschwand mit Demeter im Gelände.

Eine endlose Zeitspanne schien zu verstreichen, bis Eawy ter Gedan sich wieder bewegen konnte. Sie richtete sich auf und stellte fest, dass auch Vapido und Howatzer sich von dem Schock erholten.

»Die Halle brennt«, sagte der Psi-Analytiker.

»Margors Männer sind noch innen.« Bran Howatzer hatte Mühe, die Worte zu artikulieren. »Wir müssen sie herausholen.«

Er lief auf die Halle zu. Vapido und Eawy folgten ihm. Sie schienen

Margor vergessen zu haben, wollten nur noch den Wissenschaftlern helfen.

Glühende Hitze schlug ihnen entgegen. Margors Helfer lagen verkrümmt auf dem Boden.

»Alle sind tot«, sagte Eawy ter Gedan entsetzt. »Der Schock hat sie umgebracht.« Sie kniete neben einem der Männer nieder. Seine gebrochenen Augen waren weit aufgerissen.

Dun Vapido führte Eawy dann aus der Halle. Sie sahen noch, dass das Feuer von dem Schrein ausging, aus ihm schossen immer wieder Stichflammen empor.

»Es ist zu spät«, sagte Bran Howatzer niedergeschlagen, als sie sich genügend weit von der Halle entfernt hatten. »Er ist uns wieder entkommen.«

21.

Mit heulenden Sirenen jagten zehn Polizeigleiter heran. Sie landeten. Polizisten sprangen heraus und stürmten auf die drei Mutanten zu. Diese begriffen erst, als sie in die flirrenden Abstrahlfelder der Waffen blickten, und hoben automatisch die Hände.

Die Polizisten warfen die beiden Männer und die junge Frau zu Boden und fesselten sie.

»Was soll das?«, keuchte Bran Howatzer. »Glaubt ihr, dass wir etwas mit dem Feuer zu tun haben? Glaubt ihr wirklich, dass wir so dämlich wären, dann hierzubleiben?«

Die Polizisten rannten weiter zur Halle, konnten sie aber wegen der Hitze nicht betreten. Löschgleiter landeten sehr nahe an der Halle. Sekunden später erklangen aufgeregte Rufe.

»Sie haben die Toten entdeckt«, stellte Dun Vapido fest. »Jetzt wird es schwer für uns.«

»Warum sind wir nicht abgehauen?«, fragte Eawy.

Eine gewaltige Explosion drückte das Hallendach in die Höhe. Brennende Trümmer schlugen im weiten Umkreis auf. Ein Stahlträger bohrte sich kaum fünf Meter von den Mutanten entfernt in den Boden.

»Jetzt könnten wir wieder Regen gebrauchen«, stöhnte Eawy. »Dun, warum tust du nichts?«

Sie blickte zu dem Wettermacher hinüber. Ein handlanger Holzsplitter steckte in seiner Schulter. Vapido hatte das Bewusstsein verloren.

Weitere Explosionen vernichteten, was von den Forschungsanlagen noch übrig war. Die Polizisten und das Löschkommando zogen sich zurück.

»Das war der Schrein der Demeter«, sagte Howatzer. »In der Halle kann sonst nichts gewesen sein, was eine derartige Zerstörung anrichtet.«

Mehrere Polizisten brachten die gefesselten Mutanten zu einem der Gleiter.

»Eine der Wachen konnte uns noch benachrichtigen, bevor sie paralysiert wurde«, erklärte ein Offizier. Henry Harkness stand auf seinem Namensschild. »Legen Sie ein Geständnis ab?«

Bran Howatzer war so verblüfft über diese direkte Frage, dass er auflachte. »So einfach ist das alles nicht.«

»Oh, doch«, sagte Harkness. »Wir haben den Gleiter gefunden, mit dem

Sie gekommen sind.« Er legte Howatzers Kreditkarte vor sich auf den Sessel. Der Pastsensor erschrak; er hatte nicht bemerkt, dass die Polizisten sie ihm abgenommen hatten.

»Wir wissen, dass es Ihr Gleiter ist, denn Sie haben ihn auf Ihre Kreditnummer gemietet. Auf dem direkten Weg von Ihrem Gleiter hierher wurden zwei unserer Männer paralysiert. Von Ihnen. Sie sind hier, und in der Halle sind wenigstens vier Menschen verbrannt.«

»Wir haben mit der Sache nichts zu tun«, erklärte Howatzer.

»Dann erläutern Sie mir, warum Sie den Ring der Wachgleiter mit Hilfe eines Lähmstrahlers durchbrochen haben.«

Howatzer blickte Eawy ter Gedan und Dun Vapido Hilfe suchend an. Der Psi-Analytiker war mittlerweile wieder zu sich gekommen. Einer der Polizisten zog in diesem Moment den Holzsplitter heraus und versorgte die Wunde. Dun Vapido saß wie versteinert auf seinem Sitz.

»Da drinnen stand der Schrein der Demeter«, sagte Howatzer unsicher. Der Offizier unterbrach ihn.

»Demeter? Der Name ist mir schon irgendwo begegnet. Warten Sie ...«

»Demeter war die griechische Göttin der Fruchtbarkeit«, sagte der Pastsensor. »Demeter hat den Schrein verlassen. Was da explodiert ist, war der Schrein. Damit haben wir nichts zu tun.«

»Aha.« Harkness seufzte. »Die Göttin Demeter lustwandelt also hier in der Gegend?«

»Ich weiß nicht, ob sie wirklich wach war«, sagte Howatzer. »Er trug sie auf den Armen.«

Harkness verdrehte die Augen. »Es hat wohl vorerst keinen Sinn, mit Ihnen zu reden. Wir werden uns in Durban unterhalten.« Er erhob sich und wollte den Gleiter verlassen.

»Warten Sie doch!«, protestierte Howatzer. »Es ist alles nicht so verrückt, wie es sich anhört. Sie sollten den Terranischen Rat für Wissenschaften fragen. Payne Hamiller kann Ihnen mehr dazu sagen.«

»Wir reden in Durban miteinander«, entschied der Offizier.

Payne Hamiller blickte auf das Chronometer auf seinem Arbeitstisch. Es zeigte den 18. März 3586 an.

Er wusste von den Vorfällen in dem Forschungsinstitut nichts, doch er ahnte, dass die Entwicklung um Demeter und ihren Schrein in ein entscheidendes Stadium getreten war. Länger als zwei Tage durfte er auf keinen Fall mehr in Terrania warten – er fürchtete, Boyt Margor könne den Schrein Demeters gewaltsam öffnen.

Hamiller wurde aus seinen Gedanken aufgeschreckt, als Homer G. Adams kam.

»Ich wollte mich von Ihnen verabschieden«, sagte Adams freundlich. »Ich fliege zur BASIS.«

»Schon?«, fragte Hamiller, der Mühe hatte, seine Freude zu verbergen. Er war von Anfang an davon überzeugt gewesen, dass Adams das Bewusstsein von Betty Toufry in sich trug. Nun flog Adams also zur BASIS zurück, um die Telepathin in den PEW-Block zurückkehren zu lassen.

Die Ereignisse der letzten Tage hatten Hamiller bewiesen, dass Margor ihn zu schützen verstand. Andernfalls wäre sein Lügengebäude schon zusammengebrochen.

Der Rat schüttelte die Hand des untersetzten Mannes und begegnete fast frei von Furcht dessen forschendem Blick. »Werden Sie in der BASIS bleiben?«, fragte er.

Adams schüttelte den auffallend großen Kopf. »Ich werde nur für einige Stunden oder vielleicht für einen Tag bleiben.«

»Was geschieht mit Harno? Nehmen wir ihn mit, wenn wir mit der BASIS starten?«

Adams' Augen verdunkelten sich. »Harno ist mehr oder weniger bewusstlos, seitdem er die letzten Informationen gegeben hat. Er bleibt in der Obhut einiger Spezialisten. Wenn ich nur wüsste, wo der Zusammenhang mit dem Namen Demeter zu sehen ist.«

»Mir ist das ebenso wenig klar. Immerhin existiert ihr Kult seit mehr als fünftausend Jahren nicht mehr.« Hamiller ging entschlossen zum Angriff über. »Mehr als ein Kult war es ja wohl nie. Oder glauben Sie, dass die griechischen Götter wirklich gelebt haben?«

Adams zuckte nur vage mit den Schultern. Er nickte Hamiller zu und verließ das Büro.

Nachdenklich sah ihm der Terranische Rat nach. Homer G. Adams war ein absolut undurchsichtiger Mann für Hamiller.

Hamiller wartete eine Stunde ab, dann rief er Tifflor an, um ihm mitzuteilen, dass er noch einmal nach Durban fliegen werde. »Ich mache dort einen abschließenden Besuch, bevor ich zur BASIS gehe«, erläuterte er.

Julian Tifflor schöpfte auch diesmal keinen Verdacht.

Als sich Payne Hamiller Stunden später Durban näherte, glaubte er, seinen Augen nicht trauen zu dürfen. Im Licht der untergehenden Sonne wirkte die Forschungsanlage wie ein schwarz verbrannter Fleck, aus dem spärlicher Rauch emporkräuselte. Kein anderer Gleiter war zu sehen. Über den Trümmern schwebte nur ein Beobachtungsroboter, der hin und wieder ein Sprühgerät einsetzte, um neu auflodernde Flammen sofort zu ersticken.

Hamiller landete zwischen den Ruinen.

Als er ausstieg, war er fest davon überzeugt, dass Boyt Margor den Schrein gewaltsam geöffnet hatte und mit Demeter dabei umgekommen war. Alle Anzeichen deuteten darauf hin, dass niemand diese Katastrophe überlebt haben konnte.

Wie erstarrt stand Hamiller zwischen den zerstörten Mauern, von zwiespältigen Gefühlen erfüllt. Er trauerte um Demeter und den damit einhergehenden wissenschaftlichen Verlust. Andererseits fragte er sich, ob Margor wirklich tot war. Wenn dem so war, warum erfüllte ihn keine grenzenlose Freude? Er hätte sich frei und unbelastet fühlen müssen, doch das tat er nicht.

Payne Hamiller ließ sich auf einen der ausgeglühten Stahlträger sinken, griff gedankenlos nach einem Stahlstift und schlug ihn gegen einen Träger, der bogenförmig neben ihm aufragte. Der Stahl gab einen überraschend reinen Ton von sich. Hamiller stutzte. Er schlug den Stift eine Handbreit höher gegen den Träger und erzielte einen deutlich abgestuften, höheren Ton.

Payne Hamiller schlug den Stahl noch etwas höher an, und wiederum erklang ein anderer Ton, als sei er sorgfältig abgestimmt.

»Geht das noch lange so weiter?«, fragte jemand hinter ihm.

Hamiller wirbelte herum. Vor ihm stand ein Polizeioffizier, der ihn herablassend musterte.

»Es ist unglaublich«, sagte der Terranische Rat. »Was hier geschehen ist, ist wissenschaftlich nicht erklärbar. Nach den Gesetzen unserer Physik kann ein Stahlträger sich in einem unkontrollierten Feuer nicht so verformen, dass ein Musikinstrument aus ihm wird.«

Der Offizier grinste überlegen.

»Verstehen Sie denn nicht?«, rief Hamiller enthusiastisch. »Ich muss diesen Träger haben. Bitte sorgen Sie dafür, dass ich einige Roboter bekomme, die ihn aus dem Boden lösen. Außerdem benötige ich einen entsprechend großen Transporter.«

»Was Sie nicht sagen.«

Hamiller stutzte. Erst jetzt fiel ihm auf, wie ihn der Polizeioffizier musterte, und seine Begeisterung legte sich jäh. »Ich sehe Ihnen an, Lieutenant, was Sie denken«, sagte er beherrscht. »Nun gut, das kann ich Ihnen nicht einmal verübeln. Für wissenschaftliche Begeisterung haben Sie vermutlich kein Verständnis.«

»Fein«, erwiderte der Offizier. »Dann brauche ich ja nicht traurig zu sein.«

Payne Hamiller lächelte. »Ich bin der Terranische Rat für Wissenschaften und damit Dienstherr dieser Forschungsanlage«, erklärte er.

Der Offizier verlor nichts von seiner Selbstsicherheit. »Ich habe schon allerlei von Leuten gehört, die ich hier aufgelesen habe. Es hätte mich daher nicht einmal überrascht, wenn Sie behaupteten, Zeus zu sein.«

»Mäßigen Sie sich!«, entgegnete Hamiller schneidend scharf. »Als Offizier sollten Sie längst gesehen haben, dass der Stratogleiter, mit dem ich gelandet bin, eine Regierungsmaschine ist. Wenn nicht, dann überzeugen Sie sich gefälligst davon.«

Der Polizist blickte zurück, kniff die Augen zusammen, dann wandte er sich wieder Hamiller zu. »Wir haben hier schon mehrere Verrückte aufgesammelt ...«

»Danke für das Kompliment«, erwiderte Hamiller eisig.

»Ich meinte nicht Sie«, beteuerte der Offizier. »Hier waren Brandstifter, die haben von Demeter gefaselt. Und als Sie jetzt auf dem Träger herumklopften ... Ich meine, als Sie ...«

Der Rat lachte. »Sie sind ein wenig zu diensteifrig. Sie sollten nicht alles so verbissen sehen.«

»Angesichts von wenigstens zehn Toten fällt mir das nicht leicht.«

Hamiller zuckte zusammen. Er hatte das Gefühl, einen Schlag in den Magen bekommen zu haben. Ihm wurde übel.

»Sie haben etwas von Brandstiftern gesagt. Wer sind diese Leute? Ich will mit ihnen reden.«

Kershyll Vanne beobachtete Payne Hamiller seit Tagen voll Misstrauen. Vieles gefiel ihm nicht.

Vanne war einer der geheimnisvollsten Männer der aphilischen Erde gewesen. Die Regierung hatte ihn zur Bekämpfung aphiliefeindlicher Untergrundorganisationen eingesetzt, und als Geheimdienstler hatte er gelernt, Menschen und Situationen zu beurteilen. Daher fiel ihm auf, dass Hamiller sich ungewöhnlich verhielt. In seinem Amt leistete der Wissenschaftsrat hervorragende Arbeit und erzielte mit oft verblüffenden Lösungen Fortschritte, die niemand für möglich gehalten hätte. Gleichzeitig aber hatte Hamiller sich in jeder anderen Hinsicht abgeschirmt.

Vanne war aufgefallen, dass der Wissenschaftler für Nichtigkeiten Ausreden suchte und dass er über die archäologischen Arbeiten auf Kreta nicht offen berichtete.

Homer G. Adams bestätigte ihm, dass es bei Hamiller etwas gab, das selbst der Telepathin Betty Toufry verborgen blieb. Vanne wollte Klarheit haben.

Nachdem Hamiller Richtung Durban aufgebrochen war, verließ Kershyll Vanne Terrania City ebenfalls und flog nach Kreta zu den Ausgrabungsstätten.

Das Konzept Vanne, das die Bewusstseinsinhalte von sieben Menschen in sich vereinte, landete neben dem Zeltlager der Archäologen. Mehrere der Wissenschaftler kamen ihm entgegen, um ihm den Zutritt in den Tempel zu verwehren. Sie gaben ihre ablehnende Haltung jedoch auf, als sie ihn erkannten.

Ein grauhaariger Mann mit freundlichen, braunen Augen ging auf ihn zu. »Mein Name ist Vincent Zavitz. Ich bin der Stellvertreter von Czerk Matzlew.«

Ich mag den Kerl nicht!, meldete sich Indira Vecculi.

Ich gebe wenig auf den ersten Eindruck, erwiderte Vanne.

Er deutete auf die Tempelanlagen. »Ich würde mir gern ansehen, womit Sie sich befassen. Matzlew ist immer noch verschwunden. Ich nehme an, Sie werden mir unter diesen Umständen eine Besichtigung ermöglichen?«

»Aber selbstverständlich«, rief Zavitz zuvorkommend. »Ich wüsste nicht, was dagegen spricht.«

Vorsicht!, warnte Indira Vecculi.

Seit wann bist du so ängstlich?

Wenn dir etwas zustößt, bin ich auch dran. Und hier stimmt einiges nicht, das spüre ich.

Zavitz führte Kershyll Vanne bis zu der Halle der Demeter und schilderte in völliger Offenheit, welche Bedeutung diese Entdeckung hatte. Von Demeter erwähnte er allerdings nichts. »Der Terranische Rat Hamiller hat Ihnen sicherlich schon ausführlich berichtet«, sagte er. »Wir sind uns darüber einig, dass die Halle von einer außerirdischen Macht errichtet worden ist.«

Kershyll Vanne, der Sieben-D-Mann, verfügte zusammen mit den anderen Bewusstseinen über ein beachtliches Wissen. Ihm entgingen die Besonderheiten der Anlage keineswegs.

Die Bewusstseine des Alpha-Mathematikers Albun Kmunah und des Ultra-Physikers Pale Donkvent gaben abwechselnd knappe Kommentare zu allem, was Vanne sah. Hin und wieder machte Jost Seidel eine Bemerkung, sobald ihm als Galaktochemiker etwas auffiel. Vanne hätte daher nichts dagegen gehabt, wenn der Archäologe ihn schweigend durch die unterirdischen Anlagen geführt hätte. Doch er ließ den Mann reden und gab sich als aufmerksamer Zuhörer. Währenddessen schaute er sich jedoch ausgiebig um.

Als sie nach unten schwebten, bemerkte Vanne das Loch im Hallenboden. Die Anzeichen waren eindeutig, dass hier erst vor kurzer Zeit etwas ausgebaut worden war. Vanne reimte sich leicht zusammen, dass an dieser Stelle etwas gewesen sein musste, das Hamiller hatte ausbauen und nach Durban transportieren lassen. »Was ist hier gewesen?«, fragte er.

»Das wollte ich Ihnen soeben erklären«, antwortete Zavitz. Sein Armbandfunkgerät fiepte. »Entschuldigen Sie, bitte.«

Der Archäologe hob das Handgelenk ans Ohr und lauschte. Kershyll Vanne ging einige Schritte weiter und betrachtete das Loch im Boden. Er wusste nicht, was er davon halten sollte. Eine mittlerweile wieder verschlossene Öffnung in der Hallendecke ließ erkennen, dass es durchaus nicht einfach gewesen war, das betreffende Objekt zu bergen.

»Bitte entschuldigen Sie mich für einige Minuten«, sagte Zavitz. »Ich werde oben gebraucht. Aber ich bin bald zurück.«

»Ist schon in Ordnung«, erwiderte Vanne, dem es durchaus recht war, dass er vorübergehend allein blieb. Er blickte dem Stellvertreter Matzlews nach, bis dieser aus der Halle verschwunden war.

Er hätte bei uns bleiben müssen, gab Indira Vecculi zu bedenken.

Wenn er noch hier wäre, hättest du auch Einwände dagegen. Sei zufrieden, dass ich in Ruhe nachdenken kann.

Indira schwieg, da sie offenbar keine Lust hatte, sich mit ihm zu streiten.

Kershyll Vanne trat näher an die Grube im Boden heran. Er sah glatte Stahlwände und hier und da einige Anschlüsse. Doch sie schienen nicht von besonderer Bedeutung für das Objekt gewesen zu sein, das sich an dieser Stelle befunden hatte.

Einige Meter entfernt lehnte eine Leiter an einer Statue. Vanne holte sie und stieg in die Grube hinab. Er hatte weitere Öffnungen im Boden entdeckt, die – wie er vermutete – zu Hohlräumen führten. Er hoffte, dort mehr herauszufinden.

Vincent Zavitz war einer von Boyt Margors Paratendern. Als er Kershyll Vanne erkannte, musste er handeln.

Mit einem einfachen Trick sorgte er dafür, dass sein Armband ein Rufsignal abgab. Es überraschte ihn nicht, dass Vanne keine Einwände hatte, als er sich zurückzog. Natürlich war dieser geheimnisvolle Mann, von dem er schon einiges gehört hatte, zufrieden damit, dass er sich für einige Minuten ungestört umsehen konnte.

Vincent Zavitz schwebte wieder in die Höhe und eilte einige Schritte weit in Richtung Oberfläche. Als er die Treppe erreichte, bückte er sich und presste seine Finger an eine bestimmte Stelle. Die Stufe sank nach unten und gab ein Fach frei, in dem ein Stahlbehälter lag. Oben auf dem Behälter befanden sich eine Uhr und ein Knopf.

Der Archäologe stellte die Uhr auf vierzig Sekunden ein, legte den Kasten in die Stufe zurück, schloss die Öffnung, sprang auf und hastete die Treppe hoch.

Hinter der nächsten Gangbiegung warf er sich auf den Boden. Endlos langsam verstrichen die Sekunden. Zavitz glaubte bereits, dass der Zünder versagte, als der Boden plötzlich bebte. Eine Druckwelle raste über ihn hinweg.

Ohrenbetäubendes Poltern und Dröhnen erfüllte den Gang. Es schien, als ob die Anlage der Demeter von einer endlosen Kette schwerster Explosionen erschüttert werde.

Der Offizier führte Payne Hamiller durch das Stadtgefängnis von Durban. Vor einer vergitterten Gemeinschaftszelle blieben sie stehen. Zwei Männer und eine junge Frau waren die einzigen Zelleninsassen.

»Das sind sie«, sagte der Polizist knapp.

»Ich möchte alle drei in einem Verhörraum sprechen«, erklärte Hamiller.

Der Polizei-Offizier begleitete ihn zu einem freundlich eingerichteten Raum. Durch ein großes Fenster fiel der Blick in einen gepflegten Park.

Hamiller setzte sich in einen von fünf Sesseln, die um einen runden Tisch standen. Dieser Raum diente sicherlich nicht für Verhöre. Hamiller war es jedoch nur recht, dass er die Gefangenen in angenehmer Atmosphäre sprechen konnte. Der Offizier zog sich zurück, als die Inhaftierten eintraten.

»Wer sind Sie?«, fragte Hamiller, als die Inhaftierten Platz genommen hatten.

»Mein Name ist Bran Howatzer«, erwiderte der Älteste von ihnen. »Das ist Dun Vapido, unsere Begleiterin heißt Eawy ter Gedan.«

»Ich bin ...« Hamiller wurde von Bran Howatzer sofort unterbrochen.

»Sie sind Payne Hamiller, Terranischer Rat für Wissenschaften. Wir wissen alles über Sie. Uns ist auch bekannt, dass Sie parapsychisch beeinflusst werden. Sie sind völlig abhängig und tun, was von Ihnen verlangt wird. Auf Befehl haben Sie den Schrein der Demeter von Kreta hierher bringen lassen.«

Der Wissenschaftler erstarrte vor Schreck. Eine Schlinge schien sich um seinen Hals zu legen und ihn erbarmungslos zu würgen. Hamiller war, als sehe er die Gefangenen nur noch aus weiter Ferne, und die Worte Howatzers erreichten ihn nur als unverständliches Flüstern.

Plötzlich war das Gesicht der jungen Frau über ihm. Er fand, dass es ungemein reizvoll war. Es war jedoch weniger das Weibliche, das Hamiller wieder in die Realität zurückriss, sondern ihre Persönlichkeit, die aus den leicht schräg gestellten Augen sprach.

»Sie sind wahnsinnig«, sagte Hamiller stammelnd. »Wie können Sie so etwas behaupten?«

Bran Howatzer zog Eawy ter Gedan zurück und schüttelte den Kopf. »Ist es nicht vielmehr Wahnsinn, dass Sie sich nicht helfen lassen wollen? Haben Sie vergessen, welche Verantwortung Sie tragen? Aus den News haben wir erfahren, dass Sie der Leiter der Expedition der BASIS sein werden. Wissen Sie nicht, was das bedeutet, wenn Sie Boyt Margors willenloses Werkzeug bleiben?«

Margors Name wirkte wie ein Hammerschlag auf Hamiller. Der Wissenschaftler kippte nach vorn und fing sich gerade noch ab. Schweiß rann über sein bleiches Gesicht.

»Du meine Güte«, flüsterte Eawy. »Hoffentlich kommt jetzt keiner von den Polizisten herein. Die denken womöglich, dass wir ihn umbringen.«

Hamiller atmete keuchend. Er erholte sich nur langsam.

Dun Vapido reichte ihm einen Becher mit Wasser. Hamiller trank mit kleinen Schlucken. Eawy tupfte ihm den Schweiß von der Stirn.

»Erzählen Sie!«, forderte Howatzer ihn auf. »Reden Sie sich von der Seele, was Sie belastet. Nur so können Sie sich befreien.«

»Wer sind Sie?«, fragte der Terranische Rat.

»Das ist vorläufig unwichtig«, entgegnete Howatzer. »Wir sind auf Gäa geboren.«

»Woher wissen Sie, dass ich ...? Ich meine, wie kommen Sie zu der Behauptung, dass ich von Margor abhängig sein soll?«

»Sie können es nicht leugnen. Und Sie sollten das auch nicht tun«, sagte Bran Howatzer eindringlich. »Wir verraten Sie nicht, aber wir möchten Ihnen helfen, um Unheil zu verhindern. Sie wissen genau, dass Margor Sie auf lange Sicht vernichtet. Früher oder später wird der Sicherheitsdienst herausfinden, was mit Ihnen los ist. Aber dann wird es zu spät für Sie sein, dann haben Sie vielleicht schon Dinge getan, für die es keine Entschuldigung mehr gibt. Dann wird niemand mehr sagen: ›Er konnte nicht anders, weil er ein Parasklave Boyt Margors war‹, sondern man wird Sie gnadenlos verurteilen – als ob Sie allein verantwortlich wären.«

Payne Hamiller erhob sich. Howatzer wollte ihn im Sessel halten, aber der Rat schüttelte seine Hand ab.

Hamiller ging einige Schritte im Zimmer auf und ab, blieb schließlich am Fenster stehen und schaute in den Park hinaus. »Es ist wahr«, gestand er. »Boyt Margor hat mich in der Gewalt. Ich habe mich immer wieder dagegen gewehrt, aber es hat nichts geholfen. Dies ist das erste Mal, dass ich überhaupt darüber sprechen kann. Was habe ich nicht alles versucht, Julian Tifflor zu informieren! Ich konnte weder über mich und meinen Zustand schreiben, noch etwas darüber aufzeichnen. Sobald ich von Margor reden wollte, senkte sich ein Schatten über mich, und ich vergaß mein Vorhaben.«

Er drehte sich um und blickte die drei Mutanten an. »Ich danke Ihnen, dass Sie mir geholfen haben. Nun wird alles leichter sein.«

»Täuschen Sie sich nicht«, sagte Dun Vapido. »Ich bin davon überzeugt, dass Sie weiterhin tun müssen, was Margor Ihnen befiehlt. Sie sind noch nicht frei, Sie müssen kämpfen. Wir werden in der Zwischenzeit nach einem Weg suchen, Ihnen zu helfen.«

»Der beste Weg wäre natürlich, Boyt Margor zu ...«, warf Eawy ein. Bran Howatzer hielt ihr den Mund zu. Doch Hamiller erriet auch so, was sie meinte.

»Sie wollen sagen, wenn Boyt Margor tot ist, dann bin ich frei.«

»Das ist anzunehmen«, bestätigte der Psi-Analytiker.

»Zu einem Mord gebe ich meine Zustimmung nicht«, sagte Payne Hamiller. »Auf keinen Fall.«

»Wir werden einen anderen Weg finden«, entgegnete Howatzer besänftigend. »Ich kann mir vorstellen, dass Margor auch dann erledigt ist, wenn wir seine parapsychischen Sinne lahmlegen.«

»Bislang ist ungeklärt, welche Teile des Gehirns die parapsychische Leistung erbringen«, konstatierte der Wissenschaftler. »Umfangreiche Untersuchungen wurden angestellt und zahllose Experimente durchgeführt, um dieses Geheimnis zu lüften, aber es ist bis heute nicht gelungen, die Quelle der psionischen Energien eindeutig zu lokalisieren. Die Gehirnteile, die bei Fellmer Lloyd beispielsweise mit großer Wahrscheinlichkeit den Parablock beherbergen, haben bei Ras Tschubai überhaupt nichts damit zu tun ...«

»Bitte!«, unterbrach Bran Howatzer den Redeschwall. »Halten Sie uns kein Referat über das Mutantenkorps. Es gibt andere Dinge, die vorrangig besprochen werden müssen.«

Payne Hamiller stutzte. Verwirrt blickte er sein Gegenüber an. Dann wurde ihm bewusst, dass er das Thema aus den Augen verloren hatte, um das es eigentlich ging.

»Ist Boyt Margor wirklich der Katastrophe entkommen?«, fragte er nachdenklich und setzte sich wieder. »Wie konnte es überhaupt zu der Katastrophe kommen? Was haben Sie damit zu tun? Haben Sie das alles ausgelöst?«

Bran Howatzer schüttelte den Kopf. »Wir waren Margor auf der Spur. Wir haben noch eine Rechnung mit ihm offen. Deshalb waren wir bei dem Forschungsinstitut. Margor hat den Schrein der Demeter wohl gewaltsam geöffnet und damit eine psionische Schockwelle ausgelöst, durch die seine Mitarbeiter getötet wurden.«

»Psionische Schockwelle?«, fragte Hamiller überrascht. »Woher wissen Sie das?«

»Das vermuten wir«, erwiderte Howatzer rasch. »Was hätte es sonst sein können? Wieso warf es seine Mitarbeiter zu Boden, den Mutanten selbst aber nicht?«

»Wollen Sie damit sagen, dass Boyt Margor alles unbeschadet überstanden hat?«

»Er ist unverletzt«, antwortete das Relais. »Wir haben gesehen, dass er die Halle verließ. Er ist nahe an uns vorbeigegangen. Ich hätte ihn berühren können, wäre ich in der Lage gewesen, mich zu bewegen.«

»Und Demeter?«

»Er trug sie auf den Armen. Sie sah aus wie tot.«

»Unsinn. Sie war nicht tot. Sie lebte«, bemerkte Dun Vapido.

»Das glaube ich auch«, fügte Howatzer hinzu. »Margor hätte sie sonst nicht mitgenommen.«

Hamiller sprang erneut auf und ging zum Fenster. Er versuchte, sich klarzumachen, dass Margor noch lebte, und dass er mit Demeter entkommen war.

Nach einigen Minuten ging Bran Howatzer zu dem Rat und legte ihm eine Hand auf die Schulter. »Ich wünschte, ich könnte Ihnen helfen«, sagte er.

»Sie können mir nicht helfen«, erwiderte Hamiller niedergeschlagen. »Aber ich sorge dafür, dass Sie freigelassen werden.«

Kershyll Vanne hörte ein fernes Zischen. Er blieb auf der Leiter stehen und blickte hoch. In diesem Moment riss ihn eine Druckwelle zu Boden. Das Konzept rollte sich instinktiv bis an die nächste Wand, und das rettete ihm das Leben.

Schutt und Trümmerstücke schossen in die Grube hinein. Neben Vanne schlug ein mächtiger Brocken auf. Er schlang die Arme um den Kopf und presste sich an die Wand, bis es ruhig wurde. Dann blickte er nach oben. Direkt über ihm lag eine stark beschädigte Marmorstatue auf der Kante der Grube. Sie pendelte langsam auf und ab.

Vanne schnellte sich zur Seite. Keine Sekunde zu früh, denn schon kippte die Statue. Sie schlug dort auf, wo er eben noch gelegen hatte.

Aufatmend wischte Kershyll Vanne sich den Staub aus dem Gesicht. Er zerrte die Leiter unter dem Schutt hervor. Sie war stark beschädigt, aber ihm blieb keine andere Wahl, als sich vorsichtig an ihr hochzuhangeln. Anders hätte er die Grube nicht verlassen können.

Vanne blickte nach oben. Das Loch in der Deckenwölbung war mit Trümmern verstopft. Herabfallende Bruchstücke hatten große Teile der Einrichtungen und archäologischen Schätze zerstört.

Kershyll Vanne zweifelte nicht daran, dass die Katastrophe durch einen Erdrutsch verursacht worden war. Er sah sich in der Halle um in der Hoffnung, irgendwo einen Ausweg zu finden. Dabei bemühte er sich, über Funk Verbindung mit den Archäologen an der Oberfläche zu bekommen, doch niemand antwortete ihm. Andererseits empfing er keinerlei Signale. Er schloss daraus, dass die aus einem terkonitähnlichen Stahl bestehende Kuppel ihn völlig abschirmte.

Vanne machte sich keine Sorgen. Die Archäologen wussten, dass er sich in der Kuppel befand. Also war damit zu rechnen, dass sie alle Hebel in Bewegung setzten, um ihn herauszuholen.

Zur gleichen Zeit befand sich Boyt Margor noch in Südafrika.

Der Mutant stand auf einem Hügel, in der Ferne konnte er die Silhouette von Durban sehen. Dazwischen erstreckte sich unberührter Busch.

Springböcke ästen in der Nähe, weiter südlich zog eine Elefantenherde vorbei.

Margor drehte sich um und blickte auf Demeter, die ausgestreckt im Gras lag. Er konnte sehen, dass sie atmete. Ihre Augen waren geschlossen, und das silberne Haar umrahmte ihr Gesicht wie ein kostbarer Schleier.

Fast vierundzwanzig Stunden waren vergangen, seitdem er den Schrein der Demeter zerschlagen hatte. Boyt Margor war sich klar darüber, dass er nicht in der Wildnis bleiben konnte. Er wusste auch, dass es ein Fehler gewesen war, ohne Gleiter aus dem Forschungsinstitut zu fliehen, nur weil er befürchtet hatte, dass die Verfolger ihn dann schnell finden würden.

Margor kniete nieder und hob Demeter wieder hoch. Er betrachtete ihr Gesicht, das so jung und frisch aussah, als wäre sie nur wenig älter als zwanzig Jahre. Doch für wenigstens sechstausend Jahre hatte sie die Geschicke der kretischen Völker bestimmt. Und fast fünftausend Jahre hatte sie in dem Schrein gelegen.

Boyt Margor ging auf Durban zu. Hin und wieder machte er eine Pause, um sich auszuruhen. Demeter war schlank und nur knapp einen Meter sechzig groß. Dennoch war es nicht leicht für ihn, sie zu tragen.

Als sich die Sonne dem Horizont näherte, erreichte Margor eine der Randsiedlungen von Durban. Er legte Demeter ins Gras, ruhte sich minutenlang aus und ging dann allein weiter. Die Bungalows standen fast alle leer. Roboter arbeiteten daran, die Gebäude wieder bewohnbar zu machen.

Der Mutant wartete hinter Büschen, bis er einen Mann sah. Es war ein Robotingenieur, der die Maschinen kontrollierte und leitete. Boyt Margor sammelte seine psionische Kraft.

Der Ingenieur, der gerade ein Haus betreten wollte, blieb stehen und griff sich an den Kopf. Die Qualen, die er litt, zeichneten sich auf seinem Gesicht ab. Seine Beine knickten ein, doch er stürzte nicht zu Boden, sondern stützte sich am Türrahmen ab.

Margor beobachtete ihn kalt und abwägend. Einige Minuten verstrichen, dann löste der Mutant sich aus seinem Versteck und ging auf den Mann zu, den er zu seinem Paratender gemacht hatte.

Der Ingenieur wandte sich ihm zu. Sein Gesicht blieb ausdruckslos. Das war für Margor ein Zeichen dafür, dass der Mann seinen eigenen Willen verloren hatte.

»Ich benötige einen Privatgleiter.« Boyt Margor reichte dem Paratender eine Kreditkarte. »Damit kannst du bezahlen. Beeile dich!«

Der Ingenieur ging wortlos davon. Margor sah ihn wenig später mit einem Dienstgleiter aufsteigen und in Richtung Durban fliegen.

Eine halbe Stunde verstrich, dann kam der Ingenieur mit einem Privatgleiter zurück. Der Dienstgleiter folgte ihm.

»Du hast mitgedacht«, sagte der Albino lobend. »Es war gut, dass du deine Maschine nicht in Durban gelassen hast. Lass mich jetzt allein und vergiss, dass du mich gesehen hast.«

Der Ingenieur entfernte sich und verschwand zwischen den Bungalows.

Margor legte die schlafende Demeter behutsam in den Privatgleiter. Auf dem Sitz lag die Kreditkarte. Er nahm sie an sich und startete. In schnellem Flug entfernte er sich von der Stadt nach Norden, überzeugt davon, keine verräterischen Spuren hinterlassen zu haben.

Er gönnte sich keine Pause. Als er müde wurde, nahm er ein aufputschendes Medikament aus der Bordapotheke. Über dem Hochland von Äthiopien ging er auf Kurs Nordost, und in den frühen Morgenstunden näherte Margor sich Teheran. Er rief Informationen über die Stadt und ihre öffentlichen Einrichtungen ab. Bei den Krankenstationen entdeckte er eine kleine Spezialklinik für Schocktherapie. »Das hätte kaum besser kommen können«, sagte er und blickte Demeter an, doch sie hörte seine Worte nicht.

Margor landete den Gleiter schließlich an einem künstlichen See mitten in Teheran.

Aus einem doppelstöckigen Gebäude kamen zwei Frauen in weißer Kleidung. Sie eilten auf ihn zu, als sie ihn sahen. Boyt Margor stieg gelassen aus, öffnete die hintere Tür und hob Demeter aus der Kabine.

»Sie hat einen Schock und muss sofort behandelt werden«, erklärte er.

Während er mit den beiden Krankenschwestern die Klinik betrat, versklavte er sie. Zwischen ihnen und ihm war eine natürliche Psi-Affinität vorhanden, die sein Vorgehen erleichterte.

Als der Mediziner Dahman Konuna eintrat, lag Demeter schon auf einem Untersuchungstisch. Margor konzentrierte sich auf den Mann und machte ihn zu seinem Paratender.

»Ich will, dass diese Frau aufwacht! Vorher muss sie genau untersucht werden, damit ich Klarheit erhalte, welche Medikamente sie verträgt.«

Boyt Margor gab mit knappen Worten Erläuterungen. Konuna verstand, dass Demeter eine Außerirdische war. Er arbeitete sorgfältig und benötigte fast zwei Stunden bis zu einem abschließenden Ergebnis.

»Die Unterschiede sind nicht gravierend«, erklärte er endlich. »Ich habe mich vor allem auf Leber und Nieren, den Magen-Darm-Trakt und das Gehirn konzentriert. Die Nieren sind in jeweils zwei Einzelorgane aufgeteilt, die Leber besteht aus vier Organen. Alle haben die gleiche Funktion wie bei uns; die Frau wird allerdings bei gewissen Speisen vorsichtig sein müssen, weil sie nicht alle Proteinformen abbauen kann. Doch das hat nichts mit den Medikamenten zu tun, die sie jetzt benötigt.«

»Glauben Sie, dass Sie Demeter aufwecken können?«

»Ich hoffe. Es kommt entscheidend darauf an, dass es gelingt, das vegetative Nervensystem zu stimulieren und damit Atmung und Herzfrequenz zu verbessern. Vorläufig weiß ich noch nicht, wie der chemische Umsatz an den Nervenendfasern ist. Davon hängt ab, ob die Medikamente ansprechen oder nicht.«

Boyt Margor verstand immerhin, dass dem Arzt unklar war, wie die Befehlsimpulse von Demeters Gehirn übermittelt wurden. Konuna hielt einen medizinischen Vortrag, mit dem er versuchte, Margor die Schwierigkeiten auseinanderzusetzen. Der Mutant verlor jedoch die Geduld. »Wenn Sie meinen, es verantworten zu können, geben Sie endlich die aktivierenden Medikamente!«, forderte er.

Konuna gab Demeter eine Hochdruckinjektion.

Margor befahl danach, Demeter mit einem leichten Tuch zuzudecken und zum Gleiter zu bringen. »Sobald ich gestartet bin, werden Sie vergessen, was geschehen ist! Vernichten Sie alle Unterlagen, Analysen und Aufnahmen. Sie werden sich nie mehr daran erinnern, dass es diese Frau gibt. Geben Sie mir Medikamente, damit ich die Behandlung fortsetzen kann.«

Der Arzt gehorchte widerspruchslos.

Die Schwestern transportierten Demeter auf einer Antigravliege hinaus. Boyt Margor bemerkte, dass andere Patienten und Assistenten aufmerksam wurden, sah darin aber keine Gefahr. Niemand würde erfahren, wer da zu dem Gleiter gebracht wurde. Er achtete darauf, dass das Tuch nicht verrutschte, mit dem Demeters Gesicht verhüllt war.

Zutiefst enttäuscht, startete Margor und ging auf Nordostkurs. Er hatte damit gerechnet, dass Demeter unter der ärztlichen Behandlung aufwachen würde, aber das war nicht der Fall.

Nun beabsichtigte er, Demeter nach Taschkent zu bringen, wo er einen Unterschlupf mit zuverlässigen Helfern hatte. Er konnte nach Terrania City fliegen und mit Payne Hamiller sprechen, während die Göttin in Taschkent blieb.

Nach etwa einer Stunde Flugzeit fröstelte der Mutant. Etwas Eiskaltes schien über seinen Nacken zu kriechen. Es war wie ein Stück Eis, das sich in Wasser verwandelte. Unmittelbar darauf wurde ihm so heiß, dass er glaubte, an ein glühendes Eisen gekommen zu sein. Sein Gesicht verzerrte sich zu einer Grimasse. Er lachte hektisch auf, doch schon nach Sekunden erstarb sein Gelächter in Schauern der Furcht.

Aus den Augenwinkeln sah er, dass Demeter sich aufrichtete. Sie stöhnte und schien Schmerzen zu haben.

Boyt Margor wollte sich umdrehen, doch die Muskeln gehorchten ihm nicht. Es war, als ob eine fremde Macht seine Nervenbahnen blockierte. Mit aller Kraft stemmte er sich gegen das Fremde und behielt schließlich doch die Oberhand.

Demeter saß aufgerichtet auf der hinteren Sitzbank. Das Tuch verhüllte sie nach wie vor.

Boyt Margor streckte seine rechte Hand nach dem Tuch aus. Er zitterte leicht, als er es vom Kopf der Frau herunterzog.

Er hatte erwartet, dass sie ihn ansehen würde, doch ihre Augen waren nach wie vor geschlossen. Die Lider bebten wie unter Fieberschauern. Das schöne Gesicht war nicht mehr entspannt und friedlich, sondern stark entstellt. Der Mutant erkannte, dass Demeter unsägliche Qualen litt. Sie stöhnte.

Boyt Margor wandte sich wieder den Steuerelementen zu. Der Gleiter befand sich über der Schwarzen Wüste und war noch etwa eine Flugstunde von Taschkent entfernt. Margor ließ die Maschine absinken, er wollte sie auf dem Boden haben, sobald Demeter vollends erwachte.

Kurz darauf landete er neben einem ausgetrockneten Flussbett. Demeters Zustand hatte sich nicht weiter verändert.

Glühende Hitze lastete über der Wüste. Demeter wandte sich dem Mutanten zu, doch erst als Margor sich psionisch auf sie konzentrierte, riss sie die Augen auf. Ihr Körper zuckte wie unter einem elektrischen Schlag.

Margor starrte die Frau an. Ihre mandelförmigen Augen waren dunkelgrün, ihr Gesicht erschien ihm überirdisch schön. Zugleich wurde ihm bewusst, dass der Versuch, sie sich untertan zu machen, zunächst gescheitert war. Der Schwall psionischer Energie hatte ihr nicht den Willen genommen, sondern sie aktiviert und aus ihrer Verkrampfung gelöst. Boyt Margor streckte ihr die Arme entgegen.

»Komm«, sagte er.

Demeter lächelte, und in ihren dunklen Augen blitzte es auf. Sie neigte sich ihm zu, hatte aber sichtlich Mühe, sich zu bewegen. Mit dunkler Stimme redete sie auf ihn ein, doch er verstand sie nicht.

Er schaltete den Translator des Bordminikoms ein. Nachdenklich blickte er die Frau an. »Welche Sprache sprichst du? Altgriechisch vielleicht? Hm, wir werden sehen. Ich gebe Altgriechisch als Vorinformation ein. Mal sehen, was dabei herauskommt.«

Aufmerksam verfolgte sie jeden seiner Handgriffe.

Erneut forderte Margor sie auf, auszusteigen. Ihr Gesicht verzerrte sich vor Schmerz, als sie sich aufrichtete. Ihre Beine knickten ein, und sie wäre gestürzt, wenn Margor sie nicht aufgefangen hätte. Sie stieß sich von ihm ab und richtete sich erneut auf. Vorsichtig versuchte sie, den ersten Schritt zu machen.

Endlich erfasste Margor, was mit ihr los war. Das Lebenserhaltungssystem war offenbar doch nicht so perfekt gewesen, wie er geglaubt hatte. Demeter erging es wie vielen, die zu lange gelegen hatten. »Du musst dich bewegen«, sagte er und führte sie.

Wiederholt zuckte Demeter vor Schmerz zusammen, doch allmählich verbesserte sich die Durchblutung ihrer Muskeln.

»Lass mich einige Schritte allein gehen«, sagte sie. Der Translator übersetzte ihre Worte und legte sie auf die Außenlautsprecher um.

Demeter lächelte. Zunächst waren ihre Bewegungen mühsam und schwerfällig. Einige Meter von dem Mutanten entfernt blieb sie stehen und machte Übungen, die ihr überraschend schnell halfen. Sie lachte ausgelassen, hüpfte auf der Stelle, ließ ihre Arme locker um die Schultern kreisen und war mit einem Mal wie ausgewandelt.

Jetzt war ihr Gang leicht und flüssig. Er ließ Margor vermuten, dass sie an eine höhere Schwerkraft als die der Erde gewöhnt war.

»Es scheint ja alles in Ordnung zu sein«, sagte er zufrieden.

»Danke.« Demeter blickte ihn freundlich forschend an. »Ich bin glücklich.«

Sie drehte sich langsam um sich selbst und betrachtete die Landschaft, in der sie sich befanden. Der Wüstensand, das ausgetrocknete Flussbett, die fernen schwarzen Berge und die kümmerlichen Pflanzen, die sie sah, riefen Ratlosigkeit in ihr hervor. »Wo bin ich?«, fragte sie. »Wie komme ich hierher?«

»Weißt du, wo du zuletzt warst?«

»Natürlich, ich habe mich in den Schrein gelegt. Wieso bin ich nicht mehr in der Kuppel? Wo ist der Schrein? Wer hat ihn geöffnet?«

»Das sind alles Fragen, die ich dir später beantworten werde«, erwiderte Margor. »Erst werde ich dich an einen sicheren Ort bringen.«

»Bin ich in Gefahr?«

»Du bist noch nicht in Sicherheit.« Margor half der Frau, wieder in den Gleiter einzusteigen. Sie zeigte sich nicht im Mindesten beunruhigt, auch nicht, als er den Gleiter startete und steil in die Höhe zog.

»Warum hast du dich in den Schrein gelegt?«, fragte der Mutant.

Sie legte die Hände an die Wangen und schüttelte den Kopf. »Ich weiß es nicht mehr.«

»Wer hat die Kuppel und den Schrein gebaut?«

»Ich entsinne mich nicht.«

Boyt Margor versuchte, Demeters Erinnerung zu wecken, doch seine Bemühungen blieben vergeblich. Als er in Taschkent landete, wusste er nicht mehr als zuvor.

Demeter zeigte sich lebhaft und interessiert, aber ihre Erinnerung war blockiert. Margor vermutete, dass der psionische Schock schuld war, den er mit der gewaltsamen Öffnung des Schreins ausgelöst hatte.

Er brachte Demeter in ein unscheinbares Haus im Außenbereich der Stadt. Die öffentlichen Einrichtungen und die Versorgung mit lebenswichtigen Gütern schienen noch nicht zu funktionieren. Margor sah Berge von Versorgungscontainern auf den Straßen stehen, viele von ihnen wurden geplündert. Ihm war es nur recht, dass ein solches Durcheinander herrschte; unter diesen Umständen konnte er Demeter leichter verbergen.

Sechs Personen bewohnten das Haus. Alle waren von ihm abhängig, sodass er Demeter bei ihnen lassen konnte, ohne um ihre Sicherheit fürchten zu müssen.

Boyt Margor flog sofort weiter nach Terrania City.

22.

Payne Hamiller betrat sein Büro. Er war entschlossen, einige Arbeiten, die unbedingt erledigt werden mussten, noch abzuschließen und danach zur BASIS zu fliegen. Er wollte sich so weit wie möglich von Boyt Margor entfernen.

Hamiller führte einige Gespräche mit den wichtigsten Repräsentanten der Liga Freier Terraner, hielt eine Konferenz mit Wissenschaftlern ab, wechselte zu einer Begrüßungsrede zu einem Kongress von Kosmobiologen in Terrania City, gab ein Interview für Terrania-Vision, zeichnete einen Jugendlichen für eine erstaunliche Forschungsarbeit aus und unterzeichnete Beförderungsurkunden für hochgestellte Beamte. Danach glaubte er, alle weiteren Arbeiten delegieren zu können.

Er wollte sein Büro verlassen, als ihm eine Botin gemeldet wurde, die behauptete, eine wichtige Nachricht für ihn zu haben. Unwillig bat er sie zu sich.

Sie war ein attraktive Rothaarige. »Margor schickt mich«, erklärte sie. »Kommen Sie sofort zum Treffpunkt 3 N. Margor hat eine Nachricht für Sie.«

Er blickte ihr verblüfft nach, als sie sich umwandte und ging. Boyt Margor hatte sie als Botin benutzt und geprägt. Sie hatte jetzt bereits die Nachricht vergessen, sodass es sinnlos gewesen wäre, ihr nachzueilen.

Hamiller verließ das Ministerium in einem Gleiter. 3 N war nicht weit vom Ministerium entfernt und befand sich in einem stark frequentierten Verwaltungsgebäude. Der Rat landete auf dem Parkdach. Er wollte die Maschine gerade verlassen, als er von seinem Chefsekretär angerufen wurde.

»Wir haben eine Nachricht von Kreta erhalten. Kershyll Vanne ist in den Ausgrabungsstätten verunglückt. Wie es heißt, wurde er in den unterirdischen Anlagen verschüttet. Es gibt noch keinen Kontakt zu ihm.«

Eisiger Schrecken durchfuhr Hamiller. Er wusste sofort, weshalb der Sieben-D-Mann auf Kreta erschienen war: Kershyll Vanne war misstrauisch geworden. Der Rat begriff aber auch, was Vannes Unfall bedeutete. Dahinter konnte nur Boyt Margor stecken.

»Ich hoffe, Rettungstrupps sind unterwegs«, sagte er bebend.

»Man erklärte mir, dass versucht wird, zu ihm vorzudringen.«

Hamiller schaltete ab und verließ den Gleiter in höchster Erregung. Wenige Minuten später stand er vor Boyt Margor.

»Sie haben einen Fehler gemacht«, warf er dem Mutanten vor. »Es war falsch, einen Anschlag auf Vanne zu verüben.«

»Sie äußern Kritik?« Erheitert verzog Margor die Lippen. »Wenn Kershyll Vanne vorübergehend außer Gefecht gesetzt wurde, dann geschah das ausschließlich zu Ihrem Schutz. Ich habe Anweisung gegeben, sein Leben zu schonen.«

»Niemand hat Kontakt zu ihm ...«

»Aber er lebt«, entgegnete der Mutant, und sein Lächeln vertiefte sich. »Ich habe inzwischen Informationen von Kreta erhalten.«

Payne Hamiller setzte sich erleichtert, als Margor auf einen der Sessel wies.

»Ich will nicht, dass Sie in Verdacht geraten, Hamiller. Deshalb befehle ich Ihnen, Vanne zu retten. Fliegen Sie nach Kreta und holen Sie ihn heraus.«

Der Terranische Rat wollte gegen die Art aufbegehren, in der Margor ihm Anweisungen erteilte, doch er nickte nur.

»Ich habe auch eine Information für Sie«, fuhr Margor triumphierend fort. »Ich habe Demeter aufgeweckt.«

»Wo ist sie? Ich will sie sehen.«

»Immer langsam.« Der Albino lachte jetzt. »Ich habe Demeter in ein sicheres Versteck gebracht. Sie hält mich für ihren Retter, fühlt sich mir verpflichtet und ist mir sehr zugetan. Sie hat allerdings die Erinnerung verloren. Sie weiß nicht, wer sie ist und woher sie kommt. Sie erinnert sich jedoch an die Kuppel und den Schrein.«

»Haben Sie den Namen Demeter genannt?«, fragte Hamiller. Er war atemlos vor Erregung und fühlte eine gewisse Eifersucht in sich, weil es ihm nicht vergönnt war, mit Demeter zu sprechen.

»Allerdings habe ich ihren Namen genannt«, erwiderte Margor. »Das hat aber keine besondere Reaktion hervorgerufen. Wir müssen ihr Zeit lassen, damit sie sich von dem Schock erholen kann, den sie erlitten hat.« Er schaute Hamiller triumphierend an. »Diese Frau ist wahrscheinlich der Schlüssel zu meiner Macht. Und nun fliegen Sie ...«

Payne Hamiller konnte weder Anzeichen des Unfalls noch Rettungsarbeiten erkennen, als er bei den Ausgrabungsstätten landete. Einer der Wissenschaftler suchte am Rand der Tempelanlagen offenbar nach Kräutern.

Erzürnt eilte der Terranische Rat auf das Hauptzelt zu. Vincent Zavitz kam ihm entgegen.

»Was ist hier los?«, fragte Hamiller erregt. »Ich sehe nicht, dass versucht wird, Kershyll Vanne zu retten.«

»Wir tun, was wir können«, entgegnete Zavitz überrascht. »Leider sind die Stollen so eng, dass nur jeweils zwei Männer gleichzeitig arbeiten können. Wir hoffen dennoch, Vanne in zwei oder drei Tagen befreit zu haben.«

Hamiller kannte Vincent Zavitz als Stellvertreter von Matzlew, wusste aber nicht, dass der Wissenschaftler ein Paratender von Boyt Margor war.

»Sie scheinen den Verstand verloren zu haben«, erwiderte Hamiller. »Vanne darf nicht eine Sekunde länger als unbedingt notwendig dort unten bleiben.«

»Ich weiß nicht, wie Sie sich die Bergung vorstellen«, sagte Zavitz. »Es geht nicht anders.«

»Und ob«, entgegnete der Terranische Rat. »Warten Sie ab.«

Er lief zu seinem Gleiter zurück und stellte eine Verbindung zu seinem Ministerium her. Er ordnete an, sofort die besten Bergbauingenieure nach Kreta zu schicken. Gleichzeitig forderte er Maschinen an, mit denen in kürzester Zeit ein senkrechter Schacht in den Boden getrieben werden konnte.

Zavitz hörte ihm fassungslos zu. Der Archäologe schien nicht begreifen zu können, dass ausgerechnet der Terranische Rat für Wissenschaften die Zerstörung von Kulturschätzen in Kauf nehmen wollte, um ein Menschenleben zu retten.

Eine Stunde nach diesem Gespräch trafen bereits die ersten Maschinen ein. In ihrem Gefolge erschienen mehrere Ingenieure und Reporter mit ihren Aufnahmeteams. Darauf war Hamiller vorbereitet. Er sorgte dafür, dass die Ingenieure ihre Arbeit aufnehmen konnten und dass die Reporter nichts Wichtiges erfuhren. Das Geheimnis Demeter blieb gewahrt. Er lenkte die Aufmerksamkeit der Reporter auf Kershyll Vanne und die Bergung.

Die Desintegratorstrahler mit den Absaugvorrichtungen kamen aus Nordafrika auf zwei monströsen Transportplattformen. Mithilfe von Strahlensondierungen hatten die Archäologen in Zusammenarbeit mit den Ingenieuren festgestellt, an welcher Stelle der Schacht nach unten getrieben werden musste, ohne dass die Kuppel oder die anderen Anlagen gefährdet wurden.

Die mächtigen Desintegratoren lösten den Boden auf. Der feine Staub wurde abgesaugt und außerhalb wieder komprimiert. Mit einem Vortrieb von etwas mehr als einem Meter in der Minute fraßen sich die Maschinen in die Tiefe, sodass der Schacht nach fast zwei Stunden die Sohle der Kuppel erreichte.

Zusammen mit drei Ingenieuren und tragbaren Desintegratoren

schwebte Payne Hamiller in einem Antigravfeld nach unten, während die Schachtwände noch mit Kunststoffguss stabilisiert wurden.

Dann arbeiteten die kleinen Desintegratoren. Sehr schnell wurde der schimmernde Stahl der Kuppelwand sichtbar.

»Weiter!«, befahl Hamiller.

Die grünen Strahlen schnitten ein quadratisches Stück aus der Wand. Polternd stürzte es nach innen. Licht flutete Hamiller aus der Öffnung entgegen. Er sah Kershyll Vanne, der etwa zehn Meter entfernt in der Kuppel stand, und atmete erleichtert auf, weil Vanne unverletzt war.

»Ich freue mich, dass Ihnen nichts passiert ist!«, rief er. »Es hätte schlimmer kommen können.«

Hamiller registrierte, wie groß das Ausmaß der Schäden war. Erbittert presste er die Lippen zusammen. Er wollte Vanne zum Schacht führen, doch das Konzept weigerte sich, die Halle schon zu verlassen.

»Was ist hier gewesen?« Vanne zeigte auf die Grube, in der sich die Versorgungsmaschinerie des Schreins befunden hatte.

»Sie haben sicherlich längst erkannt, dass diese Anlage von Außerirdischen errichtet worden ist«, erwiderte der Terranische Rat. Er umriss, wie sie entdeckt worden war und welches Alter ermittelt wurde.

»Das ist richtig«, sagte Kershyll Vanne zustimmend. »Ich möchte jedoch wissen, was in dieser Grube gewesen ist und warum Sie es haben entfernen lassen.«

»Eine Art Kapsel«, erwiderte Hamiller vage. »Messungen haben ergeben, dass ihr Energieumsatz recht hoch war. Daher habe ich mich mit Matzlew darauf geeinigt, sie aus der Kuppel zu entfernen und in einem Forschungsinstitut untersuchen zu lassen. Wir haben erkannt, dass eine Explosionsgefahr gegeben war, und wollten auf jeden Fall vermeiden, dass die Schätze in dieser Kuppel gefährdet werden.«

»Ich verstehe«, sagte Vanne. »Wie das Ergebnis zeigt, war diese Entscheidung auch richtig. Es ist in Durban zu einer äußerst heftigen Explosion gekommen, bei der mehrere Wissenschaftler getötet wurden. Sie haben Glück gehabt, dass Sie zu dieser Zeit nicht in dem Forschungsinstitut waren.«

»Tifflor hat mich nach Terrania zurückgerufen«, erklärte der Terranische Rat. »Es ging um Harno.«

»Sie sind der Einzige, der überlebt hat«, sagte Vanne. »Ich muss Ihnen also glauben, wenn Sie sagen, dass hier eine Art Kapsel gewesen ist.«

Payne Hamiller zuckte zusammen. »Sie haben keinen Grund, mir nicht zu glauben«, erwiderte er heftig. »Ich wäre froh, wenn es uns gelungen wäre, zu klären, was diese Kapsel beinhaltete und was sie überhaupt zu bedeuten hatte.«

Ein auffallend hübsches Gesicht stabilisierte sich vor Boyt Margor. Die junge Frau hatte langes schwarzes Haar und ausdrucksvolle braune Augen. Boyt Margor hatte sie nie zuvor gesehen, dennoch erinnerte sie ihn an jemanden. Er wusste jedoch nicht, an wen.

»Verzeihen Sie die Störung«, sagte sie. »Ich bin völlig durcheinander. Irgendetwas an meinem Interkomanschluss stimmt nicht. Sie sind McCody?«

»Das bin ich nicht«, antwortete Margor freundlich. Die Frau gefiel ihm. Sie war jung und wirkte anziehend auf ihn.

»Ich bekomme nie den richtigen Anschluss«, erklärte sie. »Vielleicht mache ich auch etwas falsch. Ich bin erst gestern in Terrania City angekommen.«

»Woher kommen Sie denn?«, fragte er.

»Vom Galkats-Planet. Dort ging alles noch ein bisschen primitiver zu. Nicht so wie hier, wo alles perfekt ist.«

»Perfekt? Das dürfte übertrieben sein.« Margor lächelte. Die Frau interessierte ihn immer mehr. Er spürte, dass sie etwas an sich hatte, was ihn – zumindest vorübergehend – fesseln konnte. Deshalb war er bereit, das Gespräch fortzuführen.

In dem Moment trat einer seiner Mitarbeiter ein. Margor blickte auf und zuckte zusammen. Plötzlich wusste er, weshalb ihm die junge Frau bekannt vorkam. Sie hatte eine gewisse Ähnlichkeit mit diesem Mitarbeiter. Margor reimte sich blitzartig alles zusammen.

»Verzeihen Sie mir«, sagte er. »Ich muss leider abbrechen. Rufen Sie mich in einigen Minuten noch einmal an.«

Er schaltete ab und wandte sich dem Mitarbeiter zu, einem dunkelblonden Mann um die Fünfzig. Er war Positronikingenieur und richtete weltweit für Margor Stationen ein, von denen aus der Mutant seine Operationen führte.

»War jemand hier?«, fragte er. »Haben Sie mit jemandem gesprochen?«

»Meine Tochter«, antwortete der Ingenieur bereitwillig. »Ich habe sie weggeschickt.«

»Woher wusste sie, dass Sie hier sind?«, fragte der Mutant erzürnt.

»Ich weiß es nicht. Sie muss mich zufällig entdeckt haben.«

Boyt Margor sah jetzt klar. Wahrscheinlich hatte die Frau ihren Vater tatsächlich nur zufällig gefunden. Sie war ihm gefolgt und hatte versucht, mit ihm zu reden. Das war nicht möglich gewesen, weil er jegliches Interesse an ihr verloren hatte. Sie war misstrauisch geworden. Per Interkom hatte sie herausfinden wollen, wer ihren Vater so verändert hatte. Das war ihr gelungen.

»Wir verschwinden!«, befahl Margor. »Sofort!«

Der Ingenieur verließ den Raum und rief die anderen vier Mitarbeiter.

Zusammen verließen sie die Wohnung und eilten einen Gang entlang zu einem Lastenfahrstuhl. Auf einer Antigravplatte schwebten sie mehrere Stockwerke empor bis zu einem Zwischendach. Als sie das Gebäude verlassen wollten, bemerkte Margor die Frau mit vier uniformierten Männern. Sie eilten über das Parkdach auf einen anderen Eingang zu und verschwanden im Haus.

Der Mutant blieb ruhig. Gegen solche Pannen konnte er sich nicht völlig absichern.

Als er sicher sein konnte, dass die Polizisten weit genug in das Gebäude eingedrungen waren, lief er mit seinen Mitarbeitern zu einem Gleiter. Er stieg in die Maschine und berührte einen Sensor am Armaturenbrett. In derselben Sekunde brach in seinem nun verlassenen Stützpunkt ein Feuer aus, das sämtliche Spuren vernichten würde.

Margor lächelte. Die Polizisten kamen zu spät. Er startete und setzte seine Mitarbeiter einige Kilometer entfernt vor einem anderen Versteck ab. Dann flog er weiter nach Taschkent.

Er wollte Demeter wiedersehen.

Boyt Margor wurde unruhig, als er sich Taschkent näherte. Er machte sich Vorwürfe, weil er sich von Demeter getrennt hatte.

Gegen seine Gewohnheit flog er das Versteck direkt an. Er landete sogar vor dem Haus, dessen Türen und Fenster offenstanden. Keiner seiner Mitarbeiter hielt sich im Freien auf. Niemand kam ihm entgegen.

Boyt Margor war dicht davor, die Fassung zu verlieren. Er blieb vor dem Hauseingang stehen, und ein Gefühl der Furcht kam in ihm auf.

Er atmete einige Male tief durch und tupfte sich den Schweiß mit einem Tuch von der Stirn. Dann betrat er das Haus. Obwohl die Fenster offenstanden, herrschte im Innern ein eigenartiges Dämmerlicht.

Auf dem Boden lag eine der Frauen. Margor kniete neben ihr nieder. Sie war nicht tot, sondern nur bewusstlos.

Der Mutant durchsuchte alle Räume des Gebäudes. Er fand sämtliche Paratender bewusstlos.

Demeter war verschwunden.

Inzwischen kehrte Kershyll Vanne nach Terrania City zurück. Er ging augenblicklich zu Julian Tifflor. Der Erste Terraner befand sich in einer Konferenz, unterbrach diese jedoch, um den Sieben-D-Mann zu seiner Rettung zu beglückwünschen.

»Ich bin froh, dass nichts Schlimmeres geschehen ist«, sagte Tifflor. »Was ist auf Kreta eigentlich los?«

»Das weiß ich noch nicht mit letzter Sicherheit.« Vanne runzelte die

Stirn. »Ich glaube, dass Payne Hamiller uns besser erklären könnte, was die Vorgänge bedeuten, wenn er nur die Wahrheit sagen würde.«

Tifflor schaute Vanne überrascht an. »Payne Hamiller lügt?«

»Zumindest verschweigt er einiges. Es gibt da Dinge im Zusammenhang mit Hamiller, die nicht in Ordnung sind. Wahrscheinlich bin ich nicht zufällig verschüttet worden, obwohl es mir schwerfällt, an einen Anschlag zu glauben.«

»Ich kann mir nicht vorstellen, dass Hamiller so etwas tun würde«, entgegnete Tifflor. »Das ergibt doch keinen Sinn.«

»Ich glaube, dass Hamiller mehr über die Kapsel weiß, die im Forschungsinstitut von Durban explodiert ist. Warum verschweigt er uns in dieser Hinsicht etwas? Sollte er etwas gefunden haben, was er für sich reservieren will?«

»Er wird die Erde an Bord der BASIS verlassen. Was hätte er davon, wenn er hier auf der Erde etwas vor uns versteckt?«

Kershyll Vanne schüttelte ratlos den Kopf. »Payne Hamiller hat mir durch seine kühnen hyperphysikalischen Ideen imponiert«, stellte er fest. »Sein ruhiges und ausgeglichenes Wesen hat mir gefallen. Doch von all dem habe ich auf Kreta nichts gespürt. Dort kam er mir eher vor wie ein hilfloser junger Mann, der sich auf etwas eingelassen hat, was ihm langsam aber sicher über den Kopf wächst.«

»Ich habe ihn von Betty Toufry überprüfen lassen«, bemerkte Tifflor. »Sie hat nichts festgestellt. Allerdings ließ sie mich wissen, dass da irgendetwas sei, ohne das aber konkretisieren zu können.«

»Vielleicht kann Hamiller sich gegen Telepathen abschirmen?«

Julian Tifflor schüttelte den Kopf. »Das kann er nicht. Dennoch: Die Mutanten werden ihn von nun an nicht mehr aus den Augen lassen.«

Kershyll Vanne nickte. »Damit keine Missverständnisse aufkommen«, sagte er, bevor er sich verabschiedete, »Payne Hamiller ist mir nach wie vor sympathisch. Ich würde ihm gern helfen, wenn ich kann, denn ich habe das Gefühl, dass er Hilfe benötigt.«

»Vielleicht sorgen die PEW-Mutanten dafür, dass wir ihm helfen können«, entgegnete Tifflor.

Er blickte dem Sieben-D-Mann nach, als dieser sein Büro verließ. Er vertraute dem Rat für Wissenschaften immer noch, und er hoffte, dass Hamiller einen schwerwiegenden Grund für sein Verhalten vorweisen konnte, denn er fürchtete sich vor der menschlichen Enttäuschung. Nachdenklich kehrte er in die Konferenz zurück.

Boyt Margor war außer sich. Er rannte kopflos durch das Haus, konnte aber nicht einen seiner Mitarbeiter aufwecken.

Schließlich erinnerte er sich an die Medikamente, die noch im Gleiter lagen. Sie waren für Demeter vorgesehen gewesen, aber er hatte sie nicht gebraucht. Er rannte zum Gleiter und holte die Präparate. Ob sie in dieser Dosierung auch für die Männer und Frauen im Haus geeignet waren, interessierte ihn nicht. Bei Demeter war er übervorsichtig gewesen, um sie nicht zu gefährden. Jetzt ließ es ihn kalt, ob seine Helfer durch das Medikament gefährdet wurden. Sie waren nicht mehr als seelenlose Werkzeuge für ihn.

Er injizierte das Präparat einer Frau. Sekunden darauf zitterte sie am ganzen Körper. Sie schlug die Augen auf und blickte ihn an.

»Wo ist sie?«, fragte Margor.

Die Frau war immer noch erschöpft. Aber sie verstand, was er meinte.

»Ein Licht ging von ihr aus«, berichtete sie stammelnd. »Ein intensives Leuchten, das mir Angst machte. Aber trotzdem wurde es dunkel um mich. Ich fiel auf den Boden und dann ... dann waren Sie da.«

Boyt Margor erkannte, dass es sinnlos gewesen wäre, ihr Vorwürfe zu machen. Er ließ die Frau in Ruhe und weckte nacheinander alle anderen auf. Von ihnen erfuhr er aber noch weniger, da keiner in unmittelbarer Nähe Demeters gewesen war.

Boyt Margor fragte sich, was dieses geheimnisvolle Leuchten bedeuten mochte. Vielleicht war es gar nicht von Demeter ausgelöst worden, sondern war gegen ihren Willen aufgetreten?

Eine unbekannte Kraft, weil er ihren Schlaf im Schrein gewaltsam beendet hatte?

Zum ersten Mal in seinem Leben spürte Boyt Margor, was Verzweiflung bedeutete.

Einige Stunden zuvor.

Demeter blickte ausdruckslos auf die bewusstlos am Boden liegende Frau. Sie empfand keinen Triumph, hatte lediglich das Gefühl, sich etwas freien Raum geschaffen zu haben. Die Nähe von Margors Helfern hatte sie als erdrückend empfunden.

Sie verließ das Haus. Die Sonne schien, und der Duft der Frühlingsblumen stieg ihr in die Nase. Bisher hatten ihr die Männer und Frauen, die sie für Margors Freunde hielt, verwehrt, das Haus zu verlassen, doch sie war es nicht gewohnt, sich Befehle erteilen zu lassen.

Nach wenigen Schritten erreichte sie einen Zaun. Zwischen Büschen hindurch sah sie einen Gleiter stehen. Leichtfüßig sprang sie über den Zaun hinweg und ging zu der Maschine. Als sie neugierig nach dem Einstieg griff, sprang dieser wie von selbst auf.

Demeter blickte zum Haus zurück. Sie war Margor dankbar, und sie hielt ihn nach wie vor für ihren Retter. Er hatte sie jedoch gefangen gehalten, und das gefiel ihr nicht.

Demeter stieg ein. Sie hatte in Margors Gleiter aufgepasst und sich jeden Handgriff gemerkt. Jetzt drückte sie eine Taste und registrierte ein leichtes Zittern. Der Antigrav arbeitete. Sie erinnerte sich daran, dass Margor eine Zahlenkombination eingetippt hatte, als er gestartet war. Sie machte es ihm nach, wobei sie wusste, dass sie damit ein ihr unbekanntes Ziel angab. Dann drückte sie den Startknopf und lehnte sich zurück.

Die Maschine stieg sanft auf und beschleunigte.

Demeter betrachtete die Landschaft unter ihr. Sie entdeckte nichts Bekanntes. Beinahe war ihr, als habe ihr Leben erst vor wenigen Stunden begonnen.

Sich zu erinnern, warum sie in dem Schrein gelegt hatte, gelang ihr nicht. Sie wusste nicht einmal mehr, welchem Zweck er gedient hatte. Nur eines war ihr klar: Sie hatte für lange Zeit in dem transparenten Behälter gelegen.

Aber was hatte ihr die Erinnerung genommen? Und wo war der Schrein jetzt? Demeter dachte an Boyt Margor. Er hatte ihr so gut wie nichts erklärt.

Warum? Auch dafür fand sie keine Erklärung.

Ihr Blick fiel auf den Monitor. Sie erriet seine Bedeutung. Da sie möglichst schnell möglichst umfassend über diese Welt informiert werden wollte, schaltete sie das Gerät ein. Terrania-Trivid berichtete über die Neuerschließung der Stadt Tokio.

Demeter verstand zunächst kein Wort. Text und Bild waren jedoch so perfekt zusammengestellt, dass sie vieles erriet. Sie wusste, dass sie ein Übersetzungsgerät hätte zuschalten können, aber sie verzichtete darauf, weil sie die Sprache möglichst schnell erlernen wollte.

Vor allem musste sie herausfinden, ob sie sich noch auf dem gleichen Planeten befand wie zu jener Zeit, als sie sich in den Schrein gelegt hatte.

Andere Berichte über verschiedene Regionen des Planeten folgten.

Nach einigen Stunden Flug verlor der Gleiter an Höhe. Eine Stadt kam in Sicht. Sie erstreckte sich über eine bergige Landschaft und reichte bis ans Meer. Die Häuser waren leuchtend weiß.

Etwa in der Mitte der Stadt erhob sich auf der Kuppe eines Hügels ein Gebäude aus gelblichem Gestein, das Demeter seltsam berührte. Es bestand größtenteils aus mächtigen Säulen.

Der Gleiter landete in der Nähe dieses Gebäudes auf einem Platz, auf dem schon mehrere Maschinen standen. Das Bild auf dem Monitor veränderte sich. Ein hartes, kantiges Gesicht erschien und blickte Demeter forschend an. Sie hörte eine barsche Stimme. Zwischen den Kontrollen flackerte ein rotes Licht.

Demeter stieß die Tür auf. Sie fühlte, dass ihr Gefahr drohte. Der Gleiter erzitterte leicht und stieg plötzlich wieder auf. Sie begriff schlagartig. Jemand erhob Anspruch auf die Maschine und rief sie zurück.

Demeter ließ sich gedankenschnell aus dem Gleiter fallen und stürzte etwa drei Meter tief. Ihren Aufprall fing sie geschickt ab und schaute der Maschine nach, die sich rasch entfernte.

Lächelnd richtete sie sich auf.

In der Nähe gingen mehrere Frauen vorbei. Sie trugen farbenfreudige Hosenanzüge. Demeter blickte an sich herunter. Sie selbst war äußerst spärlich bekleidet. Ihre Füße waren nackt. Ein schleierartiges Gespinst verhüllte ihren Körper, ließ die Beine aber bis zu den Oberschenkeln frei. Auch die Schultern und die Arme waren unbedeckt.

Demeter war sich klar darüber, dass sie in ihrem Zustand Aufsehen erregen würde. Sie musste sich Kleidung verschaffen. Leichtfüßig eilte sie über den Parkplatz und folgte den Frauen, die in einer engen Straße verschwunden waren. Niemand hielt sich dort auf. Die flachen Häuser waren fast alle verschlossen. Grüne und blaue Läden verdeckten die Fenster.

Demeter ging in die Gasse hinein. Zwei Männer verließen soeben eines der Gebäude und blieben überrascht stehen. Einer von ihnen pfiff laut.

Demeter ging weiter, doch der Mann, der gepfiffen hatte, vertrat ihr den Weg. Breit grinsend blickte er auf sie herab. Er sagte etwas, aber sie verstand ihn nicht. Der andere legte ihr seine Hand auf die Schulter. Demeter fuhr erzürnt zurück. »Aus dem Weg«, befahl sie, erkannte jedoch, dass die Männer sie nicht verstanden.

Beide redeten nun beruhigend auf sie ein. Demeter warf sich einfach nach vorn, stieß die Männer zur Seite und flüchtete bis zur nächsten abbiegenden Straße. Dann blickte sie zurück. Erleichtert stellte sie fest, dass sie sich vorläufig in Sicherheit befand. Deutlich war ihr jedoch bewusst, dass sie andere Kleidung benötigte, damit sie sich unauffällig in der Öffentlichkeit bewegen konnte.

Als sie weiterging, kam sie an einem Haus vorbei, dessen Fensterläden und Türen offen standen. Sie betrat einen Raum, der voller Kisten stand. Einige von ihnen waren bereits entleert worden, andere waren noch geschlossen. Auf einer der Kisten lagen Kleidungsstücke. Demeter griff nach einer Hose und streifte sich diese über, um wenigstens ihre Beine zu bedecken. Sie schlug die viel zu langen Hosenbeine mehrmals um.

Unerwartet hörte sie eine Stimme. Eine hochgewachsene, schwarzhaarige Frau betrat ebenfalls den Raum. Demeter lächelte freundlich und griff nach einer farbenprächtigen Bluse.

Die Frau ging mit wütenden Worten auf sie los und riss ihr die Bluse aus der Hand. Dann wollte sie nach der Hose greifen, die Demeter angezogen hatte, doch Demeter schlug die zupackende Hand zur Seite. Erst jetzt wurde sie sich dessen bewusst, dass die Kleidung ebenso wie der Gleiter fremdes Eigentum waren, und dass dieses Eigentum verteidigt wurde. Ihr blieb keine Zeit, darüber nachzudenken. Die Frau, der die Kleidung gehörte, schrie, wobei sie den Kopf zur Seite drehte. Demeter erkannte, dass sie jemanden zu Hilfe rief.

Wieder flüchtete Demeter, aber die Frau rannte schreiend hinter ihr her. Demeter bemerkte, dass sich Türen und Fenster öffneten. Neugierige blickten auf sie herab, während sie zum Gleiterparkplatz lief.

Sie flüchtete zu einem Gleiter, riss die Tür auf, sprang hinein und startete, nachdem sie in aller Eile eine Kombination eingetippt hatte. Die Maschine flog auf das Meer hinaus. Kaum hatte sie die Stadt verlassen, als der Monitor aufleuchtete und das Bild einer Karte darauf erschien. Demeter entsann sich, dass sie eine solche Karte bei Boyt Margor gesehen hatte. Sie hatte in einem Schlitz unter den Kontrollen gesteckt.

Sie erkannte die Zusammenhänge und dass sie eine solche Karte benötigte. Damit konnte sie Eigentum erwerben und sich Dienstleistungen kaufen.

Der Gleiter flog in weitem Bogen zur Stadt zurück. Demeter tippte verzweifelt Zahlenkombinationen in den Kursrechner, doch ohne jeden Erfolg. Die Maschine landete auf einem Platz an der Küste. Ratlos blieb Demeter sitzen. Sie wusste nicht, was sie tun sollte.

Das Bildgerät lief weiter und weckte ihr Interesse. Sie beschloss, die gültige Sprache konzentriert zu studieren, um sich verständlich machen zu können. Dazu benötigte sie nicht viel Zeit. Einiges hatte sie bereits erfasst, und darauf konnte sie nun aufbauen. Allmählich wurde es dunkel. Demeter verspürte keinen Hunger.

Sie merkte nicht, dass die Nacht hereinbrach. Das Programm lief pausenlos weiter, es informierte Demeter über alle Lebensbereiche. So erfuhr sie in wenigen Stunden mehr über die Erde, die Liga Freier Terraner und über die Menschen, die aus allen Bereichen der Galaxis zur Erde zurückkehrten, als Boyt Margor oder sonst jemand ihr hätten erzählen können.

Als der neue Tag anbrach, verstand Demeter fast jedes Wort. Sie versuchte, mitzusprechen, um sich an die neue Sprache zu gewöhnen, aber das gelang ihr noch nicht besonders gut.

Immerhin besaß sie nun ein Grundwissen, das ihr Sicherheit verlieh. Sie wusste, dass sie sich in Athen befand, einer Stadt, die neu besiedelt wurde. Offenbar waren die Terraner für eine gewisse Zeit nicht auf ihrem Planeten gewesen, den Grund dafür hatte Demeter aber nicht erfahren.

Allmählich erwachte die Stadt zum Leben.

Ein Mann näherte sich einem Gleiter, der in Demeters Nähe stand. Sie fand, dass er elegant gekleidet war, deshalb stieg sie aus und ging ihm entgegen. Er blieb überrascht stehen.

»Bitte helfen Sie mir!«, sagte Demeter schwerfällig und wandte sich ihrem Gleiter zu. »Ich habe keine Karte.« Diese Sätze hatte sie lange geübt. Dennoch kamen die Worte nur stockend über ihre Lippen.

Der Mann blickte sie lächelnd an. Sie bot einen seltsamen Anblick mit dem schleierartigen Gewand und der viel zu großen Männerhose, aus der die nackten Füße hervorlugten.

»Sie wollen nach Hause?«, fragte er.

»Ja – aber ich kann nicht.«

»Wo sind Sie denn zu Hause?«

Sie strahlte ihn an und strich sich eine silberne Locke aus der Stirn. »In New York.«

»Wenn es nur das ist.« Er lachte. »Unter diesen Umständen kann ich Ihnen die Bitte wohl nicht abschlagen.«

Er glaubte ihr nicht. Er war überzeugt davon, dass sie nur ein paar Kilometer weit fliegen wollte und dann zu Hause war. Er öffnete die Tür ihres Gleiters und schob seine Kreditkarte in den Zahlschlitz. Ein grünes Licht leuchtete auf. Er zog die Karte wieder heraus.

»Bitte sehr«, sagte er amüsiert. »Kommen Sie gut nach Hause.«

»Danke.« Demeter stieg ein.

»Vielleicht können wir uns wiedersehen?«

»Gern.«

»Heute Abend. Um 20 Uhr?«

»Hm«, machte sie und nickte ihm lächelnd zu. Er schloss die Tür. Demeter drückte die Starttaste. Die Maschine stieg steil auf.

Demeter tippte blitzschnell die Daten von New York ein. Wie sie das machen musste, hatte sie aus einer Fernsehsendung erfahren, und die dazu gehörigen Daten fand sie in der Maschine.

Lächelnd lehnte sie sich in den Polstern zurück. Sie hatte eine ziemlich genaue Vorstellung davon, wie weit New York von Athen entfernt war, aber auch davon, wie der großzügige Spender des Fluges reagieren würde, sobald er erfuhr, dass sie keineswegs gescherzt hatte.

23.

»Am besten fliegen wir nach Kreta«, hatte Bran Howatzer bemerkt. »Da hat alles begonnen. Vielleicht können wir dort die Spur wieder aufnehmen.«

Nun raste ihr Gleiter nach Norden. Kreta rückte schnell näher.

Howatzer ließ den Gleiter schließlich absinken, bis er nur noch etwa hundert Meter über dem Meer flog. Schließlich näherte sich die Maschine der Ausgrabungsstätte und ging auf einer kleinen Anhöhe nieder, kaum einen Kilometer von dem Tempel entfernt.

Bran Howatzer und Eawy ter Gedan stiegen aus. Dun Vapido machte allerdings keine Anstalten, seinen Sessel zu verlassen.

»Bist du eingeschlafen?«, fragte Eawy.

Vapido blickte sie schläfrig an. »Ich verfolge eine Trivid-Sendung auf dem Schirm«, erwiderte er. »Äußerst informativ.«

Eine Sprecherin verlas Nachrichten. Eawy wollte etwas sagen, doch Howatzer hinderte sie daran. »Lass ihn«, sagte er leise. »Wenn Dun so reagiert, hat er seine Gründe.«

Minuten später verließ auch der Psi-Analytiker den Gleiter.

»Also, was ist los?«, fragte Howatzer.

»In Athen hat jemand eine Hose geklaut«, verkündete Dun Vapido. »Und ein entwendeter Gleiter wurde per Funk nach Taschkent zurückgerufen.«

Howatzer und Eawy sahen sich an. Das Relais blickte mit gespielter Verzweiflung zum Himmel hinauf. »Wir sind nicht auf der Suche nach einer Hose«, stellte Howatzer fest.

»Richtig.« Der Psi-Analytiker strich sich über das knochige Kinn. »Aber bestimmt interessiert uns, wer in der Hose steckt. Demeter hat kein Geld. Und sie trägt nur dieses schleierartige Gewand. Könnt ihr mir verraten, wie sie sich darin unauffällig unter den Menschen bewegen soll? Sie muss sich zunächst normale Kleidung besorgen. Wie macht sie das ohne Kreditkarte?«

»Auf nach Athen!«, rief Howatzer. »Ich ahnte doch, dass wir ihre Spur in Griechenland finden.«

»Wenn Götter unter den Menschen wandeln, haben sie es verdammt schwer«, bemerkte Dun Vapido.

»Götter?«, fragte Eawy.

»Was sich so Götter nennt. Wetten, dass Demeter es nicht leicht hat, sich auf die Mentalität der heutigen Menschen umzustellen? Sie ist es gewohnt, wie eine Göttin behandelt zu werden. Vermutlich nimmt sie sich deshalb einfach das, was sie braucht. Und wenn das den Menschen nicht passt, ist sie völlig überrascht.«

»Ich staune«, sagte Bran Howatzer. »Ihr redet über Demeter, als wäre es ganz selbstverständlich, dass sie Boyt Margor weggelaufen ist. Dabei gibt es überhaupt keinen Beweis für eine solche Annahme.«

»Du meinst, das in Athen könnte jemand anderes gewesen sein?«, fragte Eawy.

»Natürlich. Warum sollte es ausgerechnet Demeter gewesen sein? Wir wissen doch, dass Boyt Margor sie sich geschnappt hat.«

»Es war Demeter«, sagte Vapido überzeugt. »Sie ist Margor entkommen.«

Demeter staunte, als sie die Wolkenkratzer von New York vor sich hatte. Diese Gebäude übertrafen alles, was sie in Taschkent und Athen gesehen hatte.

Demeter benötigte andere Kleidung, und sie litt unter quälendem Hunger und Durst. Sie hatte die Kabine bereits untersucht, aber nichts gefunden, was sie hätte essen oder trinken können.

Während der Gleiter an Höhe verlor, bemerkte Demeter ein Schiff vor der Küste. Es zog ein Netz hinter sich her, dessen Markierungsbojen deutlich zu erkennen waren.

Sie schaltete den Autopiloten aus, ließ den Gleiter steil abfallen und zog ihn in eine weite Kurve. Dabei veränderte sie ruckartig die Geschwindigkeit und hoffte, auf diese Weise den Eindruck eines Triebwerksschadens zu erwecken.

Als sie sich dem Schiff bis auf einen halben Kilometer genähert hatte, öffnete sie die Seitentür und sprang aus etwa sechs Metern Höhe ins Wasser. Der Gleiter flog weiter.

Demeter war entsetzt über das eiskalte Wasser. Sie merkte schon nach wenigen Schwimmzügen, dass sich ihre Muskeln versteiften.

Endlich stieg ein Gleiter vom Heck des Schiffes auf. Demeter hatte das schon nicht mehr zu hoffen gewagt. Sie winkte und konnte sich dabei kaum noch über Wasser halten.

Der Pilot entdeckte sie und ging so tief herunter, dass die Wellen gegen den Rumpf des Gleiters schlugen. Weit beugte er sich aus der offenen Tür, packte Demeters Arm und zog sie aus dem eisigen Wasser.

Verblüfft schaute er sie an, als sie neben ihm saß. »Von welcher verrückten Party kommen Sie?«, fragte er, während er zum Schiff zurückflog.

Demeter versuchte zu antworten, aber sie schaffte es nicht. Sie zitterte vor Kälte und spürte, dass eine Ohnmacht nach ihr griff.

Sie kam erst wieder zu sich, als zwei Frauen sie auszogen, abtrockneten und in eine wärmende Kombination steckten. Dann flößten sie ihr Rum ein. Demeter befürchtete zuerst, daran ersticken zu müssen, doch dann fühlte sie, dass die Kälte von ihr wich. »Danke«, sagte sie ächzend.

Die Frauen führten sie zu einem Mann, der einen dicken Pullover und eine Fellmütze trug. Er streckte ihr seine riesige Hand entgegen.

»Ich bin der Kapitän. Nennen Sie mich Joe. Wie ist Ihr Name?«

»Dunja«, erwiderte Demeter. Der Name war ihr in einer Trividsendung aufgefallen.

»Okay, Dunja. Was war los? Wie kamen Sie auf den verrückten Gedanken, an einem kalten Märztag im offenen Meer zu baden?«

Sie schüttelte nur den Kopf, weil sie begriff, dass ihr Flugmanöver die Männer auf dem Schiff nicht getäuscht hatte.

»Na schön«, sagte der Kapitän. »Wenn Sie nicht reden wollen, werde ich Sie in Ruhe lassen. Haben Sie Hunger? Ich möchte Sie zum Essen einladen.«

Ihre Augen leuchteten auf. »Ich sterbe fast vor Hunger«, gestand sie.

»Dann kommen Sie.« Joe führte sie durch das Schiff in einen elegant eingerichteten Salon, in dem schon einige Männer saßen. »Wir brechen heute mit einer heiligen Tradition, nach der es auf einem Fischerboot keinen Fisch geben darf. Meine Männer und ich haben aber noch nie terranischen Fisch gegessen. Wir sind erst seit fünf Tagen auf der Erde. Verstehen Sie? Deshalb gibt es heute Fisch von unserem ersten Fang.«

Er geleitete Demeter zu einem freien Tisch. Dabei stellte er sie seinen Männern vor, die mit anerkennenden Blicken reagierten.

Demeter stürzte sich mit einem wahren Heißhunger auf die Portion, die ihr vorgesetzt wurde. Der Kapitän ließ ihr dazu ein Bier reichen.

»Danke«, sagte Demeter. »Ob Sie es glauben oder nicht, ich habe einen Hunger, als hätte ich seit Jahrtausenden nichts mehr gegessen.«

Der Kapitän lachte schallend.

Sein Vergnügen hielt jedoch nicht lange an. Demeter wurde blass, ihre Lippen verfärbten sich. »Ich glaube, ich muss an die frische Luft«, brachte sie gequält hervor.

Der Kapitän führte sie zum Ausgang, doch Demeter brach schon auf dem Weg dorthin ohnmächtig zusammen.

Zur gleichen Zeit betrat Boyt Margor das Polizeipräsidium von Athen. Kommissar Anoutis erhob sich, als er den Mutanten sah.

»Was kann ich für Sie tun, Margor?«, fragte er ergeben.

»Ich suche eine Frau. Ich weiß, dass sie hier ist. Sie ist mit einem Gleiter gekommen, den sie in Taschkent entwendet hat.«

Der Mutant beschrieb Demeter und die Umstände, unter denen er ihre Spur gefunden hatte. Da sie einen Privatgleiter benutzt hatte, der zurückgerufen worden war, hatte Margor die Verfolgung schon bald aufnehmen können.

»Diese Frau war hier, aber sie ist uns entkommen. Der Mann, der ihr die Flucht ermöglicht hat, verweigert uns die Auskunft. Ihr Verhalten lässt den Verdacht aufkommen, dass sie eine außerirdische Agentin ist, und deshalb haben wir ...«

»Schon gut«, unterbrach Margor den Redeschwall. »Bringen Sie mich zu diesem Mann.«

Wortlos führte ihn der Kommissar zu seinem Dienstgleiter. Kurze Zeit später standen sie vor einem Haus am Hafen. Ein elegant gekleideter Mann öffnete ihnen.

»Was führt Sie zu mir?«, fragte er, als er die Dienstkarte des Beamten gesehen hatte.

»Wir wollen wissen, wohin die Frau unterwegs war, der Sie den Gleiterflug bezahlt haben«, erklärte der Polizist.

Agelo Kiapekos schüttelte den Kopf. »Das erfahren Sie nicht von mir.«

»Warum nicht?«, fragte Anoutis.

»Weil dieses bezaubernde Biest so charmant war, dass ich ihr nichts übel nehme. Sie hat mir die Wahrheit ins Gesicht gesagt, und ich habe nur gelacht. Der Humor ist mir auch jetzt noch nicht vergangen.«

»Sie ist also sehr weit geflogen«, stellte Margor fest.

»Ich sage nichts.«

»Wir können Ihr Konto überprüfen lassen«, drohte der Polizist.

»Das Recht haben Sie nicht, es sei denn, dass ich meine Einwilligung gebe. Die bekommen Sie aber nicht.«

Die Polizei war bei ihren Nachforschungen auf Agelo Kiapekos gestoßen, weil Zeugen gesehen hatten, wie er mit Demeter sprach. Er hatte zugegeben, dass er ihr den Flug bezahlt hatte, sonst aber geschwiegen.

»Also schön«, sagte Boyt Margor. »Wenn Sie es nicht anders wollen, mache ich es mit meiner Methode.«

Er blickte Kiapekos durchdringend an. Der Grieche wich erbleichend vor ihm zurück. Er ahnte, dass man ihm sein Wissen mit Gewalt entreißen wollte. In panischer Angst wollte er aus dem Haus flüchten.

Boyt Margor ließ ihn bis in den Garten hinter dem Haus entkommen, dann schlug er zu. Psionische Energie machte Kiapekos zu einem Paratender. Augenblicke später wusste er, wohin Demeter geflogen war.

»Ich weiß nicht, was mit ihr los ist«, beteuerte der Kapitän. »Sie hat gegessen. Danach ist ihr schlecht geworden und sie ist zusammengebrochen.«

»Wir bringen sie in die Klinik«, sagte der Pilot des Rettungsgleiters.

Mit hoher Beschleunigung raste die Maschine davon. Der Pilot blickte über die Lehne seines Sitzes zurück. Demeter lag totenbleich auf einer Trage hinter ihm. Ein junger Arzt kümmerte sich um sie.

Der Gleiter raste an den Wolkenkratzern von Manhattan vorbei und landete auf der vorspringenden Landezunge eines Klinikgebäudes.

In fliegender Eile brachten Helfer Demeter auf die Intensivstation, wo sich Medoroboter und zwei Ärzte ihrer annahmen.

»Alles deutet auf eine Fischvergiftung hin«, kommentierte George Moren, der Leitende Arzt der Station. »Jedenfalls nach den Worten des Kapitäns.«

»Das stimmt aber nicht«, entgegnete Janet Brix, eine dunkelblonde Frau von mittleren Jahren. Sie fungierte als Oberärztin, galt indes wegen ihres Könnens als die eigentliche Chefärztin. Die anderen Ärzte munkelten, die Besetzung der verantwortlichen Positionen in der Klinik sei überstürzt erfolgt. Man vermutete, dass die Behörden unter dem Druck der zurückkehrenden Menschenmassen vorschnelle Entscheidungen getroffen hatten.

Janet Brix schwieg zu solchen Gerüchten. Sie verhielt sich stets so, dass die Autorität von George Moren nicht gefährdet war.

»Richtig«, bestätigte Moren. »Die Symptome deuten eher auf eine Proteinunverträglichkeit hin.«

»Dafür sind diese Werte völlig verrückt.« Die Oberärztin deutete auf eine neue Auswertung. »Es sei denn, sie wäre kein Mensch.«

Die beiden Ärzte arbeiteten schnell, aber nicht hastig. Sie waren erfahren genug, um zu erkennen, dass es schlecht um die Frau stand. Minuten vergingen, dann schien sich die Vermutung zu bestätigen.

»Sie hat den Fisch gegessen, ohne zu wissen, dass diese Eiweißform pures Gift für sie ist«, stellte Moren fest. Er blickte Demeter lange an. »Aber wir schaffen es.«

»Davon bin ich überzeugt«, sagte Janet Brix mit einem bitteren Lächeln.

Schweigend arbeiteten sie weiter und beobachteten aufatmend, dass die Fremde positiv darauf reagierte.

Zwei Stunden nach ihrer Einlieferung in die Klinik hatte Demeter die gefährlichste Krise ihres neuen Lebens überstanden. Weitere zwei Stunden später wachte sie auf. Verwirrt blickte sie sich in dem nüchtern eingerichteten Krankenzimmer um. Ein großer, dunkelhaariger Mann stand vor ihrem Bett und blickte mit einem beruhigenden Lächeln auf sie herab.

Er setzte sich zu ihr auf die Bettkante und griff nach ihrer Hand, um den Puls zu fühlen. Instinktiv versuchte Demeter, sich ihm zu entziehen. Als er ihr mit sanfter Stimme erläuterte, was er beabsichtigte, streckte sie den Arm wieder aus.

»So ist es gut«, lobte der Mediziner. »Ich bin George Moren. Ich habe mich um Sie gekümmert. Es sah ziemlich schlecht für Sie aus, aber jetzt sind Sie über dem Berg.«

Sie blickte ihn mit großen Augen fragend an.

»Sie haben Fisch gegessen. Fisch ist Gift für Sie. Wahrscheinlich gibt es noch andere Dinge, die Sie nicht vertragen. Wir werden das klären, bevor wir Sie entlassen.«

Moren hielt ihre Hand länger als notwendig. Sie merkte, dass die ärztliche Untersuchung beendet war, und zog den Arm zurück.

»Ich kenne noch nicht einmal Ihren Namen?«, sagte er.

»Dunja«, antwortete sie. »Dunja Varenczy.«

Sie sprach Interkosmo mit einem eigenartigen Akzent. Der Arzt zweifelte nicht daran, dass sie ihm einen falschen Namen genannt hatte, aber er zeigte es ihr nicht. »Dunja, Sie sollten jetzt ein wenig schlafen«, sagte er.

Er sah, dass Janet Brix in der Tür stand und ihm ein Zeichen machte. Sie trat zurück auf den Gang. Er folgte ihr und zog die Tür hinter sich zu.

»Ich will dich sprechen. Sofort«, flüsterte sie.

Er nickte seufzend und ging mit ihr in sein Arbeitszimmer. Kaum hatte sich die Tür hinter ihnen geschlossen, fuhr sie ihn an: »Du benimmst dich lächerlich. Du stellst einer Außerirdischen nach, die deine Patientin ist.«

»Sie ist eine faszinierende Frau und in jeder Hinsicht ungewöhnlich.«

»Du wirst sie in Ruhe lassen.« Tränen stiegen der Oberärztin in die Augen.

Moren lächelte herablassend. »Deine Eifersuchtsanfälle gehen mir auf die Nerven.«

Sie ging wortlos. Er blickte ihr nach und sein Gesicht verdüsterte sich. Er wusste, dass er sich Janet Brix nicht zur Feindin machen durfte, doch zugleich fühlte er, dass er der Faszination seiner Patientin nicht widerstehen konnte. Diese Frau schlug ihn in ihren Bann. Er war sich darüber klar, dass er alles zerstören würde, was er mit Janets Hilfe aufgebaut hatte, dennoch hatte er nicht die Kraft und den Willen, sich dieser Patientin zu entziehen.

Demeter fühlte sich schwach und elend, als sie nach einigen Stunden aufwachte. Sie hatte heftige Kopfschmerzen.

Vor ihrem Bett stand eine dunkelblonde Frau und musterte sie eindringlich.

»Sie sind eine Außerirdische«, sagte die Frau. »Und Sie verstecken sich. Vielleicht agieren Sie sogar gegen die Menschheit.«

»Das ist völlig falsch. Was wollen Sie von mir?« Stöhnend griff Demeter sich an den Kopf.

»Ich will, dass Sie aus der Klinik verschwinden, bevor der neue Tag anbricht. Sie richten nur Unheil an.«

»Ich verstehe nicht.« Demeter war in der Tat verwirrt.

»Das ist auch nicht notwendig. Mir genügt es, wenn Sie verschwinden.«

Demeter ließ sich ins Kissen zurücksinken. Sie musterte die Ärztin und verstand endlich. »Ich gehe«, versprach sie, »aber Sie müssen mir helfen. Ich habe kein Geld und nicht einmal Kleider.«

»Das erhalten Sie alles von mir«, sagte Janet Brix. »Ich gebe Ihnen etwas zum Anziehen, und Sie können über mein Konto verfügen. Ich bin nicht arm.«

»Sie haben Angst um den Mann, den Sie lieben.«

»Und wenn es so wäre?«

»Ich verstehe Sie, und ich will Ihnen den Mann nicht wegnehmen«, erklärte Demeter sanft. »Ich gehe sofort, wenn Sie mir helfen.«

Sie besprachen die notwendigen Schritte. Die Ärztin versorgte Demeter mit wichtigen Medikamenten und führte sie an den Nachtwachen vorbei zum nächsten Gleiter. Gemeinsam flogen sie zu einem Apartment, das etwa zehn Flugminuten von dem Krankenhaus entfernt war. Hier erhielt Demeter alles, was sie für ihre weitere Flucht benötigte. Schließlich übergab die Ärztin ihr sogar eine Kreditkarte. »Geld bedeutet mir nicht soviel wie die menschliche Bindung, die Sie zerstören würden«, sagte sie.

Demeter küsste die Ärztin auf die Wange. »Ich danke Ihnen«, sagte sie. »So viel Hilfe hätte ich nicht erwartet.«

Dann verließ sie die Wohnung und stieg auf dem Dach des Apartmenthauses in einen Taxigleiter.

Minuten später wurde die Ärztin angerufen. Auf dem Monitor erschien das Gesicht von George Moren. »Wo ist Dunja Varenczy?«, fragte er erregt.

»Woher soll ich das wissen? Ist sie denn nicht mehr auf ihrem Zimmer?«

Eine bleiche Hand legte sich auf die Schulter des Arztes und drängte ihn zur Seite. Ein anderes Gesicht erschien. Es war blass. Nachtblaue Augen blickten Janet Brix zwingend an. Das türkisfarbene Haar fiel ihr auf, weil sie niemals zuvor einen solchen Farbton gesehen hatte.

Janet Brix spürte, wie sich alles in ihr gegen diesen Mann auflehnte. Instinktiv erfasste sie, dass ihr Gefahr drohte. Sie schaltete ab, bevor der

Fremde etwas sagen konnte. Dann eilte sie fluchtartig aus der Wohnung und raste mit ihrem Privatgleiter in die Nacht hinaus. Sie war entschlossen, New York für einige Tage den Rücken zu kehren, um dem Albino nicht begegnen zu müssen.

In Terrania City wusste man noch nichts von Demeter. Payne Hamiller war der Einzige, der die Regierung hätte unterrichten können, aber er befand sich mittlerweile auf der BASIS und schwieg sich aus.

Julian Tifflor berief eine Konferenz ein, an der alle Regierungsmitglieder, einige Militärs und mehrere Wissenschaftler teilnahmen. Keiner der Teilnehmer war überrascht, dass der Erste Terraner sie zusammenrief. Besprechungen jagten sich ohnehin in diesen Wochen. Erstaunt waren alle nur darüber, dass Tifflor das Thema verschwieg.

»Wir benötigen für die Vorbereitungen der Expedition der BASIS noch etwa fünf Wochen«, eröffnete der Erste Terraner die Konferenz. »Nach dem Stand der Dinge haben wir einen Planungsvorsprung von drei Tagen. Daher können wir den Starttermin auf den 1. Mai festsetzen.«

Jerome Wellims, der Erste Staatssekretär aus dem Innenministerium und wichtigster Mitarbeiter von Michael Rhodan, erhob sich. »Ich sehe mich gezwungen, Einspruch zu erheben.« Wellims war ein untersetzter Mann mit auffallend vorspringender Nase und fliehendem Kinn. Tifflor kannte ihn als überragenden Organisator. Michael Rhodan, der Oberste Terranische Rat, ließ ihm weitgehend freie Hand bei seiner Arbeit.

»Die Probleme der Wiederbesiedlung ufern aus. Wir können es uns nicht leisten, eine Expedition mit ungewissem Ziel und ohne gravierenden Inhalt mit den fähigsten Köpfen auszurüsten. Wir benötigen diese Männer und Frauen dringend, damit wir die teils chaotischen Zustände auf der Erde bald überwinden.«

Julian Tifflor ließ Wellims ausreden, der letztlich demonstrativen Beifall von allen Seiten erhielt.

»Ich bin mir dessen bewusst, dass wir es mit gewaltigen Problemen zu tun haben«, erwiderte der Erste Terraner, nachdem es ruhig geworden war. »Doch darüber dürfen wir andere Dinge nicht aus den Augen verlieren. Es geht um die Suche nach dem Objekt namens PAN-THAU-RA. Kershyll Vanne hat von ES die Koordinaten erhalten. Danach soll die Expedition in der Randzone einer fremden Galaxie suchen, die von der Milchstraße 208 Millionen Lichtjahre weit entfernt ist.«

»Das ist bekannt!«, rief Wellims erregt.

»Diese Galaxie hat den Namen Tschuschik erhalten«, fuhr Tifflor unbeeindruckt fort. »Wir vermuten, dass sie zur Mächtigkeitsballung von BARDIOC gehört, und das ist ja auch ein Grund dafür, dass viele mit dieser Expedition der BASIS nicht einverstanden sind.«

Beifall verriet, dass sich an dieser Ablehnung nichts geändert hatte.

»Mittlerweile haben wir jedoch Erkenntnisse gewonnen, die diese Expedition in einem anderen Licht erscheinen lassen«, sagte Tifflor. »Es haben sich erregende Querverbindungen ergeben, mit denen keiner von uns rechnen konnte. Sie wissen von den präminoischen Schriftplatten, die ebenfalls den Namen PAN-THAU-RA erwähnen ...«

Mit einem Mal herrschte atemlose Stille.

»Gibt es Beweise für einen Zusammenhang zwischen Pandora und PAN-THAU-RA?«, rief der Terranische Rat für den innerplanetarischen Verkehr, Thore Lindgren. Der blonde Politiker war von Anfang an gegen die Expedition gewesen und hatte seine Überzeugung gut verkauft. In zahlreichen Interviews hatte er seine Einstellung erläutert und damit seine Machtstellung untermauert. Lindgren war mit einer überwältigenden Mehrheit in die Regierung gewählt worden.

»Allerdings«, antwortete Tifflor. »Wir haben eindeutige Beweise dafür, dass die auf Kreta entdeckte Kultstätte von einer außerirdischen Macht errichtet worden ist. Die Frage ist jetzt, ob diese Macht aus der Galaxie Tschuschik gekommen ist. Bedeuten die Hinweise auf Pandora, dass es sie wirklich gegeben hat? Diese Fragen müssen wir klären!«

Julian Tifflor, der die Expedition der BASIS bislang nur halbherzig vorbereitet hatte, war mittlerweile fest entschlossen, sie durchzuführen. Er spürte auch, dass der Widerwille der anderen deutlich nachließ.

Demeter war zum ersten Mal völlig entspannt, als sie nach Norden flog. Sie hatte die schwierigsten Probleme bewältigt – meinte sie.

Nach etwas mehr als einer Stunde Flugzeit erkannte sie trotz der Dunkelheit einen breiten Fluss unter sich. Über das Informationssystem erfuhr sie, dass sie den St.-Lawrence-Strom überquerte.

Ihr war mittlerweile klar geworden, dass das Leben auf diesem Planeten nicht einfach war. Die Menschen kehrten aus der Galaxis zurück. War sie in dem Schrein ebenfalls von irgendwoher auf die Erde gekommen? Es musste so sein. Welchen Sinn hätte sonst der Schrein gehabt? Diese Erklärung erschien ihr überzeugend. Und sprach nicht ebenso die Tatsache dafür, dass sie die Sprache nicht beherrschte, die auf dem Planeten gesprochen wurde? Sie kannte das Gesellschaftssystem nicht, wusste so gut wie nichts von der Politik und den Mächtigen dieser Welt. Waren das nicht Beweise dafür, dass sie von einer Welt gekommen war, die so gut wie nichts mit der Erde zu tun hatte? Demeters Verwirrung steigerte sich, je mehr sie versuchte, ihre Vergangenheit aufzuhellen.

Die Nacht verstrich.

Als der Morgen graute, sah Demeter eine kleine Stadt unter sich. Sie bestand aus vielen kleinen Häusern, die weit verstreut lagen. Weder Menschen noch technisches Gerät waren zu sehen.

Demeter entschloss sich spontan, hier zu landen und sich zu verbergen. Sie suchte sich einen Bungalow aus, der am Rand der Siedlung an einem kleinen Gewässer lag. Er war von einem verwilderten Garten umgeben.

Sie senkte den Gleiter ab, bis er noch knapp einen halben Meter über dem Boden schwebte. Auf diese Weise verhinderte sie, dass eine Abdruckspur hinterblieb. Sie programmierte die Maschine auf Weiterflug und stieg aus.

Die Tür des Bungalows war verschlossen. Demeter umrundete das Haus und stellte fest, dass auch alle Fenster sorgfältig verriegelt waren. Da sie nichts zerstören wollte, wandte sie sich dem nächsten Gebäude zu, das kaum hundert Meter entfernt war. Auch hier konnte sie nicht eindringen.

Als sie nahezu die Hälfte aller Häuser überprüft hatte, sah sie ein, dass ihr keine andere Wahl blieb, als es gewaltsam zu versuchen. Außerdem war es ein Fehler gewesen, den Gleiter wegzuschicken, denn nun konnte sie diese Region nicht mehr verlassen.

Nach einer Weile vernahm Demeter ein eigenartiges Heulen. Sie blieb stehen und blickte sich um. Zwischen den Häusern standen vierbeinige Tiere. Sie hatten ein graues Fell mit gelblichen und schwarzen Flecken darin, und ihre Zähne sahen gefährlich aus.

Die Tiere griffen sie an. Demeter rannte auf das nächste Haus zu und schlug ein Fenster mit dem Ellenbogen ein. In panischer Furcht warf sie sich durch das Fenster in das Innere des Bungalows. Sie stürzte, sah einen Stuhl, sprang auf und packte ihn und hielt ihn vor die zerborstene Scheibe.

Keine Sekunde zu früh, denn die Verfolger versuchten, hinter ihr einzudringen. Demeter wehrte sie mit dem Stuhl ab. Knurrend sprangen die Tiere immer wieder gegen das Fenster an, bis sie schließlich erkannten, dass sie nicht durchbrechen konnten.

Demeter verkeilte den Stuhl im Fenster und sicherte ihn mit einem zweiten Möbelstück ab, das sie dagegen stemmte. Danach sah sie sich in dem Haus um. Sie fand einen Schrank, dessen Türen sich abheben ließen, nahm eine dieser Platten und trug sie zu dem zerschlagenen Fenster.

Als sie einen Ärmel ihrer Bluse zerreißen wollte, um die Platte festzubinden, tauchte ein Roboter zwischen den Häusern auf. Er schritt auf sie zu, entfernte mit wenigen Griffen die Scherben und setzte eine neue Scheibe ein.

Demeter beobachtete den Roboter staunend und erwartete, dass er sie ansprechen würde, doch er schien sie nicht wahrzunehmen. Als er mit seiner Arbeit fertig war, drehte er sich um und ging davon. Die Tiere, die dem Roboter ausgewichen waren, verloren das Interesse und zogen sich nun endgültig zurück.

Demeter ließ sich in einen Sessel sinken. Sie wusste jetzt, dass sie nicht völlig allein war in der Stadt. Irgendwo gab es Roboter, die alles überwachten. Es gab aber auch Tiere, die Gefahr bedeuteten.

Demeter bereute bereits, dass sie nicht in New York geblieben war. Schließlich ging sie noch einmal durch das Haus. Alles sah so aus, als könnten dessen Bewohner jeden Moment zur Tür hereinkommen. In den Schränken lagen Kleidungsstücke, in Kühlschränken lagerten Nahrungsmittel in großer Menge, dass Demeter einige Wochen davon hätte leben können. Außerdem war es warm und angenehm.

Demeter hatte Hunger, aber der Schock der Vergiftung wirkte nach. Wer würde ihr hier helfen, wenn sie zusammenbrach?

Sie trank ein wenig Wasser, doch das half ihr nicht lange. Der Tag verstrich, und ihr Hunger wurde stärker. Demeter spielte mit dem Gedanken, über das vorhandene Funkgerät einen Taxigleiter zu rufen. Doch dann sagte sie sich, dass damit noch nichts erreicht gewesen wäre.

Sie holte die Kreditkarte von Janet Brix hervor. Darauf war der Visiphonanschluss der Ärztin verzeichnet. Demeter zögerte lange, weil sie befürchtete, dass sie ihren Aufenthaltsort durch ein Gespräch verraten würde, dann wurde ihr Hunger jedoch quälend, und sie entschied, Janet Brix anzurufen.

Die Ärztin meldete sich nicht, aber das Gesicht von George Moren erschien auf dem Schirm. »Wo sind Sie, Dunja?«, fragte er.

»Das ist unwichtig. Ich habe Hunger. Bitte sagen Sie mir, was ich essen darf und was nicht.«

Demeter hatte nicht damit gerechnet, den Arzt zu sehen, ließ sich ihre Überraschung jedoch nicht anmerken. Sie spürte, dass etwas nicht in Ordnung war.

»Ich muss mit Ihnen sprechen, Dunja«, sagte Moren eindringlich. »Bitte, es ist äußerst wichtig für Sie.«

»Erst, wenn ich gegessen habe und mich danach noch wohlfühle.«

»Also gut. Hören Sie zu ...« Moren beschrieb ihr genau, was sie zu sich nehmen durfte und bei welchen Speisen Gefahr für sie bestand. Plötzlich aber veränderte sich seine Miene. Langsam wandte Moren den Kopf zur Seite, er schloss die Augen und erhob sich. Ein anderer Mann erschien im Bild. Demeter hielt den Atem an, als sie das bleiche Gesicht mit den nachtblauen Augen sah. Das türkisfarbene Haar hing Margor wirr in die Stirn.

Sie schaltete ab, bevor er etwas sagen konnte.

Demeter zitterte am ganzen Körper. Nach wie vor hielt sie Boyt Margor für ihren Retter, doch jetzt hatte sie etwas in seinem Blick bemerkt, was sie erschreckte.

Um sich abzulenken, ging sie zum Kühlschrank und suchte sich einige Speisen heraus, die sie gefahrlos zu sich nehmen konnte. Während sie aß, dachte sie über sich und ihre Situation nach. Allmählich kamen ihr Bedenken. Wenn Margor den Leitenden Arzt gefunden hatte, warum sollte er sie dann nicht auch finden?

Nur der Gleiter, mit dem sie von Athen gekommen war, konnte ihn auf die Spur gebracht haben. Der Gleiter, mit dem sie aus New York geflohen war, würde sie ebenfalls verraten.

Demeter stürzte sich förmlich auf das Funkgerät und löste den Gleiterruf aus. Etwa zehn Minuten später ging vor dem Bungalow eine Maschine nieder. Demeter öffnete ein Fenster und kletterte hindurch, weil das Türschloss ihren Bemühungen widerstand. Sie setzte sich in den Gleiter und raste nach Westen davon.

Demeter wusste nicht, wohin sie wollte. Sie würde sich spontan entscheiden, wenn sie etwas entdeckte, was ihr günstig erschien.

Nach gut einer Stunde sah sie einen Kugelraumer, der in einem lang gestreckten Tal gelandet war. Maßlose Erregung überfiel sie. Dies war das erste Raumschiff, das sie auf dieser Welt sah. Für einen Moment schien es, als würden ihre Erinnerungen aufbrechen, doch dann war alles wieder vorbei.

Demeter beobachtete, dass ein Strom von Menschen sich aus dem Raumschiff in eine kleine Stadt ergoss, die eine verblüffende Ähnlichkeit mit jener hatte, aus der sie gerade geflohen war.

Hier kann ich mich verstecken!, dachte sie.

Demeter drückte den Gleiter bis dicht über den Boden. Nun konnten die Menschen aus dem Raumschiff sie nicht mehr sehen, da sie sich in der Deckung bewaldeter Hügel befand. Das Raumschiff allerdings überragte alles. Es war höher und mächtiger als die Gebäude in New York, die sie so erstaunt hatten.

Demeter landete und gab einen Drei-Tage-Wartekode für den Gleiter ein. So war sie sicher, dass Boyt Margor die Maschine also nicht abrufen und kontrollieren konnte. Sie ging zu dem nächsten Haus. Die Tür war offen.

»Unsere Aussichten, Demeter noch vor Margor zu erwischen, sind denkbar schlecht«, sagte Dun Vapido.

Die drei Gäa-Mutanten flogen soeben über New York hinweg. Keiner von ihnen hatte große Hoffnungen, dass sie Demeters Spur bald wieder aufnehmen konnten. Die Stadt war riesig, und das Relais Eawy konnte sich nicht auf die Vielzahl der Nachrichtensender gleichzeitig konzentrieren.

»Wir müssen eine der Lokalredaktionen aufsuchen«, sagte Bran Howatzer schließlich. »Vielleicht ist Demeter aufgrund eines Fehlers aufgefallen, den sie begangen hat.«

»Gute Idee«, lobte Vapido. »Dann los. Suche uns einen Sender heraus.«

Howatzer hatte schon vorgearbeitet, er gab die Koordinaten eines Studios ein. Der Gleiter änderte seinen Kurs und landete wenig später auf einem Parkdach.

Eawy ter Gedan blieb in der Kabine sitzen und genoss den Anblick der gigantischen Gebäude. Sie hatte so etwas noch nicht gesehen und hatte auch nicht gewusst, dass es eine solche Metropole auf der Erde gab. Bisher hatte sie Terrania City für die imposanteste Stadt des Planeten gehalten.

Howatzer griff nach ihrem Arm. »Staunen kannst du später, Kleines. Ich habe gehört, dass es mehr solcher Städte auf der Erde gibt.«

Zögernd stieg das Relais aus. Sol-Town auf Gäa war schon riesig gewesen, aber dennoch ganz anders als New York. Dort hatte sie stets den Eindruck einer nüchternen Grundrissplanung gehabt. Hier sah alles so gedrängt aus, als strebten die Gebäude danach, sich zu einem einzigen Komplex zu vereinen.

Howatzer führte sie in einen elegant eingerichteten Empfangsraum. Dun Vapido verhandelte bereits und erreichte, dass sie mit der Lokalredaktion sprechen konnten.

Ein Journalist wollte ihnen ein Informationsband geben, auf dem alle Nachrichten der letzten Stunden gespeichert waren. Sie hätten mehr als einen Tag benötigt, es abzuhören.

»Erzählen Sie einfach, was Ihnen aufgefallen ist«, bat Dun Vapido. »Wir werden schon merken, worauf es ankommt.«

Demeter ließ das Glas sinken, aus dem sie getrunken hatte, als sich Schritte dem Haus näherten. Die Tür wurde geöffnet, und ein vierschrötiger Mann blickte sie verblüfft an.

»He«, sagte er. »Ich habe zwar nichts gegen weibliche Gesellschaft, aber das ist mein Haus. Es wurde mir zugeteilt.«

»Wirklich?«, fragte Demeter lächelnd und tat, als sei sie maßlos überrascht. »Wie ist so etwas möglich?«

Er trat ein und ließ eine große Tasche auf den Boden fallen. Exotische Holzfiguren rollten klappernd auf den Boden. »Ich weiß genau, dass dies meine Bude ist«, erklärte er und holte sich eine Getränkedose aus dem Kühlschrank, riss sie auf und trank hastig. »Wenn du bleiben willst, müssen wir uns einigen.« Er musterte sie. Mit dem Handrücken strich er sich über die Lippen.

»Ich war zuerst hier«, bemerkte Demeter.

Der Mann lachte schallend auf. »Dachte ich es mir doch, Mädchen. Du hast keine Ahnung. Und den Korpson-Akzent sprichst du auch nicht.«

»Korpson-Akzent? Was ist das?«

»Wir alle kommen vom Planeten Korpson und wollen auf der Erde leben. Deshalb sind wir hier. Die Stadt Kearny ist für uns reserviert. Klar? Wenn du ebenfalls bleiben willst, brauchst du eine Genehmigung. Geh zu Mac. Er soll entscheiden. Weiss der Teufel, was du ausgefressen hast, ich will jedenfalls keinen Ärger. Davon gab es auf Korpson genug.« Er trank noch einen Schluck. In seinen Augen blitzte es auf. »Andererseits weiß niemand außer mir, dass du hier bist. Wir könnten uns einigen. Wenn ich dich verstecke, könntest du ...«

»Danke«, sagte sie abweisend und verließ das Haus. Er folgte ihr bis an die Tür, blickte ihr nachdenklich nach, schloss die Tür und ließ sie in Ruhe.

Das Licht der untergehenden Sonne spiegelte sich auf dem Raumschiff. Demeter ging darauf zu.

Etliche Siedler kamen ihr entgegen, aber die wenigsten achteten auf sie. Die Rückkehrer hatten mit sich selbst zu tun.

Demeter blieb stehen und schaute an dem Raumschiff empor. Wieder schien es so, als werde das Dunkel zerreißen, das über ihrer Vergangenheit lag. Dies war bestimmt nicht das erste Raumschiff, das sie sah. Sie empfand keine Scheu vor diesem riesigen Gebilde.

Demeter durchschritt ein Wäldchen und gelangte an den mächtigen Landestützen vorbei zu einem Platz, auf dem ein Mann auf einer Antigravplattform vor zahlreichen Holos saß. Die Rückkehrer standen in langer Schlange vor ihm. Jeder erhielt einen Zettel, und wer ihn entgegengenommen hatte, machte sich auf in die Stadt.

Demeter schwang sich auf die Plattform. Einige der Männer und Frauen murrten ärgerlich und forderten, dass sie sich hinten anstellen solle. Sie ging unbeirrt weiter bis zu dem Mann.

Er blickte sie erstaunt an. »Was kann ich für Sie tun? Sie kommen nicht von Korpson. Ich habe Sie noch nie gesehen.«

»Ich weiß nicht, woher ich komme«, sagte sie mit dunkler Stimme. »Ich bin hier auf der Erde wach geworden und habe keine Ahnung, wieso. Ich brauche einige Tage völlige Ruhe, um darüber nachzudenken. Werden Sie mir erlauben, in dieser Stadt zu bleiben?«

Er erhob sich. Er war wesentlich größer als sie. Sichtlich verwirrt blickte er auf sie herab. Seine Stimme klang gepresst, als er antwortete: »Es ist mir eine Ehre. Wie heißen Sie?«

»Ich bin Dunja Varenczy.«

»Sie können bleiben.« Er reichte ihr eine beschriftete Folie. »Ich melde mich später bei Ihnen.«

»Danke.« Demeter schenkte ihm ein freundliches Lächeln, das ihn sichtlich nervös machte. Sie war jedoch unendlich erleichtert und glaubte, einen Platz gefunden zu haben, an dem sie ungestört einige Tage verweilen konnte.

Alles war viel einfacher gewesen, als die drei Gäa-Mutanten angenommen hatten. Demeters Sprung ins Wasser und ihre Proteinvergiftung hatten zwar nicht für Schlagzeilen gesorgt, waren aber immerhin in Randnotizen vermerkt worden.

Von der Lokalredaktion hatte der Weg zu George Moren geführt. Der Arzt hatte herausgefunden, wo sich Demeter aufhielt. Aber er war schon von Boyt Margor ins Verhör genommen worden.

Margor hatte einen Vorsprung von mehr als einer halben Stunde.

Demeter blieb vorerst in dem Haus, das Mac ihr zugewiesen hatte. Sie war froh, dass sie eine Unterkunft hatte und nicht belästigt wurde. Doch der Gedanke an Boyt Margor ließ sie nicht los und sie fragte sich, ob es ihm wieder gelingen werde, ihre Spur aufzunehmen.

Der Tag verging. Der Mann, der Mac genannt wurde, besuchte sie kurz, um sich nach ihren Wünschen zu erkundigen. Demeter sagte ihm, dass sie wunschlos glücklich sei.

Sie hatte den ganzen Tag über Nachrichten gesehen. Als es dunkel war, zog sie sich eine dicke Jacke gegen die Kälte über und verließ das Haus. Überall brannten Scheinwerfer, Demeter konnte sich mühelos orientieren.

Sie strebte dem Rand der Siedlung zu. Sie begegnete dem einen oder anderen Rückkehrer von Korpson, aber keiner kümmerte sich um sie.

Hinter den letzten Häusern plätscherte ein schmaler Fluss dahin. Demeter blieb am Ufer stehen. Der Mond ging auf. Sie beobachtete einige Tiere, die auf der anderen Seite des Flusses umherstreiften.

Gedankenverloren drehte sie sich um, als sich ihr Schritte näherten. Zwei Männer und eine junge Frau kamen auf sie zu.

Der eine Mann war etwa so groß wie Demeter, nur sehr viel breiter. Er schien sehr kräftig zu sein. Der andere war ein Riese mit schmalem, von tiefer Sorge gezeichnetem Gesicht. Seine Augen lagen unter buschigen Brauen verborgen. Die Frau war ebenfalls größer als Demeter. Sie hatte schräg stehende Augen.

»Demeter, endlich haben wir dich gefunden«, sagte sie. »Ich bin Eawy ter Gedan. Der Lange ist Dun Vapido, und der neben mir heißt Bran Howatzer. Wir wollen dir helfen. Deshalb sind wir dir um die halbe Welt gefolgt.«

»Ich brauche keine Hilfe«, erwiderte Demeter abweisend. »Lass mich in Ruhe.«

»Boyt Margor ist in der Nähe«, betonte Bran Howatzer. »Er ist vermutlich schon bei deinem Haus und lauert dir dort auf.«

»Er ist mein Retter und mein Freund.«

»Warum bist du dann von ihm weggelaufen?«, fragte Dun Vapido.

»Ich will allein sein, um nachzudenken. Das ist der Grund.«

»Margor ist ein Verbrecher«, eröffnete ihr Bran Howatzer. »Du darfst ihm nicht vertrauen. Er ist gefährlich und rücksichtslos und hat schon viele Menschen getötet, weil sie sich seinem Willen nicht beugen wollten. Er wird auch dich töten, wenn er merkt, dass er dich nicht zu seinem Werkzeug machen kann.«

»Er hat mich nicht gerettet, um mich zu töten. Ich will davon nichts hören. Also lasst mich in Ruhe.«

»Wir sind in Sorge um dich«, sagte das Relais. »Weißt du, dass Margor den Schrein gewaltsam geöffnet hat?«

Demeter schüttelte den Kopf. Ihr silbernes Haar leuchtete im Widerschein des Mondes. »Er hat mich gerettet«, beharrte sie.

»Du kannst nicht länger weglaufen«, sagte Dun Vapido eindringlich. »Du musst dich an die Regierung wenden. Man wird dir alles geben, was du brauchst. Vielleicht wird dir sogar ermöglicht, zu den Sternen zurückzukehren.«

»Zurück? Zu den Sternen?«, fragte Demeter atemlos. Sie blickte Vapido forschend an. »Was weißt du davon? Wieso sagst du so etwas?«

»Du erinnerst dich nicht?«

Demeter schüttelte den Kopf. »Geht!«, forderte sie. »Lasst mich in Ruhe! Ich brauche euch nicht und ich will auch die Hilfe der Regierung nicht. Ich will allein sein. Versteht ihr das?«

»Wir können dich nicht allein lassen«, erwiderte Eawy ter Gedan. »Boyt Margor ist in der Nähe. Er darf dich nicht finden.«

Demeter warf den Kopf stolz in den Nacken zurück. »Wenn ich nicht will, dann findet er mich nicht.« Sie zuckte zusammen. Ihre Augen weiteten sich. Sie wich zurück, als ob sie sich fürchtete.

Die drei Mutanten drehten sich um, weil sie glaubten, dass Demeter Boyt Margor gesehen habe, der sich ihnen von hinten näherte. Doch hinter ihnen war niemand.

Bran Howatzer fuhr wieder herum. »Verdammt«, sagte er ärgerlich. »Was sind wir nur für Narren.«

»Sie ist verschwunden!«, rief Vapido.

»Du merkst aber auch alles.« Eawy ter Gedan stampfte mit einem Fuß auf. »Sie hat uns an der Nase herumgeführt.«

»Ich verstehe nicht, wie sie so schnell fliehen konnte«, sagte Howatzer und suchte einige Büsche in der Nähe ab.

»Lasst sie in Ruhe«, bat Dun Vapido. »Wir sind nicht hier, um Demeter zu retten, sondern um uns an Margor zu rächen. Habt ihr das vergessen?«

»Natürlich nicht«, erwiderte Howatzer. »Kommt.«

Sie eilten durch die Grünanlagen zu dem Haus, das Demeter bewohnte. Dun Vapido zog Eawy und Howatzer hinter ein Gebüsch. Sie sahen eine hochgewachsene Männergestalt hinter dem Gebäude im Schatten stehen. Es war ihnen unmöglich, sich dem Haus unbemerkt zu nähern.

»Was machen wir?«, fragte das Relais.

»Wir schlagen einen weiten Bogen und nähern uns von der anderen Seite«, entschied Bran Howatzer.

»Hoffentlich kommt Demeter nicht zurück«, sagte Eawy, während sie durch das Unterholz schlichen. »Sie würde Margor direkt in die Arme laufen.«

Sie betraten einen sandigen Weg. Geduckt liefen sie auf das Haus zu. Die letzten zehn Meter mussten sie jedoch ohne Deckung zurücklegen.

Unvermittelt öffnete sich die Tür. Ein großer Mann trat heraus. Er hielt einen Paralysator in der Hand. »Jetzt«, rief er und löste seine Waffe aus.

Zwei andere Männer kamen hinter dem Haus hervor. Sie schossen ebenfalls auf die drei Mutanten, die paralysiert liegen blieben.

»Die Frau hatte also doch recht«, sagte einer der Männer.

»Gut, dass wir uns auf die Lauer gelegt haben, Mac«, bemerkte ein anderer. »Wir haben sie rechtzeitig erwischt.«

»Was machen wir mit ihnen?«

»Dunja Varenczy hat gesagt, dass sie harmlose, aber äußerst lästige Medienleute sind. Wir lassen sie hier liegen. Wenn sie wieder in Ordnung sind, werden sie von selbst verschwinden.«

»Und Dunja?«

Der Mann, den sie Mac nannten, lachte leise. »Die ist langst abgehauen. Weiß der Teufel, wohin.«

Er beugte sich über Eawy ter Gedan und drückte ihr die Augen zu, damit die Augäpfel wahrend der Paralyse nicht austrockneten. Ebenso verfuhr er mit Howatzer und Vapido.

Eawy ter Gedan hörte, wie die Männer mit Mac lachend verschwanden.

Einige Minuten danach näherten sich Schritte. Eawy fühlte, dass ihr jemand die Stiefelspitze in die Seite stieß.

»Ich sollte euch umbringen«, sagte Boyt Margors Stimme. »Ihr seid schuld, dass sie mir wieder entkommen ist. Aber dafür werdet ihr noch bezahlen.«

Es wurde still. Eawy hörte nichts mehr von Margor. Es schien, als habe er sich in Luft aufgelöst.

Sie fürchtete sich, weil sie wusste, warum er sie alle drei nicht getötet hatte. Boyt Margor hoffte, sie zu seinen Sklaven machen zu können.

24.

Eishölle

Pyon Arzachena hatte das Frühstück zubereitet und währenddessen immer wieder einen Blick auf seinen Schlafsack geworfen, um zu sehen, ob seine Begleiterin noch schlief.

Da sich nach einiger Zeit noch nichts rührte, wendete Pyon die röstende Brotscheibe, drehte den Gasbrenner unter dem Teetopf ab und stellte einen Teller und einen Trinkbecher auf den Deckel der Kiste, die ehemals Proviant enthalten hatte.

Als er den Teetopf nahm, saß neben seinem Teller der unterarmlange feuerrote Salamander und starrte ihn mit seinen milchfarbenen großen Augen an. »Endlich bist du wach!«, heuchelte Pyon.

Der »Salamander« blies seinen Kehlsack auf. »Lügner!«, sagte er quarrend. »Du wolltest das Manna allein essen, Pyon Kaktus!«

Pyon Arzachena verstand das Wesen nur, weil er hinter dem linken Ohr den Mikro-Umsetzer trug, der die Laute des Urmarsianischen für ihn hörbar machte. Zwar lebten die Urmarsianer längst nicht mehr, kein Mensch hatte je einen von ihnen gesehen, aber dank der Arbeit einer Stiftung, die nach ihrem Gründer »a-Hainu-Stiftung« hieß, waren vor allem im Gebiet des Coprates Rift Valley, einer fünftausend Kilometer langen Talrinne, aufsehenerregende Funde gemacht worden: submarsianische Bauwerke, Maschinen, Gräber – und Aufzeichnungen der Urmarsianer.

Zu jener Zeit kannten die Menschen die feuerroten »Salamander« schon, die an einem Hang der Talrinne zu Tausenden lebten. Doch bis dahin hatte niemand auch nur geahnt, dass deren unter der sogenannten Tonfrequenz liegenden Lautäußerungen Sprache waren. Ein Wissenschaftler hatte zufällig festgestellt, dass die vermeintlichen Tiere urmarsianisch redeten. Auf keinen Fall waren sie aber Nachkommen der ausgestorbenen Marsbewohner, denn aus Grabfunden kannte man deren Aussehen.

Pyon hatte Childa vor knapp einem Jahr von einem im Sterben liegenden Freifahrer geschenkt bekommen. Der Freifahrer hatte Childa in den Ruinen der ehemaligen Hauptstadt des Kolonialplaneten Wassenar gefunden, wo das Wesen auf der Flucht vor seinem Herrn, einem Überschweren, gewesen war. Offenbar waren die Valley-Salamander von den auf dem

Mars lebenden Überschweren eingefangen und zu Haustieren gemacht worden.

Pyon fuhr sich mit der rechten Hand über das kurze stachelige Haar, das Anlass für den Spitznamen »Kaktus« gewesen war. »Du sollst mich nicht immer verspotten, Childa!«, fuhr er seine Begleiterin an. »Ich wollte dich nur nicht aus deinem Schlaf reißen.«

»Um Ausreden warst du nie verlegen. Aber pass auf, dass das Manna nicht anbrennt!«

Mit einem Fluch riss Pyon die Pfanne vom Gasbrenner. Er nahm sein Messer und teilte die Brotscheibe: ein Drittel für Childa, zwei Drittel für sich, nachdem er den Becher mit dampfendem Tee gefüllt hatte.

Während die beiden unterschiedlichen Wesen ihre Mahlzeit einnahmen, musste Pyon Arzachena daran denken, dass ihre Lage alles andere als rosig war. Vor drei Wochen hätte der Händler, der ihn vertragsgemäß auf dem Eisplaneten Hertschos abgesetzt hatte, ihn wieder abholen sollen. Der Mann war nicht gekommen.

Nach der Mahlzeit stieg Pyon in seinen Schutzanzug, bepackte den kleinen Schlitten mit Werkzeug und leeren Kunststoffbeuteln und verließ die Eishöhle, die er zu seinem Quartier erwählt hatte.

Der Prospektor stapfte eine halbe Stunde lang schweigend durch das blassgelbe Licht der Sonne Faynroith, die noch dicht über dem östlichen Horizont hing. Die Ventile des Atemgeräts flatterten und pfiffen bedrohlich.

Endlich gaben die Eisbuckel ringsum den Blick frei auf eine weiße Ebene. Links von Pyon gab es einen zirka dreihundert Meter durchmessenden Fleck, der nicht vom Weiß der gefrorenen Atmosphäre bedeckt war, auch nicht von dem hellen Bernsteingelb des uralten Wassereises.

Über dem vom Eis befreiten Schotterboden kauerte besitzergreifend das Metallplastikgerüst eines Schachtturms, und zwischen den gespreizten Stützbeinen duckte sich die Druckkuppel der Schachthalle mit dem klobigen Aggregatebunker.

Pyon steuerte zielstrebig auf die Halle zu und schlurfte durch die offene Schleuse. Es gab keine Maschinen mehr im Bunker. Die Minengesellschaft hatte nach dem Howalgoniumabbau alle Geräte mitgenommen.

Nicht, dass sich die Schürfarbeit nicht gelohnt hätte. Die Schwierigkeiten kamen von der hyperenergetischen Turbulenzzone, in der das Faynroith-System lag. Von hundert Raumschiffen, die in diese Zone einflogen, blieben durchschnittlich sieben verschollen – eine für jedes Transportunternehmen unrentable Verlustquote.

Während der Herrschaft des Konzils hatte sich niemand um die Mine gekümmert – bis auf den alten Freifahrer, von dem Pyon den Valley-

Salamander bekommen hatte. Fyrfar, wie er sich nannte, war vor einigen Jahren mit Freunden auf Hertschos gewesen. Sie hatten einen neuen Stollen vorgetrieben und den Erzgang einer hydrothermalen Lagerstätte gefunden, in der auf Uran, Blei und Wismut wahre Kristallrasen wasserklaren Howalgoniums gewachsen waren.

Die Männer hatten sich vorgenommen, sich bessere Ausrüstung zu beschaffen und das Howalgonium systematisch abzubauen. Aber sie waren rund sechs Wochen nach ihrem Abflug von einer unbekannten Krankheit befallen worden, die sie einen nach dem anderen dahinraffte. Pyon Arzachena glaubte, an ihnen die Symptome einer seltenen Strahlenkrankheit erkannt zu haben, die vom Begleitmineral eines wertvollen Erzes hervorgerufen wurde. Deshalb war er selbst nach Hertschos gekommen.

Die Ausstattung der Mine war nicht sehr modern gewesen. Davon zeugten schon die Gleitschienen des Förderschachts, an denen die seilgezogenen Förderkabinen auf- und abgeglitten waren.

Pyon hängte die Beutel mit den Werkzeugen und die leeren Beutel für Proben an die Haken seines Schutzanzugs, schaltete seine Helmlampe ein und stieg an den Gleitschienen in den Schacht. Es gehörte eine gehörige Portion Geduld dazu, täglich rund tausend Meter tief ohne technische Hilfsmittel ab- und wieder aufzusteigen. Aber Geduld war eine der Haupteigenschaften des 138 Jahre alten Prospektors.

Stunden später stand er in dem Erzgang, in dem Fyrfar und seine Freunde die Howalgoniumrasen gefunden hatten. Der Lichtkegel der Helmlampe wanderte über die verschiedenfarbigen Wandregionen und blieb mitunter an kleinen Flächen hängen, die von einer dunkelgelben schaumartigen Masse überzogen waren. Es handelte sich um die erstarrte Neutralisatorflüssigkeit, die jene Begleitminerale abdeckten, die Fyrfar und den anderen zum Verhängnis geworden waren.

Pyon stellte nur eine schwache radioaktive Strahlung fest, die von dem hier liegenden Uran stammte. Zufrieden schaltete er den Detektor wieder aus.

Der Gesteinsbohrer war schon nach kurzer Zeit auf hochverdichtetes Gestein gestoßen und ausgeglüht. Pyon hatte daraufhin seine letzte Stange hochexplosiven chemischen Sprengstoffs ins Bohrloch geschoben und mit größter Vorsicht gesprengt.

Was nun im Licht der Helmlampe rubinrot funkelte, war gediegenes Ynkelonium, seit Jahrhunderten der Traum jedes ehrgeizigen Prospektors. Arzachena schloss die Augen, um das schwindlig machende Triumphgefühl abklingen zu lassen. Er hatte schon öfter wertvolle Bodenschätze entdeckt und durch den Verkauf seines Wissens viel Geld verdient. Das Geld war aber niemals lange bei ihm geblieben. Er hatte ein ausgeprägtes

Talent dafür, innerhalb weniger Wochen alles Geld durch die Finger rinnen zu lassen, egal, ob es zehntausend oder hunderttausend Solar waren.

Diesmal würde er es selbst mit seinem Talent dafür, Geld zum Fenster hinauszuwerfen, nicht schaffen, wieder bei Punkt Null zu landen. Ynkelonium wurde kiloweise gehandelt, und ein Kilogramm kostete bis zu siebenhunderttausend Solar. Selbst wenn Pyon Arzachena nur sein Wissen an eine Minengesellschaft verkaufte und mit einem Prozent des Verkaufserlöses abgespeist wurde, würde er in wenigen Jahren Milliardär sein.

Pyon lachte heiser. Minutenlang lief er Gefahr, hysterisch zu werden, dann setzte sich seine robuste Natur durch. Von nun an hatte er nichts weiter zu tun, als zu überleben, bis entweder der Händler landete, der ihn hier abgesetzt hatte – oder bis ein Wunder geschah.

Als er die obere Schachtmündung verließ, brach Pyon Arzachena zusammen. Er blieb einige Minuten lang liegen, dann hatte er sich von den Strapazen des Aufstiegs einigermaßen erholt.

Inzwischen war die Nacht hereingebrochen. Dennoch war es nicht völlig dunkel, denn die drei Monde von Hertschos standen ausnahmsweise gleichzeitig am Himmel.

Langsam schritt der Prospektor durch die öde Landschaft. Ein Ventil seines Atemgeräts gab in regelmäßigen Abständen ein Knacken von sich, sicheres Anzeichen dafür, dass das Material gerissen war und demnächst brechen würde. Das konnte in zehn Stunden, genauso gut aber schon in einer Minute sein. Es wäre müßig gewesen, mehr als einen Gedanken an derart Unkalkulierbares zu verschwenden.

Als der Prospektor seine Eishöhle erreichte, spürte er die Kälte, die sich von seinen Füßen aufwärts ausbreitete. Sie verriet ihm, dass nun auch die Klimaanlage des Schutzanzugs ausgefallen war. Er würde noch ohne Erfrierungen in seine Unterkunft kommen, aber er würde sie – außer für wenige Minuten – nie wieder verlassen können.

Rasch kurbelte er an dem Handrad des Außenschotts und drängte sich in die enge Schleusenkammer. Obwohl sich die Atmosphäre des Planeten längst niedergeschlagen hatte und das nahezu vollkommene Vakuum des Weltraums herrschte, gab es keinen Druckausgleich. Das Volumen der Schleuse war gering genug, dass es von der Höhle aus mitgefüllt werden konnte.

Als das Innenschott aufglitt und Pyon atembare Luft registrierte, klappte er den Helm zurück, der sich innerhalb weniger Sekunden mit Reif überzogen hatte.

»Hallo, Childa!«, rief der Prospektor, während er sich blinzelnd umsah.

Als er keine Antwort bekam, wurde er unruhig. Er stieg aus seinem

Schutzanzug und durchsuchte wahllos seine Behausung. Die natürliche Eishöhle war von ihm mit Plastikschaum hermetisch abgedichtet und isoliert worden. Es gab in der zwei Zentimeter dicken und eisenharten Schicht keine Öffnung, durch die Childa gekrochen sein konnte – und die Handräder der Schleusenschotte waren zu schwer gängig, als dass ein Valley-Salamander sie drehen konnte.

Keuchend ließ der Prospektor sich auf eine eimergroße leere Rapsfettdose sinken. Er wunderte sich über seine Schwäche, bis ihm seine Erfahrung verriet, dass der Sauerstoffgehalt in der Höhle zu gering war.

Pyon Arzachena besaß keinen Detektor, mit dem er Dichte und Zusammensetzung der Luft messen konnte, er hatte das Gerät gegen zwei Zehnkilodosen Rapsfett eingetauscht. Bei Unternehmungen, die mit großen körperlichen Anstrengungen verbunden waren, stellte Fett immer noch den am schnellsten verwertbaren Energieträger dar. Es konnte außerdem als Brennstoff für Heizung und Beleuchtung verwendet werden.

Pyon fand schnell heraus, dass der Wasseraufspalter – eigentlich seine Lebensversicherung – nur mehr mit halber Kraft arbeitete. Glücklicherweise funktionierten die Zusatzgeräte unvermindert, die das ausgeatmete Kohlendioxid und Anteile von Kohlenmonoxid ausfilterten. Dennoch war dem Prospektor klar, dass er kaum länger als vierundzwanzig Stunden überleben würde, selbst wenn er allen Sauerstoff aus den Flaschen mitverbrauchte.

Soweit mit seinen Überlegungen gekommen, suchte er nach Childa. Er konnte sich nicht erklären, warum sich der Valley-Salamander nicht meldete – bis er ihn wenige Zentimeter über seinem Kopf an der Höhlendecke entdeckte. Der Salamander »klebte« mit den Haftballen seiner Füße an der Decke, hatte die Augen geschlossen und schien zu schlafen. Doch als Pyon ihn berührte, fühlte er sich stocksteif an.

»Childa!«, rief der Prospektor verzweifelt, denn er fürchtete sich mit einem Mal davor, seine letzten Stunden allein verbringen zu müssen.

Plötzlich schien alles in der Höhle zu wackeln. Das Licht der »Ewigen Lampe« flackerte, dann normalisierte sich der Zustand wieder. Pyon Arzachena hob lauschend den Kopf. Beben gab es auf dieser erstarrten Eiswelt seit Jahrhunderttausenden nicht mehr.

Pyons Augen weiteten sich. »Ein Schiff!«, brüllte er.

Überhastet stieg er in seinen Schutzanzug, nahm eine Leuchtstofffackel in die Hand, kurbelte wie wild am Handrad des Innenschotts und zitterte vor Angst, das gelandete Raumschiff könne wieder starten, bevor er sich bemerkbar gemacht hatte ...

Ein ungleiches Paar

Hotrenor-Taak fuhr aus seinem Dösen auf, als ein Kontrollelement in der Steuerzentrale der GORSELL Alarm gab. Er stellte fest, dass das Element für die Kurskontrolle eine zunehmende Abweichung anzeigte.

Seine ersten Messungen brachten noch keine verwertbaren Ergebnisse. Lediglich in einem kleinen Frequenzbereich der hyperenergetischen Phänomene ließ sich eine Art Impuls lokalisieren. Der Bordrechner kam zu dem Ergebnis, dass die Signale stets eine Millisekunde auftraten, bevor wieder ein Steuerenergie-Impuls erfolgte und eine Kursänderung verursachte. Sie mussten eine Art Fernsteuerung bewirken.

Die erste Reaktion Hotrenor-Taaks war, die Stärke der Kraft zu testen, die sein Schiff vom Kurs abbrachte. Er schaltete auf Manuellsteuerung. Danach erhöhte er den Schub und lenkte die GORSELL auf einen Kurs, der um neunzig Grad von dem abwich, den die Signale hervorgerufen hatten.

Eine Gegenreaktion blieb aus. Die Beschleunigung des Schiffes entsprach den Schubwerten. Demnach gab es keine bremsende Kraft. Genauso war es mit dem Kurs. Der SVE-Raumer reagierte so perfekt, wie es sich für das Produkt einer hochstehenden Technik gehörte.

Es gab wahrscheinlich innerhalb der Milchstraße nur wenige Intelligenzen, die daraus sofort den gleichen Schluss gezogen hätten wie Hotrenor-Taak, dass die Signale keinen Zwang ausüben, sondern nur Aufmerksamkeit erregen sollten. Noch weniger Lebewesen hätten auf diese Erkenntnis so konsequent reagiert wie der ehemalige Konzilsbeauftragte für die Milchstraße.

Hotrenor-Taak bremste mit Vollschub ab, während er den Bordrechner beauftragte, die Position zu ermitteln, die das Schiff vor Aufnahme der Manuellsteuerung innegehabt hatte. Normalerweise wäre das routinemäßig geschehen, aber an Bord der GORSELL gab es ohne Besatzung keine Routine.

Als Hotrenor-Taak die gewünschte Position wenigstens angenähert kannte, wendete er das Schiff.

Drei Ergebnisse beschäftigten den Laren gleich darauf. Das erste war, dass die GORSELL sich in einem Raumsektor befand, in dem ein breites Spektrum hyperenergetischer Reststrahlungen verriet, dass es hier sehr oft starke Turbulenzen gab. Das zweite war die Nähe einer blassgelben Sonne mit sieben Planeten – und das dritte waren die hyperenergetischen Signale vom fünften Planeten dieser Sonne.

Auf seinem Flug von Mugnammor zur Provcon-Faust entschied sich Hotrenor-Taak dafür, den fünften Planeten der blassgelben Sonne anzufliegen und die Quelle der Signale anzupeilen.

Als mehrere Kontrollen Alarm gaben, griff der Lare in die Steuerung ein. Das Schiff befand sich in der letzten Phase des Landemanövers – aber die hyperenergetischen Impulse hatten sich plötzlich verstärkt und die Leistung der Antigravprojektoren drastisch reduziert. Der SVE-Raumer sank zu schnell. Sekunden später schlug er trotz der Gegenbeschleunigung hart auf dem Eis des im Dämmerschein dreier Monde liegenden Planeten auf.

Leicht benommen sah Hotrenor-Taak eine schneebedeckte riesige Ebene. Von einer technisch orientierten Zivilisation zeugten lediglich ein Schachtturm und eine Halle, die aber offensichtlich seit vielen Jahren nicht mehr benutzt wurden, denn die Taster erfassten nicht die geringste Reststrahlung.

Der Lare rief auf allen gebräuchlichen Funkfrequenzen. Niemand meldete sich.

Dann bemerkte er die Infrarotortung. Zwei Wärmequellen waren es: eine stationäre und eine bewegliche. Der Lare zweifelte nicht daran, dass er es bei der stärkeren Wärmequelle mit einer kleinen Station und bei der schwächeren mit einem sich bewegenden Lebewesen zu tun hatte.

Ein Mensch?

Hotrenor-Taak hatte beim Anflug alle Informationen über dieses System abgerufen. Sie besagten lediglich, dass die Sonne Faynroith hieß und in einer Turbulenzzone lag. Stützpunkte oder eine Besiedlung waren nicht verzeichnet.

In der Vergrößerung erblickte der Lare eine humanoide Gestalt im Schutzanzug. Sie bewegte sich taumelnd über das Eis auf die GORSELL zu. Zweifellos befand sich dieses Wesen in Not.

Hotrenor-Taak schloss seine Raumkombination, forderte vom Servoteil des Rechners einen SVE-Gleiter an und flog wenig später auf die taumelnde Gestalt zu. Er hatte sie noch nicht erreicht, als sie auf die Knie sank. Als sie den Kopf hob, sah der Lare hinter dem Panzertroplon des Klarsichthelms ein schmales, braunhäutiges und faltiges Gesicht und einen eiförmigen Schädel mit Stacheln statt Haaren. Der Fremde hob die Hände, als wollte er beten, dann sackte er haltlos zusammen.

Hotrenor-Taak setzte den Gleiter auf, sprang hinaus, hob die erstaunlich leichtgewichtige Gestalt auf seine Arme und stieg in den Gleiter zurück.

Ein Schwall kalter Luft schlug ihm entgegen, als er den Druckhelm des Fremden öffnete. Die Anzugheizung musste schon vor längerer Zeit ausgefallen sein. Doch immerhin atmete der Mann, wenn auch schwach. Sein Stoffwechsel war durch die Kälte stark herabgesetzt.

Der Lare steuerte den Gleiter in die GORSELL zurück und brachte den Bewusstlosen in die Krankenstation. Egal, ob Mensch, Ara, Arkonide oder Akone, der Mann war ein Lemurerabkömmling – und alle Lemurerabkömmlinge besaßen trotz gewisser Modifikationen und Mutationen weitgehende metabolische Übereinstimmungen, sodass sie bei fast allen Krankheits- oder Notzuständen auf die gleichen Mittel ansprachen.

Pyon Arzachena sah die gelben Lippen und das aus schlangenartigen Haaren geformte Nest auf dem mächtigen Schädel, und ihm wurde klar, dass nicht ein Mensch ihn gerettet hatte, sondern ein Lare. Oder vielleicht ein Molekülverformer, der die Gestalt eines Laren angenommen hatte?

Seit dem Abzug der Larenflotte war in inoffiziellen Verlautbarungen oft über die neue Gefahr geredet worden, die von Intelligenzen drohte, die jedes beliebige Aussehen annehmen konnten. Wenn man den Gerüchten glauben wollte, waren Molekülverformer dabei, heimlich die Nachfolge der Laren anzutreten.

»Sie sind in Sicherheit«, sagte der Fremde auf Interkosmo.

Pyon vermisste die namentliche Vorstellung. Doch er hatte schon Zeit gehabt, das Gesicht seines Retters genauer zu mustern – und er war sicher, dass es die Züge von Hotrenor-Taak trug. Seine Sicherheit kam von zahllosen Trividsendungen, in denen der Verkünder der Hetosonen aufgetreten war. Damals war er noch Herr der Milchstraße gewesen. Heute war er es nicht mehr. Genauer gesagt, es war nicht einzusehen, was Hotrenor-Taak hier auf dieser gottverlassenen Eiswelt machte, zumal seine Flotte aus der Milchstraße verschwunden war.

Pyon Arzachena war plötzlich überzeugt, keineswegs den Verkünder der Hetosonen vor sich zu haben, sondern einen Molekülverformer. Er erkannte auch die Gefahr, die in dieser Erkenntnis lag. Der Molekülverformer konnte nicht daran interessiert sein, entlarvt zu werden. Wenn er nur vermutete, dass Arzachena ihn durchschaute, würde er ihn zweifellos beseitigen.

Pyon würde also Theater spielen müssen – und mit einem Mal machte ihm die Sache Spaß. Er hatte zeit seines Lebens nichts lieber getan, als sich vor anderen zu verstellen, bis sie ihn unterschätzten. Er verzog sein Gesicht zu einem verschmitzten Lächeln, dann sagte er einfältig: »Wenn mich nicht alles täuscht, sind Sie Hotrenor-Taak.«

»Das stimmt«, erwiderte sein Retter ernst.

Dieses Eingeständnis sprach nach Pyons Auffassung deutlich dafür, dass er es mit einem Molekülverformer zu tun hatte, denn der echte Hotrenor-Taak hätte seine Identität niemals freiwillig preisgegeben.

»Sie haben mir das Leben gerettet, Hotrenor-Taak. Damit stehe ich in Ihrer Schuld.«

Der Prospektor verstand allerdings nicht, weshalb ein Molekülverformer sich so viel Mühe mit ihm machte. Oder waren diese Wesen gar nicht die Teufel, als die fast alle Medien sie geschildert hatten?

»Sie sind erstaunt, mich hier zu sehen, das merke ich Ihnen an«, sagte der Molekülverformer. »Wahrscheinlich sind Sie schon so lange hier, dass Sie gar nicht wissen, dass ich nicht mit meiner Flotte durch das Black Hole gegangen, sondern in der Milchstraße geblieben bin.«

»Davon hatte ich keine Ahnung, Sir«, erwiderte Pyon. »Ich habe hier nach Howalgonium gesucht. Mein Name ist übrigens Pyon Kaktus Arzachena.«

»Sehr erfreut«, sagte der Molekülverformer. »Und, haben Sie Howalgonium gefunden? Nennen Sie mich übrigens nicht ›Sir‹, sondern einfach Taak.«

Arzachena nickte. »Sogar tonnenweise gediegenes Ynkelonium.«

Kaum war es heraus, hätte Pyon seine Worte am liebsten zurückgeholt. Er begriff nicht, wie er seinen unermesslich kostbaren Schatz hatte verraten können.

»Das ist hochinteressant«, bemerkte der Molekülverformer. »Aber um klarzustellen, wie Sie mich einzustufen haben, verrate ich Ihnen, dass die Terraner darauf verzichtet haben, sich an mir für das zu rächen, was ich ihnen als Beauftragter des Konzils angetan habe. Mein Refugium ist zurzeit die Dunkelwolke Provcon-Faust, die ich als Verkünder über ein Jahrhundert lang vergeblich suchte. Die früheren Rebellen unter Roctin-Par haben mich aufgenommen – und ich komme gerade von einem Einsatz zurück, den ich im Interesse der Terraner und der Freien Laren durchführte.«

Pyon Arzachena hatte nur mit halbem Ohr zugehört. Er war so fest davon überzeugt, einen Molekülverformer vor sich zu haben und früher oder später wegen des Ynkeloniums umgebracht zu werden, dass er nur noch darauf sann, wie er sein Leben retten könne. Er trat dichter an den Molekülverformer heran – und dann riss er dessen Strahlwaffe aus dem Gürtelholster, zielte damit auf den Molekülverformer und wich zwei Schritte zurück.

»Ich w... w... will d... d... dich so s... se... he... hen, w... w... wie d... d... du wi... wiwi... wirklich b... bibi... bist!« Er stotterte vor Aufregung.

Sein Gegenüber blickte ihn erstaunt an. »Was soll das heißen, Mr. Arzachena?«, fragte er. »Für wen halten Sie mich?«

Der Prospektor schluckte. »Für einen Mo... Momo... Molekülverformer«, erwiderte er und fuchtelte mit der Waffe herum. »Ich drücke ab, wenn Sie nicht ma... machen, was ich sage.«

»Für einen Molekülverformer?«, wiederholte sein Retter. »Ich habe einmal eine vage Mitteilung über Molekülverformer gehört, aber ihr keine Beachtung geschenkt. Gerüchte wie diese kursieren stets in unruhigen Zeiten. Sind Sie sicher, dass es solche Wesen gibt?«

Pyons Blick bekam etwas Gehetztes; die Waffe in seiner Hand zitterte. »Natürlich!«, krächzte er. »Sie sind einer!«

»Unsinn!«, erwiderte sein Gegenüber. »Aber die Sache interessiert mich. Erzählen Sie mir mehr über die Molekülverformer!«

Pyon Arzachena sah, dass der falsche Lare auf ihn zukam, und er betätigte den Auslöser der Waffe. Er drückte den Finger wieder und wieder auf den Sensor, aber nichts geschah, außer dass sein Gegenüber ihn erreichte und ihm mühelos die Waffe abnahm.

Anstatt nun auf ihn zu schießen, steckte der Molekülverformer die Waffe ins Holster zurück. »Der Strahler funktioniert nur bei Empfang meiner Zellaura – und die kann er nur aus wenigen Zentimetern Entfernung registrieren. Es tut mir leid, wenn ich Sie geängstigt habe, aber ich bin wirklich kein Molekülverformer.«

Mehr noch als die Worte überzeugte Arzachena das friedfertige Verhalten Hotrenor-Taaks, dass er tatsächlich keinen Molekülverformer vor sich hatte.

»Ich bin viel herumgekommen und habe eine Menge über die Gys-Voolbeerah gehört«, sagte er. »Wenn Sie daran interessiert sind, erzähle ich Ihnen, was sie zuletzt auf dem Planeten Olymp getrieben haben.«

Infiltration

»Alles Licht für Tba!«, sagte Nchr. »Funkabhörpatrouille meldet sich zurück, Bruder Baikwietel. Wir haben viele interessante Informationen aufgefangen.«

»Schleust euch ein!«, erwiderte Baikwietel. »Wir treffen uns in der Zentrale.«

Nchr schaute auf die Ortungssilhouette des birnenförmigen Raumschiffs, das Baikwietels Gruppe bei den Gurrads eingetauscht hatte. Nach dem tragischen Tod von Cloibnitzer und Kubvergion war Baikwietel zum Sprecher aller Delegationen geworden.

Nach dem routinemäßigen Manöver begaben sich Nchr und Orghoriet in die Kommandozentrale des ehemaligen Gurrad-Raumers. Dort waren neben der Besatzung bereits Vertreter aller anderen Delegationen anwesend.

Nach dem Austausch der üblichen Höflichkeitsfloskeln rückten die Delegierten zusammen. Nchr setzte sich auf die Abdeckplatte eines Pults und sagte: »Wie erwartet, gibt es in der Galaxis einen ständig zunehmenden Hyperfunkverkehr. Alles scheint im Aufbruch begriffen zu sein. Aber der Schein trügt. Obwohl die Terraner auf die Wiedererrichtung ihres Solaren Imperiums verzichtet haben und es immer noch die GAVÖK als übergeordnete Institution aller Sternenvölker gibt, geht der Entwicklungstrend unaufhaltsam auf die Wiederherstellung der vorkonzilischen Machtgruppen hinaus.

Allerdings beteiligt sich die Regierung der Liga Freier Terraner nicht an diesem Unsinn. Sie baut keine mächtige Raumflotte wieder auf und macht sich sogar von einem relativ leicht verwundbaren Planeten wie Olymp wirtschaftlich abhängig.«

Er schwieg – und die anderen Gys-Voolbeerah, ob sie nun menschliche Gestalt angenommen hatten oder als Gurrads, Posbis und Laren erschienen waren, sagten nichts. Der Name Olymp war für alle mit einer schrecklichen Tragödie verbunden.

Sie waren in den Raum hinter dem Nichts geflogen, wo die in der Milchstraße beheimateten Gys-Voolbeerah einen kleinen Stützpunkt besaßen. Dies war ein absolut sicheres Versteck, denn nur, wer den Schlüssel zu dem sechsdimensionalen Tor besaß, konnte den Raum hinter dem Nichts betreten. Und diesen Schlüssel, einen transparenten Stab von einem Viertelmeter Durchmesser und drei Metern Länge, in dem manchmal Lichtpunkte gleich fernen Sternen aufleuchteten, besaßen nur die Gys-Voolbeerah der Milchstraße.

Nchr gab weitere Informationen.

»Die Terraner planen eine große Unternehmung. Es handelt sich um die Expedition in eine weit entfernte Galaxie, in der nach einem rätselhaften Objekt gesucht werden soll. Eigens für diese Expedition haben entweder die Terraner selbst oder ihr Mondgehirn NATHAN die BASIS geschaffen, ein gigantisches Zwischending von Raumschiff, Flottentender und Trägerschiff.« Er hob die Stimme. »Die Masse der BASIS soll eine Milliarde Tonnen betragen!«

Die Zuhörer staunten.

»Was sagen die Mitglieder der GAVÖK dazu?«, warf Baikwietel ein. »Es muss ihren Argwohn erregen, wenn die Terraner ein monströses Raumfahrzeug bauen, das sicher schwer bewaffnet ist.«

»Die BASIS soll sogar eine völlig neue Waffe besitzen«, sagte Orghoriet.

»Die anderen Völker werden argwöhnen, dass Terra die BASIS zur Durchsetzung egoistischer Ansprüche einsetzen will«, bemerkte Ytter, ein Milchstraßen-Gys-Voolbeerah.

»Das ist richtig«, bestätigte Nchr. »Die Terraner haben jedoch klugerweise vorgebeugt, indem sie der GAVÖK gestatten, eine gemischte Kommission zur BASIS zu schicken, die sich davon überzeugen soll, dass die BASIS kein Machtinstrument zur Unterdrückung anderer ist.«

»So werden sie niemanden überzeugen können«, sagte Baikwietel. »Wenn die BASIS in der Lage ist, den Terranern die strategische und taktische Raumüberlegenheit zu erkämpfen, dann könnte sie eines Tages auch dafür verwendet werden. Ich halte es übrigens für sinnlose Materialverschwendung, dass die Terraner einen Giganten wie die BASIS benutzen wollen, um einem vagen Ziel nachzujagen. Wenn ich mir überlege, dass wir die BASIS zur Wiederauffindung des Tba einsetzen könnten ...«

»Vielleicht können wir das wirklich«, ergänzte Nchr. »Orghoriet und ich haben nämlich erfahren, wer zu der GAVÖK-Kommission gehört und wo sich die Mitglieder treffen, um gemeinsam ins Solsystem zu fliegen. Wenn wir nicht zögern, müsste es uns gelingen, die Kommissionsmitglieder Pedar von Margulien und Seterc zu kopieren und zwei von uns zum Treffpunkt zu schicken.«

Nchr war dazu ausersehen worden, den Akonen Pedar von Margulien zu überwältigen, dessen Bewusstsein abzutasten und dessen Gestalt anzunehmen.

Der Gys-Voolbeerah hielt die humanoide Gestalt mit dem schulterlangen tiefschwarzen Haar und der samtbraunen Haut weder für schön noch für hässlich. Darauf kam es ihm auch gar nicht an. Wichtig war nur, dass sie gewisse Zweckmäßigkeitsbedingungen erfüllte. Ansonsten bedauerte er alle Lebewesen, die dazu verurteilt waren, ihr Leben lang ein- und dieselbe Gestalt zu besitzen.

Nchr geriet ins Grübeln. Er fragte sich, warum er nicht hin und wieder seine Grundform annahm – beispielsweise, um sich zu entspannen.

Eisiger Schreck durchfuhr ihn. Wie hatte er nur so etwas denken können? Diese Überlegungen galten als tabu bei den Gys-Voolbeerah.

Aber warum?, fragte er sich. Weil die Grundgestalt in Vergessenheit geraten war, sodass sie nicht mehr hervorgebracht werden konnte? Hieß es nicht, dass jeder Angehörige des Alten Volkes, der über die Kraft des Motuul verfügte, jederzeit und ohne bewusstes Dazutun seine Grundgestalt annehmen konnte, und dass der bloße Wille, dies zu tun, die Verwandlung bewirkte?

Trotzdem tat es niemand.

Gab es vielleicht gar keine Grundgestalt? Nchr schüttelte diese Gedanken entsetzt von sich ab. So etwas durfte er nie wieder denken, wenn er sich nicht in eine Lage bringen wollte, in der er gezwungen sein würde, die Probe aufs Exempel zu machen oder seine eigene Existenz auszulöschen.

Er ging in die Kommandozentrale des Gurrad-Raumschiffs zurück, um sich für den Einsatz beim Sprecher der Delegationen abzumelden.

Als sich das Hauptschott vor ihm öffnete, stutzte Nchr. Doch sofort wurde ihm bewusst, dass der Blue, der neben Baikwietel stand, nur Ytter sein konnte. Ytter war dazu bestimmt worden war, die Rolle des Kommissionsmitglieds Seterc zuspielen.

Der zirka zwei Meter große, aber dennoch zart wirkende Blue mit dem dreißig Zentimeter langen schlanken Hals und dem blassrosa Tellerkopf blickte ihn mit einem Augenpaar an und sagte zirpend und zwitschernd auf Interkosmo: »Die weiße Kreatur der Wahrheit soll deinen Geist erleuchten, Bruder Pedar von Margulien!«

Verblüfft starrte Nchr die persönlichkeitsneutrale Kopie eines Blues an.

»Hat die gelbe Kreatur der Lüge deine Zunge gelähmt, Akone?«, flötete der falsche Seterc.

»Ausgezeichnet«, erwiderte Nchr. »Niemand wird dich durchschauen, Ytter.«

»Dich wird auch niemand durchschauen, Bruder Nchr«, erklärte Baikwietel ernst. »Nach unserer Niederlage auf Olymp können wir uns eine zweite Schlappe nicht mehr leisten. Wer würde uns dann noch fürchten?«

»Ich werde mir die größte Mühe geben, Bruder Baikwietel«, versprach Nchr.

Während Nchr im Raumanzug den Planeten umkreiste, landete Ytter-Seterc mit einem alten Blues-Raumschiff, das die Gys-Voolbeerah vor einiger Zeit aus einem akonischen Museum entwendet hatten.

Kaum hatte der flache Diskus aufgesetzt, näherte sich ihm ein kleines Kettenfahrzeug. Vor dem Blues-Raumschiff hielt es an. Das Mannschott öffnete sich, aber niemand stieg aus.

Ytter – in der Gestalt eines Blues, aber nicht in der Nachahmung von Seterc – rührte sich nicht. Er konnte nur hoffen, dass dem Akonen die originalen Hirnschwingungsimpulse Setercs nicht bekannt waren.

Ansonsten sollte alles nach Plan verlaufen. Der Planet Kowo-NJ-34 war ein alter Kontaktplanet zwischen Blues und Akonen. Die spärlichen technischen Einrichtungen stammten noch aus der Zeit, als Krieg zwischen Blues und Menschen herrschte und die Akonen die Blues mit Waffen belieferten, um sie von einem Friedensschluss mit Terra abzuhalten.

Hier hatten sich Pedar von Margulien und Seterc tatsächlich treffen wollen, sodass der Akone keinen Verdacht schöpfen konnte. Die in der Milchstraße beheimateten Gys-Voolbeerah, zu denen Ytter gehörte, kannten die Mentalität der Akonen gut genug, um zu wissen, dass jenes Menschenvolk grundsätzlich immer argwöhnisch war.

Ytter rechnete also damit, dass Pedar von Margulien ihn auf die Probe stellte. Der Trick mit dem Kettenfahrzeug war wohl eine solche Prüfung, denn das offene Mannschott hätte jedes andere Wesen als einen Blues dazu verleitet, nachzusehen, warum der Insasse das Fahrzeug nicht verließ. Ein Blue würde niemals so handeln, weil sein Aberglaube und sein Fatalismus es nicht zuließen.

Da der Gys-Voolbeerah damit rechnete, dass der Akone sich mit einer Überraschung technischer Art in Szene setzte, musterte er alle Ortungsanzeigen mit erhöhter Aufmerksamkeit, besonders die Energieortung. Er war enttäuscht, als er nach einer Stunde immer noch nichts feststellen konnte.

Verblüfft sah er dann, wie ein in eine Raumkombination gekleidetes humanoides Wesen an einem überdimensionalen terranischen Kinderdrachen durch die Luft gesegelt kam und wenige Meter neben dem Raumschiff landete.

Der Akone löste sich von dem Rahmen des Flugdrachens, stieß das Fluggerät zur Seite und kam auf das Diskusschiff zu. »Öffnen Sie die Schleuse, Gyüeh-Imr-Seterc!«, sagte der Akone auf Interkosmo.

Der Gys-Voolbeerah war verblüfft. Er hatte nicht gewusst, dass der Blue, dessen Rolle er übernehmen wollte, nicht nur Seterc hieß, sondern einen längeren Namen hatte. Allerdings war er mit der akonischen Mentalität sehr gut vertraut. Deshalb ahnte er, dass Pedar von Margulien den vollen Namen des Blues nicht grundlos genannt hatte. Wahrscheinlich gehörte das zu seinen Tests, mit denen er die Identität des Besuchers prüfen wollte.

Nur wusste Ytter nicht, wie ein Blue auf die Nennung seines vollständigen Namens reagieren würde. Er wusste lediglich, dass Blues nur mit ihrem letzten Namen angesprochen wurden. Das musste es sein! Ytter öffnete die Schleuse und schaltete die Außenlautsprecher ein.

»Die rote Kreatur der Umständlichkeit spricht aus dir, Pedar von Margulien«, sagte er. »Es genügt, wenn du mich Seterc nennst.«

Der Akone lachte leise und kam an Bord. Als er die Steuerkanzel erreichte, nickte er dem vermeintlichen Blue zu. »Entschuldige, dass ich dich prüfte, bevor ich an Bord kam, aber man hört so einiges über Molekülverformer.«

Ytter erschrak, überwand seinen Schreck jedoch schnell und empfand die Situation danach sogar als pikant. »Wir Blues hörten auch davon«, erwiderte er. »Aber bisher haben sie sich nur für die Terraner interessiert. Solange sie uns weiterhin unterschätzen, haben wir wohl nichts zu befürchten.«

Pedar von Margulien machte eine zustimmende Geste und setzte sich in einen Kontursessel, danach hob er die rechte Hand, in der er ein dünnes stabförmiges Gerät hielt. »Das ist übrigens ein Mentalspürer, der mir sofort verraten hätte, wenn sich an Bord dieses Schiffes mehr als eine Person befände.«

»Und was hättest du in einem solchen Fall getan?«, fragte Ytter.

»Ich hätte mich dumm gestellt und im Schiff eine Druckflasche geöffnet, in der sich Viren befinden, die bei ihren Opfern totale Amnesie bewirken.«

»Dann ist es gut, dass du nicht mehr dazu kommen wirst«, sagte Ytter und berührte einen Sensorpunkt an seinem Steuerpult. Aus der Rückenlehne des Sessels, in dem der Akone saß, schob sich ein Hochdruck-Injektionskopf und jagte dem Akonen ein Betäubungsmittel in die Blutbahn.

»Alles Gute, Pedar von Margulien!«, sagte Ytter. »Die schwarze Kreatur des Frohsinns möge dein Gefährte sein.«

Er versetzte dem mit einem Raumanzug bekleideten Akonen einen kräftigen Stoß, der ihn aus der Schleusenkammer des Blues-Raumschiffs beförderte. In hundert Metern Entfernung wartete die CHCHAN-PCHUR, jenes ungefähr pyramidenförmige Raumschiff aus glasartigem roten Material mit den grazil wirkenden Auswüchsen, das von der Gruppe der Gys-Voolbeerah aus der Galaxie NGC 628 mitgebracht worden war.

Pedar von Margulien segelte durch das Vakuum hinüber und wurde in der gegenüberliegenden Schleuse von drei Gys-Voolbeerah aufgefangen, die zu Nchrs Delegation gehörten und Posbis kopierten.

»Was habt ihr mit mir vor?«, hörte Ytter die Stimme des Akonen im Helmfunk.

»Keine Sorge«, antwortete Ytter-Seterc. »Du wirst gut aufbewahrt, bis unser Einsatz beendet ist. Vergiss die Märchen von den Ungeheuern, die ihre Gefangenen fressen, und vertraue auf die weiße Kreatur der Wahrheit.«

Er schloss das Außenschott und ging in die Kommandozentrale zurück, wo Nchr ihn in der Gestalt des Akonen erwartete. Nchr hatte, nachdem der echte Pedar von Margulien aus seiner Betäubung erwacht war, organisches Gas auf ihn gesprüht und dann durch die Anwendung des Motuul aus der Prä-Kopie eine totale Kopie des Akonen angefertigt.

Ytter-Seterc setzte sich vor die Hauptkontrollen und beschleunigte das Schiff. Er war froh, dass die Übernahme des Akonen auf die CHCHAN-PCHUR ohne Störungen abgelaufen war.

Nach einer Linearetappe von elf Stunden Dauer fielen die beiden Raumschiffe ins normale Raum-Zeit-Kontinuum zurück. Sie befanden sich am Rand des Zielsystems. In der Nähe driftete ein riesiger Komet ins System hinein. Die CHCHAN-PCHUR nutzte die Gelegenheit und ging hinter dem Kometenkopf in Ortungsdeckung.

Der Blues-Diskusraumer aber flog weiter und landete auf dem einzigen Mond eines der Planeten. Ytter als Milchstraßen-MV wusste, dass der Mond Aladin und der Planet Last Port hießen. Und die Delegierten aus vier Galaxien hatten die neuesten Informationen über Last

Port von den Laren-MV erhalten, die es mit ihrem SVE-Raumer gerade noch nach Last Port geschafft hatten und von dort mit dem alten Schiff Guy Nelsons nach Olymp geflogen waren. Auf Last Port lebte niemand mehr.

Nchr-Pedar von Margulien stieg aus, nachdem er seinen Raumanzug geschlossen hatte. Der Eingang zur Transmitterstation war nicht versperrt. Da die Aggregate so gebaut waren, dass sie sogar Jahrtausende ohne Wartung überstanden, hatte der Gys-Voolbeerah den Transmitter innerhalb weniger Minuten aktiviert und auf die Gegenstation auf Latos justiert.

Im roten Warnkreis der Bergstation auf Latos rematerialisierte er. Als Erstes sah er ein ehernes Schild, auf das sowohl auf Latosisch als auch auf Altterranisch ein Satz der Bluessprache stand. Iriilüy weiüya zigüylüy! Dahinter war vermerkt, dass der geschichtsträchtige Ausspruch von dem Terraner Guy Nelson stammen sollte, der einst Frieden zwischen Blues und Terranern gestiftet hatte.

Bevor Nchr darüber nachdenken konnte, tauchte am Eingang der Station der echte Gyüeh-Imr-Seterc auf. Nchr hob das Messgerät des Akonen und schaltete es ein.

»Die weiße Kreatur der Wahrheit wird mir verzeihen, dass ich vorsichtig bin«, erklärte er, während er vor unterdrückter Heiterkeit innerlich bebte. »Aber in der letzten Zeit ist soviel von Molekülverformern geredet worden, die wichtige Vertreter galaktischer Völker beiseiteschafften und danach kopierten, dass ich mich vergewissern muss, ob du du bist, Gyüeh-Imr-Seterc.«

Der Blue reckte den Hals, als er sich indirekt als wichtigen Vertreter eines galaktischen Volkes genannt hörte. »Die weiße Kreatur der Wahrheit ist meine Zeugin, dass ich der echte Gyüeh-Imr-Seterc bin. Aber du weißt, dass du mich nur Seterc zu nennen brauchst, Pedar von Margulien.«

»Ich weiß es«, sagte der Gys-Voolbeerah. »Und du nenne mich bitte nur Pedar. Bist du bereit, mit mir zu kommen?«

»Ich bin bereit«, erwiderte der Blue.

Zwei Blues in rosa Overalls und schwarzen Wadenstiefeln eilten heran und stellten zwei Schrankkoffer terranischer Produktion in den roten Warnkreis.

Kurz darauf materialisierten die beiden Wesen und das Gepäck in der Transmitterstation auf Aladin.

»Noch ein Blue!«, rief Seterc verwundert, als er die persönlichkeitsneutrale und ihm daher nicht gleichende Kopie Ytters erblickte.

»Leider einer zu viel für die BASIS«, erwiderte Ytter und öffnete zwei Körperhöhlen, damit das unter Druck angesammelte Gas in zwei haarfeinen Strahlen frei wurde.

Innerhalb eines Sekundenbruchteils war Seterc wehrlos. Er hörte und sah nichts mehr von dem, was um ihn herum vorging. Aber sein Gehirn funktionierte noch weiter; es war dem Gys-Voolbeerah möglich, alle für seinen Einsatz als Blue erforderlichen Informationen daraus abzurufen.

25.

Jäger der Verformten

»Also Olymp!«, rief Hotrenor-Taak. »Aber Anson Argyris hat sie bestimmt ausnahmslos vertrieben. Ich erinnere mich noch sehr genau daran, wie ich versuchte, den Kaiser der Freifahrer in seinem subplanetarischen Labyrinth auszuräuchern.«

»Wollten Sie ihn umbringen, Taak?«, fragte Pyon Arzachena grimmig.

Der Lare schüttelte in menschlicher Gebärde den Kopf. »Ich habe ihn niemals umbringen wollen, Pyon. Das haben später die Überschweren versucht, weil er ihnen ein Dorn im Auge war. Mir ging es darum, ihn aus seinem Bau zu jagen und ihn zu zwingen, sich meine Argumente für eine Kooperation zwischen uns beiden anzuhören. Argyris ist zwar nicht das Genie wie Perry Rhodan, aber er lässt sich auch weniger von Gefühlen leiten als der frühere Großadministrator und ehemalige Erste Hetran der Milchstraße. Zwischen Argyris und mir wäre es sicher zu einer nüchternen Zusammenarbeit im beiderseitigen Interesse gekommen.«

Der alte Prospektor musterte den Laren aufmerksam, dann nickte er. »Ich glaube Ihnen, Taak. Jedenfalls glaube ich Ihnen, dass Sie den guten Willen hatten, mit den mächtigsten Sternenvölkern der Milchstraße zusammenzuarbeiten. Sie sind nur von falschen Voraussetzungen ausgegangen, weil Sie unter Zusammenarbeit verstanden, dass Ihre Partner Ihre Geschäfte erledigten, dass aber umgekehrt Ihre Entscheidungen unantastbar waren.«

Hotrenor-Taak hob die Hände und ließ sie in einer resignierenden Geste wieder fallen.

»Anfangs glaubte ich, die wissenschaftliche und technische Überlegenheit des Konzils würde von allen weniger entwickelten Sternenvölkern akzeptiert«, sagte er müde. »Das ursprüngliche Ziel des Konzils war es doch, die Völker der Milchstraße zu vereinen und als Union in die Partnerschaft des Konzils aufzunehmen. Nur dieser verdammte dumme Stolz der in ihre Waffen vernarrten Flottenkommandeure und der Egoismus von Billiarden Individualisten sind schuld daran, dass alle guten Voraussetzungen in Scherben fielen.«

»Da ist etwas Wahres daran«, bestätigte der Prospektor. »Hätten Sie

Erfolg gehabt, würden Sie heute als der Mann gefeiert werden, der die Milchstraße geeint und ihr den Frieden gebracht hat. Aber Sie haben es nicht geschafft – und ich glaube, dass Ihr Hochmut daran schuld war. Sie hätten Perry Rhodan als gleichberechtigten Partner behandeln sollen. Statt dessen haben Sie versucht, ihn in die Rolle eines Befehlsempfängers zu pressen.« Er zuckte mit den Schultern. »Hinterher ist man allemal klüger als zuvor. Streiten wir also nicht darüber. Ich kenne das Anfangsstadium der Okkupation sowieso nicht aus eigener Anschauung. Meine Eltern flüchteten von einer Siedlungswelt zur geheimen USO-Außenstation ARKO-VII. Dort wurde ich geboren und erzogen – und dort studierte ich Kosmogeologie.«

Pyon lächelte. »Wissen Sie, warum ich Kosmogeologie studierte, Taak? Weil ich von den Abenteuern eines Marsianers gelesen hatte, der ebenfalls Kosmogeologe war!«

»Sie meinen Tatcher a Hainu?« Der Lare blickte den alten Prospektor nachdenklich an. »Wohin darf ich Sie bringen, Pyon? Oder wollen Sie hier bleiben? Ich könnte Ihnen die nötige Ausrüstung verschaffen.«

Pyon Arzachena schüttelte den Kopf. »Ich weiß nicht, wohin ich gehen soll, aber hier möchte ich auch nicht bleiben. Ich habe gefunden, wonach ich suchte. Wahrscheinlich wird man mich um die Früchte meiner Arbeit bringen oder mit einer minimalen Abfindung abspeisen. Das bin ich gewohnt. Setzen Sie mich einfach auf dem nächsten halbwegs zivilisierten Planeten ab, auf dem Sie landen.«

»Das wäre Olymp.« Hotrenor-Taak seufzte. »Ich brauche etwas, das meinem Leben einen Sinn gibt. Warum also soll ich nicht versuchen, von Anson Argyris mehr über die Molekülverformer zu erfahren und nach ihnen zu suchen. Diese Wesen interessieren mich – und vielleicht finde ich eines Tages Überreste ihres Tba. Aber ein Mann zwischen den Sternen ist einsam ohne Weggefährten. Ich als Außenseiter passe nicht in ein Team. Sie, Pyon, sind ebenfalls ein Außenseiter. Warum schließen Sie sich nicht mir an – als Partner bei der Suche nach den Molekülverformern, solange es uns beiden gefällt?« Der Lare streckte dem Prospektor die Hand hin.

Pyon Arzachena wirkte erst argwöhnisch, dann hellte sich seine Miene langsam auf – und schließlich strahlte er übers ganze Gesicht. Sorgfältig wischte er sich die Hände ab, schließlich ergriff er Hotrenor-Taaks Rechte.

»Mit Ihnen werden meine letzten Jahre noch ein wenig Glanz bekommen«, sagte er freudig erregt.

»Raumschiff CARRIE an Raumkontrolle Olymp! Zweiter Pilot Pyon Arzachena bittet um Landeerlaubnis!«

Der Prospektor wölbte die Brust, als er sich als Zweiten Piloten eines

SVE-Raumers bezeichnete. Im Funkholo erschien das Konterfei eines grauhaarigen Mannes.

»Pyon Kaktus Arzachena?«

»Genau der, junger Freund! Aber wer sind Sie, dass Sie mich kennen?«

Der Grauhaarige verzog ärgerlich die Mundwinkel. »Ich bin nicht Ihr junger Freund, obwohl ich sicher nicht so alt bin wie Sie, Mister Arzachena. Mein Name ist Piontek, Vorname Alfred. Ich kenne Sie nicht persönlich, aber ich habe genug von Ihnen gehört.« Er hob die Stimme. »Und darum kann ich nicht glauben, dass ein vergammeltes Schlitzohr wie Sie Zweiter Pilot eines SVE-Raumers sein soll. Wahrscheinlich werden Sie von der Besatzung als Putzhilfe beschäftigt und sind zufällig allein in der Steuerzentrale.«

Hotrenor-Taak trat in den Aufnahmebereich. »Mister Arzachena ist keineswegs allein – und er ist mein Partner und der Zweite Pilot dieses Schiffes, das die Namen CARRIE und GORSELL abwechselnd trägt«, sagte er energisch, denn Pionteks abfälliger Ton ärgerte ihn.

Piontek war beim Anblick des Laren blass geworden. »Hotrenor-Taak!«, stieß er wie eine Verwünschung hervor. »Der Blutsauger der Galaxis!« Er griff zur Seite – und bis in den SVE-Raumer war das Heulen des Alarms zu hören.

»Ich lasse Ihr Schiff abschießen, Lare!«, rief Piontek.

»Das wirst du bleiben lassen, Dummkopf!«, fiel eine weibliche Altstimme ein.

Eine ältere, von einem Dienstroboter begleitete Frau tauchte in der Wiedergabe auf. Ihr zu stark geschminktes Gesicht sah aus, als kaute sie auf grünen Zitronen herum.

»Carrie!«, flüsterte Pyon Arzachena erschrocken. »Carrie Piontek?«, fügte er ungläubig hinzu.

Alfred Piontek schnappte nach Luft. »Ich lasse das Schiff abschießen, Linchen«, erklärte er kraftlos. »Der ehemalige Verkünder der Hetosonen ist an Bord.«

»Hotrenor-Taak interessiert mich nicht«, entgegnete die Frau. »Aber du wirst das Schiff nicht abschießen lassen, denn dieser Bursche da, Pyon ›Kaktus‹ Arzachena, soll nur landen. Mit ihm habe ich ein Hühnchen zu rupfen.«

Der Alarm verstummte. In das Holo wurde das Bild eines derb-gesichtigen Mannes mit schwarzem Haar und mächtigem Kräuselbart eingeblendet.

»Argyris spricht! Ich habe erfahren, dass ein SVE-Raumer Olymp anfliegt. Aus welchem Grund haben Sie Feindalarm gegeben, Raumkontrolleur Piontek? Wir können keine Leute brauchen, die hysterisch reagieren und die Sicherheit des Planeten gefährden. An Hotrenor-Taak!

Ich habe den Alarm abblasen lassen. Weshalb wünschen Sie Landeerlaubnis?«

»Zuerst einmal: Ich bin nicht als Privatperson unterwegs, Majestät«, erklärte Hotrenor-Taak ruhig. »Die CARRIE ist ein Schiff der Provconer – und Roctin-Par hat mich beauftragt, nach neuen Energiequellen für die SVE-Raumer der Provconer zu suchen.«

»Trotzdem finde ich es unverfroren, Landeerlaubnis für den Planeten zu erbitten, der mit am schwersten unter der Last der Konzilsherrschaft gelitten hat«, sagte der Freifahrerkaiser.

»Ich bedauere, was Olymp und den Freifahrern von meinen Leuten und von den Überschweren zugefügt worden ist.«

»Reuige Sünder werden nicht immer brave Kinder«, sagte Argyris ironisch. »Bleiben Sie vorerst in der Umlaufbahn, die Ihnen zugewiesen wird.«

Das Abbild des Kaisers verschwand.

»Wollen wir nicht lieber weiterfliegen, anstatt darauf zu warten, dass diese ungastliche Bande uns fortschickt?« raunte der Prospektor dem Laren zu.

Hotrenor-Taak lächelte süffisant. »Sie fürchten sich vor einer direkten Begegnung mit den beiden«, stellte er fest. »Die Frau heißt Carrie, wie? Deshalb haben Sie mich gebeten, das Schiff CARRIE zu taufen. Aber früher war sie gewiss hübscher und verträglicher als heute, oder? Und warum nannte Piontek sie Linchen?«

»Carrie ist nur der Rufname für Linchen.« Pyon Arzachena seufzte tief. »Als ich sie kennenlernte, war sie das hübscheste Mädchen von Cronachs Planet – und ich war damals auch noch nicht so vergammelt wie heute. Wir liebten uns wahnsinnig, das halbe Jahr lang, das ich auf Cronachs Planet war. Aber ich konnte nicht bleiben, ich bin Prospektor aus Leidenschaft. Es tat mir damals sehr weh, dass ich Carrie sitzenließ.« Er grinste. »Heute bin ich froh darüber – und ich gönne Carrie diesem ... diesem Kontrolleur.«

Anson Argyris meldete sich bereits wieder. »Sie haben Landeerlaubnis, Hotrenor-Taak. Aber ich erwarte, dass Sie bis morgen einreichen, welche Orte auf Olymp Sie aufzusuchen gedenken. Ende!«

»Man sieht uns nicht gern auf Olymp«, kommentierte Arzachena. »Wo bleibt Ihr Stolz?«

»Meinen Stolz habe ich tief in meiner Seele vergraben, als ich beschloss, in der Milchstraße zu bleiben«, sagte Hotrenor-Taak.

Der Lare verzog keine Miene, als sich dem SVE-Raumer fünf Jäger auf Kollisionskurs näherten. Er hatte es nicht anders erwartet. Schließlich war er vom Leitstrahl abgewichen und näherte sich dem Zentralkreis jener gigantischen Anlage nördlich des Äquators, die zwölf Raumhäfen und den riesigen Container-Transmitter sowie die Verteidigungs- und Abfertigungsanlagen umfasste.

Wortlos änderte Hotrenor-Taak den Kurs.

»Der Kaiser mag es offenbar nicht, wenn wir ihm in den Container-Transmitter gucken«, bemerkte Pyon Arzachena.

Hotrenor-Taak zuckte mit den Schultern. »Er hat etwas gegen mich, was ich sogar verstehen kann. Niemand kann aus der Höhe mehr von dem Container-Transmitter sehen, als in jeder Geschichtsdatei zu finden ist. Ich war nur neugierig darauf, wie schnell die Instandsetzungsarbeiten vonstattengehen.«

Am Horizont kam der östliche Rand des Raumhafens in Sicht, von dem der Leitstrahl gesendet wurde. Gemischte Gruppen von Robotern und Menschen arbeiteten an den Anlagen.

»Sie kommen schnell voran«, staunte Arzachena. »Anscheinend will Kaiser Argyris seinen Planeten zu einer Musterwelt gestalten lassen. Mir ist nur bei dem Gedanken unbehaglich zumute, dass Olymp keine eigene Raumflotte erhalten soll. Wenn sich die Erde mit ihrer Wirtschaft wesentlich auf Olymp stützt, dann riskiert sie es, dass ein Angreifer ihr mit einem Handstreich die Kehle zuschnürt.«

»Verlautbarungen!«, bemerkte Hotrenor-Taak geringschätzig. »Selbst wenn Julian Tifflor den Friedenswillen der Liga Freier Terraner glaubhaft machen möchte, würde Argyris niemals mitspielen. Ich habe den Freifahrerkaiser besser kennengelernt, als ich wollte. Vielleicht tut er so, als ob er sich nach Tifflor richtet, aber er wird immer nur im Interesse der Menschheit handeln – und wenn das bedeutet, dass er heimlich eine effiziente Verteidigung Olymps organisiert.«

Der SVE-Raumer hatte die östliche Grenze des Raumhafens überflogen und setzte zur Landung an. Kaum stand er auf dem Platz – beziehungsweise schwebte dicht darüber –, als ein Dutzend Gleiter das Schiff umzingelten.

»Man traut uns nicht über den Weg«, sagte Hotrenor-Taak. »Aber nach und nach werden sich alle daran gewöhnen müssen, dass der ehemalige Verkünder der Hetosonen unter ihnen lebt.«

Als sie die Bodenschleuse des SVE-Raumers verließen, wurden sie von kräftigen Fäusten gepackt, während bewaffnete Frauen und Männer ins Schiff eindrangen.

»He, was soll das?«, rief Arzachena empört.

Er zog den Kopf ein, als Carrie vor ihm auftauchte. Sie zog einen jungen Mann – jung im Vergleich zu ihr und zu Pyon – hinter sich her.

»Das ist der Schurke, Cronach!«, rief sie keifend. »Schau ihn dir genau an, bevor du ihn verprügelst!«

Mit dümmlichem Gesicht stierte der etwa fünfundvierzig Jahre alte, breit und knochig gebaute Mann den Laren an. Carrie verpasste ihm eine Kopfnuss, die einen Jungstier umgeworfen hätte.

»Doch nicht der!«, zeterte sie. »Glaubst du, ich hätte mich mit einem Laren ...? Du bist wohl nicht bei Trost! Der da ist dein Vater!« Sie deutete anklagend auf Arzachena.

Pyons Gesicht legte sich in Kummerfalten, doch sofort hellte es sich wieder auf. »Ich habe einen Sohn!«, rief er. »Aber warum um alles in der Welt Cronach? Du hättest ihn meinetwegen Bobby nennen können, aber da kann man wohl jetzt nichts mehr machen. Also, denn: Hallo, Cronach, wie geht es dir, mein Junge?«

Cronach Piontek ballte seine von Narben und Hornhaut bedeckten Hände, und die Armmuskeln ließen sein Hemd fast aufplatzen. Aber dann lächelte er seinen Vater schüchtern an.

»Hau ihn endlich!«, schimpfte Carrie.

Cronach schüttelte den Kopf.

Ein schwerer Fluggleiter landete in der Nähe. Anson Argyris kam.

Der Freifahrerkaiser baute sich vor Hotrenor-Taak und Pyon Arzachena auf. Er musterte beide eindringlich, dann lachte er trocken. »Ein abgewirtschafteter Diktator und ein Vater, der sich vor den Unterhaltszahlungen für sein Kind drückte – wahrhaftig, ein passendes Gespann.«

»Wollen Sie meinen Vater beleidigen, Majestät?«, fragte Cronach drohend.

Argyris stutzte, dann musterte er den muskelbepackten Mann interessiert. »Und wenn es so wäre, was würden Sie dann tun?«

»Ihnen die Knochen brechen!«, erklärte Cronach. »Meine Mutter hat mich fast vierzig Jahre lang darauf dressiert, dass ich einmal meinen Vater verprügeln soll. Ich musste täglich dreißig Kilometer Waldlauf absolvieren, Felsen mit dem Hammer zertrümmern, ohne Handschuhe Sandsäcke bearbeiten und gegen Überschwere boxen. Doch dann stand ich eben zum ersten Mal meinem Vater gegenüber und merkte, dass er nicht der üble Schurke ist, als den meine Mutter ihn mir geschildert hat, sondern ein netter alter Mann.«

Der Kaiser schmunzelte. »Wenn dieser junge Mann schon den Anfang macht, kann ich mich dem wohl nicht entziehen. Wir werden sehen, wie wir miteinander auskommen.«

Eine rätselhafte Frau

Nach einem anstrengenden Tag hatte Michael Rhodan alias Roi Danton ein ausgiebiges Bad genommen und sich anschließend von Massagefeldern durchkneten lassen. Die gäanische Menschheit war wie ein Heuschreckenschwarm über die Erde hergefallen und hatte sie in ein Tollhaus verwandelt, so erschienen ihm jedenfalls die letzten Wochen.

Trotzdem waren die Menschen zufrieden, denn sie merkten erst jetzt, was sie wirklich entbehrt hatten. Gäa war eben doch nur eine Zuflucht für unbestimmte Zeit gewesen.

Als der Rufmelder summte, reagierte Michael Rhodan zögernd, obwohl ihm klar war, dass er das eingehende Gespräch annehmen würde. Schließlich kannten nur die Terranischen Räte und seine engsten Mitarbeiter seinen Rufkode.

Er schaltete die Bilderfassung aus und meldete sich.

»Was soll das?«, murmelte er überrascht, als auch sein Holoschirm dunkel blieb.

»Mister Rhodan?«, fragte eine weibliche Stimme. Sie klang zaghaft, was sofort Mikes Beschützerinstinkt weckte.

Er räusperte sich. »Ja, hier ist Michael Rhodan. Ich habe die Bilderfassung desaktiviert, weil ich unzureichend bekleidet bin. Und Sie?«

»Verzeihen Sie, bitte.« Die Stimme klang schon etwas forscher als eben noch. Mike hörte den dunklen Klang sowie eine fremdartige Lautformung. »Aber ich wage nicht, mich zu zeigen, Sir. Ich wage auch kaum, meine Bitte auszusprechen, obwohl mir keine andere Wahl bleibt.«

Michael Rhodan gähnte verhalten. »Wenn Sie mitten in der Nacht den Obersten Terranischen Rat anrufen, müssen Sie etwas Wichtiges auf dem Herzen haben, Miss ...«

»Dunja Varenczy«, sagte die Frauenstimme.

Mike nickte, obwohl seine Gesprächspartnerin es nicht sehen konnte. »Also, Miss Varenczy, lassen Sie Ihre Bitte hören! Ich will sehen, ob ich Ihnen irgendwie helfen kann.«

»Danke, Mister Rhodan!«, hauchte die Stimme – und Mike registrierte halb unwillig die Gänsehaut, die sich in seinem Nacken bildete. »Ich bitte darum, Sie irgendwo treffen zu dürfen.«

»Oh, je!«, entfuhr es Perry Rhodans Sohn. »Kennen Sie die Länge der Warteliste für Besucher, Miss Varenczy? Aber schön, kommen Sie morgen Punkt zwölf Uhr in mein Büro. Ich werde veranlassen, dass Sie zu mir geführt werden. Wir können dann in der Kantine Ihre Probleme besprechen, aber nur zehn Minuten lang, denn beim Mittagessen erwarte ich schon den Verantwortlichen für die Versorgung der Bevölkerung mit Genussmitteln und Luxusgütern.«

Eine Weile herrschte Schweigen. Nur das leise Atmen der Anruferin war zu hören, dann sagte sie: »Sie sind so zuvorkommend, Mister Rhodan, dass es mir geradezu peinlich ist. Trotzdem muss ich Sie darauf hinweisen, dass mein Anliegen nicht so lange Zeit hat. Ich muss Sie sofort sprechen – unter vier Augen.«

»Völlig unmöglich!«, wehrte Mike ab, obwohl der drängende Tonfall der Anruferin schon seine Wirkung tat.

»Bitte!«, flehte sie.

Das gab den Ausschlag. »Flehen Sie mich nicht an wie einen Götzen!«, erwiderte Michael fast unwirsch. »Schlagen Sie einen Treffpunkt vor!«

»Ich bin in der öffentlichen Sprechstelle nördlich Ihres Apartments, Mister Rhodan«, sagte Dunja Varenczy. »Am Rand des Parkgeländes.«

»In Ordnung. In zehn Minuten bin ich bei Ihnen.«

Michael Rhodan schnallte sich das Flugaggregat auf den Rücken. Fast schämte er sich, als er zudem einen Paralysator und einen Impulsstrahler in das Gürtelholster seiner Kombination steckte, doch es wäre unverantwortlich gewesen, auf die minimalsten Sicherheitsvorkehrungen zu verzichten. Eigentlich hätte er die Abwehr informieren müssen, damit sie Agenten schickte, die das Treffen beobachteten und die Umgebung nach verborgenen Attentätern absuchten.

Er fuhr mit dem Pneumolift ins Erdgeschoss, verließ das Apartmenthaus durch den Haupteingang und startete erst, als er eine Nebenstraße erreicht hatte.

Michael Rhodan flog in weitem Bogen um den Park herum, von dem die Anruferin gesprochen hatte. Obwohl überall an der Wiederherstellung der Anlage gearbeitet worden war, würde es noch Wochen dauern, bis von einem gepflegten Areal die Rede sein konnte. Da es auf Terra unzählige solcher verwahrlosten Flecken gab, herrschte Mangel an geeigneten Arbeitskräften. Roboter wurden für wichtigere Arbeiten gebraucht.

Als Mike keine Anzeichen von Attentatsvorbereitungen entdeckte, landete er und ging zu Fuß in Richtung der Sprechstelle. Es war dunkle Nacht, da der Mond immer wieder von Regenwolken verdeckt wurde.

In Sichtweite des Treffpunkts blieb er stehen. Das avantgardistische kleine Gebäude aus transparentem Troplon war hell erleuchtet. Deshalb sah Mike, dass sich niemand darin aufhielt. Auch in unmittelbarer Nähe wartete niemand.

Ich alter Esel habe mich zum Narren halten lassen!, dachte er.

Sicher, es war nicht auszuschließen, dass jemand sich einen Scherz mit ihm erlaubt hatte. Aber dann musste es sich um eine außergewöhnlich begabte Schauspielerin gehandelt haben, denn Mike besaß ausreichend Menschenkenntnis, um aus einer Stimme Gefühle herauszuhören. Ein durchschnittlicher Mensch hätte ihn nicht täuschen können.

Mikes Blick suchte die Dunkelheit ab. Im Schlagschatten eines mächtigen Baumriesen entdeckte er eine Unregelmäßigkeit. Ein Kopf reckte sich halb hinter dem Stamm hervor.

Lautlos schlich Perry Rhodan Sohn durch Gras, Unterholz und Disteln. Endlich befand er sich nur noch fünf Meter von dem Baum entfernt – und stellte verblüfft fest, dass die Person, deren Kopf er gesehen hatte, von ihm unbemerkt fortgegangen war.

»Mister Rhodan?«

Er wirbelte herum, duckte sich und griff nach dem Paralysator. Aber er ließ den Lähmstrahler stecken, denn er sah, dass die Frau, die wenige Meter vor ihm stand, unbewaffnet war.

»Miss Varenczy, Sie scheinen eine Vorliebe für Katz- und Mausspiele zu haben!«

»Katz?« Die dunkle Stimme klang nun noch fremdartiger. »Maus?«

Mike winkte ab. Er lauschte nach allen Seiten, weil er nicht überrascht werden wollte. Endlich gab eine dunkle Wolke den Mond frei – und Mike konnte das Gesicht der Frau sehen. Ihm stockte der Atem.

Er sah ein edel geformtes Gesicht mit gerader, schmalrückiger Nase, leicht mandelförmigen dunkelgrünen Augen und dezent sinnlich geschwungenen Lippen. Er sah bronzefarbene Haut und glatt zurückgekämmtes, im Nacken zusammengefasstes Haar, das im Mondlicht wie gediegenes Silber funkelte. Die Frau trug eine einfache schwarze Kombination, dunkelrote Wadenstiefel und einen dunkelroten Gürtel.

»Das war eine feststehende terranische Redewendung, Miss Varenczy«, sagte Michael Rhodan mit leicht belegter Stimme. »Vergessen Sie es. Ich bin froh, dass ich Sie nicht abgewiesen habe.«

Dunja Varenczy lächelte und zeigte ihre makellos weißen Zähne.

Alter zwischen fünfundzwanzig und dreißig!, überlegte Mike. *Humanoid, aber wohl kaum auf der Erde geboren. Und für Männer so gefährlich wie Feuer für ein Strohdach.*

»Ich bin Ihnen ja so dankbar, Mister Rhodan.« Ihr Lächeln erlosch, ihre Augen schimmerten feucht.

»Was in meiner Macht steht, werde ich tun, um Ihnen zu helfen!«, versicherte Mike impulsiv.

»Ich bitte Sie darum, an der Expedition mit der BASIS teilnehmen zu dürfen!«, sagte Dunja Varenczy.

Die leichte Benommenheit von Mikes Sinnen zerriss. Mit einem Mal übte diese Frau keinerlei sexuellen Reiz mehr auf ihn aus, sondern erregte nur noch sein Misstrauen. Da sein Verstand aber wieder klar war, wurde er sich des extremen Pendelausschlags nach der anderen Seite bewusst und unterdrückte das Übermaß an Misstrauen.

»Das ist verständlich, Miss Varenczy«, sagte Mike kühl. »Es gibt Hunderttausende Menschen, welche die Expedition gern mitmachen würden.

Sie werden verstehen, dass wir nicht nur nach dem Kriterium des persönlichen Interesses gehen dürfen, sondern strenge Maßstäbe bei der Auswahl der Expeditionsteilnehmer anlegen müssen.«

»Sie wollen mich also nicht mitfliegen lassen, Mister Rhodan?«

Mike lächelte. »Sie sind eine sehr interessante Frau. Warum sollte ich Sie mit der BASIS wegfliegen lassen, wenn ich aller Voraussicht nach auf der Erde bleiben werde?«

Sie warf ihm einen prüfenden Blick zu, dann straffte sich ihre Haltung – offensichtlich in der Erkenntnis, dass Michael Rhodan den Spieß umgedreht hatte und seinen Charme ausspielte. »Sie weichen mir aus!«, stellte sie fest.

»Seien Sie bitte nicht naiv, Miss Varenczy. Ich weiß nicht einmal, welche Staatsbürgerschaft Sie haben. Sicher nicht die der Liga Freier Terraner? Übrigens sollte uns das nicht entzweien. Wenn Sie möchten, nennen Sie mich Roi. Als Oberster Terranischer Rat bin ich zwar zur offiziellen Führung des Namens Michael Rhodan angehalten, aber ich lasse mich lieber Roi Danton nennen.«

Dunja Varenczy lächelte wieder. »Einverstanden, Roi. Ich heiße Dunja für Sie.« Sie streckte ihm die Hand hin – und Roi nahm sie zart in seine und hauchte einen Kuss auf den Handrücken. Als er sich aufrichtete und ihre Hand losließ, schaute er sie fragend an.

»Ich kann leider nicht viel über mich erzählen, Roi«, sagte Dunja Varenczy. »Ich weiß nicht einmal, welche Staatsbürgerschaft ich besitze, denn ich habe keinen Ausweis.«

Roi nickte und zog ihren rechten Arm behutsam unter seinen linken, dann ging er mit ihr in Richtung Sprechstelle, wobei er verwundert die für eine Frau ungewöhnlich stark ausgebildeten Armmuskeln bemerkte.

»Das lässt sich aufklären. Ich nehme an, Sie haben Ihr Gedächtnis verloren, Dunja.«

»Das stimmt. Es könnte natürlich auch ein Märchen sein, um mir eine Rolle mit Vergangenheit zu ersparen und Fehler zu vermeiden ...«

»Wenn dem so wäre, würde sich das schnell herausstellen. Aber feindliche Agenten treten selten so auffällig auf wie Sie und provozieren damit eine peinlich genaue Überprüfung. Vorerst gehe ich also davon aus, Dunja, dass Sie mir die Wahrheit sagen. Nur der Name scheint mir nicht zu Ihrem Typ zu passen, wenn Sie verstehen, was ich meine.«

»Ich habe ihn aus Trividsendungen«, sagte die Frau, und plötzlich bebte ihre Stimme. »Ich weiß nicht, woher ich komme, Roi. Ich habe mich einige Zeit hier auf der Erde umgesehen, aber ich kann mich hier nicht heimisch fühlen. Bitte, lassen Sie mich mit der BASIS fliegen!«

Roi Danton registrierte das Vibrieren in ihrer Stimme, er spürte das leichte Zittern ihrer Armmuskeln – und er ahnte, dass Dunja Varenczy sich vor jemandem oder etwas fürchtete und deshalb um jeden Preis die Erde verlassen wollte.

»Ich schlage vor, wir fliegen nach Imperium Alpha«, sagte er. »Wissen Sie, was Imperium Alpha ist?«

Dunja nickte. »Ich habe mich informiert, Roi. Aber wird man mich nicht pausenlos verhören, wenn ich als Fremde in der Kommandozentrale der Liga Freier Terraner auftauche?«

»Man wird Sie überwachen, soweit ich nicht persönlich bei Ihnen sein kann. Aber Sie haben nichts zu befürchten, wenn Sie kein Feind der Menschheit sind.«

Dunja Varenczy hob den Kopf und schien mit geschlossenen Augen in sich hineinzulauschen, dann schüttelte sie lächelnd den Kopf. »Das bin ich sicher nicht, Roi.«

Kontrolleure der GAVÖK

»Ich bin froh, dass wir nicht sofort nach Terra fliegen, sondern uns erst mit den anderen Kommissionsmitgliedern treffen«, sagte Nchr alias Pedar von Margulien, der das Blues-Raumschiff steuerte.

»Bist du unsicher?«, fragte Ytter verwundert.

»Ich verstehe mich selbst nicht mehr«, erwiderte Nchr. »Es ist keine Angst, sondern eher die Wirkung eines geschmälerten Selbstvertrauens.«

»Die Ereignisse auf Olymp haben bei vielen von uns den Eindruck hinterlassen, unsere Unbesiegbarkeit sei nur eine Phrase«, sagte Ytter. »Das ist sie aber gewiss nicht. Man kann uns töten, aber man kann die Gys-Voolbeerah ebenso wenig besiegen wie das herrliche Tba.«

»Die Kraft des herrlichen Tba ist unerschöpflich, doch unsere ist es leider nicht. Der Verlust Cloibnitzers und seiner Gruppe hat eine Lücke hinterlassen, die wir vorläufig nicht schließen können. Wir müssen deshalb weitere Ausfälle vermeiden.«

Ytter wackelte mit seinem Tellerkopf. »Mit der GAVÖK werden wir leicht fertig, Bruder. Bei denen traut ohnehin keiner dem anderen.«

Nchr lachte.

Im Frontholo wuchs der Planeten Strolc an, eine Wüstenwelt mit ausgetrockneten Meeren und Flussbetten. Sieben Monde bildeten in gewissen Zeitabständen eine Gerade, die von Strolc aus in den Weltraum gerichtet war. Diese Konstellation bestand derzeit – und sie bewirkte, dass gewaltige Staub- und Sandmassen von der zundertrockenen Oberfläche hochgerissen wurden.

»Hoffentlich müssen wir die Kommissionsmitglieder nicht unter den Staubwolken suchen.« Ytter sandte einen kodierten Hyperkomspruch aus. Schon kurz darauf traf die Antwort ein.

»Herzlich willkommen am Treffpunkt! Folgen Sie bitte unserem Peilzeichen. Mutoghmann Scerp.«

»Was will dieser Scerp hier?«, überlegte Nchr laut. »Stimmt es, dass er eine zwielichtige Rolle beim Untergrundkampf gegen das Konzil gespielt hat?«

»Es stimmt sicher nicht«, antwortete Ytter. »Früher gingen einige Gerüchte um, aber soviel wir Milchstraßen-MV wissen, genießt Scerp große Achtung in der GAVÖK. Wir sollten ihn also respektvoll behandeln – und mit Vorsicht genießen.«

Das Diskusschiff drang in die Atmosphäre ein, durchstieß eine turmartig aufwallende Staubwolke und tauchte dann in klarere Luftschichten ein. Es landete am Fuß eines von Stürmen zerfressenen Marmorsockels, auf dem sich die verwitterten Fragmente einer toten Stadt in den düsteren Himmel reckten. Knapp einen Kilometer entfernt stand der akonische Kugelraumer ARTH-PER, den der echte Pedar von Margulien unter dem Kommando seiner Nichte Ilma von Rohan nach Strolc geschickt hatte, bevor er mit einem Waffenhändler nach Kowo-NJ-34 geflogen und nach Abwicklung der illegalen Geschäfte dort zurückgeblieben war, um auf Seterc zu warten.

»Ab sofort gilt das ›Sie‹, Seterc«, sagte Nchr.

»Ich werde daran denken, Pedar«, erwiderte Ytter steif.

Aus der Sicht humanoider Intelligenzen war die Nichte seines »Originals« eine außergewöhnlich schöne Frau. Nchr erregte sie nicht. Dennoch musste er sich benehmen, als würde er sie mit großer Heftigkeit begehren, denn das Original kannte selten wichtigere Gedanken, wie er aus der Sondierung von dessen Bewusstsein wusste.

»Ich freue mich, dich wiederzusehen, Ilma!«, rief er voll Inbrunst, als er die Kommandozentrale der ARTH-PER betrat. Rasch zog er das Etui mit der Ynkeloniumkette heraus, an der ein Medaillon befestigt war. Er hatte es bei dem echten Pedar von Margulien gefunden. »Sieh, was ich dir mitgebracht habe!«

Ilma von Rohans samtbraune Haut färbte sich noch etwas dunkler, als sie das Etui entgegennahm. Sie öffnete es und ihre Augen weiteten sich.

»Was ist das, Pedar?«, flüsterte sie, schloss die Augen und schüttelte verwirrt den Kopf.

Nchr hatte sich ebenfalls schon Gedanken über das Medaillon gemacht. Es bestand aus einem goldfarbenen Metall, war aber viel leichter als Gold und auch härter. Mit seinem Spezialdetektor hatte der Gys-Voolbeerah festgestellt, dass das Material aus Atomen bestand, die keine messbare Ladung besaßen und dennoch nicht entarteten.

Im Innern des Medaillons war ein glasartiger, grün schimmernder Kristall eingebettet, den Nchr ebenfalls nicht einordnen konnte. Er sah sehr wertvoll aus, und Nchr hatte aus Pedars Bewusstsein erfahren, dass das Schmuckstück für seine Nichte bestimmt war.

»Bitte öffne es erst heute Abend, wenn wir zusammen eine Flasche Wein trinken«, flüsterte er so eindringlich, dass seine Nichte nach kurzem Zögern eine zustimmende Geste machte. Er legte ihr die Kette um den Hals, dann wandte er sich den anderen Kommissionsmitgliedern zu, die sich angeregt mit Ytter-Seterc unterhielten. Nchr fragte sich, warum er das mit der Flasche Wein gesagt hatte. Schließlich wollte er nichts von Ilma.

War es, weil ich beim ersten Anschauen feststellte, dass der Kristall das Wahrnehmungsvermögen ungeheuer schärft?, überlegte er.

Er konnte sich nicht länger damit beschäftigen, denn Mutoghmann Scerp kam mit ausgestreckten Armen auf ihn zu. Nachdem sie den »Friedenskuss« getauscht hatten, stellte Scerp die anderen Kommissionsmitglieder vor. Interessiert musterte Nchr einen Siganesen, der auf der Schulter eines Zaliters saß.

Den Oxtorner Marais Joker erkannte er erst als Extremweltler, als er ihm etwas unachtsam die Hand drückte. Beinahe hätte Nchr reflexartig reagiert und ebenso fest zugedrückt. Im letzten Augenblick entsann er sich, dass Akonen durchschnittlich nur ein Fünftel der Körperkraft von Gys-Voolbeerah hatten und deshalb auch nicht mehr anwenden durften.

»Sind Sie mit oder ohne Okrill hier, Mister Joker?«, fragte er, denn seit er aus dem Bewusstseinsinhalt Pedars von diesen Tieren wusste, faszinierten sie ihn.

»Sagen Sie nur einfach Marais zu mir«, erwiderte der Oxtorner, dann lächelte er. »Leider bin ich nicht dazu befähigt, mit Okrills umzugehen. Das können nur Oxtorner mit besonderer Begabung und spezieller Ausbildung. Bevor einer unserer größten Pioniere, Omar Hawk, den ersten Okrill zähmte, galten diese Tiere als unbeherrschbar.«

»Ich hätte gern einmal einen Okrill gesehen, Marais«, sagte der Gys-Voolbeerah. »Und nennen Sie mich bitte einfach Pedar.«

»Vielleicht kommen Sie nach Oxtorne, dann können Sie eine Okrill-Farm besuchen. Ich würde mich freuen, Sie dort begrüßen zu dürfen.«

»Ich werde sicher kommen«, erwiderte Nchr. Im nächsten Moment wurde er sich der Tatsache bewusst, dass Oxtorne nur in zwingenden Fällen von Angehörigen solcher Sternenvölker mit Normalkonstitution besucht wurde. Aber der Oxtorner schien seine Zusage ohnehin nur als bloße Höflichkeitsfloskel abgetan zu haben.

»Können wir starten, Pedar?«, rief Scerp von der gegenüberliegenden Seite der Zentrale.

Nchr lächelte und deutete auf seine Nichte. »Von mir aus dürfen wir. Ob wir können, das entscheidet die Schiffsführerin.«

»Schiff ist startklar«, erklärte Ilma von Rohan.

Die ARTH-PER landete auf dem Raumhafen am Rand des olympischen Container-Transmitters. Sofort quollen Hunderte Schweberoboter aus einem Schacht und schlossen einen Kreis um das akonische Schiff. Diese Roboter waren alt, wie ihr Zustand verriet.

»Was wollen die Maschinen von uns?«, fragte Ytter-Seterc.

Mutoghmann Scerp lachte leise. »Keine Sorge, sie wollen uns nicht angreifen. Es ist die Musikkapelle, mit der Kaiser Argyris alle hochgestellten Besucher begrüßen lässt. Kommen Sie, steigen wir aus!«

Kaum hatten die Kommissionsmitglieder das Schiff verlassen, als die Roboter verbeulte, verbogene und zerkratzte, aber auf Hochglanz polierte Blechinstrumente und Trommeln hoben und ein ohrenbetäubendes Konzert anstimmten.

Kurz darauf gab es einen Knall. Aus der Mündung einer seltsam breit gebauten Kanone flog etwas Undefinierbares, entrollte sich während des Fluges zum Schiff und entpuppte sich schließlich als rund fünfhundert Meter langer roter Teppich.

Über diesen Teppich kam die imposante Gestalt des Freifahrerkaisers auf die ARTH-PER zu, begleitet von mehreren hünenhaften Freifahrern, die über den makellos glänzenden Raumkombinationen Schulterumhänge mit eigentümlichen Symbolen trugen.

Als Nchr genauer hinschaute, erkannte er, dass die vermeintlichen Symbole Schmutzflecken waren. In den Bärten der Freifahrerfürsten entdeckte er außerdem Essensreste.

Ytter bemerkte Nchrs Abscheu, rückte dicht an ihn heran und flüsterte: »Der Schmutz und die Reste gehen auf Traditionen der Freifahrer zurück, die sich während ihrer stürmischen Expansionsphase bildeten, als die führenden Personen nicht nach Benehmen und dem Äußeren, sondern nur nach Raumtauglichkeit, Zuverlässigkeit und Tüchtigkeit urteilen konnten. Heute ist beides künstlich.«

»Du meinst, sie schmieren sich extra ...?«, fragte Nchr verblüfft. Er verstand die eigenen Worte nicht mehr, da die Musikkapelle ihre Lautstärke steigerte.

Sekunden später brach der Lärm ab, und Kaiser Anson Argyris schritt mit strahlendem Lächeln auf die Besucher zu. »Willkommen auf Olymp, der Perle des Universums!«, rief er dröhnend.

Nacheinander umarmte der Kaiser alle Besucher – mit Ausnahme des winzigen Siganesen, der ihm zur Begrüßung ein Barthaar ausriss.

Nchr und Ytter wurden vor Erregung beinahe ohnmächtig, als der Kaiser auch sie begrüßte. Es war noch gar nicht so lange her, seit Argyris gegen sie und ihre Brüder gekämpft und sie von Olymp verjagt hatte. Allerdings waren sie damals in anderer Gestalt aufgetreten, doch bei den außergewöhnlichen Fähigkeiten, die der Kaiser bewiesen hatte, war es nicht auszuschließen, dass er sie entlarvte.

Fast waren beide Gys-Voolbeerah enttäuscht, dass sie unbehelligt blieben. Sie liebten den Nervenkitzel und das Spiel mit wechselnden Masken beziehungsweise Gestalten – und nach einer Entlarvung wären sie gezwungen gewesen, zwei andere Personen zu überwältigen und zu kopieren. Das hätte die Spannung noch gesteigert.

Kaiser Argyris hielt eine kurze Ansprache, in der er den Abgesandten der GAVÖK dafür dankte, dass sie auf dem Weg nach Terra auf Olymp Station machten. Er berichtete, welche Schäden die Zeit der Konzilsherrschaft auf Olymp verursacht hatte und welche bereits behoben waren. Zum Schluss hob er die Hände und rief: »Olymp wird künftig die Welt der Milchstraße sein, die allen Völkern offensteht und auf der sich alle friedlich begegnen, um Informationen auszutauschen, Handel zu treiben und sich zu vergnügen!«

Mehrere Gleiter landeten, nahmen die Besucher und Gastgeber auf und flogen zum Palast des Freifahrerkaisers, der nach dem Abzug des larischen Gouverneurs umfassend renoviert worden war.

Während der Kaiser seine Besucher durch etliche Hallen und über einen ausgedehnten Innenhof führte, entdeckte Nchr im Schatten einer Palme neben einem Ziehbrunnen eine seltsame Gestalt. Nchr-Margulien drückte sich an eine Säule und ließ seine Begleiter vorausgehen. Aufmerksam musterte er die humanoide, aber ansonsten nicht menschenähnliche Gestalt. Er sah, dass sie smaragdgrüne, von goldfarbenen Mustern durchzogene Haut, ein langes ovales Gesicht, eine schmalrückige leicht gebogene Nase, silbrig schimmernde Brauen, ein wuchtiges Kinn und silberfarbenes Haar hatte. Das Haar wurde von einem grünen Stirnband gehalten.

Dem Gys-Voolbeerah war sofort klar, dass dieses Wesen trotz seiner humanoiden Gestalt einem ganz anderen Zweig der kosmischen Evolution entstammte als die Menschen.

Als der Unbekannte den Kopf wandte und in Nchrs Richtung schaute, hielt der Molekülverformer jäh den Atem an, denn solche Augen hatte er noch nie gesehen. Es waren bernsteingelbe Augen, deren Iris winzige grüne Punkte und haarfeine grüne Streifen aufwies – und sie schienen dem Gys-Voolbeerah bis auf den Grund seiner Seele zu schauen.

Nchr fühlte sich so beklommen wie nie zuvor. Er rührte sich nicht, und erst als der Unbekannte nach einiger Zeit in eine andere Richtung blickte, huschte er eilig weiter.

26.

Melancholie

Tengri Lethos registrierte das Interesse des einen Kommissionsmitglieds an seiner Person, ignorierte dessen Starren aber, bis es ihm zu viel wurde. Er wandte den Kopf und blickte den Akonen prüfend an. Dabei stellte er erstaunt fest, dass der Akone gar kein Akone sein konnte. Er war zweifellos etwas anderes, aber der Hüter des Lichts hätte nicht zu sagen vermocht, was er wirklich war. Er erkannte nur am Ausdruck der Augen, dass das Bewusstsein, das sich darin spiegelte, nicht das Bewusstsein eines humanoiden Lebewesens war.

Als er spürte, dass der vorgebliche Akone seinen Blick als unangenehm empfand, wandte er sich ab. Der Fremde eilte daraufhin davon.

Tengri Lethos dachte nicht weiter darüber nach. Früher wäre so etwas nie vorgekommen; da hätte er nicht eher geruht, als bis er hinter eine Sache blickte. Seit er infolge eines dimensional übergeordneten Effekts mit seinem Ewigkeitsschiff im Innern des Planeten Lavallal materialisiert war und dann auch noch sein Schiff verloren hatte, war er nur noch ein Schatten seines früheren Selbst. Zumal er bislang nicht wusste, wohin sein Ewigkeitsschiff verschwunden war.

Es war nicht nur der Verlust seines Schiffes, der ihn schwermütig stimmte. Es war auch nicht allein die Sorge um Mabel und Guy Nelson, die er in seinem Schiff und in der miniaturisierten Ewigen Stadt zurückgelassen hatte. Es musste vor allem eine Auswirkung des paramental geladenen Staubgürtels gewesen sein, die seinen Geist beeinflusst und blockiert hatte.

Tengri Lethos fragte sich immer wieder, ob das in der Absicht von ES gelegen haben konnte, denn das Kollektivwesen hatte die Fäden gezogen, die ihn und Kershyll Vanne auf Lavallal zusammengeführt hatten. Außerdem wartete der Hüter des Lichts darauf, dass ES sich wieder bei ihm meldete. Immerhin hatte ES ihn gerufen und ihn gebeten, in die Milchstraße zurückzukehren und Kontakt zu den Menschen aufzunehmen.

»So tief in Gedanken versunken, Lethos?«, fragte die Stimme von Anson Argyris hinter dem Hüter des Lichts.

Tengri Lethos drehte sich um. »Ich bin meist in Gedanken, Majestät. Meine Erlebnisse der letzten hundert Erdjahre reichen dafür vollkommen.

Ich habe Erkenntnisse gewonnen, die teils wertvoll, teils aber ungeheuer belastend sind. Und natürlich überlege ich, wie ich mein Ewigkeitsschiff wiederfinde. Was treibt eigentlich der Lare?«

Anson Argyris benötigte keine messbare Zeitspanne, um den abrupten Themenwechsel folgerichtig zu verarbeiten – was ein Beweis für seine primär robotische Natur war.

»Er zieht mit dem alten Prospektor von einer Station zur anderen und fragt Hinweise ab, die auf neuartige Energiequellen für SVE-Raumer hindeuten könnten«, antwortete Argyris. »Ich glaube nicht, dass er irgendwann erfolgreich sein wird.«

»Energiequellen für SVE-Raumer«, wiederholte der Hüter des Lichts nachdenklich. Er hatte eine Idee, doch sie versickerte sofort wieder in der Schwermut, die seinen Geist umspülte. »Wie kommt der Lare dazu, solche Informationen ausgerechnet in den hiesigen Stationspositroniken zu suchen?«

»Auf Olymp sind sehr viele Informationen zusammengelaufen. Freihändler arbeiteten im Untergrund und sorgten dafür, dass Daten, die sie erhielten, nicht wieder verloren gingen, indem sie diese einfach in die nächste erreichbare Positronik einspeicherten.

Auch die Laren hielten alle Informationen fest. Dazu die Überschweren, denen die Verwaltung des Planeten praktisch überlassen gewesen war und die bis zum letzten Jahr nicht damit rechneten, dass die Konzilsherrschaft je enden könnte. Deshalb betrachteten sie Olymp schon als ihre neue Zentralwelt, von der aus sie die Milchstraße regieren würden, sobald sie eine genügend große Anzahl SVE-Raumer in ihren Besitz gebracht hatten.

Zumindest die Überschweren dürften also insgeheim nach Möglichkeiten gesucht haben, ihre Beute-SVE-Raumer ohne Hilfe der Mastibekks zu betanken – und wo könnten sie die betreffenden Informationen versteckt haben? Natürlich auf der Welt, von der aus sie bald zu herrschen gedachten.«

»Das klingt logisch, Majestät«, erwiderte Tengri Lethos. »Aber Sie haben die Molekülverformer nicht erwähnt, obwohl diese Lebewesen sich ebenfalls längere Zeit auf Olymp aufhielten.«

»Ich erwähnte sie nicht, weil Hotrenor-Taak sie mir gegenüber auch totschwieg«, sagte Anson Argyris. »Der Lare muss aber davon wissen, dass hier Gys-Voolbeerah waren.«

»Er wird kaum annehmen, dass Molekülverformer sich Gedanken über die Energieversorgung von SVE-Raumern gemacht haben, Majestät.«

Hotrenor-Taak und Pyon Arzachena hingen an den Plastikstreben eines großen Flugdrachens und steuerten das luftige Fahrzeug in Richtung des

Trap-Ozeans. Zusätzlich lenkte der Lare seinen SVE-Gleiter mithilfe einer Fernsteuerung nach Westen, damit niemand Verdacht schöpfte.

»Lieber fliege ich ein Raumschiff durch eine Sonnenkorona!«, brüllte Arzachena durch das Heulen des Fahrtwinds und das Knattern von Gestänge und Bespannung.

»Zwei alternde Männer reiten über die Wolken!«, schrie Hotrenor-Taak zurück.

»Alternde Männer? Wir sind bereits uralt, Lare!« Arzachena lachte meckernd.

Nachdem sie fast zwanzig Minuten lang gegen Aufwinde und eine von Osten kommende Luftströmung angekämpft hatten, überflogen sie endlich die nördliche Uferlinie und brachten den Drachen auf Landekurs.

Hotrenor-Taak dachte daran, wie der alte Prospektor und er auf der fingierten Suche nach Energielieferanten zufällig die Kopie eines internen Berichts über den Kampf des Kaisers gegen die Gys-Voolbeerah entdeckt hatten. Das waren genau die Informationen, nach denen der Lare in Wahrheit gesucht hatte.

Danach hatten sie mit den Mitteln des SVE-Raumers den Flugdrachen gebaut. Dem ehemaligen Verkünder der Hetosonen kam zugute, dass er sich in seiner Jugend oft und später immer noch ab und zu der Drachenfliegerei gewidmet hatte. So war ein aerodynamisch einwandfreier Flugdrachen entstanden, der zwei Personen tragen konnte.

Als die Männer dicht über das Wipfeldach des urweltlichen Trap-Dschungels hinweg schwebten und klobige Echsenschädel aus der Tiefe emportauchten, wurde ihnen doch unbehaglich zumute.

»Bald werde ich Childa wiedersehen«, rief Arzachena und schüttelte sich.

Der Flugdrachen vollführte ein nicht beabsichtigtes Schwenkmanöver und rutschte über die rechte Flächenhälfte ab. Hotrenor-Taak schaffte es mit Mühe und Not wieder in eine stabile Fluglage.

»Ich hoffe, Sie beherrschen sich künftig besser, Pyon! Was ist mit Childa? Noch eine verflossene Liebschaft?«

»Ein intelligenter Valley-Salamander vom Mars. Childa klebte stocksteif an der Decke meiner Höhle, kurz bevor die GORSELL auf der Eiswelt landete. Als ich kurz vor unserem Start meine Habseligkeiten holte, war sie verschwunden.«

»Was ist ein Valley-Salamander?«, fragte Hotrenor-Taak.

»Ein Reptil mit feuerroter Haut und so lang ...« Pyon Arzachena ließ seine Griffstange los und zeigte die Größe mit beiden Händen. Er merkte erst, dass er abgesackt war, als er dank des Sicherungsseils mit hartem Ruck aufgefangen wurde.

Der Lare musste erneut die Fluglage des Drachens stabilisieren. Als er endlich, teils aufatmend und teils wütend, zu dem Prospektor schaute, sah er, dass der alte Mann sein Expeditionsmesser gezogen hatte und sich bemühte, sein Sicherungsseil durchzuschneiden.

Hotrenor-Taak trat ihm das Messer aus der Hand, beugte sich vorsichtig hinüber, packte Arzachena am Kragen und zog ihn hoch. »Was ist mit Ihnen los, Pyon?«, fragte er besorgt.

»Ich habe es satt. Verstehen Sie? Meine Kraft ist weg. Ich bringe uns durch meine Fehler in Gefahr. Es ist besser, wenn ich abtrete. In den Ewigen Raumgefilden werde ich Childa wiedersehen.«

Der Lare merkte verwundert, dass der Alte emotionell sehr stark an dem Valley-Salamander hing. Als Kosmopsychologe erkannte er Arzachenas Krise, die unweigerlich tödlich enden würde, falls er nicht schnell Auftrieb bekam.

»Ein Mars-Salamander?«, rief er im Tonfall höchster Verblüffung. »Und ich dachte, es handelte sich um ein tiefgefrorenes Musterexemplar von einem unbekannten Planeten, das von Expeditionsmitgliedern vergessen worden war! Deshalb habe ich es an Bord genommen.«

Pyon starrte ihn aus großen Augen an. »Auf die CARRIE? Und Sie haben es tiefgefroren?«

»Es muss sich selbst tiefgefroren haben – und zwar lebend«, erwiderte Hotrenor-Taak. »Aber wie kann ein Salamander etwas von suspendierter Animation verstehen?«

»Childa ist intelligent!«, brüllte Arzachena triumphierend. Er lachte unter Tränen. »Sie hat den Verkünder der Hetosonen getäuscht! Ich werde sie aufwecken, sobald wir wieder auf der CARRIE sind.«

Der Prospektor gewann sichtlich seinen Lebensmut zurück. Hotrenor-Taak lächelte innerlich, aber er sorgte sich auch, was geschehen würde, sobald er dem Alten die Wahrheit sagen musste. Er würde nicht darum herumkommen, denn er besaß nicht die Möglichkeiten von früher, als es eine Kleinigkeit gewesen wäre, eine biorobotische Nachbildung jedes beliebigen Lebewesens zu beschaffen.

»Wir werden sie aufwecken«, sagte er. »Aber dazu müssen wir lebend zurückkehren – und das heißt, dass wir jetzt höllisch aufzupassen haben!«

Er deutete zum Ufer des Trap-Ozeans. »Unter diesem kochenden Schlamm liegt der Zugang zur Ausweichzentrale Trapper!«

Hotrenor-Taak schaltete an einem Gerät, das er nach den von Anson Argyris rekonstruierten Plänen der Gys-Voolbeerah ebenfalls vom Produktionssektor des SVE-Raumers hatte herstellen lassen.

Inmitten des kochenden Schlammes bildete sich ein Strudel, der größer wurde und sich zu einem Trichter ausweitete, in dessen Tiefe feste Materie zu sehen war. Ein Schott von der gleichen Farbe wie der heiße Schlamm, das aus den Zellkulturen eines stahlharten Echsenpanzers gezüchtet worden war. Niemand konnte es als unnatürliches Objekt und Fremdkörper innerhalb des Schlammsees identifizieren.

Nach einer weiteren Schaltung öffnete sich das Schott. Hotrenor-Taak und Pyon Arzachena blickten in eine dunkle Schachtmündung.

Der Prospektor stöhnte. Bei den heißen Aufwinden war es schlicht unmöglich, mit dem Flugdrachen in einem brodelnden Schlammsee eine rund drei Meter durchmessende Schachtöffnung zu treffen. Es war viel wahrscheinlicher, dass sie im kochenden Morast landeten.

Doch nach ungezählten Fehlanflügen und vor allem dank der großen physischen Kraft des Laren schafften sie es trotzdem. Nebeneinander sanken Pyon Arzachena und Hotrenor-Taak durch das Schott.

Wie geplant, legte sich das Tragflügelgestänge über den Rand der Schachtmündung. Die Männer schalteten ihre Lampen ein und sahen zehn Meter unter sich den Boden. Es gab weder ein Liftfeld noch Nottreppen – und auf Flugaggregate hatten Pyon und der Lare wegen der Ortungsgefahr verzichtet.

Hotrenor-Taak nickte seinem Freund zu, dann knüpfte er ein Seil auf und ließ es fallen. Das obere Ende war um die mittlere Griffstange gebunden.

Pyon Arzachena lächelte schief und zuckte die Schultern. Der Lare verstand. Er zog sein Messer und schnitt die Sicherungsleine des Prospektors durch. Nachdem Pyon an dem Seil bis zum Schachtboden gehangelt war, kappte Taak seine eigene Sicherungsleine und folgte dem Prospektor.

Kaum standen beide Männer unten, hörten sie es über sich krachen. Das Schott hatte sich geschlossen und dabei das Gestänge zusammengedrückt. Die Überreste des stolzen Flugdrachens blockierten nun die Verschlussmechanik.

»Ob ein Notsignal an den Kaiser abgeht?«, fragte Pyon.

»Ich hoffe nicht. Andererseits verfolgen wir keine bösen Absichten – und es soll mir eine Freude sein, den Kaiser und seine Helfer an der Nase herumzuführen, bevor wir gefasst werden.«

»Wer hat eigentlich wen beeinflusst: das Konzil die Terraner oder die Terraner das Konzil? Wenn ich höre, wie Sie mit terranischen Redewendungen um sich werfen, glaube ich fast, dass Sie der Lehrling waren, Taak.« Arzachena kicherte.

»Ich habe Respekt vor den Gys-Voolbeerah, die es fertiggebracht haben, in dieser Unterwelt rund dreißig Jahre lang unentdeckt zu bleiben«, sagte der Lare beeindruckt.

»Ich hoffe, wir müssen nicht ebenso lange hier herumhocken«, bemerkte der alte Prospektor.

»Wenn unser Ausflug nicht entdeckt wird, kehren wir nach etwa zehn

Stunden zum Schiff zurück. Inzwischen wird die Automatik des Gleiters eine Notlandung in den Bergen vorgetäuscht haben. Sobald ich ein Kodesignal sende, startet der Gleiter und fliegt auf dem Weg zu unserem Schiff hier vorbei.«

So fängt man Molekülverformer

Die beiden Männer näherten sich einem Panzerschott aus Ynkenit, das die Innensektoren von Trapper abriegelte. Hotrenor-Taaks Gerät ließ die Schotthälften zur Seite gleiten.

Der Lare wollte in den Hauptkorridor eilen, als Arzachena ihn am Arm zurückhielt. »Hier stimmt etwas nicht!«, flüsterte Pyon.

»Ich sehe nur einen leeren Korridor – und ich höre keine verdächtigen Geräusche«, erwiderte Hotrenor-Taak.

Pyon Arzachena schnüffelte demonstrativ. »Es riecht nach Molekülverformern!«, stellte er mit Bestimmtheit fest.

Hotrenor-Taak blickte den alten Prospektor ungläubig an. »Sie reden Unsinn!«, sagte er unwirsch. »Die Gys-Voolbeerah strömen zwar einen arttypischen Geruch aus, aber er kann nur von Artgenossen wahrgenommen und identifiziert werden. Anson Argyris hat damals erfolglos versucht, die Moleküle zu isolieren, die an den Riechzellen der Gys-Voolbeerah den Reiz des arttypischen Geruchs auslösen. Ihre Nase kann nicht besser funktionieren als seine Spürgeräte. Oder sind Sie ein Molekülverformer?«

Pyon lachte glucksend. »Es kommt noch soweit, dass jeder jeden verdächtigt, ein Molekülverformer zu sein. Ich wittere zwar keine Molekülverformer, aber mein Instinkt sagt mir, dass hier etwas Fremdes ist. Wir sind nicht allein!«

»Vielleicht doch ein Molekülverformer«, überlegte Hotrenor-Taak. »Wenn ja, dann wird er versuchen, einen von uns zu kopieren. Und wir werden versuchen, ihn zu überlisten und einzufangen.«

Arzachena zog eine flache, verbeulte Metallflasche aus seiner Gesäßtasche, schraubte sie auf, füllte die Schraubkappe und kippte den Inhalt in einem Schluck.

»Was ist das?«, fragte der Lare.

»Ein Wundertrank. Man wundert sich, wie schnell man über den Berg kommt.«

»Wenn man über dem Berg ist, geht es abwärts«, bemerkte Hotrenor-Taak.

Pyon Arzachena füllte die Schraubkappe erneut und reichte sie dem Laren. Zu seiner Verwunderung griff Hotrenor-Taak zu und trank.

»Mein Geschmack ist es nicht, Pyon. Aber wir sollten ernsthaft überlegen, wie wir den hypothetischen Molekülverformer fangen können. Wir würden von ihm viel über die Verbreitung der Gys-Voolbeerah und ihre Stützpunkte in unserer Galaxis erfahren.«

»In *unserer* Galaxis?«, fragte Pyon.

»Sie werden es nicht glauben, aber ich fühle mich in der Milchstraße zu Hause.«

»Schon gut!«, erwiderte Pyon Arzachena. »Wenn wir eine Substanz hätten, die den Stoffwechsel von Lebewesen verlangsamt, könnten wir sie in die Klimaanlage einleiten. Ein Molekülverformer würde dadurch behindert werden, vorausgesetzt, er wäre gerade im Begriff, jemanden zu kopieren.«

»Beispielsweise mich«, erwiderte der Lare. »Ihre Idee ist gut, Pyon.«

»Wenn auch undurchführbar.«

»Wir können die Klimaanlage so einstellen, dass die Temperatur auf minus vierzig Grad absinkt. Es käme dann auf einen Versuch an, ob niedrige Temperaturen einen Gys-Voolbeerah behindern. Sie werden die Klimaanlage entsprechend regeln, während ich mich dem Molekülverformer als Opfer anbiete.«

»Wie lange können Sie bei minus vierzig Grad Celsius überleben – in einer ungeheizten Bordkombination?«, fragte der Prospektor besorgt.

Hotrenor-Taak lächelte. »Ich habe eine Droge, die das Absinken der Körpertemperatur verhindert und die chemoelektrischen Prozesse meines Körpers auch bei sehr niedrigen Außentemperaturen erhält. Folglich werde ich einem Molekülverformer gegenüber im Vorteil sein.«

Tengri Lethos wunderte sich über die Naivität, mit der jemand, der immerhin einmal die Milchstraße im Griff seiner Macht gehabt hatte, das Einfangen eines Molekülverformers plante.

Der Hüter des Lichts sah und hörte Hotrenor-Taak und Pyon Arzachena mithilfe seiner semibionischen Wächter, schwebender Gebilde, die nicht einmal geortet werden konnten. Lebewesen vermochten sie zwar zu fühlen, würden sie aber niemals für funktionelle Systeme, sondern vielleicht für winzige Schweiß- oder Wassertropfen halten. Was die Wächter sendeten, wurde in Lethos' Gehirn in visuelle und akustische Informationen verwandelt.

Als sich der Lare und der Prospektor in Richtung der Klimakontrollstation in Bewegung setzten, überlegte Tengri Lethos, ob er es dem Laren tatsächlich so leicht machen sollte. Er war nicht in der Milchstraße gewesen, während das Konzil hier geherrscht hatte, deshalb kannte er die Strategien des ehemaligen Verkünders der Hetosonen nicht aus eigener Anschauung. Aber was er darüber gehört hatte, genügte ihm, sich ein Bild von der Persönlichkeit des Laren zu machen. Und falls Hotrenor-Taak nicht schon am Rand des Altersschwachsinns stand, stimmte seine Handlungsweise nicht mit diesem Bild überein. Hotrenor-Taak wollte etwas anderes, als er sagte.

Der Hüter des Lichts dirigierte einen Teil der Wächter in den Bereich des Uralt-Spionsystems, über das Anson Argyris die Gys-Voolbeerah belauscht hatte. Als er die semibionischen Systeme nach einiger Zeit wieder zurückzog, hatten sie sich verändert. Lethos maß diese Veränderungen und errechnete danach das Alter des Uralt-Spionsystems. Anschließend aktivierte er den Zeittransmitter seines Anzugs, der äußerlich wie eine normale bernsteingelbe Kombination aussah – wenn man das Netzwerk der Silberfäden nicht beachtete.

Er veränderte seinen Standort im Raum nicht, nur in der Zeit.

Kaum war der Hüter des Lichts materialisiert, als auch schon aus mehreren Richtungen Waffen auf ihn gerichtet wurden. Während er sich mit dem Individualtransmitter in eine Nebenhöhle versetzte, speicherte sein Gehirn die Tatsache, dass sich vor sehr langer Zeit in den natürlichen Hohlräumen unter dem Trap-Ozean, die später von Argyris zum Ausbau der Ausweichzentrale genutzt worden waren, larische Raumfahrer herumtrieben.

Tengri Lethos erinnerte sich an die Berichte, die ihm seine Zeitsensoren aus der Vergangenheit der Menschen gebracht hatten. Danach verehrten die Menschen des Stadtstaates Rom neben anderen Göttern die Laren als Beschützer der Fluren und des väterlichen Bodens. Die Laren sollten aber auch mit den Geistern der Vorfahren, den Manen, in Verbindung stehen.

Er aktivierte die Teile seines Anzugs, die ihn in ein Unsichtbarkeitsfeld hüllten, denn an den Geräuschen erkannte er, dass die suchenden Laren seine Höhle bald erreichen würden. Danach sandte er einen semibionischen Wächter aus und funktionierte ihn als Luftvibrationserreger um. Über ihn hörten die nach und nach eintreffenden Laren das Lied der Arval-Brüder.

»Uns, oh Laren, helfet,
und lass, oh Mars, das Verderben keine anderen treffen.
Sei jetzt zufrieden, wilder Mars, bleibe hier an der Schwelle,
du Grausamer.
Die Semonen möge er alle der Reihe nach anrufen
und möge er, Mars, uns helfen.«

Die Laren erstarrten. Ihre Blicke saugten sich förmlich an der Stelle mitten im Raum fest, von der die Stimme ausging. Tengri Lethos hatte keineswegs die larische Sprache verwendet, sondern das »Latein« der fratres arvales. Er wollte wissen, ob diese Laren die Sprache der alten Römer verstanden. Aus ihren Mienen und einigen aufgeregten Bemerkungen erkannte er, dass dem so war.

Demnach mussten diese Laren schon auf der Erde gewesen sein – und die Laren der alten Römer waren keine Götter, sondern Raumfahrer gewesen. *Seltsam, dass meine Zeitsensoren mir davon nichts übermittelten!*, dachte der Hüter des Lichts. *Es sei denn, die Laren waren Jahrhunderte oder Jahrtausende vorher auf der Erde gewesen, und die Arval-Brüder bezogen sich auf uralte Überlieferungen. Doch dann könnte ich sie nicht in dieser Zeit sehen und hören – oder sie würden die Sprache der fratres arvales nicht kennen!*

Tengri Lethos schaltete das Unsichtbarkeitsfeld ab und hob die geöffneten Hände.

»Ich komme in Frieden!«, sagte er auf Larisch. »Ihr versteht die Sprache der Menschen, also müsst ihr auf der Erde gewesen sein.«

Ihre Waffen ruckten hoch. »Du bist ein Spion des Feindes!«, sagte einer der Laren. »Wir dürfen nicht zulassen, dass du den Feind über das Spionsystem informierst, das wir hier bauen, denn hier wird sich das Schicksal der aufstrebenden jungen Völker dieser Galaxis entscheiden.« Der Mann zögerte einen Moment, als bedauerte er seine Entscheidung, dann rief er: »Feuer!«

Vierzehn gebündelte Energiestrahlen brachen sich an Lethos' Konturschirm. Sie konnten ihn nicht durchdringen und auch sonst keine schädliche Wirkung für Tengri Lethos hervorrufen, aber sie hätten die Atmosphäre in der Höhle verbrennen lassen und damit die Laren selbst getötet. Deshalb versetzte sich der Hüter des Lichts in die Zeit zurück, aus der er gekommen war.

Dahinter also war Hotrenor-Taak her! Er musste wissen oder ahnen, dass Angehörige seines Volkes schon vor dem Entstehen des Konzils in der Milchstraße gewesen waren. Im Gegensatz zu den Konzilslaren waren sie aber nicht als Unterdrücker, sondern als Beschützer der galaktischen Völker gekommen – und sie hatten in der Unterwelt von Olymp ein Spionsystem installiert, um einem mächtigen Feind zu schaden, der offenbar die Menschen der damaligen Zeit bedrohte. Und anscheinend hatten sie den Kampf gegen den Feind aller Völker der Milchstraße gewonnen.

Welche Tragik, dass ihre fernen Nachkommen – in maßloser Verblendung und ohne um das Vermächtnis ihrer Ahnen zu wissen – ebenfalls in die Milchstraße gekommen waren, aber sie grausam heimgesucht hatten.

Tengri Lethos spürte, dass die Luft sich abgekühlt hatte. Offenbar manipulierte Pyon Arzachena die Klimakontrolle schon.

Die Wächter übermittelten ihm, dass Hotrenor-Taak sich rund achtzig Meter entfernt in einem Nebenkorridor befand. In seiner Nähe befand sich der »natürlich gewachsene« Fels, den selbst die Gys-Voolbeerah nicht als Tarnung durchschaut hatten. Dort gab es ebenso einen verborgenen Wartungsgang, der bis in neunhundert Meter Tiefe reichte.

Tengri Lethos versetzte sich mit dem Individualtransmitter in den Wartungsspalt, aktivierte den Antigrav und schwebte so über dem Spalt, der sich nach unten verjüngte. Seinen Konturschirm schaltete er allerdings ab, weil irgendetwas in dem Gestein eine Rückkoppelung befürchten ließ. Mit seinem Fokalstrahler erzeugte er knapp zwanzig Zentimeter hinter der natürlichen Felswand eine Energieentladung, die von jedem Messgerät im Umkreis von fünfhundert Metern registriert werden musste.

Der Hüter des Lichts erfuhr gleich darauf über seine Wächter, dass der Lare die Energieentladung angemessen hatte und nach einem Verbindungsgang suchte. Hotrenor-Taak wollte sich an Ort und Stelle umschauen.

Tengri Lethos merkte, dass seine Melancholie verschwunden war, doch seinen alten Unternehmungsgeist hatte er noch nicht zurückgewonnen. Aber vielleicht würde das Katz- und Mausspiel mit dem Laren ihm zeigen, wohin ES sie alle lenken wollte.

Hotrenor-Taaks Detektor zeigte eine eng begrenzte Energieentladung. Er stürmte los, um einen Durchgang zu dem nahen Sektor zu finden. Genauso impulsiv blieb er wieder stehen und wunderte sich über seine Verhaltensweise. Aber schon eilte er weiter und hatte seine Phase der halben Selbstbesinnung bereits wieder vergessen. Die Droge wirkte; er las die Minustemperatur an seinem Detektor ab, spürte sie aber nicht.

Er stoppte seinen Lauf, als er wenige Meter vor sich im Lichtkegel der Handlampe ein humanoides Wesen sah, das im Spalt einer Felswand schwebte.

Dass es sich keineswegs um natürlichen Fels handelte, wurde erst offenbar, als Hotrenor-Taak einen Blick auf seinen Detektor warf. Das auf die Felswand gerichtete Gerät zeigte zwar natürliches Gestein an – dickbankig abgesonderten Granit mit fein- bis grobkörniger Struktur, die stellenweise durch größere Feldspatkristalle porphyrartig war. Doch das war nicht alles. Außer Feldspat, Quarz, Glimmer und etwas Hornblende erkannte der Detektor geringfügige Beimischungen von Lithophalit. Lithophalit kam jedoch nur unter den besonderen Bedingungen am Grund des metallisch-festen Wasserstoffozeans auf dem Riesenplaneten Litho vor – und Litho war ein Planet des larischen Heimatsystems.

Hotrenor-Taak wusste plötzlich Bescheid. Nur larische Raumfahrer hatten schon vor Jahrtausenden Lithophalit benutzt, um künstlich aufgebautes Naturgestein undurchlässig gegen die Streustrahlung dahinter verborgener elektronischer Systeme zu machen. Der dafür benötigte Anteil stimmte mit dem Detektorwert überein.

Erschüttert machte sich der Lare klar, dass er unbewusst nach etwas gesucht hatte – beziehungsweise, dass das Lithophalit mit seiner charakteristischen, wenn auch sehr schwachen psionischen Ausstrahlung sein

Unterbewusstsein angesprochen und seine Handlungen seit der Ankunft in Trapper gesteuert hatte. Noch stärker erschütterte ihn die Erkenntnis, dass ausgerechnet diese Galaxis, die so sehr unter der Fremdherrschaft seines Volkes zu leiden gehabt hatte, diejenige war, von der die mündlichen Überlieferungen sprachen.

Es hieß, dass einst Raumfahrer der ersten larischen Zivilisation in einer fernen Galaxie auf einen grausamen Feind gestoßen seien. Auf ihren Bericht hin habe man eine schlagkräftige Raumflotte ausgesandt, um diesen Gegner zu vernichten. Das sei nach generationenlangen Kämpfen und unter großen Verlusten gelungen. Dabei wären die larischen Raumfahrer auf vielen unterentwickelten Welten als Götter verehrt worden und hätten den Primitiven geholfen. Während der Kämpfe hatten sie offensichtlich auf einigen Welten Spionsysteme eingerichtet.

Die Einzelheiten dieser großen Vergangenheit des larischen Volkes waren im Meer des Vergessens versunken, denn die erste larische Zivilisation hatte sich selbst zerstört. Hotrenor-Taak schloss die Augen. Er grämte sich, dass Laren unter seiner Führung das große Vermächtnis der brüderlichen kosmischen Hilfe beschmutzt hatten.

Das Geräusch eiliger Schritte schreckte ihn aus seinen Gedanken hoch. Pyon Arzachena kam auf ihn zu und blieb erschrocken stehen, als er das schwebende Wesen erblickte.

»Wissen Sie, wer das ist, Taak?«, flüsterte der Prospektor.

»Ein Molekülverformer!«

Arzachena schüttelte wild den Kopf. »Das ist Tengri Lethos, der Hüter des Lichts! Ich weiß von Argyris, dass Lethos auf Olymp weilt – und sein Äußeres ist unverwechselbar.«

»Ich weiß wohl ebenso viel oder ebenso wenig wie die meisten Menschen über den Hüter des Lichts«, erwiderte Hotrenor-Taak, während er seinen kleinen Kombistrahler zog. »Auf jeden Fall ist mir klar, dass dieses Wesen hier nicht der echte Tengri Lethos sein kann. Ausgeschlossen.« Der Lare richtete die Waffe auf den Schwebenden. »Dir würde es gefallen, das Vermächtnis meines Volkes zu besudeln, Gys-Voolbeerah! Pyon, bitte, ziehen Sie den Gefangenen aus dem Felsspalt! Gys-Voolbeerah, wehren Sie sich nicht, sonst muss ich Sie töten!«

»Warum sollte ich mich wehren«, erwiderte der vermeintliche Molekülverformer. »Ich habe nichts zu befürchten.«

»Das werden wir sehen!«, drohte Arzachena. »Was hast du mit Tengri Lethos gemacht, du Schuft?«

»Ich bin Tengri Lethos«, erklärte der Schwebende.

Arzachena zog ihn aus dem Spalt. »Was tun wir mit ihm?«, fragte der Prospektor. »Er ist nicht nur steif, sondern fast glashart vor Kälte, aber wenn er auftaut, könnte er gefährlich werden.«

»Wir bringen ihn auf die CARRIE-GORSELL«, antwortete Hotrenor-

Taak. »Dort kann ich ein Fesselfeld projizieren, damit er uns nicht wegläuft. – Wie gefällt dir das, Molekülverformer?«

»Ich besichtige gern einen SVE-Raumer«, antwortete der Gefangene friedlich. »Ihre Energiezellenbauweise liegt auf der Entwicklungslinie, die zum Bau des Ewigkeitsschiffs führte.« Sein Blick verschleierte sich.

»Ich erfriere!«, stöhnte der Prospektor. »Es ist fürchterlich kalt hier, wie auf Hertschos.«

»Gehen wir!«, sagte Hotrenor-Taak. »Aber ich komme zurück und werde das Spionsystem meiner Ahnen untersuchen.«

27.

Der falsche Molekülverformer

Hotrenor-Taak betätigte die Schaltung, die das blockierte Schott über dem Ausgang in die kochende Schlammhölle des Trap-Ozeans wieder öffnete. Die Überreste des Flugdrachens wurden von den auseinanderstrebenden Schotthälften langsam völlig zerrissen.

Noch war es Nacht über diesem Teil des Planeten.

Der Lare konnte nur hoffen, dass die Schottsteuerung nicht beschädigt worden war. Falls es sich nach dem Öffnen gleich wieder schloss, würde das Rotationsfeld zusammenbrechen, das die kochende Schlammschicht zurückhielt. Danach hätte es eines Impulses von außen bedurft, um das Rotationsfeld zu reaktivieren.

Die Schotthälften verschwanden mit knirschenden Geräuschen und wurden arretiert. Hotrenor-Taak atmete auf. Er rückte sich den Gefangenen über der Schulter zurecht und fasste mit der freien Hand in die schmalen Trittnischen der Schachtwand. Unter Aufbietung aller Kraftreserven kletterte der ehemalige Verkünder der Hetosonen in die Höhe und rollte den Molekülverformer schließlich auf die vom Rotationsfeld freigelegte Fläche.

Etwa zwei Minuten lang lag er selbst schwer atmend da, und seinem Freund Pyon erging es nicht anders. Sie waren beide am Ende ihrer Kräfte angelangt.

Der Lare musterte seinen Gefangenen. Dieses Wesen musste zur Elite seines Volkes gehören; ein anderer Gys-Voolbeerah hätte es kaum geschafft, ausgerechnet den Hüter des Lichts zu überwältigen und zu kopieren. Schließlich wanderte Hotrenor-Taaks Blick an den wirbelnden Schlammwänden empor, die rasend schnell kreisten und ihn schwindlig machten. Sein Gleiter konnte höchstens noch zehn Kilometer entfernt sein, denn die Fernsteuerung reagierte bereits.

Eine Farbskala zeigte Distanz und Flughöhe des Fahrzeugs an. Als der SVE-Gleiter nur noch knapp hundert Meter hoch flog und rund einen halben Kilometer entfernt war, schaltete Hotrenor-Taak das Bergungsnetz ein. Mit fliegenden Fingern heftete er sich selbst, Pyon Arzachena und dem Molekülverformer die Impulsmarken an, auf die das energetische Schleppnetz ansprach.

Für Sekundenbruchteile sah er das elliptische Fahrzeug über den Schlund hinwegziehen – dann entmaterialisierten alle drei Personen.

Pyon Arzachena blickte zuerst den Laren, dann den Molekülverformer skeptisch an. »Ich bin mir nicht sicher, ob wir Kaiser Argyris immer noch willkommen sein werden, wenn wir mit dem Hüter des Lichts ankommen«, sagte er leise.

»Dieses Wesen kann nicht Tengri Lethos sein«, erwiderte der Lare verärgert. »Glauben Sie wirklich, der Hüter des Lichts hätte sich mit vorgehaltenem Kombistrahler einfangen lassen?«

»Ein Molekülverformer schon?« Arzachena schaute auf den nach wie vor reglos daliegenden Mann. »Aber ich weiß bald nicht mehr, was ich glauben soll. Ich hätte auch nie gedacht, dass der Hüter des Lichts sich von einem schleimigen Gallertklumpen überrumpeln ließe!«

»Wieso schleimiger Gallertklumpen?«, fragte der Gefangene und hob den Kopf. »Haben Sie schon einmal einen Gys-Voolbeerah gesehen, der seine Grundgestalt angenommen hatte, Mister Arzachena?«

Der Prospektor wich überrascht zurück. »Er ist wach! Taak, er ist wach!«

Der Gleiter näherte sich bereits dem SVE-Raumer, in dessen energetischer Außenhülle sich eine Schleuse geöffnet hatte. Augenblicke später wurde die Maschine in den Hangar aufgenommen. Der Schiffsrumpf schloss sich wieder.

Der Lare dirigierte seinen Gefangenen aus dem Gleiter und in eine der Mannschaftskabinen, die mit einem energetischen Sperrfeld abgesichert werden konnte. Hotrenor-Taak wirkte verbissen, als er den Projektor aktivierte.

Eine Space-Jet näherte sich dem SVE-Raumer.

»Hallo, Hotrenor-Taak!«, erklang es aus dem Funkempfang, und das Abbild von Kaiser Anson Argyris war zu sehen. »Darf ich mit Mister Tekener an Bord kommen?«

Schräg hinter dem Freifahrerkaiser wurde das zernarbte Gesicht Ronald Tekeners sichtbar. Hotrenor-Taak wusste über diesen Mann Bescheid und mahnte sich bei seinem Anblick zu größter Wachsamkeit. Der ehemalige USO-Spezialist konnte als Gegner gefährlich werden.

»Es wird mir eine Ehre sein, Sie an Bord meines Schiffes zu begrüßen, Majestät«, antwortete der Lare. »Auch Sie, Mister Tekener, sind mir willkommen.«

Minuten später standen sich die vier Personen in der Zentrale der CARRIE-GORSELL gegenüber. Anson Argyris hatte ausnahmsweise nicht sein archaisches Gewand angelegt, sondern eine metallisch blaue Raumkombination. Ronald Tekener trug eine Kampfkombi mit silberfarbenen Symbolen auf den Ärmeln und mit dem schmalen Brustschild »Sonderbeauftragter der Liga Freier Terraner«.

Argyris musterte den Laren und den Prospektor mit feinem Lächeln. »Haben Sie ein Moorbad genommen?«

»Moorbad?«, wiederholte Hotrenor-Taak gedehnt.

»Majestät meinen sicher ein Sumpfbad«, warf Arzachena ein. »Damit können wir allerdings dienen. Wir hatten eine Notlandung mit dem Gleiter in den Bergen und klatschten ausgerechnet in einen Sumpf. Glücklicherweise war er nicht tief, sonst konservierten unsere Leichen lustig vor sich hin.«

Tekener lächelte. »Immer zu Scherzen aufgelegt, Pyon ›Kaktus‹, wie? So wie damals mit der Ladung verbotener Stimulanzien, die verschwunden war, als das USO-Kommando an Bord kam. Leider waren das keine ausgebildeten Spezialisten, sondern nur Hilfswillige aus allen möglichen Völkern, die Wissen durch Fleiß und guten Willen ersetzten. Übrigens ein origineller Trick, Drogen in aufgelöstem Zustand in Deuteriumtanks zu transportieren. Man kann die Tanks mit hohem Druck abblasen und das Deuterium aus den Reservetanks hineindrücken. Dabei verliert sich jeder Drogenrest.«

»Stimulanzien?«, empörte sich Arzachena – und seine Stachelhaare schienen sich noch stärker zu sträuben. »Das war Hustensaft – oder jedenfalls eine Substanz, die zur Beimischung in Hustensaft bestimmt war.«

»Und die in höheren Dosen stimulierend wirkt«, erklärte Tekener.

Anson Argyris räusperte sich. »Wir sind nicht hier, um uns über die stimulierende Wirkung bestimmter Ingredienzen zu unterhalten, Ron.« Er lächelte den Laren an. »Hotrenor-Taak, wie Sie wissen, befindet sich eine GAVÖK-Kommission auf Olymp. Da sie heute Mittag zu einem Rundflug um den Planeten aufbrechen und alle Raumhäfen besichtigen wird, halte ich es für zweckmäßig, Ihren SVE-Raumer neugierigen Blicken zu entziehen.«

»Ich verstehe«, erwiderte Hotrenor-Taak. »Es könnte die Liga Freier Terraner bei den übrigen Mitgliedern der GAVÖK in Verruf bringen, wenn man sähe, dass die Terraner mit dem ehemaligen Unterdrücker der galaktischen Sternenvölker zusammenarbeiten.«

»Ist das unlogisch?«, fragte Argyris.

»Keineswegs«, antwortete der Lare. »Meine Feststellung war nicht von Emotionen begleitet, sondern hat sich nüchtern an den Gegebenheiten orientiert. Ich verstehe Sie, Majestät.«

»Da bin ich aber froh«, erwiderte Anson Argyris ironisch. »Gestatten Sie bitte, dass Mister Tekener und ich Ihr Schiff in ein Versteck bringen!

Sie brauchen uns nicht zu begleiten, wenn Sie nicht wollen, sondern können sich in einem Gästesektor in der Unterwelt von Olymp einrichten. Wenn ich Sie den entsprechenden Einrichtungen avisiere, kommen Sie lebend hinein und auch wieder heraus.«

»Ich bleibe bei meinem Schiff«, erklärte Hotrenor-Taak. »Und ich werde es selbst steuern.«

Tekener verzog die Lippen. »Selbstverständlich dürfen Sie in Ihrem Schiff bleiben, Hotrenor-Taak. Aber steuern werden Majestät und ich, wir haben unsere Gründe dafür. Und Sie müssen bis zu unserer Ankunft im Versteck die Zentrale verlassen.«

»Ich protestiere! Die GORSELL ist mein Schiff – Ihr Ansinnen verstößt gegen jedes Recht ...«

»Wer die Macht hat, hat das Recht, Hotrenor-Taak!«, sagte Anson Argyris. »Ich erinnere Sie daran, dass Sie sich als Verkünder der Hetosonen ausschließlich auf dieses Motto stützten. Wenn ich also bitten darf ...«

Schweigend drehte Hotrenor-Taak sich um und verließ die Steuerzentrale.

Nicht so Pyon Arzachena. Er verzog sein Gesicht zu einem unschuldigen Babylächeln und sagte: »Aber für mich gilt das nicht, meine Herren. Schließlich bin ich kein Lare, sondern ein Mensch.«

Tekener lächelte süffisant. »Soll ich Kaktus in den Abfallschacht stecken oder ihm nur den Skalp abziehen, Anson?«

Bevor der Kaiser antworten konnte, war Pyon Arzachena draußen. Er konnte das Gelächter von Anson Argyris und Ronald Tekener nicht mehr hören ...

Tengri Lethos war sich klar darüber, dass Hotrenor-Taak ihn nur deshalb für einen Molekülverformer hielt, weil der Lare von der Idee besessen war, die Geheimnisse der Molekülverformer zu entschleiern. Und welches kosmische Rätsel konnte einen stärkeren Anreiz ausüben als das Geheimnis des herrlichen Tba, eines offenbar gewaltigen Sternenreichs, das Tausende von Galaxien umfasst hatte?

In dieser Ausdehnung existierte es zweifellos nicht mehr. Wahrscheinlich gab es nur noch die Keimzelle jenes gewaltigen Reiches – irgendwo in einem versteckten Sonnensystem.

Lethos fragte sich, warum er nichts getan hatte, um Hotrenor-Taaks Ansicht zu korrigieren. Anfangs hatte das Täuschungsmanöver wenigstens noch den Sinn gehabt, herauszufinden, ob der Lare statt nach Informationen über neue Energiequellen für SVE-Raumer nach Spuren der Molekülverformer suchte.

Tengri Lethos ortete mithilfe seiner Sensoren, stellte die dimensionale Beschaffenheit des Sperrfelds fest, das die Arrestzelle umhüllte, und erkannte, dass er es mit seinem Individualtransmitter nicht durchbrechen konnte. Kurz entschlossen aktivierte er den Zeittransmitter, versetzte sich um knapp zwei Stunden in die Vergangenheit – und schwebte plötzlich über eisbedeckten Berggipfeln.

Er hatte einen Fehler begangen, hatte nicht daran gedacht, dass sein perfekter Zeittransmitter die Raum-Zeit-Bezogenheit aufrechterhielt, die bei qualitativ schlechteren Zeitmaschinen verloren ging. Dadurch war er in den Raum zurückbefördert worden, in dem er sich vor der fraglichen Zeitspanne befunden hatte. Nur dass »vor knapp zwei Stunden« der SVE-Gleiter Hotrenor-Taaks an dieser Position gewesen war und jetzt nicht, denn er war infolge seiner hohen Geschwindigkeit bereits ein Stück entfernt, als Lethos materialisierte.

Der Hüter des Lichts stellte fest, dass er sich in zwölf Kilometern Höhe befand und in die Tiefe stürzte. Nur sein Konturschirm hatte ihn vor einer gefährlichen Dekompression bewahrt. Tengri Lethos entschied sich für einen Sprung mit dem Individualtransmitter auf das Landefeld, auf dem der SVE-Raumer stehen musste, zu dem allerdings Hotrenor-Taak und Pyon Arzachena noch nicht zurückgekehrt waren.

Er schaltete seinen Licht-Impuls-Detektor ein und konnte danach weder gesehen noch geortet werden. Danach aktivierte er noch einmal den Zeittransmitter und kehrte in seine reale Zeit zurück. Gerade noch rechtzeitig, denn die GORSELL entfernte sich schnell. Eine Space-Jet war mit dem SVE-Raumer gekoppelt, sie trug die Insignien des Kaisers der Freifahrer. Es war für Lethos nicht schwer, sich zusammenzureimen, dass der Start des SVE-Raumers mit einem Besuch Anson Argyris' auf dem Schiff zusammenhing.

Der Hüter des Lichts beschloss, dem Schiff mit schnellen Transmitter-Intervallen zu folgen.

Besichtigung

Ilma von Rohan stand vor dem Fenster ihres Gästezimmers im kaiserlichen Palast, als Nchr alias Pedar von Margulien eintrat, eine Flasche Wein und zwei Gläser in der Hand.

Der Gys-Voolbeerah sah, dass »seine« Nichte die Kette mit dem Medaillon trug und außerdem nur ein halb transparentes Negligé. Plötzlich fühlte er sich gar nicht mehr so sicher, dass ihm an einem perfekten Rollenspiel gelegen war.

Doch seine Meinung war bedeutungslos. Wichtig war nur, dass er nie einen Rückzug machte. So wollte es das GESETZ.

»Ein schöner Sonnenuntergang, Ilma.« Nchr stellte die Flasche und beide Gläser auf den Tisch. Die rote Sonne Boscyks Stern tauchte die

Abendwolken in Purpur und Gold. Sogar die über Trade City lagernden Staubwolken wurden von ihrem Schein verzaubert.

Nchr kannte den Grund für die Staubwolken. Trade City war während der Konzilsherrschaft verkommen. Kaiser Anson Argyris und seine Räte hatten deshalb beschlossen, die Stadt mit Desintegratoren aufzulösen und an ihrer Stelle das Neue Trade City nach Plänen des Architekten K'yon de Moraine zu bauen.

»Das Neue Trade City wird bestimmt eine schöne Stadt werden«, sagte Nchr.

»Bist du nur gekommen, um mir das zu sagen, Pedar?«, fragte Ilma verärgert.

Nchr überwand sich und drückte sie kurz an sich. Er merkte, dass sie keineswegs zufrieden war, aber ihm wäre beinahe übel geworden. Rasch öffnete er die Flasche und schenkte die Gläser voll. Der Wein war rot, dick und süß. Obwohl Nchr vorbeugend ein Kompensationsmittel genommen hatte, trank er nur in kleinen Schlucken.

Ilma leerte ihr Glas in einem Zug, legte den Kopf mit geschlossenen Augen und halb geöffnetem Mund zurück und sagte: »Mehr, Pedar!«

Nchr gehorchte. *Das GESETZ ist heilig!,* sagte er in Gedanken auf. *Eine Forderung des GESETZES lautet, eine Rolle kompromisslos und ohne Zaudern zu Ende zu spielen!*

Wieder trank Ilma, dann flüsterte sie: »Küss mich, Pedar!«

Nchr war kein Feigling, doch diesmal zitterte er so stark, dass er Wein verschüttete. Es war eine Ironie des Schicksals, dass ausgerechnet er das ernten sollte, was der echte Pedar von Margulien so begehrt hatte.

Nchr riss sich zusammen. »Ich bin ein Gys-Voolbeerah!«, flüsterte er, unhörbar für Ilma, wie er hoffte. Er stellte sein Glas ab und erhob sich.

»Du bist voll?«, fragte die Frau und öffnete die Augen. »Von einem halben Gläschen Wein?« Sie kicherte und breitete die Arme aus.

Nchr biss die Nachahmung von Pedars Zähnen zusammen, hatte eine Menge Fragen, wusste keine Antworten, und nahm »seine« Nichte entschlossen in die Arme. Sie klammerte sich an ihn wie eine Ertrinkende – und plötzlich spürte er, wie etwas hart gegen sein Brustbein drückte.

Ilma musste es ebenfalls gespürt haben, denn mit einem leisen Wehlaut drängte sie »ihren Onkel« mit den Händen von sich, dann wollte sie das Medaillon kurz entschlossen auf ihren Rücken schieben. Ungewollt berührte sie dabei die Sensorpunkte der Verschlussautomatik.

Der grün schimmernde Kristall schärfte und erweiterte das Wahrnehmungsvermögen des Gys-Voolbeerah – und während er noch fürchtete, dass das auch bei Ilma der Fall sein könnte, erblickte die Akonin zum ersten Mal den Kristall. Ihre Augen weiteten sich vor Überraschung, und sie schien sich plötzlich in einem tranceartigen Zustand zu befinden.

Ilma ging an Nchr vorbei, öffnete die Tür und schritt zielstrebig auf den nächsten Antigravschacht zu. Der Gys-Voolbeerah folgte ihr, schwebte dicht über ihr in dem Antigravlift bis in die Kelleretage hinab und stellte verwundert fest, dass der Boden unter Ilma und ihm sich auflöste, als die Akonin etwas in einer Sprache sagte, die er für Altterranisch hielt.

Rund hundert Meter tiefer befanden sie sich in einer Halle, die nichts weiter enthielt als die Statue eines Freifahrers auf einem Marmorpodest.

Nchr fragte sich bereits, weshalb jemand wegen einer Denkmalshalle einen derart großen geheimen Aufwand betrieben hatte, da begann »seine« Nichte ein Zwiegespräch mit dem Denkmal – und die Statue antwortete. Sie war entweder ein Roboter oder sie enthielt eine Positronik mit Kommunikationssystem.

Wieder redete die Akonin in jener eigenartigen Sprache. Da Nchr kein Milchstraßen-MV war, hatte sich für ihn nie die Notwendigkeit ergeben, eine der alten irdischen Sprachen zu erlernen.

Als die »Statue« mitsamt dem Podest zur Seite schwenkte und unter ihr eine in die Tiefe führende Wendeltreppe sichtbar wurde, wusste Nchr, dass sich vor ihm einer der geheimen Zugänge in die Unterwelt des Planeten befand. Ilma sprang leichtfüßig die Treppe hinab.

Bevor der Sockel mit der Statue wieder herumschwenken konnte, befand Nchr sich ebenfalls auf den Stufen und versuchte, nicht zu weit hinter Ilma zurückzubleiben.

Anson Argyris' Armbandkom projizierte das Gesicht von Fürst Wolfe-Simmer, dem Olympischen Rat für Sicherheit.

»Majestät, Tengri Lethos ist spurlos verschwunden«, meldete der Fürst. »Kershyll Vanne meint, dabei sei Zeitreise im Spiel.«

»Vanne?«

»Er ist vor wenigen Minuten über Transmitter aus dem Solsystem eingetroffen, um die GAVÖK-Delegation in Empfang zu nehmen. Das Verschwinden unseres Ehrengastes hat er sozusagen live mitbekommen.«

Argyris, der Vario-500, nickte knapp. »Vanne spricht also von Zeitreise? Ist das eine bloße Behauptung, oder steckt mehr dahinter, Jürgo?«

»Es ist schierer ... Blödsinn, Majestät. Oder hast du bei Lethos schon eine Zeitmaschine gesehen?«

»Darf ich etwas sagen, Majestät?«, fragte Hotrenor-Taak, der zusammen mit Arzachena die Steuerzentrale des SVE-Raumers wieder betreten hatte, nachdem das Schiff in dem Versteck zur Ruhe gekommen war. »Wenn Kershyll Vanne das behauptet, stimmt es. Ich weiß aus eigener Erfahrung, was der Sieben-D-Mann kann.«

»Zeitreise!« Pyon Arzachena schloss träumend die Augen. »Mit einem tragbaren Gerät!«

»Wer redet da?«, fragte Fürst Wolfe-Simmer.

»Jemand, der keine Ahnung hat«, antwortete Argyris und blinzelte dem alten Prospektor zu. »Leite bitte eine Suchaktion ein, Jürgo! Tengri Lethos leidet wegen des Verlusts seines Ewigkeitsschiffs unter Depressionen.«

Er blickte den Laren scharf an. »Was Sie eben gehört haben, ist streng geheim, Hotrenor-Taak! Ich wünsche, dass Sie und Arzachena zu niemandem darüber sprechen!«

»Sie haben mein Wort, Majestät«, versicherte der Lare.

»Meines auch«, sagte Pyon Arzachena.

»Übrigens haben wir ein kleines Problem«, fügte Hotrenor-Taak hinzu. »Das heißt, eigentlich ist es Pyons Problem, aber ich habe mir vorgenommen, ihm bei der Lösung zu helfen. Pyon hat auf einem Planeten – und zwar nicht auf Maverick – Ynkelonium entdeckt. Wenn irgendein Bergbauunternehmen oder ein anderer Prospektor davon erfährt, wird man wahrscheinlich versuchen, Pyon zu betrügen.«

»Es sind Hunderte Tonnen gediegenen Ynkeloniums!«, erklärte der Prospektor.

Ronald Tekener pfiff durch die Zähne. »Es gibt viele Personen, die Mister Arzachena deswegen glatt umbringen würden. Anson, falls das mit dem Ynkelonium stimmt, dann könntest du doch Mister Arzachena eine runde Abfindungssumme bezahlen, wenn er uns die Rechte an seiner Ynkelonium-Mine abtritt.«

»Er müsste diese Rechte zuerst erwerben«, sagte Argyris. »Das heißt, wenn der betreffende Planet noch niemandem gehört, könnte ich ihn für die Freifahrer in Besitz nehmen, Pyon Arzachena die Rechte an der Mine einräumen und sie ihm anschließend abkaufen.«

»Was würden Sie mir zahlen?«, fragte der Prospektor kleinlaut. »Wenn Sie mir erst die Rechte an der Mine einräumen, bevor ich sie überhaupt verkaufen kann, habe ich wohl nicht viel zu erwarten.«

»Sie vergessen, dass außer uns beiden niemand die Koordinaten des betreffenden Planeten kennt, Pyon«, erklärte Hotrenor-Taak. »Was aber noch wichtiger ist: Kaiser Argyris betrügt niemanden. Deshalb habe ich die Angelegenheit ja zur Sprache gebracht.«

Argyris schmunzelte. »Der ehemalige Larenhäuptling kennt mich fast so gut wie ich mich selbst. Mister Arzachena, ich biete Ihnen – vorausgesetzt, es handelt sich um eine Menge von mindestens zwanzig Tonnen gediegenen Ynkeloniums – zwei Milliarden Solar für die Rechte an der Mine und zusätzlich drei Prozent vom Nettogewinn. Einverstanden?« Er hielt dem Prospektor die Hand entgegen – und Pyon Arzachena schlug freudestrahlend ein.

»Einverstanden, Majestät! Aber ich brauche vorläufig nur eine Milliarde Solar. Wenn Sie so nett wären, die zweite Milliarde als Kredit zu behalten ...?«

Anson Argyris lachte laut. »Sie sind gar nicht dumm. Mir eine Milliarde meines Geldes als Kredit zurückzugeben und fette Zinsen kassieren! Eine Frage noch: Was haben Sie mit der Milliarde vor, die ich Ihnen auszahlen werde?«

Arzachenas Gesicht verzog sich zu einem breiten Grinsen. »Ich mache einen Hobby-Versand auf.«

»Hobby-Versand?«, echote Tekener.

Der Prospektor nickte eifrig. »Es liegt in der Natur der Sache, dass die galaktischen Sternenvölker bald wieder Rohstoffe im Überfluss haben werden. Sie brauchen nur alle verfügbaren Raumschiffe einzusetzen, dann können sie unbelebte Welten ausbeuten. Etwas schwieriger wird es schon sein, aus den Rohstoffen Halbfertigfabrikate herzustellen, aber da das meist nur einfache Produktionsgänge erfordert, werden die notwendigen Anlagen bald stehen.

Ein echtes Problem dürfte aber die Herstellung aufwendiger Fertigfabrikate sein. Die dazu notwendige Industrie muss erst mühsam wieder aufgebaut werden. Also wird ständig ein Mangel an hochwertigen Fertigfabrikaten herrschen.

Ich werde diesen Mangel lindern, indem ich Halbfertigfabrikate aufkaufe, zu Hobby-Sets für beispielsweise den Eigenbau von Kühlschränken, Waschmaschinen, Kleinpositroniken und so weiter zusammenstelle und mit entsprechenden Anleitungen anbiete.«

»Hobby-Versandhaus Pyon Arzachena!«, sagte Tekener achtungsvoll. »Wenn das kein Geschäft wird, Mann ...«

»Ronald, wir müssen gehen«, drängte Argyris. »Ich mache mir Sorgen um Tengri Lethos. Hotrenor-Taak und Pyon Arzachena, falls Sie den Hüter des Lichts sehen, verständigen Sie mich bitte.«

»Selbstverständlich, Majestät«, versprach der Lare.

Als Argyris und Tekener die GORSELL verlassen hatten, sagte Arzachena: »Ich danke Ihnen, Partner – vor allem, weil Sie die Sache mit dem Ynkelonium für mich geregelt haben. Aber warum haben Sie dem Kaiser nicht verraten, dass wir einen Molekülverformer gefangen haben, der die Gestalt von Tengri Lethos angenommen hat?«

Der Lare zuckte mit den Schultern. »Offen gesagt, ich weiß das selbst nicht.«

Pyon Arzachena seufzte, dann wurden seine Augen groß. »Taak!«, rief er aufgeregt. »Über den Besuch des Kaisers haben wir meine Childa vergessen! Schnell, führen Sie mich zu ihr, damit wir sie auftauen können!«

Hotrenor-Taak legte sich die Hand über die Augen, eine der wenigen larischen Gesten, die er sich nicht abgewöhnt hatte. »Ich schäme mich, Pyon«, sagte er leise. »Ich habe gelogen, als ich behauptete, Childa in die Kammer für suspendierte Animation gebracht zu haben.« Er wurde nachdenklich. »Da fällt mir etwas ein. Bevor ich nach Hertschos kam, beeinflussten schwache Hypersignale den Kurs meines Schiffes. Sie haben keine Hypersignale gesendet, oder?«

»Womit denn?«, fragte der Prospektor bitter. »Aber warum soll ich Childa nicht sehen, Taak?«

»Vielleicht verfügt dieses Wesen über psionische Fähigkeiten«, sinnierte der Lare weiter. »Dann könnte es die Signale ausgestrahlt haben, denn sie kamen von Hertschos und verstärkten sich kurz vor meiner Landung erheblich.«

»Sie klebte stocksteif an der Decke der Höhle«, erinnerte sich Arzachena. »Wenn sie ihre gesamte Lebenskraft aufgebraucht hat, um Hilfe für mich zu holen ...« Er schluchzte auf. »Nein, Sie können mich einfach nicht belogen haben, Taak.« Er stürzte aus der Zentrale.

Hotrenor-Taak folgte ihm. Doch er konnte den Prospektor nicht einholen. Das Außenschott der Kammerschleuse war geschlossen und die Anzeige blinkte warnend, ein Zeichen dafür, dass das Innenschott offenstand. Der Lare musste warten, bis Pyon wieder herauskam.

Der dumme Kerl friert sich ein!, überlegte Hotrenor-Taak. *Wie kann ich ihm nur helfen?*

Aber schon Sekunden später öffnete sich das Außenschott wieder. Pyon Arzachena kam heraus, die rechte Hand ausgestreckt und mit der Handfläche nach oben. Auf der Hand saß ein etwa zehn Zentimeter großer feuerroter Salamander!

»Childa!«, sagte Pyon Arzachena mit Tränen in den Augen. »Sie hat fast ihre ganze Substanz hingegeben, um mein Leben zu retten. Aber sie lebt wenigstens.«

Hotrenor-Taak musste sich an die gegenüberliegende Wand lehnen. Ihm war schwindlig geworden, vor allem begriff er gar nichts.

»Das ist sehr schön«, sagte er matt. »Aber es ist auch unmöglich, Pyon. Wie soll Childa an Bord gekommen sein? Sie haben sie nicht geholt – und ohne Schutz wäre sie außerhalb der Höhle keinen Meter weit gekommen.«

Pyon Arzachena strich mit der Fingerkuppe über den Rücken des Salamanders.

»Sie sprachen selbst von Childas psionischen Fähigkeiten, Taak. Haben Sie nie von Teleportation gehört? Für mich ist das jedenfalls Childa. Sicher, sie kann nicht sprechen. Aber dazu ist sie auch noch zu klein. Ich glaube aber, sie wird ihre normale Größe wieder erreichen – und dann wird sie wieder mit mir reden.«

»Und sie befand sich im Zustand suspendierter Animation?«, fragte der Lare. »Ich begreife das nicht, Pyon – und ich habe sie wirklich nie zuvor gesehen!«

Der Prospektor wischte sich die Tränen aus den Augen und lächelte.

»Ich möchte wetten, diese vermeintliche Lüge hatte Childa Ihnen eingegeben, Taak.« Er wischte sich die Nase am Ärmel ab. »Jedenfalls trenne ich mich nie wieder von ihr.«

Hotrenor-Taak nickte. »Wovon ernährt sich ein Valley-Salamander eigentlich?«

»Keine Ahnung«, sagte der Prospektor. Seine Stimme klang so geistesabwesend, dass der Lare ihn forschend ansah. »Das mit den Hobby-Sets ist wirklich eine gute Idee von mir. Mit den entsprechenden Anleitungen könnten Kinder Schulraumschiffe bauen oder Spielroboter.« Er holte tief Luft. »Und ich werde auch ein Set entwickeln, mit dem sich jeder seinen eigenen MV-Spürer basteln kann.«

»Meinen Sie nicht, dass man in den Geheimlabors der Solaren Abwehr, falls sie noch so heißt, längst mit Hochdruck an der Entwicklung eines MV-Detektors arbeitet?«, fragte Hotrenor-Taak ironisch.

»Ein einsamer Tüftler hat der Menschheit schon oft Wertvolleres geschenkt als Armeen überbezahlter Fachidioten«, erklärte Arzachena überzeugt. »Ich habe schon eine Idee. Das Material für meinen Prototyp müsste ich mir allerdings in den vollgestopften Freiluftlagern des Kaisers zusammensuchen.«

Hotrenor-Taak machte eine resignierende Geste. »Dann gehen Sie, Pyon! Suchen Sie Ihr Material zusammen! Ich kann Sie leider nicht begleiten, um Argyris nicht durch mein Auftreten in der Öffentlichkeit vor der GAVÖK-Kommission in Verruf zu bringen. Aber Sie sind ein Mensch. Ich rate Ihnen allerdings davon ab, einen SVE-Gleiter zu benutzen. Nehmen Sie ein Flugaggregat aus der Ausrüstungskammer. Diese Geräte sind gemeinsame Neuentwicklungen der Provconer und Gäaner und haben eine Reichweite von achthundert Millionen Kilometern.«

»So weit sind wir hoffentlich nicht von Trade City entfernt«, erwiderte der Prospektor. Er steckte den Valley-Salamander in eine Innentasche seiner Bordkombination und verließ die Zentrale.

Als Pyon Arzachena aus der geöffneten Schleusenkammer des SVE-Raumers schaute, sah er vor und schräg unter sich das heiße weiche Gestein eines Lavafeldes, das sich rundum bis zum Horizont erstreckte. Weit entfernt ragte ein Vulkan bis in die Wolken. An seinen Flanken rann glutflüssiges Gestein herab, ergoss sich über die lavabedeckte Ebene und wälzte sich, träger werdend, auf die CARRIE-GORSELL zu.

Pyon Arzachenas Druckhelm war geschlossen, doch beim Anblick der über den Vulkan treibenden weißen Wolken blickte er auf seinen Armbanddetektor und stellte fest, dass die Atmosphäre einen Erdnorm-Sauerstoffgehalt aufwies und keine giftigen Beimengungen enthielt.

Das faltenreiche Gesicht des Prospektors verzog sich zu einem wissenden Grinsen. »Und ich dachte immer, die Idee mit der Projektionskulisse wäre längst ausgelutscht«, murmelte er und klappte seinen Druckhelm zurück.

Dann wurde ihm klar, welche Konsequenz sich aus seinem Schluss ergab, bei der Lava und dem Vulkan handele es sich nur um eine Projektion, die anderes verbergen sollte. Da sich das glühende Lavafeld nach allen Richtungen erstreckte, würde er entweder im Schiff bleiben oder irgendwo auf heißer Lava landen müssen – darauf vertrauend, dass seine Füße auf normalem und nicht tödlichem Untergrund aufsetzten.

Pyon wurde ein wenig blass, aber das verminderte seine Entschlossenheit nicht, nach Trade City zu fliegen und sich das Material für den Prototyp seines MV-Spürers zu beschaffen. Das wirkliche Motiv dafür kam dem Prospektor gar nicht richtig in den Sinn: mit dem Gerät endlich herauszufinden, ob der Gefangene im Raumer ein Molekülverformer war.

Pyon Arzachena entfernte sich in gerader Linie vom Schiff. Als er ungefähr die Hälfte der Strecke bis zum Krater zurückgelegt hatte, stutzte der Prospektor. Er hatte die Entfernung auf etwa dreißig Kilometer geschätzt. Bei einer Fluggeschwindigkeit von durchschnittlich sechshundert Stundenkilometern hätte er drei Minuten bis zu dem Feuerberg brauchen dürfen. Aber er war schon zehn Minuten unterwegs.

Es dauerte weitere zehn Minuten, in denen der Vulkan optisch höchstens fünf Kilometer näher rückte. Arzachena hätte keine wissenschaftliche Erklärung des Phänomens finden können. Allein seine Erfahrung sagte ihm, dass die Diskrepanz durch eine Verzerrung des Raumes oder der Zeit hervorgerufen wurde, also ein Trick war, mit dem der Verursacher seinen Aktionsradius einschränken wollte.

Angenommen, die Projektionskulisse aus Lava und Vulkanen erstreckte sich über die Oberfläche des gesamten Planeten Olymp, dann gab es keinen stichhaltigen Grund, den Aktionsradius des Getäuschten räumlich zu begrenzen. Anders verhielt es sich, wenn sich die Kulisse innerhalb eines geschlossenen Raumes befand – beispielsweise in einer großen Kaverne. In diesem Fall war die Begrenzung der Reichweite von Eingeschlossenen zwingend, damit sie sich an der Höhlenwandung nicht den Schädel einrannten beziehungsweise nicht herausfanden, wo sie steckten.

Pyon war sicher, dass diese zweite Möglichkeit zutraf. Entschlossen, aber dennoch in Angstschweiß gebadet, ließ er sich bis knapp einen Meter über die höllische Kulisse absinken. Er glaubte, die Hitze durch seinen Schutzanzug hindurch zu spüren, aber sein Armband zeigte eine Temperatur von lediglich zweiundvierzig Grad Celsius an.

Pyon Arzachena riskierte alles. Sekundenlang fürchtete er, gleich einer Fackel zu verbrennen, dann berührten seine Stiefel festen Boden. Gleichzeitig verschwand die Projektion.

Pyon Arzachena stand auf nacktem Gestein. Über ihm wölbte sich die Decke eines Felsendoms – und an der höchsten Stelle war eine trüb rote Kunstsonne in unsichtbaren Kraftfeldern verankert.

Der Prospektor schätzte die Größe des Felsendoms ab, der maximal hundertfünfzig Meter hoch sein mochte und mehrere Kilometer durchmaß. In der Mitte der Felsenhalle schwebte der SVE-Raumer.

Pyon Arzachena fragte sich, ob er Hotrenor-Taak berichten sollte, wo sie sich befanden, da hörte er den Schrei. Ein weibliches menschliches Wesen mochte geschrien haben. Der alte Mann entdeckte in der fraglichen Richtung eine portalähnliche Öffnung.

Pyon wollte in geringer Höhe hinfliegen, doch er kam kaum von der Stelle und sah wieder die Projektion der Lava. Er stieß eine deftige Verwünschung aus und marschierte zu Fuß los.

28.

Hölle nach Art des Hauses

Anfangs hatte Nchr alias Pedar von Margulien nicht genau darauf geachtet, wie sich Ilma von Rohan vor ihm durch Gänge, Kammern, Hallen und Schächte bewegte.

Als er merkte, dass es in der Unterwelt von Olymp auf jeden einzelnen Schritt, jede Handbewegung und sogar auf das Tempo der Fortbewegung ankam, war er schon fast tot. Aus dem groben Mauerwerk der Wände zuckten blitzende Schwertklingen heraus. Drei von ihnen durchbohrten Nchrs Körper, und als der Gys-Voolbeerah sich ohne Rücksicht auf die erlittenen Wunden nach vorn warf, klappte unter ihm eine Steinplatte weg.

Nchr sah am gegenüberliegenden Rand der Fallgrube einen dichten Rasen winziger Stahlnadeln schimmern, aus deren Spitzen Tropfen einer wasserklaren Substanz quollen, und in der Fallgrube fauchte und glühte es wie in einem Hochofen. Der Molekülverformer fand keinen Halt. Doch da lief bereits ein Prozess ab, bei dem die molekular austauschbare Körpersubstanz aus den Beinen und dem Rumpf in Arme und Hände transportiert wurde. Nchr wurde zu einem Wesen aus zwei großen Lederhautschwingen und einem winzig kleinen Körper, der mit Schwung über die gefährliche Nadelkante hinwegglitt und klatschend im Korridor landete. Bedauernd musterte er die Überreste der echten Kleidung, dann formte er wieder die Kopie von Pedar von Margulien und bildete zudem neue Kleidung aus.

»Seine« Nichte hatte Nchr dabei nicht aus den Augen gelassen, denn ihm war klar geworden, dass es für ihn darauf ankam, ihre Bewegungen exakt zu wiederholen.

Ilma von Rohan bewegte sich wie eine Schlafwandlerin. Sie hatte die Kette abgenommen und blickte unablässig auf den im Medaillon eingebetteten Kristall.

Der Gys-Voolbeerah dachte angestrengt nach. Einerseits schien es so zu sein, dass der grüne Kristall Ilma in Trance hielt und ihre Bewegungen steuerte, andererseits war es völlig unverständlich, wie ein Kristall, der in keinem Zusammenhang mit der Unterwelt von Olymp stand, jemanden so lenken konnte, dass diese Person den Fallensystemen aus dem Weg ging.

Ein Transmitterfeld versetzte Nchr in einen Wald aus riesigen Bäumen mit grausilbernen Stämmen, die in Abständen von durchschnittlich drei Metern säulenhaft aufragten. Der Waldboden war frei von Unterholz.

Nchr erblickte die Akonin rund zehn Meter vor sich und eilte ihr nach. Aber die zehn Meter, die sie vor seiner Ankunft schon gegangen war, vermochte er nicht zu rekonstruieren. Es gab keine Fußspuren, nach denen er sich hätte richten können. Deshalb war er darauf gefasst, in eine weitere Falle zu laufen. Als sie zuschlug, überraschte ihn der Schmerz dennoch so sehr, dass er schrie.

Ilma wirbelte herum. Die Kette mit dem Medaillon rutschte ihr zwischen den Fingern hindurch. Sie merkte es nicht einmal, sondern starrte, vor Entsetzen wie gelähmt, auf das zuckende Etwas, das einmal ein Mensch gewesen sein mochte.

Als es Nchr gelang, den Schmerz unter Kontrolle zu bringen, und er sich bewegte, um sich wieder zusammenzufügen, wirkte das auf die Akonin so grauenhaft, dass sie gellend schrie. Sie hörte erst auf damit, als der Gys-Voolbeerah sich vollständig regeneriert hatte und sie packte und schüttelte. Nchr überlegte dabei, wie er ihr die Erinnerung an die letzten Minuten nehmen könnte, denn sie hatte ihn als breiige, zuckende Masse gesehen und musste sich klar darüber sein, dass sich daraus niemals ein Akone oder ein anderes normales Lebewesen regenerieren konnte.

»Was ... was ist los, Pedar?«, fragte Ilma tonlos.

Pedar?, durchfuhr es Nchr. *Wie kann sie mich noch Pedar nennen, wenn sie gesehen hat ...?*

Dann erkannte er ihren leeren Blick, bemerkte, dass die Kette mit dem Medaillon fehlte – und begriff. Ilma musste alles vergessen haben, was unter dem Einfluss des Kristalls geschehen war – und anscheinend hatte der Einfluss noch einige Minuten angehalten, nachdem sie die Kette verloren hatte.

»Es ist nichts weiter, Ilma«, antwortete er. »Wir befinden uns nur auf einem Spaziergang durch die Unterwelt Olymps.«

Ohne den Einfluss des grünen Kristalls konnte sie den Fallen jedoch nicht ausweichen. Nchrs Blick suchte nach der Kette mit dem Medaillon, aber er fand sie nicht.

Als Pyon Arzachena die portalähnliche Öffnung erreichte, vernahm er ein bedrohliches Knistern. Im ersten Moment fürchtete er, der Felsendom würde einstürzen, aber dann bemerkte er den meterlangen Spalt, der über dem Bogen des Portals klaffte. Dort oben hingen verbrannte positronische Bauelemente – und aus dem Fels links und rechts reckten sich die ausgeglühten Mündungen zweier Strahlprojektoren.

Der Prospektor erkannte, dass er vor den Überresten einer tödlichen

Falle stand. Wenn die Projektoren aktiviert worden wären, sobald er sich zwischen ihnen befand, hätte er vor seinem Tod nicht einmal mehr erschrecken können.

Pyon fand jedoch die Frage viel interessanter, warum die Falle unbrauchbar geworden war. Das Knistern, das er gehört hatte, deutete auf einen Energieüberschlag hin, also auf eine recht triviale Ursache. Andererseits konnte er sich nicht vorstellen, dass ein Mann wie Kaiser Argyris bei der Planung der Fallensysteme nicht sorgfältiger vorgegangen war. Zweifellos waren sie installiert worden, um etwas sehr Wertvolles vor dem Zugriff Unbefugter zu schützen. Sie durften also nicht störanfällig sein.

Pyon Arzachena wurde ratloser, je länger er über das Problem nachdachte. Also widmete er sich wieder der weiblichen Person, deren Schrei er gehört hatte. Er huschte geduckt durch das Felsportal – und fand sich in einem Wald aus grauen Metallstangen mit Metallkugeln an den Spitzen wieder. Aus den Kugeln zuckten Blitze.

Irgendwie wusste der Prospektor, dass es sich bei dem Stangenwald nicht um eine Kulissenprojektion handelte. Das bewog ihn dazu, mit dem Flugaggregat zu starten. Aber gleich darauf versagt es und Pyon stürzte ab.

Erst jetzt bemerkte er das Netz aus dünnem Stahldraht, das scheinbar aus dem Nichts erschienen war und sich bis zur Höhe der Stahlkugeln und auf einer Breite von mindestens dreißig Metern spannte. Erschaudernd wurde sich Pyon klar darüber, dass die harten Drähte ihn zerschnitten hätten. Er lebte nur deshalb noch, weil sein Flugaggregat ausgefallen war.

Wie sollte er sich erklären, dass er zweimal haarscharf am Tod vorbeigeschrammt war, und das jeweils wegen banalen technischen Versagens?

Plötzlich war ihm, als hätte er Stimmen gehört und als wären sie von irgendwo hinter dem Todesnetz gekommen. Etwas zog seinen Blick gleichsam magnetisch an. Als er sich aufrichtete, entdeckte er den grünen Kristall in einer der quadratischen Vertiefungen der Isoliermatte, die den Boden großflächig bedeckte.

Pyon Arzachena wusste sofort, womit er es zu tun hatte. Er schlug sich die Hände vors Gesicht.

Der Prospektor hatte immer ein Tuch in der Tasche, das er jedoch aus Hygienegründen niemals für den eigentlich vorgesehenen Zweck gebrauchte. Jetzt wandte er sich um und band es sich vor die Augen. Anschließend kroch er unter dem Todesnetz hindurch auf die Stelle zu, an der er den Kristall gesehen hatte.

Er tastete so lange herum, bis er den Stein fühlte. Erst nachdem er ihn in eine leere Gürteltasche geschoben und diese verschlossen hatte, nahm er das Tuch wieder ab.

Wo der Kristall gelegen hatte, sah Arzachena nun auch eine Kette mit einem Medaillon. Das Medaillon hatte sich geöffnet – und wahrscheinlich war der Kristall herausgefallen. Pyon überlegte, ob er diese Fundstücke ebenfalls an sich nehmen sollte, verzichtete aber darauf.

Wieder hörte er jemanden reden. Arzachena stand auf. »Hallo, wer ist hier?«, rief er.

Die undeutlichen Stimmen verstummten, dann riefen sie zurück – aber sie waren immer noch zu leise und unverständlich. Andererseits schien es wirklich zwei Personen in seiner Nähe zu geben.

Langsam ging Pyon in die Richtung, aus der die Stimmen erklungen waren. Dabei hatte er das vage Gefühl, als verändere sich ringsherum etwas. Er konnte jedoch beim besten Willen nicht erkennen, was. Pyon seufzte, dann schnäuzte er durch die Finger und blickte sich um.

Wenige Schritte entfernt standen eine Frau und ein Mann.

»Natürlich, er ist ein Terraner oder ein Erdlingsnachkomme! Niemand sonst würde sich so barbarisch benehmen«, sagte die Frau. Dem Aussehen nach war sie eine Akonin.

Pyon Arzachena grinste. »Irrtum, Miss! In mir fließt eine Menge Ara-Blut. Wahrscheinlich hatte ich eine schwache Urgroßmutter. Und warum sollte ich ein Tuch beschmutzen und es dann in meinem Anzug herumtragen? Pfui! Aber darüber sollten wir nicht streiten. Mir scheint nämlich, dass wir in der Klemme sitzen, aus der wir nur unter Aufbietung aller Intelligenz wieder herauskommen.«

»Ich denke, der Mann hat recht, Ilma«, sagte ihr Begleiter und nickte dem Prospektor zu. »Mein Name ist Pedar von Margulien – und das ist Ilma von Rohan, meine Nichte und die Pilotin meines Raumschiffs.«

Pyon deutete eine Verbeugung an. »Pyon Arzachena. Ich bin Prospektor und mit ...« Er unterbrach sich, weil ihm einfiel, dass Argyris die Anwesenheit Hotrenor-Taaks auf Olymp geheim halten wollte. »Na ja! Jedenfalls gibt es hier einige gefährliche Fallen. Wie kommen eigentlich zwei Akonen in die geheimste Unterwelt des Kaisers?«

Ilma von Rohan öffnete den Mund, doch ihr Onkel kam ihr zuvor. »Wir gehören einer GAVÖK-Kommission an, die Olymp besichtigt und anschließend zur Erde reist«, sagte er. »Durch einen dummen Zufall verirrten wir uns, und ich kann Ihnen sagen, dass es hier nicht nur ›einige‹ Fallen gibt, sondern sehr viele. Wie sind Sie eigentlich in diese Hölle gekommen, Mister?«

Pyon zuckte mit den Schultern. »Vermissen Sie übrigens eine Kette mit Medaillon?«

»Ja!«, rief Ilma von Rohan. »Sie haben die Kette gefunden?«

»Aber leider nicht mitgenommen, Miss Rohan. Ich nehme an, dass in dem Medaillon ein Illusionskristall gewesen ist?«

»Illusionskristall?«, fragte der Akone. »Meinen Sie den glasartig aussehenden grünen Kristall, der das Wahrnehmungsvermögen schärft?«

Pyon Arzachena blickte den Akonen prüfend an. Er hatte viel von Illusionskristallen gehört, die man auch Greenish-Kristalle nannte, weil sie zuerst auf einer Welt namens Greenish-7 gefunden worden waren, aber noch nie davon, dass sie das Wahrnehmungsvermögen verbesserten.

»In erster Linie ziehen sie jeden Betrachter in einen hypnosuggestiven Bann«, erklärte er. »Soviel mir bekannt ist, kam aber noch niemand zu Schaden, der sich im Bann eines Illusionskristalls befand.«

»Davon weiß ich nichts«, sagte der Akone. »Ilma half der Kristall zumindest, alle Fallen zu umgehen. Ich hatte einige Male Pech.«

Pyon griff in seine Gürteltasche und umfasste den Kristall mit der ganzen Hand. Er ging zu der Akonin, hielt ihr die geschlossene Faust hin, schaute zur Seite und öffnete die Hand.

»Ist das der bewusste Kristall?«, fragte er.

Es war Taktik, nichts als Taktik. Insgeheim hoffte der alte Prospektor, Pedar von Margulien würde annehmen, er, Pyon, hätte seine letzte Aussage überhört oder nicht begriffen. Wenn Pedar von Margulien nämlich tatsächlich einige Male »Pech gehabt« haben sollte, dann musste er tot sein. Es sei denn, er war an harmlose Fallen geraten – oder er war kein Mensch, sondern ein Wesen, das sich regenerieren konnte, auch wenn es von einer Falle zerstückelt worden war. Ein Molekülverformer!

Nchr bemerkte seinen Fehler sofort. Doch anstatt ihn anzugreifen, überspielte der alte Mann seine Erkenntnis, indem er Ilma dem Anblick des grünen Kristalls aussetzte. Wie hatte er ihn genannt? Illusionskristall.

Ein Milchstraßen-MV hätte wahrscheinlich von diesen seltsamen Kristallen gewusst und sich entsprechend verhalten. Pedar von Margulien hingegen hatte noch nichts von Illusionskristallen gehört; ihm fehlte in der Hinsicht jede Information. In diesem speziellen Fall war der Gys-Voolbeerah sogar froh darüber, denn mit dem betreffenden Wissen hätte er Ilma den Kristall nicht gegeben und wäre folglich nie mit ihr in die Unterwelt des Planeten gelangt.

Als Nchr merkte, dass »seine« Nichte in Trance fiel, sagte er: »Wir müssen uns dicht hinter ihr halten und jede ihrer Bewegungen nachahmen, auch scheinbar sinnlose!«

Arzachena nickte. »Ja, das stimmt mit dem überein, was ich über Illusionskristalle gehört und gelesen habe, Akone.«

Ilma von Rohan ergriff den Kristall mit spitzen Fingern und setzte sich in Bewegung.

Der Gys-Voolbeerah merkte erst, dass die Bäume sich verändert hatten, als Ilma an einem Baumstamm aufwärts ging und er unwillkürlich nach oben schaute, um zu sehen, wohin die Akonin gehen wollte. Da bemerkte er, dass die Äste und Zweige sich in ein stilisiertes Baumkronenmuster aus blauweißen Überschlagsblitzen verwandelt hatten.

Noch stärker beunruhigte ihn die Tatsache, dass die Akonin auf die Entladungen zuging. Aber es war keine Zeit für Überlegungen. Der Gys-Voolbeerah sah, dass Pyon Arzachena ohne zu zögern ebenfalls den Baum hinaufging – und er folgte dem Prospektor.

Als Ilma sich zwischen den Blitzen auflöste, bedauerte der Molekülverformer, dass er keine Möglichkeit hatte, Ytter über Funk zu informieren, dass er, Nchr, sein Leben verlieren würde und niemand die Zeit mit einer fruchtlosen Suche nach ihm oder seinen Überresten vertun sollte.

Der alte Prospektor verschwand ebenfalls zwischen den Blitzen, und der Gys-Voolbeerah begriff allmählich, dass dieses Verschwinden nicht gleichbedeutend mit dem Tod sein musste.

Sekunden später folgte Nchr der Akonin und dem alten Mann. Er spürte das sanfte Ziehen, mit dem ein Transmittersprung eingeleitet wurde.

Nchr fand sich in einem dunklen Raum voll dumpfer Gerüche wieder. Aber da waren auch die vertrauten Duftmuster von Ilma und Arzachena, und zugleich leuchtete eine Handlampe auf. Sie ließ das Innere eines offenbar seit Jahrzehnten nicht benutzten Pavillons erkennen.

Arzachena richtete den Lichtkegel auf eine leere Türöffnung und eine massive Steinplatte, die von außen gegen die Öffnung gelehnt war. »Das sieht nach Arbeit aus«, stellte er fest. »Fassen Sie mal mit an, Mister von Margulien?«

Der Gys-Voolbeerah nickte. Gemeinsam mit dem Prospektor stemmte er sich gegen die Platte. Sie ließ sich nicht sofort bewegen, und Nchr schätzte, dass der richtige Pedar von Margulien hier eingesperrt gewesen wäre.

Doch er war nicht der Akone, und er setzte vorübergehend seine volle physische Kraft ein. Die Platte kippte nach außen, schlug krachend auf und polterte einen Hang hinab.

Pyon Arzachena wischte sich die Hände an seinem Schutzanzug ab und schaltete die vor seiner Brust hängende Lampe aus, denn von draußen fiel helles Tageslicht in den Pavillon.

Sie traten ins Freie hinaus. Vor ihnen erstreckte sich die Silhouette der Stadt Trade City, die von der Morgensonne angestrahlt wurde. Als die drei Personen sich umschauten, entdeckten sie über sich eines der archaisch gestalteten Außenwerke des Kaiserpalasts. Folglich musste der Palast weiter oben liegen, nur ihren Blicken noch entzogen.

Von dem Außenwerk löste sich eine große schillernde Energieblase.

»Dort kommt unser Taxi, Mister Arzachena«, sagte Nchr. »Aber sollten wir meiner Nichte nicht den Kristall wegnehmen?«

»Welchen Kristall?«, fragte Ilma.

Bestürzt blickten der Gys-Voolbeerah und der Prospektor einander an. »Er ist verschwunden!«, sagten sie wie aus einem Mund.

»Ein Illusionskristall ist unzerstörbar«, flüsterte Pyon Arzachena bedrückt. »So sagt man jedenfalls. Nur Kräfte, die wir selbst nicht besitzen, weil sie zu hoch für uns sind, können auf sie einwirken.«

Wir haben diese Kräfte früher bestimmt besessen – während der Macht und der Herrlichkeit des Strahlenden Tba!, dachte Nchr, erschaudernd vor Sehnsucht.

»Bis demnächst!«, sagte Arzachena in dem Moment. Er startete mit Hilfe seines Flugaggregats und flog mit hoher Geschwindigkeit in Richtung Trade City.

»Ja, bis bald!«, sagte der Gys-Voolbeerah leise.

Rollenverteilung

»Ich habe die Rückkehrschaltung aktiviert, Hotrenor-Taak«, sagte Anson Argyris über Funk. »Die GAVÖK-Kommission begibt sich in einer Stunde durch den Transmitter zur Erde und wird dort zur BASIS weiterfliegen. Sie werden mit Ihrem Schiff wenig später bei meinem Palast landen. Wo steckt eigentlich Pyon Arzachena?«

»Er wollte nach Trade City, verschiedene Dinge einkaufen«, antwortete der Lare unbewegt.

»Reden Sie keinen Unsinn!«, fuhr Argyris auf. »Er hat doch hoffentlich nicht das Schiff verlassen? Draußen befinden sich tödliche Fallen.«

Hotrenor-Taak merkte, dass Anson Argyris ihn fragend musterte. Er empfand es als süße Rache, nicht zu verraten, ob Argyris richtig vermutete oder nicht.

»Wir sehen uns im Palast!«, erklärte der Kaiser schließlich und unterbrach die Verbindung.

Hotrenor-Taak überprüfte die Hauptkontrollen. Noch war die Außenbeobachtung dunkel, noch arbeiteten die Ortungsinstrumente nicht. Aber im Grunde genommen interessierte es ihn nicht einmal, auf welcher Route das Schiff zurückfliegen würde.

Hotrenor-Taak ging zur Arrestzelle. Er wollte endlich mit dem Molekülverformer reden.

Aber die Zelle war leer.

Der Lare lächelte. Falls der Gys-Voolbeerah glaubte, ihn täuschen zu können, indem er beispielsweise das Aussehen einer Wandfläche annahm, dann irrte er sich gewaltig.

»Auswertung!«, verlangte Hotrenor-Taak.

»Auswertung negativ!«, erwiderte die sanfte Stimme der Überwachung. »Im Beobachtungsraum befinden sich keine biologischen Systeme.«

Hotrenor-Taak war nicht der Mann, bei dem Fassungslosigkeit lange anhielt. »Seit wann befindet sich in diesem Raum kein biologisches System mehr?«, fragte er.

»Es existieren zwei Speicherdaten darüber«, antwortete die Überwachung. »Eine besagt, dass nie biologische Systeme im Beobachtungsraum gefangen gehalten wurden; die andere weist aus, dass ein biologisches System eingebracht wurde, jedoch eine halbe Stunde später nicht mehr vorhanden war.«

Hotrenor-Taak fragte sich, ob der Molekülverformer über technische Hilfsmittel verfügt hatte, die Überwachung zu beeinflussen. Zugleich wurde ihm erschreckend bewusst, dass er den Gefangenen nicht durchsucht hatte. Er fragte sich, ob der Gys-Voolbeerah in der Lage gewesen sein konnte, ihn parapsychisch zu beeinflussen.

Seine Überlegungen fanden ein vorläufiges Ende, als sich Anson Argyris meldete und ihm mitteilte, die GORSELL befände sich mittlerweile am Ziel. Der Kaiser wartete auf seinen Besuch.

Zehn Minuten später betrat der Lare die Fürstenhalle – und erstarrte. Vor ihm saß nicht nur Anson Argyris in einem bequemen Sessel am knisternden Kaminfeuer, sondern auch der Molekülverformer, der den Hüter des Lichts kopiert hatte.

Hotrenor-Taak war unbewaffnet. Den Palast bewaffnet zu betreten, stand ihm seiner Überzeugung nach nicht zu, denn er musste immer wieder neu beweisen, dass es ihm ernst war mit seiner geistigen Umkehr. Deshalb hatte er keine Möglichkeit, den Gys-Voolbeerah zu überwältigen.

»Sie paktieren mit einem Molekülverformer, Majestät?«, stieß er hervor.

Zu seiner Verblüffung blieben sowohl Anson Argyris als auch der Gestaltwandler gelassen sitzen. Der Freifahrerkaiser ließ lediglich eine Andeutung von Verwunderung erkennen.

»Das ist Tengri Lethos, der Hüter des Lichts«, erklärte Argyris im Tonfall eines Lehrers, der seinem Schüler etwas Selbstverständliches sagt.

»Majestät!«, beharrte Hotrenor-Taak. »Ich weiß, dass dieses Wesen nicht Tengri Lethos ist. Der Hüter des Lichts hätte sich niemals von mir gefangen nehmen lassen.«

Anson Argyris blickte den Laren verblüfft an, dann brach er in schallendes Gelächter aus. »Wie Sie sehen, Ex-Verkünder, hat sich Tengri Lethos nicht von Ihnen gefangen nehmen lassen. Zum Donnerwetter, setzen Sie sich endlich zu uns und lassen Sie die albernen Witze!«

Zögernd trat der Lare näher. »Wie sind Sie aus der Arrestzelle entkommen – trotz des Energieschirms?«, fragte er den Molekülverformer.

»Mit einem Zeittransmitter ist das nicht schwierig.« Der Gys-Voolbeerah lächelte wissend. »Übrigens, falls Sie sich Sorgen um Ihren Partner machen – er ist in Sicherheit.«

»Ich denke, Arzachena befindet sich auf der CARRIE-GORSELL«, wandte Anson Argyris ein.

»Ich sagte Ihnen doch, dass er in Trade City einkaufen will«, erwiderte Hotrenor-Taak mit schlecht verhüllter Genugtuung. »Er ist zu Fuß aufgebrochen, weil es ihm in dem Versteck zu langweilig war.«

»Das wüsste ich«, erwiderte Argyris schroff. »Es hat zwar in der Unterwelt einige Unregelmäßigkeiten gegeben, aber Ihr Partner kommt keinesfalls als auslösendes Moment dafür in Frage. Er wäre nicht fähig, eine einzige Falle zu überlisten.«

»Vielleicht verfügt er über Psi-Kräfte«, vermutete der Molekülverformer.

Hotrenor-Taak begriff nicht, wie der Gys-Voolbeerah die Stirn haben konnte, so zu tun, als wäre er nicht entlarvt worden. Hämisch sagte er: »Pyon besorgt in Trade City Hightech, mit der er einen MV-Spürer bauen wird!«

»Das wäre zu begrüßen«, meinte der Molekülverformer.

»Was haben Sie mit dem Hüter des Lichts gemacht?«, fuhr der Lare ihn zornig an. »Ihn ermordet?«

»Und dann seine Ausrüstung benützt?«, fragte der Molekülverformer ohne Spott. »Denken Sie denn, das sei so einfach? Gewisse technische Spielereien funktionieren nur dann, wenn ich selbst sie einsetze. Kein Gys-Voolbeerah kann die ID-Spürer meiner Ausrüstung täuschen.« Er wandte sich an den Freifahrerkaiser: »Ich hatte mich freiwillig in eine Situation begeben, die Hotrenor-Taak den Verdacht erlaubte, ich sei nicht ich, sondern ein Molekülverformer in meiner Gestalt.«

»Warum das?«, fragte der Kaiser.

»Weil ich wissen wollte, ob Hotrenor-Taak nur deshalb nach Olymp kam, um mehr über die Gys-Voolbeerah zu erfahren. Wenn dem so war, musste er unweigerlich in der Ausweichzentrale erscheinen. Und er kam.«

»Meine Überwachungsanlagen und das Uralt-Spionsystem hätten das Eindringen Unbefugter sofort gemeldet«, wandte Anson Argyris ein. »Ich kann mir noch vorstellen, dass der Hüter des Lichts beide Systeme überlistet ...«

»... und damit für die anderen den Weg öffnet«, fiel ihm Tengri Lethos ins Wort.

Der Freifahrerkaiser nickte bedächtig. »Verraten Sie mir trotzdem, wie

Sie Pyon Arzachena vor den Fallensystemen geschützt haben, nachdem er den SVE-Raumer verlassen hatte.«

»Das war ich nicht«, erklärte Tengri Lethos. »Ohnehin hatten sich insgesamt drei Personen in der Unterwelt verirrt, Argyris. Zwei von ihnen wurden von einem Illusionskristall geführt. Arzachena traf erst später mit ihnen zusammen. Wie er bis dahin den Fallen entgehen konnte, weiß ich nicht. Was ich vorhin von Psi-Kräften sagte, meint nur, dass ich keine Erklärung habe. Ich griff erst ein, als alle drei den Transmitter betraten, und nutzte die Ruheenergie des Illusionskristalls, um die Justierungsfelder gezielt zu verändern.«

»Was nützen die Fallen überhaupt noch, wenn sogar normale Menschen ...« Anson Argyris blickte den Hüter des Lichts stirnrunzelnd an. »Moment. Arzachena ist zwar ein Mensch, aber wer waren die anderen beiden?«

»Es ist nicht notwendig, dass Sie ihre Namen kennen«, sagte Tengri Lethos. »Das würde den Ablauf der Ereignisse stören. Sie wissen ja, dass bestimmte Geschehen sich zu einem Faktor summieren, der die Entwicklung eines Volks einschließlich aller sich daraus ergebenden Konsequenzen zwingend bestimmt.«

Anson Argyris nickte. »Ich weiß es – und ich werde nicht nachforschen, weil ich Ihnen vertraue.«

»Sie forschen nicht nach, weil Sie meine Worte als zwingende Logik eingestuft haben«, sagte der Hüter des Lichts ernst. »Nach dem, was in den letzten Wochen geschehen ist, kann mich niemand mehr für unfehlbar halten. Ich war es ohnehin niemals.«

»Aber Sie haben sich wieder gefangen, Lethos.«

»Ich habe eine Krise überwunden. Wahrscheinlich steckte dahinter eine bestimmte Absicht desjenigen, der die Regie führt.«

»ES?«, warf Hotrenor-Taak ein.

»ES!« Tengri Lethos streckte dem Laren die Hand entgegen. »Konnte ich Sie davon überzeugen, dass ich kein Molekülverformer bin?«

Hotrenor-Taak lächelte und schlug ein. »Zu neunundneunzig Prozent.« Er seufzte. »Ich glaube, bei mir hat sich die fixe Idee herausgebildet, dass ich Gys-Voolbeerah jagen muss.«

»Warum jagen?«, fragte Anson Argyris.

»Um hinter ihre Geheimnisse zu kommen – und um herauszufinden, was es mit diesem Tba auf sich hat.«

Argyris nickte. »In dem Fall haben Sie meine volle Unterstützung.«

»Das erhöht zweifellos die Spannung, Nchr«, sagte Ytter alias Gyüeh-Imr-Seterc. »Aber bist du sicher, dass dieser Arzachena uns nicht bei den Behörden verrät?«

Nchr alias Pedar von Margulien blickte sich suchend um. Er war immer noch mit seinem Artgenossen allein auf der Terrasse des kaiserlichen Palasts. »Dafür verbürge ich mich«, erwiderte er und nippte an seinem Synthokaffee. »Der Prospektor hat zu viele Erfahrungen mit Behörden hinter sich, er hilft den Bürokraten nicht. Vielleicht wird Arzachena versuchen, uns allein nachzuspionieren, aber er bleibt schließlich auf Olymp, während wir nach Terra und zur BASIS weiterfliegen. Mich stört nur, dass wir zum Schluss ohne Zwischenfall aus der Unterwelt auf einen Platz versetzt wurden, an dem wir keinen Verdacht erregen konnten. Und dass der Illusionskristall verschwunden war.«

»Der Kristall könnte sich selbst verzehrt haben.«

»Wir müssen uns unbedingt weitere Illusionskristalle beschaffen«, erklärte Nchr.

Ytter sagte nichts dazu, denn in diesem Augenblick traten die übrigen Mitglieder der GAVÖK-Kommission auf die Terrasse, gefolgt von Kershyll Vanne.

»Es ist soweit«, eröffnete Vanne. »Wir werden durch einen Transmitter direkt nach Imperium-Alpha gehen. Jennifer Thyron, Ronald Tekener und ich begleiten Sie und dienen Ihnen auf Terra als Fremdenführer – sofern Sie nicht den Wunsch verspüren, sich völlig ungezwungen dort umzusehen. Allerdings muss ich Sie darauf hinweisen, dass auf der Erde noch vieles drunter und drüber geht, da unablässig neue Rückkehrer eintreffen.«

»Wie lange werden wir im Solsystem bleiben?«, erkundigte sich der Abgesandte von Oxtorne.

»Etwa vierzehn Tage, Mister Joker.«

»Dann würde ich gern eine Landung auf Jupiter einplanen.«

»Wenn Sie das notwendige Gerät beschaffen können, werden Sie bestimmt die Genehmigung dazu erhalten«, sagte Vanne. »Aber ich kann mir nicht denken, dass Sie auf Jupiter Neues entdecken werden.«

Der Oxtorner lächelte. »Ich weiß. Die damalige Regierung des Solaren Imperiums heuerte meinen Ururgroßvater als technischen Berater für das Direkt-Erforschungsprogramm an. Aber man führte das Programm nicht zu Ende, sondern brach es unvermittelt ab und schickte meinen Urahn nach Hause. Er hinterließ seinen Nachkommen ein Tagebuch, in dem Hinweise auf ungeklärte Rätsel stehen.«

Kershyll Vanne nickte dem Oxtorner zu. »Ich werde Sie unterstützen, so gut ich kann, Mister Joker. Gibt es sonst noch Fragen?«

Ytter hob die Hand. »In letzter Zeit ist es merkwürdig still um die Molekülverformer geworden. Warum?«

Der Gys-Voolbeerah spürte einen wohligen Schauer, als der Sieben-D-Mann ihn prüfend musterte. Würde dieses Wesen ihn durchschauen, oder spielte er seine Rolle so perfekt, dass es nicht einmal den potenzierten geistigen Fähigkeiten von sieben Bewusstseinen möglich war, ihn zu entlarven?

»Wir nehmen an, dass die Gys-Voolbeerah nach der Schlappe, die sie hier auf Olymp erlitten haben, erst einmal abwarten, wie sich die Entwicklung in der Milchstraße gestaltet«, antwortete Kershyll Vanne nach kurzem Nachdenken.

Ytter amüsierte sich köstlich über die Fehleinschätzung der Gys-Voolbeerah-Mentalität. Immerhin waren er und Nchr auf Olymp. »Aber Sie wissen es nicht?«, bohrte er weiter. »Wie ist beispielsweise die BASIS dagegen geschützt, dass Gys-Voolbeerah in den Masken von Menschen sie übernehmen?«

Vanne lächelte, doch sein Lächeln wirkte abwesend. »Sie werden verstehen, dass wir über Sicherungsmaßnahmen nicht reden, Mister Seterc. Woher soll ich beispielsweise wissen, dass Sie kein Molekülverformer sind?«

»Bei allen grünen Sandkreaturen!«, entfuhr es Ytter gewollt. Sein Erschrecken wirkte derart glaubhaft, dass die anderen lachten – auch Nchr.

»Was gibt es Amüsantes?«, fragte eine sympathisch wirkende, leicht unterkühlte Stimme von der Tür her. Ronald Tekener stand dort und lächelte verhalten. Neben ihm betrat seine Frau Jennifer Thyron die Terrasse.

»Meine Freunde von der GAVÖK!«, sagte Tekener. »Der Transmitter nach Imperium-Alpha ist justiert. Ich bitte Sie, mir zu folgen. Aber stören Sie sich nicht an meinem Kampfanzug. Ich trage ihn, weil ich außer zu Ihrer Begleitung auch zu Ihrem Schutz abgestellt worden bin.«

»Vor wem sollen wir geschützt werden?«, warf ein Galaktischer Händler ein.

Jennifer Thyron lachte leise. »Betrachten Sie meinen Mann einfach als Ihren symbolischen Beschützer!«

Perry Rhodans Sohn empfing die Mitglieder der GAVÖK-Kommission sowie Tekener und seine Ehefrau in einem Raum, dessen Längswand atemberaubende Impressionen des Planeten Erde zeigte. Der Oberste Terranische Rat trug eine einfache Kombination. Er begrüßte die Besucher herzlich und bat sie zum Robotbüfett.

Nchr und Ytter frönten der Vorliebe aller Molekülverformer für Süßigkeiten und stopften sich gerade mit einer Art Früchterolle voll, als eine ihnen unbekannte Frau den Raum betrat. Sie ging zu Roi Danton, flüsterte mit ihm, und dann holte sie sich eine Tasse Kaffee. Der Oberste Rat stellte sie als Mitarbeiterin vor und nannte ihren Namen: Dunja Varenczy.

Die beiden Gys-Voolbeerah hörten kaum, was Roi Danton sagte. Sie starrten, die Münder noch voll mit Backwerk, auf die Frau, als sähen sie eine Halluzination, bestehend aus der Verheißung des ewigen Lebens und der Drohung mit dem Fegefeuer.

Eisige Schauer überliefen ihre Körper. Sie hatten große Mühe, sich nicht zu verraten, und halfen sich damit, indem sie weiter Kuchen in sich hineinstopften.

Aber ihre Gedanken überschlugen sich, denn keiner von ihnen hatte damit rechnen können, jemals einem Lebewesen zu begegnen, das die Tba-Aura ausstrahlte.

»Was haben Sie, Mister Seterc und Mister von Margulien?«, hörten die beiden Gys-Voolbeerah mehrere Stimmen wie aus weiter Ferne rufen.

Unter Aufbietung aller Willenskraft rissen sie sich zusammen. Nchr erholte sich zuerst und sah, dass Ytters normalerweise blassrosafarbener Hals käseweiß geworden war und dass in den Mundwinkeln am Hals grüner Schaum hing. Er selbst fühlte sich, als sähe er genauso aus.

»Ich glaube, diese Früchterolle war etwas zu süß.« Nchr deutete mit zitternden Fingern auf die Reste des Backwerks, das Ytter und er verschlungen hatten.

Woher weiß ich eigentlich, dass diese Frau eine Tba-Aura ausstrahlt?, überlegte er fieberhaft. War die Erinnerung daran tief in seinem Unterbewusstsein verborgen gewesen? Als Instinkt oder als verschüttete Kollektiverinnerung der ganzen Spezies Gys-Voolbeerah?

Roi Danton musterte die beiden Besucher besorgt, dann winkte er einen Servoroboter herbei. »Lass den Rest des Gebäcks analysieren!«, befahl er der Maschine. »Das Ergebnis muss sofort an mich übermittelt werden!«

Während der Roboter seiner Aufgabe nachkam, wandte Danton sich wieder an den Akonen. »Ich empfehle Ihnen, sich vorsichtshalber in der nächsten Medostation untersuchen zu lassen, Pedar von Margulien«, sagte er. »Es wäre mir außerordentlich unangenehm, würden Sie ernsthaft erkranken. Aber ich will auch nichts schönreden. Da ein Akone und ein Blue trotz des unterschiedlichen Metabolismus' identische Symptome zeigen, befürchte ich, dass in dem Backwerk eine Substanz enthalten war, die über die Nervensysteme wirkt.«

»Ich bezweifle, dass die Früchterolle schuld daran ist«, warf Ytter matt ein. »Erinnern Sie sich nicht mehr an den Kräuterschnaps, den wir auf Olymp dem alten Prospektor abkauften und tranken, Pedar? Arzachena warnte uns noch.«

Nchr machte eine bejahende Geste. »Das wird es sein«, bestätigte er. »Es tut mir leid, wenn wir Sie in Verlegenheit gestürzt hatten, Mister Danton. Aber es geht uns schon wieder besser, sodass ich eine medizinische Untersuchung für Zeitvergeudung halte. Einzig und allein ein Hygieneraum ...«

»Das Gleiche gilt für mich«, sagte Ytter-Seterc.

Roi Danton nickte verständnisvoll, tippte kurz auf sein Kommando-Armband und deutete auf die Öffnung, die sich neben der Trividwand gebildet hatte.

Die beiden Gys-Voolbeerah überprüften den luxuriös eingerichteten Hygieneraum mit ihren Detektoren. Sie entdeckten keine Spionsonden.

»Was ist mit dieser Tba-Aura?«, fragte Nchr.

»Ich weiß es auch nicht«, antwortete Ytter. »Das Wissen darum muss seit undenklichen Zeiten vererbt und in unserem Unterbewusstsein gespeichert worden sein – und nur der direkte Kontakt mit einer Tba-Aura hat es ins Bewusstsein gehoben.«

»Diese Dunja Varenczy, könnte sie aus einer Zeit stammen, in der das herrliche Tba in voller Blüte stand?«

»Du meinst, eine Tba-Aura wäre nur dann sinnvoll, wenn es auch ein Tba gäbe?«

»Das nehme ich an«, antwortete Nchr.

»Dann müsste diese Frau uralt sein«, erklärte Ytter.

»Und sie wäre keine Terranerin.«

»Auf der Erde ist sie jedenfalls nicht aufgewachsen. Ich habe genau beobachtet, wie sie sich bewegt. Sie muss an eine größere als die Erdschwerkraft gewöhnt sein.«

»Roi Danton nannte sie ›Mitarbeiterin‹, sagte aber nicht, wessen Mitarbeiterin«, erwiderte Nchr. »Offenbar weiß er selbst nicht genau, was er von ihr halten soll. Eigentlich ist es seltsam, dass sie sich unter solchen Umständen frei in Imperium Alpha bewegen darf. Sie könnte eine feindliche Agentin sein.«

»Roi Danton genießt einen tadellosen Ruf«, erinnerte Ytter. »Wo andere Menschen dieses Wesen eingesperrt und verhört hätten, lässt er sie frei hantieren – und verfolgt garantiert jeden ihrer Schritte, um herauszubekommen, was sie auf der Erde sucht.«

»Wer von uns sie kopiert, übernimmt dieses Wissen. Ich denke, es ist sehr wichtig, dass wir alles erfahren, was sie weiß.«

»Ich werde sie kopieren«, sagte Ytter.

»Du würdest es sicher ebenso gut machen wie ich«, erwiderte Nchr. »Aber als Blue kommst du nicht so unauffällig an sie heran wie ich. Wenn ein adliger Akone die Nähe dieser Frau sucht, wird niemand Schlimmes denken.«

»Einverstanden. Aber was wird aus dem Original? Wo bringen wir sie lebend unter, ohne dass sie schnell gefunden wird? Das dürfte in der Schaltzentrale der terranischen Wirtschaft und Politik kaum möglich sein.«

»Warum töten wir sie nicht?«, fragte Nchr und beantwortete seine Frage gleich selbst: »Weil wir den Menschen Sympathie entgegenbringen und nicht wollen, dass sie schlecht von uns denken. Ich hätte es nie für möglich gehalten, dass wir eines Tages so verweichlicht sein würden.«

»Das sind wir nicht«, wandte Ytter ein. »Ich denke eher, es ist der zu lange unterdrückte Wunsch, Freunde zu gewinnen und Frieden in uns selbst zu finden.«

Nach einer anstrengenden Besichtigung terranischer Sehenswürdigkeiten kehrten die Mitglieder der GAVÖK-Kommission müde nach Imperium Alpha zurück. Die Gruppe zerstreute sich rasch.

In seiner Unterkunft, einer aus drei Räumen bestehenden Suite, wartete Nchr eine halbe Stunde ab. Er wusste, dass Ytter in dieser Zeitspanne mit einigen Manipulationen dafür gesorgt haben würde, dass die Energieversorgung des Bezirks abgeschaltet werden musste. Ytter-Seterc würde sich damit entschuldigen, dass er wegen der unhandlichen terranischen Technik in Wut geraten sei, als es ihm nicht gelang, den Versorgungsautomaten seines Quartiers zur Herausgabe einer typischen Blues-Mahlzeit zu bewegen.

Als bis auf die Notbeleuchtung alle Lichter erloschen, verließ Nchr seine Suite. Er kannte sich mit positronischen Elementen bestens aus, und als er mit seiner Arbeit fertig war, durfte er sicher sein, dass einer der am nächsten liegenden Ferntransmitter bis zur kommenden Routineinspektion schutzlos sein würde. Die Bereichspositronik konnte nicht registrieren, dass sie überhaupt keinen Kontakt mehr zu dem Transmitter hatte.

Der Gys-Voolbeerah programmierte eine Folge von Abstrahlfunktionen, die für seine Brüder in dem Raumschiff der Chrumruch Signale mit Informationsgehalt waren. Irgendwann später würden er und Ytter Dunja Varenczy durch diesen Transmitter auf die CHCHAN-PCHUR schicken.

Selbstverständlich wusste Nchr, dass die Transmitterschocks auch in Imperium Alpha geortet werden würden. Zwar konnten die Positroniken die Schocks nicht als Signale deuten oder zumindest die darin verborgene Information nicht entschlüsseln, aber die zweifellos vorhandene zentrale Kontrollstelle würde schnell feststellen, dass die betreffenden Transmissionen nicht angemeldet waren. Deshalb schaltete Nchr den Transmitter so, dass er seine Arbeit erst eine halbe Stunde später aufnehmen würde; danach kehrte er in sein Quartier zurück.

Payne Hamiller erschrak zutiefst, als er einen Hyperkomanruf aus Imperium Alpha erhielt und im Trividkubus des Geräts neben Roi Danton Demeter stehen sah.

Aber Roi Dantons freundliches Lächeln überzeugte den Wissenschaftler davon, dass der Oberste Terranische Rat ihm noch vertraute. Wenn Danton jemandem misstraute, lächelte er nicht freundlich. Falschheit lag ihm nicht.

»Wie geht es auf der BASIS?«, fragte Rhodans Sohn.

»Wir kommen gut zurecht«, antwortete Hamiller erleichtert.

»Das freut mich. – Die Dame an meiner Seite ist Miss Dunja Varenczy. Sie hat mich gebeten, ihr den Aufenthalt in der BASIS zu ermöglichen. Unter Wahrung der Sicherheitsvorschriften will ich ihr diesen Wunsch erfüllen. Aber ich kann sie an Bord natürlich nicht sich selbst überlassen. Deshalb wäre ich Ihnen dankbar, wenn Sie Dunja unter Ihre Fittiche nehmen würden.«

Innerlich bebend, erwiderte Hamiller: »Ich werde für Miss Varenczy sorgen, als wäre ich ihr Vater – so gut es meine Arbeit erlaubt.«

Roi Danton lachte unbekümmert. »Ich kenne Sie und weiß, dass Miss Varenczy bei Ihnen gut aufgehoben ist. Danke!«

Payne Hamiller fühlte, wie seine Handflächen feucht wurden. Er verfluchte seine Abhängigkeit von Boyt Margor. Und Roi Danton vertraute ihm ausgerechnet Demeter an, hinter der Boyt Margor her war wie der Teufel hinter der armen Seele.

29.

Demaskierung

»Sind Sie sicher, Pyon?«, fragte Hotrenor-Taak aufgeregt.

»Absolut!«, erklärte Arzachena. »Pedar von Margulien ist ein Molekülverformer – und er ist mit der Kommission zur Erde gereist und wird von dort zur BASIS fliegen!«

»Die BASIS wäre, nach allem, was wir bisher über sie hörten, für die Gys-Voolbeerah das ideale Instrument zur Suche nach dem verschollenen Tba«, sagte der Lare.

»Genau das meine ich«, erwiderte Arzachena aufgeregt. »Wir müssen eingreifen, Taak!«

Sie befanden sich noch im kaiserlichen Palast. Anson Argyris hatte ihnen Gästezimmer zur Verfügung gestellt. Deshalb dauerte es nur wenige Minuten, bis sie beide die Fürstenhalle betraten.

Aber Anson Argyris war nicht da. Nur Tengri Lethos stand neben dem Kamin und blickte sinnend in die Flammen. Er wandte sich um, als der Lare und der Prospektor eintraten, und sagte freundlich: »Behalten Sie es für sich, meine Herren! Greifen Sie nicht in den Ablauf der Geschichte ein, wenn es nicht unbedingt notwendig ist!«

»Wie meinen Sie das?«, fragte Hotrenor-Taak aggressiv.

»Fragen Sie nicht mich, sondern Ihren logischen Verstand«, erwiderte der Hüter des Lichts gelassen. »Ich kann mir vorstellen, dass Sie vom Jagdfieber gepackt sind, aber bedenken Sie bitte, dass Kaiser Argyris Sie niemals zur BASIS fliegen lassen wird.«

»Lesen Sie meine Gedanken?«, fragte Hotrenor-Taak wütend.

Tengri Lethos nahm die Wut des Laren nicht zur Kenntnis. »Ihr Partner besitzt das, was man auf Terra früher Bauernschläue nannte«, sagte er. »Ich konnte mir ausrechnen, dass er die wahre Identität des Akonen durchschaut hat und dass er Sie früher oder später unterrichten würde. Da Sie immer noch die fixe Idee haben, Molekülverformer jagen zu müssen, war es leicht, mir Ihre Reaktion darauf vorzustellen.«

»Ich verbitte mir, dass Sie so mit mir sprechen!«, begehrte der Lare auf.

»Ich spreche mit Ihnen, wie es mir notwendig erscheint!«, erklärte der Hüter des Lichts mit ruhiger Bestimmtheit. »Sie haben in der Vergangenheit schwere Fehler begangen, weil Sie Voraussetzungen falsch einschätzten und später nicht mehr zurück konnten oder glaubten, es gäbe kein Zurück. Aber nachdem Sie als Verkünder der Hetosonen gescheitert sind und das, was Sie lange vorher fühlten, in die Tat umsetzten, begehen Sie schon wieder einen Fehler.

Die Gys-Voolbeerah jagen ihrem Traum vom herrlichen Tba nach – und Sie wollen ihrerseits die Gys-Voolbeerah jagen. Das kann für Sie keine Lebensaufgabe sein. Es wäre anders, wenn Sie die Molekülverformer im Auge behielten und versuchten, ihnen heimlich bei der Suche nach ihrem Tba zu helfen ...«

»Aber sie sind unsere Gegner ...«

»Sie sind Suchende und Verlorene, die manchmal auf Abwege geraten.«

»Woher wissen Sie das alles, Lethos?«, fragte der Lare. »Wissen Sie vielleicht auch, was aus dem herrlichen Tba der Molekülverformer geworden ist?«

»Darüber ist mir nichts bekannt. Aber ich würde danach suchen, wenn ich nicht auf Kontakt mit ES wartete.« Tengri Lethos wandte sich an Argyris, der soeben eintrat: »Mir ist da eine Idee gekommen, aber um sie prüfen zu können, benötige ich eine hochwertige Biopositronik ...«

Bevor Anson Argyris antworten konnte, reagierte Hotrenor-Taak. »Ich würde mich freuen, wenn ich Ihnen den Feldcomputer meines Schiffes anbieten dürfte«, sagte er.

Tengri Lethos nickte dankend. »Da fällt mir noch etwas ein! Mister Arzachena wäre gern mit einem Transmitter zur BASIS befördert worden. Er ist an jemandem aus der GAVÖK-Kommission interessiert.«

»An Miss Ilma von Rohan, nehme ich an«, warf Hotrenor-Taak ein.

Der alte Prospektor wirkte plötzlich verlegen.

»Warum nicht?«, sagte der Freifahrerkaiser. »Aber vergessen Sie nicht, dass wir den Ynkelonium-Handel noch perfekt machen müssen!«

Pyon Arzachena tippte sich an die Stirn. »Hier ist alles gespeichert, Majestät. Keine Sorge, ich vergesse niemals etwas, das ich nicht ausdrücklich vergessen will.«

»Das glaube ich Ihnen sogar«, sagte Anson Argyris. Über sein Kombi-Armband rief er Fürst Wolfe-Simmer und bat ihn, für den reibungslosen Transport des Prospektors zu sorgen.

Arzachena kam in der Transmitterhalle eines Großraumschiffs der PHARAO-Klasse an. Das Schiff schwebte tausend Meter über dem Landefeld auf dem »Rücken« der BASIS. Ein Techniker erwartete den Prospektor und bot sich an, ihn in die Hauptzentrale des Schiffes zu begleiten und ihm dort einen Überblick über die BASIS zu geben.

Als er wenig später in der Zentrale stand und auf den Holoschirmen über den »Schildkrötenbuckel« der BASIS blickte, war Pyon fast ein wenig enttäuscht, denn er hatte etwas ausgesprochen futuristisch Anmutendes erwartet. Der Techniker gab Erklärungen zu groben Details, und Pyon Arzachena nickte immer nur.

»Wenn Sie mich zur BASIS hinabbringen würden ...«, sagte Arzachena schließlich.

Der Techniker war offensichtlich erleichtert, dass ihm der Rest erspart blieb. Er schob Arzachena an den Einsatzleiter der Raumzerstörerflottille der BASIS ab, der ihn mit einem Zerstörer herabholen ließ.

Vom Hangar aus fuhr Pyon Arzachena mit einem Robotwagen zur Kommandosektion. Diese Sektion diente nur teilweise der Steuerung der BASIS. Hauptsächlich beherbergte sie die Quartiere für das fliegende Personal, Freizeitzentren, Versammlungshallen, Hospitäler, Forschungsinstitute, diverse Positroniken und so weiter.

Arzachena brauchte er eine Weile, bis er sich einigermaßen orientieren konnte. Bezeichnungen wie SFG-IDS-999 sagten ihm überhaupt nichts. Als er jedoch die zusätzliche Beschriftung *»Hier nach Sodom und Gomorrha«* las, erkannte er schmunzelnd, dass damit der – wahrscheinlich erst geplante – Vergnügungssektor der BASIS gemeint war.

Er orientierte sich an der ebenfalls nachträglich von Spaßvögeln angebrachten Beschriftung »Wolke Alpha«und erreichte endlich die Steuerzentrale. Sie war ein Riesengebilde aus ineinander verschachtelten Kammern mit teilweise transparenten Wänden, Böden und Decken, einer ebenso düsteren wie verwirrenden Vielfalt von Aggregaten und Schaltungen, und dazwischen bewegten sich Techniker, Raumfahrer und Roboter.

Pyon Arzachena kam sich so verlassen und gleichzeitig so bedrängt vor, dass er am liebsten fortgelaufen wäre – wenn er nur gewusst hätte, wohin.

Unvermittelt wurde er von zwei Robotern gepackt und weggetragen. Die Maschinen ignorierten seine Fragen und seinen Protest und brachten ihn in eine Isolierkammer, in der sie ihn an eine Verhörmaschine anschlossen.

Jedenfalls dachte er das, weil er in dieser düsteren und verwirrenden Umgebung nichts Gutes erwartete. Umso überraschter war Pyon, als er nichts von einem Verhör spürte. Beide Roboter waren schon wieder verschwunden.

»Wann geht es los?«, fragte er aggressiv.

»Sobald es Ihnen beliebt, Mister Arzachena«, ertönte die Antwort, getragen von einer sonoren Altstimme, von mehreren Seiten zugleich.

»Ynkelonium und Psi-Metall!«, schimpfte der Prospektor.

»Zu Ynkelonium ist zu sagen, dass die BASIS und alle Beiboote aus einem modifizierten Ynkelonium-Terkonitstahl von bislang unbekannter

Härte und Widerstandsfähigkeit und einem Schmelzpunkt von 96.000 Grad Celsius gebaut ...«

»Moment!«, rief Pyon Arzachena. »Das ist falsch. Seit Jahrhunderten besitzt Ynkenit, wie diese Legierung ebenfalls heißt, die dreißigfache Festigkeit von Terkonit und einen Schmelzpunkt von 100.000 Grad Celsius!«

»Wo steht das?«, fragte die Stimme.

Arzachena schüttelte den Kopf. »Ich nahm an, mich in einer Verhörmaschine zu befinden. Offenbar ...«

»Sie führen das Verhör der BASIS, denn Sie wurden als Gast avisiert. Leider scheinen sich in unsere Speicherdaten einige Fehlinformationen eingeschlichen zu haben.«

»Schon gut!«, sagte der Prospektor gnädig. »Ich will gar nicht alle Fehler in Erfahrung bringen. Mich interessiert vordringlich, wo sich der Molekülverformer befindet.«

»Der Molekülverformer ...?« Schweigen.

Das gleiche Schweigen bei Pyon Arzachena.

»Es war nur ein Scherz«, sagte er nach einer Weile. »Tatsächlich möchte ich am Rundflug der GAVÖK-Kommission beteiligt werden.«

»Am Rundflug ...?«

Pyon Arzachena grinste. Für ihn kam es darauf an, von der Positronik als senil eingestuft zu werden, damit auch seine Bemerkung über einen Molekülverformer nicht ernst genommen wurde.

»Nun ja! In dem Riesending kann man doch keine Rundfahrt veranstalten – jedenfalls nicht ohne Schlafabteile. Da dachte ich ...«

»Mister Arzachena!«, wurde er von einer offenbar wirklich echten menschlichen Stimme unterbrochen. »Hier spricht Payne Hamiller, der die Ehre hat, die Kommission der GAVÖK durch die BASIS zu führen. Ich freue mich, dass wir uns bald sehen werden. Bitte lassen Sie sich von den Robotern führen, die ich Ihnen schicke, dann sind Sie in einer halben Stunde in der Sektion, in der wir eine längere Pause einlegen.«

Als wenige Minuten später zwei Roboter erschienen, die möglicherweise dieselben waren wie die, die ihn hergebracht hatten, ging Pyon Arzachena mit ihnen.

»Wir dürfen nicht länger zögern!«, raunte Nchr.

»Du hast in Imperium Alpha selbst erlebt, wie schnell die terranischen Sicherheitskräfte zuschlagen, wenn sie durch etwas Verdächtiges alarmiert werden«, entgegnete Ytter. »Der manipulierte Transmitter hat zwar die Kodesignale abgestrahlt, aber nur eine Minute später hatte NATHAN schon wieder alles unter Kontrolle. Wie sollen wir nun das Original fortschicken?«

Das »Original« bewegte sich inzwischen mit federnden Schritten durch einen Sektor der BASIS, dessen Zweck die Gys-Voolbeerah nicht erkannten. Es gab teils ineinander übergehende, verschieden geformte Hohlräume aus halbtransparentem, grün getöntem Material mit Aggregaten unbekannter Funktion.

»Mich stört etwas an dieser Frau«, flüsterte Ytter. »Betrachte den Schnitt ihres Gesichts, Nchr! Ich weiß, dass dieses Aussehen von den Griechen des Altertums als edel bezeichnet wurde. Es erscheint mir unwahrscheinlich, dass Angehörige eines nicht mit der Menschheit verwandten Volks über diesen Gesichtsschnitt verfügen.«

»Du meinst, sie könnte in Wahrheit ein anderes Aussehen gehabt haben und hätte sich, als sie nach Terra kam, dem Äußeren angepasst, das bei den Menschen als ideal gilt?«

»Nicht gilt, sondern galt – und zwar vor mehreren Tausend Jahren«, erwiderte Ytter. »Aber das sind Spekulationen, die uns nicht weiterbringen. Wohin sollen wir diese Frau bringen, sobald wir sie kopiert haben?«

Nchr blieb stehen. »Wir waren dumm!«, sagte er beinahe zu laut. »Wir brauchen ihr doch nur alles bewusste und unbewusste Wissen zu nehmen, während einer von uns sie kopiert. Anschließend nimmt der Betreffende seine vorherige Gestalt wieder an. Und wenn die Frau erwacht, hat sie erfahrungsgemäß keine Erinnerung an die letzten Minuten. Wir aber werden wissen, wen wir vor uns haben.«

»Richtig!«, stieß Ytter hervor. »Schnell, greifen wir zu, bevor sie wieder in einen belebten Bereich kommt!«

»Ich greife zu!«, erklärte Nchr. »Du musst mir den Rücken freihalten. Niemand darf mich beobachten.«

Nchr stürmte los. Er folgte Dunja Varenczy und holte sie in einem Kuppelsaal voll reflektierender Feldspiegeldreiecke ein. Der Anblick der Feldspiegel und der von ihnen wiedergegebenen Bilder verwirrte den Gys-Voolbeerah so, dass er taumelte und die Frau anstieß.

Dunja Varenczy wirbelte mit ungeahnter Schnelligkeit herum und ließ ihre Handkanten gegen den Hals des vermeintlichen Akonen sausen, bevor sie ihre Reaktion bremsen konnte.

Doch der Akone war keiner, und der Gys-Voolbeerah verkraftete die Hiebe fast mühelos. Allerdings geschah etwas, mit dem Nchr nicht gerechnet hatte. Das in zwei Körperhöhlen entstandene Gas zischte unkontrolliert aus den vorgebildeten Öffnungen, ohne das Opfer zu treffen. Zwar sammelte der Molekülverformer sofort neues Betäubungsgas, und es gelang ihm sogar, es auf die verblüffte Frau abzuschießen, aber als er sich auf die eigene körperliche Umformung und die Aufnahme ihres bewussten und unbewussten Wissens konzentrierte, geschah etwas Unerwartetes ...

Pyon Arzachena warf sich in einem instinktiven Reflex hinter eine Säule, als die Roboter neben ihm von Energiestrahlen getroffen wurden. Da es sich nicht um Kampfroboter handelte, fielen sie einfach aus.

Arzachena war unbewaffnet. Sofort wurde ihm klar, dass der Blue, der mit dem Thermostrahler etwa acht Meter entfernt stand, ihn leicht hätte töten können. Aber offenbar wollte der Tellerkopf das gar nicht.

Der Prospektor streckte die Arme vom Körper weg. »Kann ich Ihnen irgendwie behilflich sein?«, fragte er zögernd. »Das waren nicht meine Roboter, müssen Sie wissen.«

»Wissen Sie, was ein Gys-Voolbeerah ist?«, fragte der Blue.

Pyon wusste es – und er wusste im selben Moment auch, dass dieser Blue ein Molekülverformer war, denn seine Stimme reichte nicht in den Ultraschallbereich hinein. Offenbar hielt er das nicht für nötig. Was Pyons Zukunftsperspektiven düster erscheinen ließ.

Er spürte, dass sich in seiner Nähe etwas regte, das dem bevorstehenden Angriff Widerstand entgegensetzen würde, aber zu schwach war. Childa?

Jemand schrie. Sowohl Arzachena als auch der Molekülverformer fuhren herum. Beide schauten entsetzt auf das, was sich wenige Meter entfernt abspielte.

Dunja Varenczy stand mit halb erhobenen Händen neben einer Gestalt, die nur noch entfernt der des Akonen Pedar von Margulien glich. Seine Raumkombination, sein Haar, seine Haut und sogar sein Fleisch verschmolzen miteinander zu einer violett leuchtenden, zitternden Masse, die sich auf dem Boden wand.

Pyon Arzachena spürte, dass der kleine Valley-Salamander in der Brusttasche seiner Kombination sich regte und ihm die vage Vision eines fremden Bewusstseins übermittelte. Dieses Bewusstsein stand unter dem Zwang von etwas Schrecklichem. Es war infolge dieser psionischen Versklavung befähigt, die Ursache für das zu erkennen, was mit dem Molekülverformer vorging, der die Rolle des Akonen gespielt hatte.

Psionischer Reflektorschirm!

Von etwas Unbekanntem, weit Entferntem gesteuert. Aber nicht räumlich, sondern zeitlich.

Ein fürchterliches Heulen zerriss Arzachenas Visionen. Er glaubte, dicht vor der Lösung des Rätsels gestanden zu haben, und verwünschte die Schnelligkeit, mit der die Sicherheitssysteme der BASIS reagiert hatten.

Wie betäubt nahm er wahr, dass der falsche Akone sich langsam wieder erholte und abermals die Gestalt Pedar von Marguliens annahm. Er sah, dass Seterc sich in einen Dienstroboter verwandeln wollte, das aber nicht schaffte und von Raumsoldaten abgeführt wurde. Der falsche Akone wurde von einem Medoroboter abtransportiert.

»Mister Arzachena?«, fragte eine sympathische Stimme hinter dem Prospektor.

Pyon drehte sich um. »Roi Danton!«, entfuhr es ihm überrascht.

Der Oberste Terranische Rat schürzte die Lippen. »Ich erfuhr, dass noch jemand von Olymp gekommen war, und ließ mir Ihre Personaldaten schicken. Aber wie gerieten Sie eigentlich in diesen Schlamassel?«

»Ganz einfach«, antwortete Arzachena. »Ich kam zur BASIS, um die beiden Molekülverformer zu entlarven. Hotrenor-Taak kann Ihnen das bestätigen.«

»Na ja!«, erwiderte Danton. »Mich interessiert vor allem, ob Sie inzwischen einen funktionsfähigen MV-Spürer gebaut haben. Das kündigte mir Kaiser Argyris an.«

Pyon schüttelte beschämt den Kopf. »Ich fürchte, da habe ich den Mund zu voll genommen. Aber denken Sie nun nicht, der alte Arzachena wäre ein Schwachkopf. Ich kann beispielsweise immer noch einen Roboter von einem Menschen unterscheiden. Und Anson Argyris ist ein Roboter!« Er lächelte triumphierend.

»Sagen Sie das nicht weiter!«, kommentierte Danton trocken.

»Sie löschen es aus meinem Gedächtnis?«

»Was würden Sie an meiner Stelle tun? Aber darüber hinaus bleibt ihr Gedächtnis unberührt. – Wie gefällt Ihnen die BASIS?«

»Wie eine Leichenhalle, nur dass in den Sarkophagen statt Leichen Raum-Verzerrungsbomben liegen.«

Der Terranische Rat lachte schallend. »Sie müssen nicht hierbleiben, Mister Arzachena. Tengri Lethos und Hotrenor-Taak scheinen etwas vorzuhaben ... Die beiden wollen offenbar, dass Sie mit von der Partie sind.«

Aufbruch ins Ungewisse

Als Pyon Arzachena in der Transmitterstation auf Olymp materialisierte, erwarteten ihn Tengri Lethos, Anson Argyris und Hotrenor-Taak.

Der alte Prospektor blinzelte, weil es ihm vorkam, als würde er sich beim Anblick des Freifahrerkaisers an etwas erinnern. Doch sosehr er sich auch anstrengte, er fand die gesuchte Erinnerung nicht. Arzachena zuckte mit den Schultern und fand sich damit ab.

»Wie war es in der BASIS?«, erkundigte sich Argyris.

»Hoffnungslos verwirrend, Majestät«, antwortete der Prospektor. »Wozu braucht man ein derart waffenstarrendes Instrument?«

»Niemand weiß es«, erwiderte der Freifahrerkaiser ernst. »Bisher hat ES sich nicht in die Karten schauen lassen. Aber wenn am Ziel nicht mannigfache Gefahren lauerten, wäre die BASIS sicher nicht so stark bewaffnet worden.«

»Vielleicht weiß ES selbst nichts Genaues«, argwöhnte Arzachena. »Aber Roi Danton sagte mir, Sie, Taak, und Sie, Tengri Lethos, würden mich brauchen.«

Der Hüter des Lichts nickte langsam. »Ich habe eine Botschaft von ES erhalten«, sagte er. »ES will, dass ich nach meinem Ewigkeitsschiff suche. ES übermittelte mir sinngemäß, es wäre möglich, dass ich dabei auf etwas anderes stoße und einer wichtigen Mission helfen könnte.«

»... der Suche nach PAN-THAU-RA?«, fragte Pyon Arzachena atemlos.

»ES drückte sich leider nicht klar aus. Aber ich bin bereit, den vorgeschlagenen Weg zu gehen. Da ich jedoch zurzeit kein eigenes Raumschiff besitze, habe ich Hotrenor-Taak gefragt, ob er mit mir zusammenarbeiten und die GORSELL in unsere Partnerschaft einbringen möchte.«

»Ich habe zugestimmt«, sagte der Lare. »Natürlich vorbehaltlich Ihres Einverständnisses, Pyon, denn da wir Partner sind, tun wir etwas entweder gemeinsam oder gar nicht.«

Arzachenas Gesicht verriet Erleichterung. »Das Ewigkeitsschiff suchen – gemeinsam mit dem Hüter des Lichts!«, sagte er verzückt. »Ich hätte mir nie träumen lassen, dass ich einmal ein so gewaltiges Abenteuer erleben würde.« Im nächsten Moment schaute er den Laren zweifelnd an. »Aber mit der GORSELL-CARRIE – mit einem SVE-Raumer? Ich weiß doch, dass in der Milchstraße nur noch eine einzige Pyramide der Mastibekks existiert. Taak, Sie haben mir selbst gesagt, dass ein SVE-Raumer sich nach frischer Aufladung höchstens bis zur Nachbargalaxie wagen könnte, weil er sonst den Rückweg zur Provcon-Faust nicht schaffen würde.«

»Das ist richtig«, bestätigte der Hüter des Lichts. »Aber gerade in unserer nächsten Nachbargalaxie Andromeda besitze ich gut ausgerüstete Geheimdepots. Ich weiß, dass ich die Strukturon-Auflader, die für mein Ewigkeitsschiff bestimmt sind, so umschalten kann, dass sich damit auch ein SVE-Raumer aufladen lässt – und diese Ladungen reichen sehr viel weiter. Es ist nur schade, dass meine Freunde Omar Hawk, Baar Lun und die anderen Kinder des Lichts nicht erreichbar sind ...«

»Omar Hawk, Baar Lun – sie leben noch?«, erkundigte sich Anson Argyris.

»Sie tragen Anzüge der Unsterblichkeit wie ich«, erklärte Tengri Lethos. »Aber nicht ich bestimme darüber, wer sie auf Dauer trägt und wer nicht. Das entscheidet der Träger selbst, indem er entweder einen gewissen Grad der Reife erlangt oder nicht.«

»Selbstverständlich suche ich mit nach dem Ewigkeitsschiff«, sagte Pyon Arzachena. »Wann geht der Spaß los?«

»Wir müssen erst in die Provcon-Faust zurück und fliegen mit einem Umweg zum Solsystem nach Andromeda, von wo aus wir zur Suche aufbrechen«, erläuterte Hotrenor-Taak. »Inzwischen habe ich übrigens mit Kaiser Argyris alles wegen des Ynkeloniums auf Hertschos geregelt.«

»Und wie ist es mit der ersten Milliarde für die Gründung Ihres Hobby-Versandhauses, Mister Arzachena?«, fragte Argyris.

Der Prospektor winkte ab. »Behalten Sie das Geld, bis wir zurück sind, Majestät. Aber glauben Sie nicht, die Sache wäre ein Windei. Die Galaxis wird noch große Augen machen, wenn sie sieht, was der alte ›Kaktus‹ Arzachena auf die Beine stellt.«

Nchr und Ytter fühlten sich unbehaglich in dem grellen Licht, dem sie ausgesetzt waren. Die Zelle, in die man sie eingesperrt hatte, wurde durch einen Paratronschirm abgeriegelt.

Obwohl sie damit niemanden mehr täuschen konnten, hatten die beiden Gys-Voolbeerah die Nachahmungen von Pedar von Margulien und Seterc beibehalten beziehungsweise in Nchrs Fall wieder angenommen.

»Wie geht es dir?«, fragte Ytter.

»Viel besser«, antwortete Nchr. »Was war das eigentlich, das mir diesen furchtbaren Schock versetzte? Ich habe es nicht mehr erkennen können, da ich völlig deformiert wurde – und das nicht nur physisch, sondern auch psychisch.«

»Ich weiß es nicht«, erwiderte Ytter. »Ich kann lediglich vermuten, dass die Tba-Aura auf die Kraft des Motuul reagiert hat. Wahrscheinlich wurden die psionischen Motuul-Felder verzerrt und zurückgeworfen.«

»War das eine Instinktreaktion oder eine von Psi-Ingenieuren in ferner Vergangenheit programmierte Abwehrwaffe?«, fragte Nchr.

»Beides ist vorstellbar. Auch, dass Wesen wie diese angebliche Dunja Varenczy zur Zeit des herrlichen Tba in einer Art Symbiose mit dem Alten Volk lebten und als Unberührbare galten.«

»... und von den Ahnen mit einer Abschirmung versehen wurden, damit die notwendige Distanz gewahrt blieb ...«, sann Nchr.

Die Gys-Voolbeerah schwiegen, als der Trividkubus vor ihnen hell wurde. Das Abbild des Obersten Terranischen Rats erschien.

»Sie befinden sich auf der Erde und sind unsere Gefangenen. Obwohl Sie weiterhin Ihre Opfer nachbilden, ist Ihnen sicherlich klar, dass Sie uns damit nicht mehr täuschen können.«

»Aus welchem Grund sollten wir unsere Gestalt ändern?«, fragte Ytter.

»Es muss eine Grundform geben«, sagte Roi Danton. »Oder ist die Ursprungsgestalt bei Wesen Ihrer Art beliebig wählbar? Aber darüber will ich jetzt nicht mit Ihnen sprechen. Mich interessiert, was Sie mit dem echten Akonen Pedar von Margulien und dem Blue Seterc getan haben.«

»Sie sind Gefangene unseres Volkes«, antwortete Nchr-Margulien.

»Gefangene unter welchen Umständen? Wie sind sie untergebracht? Wie werden sie verpflegt, wie behandelt?«

»Sie sind ihrer Freiheit beraubt«, erklärte Ytter. »Ansonsten werden sie wie Gäste behandelt und verpflegt. Was hatten Sie erwartet, Mister Danton?«

Der Oberste Terranische Rat seufzte. »Offen gestanden, aus der Vergangenheit sind Informationen über Begegnungen mit Molekülverformern bekannt, die von Grausamkeit und Mord berichten.«

»Gibt es bei Ihnen nicht auch Überlieferungen, die von Grausamkeiten und Morden sprechen, sogar von Massenmorden, die von Menschen an Menschen verübt wurden?«, fragte Ytter.

»Ich wollte nicht behaupten, wir Menschen wären in moralischer Hinsicht besser als die Gys-Voolbeerah.«

»Das könnten Sie auch nicht«, sagte Ytter. »Bei uns mögen Einzelgänger, die den Kontakt zu den Hauptgruppen verloren hatten und vielleicht nicht einmal mehr etwas vom herrlichen Tba wussten, Grausamkeiten und Morde begangen haben; bei einer organisierten Gruppe wie unserer ist das nicht möglich. Sicher, wenn es das GESETZ erfordert, müssen alle Mittel ausgeschöpft werden, um ihm Geltung zu verschaffen, doch das ist etwas anderes.«

Roi Danton nickte. »Wir werden noch Gelegenheit haben, über Ihr Tba und Ihr GESETZ zu sprechen – und darüber, was eigentlich in der BASIS geschehen ist.«

Nach einer Minute bedrückenden Schweigens sagte er enttäuscht: »Sie wollen nicht darüber sprechen. Ich hoffe, Sie denken um, bevor es zu spät dafür ist.«

Der Kubus wurde dunkel.

Nchr und Ytter waren wieder unbeobachtet.

»Die Verbindung stand lange genug, dass unsere Brüder von der CH-CHAN-PCHUR eingreifen konnten«, behauptete Ytter.

»Wenn es ihnen gelungen ist, die Strukturlücke für die Kommunikation im Paratronschirm einen molekülgroßen Spalt weit offenzuhalten, dann müsste innerhalb der nächsten zwei Minuten im Kubus ein Lichtpunkt auftauchen«, erwiderte Nchr.

»Da ist er!«, stellte Ytter fest.

Triumphierend musterten die beiden Gys-Voolbeerah den winzigen Schimmer. In ihren Körpern liefen Vorgänge ab, von denen Außenstehende nichts ahnen konnten.

Als sie bereit waren, geschah alles so schnell, dass die Überwachungskameras durch den Paratronschirm hindurch nur ein blitzschnelles

Schrumpfen der schattenhaft erfassbaren Gestalten aufnahmen. Sie konnten nicht erkennen, dass die Gys-Voolbeerah zu Bündeln von Molekülketten geworden waren, die nur unter einem Mikroskop zu sehen gewesen wären. Und sie erfassten auch nicht, wie die Molekülketten sich rasend schnell abspulten und durch eine minimale Strukturlücke schlängelten.

Als Roi Danton die alarmierende Meldung erhielt, standen Nchr und Ytter bereits als Kopien zweier Transmittertechniker vor einem Torbogentransmitter. Sekunden später durchschritten sie das Transportfeld.

Die Sicherheitskräfte, die zwei Techniker bewusstlos aufgefunden hatten, verhafteten kurz darauf den Akonen Pedar von Margulien und den Blue Seterc, als diese sich aus dem Warnkreis des Transmitters entfernten.

Pedar von Margulien und Seterc wiesen die Anschuldigung zurück, Molekülverformer zu sein, die soeben hatten flüchten wollen. Statt dessen behaupteten sie, über den Bordtransmitter des MV-Raumschiffs CH-CHAN-PCHUR nach Imperium Alpha geschickt worden zu sein. Außerdem verlangten sie, Roi Danton zu sprechen.

Sie brauchten ihre Forderung nicht zu wiederholen, denn der Oberste Terranische Rat traf bereits in der Transmitterstation ein.

Nachdenklich musterte er die Gefangenen, dann sagte er ironisch: »Vermutlich wollen Sie mir sagen, wie ich überprüfen lassen kann, ob Sie Molekülverformer sind oder nicht.«

»Die gelbe Kreatur der Lüge soll mich verschlingen, wenn ich behaupte, eine unfehlbare Methode zu kennen!«, schimpfte Seterc.

»Sie müssen uns einfach glauben, dass wir keine Molekülverformer sind«, sagte Pedar von Margulien.

»Vorerst wird mir nichts weiter übrigbleiben.« Roi Danton nickte. »Ich bin sogar überzeugt davon, dass Sie keine Gys-Voolbeerah sind. Die echten Molekülverformer erweckten nämlich den Eindruck, als hätten sie von der Erde beziehungsweise von der BASIS die Nase voll.«

»Bei der Urkreatur!«, rief der Blue. »Sie waren fürchterlich aufgeregt.«

»Aber sie haben uns noch eine Botschaft mitgegeben, Mister Danton«, erklärte der Akone. »Wir sollen Ihnen den Dank von Nchr und Ytter für die faire Behandlung übermitteln und Ihnen mitteilen, dass die Gys-Voolbeerah den Menschen nichts Böses wollen. Sie sagten, dass sie nur ihr Tba suchen, denn wie die Menschheit die Erde braucht, so brauchen die Gys-Voolbeerah ihr Tba. Verstehen Sie das?«

»Ja«, sagte Roi Danton nachdenklich. »Ich verstehe das sehr gut. Und ich werde Sie nachher persönlich zur BASIS bringen.«

Der Bordtransmitter der GORSELL beförderte den Hüter des Lichts und Pyon Arzachena zu einem frisch überprüften und justierten Transmitter der BASIS.

Kaum hatten sie den Empfangsbereich verlassen, als hinter ihnen drei weitere Personen eintrafen.

»Da sind die beiden Gysis wieder!«, sagte der Prospektor stöhnend.

Langsam wandte sich Lethos um. Sein Blick taxierte die beiden Gestalten neben Roi Danton, dann lächelte er kaum merklich.

Aber auch der Oberste Terranische Rat hatte Arzachenas Ausruf gehört. »Diesmal sind Pedar von Margulien und Seterc echt – hoffe ich. Ich habe sie nur zur BASIS gebracht, nachdem die Gys-Voolbeerah sie freigaben, damit sie Anschluss an die GAVÖK-Kommission finden.«

Pyon Arzachena kniff die Augen zu schmalen Schlitzen zusammen. »Sicher weilt Miss Dunja Varenczy auch noch in der BASIS«, sagte er bedeutungsvoll.

»Warum sollte sie nicht?«, entgegnete Roi Danton heftig. »Schließlich wird sie mit großer Wahrscheinlichkeit den Flug mitmachen.«

»Wer würde das nicht gern – mich ausgenommen! Aber Sie sind ja als Oberster Terranischer Rat unabkömmlich auf der Erde ...«

»Niemand ist immer nur unabkömmlich«, widersprach Danton . »Aber auf der Erde ist tatsächlich so viel zu tun, dass ich es mir nicht leisten kann, die Expedition mitzumachen.«

Plötzlich blickte er den Hüter des Lichts an. »Ich weiß selbstverständlich, dass Sie Tengri Lethos sind«, sagte er zerknirscht. »Bitte entschuldigen Sie, dass ich Sie nicht sofort angemessen willkommen geheißen habe. Ich möchte das nachholen. Mein Vater hat mir viel von Ihnen erzählt.«

»Ja, Ihr Vater und ich haben einiges zusammen erlebt«, erwiderte der Hathor. »Aber ich will Sie keineswegs von der Erfüllung Ihrer Pflichten abhalten. Ich bin nur gekommen, weil ich neugierig auf die BASIS bin. Wenn ich sie mir stichprobenhaft ansehen dürfte ...?«

»Selbstverständlich! Wenn Sie wollen, können Sie und Ihr Begleiter die Expedition mitmachen. Vielleicht interessiert es Sie, welche Zusammenhänge zwischen einem Etwas namens PAN-THAU-RA und der Pandora der griechischen Mythologie existieren.«

»Mich interessiert vieles«, sagte Tengri Lethos. »Aber Pandora fällt in Ihren Bereich. Immerhin, ich halte es nicht für ausgeschlossen, dass unsere Wege uns eines Tages wieder zusammenführen, obwohl Sie PAN-THAU-RA suchen und ich mein Ewigkeitsschiff.«

»Der Weg der BASIS führt in die rund zweihundert Millionen Lichtjahre entfernte Galaxie Tschuschik«, sagte Roi Danton. »Wohin führt Ihr Weg, Mister Lethos?«

»Zuerst nach Andromeda. Von dort aus werden wir, mit besseren Mitteln ausgerüstet, nach dem Ewigkeitsschiff suchen – und wir werden es finden, so, wie Sie PAN-THAU-RA finden werden.«

»Ich wünsche Ihnen viel Glück!«

Tengri Lethos hob die Hand. »Wir sehen uns sicherlich bald wieder, Roi Danton.«

ENDE

Perry Rhodan-Buch 102

AUFBRUCH DER BASIS

erscheint im Frühjahr 2008

Nachwort

Große Ereignisse werfen ihre Schatten voraus.

Da ist zum einen der Begriff PAN-THAU-RA. Kershyll Vanne, der in seinem menschlichen Körper sieben Bewusstseine vereint, hat von ES den Auftrag erhalten, die terranische Menschheit solle nach PAN-THAU-RA suchen. Durch die archäologischen Ausgrabungen auf Kreta bekommt dieses Verlangen einen sehr aktuellen Bezug. Vor allem liegt die phonetische Ähnlichkeit zwischen PAN-THAU-RA, was immer unter diesem Namen zu verstehen sein mag, mit den wohlbekannten Schrecken der Pandora auf der Hand. Wir wissen, dass auch Perry Rhodan und die Menschen an Bord der SOL, die zur Handlungszeit mit den Superintelligenzen BARDIOC und Kaiserin von Therm konfrontiert sind, ebenfalls von PAN-THAU-RA erfahren und in diesem Zusammenhang von einer unermesslichen Bedrohung.

Da ist zum anderen die BASIS, ein gewaltiges Trägerraumschiff, das von NATHAN im Mondorbit zusammengebaut wird – als Hardware für die Expedition. An Größe übertrifft sie sogar die SOL, und sie steckt voller technischer Neuerungen.

Unter den Verantwortlichen im Solsystem hat sich nach anfänglichem Zögern die Erkenntnis breitgemacht, dass man den Auftrag des Überwesens ES nicht ignorieren kann.

Die Frage ist nur, ob von PAN-THAU-RA wirklich eine große Gefahr ausgeht, die zum Handeln zwingt. Einfach abzuwarten, wäre trotzdem die falsche Entscheidung.

Der Weg ist damit vorgezeichnet. Menschen greifen hinaus in die unermessliche Weite des Weltraums, sehr weit hinaus, und die Gefahr scheint der stete Begleiter all jener zu werden, die an dieser Expedition teilnehmen.

Die Pandora der griechischen Mythologie hat die Erde mit einer Fülle von Plagen, mit Pestilenz und allen denkbaren Unannehmlichkeiten, überzogen. Was wird PAN-THAU-RA bringen – vor allem: Was ist PAN-THAU-RA tatsächlich?

Mit dem nächsten PERRY RHODAN-Buch beginnt der gleichnamige Zyklus PAN-THAU-RA, von dem wir Antworten auf diese Fragen erwarten dürfen. Lassen Sie sich von einem großen kosmischen Geheimnis verzaubern!

Ich wünsche Ihnen viel Spaß, Unterhaltung und vergnügliche Stunden beim Lesen von PERRY RHODAN.

Die in diesem Buch enthaltenen Originalromane sind: »Treffpunkt Totenwelt« (856) von H. G. Ewers; »Erbe der Aphilie« (857) und »Die BASIS« (858) jeweils von Kurt Mahr; »Der Ring der Gewalt« (859) von Hans Kneifel; »Eiswind der Zeit« (862) von Clark Darlton; »Die schlafende Göttin« (863) und »Demeters Flucht« (864) jeweils von H. G. Francis sowie »Kosmische Irrfahrt« (865) und »Aura des Unheils« (866), beide von H. G. Ewers.

Hubert Haensel

Zeittafel

1971/84	Perry Rhodan erreicht mit der STARDUST den Mond und trifft auf die Arkoniden Thora und Crest. Mithilfe der arkonidischen Technik gelingen die Einigung der Menschheit und der Aufbruch in die Galaxis. Geistwesen ES gewährt Rhodan und seinen engsten Wegbegleitern die relative Unsterblichkeit. (HC 1-7)
2040	Das Solare Imperium entsteht und stellt einen galaktischen Wirtschafts- und Machtfaktor ersten Ranges dar. In den folgenden Jahrhunderten folgen Bedrohungen durch die Posbis sowie galaktische Großmächte wie Akonen und Blues. (HC 7-20)
2400/06	Entdeckung der Transmitterstraße nach Andromeda; Abwehr von Invasionsversuchen von dort und Befreiung der Völker vom Terrorregime der Meister der Insel. (HC 21-32)
2435/37	Der Riesenroboter OLD MAN und die Zweitkonditionierten bedrohen die Galaxis. Nach Rhodans Odyssee durch M 87 gelingt der Sieg über die Erste Schwingungsmacht. (HC 33-44)
2909	Während der Second-Genesis-Krise kommen fast alle Mutanten ums Leben. (HC 45)
3430/38	Das Solare Imperium droht, in einem Bruderkrieg vernichtet zu werden. Bei Zeitreisen lernt Perry Rhodan die Cappins kennen. Expedition zur Galaxis Gruelfin, um eine Pedo-Invasion der Milchstraße zu verhindern. (HC 45-54)
3441/43	Die MARCO POLO kehrt in die Milchstraße zurück und findet die Intelligenzen der Galaxis verdummt vor. Der Schwarm dringt in die Galaxis ein. Gleichzeitig wird das heimliche Imperium der Cynos aktiv, die am Ende den Schwarm wieder übernehmen und mit ihm die Milchstraße verlassen. (HC 55-63)
3444	Die bei der Second-Genesis-Krise gestorbenen Mutanten kehren als Bewusstseinsinhalte zurück. Im Planetoiden Wabe 1000 finden sie schließlich ein dauerhaftes Asyl. (HC 64-67)
3456	Perry Rhodan gelangt im Zuge eines gescheiterten Experiments in ein paralleles Universum und muss gegen sein nega-

tives Spiegelbild kämpfen. Nach seiner Rückkehr bricht in der Galaxis die PAD-Seuche aus. (HC 68-69)

3457/58 Perry Rhodans Gehirn wird in die Galaxis Naupaum verschlagen. Auf der Suche nach der heimatlichen Galaxis gewinnt er neue Freunde. Schließlich gelingt ihm mithilfe der PTG-Anlagen auf dem Planeten Payntec die Rückkehr. (HC 70-73)

3458/60 Die technisch überlegenen Laren treten auf den Plan und ernennen Perry Rhodan gegen seinen Willen zum Ersten Hetran der Milchstraße. Rhodan organisiert den Widerstand, muss aber schließlich Erde und Mond durch einen Sonnentransmitter schicken, um sie in Sicherheit zu bringen. Doch sie rematerialisieren nicht am vorgesehenen Ort, sondern weit entfernt von der Milchstraße im »Mahlstrom der Sterne«. Den Terranern gelingt es nur unter großen Schwierigkeiten, sich in dieser fremden Region des Universums zu behaupten. (HC 74-80)

3540 Auf der Erde greift die Aphilie um sich, die Unfähigkeit des Menschen, Gefühle zu empfinden. Perry Rhodan, die Mutanten und andere gesund Gebliebene beginnen an Bord der SOL eine Reise ins Ungewisse – sie suchen den Weg zurück in die Milchstraße. (HC 81)

3578 In Balayndagar wird die SOL von den Keloskern festgehalten, einem Volk des Konzils der Sieben. Um der Vernichtung der Kleingalaxis zu entgehen, bleibt der SOL nur der Sturz in ein gewaltiges Black Hole. (HC 82-84)

3580 Die Laren herrschen in der Milchstraße, die freien Menschen haben sich in die Dunkelwolke Provcon-Faust zurückgezogen. Neue Hoffnung keimt auf, als der Verkünder des Sonnenboten die Freiheit verspricht. Lordadmiral Atlan sucht die Unterstützung alter Freunde, die Galaktische-Völkerwürde-Koalition (GAVÖK) wird gegründet (HC 82, 84, 85)

Auf der Erde im Mahlstrom zeichnet sich eine verhängnisvolle Entwicklung ab. (HC 83)

3581 Die SOL erreicht die Dimensionsblase der Zgmahkonen und begegnet den Spezialisten der Nacht. Um die Rückkehr zu ermöglichen, dringt ein Stoßtrupp in die Galaxis der Laren vor und holt das Beragshkolth an Bord. (HC 84, 85) Nur knapp entgeht die SOL der Vernichtung; die Entstehung des Konzils wird geklärt. (HC 86) Monate nach der SOL-Zelle-2 erreicht Perry Rhodan mit der SOL die Milchstraße und wird mit einer falschen MARCO POLO und dem Wirken eines Doppelgängers konfrontiert. Die Befreiung vom Konzil wird vorangetrieben. (HC 87, 88)

Im Mahlstrom halten der geheimnisvolle Plan der Vollendung

und die PILLE die Menschen im Griff. Die Erde stürzt in den »Schlund«. (HC 86)

3582 Alaska Saedelaere gelangt durch einen Zeitbrunnen auf die entvölkerte Erde (HC 88) und gründet mit einigen wenigen Überlebenden der Katastrophe die TERRA-PATROUILLE. (HC 91)

Die SOL fliegt aus der Milchstraße zurück in den Mahlstrom der Sterne (HC 89) und erreicht die Heimatgalaxis der Feyerdaler, Dh'morvon. Über die Superintelligenz Kaiserin von Therm eröffnet sich eine Möglichkeit, die Spur der verschwundenen Erde wiederzufinden. (HC 90, 91)

Die Inkarnation CLERMAC erscheint auf der Heimatwelt der Menschen, und das Wirken der Kleinen Majestät zwingt die TERRA-PATROUILLE, die Erde zu verlassen. (HC 93)

3583 Die SOL erreicht das MODUL und wird mit dem COMP und dem Volk der Choolks konfrontiert. (HC 92) Hilfeleistung für die Kaiserin von Therm und der Kampf um die Erde. (HC 94)

In der Milchstraße machen die Laren Jagd auf Zellaktivatoren. (HC 93) Das Konzept Kershyll Vanne erscheint. (HC 95)

3584 In der Auseinandersetzung mit BARDIOCS Inkarnationen (HC 96) wird Perry Rhodan zum Gefangenen der vierten Inkarnation BULLOC. EDEN II, die neue Heimat der Konzepte, entsteht. (HC 98)

3585 Die Invasionsflotte der Laren verlässt die Milchstraße. (HC 97) Erde und Mond kehren aus der fernen Galaxis Ganuhr an ihren angestammten Platz im Solsystem zurück (HC 99). Perry Rhodan und die Superintelligenz BARDIOC: Das ist große kosmische Geschichte (HC 100).

CHCHAN-PCHUR

Ehemaliges Tempelraumschiff der Chrumruch

Das kriegerische Insektenvolk der Chrumruch stammt aus der 33 Millionen Lichtjahre entfernten Galaxis NGC 628. Die herrschende Klasse unter den Chrumruch sind die Priester, die sich die Macht mit ihren hypnosuggestiven Kräften sichern.
Das Raumschiff ist durch eigentlich unnötige Spitzen und Kanten bewusst furchterregend gestaltet. Bei technisch gering entwickelten Eingeborenen soll ein beklemmender Eindruck entstehen.
Die CHCHAN-PCHUR ist ohne Landestützen rund fünfzig Meter hoch.